WOLFHEART

Band 3

Freiheit

Emilia Romana

Dieses Buch widme ich:
All jenen, die nicht daran glauben, dass ihre Träume wahr werden.
Ich glaube an meine Träume. Und wenn ich es kann, könnt ihr es auch.
Wie einst Walt Disney sagte:
»Alle Träume können wahr werden, wenn wir nur den Mut haben ihnen zu folgen.«

Am Ende des Buches gibt es eine Aufzählung aller Rudel.

»Wolfheart«-Reihe:
1. Gefangen
2. Rückkehr
3. Freiheit

PROLOG

Es war ein grauer, kühler Morgen, als Eisblitz aus seinem Bau trat. Ein kalter Windstoß empfing ihn, als er sich auf dem tauüberzogenem Gras streckte und gähnte.

Die Blütezeit muss bald kommen., redete er sich Mut zu und setzte sich auf.

Die Schneezeit dauerte schon viel zu lange an.

Dieses Mal hatte es zwar nicht geschneit, es war dennoch eisig gewesen. Nachts hatte stets Frost den Wald beherrscht.

Doch nun war nichts mehr gefroren, weshalb Eisblitz Hoffnung fasste. *Die Blütezeit wird wiederkommen!*

Ein mulmiges Gefühl breitete sich jedoch sogleich in ihm aus. *Werden wir sie noch erleben? Wie lange wird mein Rudel noch existieren?*

Seit Silber und Klee das Nachtrudel verlassen hatten, war bereits etwas mehr als ein Zeitwechsel vergangen.

Bis jetzt war noch nichts geschehen. Eisblitz wusste allerdings, dass sich das jeden Augenblick ändern konnte.

Ohne Silber werden wir untergehen ...

Der große Rüde stieß langsam die Luft aus, trottete auf die Anhöhe und sah von dort auf die Senke hinab.

Es gab nicht viel zu sehen. Die Sonne schickte gerade erst ihre ersten, kalten Strahlen durch die graue Wolkendecke.

Keiner seiner Rudelgefährten war schon auf den Beinen. Eisblitz nutzte diese Zeit, um nachzudenken. Nachzudenken und zu hoffen, dass Silber und Klee wiederkamen.

Diese Hoffnung hatte er noch nicht aufgegeben und er würde sie auch bis zum Ende behalten.

Silber war seine Tochter. Sie würde die richtige Entscheidung treffen, das musste sie einfach.

Aber es ist schon so lange her... was wenn...

Zweifel nagten an ihm. Silber war eine gebürtige Einzelwölfin. Was, wenn der Ruf der Freiheit stärker war, als die Verbindung zwischen ihr und dem Rudel, das sie aufgenommen hatte? Ich *habe sie aufgenommen.*, korrigierte er sich selbst.

Das Rudel wollte sie nicht. Das haben sie ihr mit aller Deutlichkeit gezeigt.

Er wusste, dass seine Gefährten einen Teil der Schuld trugen, weswegen Silber fort war.

Wären sie netter zu ihr gewesen, wäre die silberne Wölfin noch hier, bereit, ihre Freunde zu beschützen.

Aber es ist auch meine Schuld ... wenn ich mich besser um sie gekümmert hätte ...

Der Rüde seufzte niedergeschlagen. Er konnte es nicht ändern. Silber war fort. Egal, wer oder was sie dazu getrieben hatte. Jetzt konnte er nur hoffen, dass sie zurückkam.

Eine ganze Weile saß Eisblitz alleine auf der Anhöhe, dachte über seine Adoptivtochter nach, bis Brise aus dem Sternenhüterbau schlüpfte und leise zu ihm hochkam.

»Du denkst wieder an sie, nicht wahr?«, fragte sie flüsternd und mit Kummer in den gelben Augen.

Eisblitz sah seine Gefährtin an. Seit Silbers Verschwinden, hatte die cremefarbene Wölfin sich verändert.

Sie war stiller, gedankenverlorener und viel trauriger geworden. Der Mondwächter konnte sich nicht mal mehr daran erinnern, wann Brise zum letzten Mal richtig gelacht hatte.

Silber war ihr wirklich wie eine echte Tochter gewesen.

Dass sie jetzt nicht mehr da war, fühlte sich für Brise und auch für ihn an, als wäre sie gestorben und ein Teil von ihnen mit ihr.

Eisblitz nickte leicht. »Ja. Ich weiß, sie wird zurückkommen, aber…« Er stieß ein langes Seufzen aus, und offenbarte seiner Gefährtin, was er dachte: »Aber was, wenn der Drang zur Freiheit stärker ist, als ihr Wunsch, uns zu retten? Wir … wir sind nicht ihre echten Eltern. Sie ist eine Einzelwölfin. Ihr liegt die Freiheit im Blut. Ich könnte verstehen, wenn sie uns unserem Schicksal überlassen wollte.« Der Wolf ließ betrübt den Kopf hängen.

Brise schwieg. Sie schaute gedankenverloren in die stille Senke, als hätte sie Eisblitz gar nicht zugehört. Ihr Blick schien leer, auf etwas gerichtet, das der Wächter nicht sah.

Doch da spürte der Weiße, wie sie sich fest an ihn drückte, als müsse sie Halt finden.

»Sie ist unsere Tochter …«, hauchte die Sternenhüterin so leise, dass Eisblitz sie kaum verstand.

»Wir müssen sie loslassen … jeder Welpe wird einmal groß und geht seinen eigenen Weg.«

Sie klang, als würde sie zu jemand anderem sprechen. Eisblitz hörte ihr trotzdem aufmerksam zu.

»Sie ist anders, als wir. Wir sollten … froh sein, dass sie jetzt glücklich ist. Glücklicher, als sie hier je hätte werden können. Ist es nicht das, was Eltern tun sollten? Dafür zu sorgen, dass ihr Welpe glücklich ist? Wenn das bedeutet, unser Rudel zu opfern … dann bin ich bereit, diesen Preis zu zahlen. Ich würde alles dafür geben, damit Silber endlich richtig glücklich ist.«

Sie sog tief die frische Morgenluft ein. Dabei hob sie langsam das Haupt und sah Eisblitz das erste Mal seit Langem klar in die Augen. »Das bedeutet aber nicht, dass ich unser Rudel kampflos aufgäbe. Wir können auch ohne Silber siegen!«

Der Tag war angebrochen. Die Sonne hatte den Kampf gegen die grauen Wolken gewonnen und schien nun auf die Senke hinunter. In ihr waren die Wölfe erwacht und schwirrten beschäftigt herum, wie ein Bienenschwarm.

Eisblitz saß weiterhin auf der Anhöhe und sah auf sein Lager hinab.

Brise war mit ein paar Rudelgefährten zum Kampftraining gegangen. Nachdem sie mit dem weißen Rüden gesprochen hatte, war sie sofort aufgebrochen.

Der Mondwächter verstand, was seine Gefährtin meinte und er fing langsam an, ihr zu glauben.

Wir sind stark! Wir können siegen!

Trotzdem vermisste er Silber, seine Tochter. Er wünschte sich nichts sehnlicher als sie wieder bei sich zu haben, Schicksal hin oder her.

Aber Brise hat recht ... ich will nur, dass sie glücklich ist. Und so ist sie glücklich ...

Mit einem Seufzen sah er auf sein Rudel hinab.

Maus, der neue Krallenmondwolf des Rudels, teilte gerade die Trupps ein. Jedes Mal versetzte der Anblick des grauen Rüden, der seinem Vater so ähnlich sah, Eisblitz einen Stich.

Fels war sieben Monde nach Silbers Verschwinden, in einem Kampf mit einem Bären, der sich ins Lager geschlichen hatte, gestorben.

Eisblitz hatte seinen Sohn zum neuen Krallenmondwolf ernannt, da er dachte, Fels würde es freuen.

Außerdem war Maus ein starker und schlauer Rüde.

Ein schrilles Quieken lenkte den Mondwächter ab.

Die jüngsten Mitglieder des Nachtrudels stürmten gerade unter lautem Fiepen aus dem Mutterbau.

»Asche, Ruß, Schlamm, nicht so wild!«, rief ihre Mutter Schnee, die nach ihnen aus dem Bau trat, ihnen nach.

Natürlich hörten die Welpen nicht auf sie und tobten weiter

durch die Senke.

Distel und Stern, die mit Fluss und Blume Jagen gegangen waren, kamen mit drei dünnen Hasen im Maul zurück.

Sie legten ihre Beute auf den spärlichen Beutehaufen. Sonst bestand dieser nur aus den Resten eines Hirsches, der vor ein paar Tagen allein im Wald umhergeirrt war.

Fluss kam zu Eisblitz hinauf, während ihre Gefährten die Hasen wegbrachten.

»Wir haben nirgendwo eine Spur von ihnen gefunden«, berichtete sie mit entschuldigendem Blick.

Eisblitz nickte. Das hatte er sich gedacht.

Der Wächter hatte seinen Rudelgefährten befohlen weiter nach Silber und Klee zu suchen.

Auch wenn es bereits lange her war, suchten die Wölfe weiterhin nach den zwei jungen Wölfen.

»Tut mir leid, Eisblitz«, murmelte die weiß-graue Hüterin leise. Der Rüde sah sie an und schüttelte den Kopf.

»Es muss dir nichts leidtun, Fluss.«

Die Wölfin nickte zögerlich, sah ihn allerdings noch einmal besorgt an, bevor sie zurück in die Senke hüpfte und sich zu Falke und Wolke gesellte.

Die Schattenläufer liefen mit strahlenden Gesichtern aus dem Wald. Licht und Dämmerung folgten ihnen langsamer.

Anscheinend hatten sie das Kämpfen geübt, denn ihre Pelze waren zerzaust und sie wirkten ziemlich außer Atem.

Die fünf Jungwölfe waren erst seit Kurzem Läufer, weshalb sie noch sehr stürmisch schienen.

Lilie, Tau und Blatt sprangen mit freudigem Jaulen wild umher. Glut und Sturm stürzten sich mit lautem Knurren auf sie, sodass ein spielerischer Kampf an der Anhöhe entfachte.

Die Mütter der beiden ringenden Würfe schauten mit belustigten Gesichtern zu. Sie gaben sogar manchmal Tipps, die ihre Nachkommen voller Begeisterung umsetzten.

Nacht, Krähe und Ast kehrten gerade von einem Grenztrupp zurück. Zu Eisblitz' Überraschung sahen sie nervös aus.

Im ersten Moment, als die drei Rüden auf ihn zu gerannt kamen, dachte Eisblitz tatsächlich, sie hätten Silber gefunden.

Dann jedoch öffnete Nacht das Maul und bellte: »Eisblitz! In Taubes Gebiet … da … da hören wir ganz seltsame Geräusche! Die hören sich an wie laute Donnerschläge … und lautes Dröhnen und Kreischen, direkt aus dem Wald!«

Das Blut in den Adern des stattlichen Wolfes erfror.

Nein! Bitte, nein!

Es durfte noch nicht anfangen. Die Zerstörung seines Zuhauses durfte nicht ohne Silber beginnen!

»Wo?«, fragte er hektisch.

Die drei Wölfe sahen sich unsicher an, bis Ast antwortete: »Es muss ganz weit weg sein … vielleicht sogar außerhalb von Taubes Territorium …«

Mehr konnte der braune Wolf nicht sagen, denn Eisblitz lief schon los. Seine Pfoten donnerten über den Boden, der kahle Wald huschte verschwommen an ihm vorbei.

Selbst wenn es gefährlich war, musste Eisblitz herausfinden, ob es tatsächlich die Bedrohung war, die auf dem Anmarsch zu sein schien.

Ohne sie zu beachten, raste er über die Grenze hinweg.

Falls es wirklich so ist, wird Taube sich über Hilfe freuen!

Auch wenn diese zwecklos wäre.

Ohne Silber waren sie alle dem Untergang geweiht.

Das laute Donnerschlagen hallte ihm entgegen, so plötzlich, dass Eisblitz im Laufen zusammenzuckte und fast gestolpert wäre. Knurrend verlangsamte er seinen Schritt und lauschte.

Ein ohrenbetäubendes Kreischen erklang vor ihm, dann ein Knacken und Ächzen, bevor der Donnerschlag einsetzte, der einen Augenblick den ganzen Wald zum Schweigen brachte.

Langsam, nun vorsichtiger, schlich Eisblitz dahin.

Er machte sich keine Sorgen, dass irgendein Mitglied des anderen Rudels ihn sehen könnte. Die Wölfe hier hatten nun wichtigere Probleme.

Doch Ast hatte recht gehabt. Der Ursprung der unnatürlichen Geräusche, war weit entfernt.

Eisblitz tappte lange Zeit dahin, bis er durch ein großes Gebüsch schlüpfen wollte, allerdings versteinerte, als genau vor ihm erneut das Dröhnen und Kreischen erklang.

Diesmal so laut, dass der Rüde fürchtete, sein Gehör zu verlieren. Er wich zurück und legte schmerzhaft die Ohren an.

Aber ich muss es sehen! Also nahm er all seinen Mut zusammen und spähte durch das Gebüsch.

Entsetzt riss er die Augen auf. Er schnappte ruckartig nach Luft, zu verzweifelt, um sich zu bewegen.

Vor ihm breitete sich eine kahle Fläche aus.

Braune Erde ersetzte das saftige Gras, Baumstümpfe überall auf der kahlen Lichtung.

Und mitten auf ihr: Nachtfürchter.

Nachtfürchter mit Monstern, so groß wie Bäume.

Gelbe, glänzende Ungeheuer, die auf großen, schwarzen, runden Pfoten über die Lichtung rollten.

Leblose Bäume lagen auf der aufgewühlten Erde. Sie wurden von Nachtfürchtern auf die Monster geladen, die sie unter dunklem Dröhnen wegbrachten.

Die Nachtfürchter riefen sich etwas zu. Alle trugen grellgelbe Pelze und manche trotteten am Waldrand entlang, mit Donnerstöcken in den Pfoten!

Erneut erklang das laute Dröhnen, was dem Mondwächter Ohrenschmerzen bereitete.

Ein Nachtfürchter stand an einem Baum am Rande der zerstörten Fläche, nicht weit von ihm entfernt.

Er trug ein längliches Ding in den Pfoten, was unter lautstarkem Kreischen anfing, sich zu drehen.

Der Nachtfürchter lehnte die scharfen Zähne dieses kreisenden Ding an den Baum, der sofort begann zu bluten.

Die Baumrinde splitterte ab, der Nachtfürchter erreichte das Herz des Baumes.

Dieser neigte sich unter lautem Ächzen und Krachen. Der Zweibeinige schrie seinen Freunden etwas zu, als der Baum fiel.

Der Aufschlag war der Donnerschlag, den seine Gefährten und Eisblitz gehört hatten.

Eine Bestie kam, als der Baum tot am Boden lag. Dieses Monster hatte einen langen Arm, mit dem er den Baum packte und ihn auf seinen Rücken verfrachtete.

Mit dem toten Baum rollte das gelbe Ungeheuer fort.

Eisblitz hatte keinen Zweifel. Es *gab* überhaupt keinen Zweifel.

Das ist die Gefahr, die uns bedroht!

Der Mondwächter erinnerte sich an die Worte seiner Gefährtin, woraufhin sich eine tiefe Entschlossenheit in ihm ausbreitete. *Silber ist jetzt glücklich! Nun müssen wir diese Schlacht kämpfen!*

Die Wölfe würden gegen die Nachtfürchter und ihre Monster kämpfen müssen.

Um ihren Lebensraum und ihr aller Leben.

1. KAPITEL

Blinzelnd öffnete ich die Augen. Das Erste, was ich sah, war Kupfers Schnauze. Einen Herzschlag hatte ich vergessen, wo wir waren und was passiert war.

Doch dann verschwand die Müdigkeit und es fiel mir wieder ein. Wir waren auf einem Berg, irgendwo in einer Landschaft aus Schnee und Eis.

Bei Kupfers friedlich schlafendem Anblick stieg ein Grinsen in mir auf.

Er hatte mir gestanden, dass er mich liebte. Er hatte mir gesagt, dass er mich begleiten wollte. Zum Nachtrudel.

Ich hatte endlich meine schwer lastende Entscheidung getroffen, die mich seit dem Beginn meiner Reise begleitet hatte. Doch nun war alles viel leichter.

Mein bedrückendes, sorgenvolles Gefühl war verschwunden, Freude und tiefe Liebe hatten seinen Platz eingenommen.

Ich konnte es noch immer kaum glauben.

Kupfer wollte seine Freiheit für mich aufgeben. Damit ich mein Schicksal erfüllen konnte. Danach würden wir unser eigenes Leben leben, außerhalb des Rudels.

Darauf freue ich mich bereits sehr.

Leise hob ich den Kopf. An meinem Rücken spürte ich weiches Fell und um mich herum lagen noch andere schlafende Körper.

Unsere Freunde waren, nicht lange nach Kupfers Geständnis, von einer erfolgreichen Jagd wiederkommen.

Wir hatten in unserer kleinen Mulde gefressen, waren danach schlafen gegangen, um am nächsten morgen früh aufstehen zu können. Doch jetzt war es immer noch dunkel. Die bunten Eislichter schwebten nach wie vor am sternenübersäten Himmel.

Leise stand ich auf und kletterte aus der Mulde, bis an den Rand des Berges. Ich wollte nicht mehr schlafen.

Ich will nicht...

Es war ein seltsames Gefühl, plötzlich entscheiden zu können. Sonst hatte ich stets nicht schlafen *können*, wegen meiner ganzen Sorgen und Ängste.

Jetzt hatte ich die Wahl und keine Angst mehr.

Ich war frei. Frei von meinen Sorgen und der Furcht. Frei von den Erwartungen und Pflichten, Entscheidungen und Prophezeiungen, die auf meinen Schultern gelegen hatten.

Mit einem erleichterten und befreienden Gefühl sah ich zu den Eislichtern hoch und lächelte.

Hier oben fühlte ich mich den Sternen und Lichtern näher als je zuvor. Beinahe spürte ich die Präsenz von Natura neben mir, die mich allein mit der Kraft der Natur dazu gebracht hatte, endlich eine Entscheidung zu fällen.

Ich habe mich wirklich entschieden., flüsterte ich in Gedanken zum Ewigen Rudel. *Ich gehe zurück und werde eure Nachfahren beschützen.*

Ich fühlte mich plötzlich ausgeglichen und geerdet, selber überrascht, als ich merkte, was diese Gefühle bedeuteten.

Ich habe mein Schicksal akzeptiert. Ich habe es endlich angenommen.

»Hey.« Überrascht zuckte ich zusammen, als ich die vertraute Stimme direkt an meiner Seite hörte.

Da entspannte ich mich jedoch wieder, weil ich wusste, wer da neben mir stand.

Mit einem liebevollen Lächeln sah Kupfer mich an, setzte sich neben mich, sodass unsere Pelze sich berührten, und fragte: »Kannst du nicht schlafen?«

Ich musste grinsen. »Nein«, antwortete ich leise. »Dank dir

kann ich entscheiden, ob ich wach sein, oder schlafen will.«

Ein wenig verwirrt sah der goldene Rüde mich an. »Dank mir? Ich habe doch gar nichts getan.«

Ich schmunzelte belustigt. »Du hast mir gezeigt, dass meine Entscheidung die Richtige ist. Ich hatte solche Angst, dass du mich verlassen würdest, wenn ich das Rudel retten will, aber du kommst mit mir. Du bleibst bei mir. Ich bin so lange mit diesen Ängsten herumgelaufen ... jetzt weiß ich, was ich tun muss.« Ich sah ihn liebevoll an. »Was meine Zukunft ist.«

Kupfer grinste schelmisch. »Tja, hättest du mir Alles eher erzählt, hätte ich dir auch früher sagen können, dass diese Entscheidung die Richtige ist.«

Ich kicherte und nickte. »Ja. Im Nachhinein ist man immer klüger.« Wir beide fingen an, leise zu lachen.

»Aber sag mal«, flüsterte Kupfer, nachdem unser Lachen erloschen war. »In welche Richtung sollen wir morgen früh, um zum Nachtrudel zu kommen?«

Seine Augen schweiften über die schneebedeckten Berge. »Hier sieht auf jeden Fall alles gleich aus«, beschwerte er sich.

Ich musste ihm da mit einem Nicken zustimmen, doch ich erinnerte mich daran, was Löwe gesagt hatte.

»Wir müssen der Sonne folgen. Sie führt uns zurück.« Ich deutete auf den Horizont.

Kupfer folgte unsicher meinem Blick. »Woher wissen wir, dass die Sonne in diese Richtung wandert?«

Ich überlegte einen Moment. »Ich kann mich erinnern, dass Eisblitz mir einmal erzählt hat, wie ich ins Rudel gekommen bin.« Ich ignorierte das schmerzhafte Stechen in meiner Brust, als ich mich an den Mondwächter erinnerte. »Er sagte, er wäre der Sonne gefolgt, um zurück zum Rudel zu finden. Wir müssen morgen früh nur schauen, wo die Sonne hinwandert und ihr dann folgen. Das müsste ganz einfach sein.«

Kupfer sah leicht irritiert aus, nickte aber. »Ich vertraue dir. Du wirst wissen, wo wir lang müssen.«

Ich nickte zufrieden.

Wir hatten einen Plan. *Wie ich es auf einmal liebe, Pläne zu haben!*, dachte ich belustigt.

»Ich liebe dich, Kupfer«, bellte ich leise und sah ihm fest in die Augen. Ich wusste nicht warum, aber ich wollte diesen Satz am liebsten die ganze Zeit sagen. Er war so leicht und schön. So wahr.

Der junge Rüde sah mich mit dem liebvollen Lächeln an und drückte sich an mich, sodass ich mich in seine Halsbeuge schmiegen konnte.

»Ich liebe dich auch«, flüsterte er leise an meinem Ohr.

So saßen wir schweigend da, schauten zu den schneebedeckten Bergen und zu den Eislichtern, die am Horizont tanzten.

»Oh, ich bin so gespannt, wie eure Welt aussieht!«, rief Korn hinter mir aufgeregt. »Ich habe den Wald noch nie in der Blütezeit oder Sonnenzeit gesehen!«

»Auch nicht in der Windzeit«, fügte Lesly hinzu.

Es war Mittag. Wir hatten am Morgen geschaut, wohin die Sonne wanderte und daraufhin den Berg hinter uns gelassen.

Nun liefen wir der Sonne nach, Kupfer und ich an der Spitze. Lesly, Korn und Lenny hinter uns, während Aurora und Klee die Nachhut bildeten.

Wir trotteten durch den schneebedeckten Wald. Er sah nicht anders aus, als im Territorium des Eisrudels.

Der Himmel war blau. Wir hatten Glück, die Sonne sehen zu können. Sie zeigte uns den Weg. Den Weg zum Rudel.

»Es ist wunderschön!«, hörte ich Klee von hinten bellen.

»Der Wald ist in der Blütezeit so schön wie in keiner anderen Zeit!«

»Ja, du wirst sehen«, stimmte Lenny ihm zu. »Alles fängt an zu wachsen und zu blühen. Die Luft ist erfüllt von frischen Düften! Oh, wie habe ich das vermisst!«

Mir viel ein, dass die Hunde die Blütezeit ebenfalls lange nicht mehr gesehen hatten.

»Und der Beutegeruch!«, warf Klee begeistert ein. »Alles riecht nach Rehen und Hirschen und die Sonne scheint warm auf einen herab.«

Wegen dem ganzen Schwärmen hinter mir lief mir das Wasser im Maul zusammen.

Auch ich freute mich auf die Blütezeit. Von dem vielen Eis und Schnee hatte ich diesen Zeitwechsel wirklich genug.

Aber da fiel mir noch etwas ein.

Ich musste Klee wissen lassen, wo wir hingingen.

Am Morgen hatte ich nur gesagt, dass wir der Sonne folgen müssten, um in wärmere Gegenden zu kommen.

Ich muss ihm genauso sagen, dass ich ihn zurückwill ... als besten Freund.

»Wir sollten eine Pause machen«, meinte ich deshalb und blieb stehen. »Wir müssen fressen, um bei Kräften zu bleiben. Der Morgen ist schon lange her.«

Da hatten wir uns drei Schneehasen geteilt.

Einen Moment schien die Gruppe verwundert, da aber nickten sie. »Wir könnten alle zusammen jagen!«, schlug Lenny vor. »Vielleicht finden wir eine Rentierherde!«

Der kleine Hund sah ganz begeistert aus, bei der Vorstellung, ein Rentier zu jagen.

Ich nickte ihm zu. »Das könnt ihr gerne tun. Korn, du kennst dich in dieser Gegend am besten aus, möglicherweise finden wir tatsächlich was.«

Der gelbbraune Rüde neigte einverstanden den Kopf.

»Gut. Macht ihr euch schon mal auf den Weg, ich und Klee kommen nach.«

Der schildpattfarbene Rüde sah verwundert drein. Auch Kupfer schien für einen Augenblick verwirrt, dann warf ich ihm aber einen vielsagenden Blick zu und er verstand.

»Oh … natürlich … äh … dann los, lasst uns ein Rentier erlegen!« Damit führte er die Hunde und Korn fort.

Ich sah ihnen nach, bis sie im vereisten Unterholz verschwunden waren. Danach wandte ich mich an Klee.

Der junge Rüde sah mich halb ängstlich, halb erwartungsvoll an. Als ich ihn anblickte, wurde mir bewusst, dass er mir ja auch seine Liebe gestanden hatte.

Ich seufzte. Ich musste ihm sagen, dass ich nicht das Gleiche für ihn empfand, selbst wenn es schwer werden würde.

Wäre ich im Rudel geblieben - hätte Kupfer nicht kennengelernt, - wären wir bestimmt Gefährten geworden.

Es war allerdings alles anders gekommen.

Trotzdem muss ich ihm sagen, dass ich meinen besten Freund zurückwill …

»Willst du zuerst die gute oder die schlechte Nachricht hören?«, fragte ich. Etwas anderes fiel mir nicht ein.

Gute oder schlechte Nachricht? Wie hundedumm bin ich? Doch ich wusste nicht, wie ich jemandem das Herz brechen sollte. So etwas hatte ich noch nie gemacht.

Klee setzte sich, blickte für einen Herzschlag auf den weißen Schnee an seinen Pfoten, ehe er meinen Blick suchte.

Er stellt sich wahrscheinlich auf das Schlimmste ein, dachte ich bestürzt. Ganz so sicher war ich mir aber nicht.

Hoffe ich es vielleicht auch nur, um ihn nicht zu verletzen?

»Die Schlechte«, bellte Klee mit fester Stimme.

Ich seufzte noch einmal.

Nun musste ich ihm das Herz brechen.

Es war so schwer. Dieser Rüde hatte sein Rudel nicht verlassen, um es zu retten.

Er hatte es verlassen, um seine Liebe zurückzuholen.

Jetzt musste ich ihm sagen, dass er umsonst gekommen war.

»Klee, ich … du warst mein bester Freund. Du warst der Einzige, der in Eisblitz' Rudel zu mir stand. Du hast dich für mich eingesetzt, mich vor den anderen Schattenläufern verteidigt … heute weiß ich auch, warum du das getan hast. Weil du mich liebst.« Traurig sah ich ihn an, und er erwiderte meinen Blick niedergeschlagen, als wüsste er schon, was ich bellen mochte.

»Aber … aber ich muss dir sagen, dass … dass …«

Ich brachte es einfach nicht über mich. Ich wollte ihn nicht verletzen, doch ich wusste, ich musste.

»Dass ich diese Gefühle nicht erwidern kann«, bellte ich in einem Atemzug. Ich wollte ihm erklären, wieso, deshalb kläffte ich, bevor Klee antworten konnte: »Wir haben uns auseinandergelebt, Klee. Selbst, wenn du bei dieser Reise fast von Anfang an dabei warst … fühlte es sich so an, als kenne ich dich nicht mehr. Du warst mir so fremd … weil … weil ich nicht zum Rudel gehöre. Du bist ein Rudelwolf, ich eine Einzelwölfin …«

Ich wusste, dass ich nicht nur eine Einzelwölfin war, das konnte ich ihm jetzt aber nicht auch noch sagen.

Ich stieß wieder einen langen Seufzer aus. »Ich kann es nun nicht mehr ändern, aber ich weiß, wenn … wenn ich im Nachtrudel geblieben wäre… wäre alles anders gekommen.«

Ihm das zu sagen, machte die Sache nicht gerade besser.

»Ich will ehrlich zu dir sein und dir sagen, dass Kupfer und ich zusammen sind. Erst seit letzter Nacht und nur weil …«

Mir wurde klar: Ich musste mich nicht für meine Gefühle vor Klee rechtfertigen.

»Wir sind jetzt Gefährten«, bellte ich deshalb einfach fest und sah Klee an. Dieser begegnete ungläubig meinem Blick, mit aufgerissenen Augen, leicht geöffnetem Maul und angelegten Ohren. Nach ein paar Herzschlägen jedoch, räusperte er sich und meinte: »Das … das ist in Ordnung.«

Seine Stimme stockte. Er wirkte nicht wirklich überzeugend.

»Ich … ich freue mich für euch.«

Einen Moment herrschte Stille. Klee sah zu Boden und ich schaute ihn an.

Ich wusste, dass ich ihn verletzt hatte, doch ich konnte nichts dafür, dass er sich in mich verliebt hatte.

Dennoch wollte ich ihm anvertrauen, wie ich mich fühlte. Was ich gestern Nacht gefühlt hatte, als mir die Eislichter meine wahren Gedanken gezeigt hatten.

»Aber Klee … ich muss dir noch etwas sagen …« Ich blickte ihn zögerlich an. Dieser sah auf, doch einzig und allein war Niedergeschlagenheit in seinen Augen zu lesen.

Darüber wird er sich freuen!

»Mir ist gestern Nacht etwas klargeworden …« Leise erzählte ich ihm von den bunten Lichtern und den Wölfen, die ich in ihnen erkannt hatte.

»Du bist dort oben aufgetaucht … besser gesagt, wir beide … in der Nacht von Dorns Beerdigung.«

Der Rüde hörte stumm zu, doch ich sah ihm an, dass er ziemlich verwirrt war. Es war schwerer als gedacht, ihm meine Gefühle anzuvertrauen. Aber ich musste es tun. Ich wollte ihn zurück. »Als … als ich dich gesehen habe … ist mir klargeworden, dass … dass ich dich vermisse.« Ich zögerte kurz, schaute

Klee vorsichtig an. Dieser blieb still, wartete gespannt darauf, dass ich fortfuhr. Ich atmete tief durch, bevor ich ihm sagte:

»Ich vermisse dich, Klee. Ich vermisse meinen besten Freund. Ich ... ich möchte dich zurückhaben. Ich will, dass es so ist, wie früher. Du bist mir kein Fremder. Du bist mein bester Freund und das sollst du auch immer bleiben. In der Nacht von Dorns Beerdigung ...«

Ich schluckte schwer, musste die düstere Erinnerung zulassen. »Da ... da wollte ich nicht, dass du gehst.«

Ich sah Klee vor meinem inneren Auge, wie er mich verzweifelt ansah, mir sagte, dass wir auf Abstand gehen sollten.

Tränen ließen mein Sichtfeld verschwimmen.

»Ich ... ich wollte, dass du bleibst, weil ich dich brauchte. Ich brauchte meinen besten Freund. Ich wusste, dass ich ohne dich niemanden mehr gehabt hätte. Dass ich ohne dich ganz allein im Rudel sein würde, aber ... ich hatte nie den Mut, es dir zu sagen. Aber jetzt kann ich zugeben, dass ich dich brauche. Ich brauchte dich damals, ich brauche dich jetzt und ich werde dich immer brauchen. Weil du mein bester Freund bist.«

Traurig schaute ich zu Boden. Ich fühlte mich, als wäre ich wieder in dieser einen entscheidenden Nacht und würde darauf warten, was Klee antwortete.

Er blieb für einige Herzschläge still. Doch ich merkte seine Augen auf mir. Er starrte mich an, jedoch konnte ich seinen Blick nicht erwidern. Ich hatte mich ihm geöffnet, hatte ihm gesagt, was ich gefühlt hatte, als er mich verlassen hatte.

Nun musste ich abwarten, was er dazu sagte. War es ihm womöglich egal? Hatten wir uns so auseinandergelebt, dass es ihn nicht mehr kümmerte? Konnte das sein?

Nein. Denn gerade als ich das dachte, hörte ich Pfotenschritte und spürte Fell an meinem. Überrascht zuckte ich zusammen, als Klee sich an mich drückte.

»Es tut mir leid ...«, flüsterte er an meinem Nacken. »Ich hätte dich niemals allein lassen dürfen.«

Ich hielt kurz die Luft an, da ich so erstaunt und erleichtert zugleich war. *Ihm ist es nicht egal ...*

Mit einem leisen Winseln vergrub ich mein Gesicht in seiner Halsbeuge und wimmerte vor Freude und Erleichterung.

Ich freute mich so, wieder sein Fell zu spüren, ihm erneut nahe zu sein. Es fühlte sich so an, als wäre er von einer sehr langen Reise zurückgekehrt und ich hätte ihn schmerzhaft vermisst. Oder als wäre er gestorben und nun von den Toten wiederauferstanden.

»Ich wusste, dass ich dich allein lasse, aber ich habe einfach keine andere Möglichkeit gesehen ... ich war so ein dummer Hund! Es tut mir so leid! Wenn ich zu dir gestanden hätte, wie ich es eigentlich auch hätte tun müssen, wäre es nie so weit gekommen.«

Ich spürte, wie er zitterte. Nicht vor Kälte, sondern vor Trauer. Er winselte leise, schmiegte sich fest an mich und ich genoss es. Meine eigenen Tränen liefen mir über die Wange und durchnässten Klees geflecktes Fell, doch sie waren der Freude wegen. Ich hatte meinen Klee wieder.

Ich hatte meinen besten Freund zurück.

Wir schienen abermals in der Nacht von Dorns Beerdigung zu sein, als wäre der letzte Zeitwechsel nie passiert. Aber diesmal würde es ein anderes Ende nehmen.

»Es ist nicht schlimm, Klee«, hauchte ich, als ich mich ein wenig beruhigt hatte. Leicht lehnte ich mich zurück, um dem Rüden in die Augen zu sehen.

Er schaute mich schuldbewusst an. Ich entdeckte den gleichen Schmerz in seinen Tiefen, wie damals.

Er hatte wohl auch an die eine Nacht denken müssen. Bloß hatte sich zu diesem Kummer jetzt noch ein weiterer hinzugemischt: die Angst mich zu verlieren. Gerührt lächelte ich und flüsterte: »Es ist egal, was vor einem Zeitwechsel geschehen ist. Jetzt sind wir wieder Freunde, *mehr* als Freunde ... fast wie Blutsgefährten. Das ist das Einzige, was wichtig ist, Klee. Und ich bin unglaublich froh, dass wir uns wieder nahe sind ... ich habe dich so vermisst.«

Klee schmunzelte sanft. In seinen hellen Tiefen schimmerten Tränen. »Ich habe dich auch vermisst, Silber. Mehr, als du dir vorstellen kannst.«

Ehe er noch etwas sagen konnte, schmiegte ich mich nochmal an ihn. Ich wollte sichergehen, dass das hier echt war und ich nicht gleich aus einem wunderschönen Traum erwachte.

Doch auch als Klee sich ein weiteres Mal an mich drückte, bleib alles normal.

Ein unbeschreiblich leichtes, glückliches Gefühl hüllte mich ein, als ich sein warmes, nach Erdbeeren duftendes Fell spürte.

Wir sind wieder Freunde ... wie früher ...

»Was ist eigentlich die gute Nachricht?«, fragte Klee nach einer Weile plötzlich neugierig und trat, zu meinem ehrlichen Bedauern, einen Schritt zurück.

Ich hätte liebend gern noch ein wenig länger seinen Pelz gespürt.

Aber ich wusste, dass er sich über diese Nachricht sehr freuen würde.

»Die gute Nachricht ist, dass ich mich entschieden habe, mein Schicksal zu erfüllen.«

Klees grüne Augen wurden riesig. Diese Botschaft vertrieb vollständig den Schmerz in seinen hellen Tiefen und sorgte dafür, dass seine Augen wieder leuchteten.

Er keuchte ungläubig auf und sprang auf die Pfoten.

»Wirklich?«, fragte er aufgeregt.

Ich nickte. »Ja. Ich habe mich entschieden.«

»Das ist ja großartig!«, rief der Rüde und hüpfte im Schnee herum, wie ein Welpe. »Das heißt ...«

Er blieb stehen und sah mich ernst an. Eine Erkenntnis spiegelte sich in seinem glänzenden Blick.

»Das heißt, dass wir leben werden. Wir alle.«

Klee lächelte mich voller Zuneigung und Dankbarkeit an.

»Oh Silber. Selbst wenn wir keine Gefährten werden; ich freue mich so, dass du uns helfen wirst.«

Er seufzte, aber es war kein besorgter, sondern ein erleichterter Seufzer. »Auch wenn ich es mir ehrlichgesagt anders gewünscht habe ... ich werde dir auf ewig dankbar sein. Du bist meine beste Freundin und ich bin so glücklich, dass ich dich ins Rudel zurückbringen kann.«

Ich nickte mit einem kleinen Lächeln und war froh, dass Klee so ein verständnisvoller Wolf war.

Doch ich sah ihm an, dass er dachte, ich würde im Nachtrudel bleiben.

Ich wusste, ich würde ihn damit verletzen, aber ich musste ihm die Wahrheit sagen.

»Klee ... es tut mir leid, aber ... ich werde nur meine Bestimmung erfüllen. Danach ziehe ich mit Kupfer weiter. Ich werde nicht im Nachtrudel bleiben.«

Die strahlende Freude des Rüden erlosch bei meinen Worten aus seinen grünen Tiefen.

»Oh ...«, machte er mit bedrückter Miene.

Da seufzte er jedoch nochmal. »Na ja ...« Er lächelte mich schräg an. »Du bist eine Einzelwölfin. Ich muss wohl oder übel einsehen, dass du dich in der Freiheit wohler fühlst, als in einem Rudel. Das liegt dir im Blut.«

Auf meinem Gesicht wuchs ein erleichtertes Lächeln. »Ich danke dir, Klee. Es bedeutet mir viel, dass du mich verstehst.«

Er ist so ein weiser und verständnisvoller Rüde. Ich muss Eisblitz vorschlagen, ihn zum Krallenmondwolf zu ernennen, falls Fels etwas zustößt.

Auch wenn er strenggenommen noch ein Schattenläufer war, war er auf unserer Reise älter und reifer geworden.

»Natürlich verstehe ich dich«, schmunzelte Klee einfühlsam. Er stupste sanft mit seiner Schnauze gegen meine Schulter.

»Ich kenne dich, seit unserer Welpenzeit.«

Nach kurzem Zögern fügte er hinzu: »Ich bin so erleichtert, dass wir dieses Gespräch hier hatten, Silber. Danke, dass du das angesprochen hast. Na gut ... dann lass uns jetzt die anderen suchen.«

Ich nickte und wir folgten den Pfotenspuren unserer Freunde. Wir liefen im Gleichschritt neben einander her.

Für einen Moment fühlte es sich so an, wie früher im Rudel. Ich wusste jedoch, dass es nie wieder so werden würde, wie damals.

Selbst jetzt, wo wir uns unsere Freundschaft zurückgeholt hatten, würde es nicht mehr so sein. Es war zu viel Schönes, wie auch Schreckliches geschehen.

Aber es war für einen Atemzug wunderschön, nochmal dieses vereinte Gefühl spüren zu können.

Es dauerte nicht lange, bis wir die anderen eingeholt hatten. Sie kauerten unter einer ausladenden Tanne, unter den untersten Zweigen. Leise schlichen wir zu ihnen.

»Wir sind wieder da«, flüsterte ich Kupfer zu, der neben Korn auf eine große Lichtung spähte.

Kupfer sah mich an, lächelte sein liebevolles Lächeln und

rieb seinen Kopf kurz an meinem.

»Du kannst mir nachher alles erzählen«, hauchte er und deutete mit einem Kopfnicken auf die große Fläche.

»Erst müssen wir eines von diesen Rentieren jagen.«

Ich folgte seinem Blick und mir stockte der Atem.

Wir waren am Waldrand angekommen. Es war keine Lichtung, wie ich gedacht hatte.

Vor uns standen hunderte Rentiere am Hang eines großen Berges, der steil in ein Tal hinabfiel.

»Wie stellen wir es an?«, fragte Lenny neben Kupfer aufgeregt. Er blickte die riesigen Tiere mit aufgerissenen Augen an und scharte mit den Pfoten über den Schnee.

»Ganz ruhig, Lenny«, schmunzelte Korn leise. »Ich habe schon einen Plan.«

Nun war auch ich zappelig. »Erzähl uns deinen Plan«, forderte ich Korn auf und wir bildeten einen engen Kreis unter der Tanne.

»Also.« Korn räusperte sich. »Im Eisrudel sind wir so einer großen Herde immer mit vielen Tieren entgegengetreten. Hier sind wir ja nicht so viele, deshalb hier der Plan: Erst wählen wir zusammen das schwächste Tier aus, dann präsentieren sich drei von uns den Rentieren offen, sodass sie in Panik geraten. Die Herde wird sich in Bewegung setzen. In unserem Fall wahrscheinlich in das Tal. Dort unten müssen zwei von uns warten und unser ausgewähltes Tier von der Herde trennen. Der Rest von uns, also zwei, werden unserer Beute den Fluchtweg abschneiden und dann erlegen.«

Wir alle nickten. Jeder hatte den Plan verstanden. »Wer soll welche Aufgabe übernehmen?«, fragte Aurora.

»Ich würde vorschlagen, dass Lenny, Lesly und ich die Herde aufscheuchen.«

Die zwei angesprochenen Hunde nickten. Lenny hechelte aufgeregt. »Oh, das ist so aufregend!«, rief er leise, mit leuchtenden Augen.

Ich schmunzelte belustigt, beim Anblick des kleinen Hundes.

»Aurora und Klee, wollt ihr unsere Beute vom Rest der Herde trennen?«

Die beiden Vierbeiner sahen sich an, nickten danach einverstanden. »Gut. Dann werden Silber und Kupfer unserer Beute den Fluchtweg abschneiden und euch helfen, das Tier zu besiegen.« Wir alle waren einverstanden. Korn schien zufrieden. »Perfekt. Klee, Aurora, schleicht euch am Waldrand entlang, bis zum Tal. Sucht euch dort ein Versteck und wartet auf die Herde.«

Die zwei nickten und Korn drehte sich zu Kupfer und mich. »Ihr geht auch ins Tal. Geht aber weiter, als Klee und Aurora.«

Der Rudelwolf wandte sich an den schildpattfarbenen Rüden und die weiße Hündin. »Und ihr zwei müsst unsere Beute zu Silber und Kupfer treiben, verstanden?«

»Verstanden«, meldete Aurora ernst. Korn wandte sich wieder an uns. »Ihr müsst warten, bis Aurora und Klee bei euch sind und im richtigen Moment das Rentier anspringen, sodass ihr vier es erlegen könnt.«

Wir nickten erneut.

Korn grinste. »Jetzt bin ich auch aufgeregt! Welches Tier sollen wir nehmen?«

Ich blickte zu der Herde hinüber. Die meisten Tiere waren ausgewachsen und kräftig. Ihre braunen, dicken Pelze glänzten und die großen Geweihe waren gefährliche Waffen.

»Das da!«, flüsterte Lesly und deutete auf ein Tier ganz am Rand der Herde. Es war ein altes Rentier, mit grauem Fell und dünnem Körper.

Die anderen folgten Leslys Blick und Korn nickte.

»Ja. Es ist alt und schwach. Es wird mit den anderen nicht mithalten können.«

Der Rudelwolf neigte lobend den Kopf vor der Hündin. Ich freute mich für meine Freundin. Lesly hatte eine schwierige Vergangenheit hinter sich. Doch nun waren ihre Kenntnisse ein Vorteil für die ganze Gruppe.

Da zischte Korn aber auch schon: »Dann los! Wir warten hier, bis wir glauben, ihr seid an eurem Versteck.«

Also schlichen wir los. Leise stapften wir durch den Schnee, immer darauf bedacht, versteckt zu bleiben.

Unser Weg wurde immer steiler, umso näher wir dem großen Tal kamen. Durch die kahlen Büsche und Bäume konnte ich die große freie Fläche stets sehen.

Es sah so aus wie eine riesige Lichtung, die von drei Seiten von hohen Bergen eingezäunt wurde. Nur zum Horizont hin waren wieder die kahlen Bäume des Waldes zu sehen und dahinter die nächsten Berge.

»Hier bleiben wir stehen«, entschied Klee hinter mir.

Ich hielt an und drehte mich zu meinen Gefährten um.

Wir standen schon fast am Ende des Berges. Mir war gar nicht aufgefallen, dass wir so schnell das Ende des Hangs erreicht hatten.

»Wir verstecken uns am besten hier im Busch«, schlug Aurora vor und deutete auf einen kahlen, aber großen Strauch ganz am Rand des Waldes.

Klee nickte, und bevor die zwei sich versteckten, wünschten sie uns viel Glück.

Kupfer und ich schlichen eilig weiter, bis zum Tal hinab.

Dort gab es nicht viel, um sich zu verstecken, weshalb wir uns unter den letzten Büschen am Hang niederließen.

Von hier aus hatten wir auch einen guten Blick auf die Herde, die von hier unten aber nur wie kleine braune Flecken aussah.

»Jetzt heißt es warten«, meinte Kupfer, als er sich neben mich kauerte.

Ich nickte. »Ich bin gespannt, ob wir es schaffen, ein Rentier zu erbeuten.«

»Es wäre gut. Dann bräuchten wir die nächsten Tage nichts mehr zu Fressen und könnten ungestört wandern.«

Bevor ich antworten konnte, regte sich etwas oben am Hang. Lange hatten wir nicht warten müssen.

Wir beide verstummten. Aufmerksam beobachteten wir, wie Korn, Lesly und Lenny, alle drei nur als bunte Punkte auszumachen, mit lautem Jaulen, was man noch bis zu uns vernehmen konnte, auf die Rentiere zuliefen.

Ich konnte erkennen, wie die Rentiere erschrocken die Köpfe hoben, ihre Geweihe ragten gefährlich in die Luft.

Unsere drei Freunde knurrten und jaulten wütend, kamen der Herde immer näher.

Aber bevor sie einen der Rentiere erreicht hatten, setzte sich die Herde in Bewegung. Erst langsam, doch binnen weniger Herzschläge donnerten sie mit panischem Grölen den Hang hinab. Lesly, Lenny und Korn jagten ihnen hinter her.

Meine Pfoten kribbelten vor Aufregung, als die Erschütterungen der herannahenden Herde den Boden beben ließen.

Sie kamen immer näher, ein Haufen aus braunem Fell und langen Beinen.

Da ließen Lesly, Korn und Lenny von der Herde ab und blieben stehen.

Ich wusste nicht, warum, aber Korn hatte bestimmt einen Grund.

Die Herde donnerte auf das Tal zu, da preschten aus dem Gebüsch auch schon Klee und Aurora, die sich an die Herde drängten. Doch sie ließen sich etwas zurückfallen, denn unsere Beute rannte panisch mit den letzten Tieren mit.

Unser Plan ging auf.

Aurora und Klee warfen sich zwischen das alte Rentier und seine Herde, spalteten den Vierbeiner von seinen Gefährten, sodass es direkt auf uns zugelaufen kam.

Die Herde drehte ab und floh auf die offene Fläche. Als sie an uns vorbeidonnerten, hörte ich das panische Grölen und das Donnern ihrer Hufe so laut, als wäre ein Gewitter ausgebrochen. Das alte Huftier wurde von unseren Freunden mit Knurren und gefletschten Zähnen zum Waldrand gedrängt, genau dorthin, wo wir bereitstanden.

Sie waren sehr nahe an unserer Beute dran, liefen neben ihm, bissen nahe an seinen fliegenden Beinen zu, um ihn in unsere Richtung zu treiben.

Das alte Rentier blökte panisch, als er merkte, dass er nun allein war. Die Herde rannte bereits am Rand des Tals entlang, ohne auf den zurückgebliebenen Gefährten zu achten.

Unsere Beute war nun nur noch ein paar Sprünge entfernt.

»Jetzt!«, jaulte ich und sprang aus unserem Versteck.

Das Adrenalin strömte durch meinen Körper, als das Rentier abrupt anhielt und sich erschrocken vor mir aufbäumte.

Da warf sich Klee auf seinen schmalen Rücken und krallte sich fest. Das Rentier wurde wild, versuchte, Klee von sich zu schleudern, aber ich konnte dem Alten ansehen, dass ihn seine Kräfte bereits verließen.

Kupfer und Aurora sprangen den großen Vierbeiner nicht an, sondern versperrten ihm mit drohendem Zähnefletschen den Fluchtweg, sobald er versuchte, loszurennen.

Ich wollte den richtigen Augenblick abwarten, um unserer Beute an den Hals zu springen.

Ich erinnerte mich daran, wie Eisblitz und ich den jungen Hirsch erlegt hatten, als ich noch ein Schattenläufer gewesen war. Das große Beutetier bäumte sich wieder auf, als Klee ihm in den Nacken biss. Das war meine Chance.

Ich nahm kurz Anlauf, sprang hoch, unserer Beute genau an den Hals und biss zu.

Erschüttert blökte das Rentier auf, riss den Kopf hin und her und schleuderte mich mit sich. Ich ließ jedoch nicht los, sondern biss nur noch fester zu, bis ich die dicke Haut und schließlich das kalte Blut spürte.

Mein Gegner blökte und wirbelte mit dem Kopf, aber ich ließ nicht los, bis ich merkte, dass ich Hilfe bekam.

Meine Freunde zerrten unsere Beute zu Boden. Das Rentier wehrte sich weiterhin mutig. Es wurde allerdings schwächer, sodass es ein Leichtes für meine Gefährten war, ihn von den Hufen zu befördern.

Inzwischen strömte die rote Flüssigkeit nur so aus dem Hals des Alten.

Ich ließ es aber erst los, als ich den Schnee unter meinem Körper spürte und merkte, dass sich das Tier nicht mehr rührte.

Das Rentier zuckte noch einmal, dann lag er still da.

Ich trat zurück.

Blut lief dem Vierbeiner aus der Kehle und färbte das weiße Pulver um ihn herum rot. Der Schnee war aufgewirbelt von seinen letzten, vergeblichen Versuchen, sich zu befreien.

»Wir haben es geschafft!«, rief Aurora stolz aus.

Die weiße Hündin wedelte wild mit ihrer Rute.

Ich sah meine Gefährten an. Ja, wir hatten es geschafft. Wir hatten Beute und ich hatte zum ersten Mal ein Rentier erlegt.

Klee und Kupfer bellten zustimmend, während ich das alte Rentier musterte. Er war dünn, sein Pelz verfilzt und stumpf. *Er hätte nicht mehr lange gelebt.*

»Ihr habt's geschafft!«, hörte ich da Lenny aufgeregt rufen. Er, Lesly und Korn waren zu uns gestoßen, mit großen Augen.

»Sehr gut gemacht!«, lobte Korn mit einem anerkennenden Nicken an uns alle. »Ohne dich hätten wir es nicht geschafft«, meinte Lesly mit einem schüchternen Lächeln.

Ich musste mir ein Kichern verkneifen, als die zwei sich schüchtern ansahen. *Es wäre so süß, wenn die zwei endlich zusammenkommen würden ...*, dachte ich belustigt.

Genau weil sie verliebt ineinander sind, ist Korn ja mitgekommen! Jetzt müssten sie es sich nur noch gestehen!

»Dann lasst uns fressen!«, kläffte Aurora gut gelaunt. »Wir haben es uns alle verdient.«

Wir bellten zustimmend, kauerten uns um das große Rentier herum und fingen an zu fressen.

Das Fleisch war kalt und hart, schmeckte aber so ähnlich wie Hirschfleisch.

Schweigend fraßen wir, bis von dem Rentier fast nichts mehr übrig war.

»Oh, ich bin satt«, seufzte Lenny und trat von dem Kadaver zurück. Auch Klee und Lesly ließen von ihrem Fressen ab und fingen an sich zu putzen.

»Ich glaube, ich brauche die nächsten Tage nichts mehr«, murmelte Aurora, während sie sich ausgiebig streckte.

»Das ist gut«, bellte Kupfer. »Denn dann können wir den ganzen Tag laufen, ohne uns um Fressen Sorgen zu machen.«

Ich ließ schließlich ebenso von dem Rentier ab, leckte mir zufrieden die Lefzen und gähnte.

Mein Magen fühlte sich wohlig warm und gefüllt an.

»Auch wenn ich mich am liebsten hinlegen und schlafen würde«, hob ich an, »sollten wir besser weiter. Wir wollen doch keine Zeit verschwenden.«

Klee und Kupfer nickten einverstanden, Korn fragte jedoch: »Warum sollen wir uns beeilen? Wir haben doch alle Zeit der Welt, oder?«

Da schauten wir drei Wölfe uns an. Nur Kupfer, Klee und ich wussten, wo wir wirklich hingingen.

Und mir war klar, dass Klee so schnell wie möglich zu seinen Gefährten zurückwollte.

»Wir müssen uns beeilen, weil …« Kupfer stockte, sah mich fragend an. Mir wurde klar, dass ich meinen Freunden die Wahrheit sagen musste. Wo wir hingingen und warum.

Ich seufzte, setzte mich und bat die anderen das Gleiche zu tun. Die Hunde und Korn schauten sich unsicher an.

»Was ist los?«, fragte Lesly sogleich besorgt.

Ich sah sie an. »Ich muss euch etwas erzählen …« Ich begann den Freuden alles zu verraten.

Stille. Keiner sagte ein Wort, als ich meine Geschichte beendet hatte.

Sie blickten mich überrascht an, ohne sich zu bewegen.

»Du … du hast eine Bestimmung?«, wiederholte Lenny nachdenklich, als er sich endlich rührte.

Ich nickte. »Ja. Ich habe eine Bestimmung. Und …« Ich stockte, als mir einfiel, dass wir immer noch nicht geklärt hatten, wo die Hunde hinwollten.

»Und ich muss euch jetzt fragen … ob ihr weiterhin mit uns kommen wollt. Kupfer, Klee und ich werden ins Rudel zurück-kehren und einen Kampf ausfechten, den nicht alle überleben werden. Also müsst ihr euch gut - «

Ich brach ab, als Aurora aufstand und vor mir stehen blieb.

Sie sah mich ernst an, als sie bellte: »Silber, du hast uns gerettet. Du hast uns aus dem Gefängnis befreit. Nun ist es an der Zeit, dass wir dir helfen, auch wenn wir dafür vielleicht unser Leben aufs Spiel setzten. Ihr drei habt eures ebenso riskiert, um uns zu befreien. Es ist gar keine Frage. Wir werden dir folgen.«

Ich war für einen Moment sprachlos. Ich hatte nicht gedacht, dass sie tatsächlich mitkommen würden.

»Ohne dich hätten wir nie wieder die Sonne gesehen«, erinnerte mich Lesly mit einem verständnisvollen Lächeln.

»Wir verdanken euch unser Leben«, sagte Lenny mit großen Augen. »Ben würde das Gleiche sagen«, fügte Aurora hinzu.

Ich lächelte die Hunde ehrlich gerührt an. »Es bedeutet mir wirklich viel, dass ihr uns begleiten wollt.«

Die schneeweiße Hündin schmunzelte. »Wir sind dir etwas schuldig. Euch«, berichtigte sie sich und sah Kupfer und Klee kurz an. Die zwei Rüden nickten verständnisvoll.

»Wir bleiben bis zum Ende«, versprach Lenny unheilvoll.

Ich musste lachen. »So weit wird es hoffentlich nicht kommen.«

»Und ... und du bist halb Rudel - und halb Einzelwolf?«

Das war Klee. Er hatte diesen Teil der Geschichte auch noch nicht gewusst. Nun starrte er mich geschockt an, als wäre mir ein zweiter Kopf gewachsen.

Ich nickte und schaute ihm tief in die Augen. »Nebel war nicht tot, als sie von der Klippe in den Fluss fiel. Sie hat als Einzelwölfin und mit meinem Vater, Löwe, weitergelebt.«

Es war hart, Klee die Wahrheit über seine frühere Mondwächterin zu erzählen, auch wenn er sie nie kennengelernt hatte. »Und du bist ... ihre Tochter?«, wiederholte er. Sein Blick zu meiner Überraschung erfreut.

Ich nickte, woraufhin Klee einen Freudenschrei ausstieß. Verwundert sah ich ihn an. Warum war er so glücklich darüber, dass ich Nebels Tochter war?

»Beim Ewigen Rudel, Silber! Weißt du nicht, was das bedeutet?«, fragte er ganz aufgeregt.

Irritiert sah ich ihn an. »Nein …«, bellte ich langsam.

»Du bist die rechtmäßige Mondwächterin des Nachtrudels!«

Hundedreck! Ich hatte gehofft, Klee würde diese Kleinigkeit nicht sofort auffallen.

»Was?«, fiepte Kupfer erschrocken und starrte mich an.

Angst lag in seinem Blick. *Er hat Angst, dass ich im Rudel bleibe!* Nein. Das würde ich nicht. Ich würde unseren Plan befolgen. An Klee gewandt, bellte ich entschlossen: »Das mag sein. Aber ich werde nicht die Mondwächterin. Ich werde allein meine Bestimmung erfüllen und dann mit Kupfer leben. Ich liebe ihn.«

Überraschtes Lufteinziehen war von den Hunden zu hören. Sie wussten noch nicht, dass wir zusammen waren.

Ich ignorierte sie jedoch, sah nur Klee an. Seine Freude war wie weggewischt.

»Aber … aber …«, stotterte er verwirrt.

Ich erklärte ihm ruhig: »Ich bin Rudel - und Einzelwolf. Ich werde das Rudel als Rudelwölfin retten und als Einzelwölfin mit Kupfer weiterziehen. Es tut mir wirklich leid, Klee, bloß wie du gesagt hast: Ich fühle mich in der Freiheit wohler als in einem Rudel.«

Klee starrte mich ein paar Herzschläge verständnislos an, dann nickte er leicht und sah betrübt auf seine Pfoten.

Mein Blick glitt zu Kupfer, der mich mit dem liebevollen Lächeln ansah. Er war erleichtert.

Ich seufzte und wandte mich an die anderen.

»Hat noch jemand Fragen?« Ein kleines Lachen entfuhr mir bei der Frage. Natürlich hatten sie Fragen.

Aber sie stellten sie nicht. Stattdessen räusperte sich Korn und bellte: »Ich glaube, wir sollten jetzt weiter. Wir können unsere Fragen Silber heute Abend stellen.«

Er stand auf und trottete auf die offene Fläche zu.

Ich und die anderen folgten ihm.

Innerlich war ich froh, nicht mehr über Nebel oder das Rudel reden zu müssen.

Korn führte unsere kleine Gruppe auf die große Lichtung hinaus. Hier draußen wehte der kalte Wind uns um die Ohren und ich plusterte mein Fell auf, um mich ein wenig warm zu halten. Ich ging neben Kupfer, aber ich ließ mich zurückfallen, als ich sah, dass Klee am Ende unserer Gruppe, ganz allein dahin trottete.

»Hey ...« Zögerlich stupste ich meinen Freund gegen die Schulter, als ich neben ihm schlenderte.

Er hob den Kopf und sah mich fragend an.

Ich wollte unser Gespräch nicht so stehen lassen.

»Hör zu ... mir tut es leid, dass ich nicht im Rudel bleiben kann. Ich weiß, ich wäre nach den Bräuchen der Rudelwölfe die rechtmäßige Mondwächterin, doch ich habe mich entschieden. Mir ist klar, dass du dir wünschst, ich würde bleiben. Ich wünsche mir auch wirklich, ich müsste dich nicht verlassen, allerdings ... kann ich nur ein Leben leben. Und ich habe das eines Einzelwolfes gewählt.«

Klee sah mich eine Weile lang an, bevor er langsam die Luft ausstieß. Vor seinem Maul bildete sich eine Atemwolke.

»Ich weiß, Silber«, flüsterte er. »Trotzdem dachte ich, dass ... na ja ... dass deine Herkunft etwas ändert. Dass du dich vielleicht doch für das Rudel entscheidest, weil du dort nun einen

Platz hast.« Er seufzte, ehe er leicht lächelte. »Aber das hast du nicht. Und es ist nicht schlimm. Ich weiß, dass du in die Freiheit willst, nur da kannst du wirklich glücklich sein. Und das ist das Einzige, was ich immer wollte; dass du glücklich bist.«

Auf meiner Miene wuchs ein gerührtes Lächeln. Ich freute mich so, einen so verständnisvollen und treuen Freund zu haben, gleichzeitig zerriss der Gedanke, dass ich ihn bald verlassen würde, mir das Herz. »Ja, Klee. Ich bin in der Freiheit glücklich. Aber ich war ebenfalls im Rudel froh.«

Ich sah ihn fest an. »Weil ich *dich* hatte. Ich danke dir von ganzem Herzen, dass du stets für mich da warst und mir mein Leben dort so erleichtert hast. Ich wüsste nicht, was ich ohne dich getan hätte. Egal, was ich tue oder wohin ich gehe, ich werde nie wieder so einen Wolf treffen, wie dich. Du warst immer für mich da.«

Ein Schmunzeln entsprang meiner Miene, als ich mich daran erinnerte, wie wir im Rudel zusammengehangen hatten.

»Ich habe mich stets gefragt, warum du anders bist. Warum du mich nicht hasst. Jetzt weiß ich es. Und ich bin froh, dass ich es weiß. Ganz gleich, was auch geschehen mag, du wirst mir immer viel bedeuten.«

Kurz drückte ich meine Schnauze gegen seine Wange und trottete so dicht an ihm, dass sich unsere Felle berührten.

Klee lächelte mich liebevoll an, sagte jedoch nichts, sondern genoss einfach die beruhigende Zweisamkeit.

Ich sah in seinen Augen, dass ihm meine Worte einiges bedeuteten.

Eine ganze Weile lang schlenderten wir so über die riesige offene Fläche. Es fühlte sich gut an, Klee wieder nahe zu sein.

Ich wusste, ich musste die Zeit mit ihm genießen, denn sie würde bald vorbei sein.

Wir waren in der Mitte des Tals angekommen, als Aurora von vorne rief: »Klee, komm mal her! Lenny will mit dir über das Nachtrudel reden!«

Der gefleckte Rüde schmunzelte belustigt. »Ich komme, Aurora!« Er sah mich amüsiert an. »Na dann. Ich freue mich, dass wir nochmal darüber gesprochen haben. Ich bin froh, dass nichts mehr zwischen uns steht, Silber.«

Er stupste mich noch einmal freundschaftlich an die Schulter, ehe er an Tempo zulegte und zu Aurora und Lenny aufschloss. Ich sah ihm nach und trottete mit einem fröhlichen Lächeln am Schluss der Gruppe dahin.

Ich habe so viel Glück diesen Wolf an meiner Seite zu wissen!

»Danke«, flüsterte da eine Stimme dicht neben mir. Überrascht bemerkte ich erst jetzt, dass Kupfer sich zu mir hatte zurückfallen lassen. Verwundert sah ich den Goldenen an. »Danke? Wofür?«

»Danke, dass du dich für mich entschieden hast.«

Immer noch verwirrt starrte ich ihn weiter an. »Entschieden? Ich folge nur unserem Plan.«

Kupfer nickte leicht. »Ich wusste nicht, dass du die rechtmäßige Wächterin von Klees Rudel bist.«

Energisch schüttelte ich den Kopf. Ich wollte Kupfer zeigen, dass ich keine Zweifel an unserer Zukunft hatte. Ich hatte meine Wahl endgültig getroffen.

»Das bin ich auch nicht. Ich wäre es, wenn mein Vater auch ein Rudelwolf gewesen wäre. Jetzt ... ich wurde nicht in diesem Nachtrudel geboren, also habe ich nichts mit diesen Wölfen zu - «

»Rudelblut fließt durch deine Adern. Das Blut von Klees Rudel. Du bist mit ihnen verbunden«, unterbrach Kupfer mich sanft und mit einem kleinen Lächeln.

Doch ich schüttelte wieder den Kopf. »Ich bin auch mit der Wildnis verbunden. Mit der Freiheit. Und mit dir. Ich habe mich für uns entschieden und daran kann kein Rudelblut etwas ändern.«

Ich lächelte liebevoll, aber Kupfer ließ sich nicht ablenken. »Das mag sein. Aber fällt es dir nicht schwer, dein Rudel einfach so hinter dir zu lassen, wenn du weißt, dass du zu ihnen gehörst?«

Ich seufzte niedergeschlagen. *Ich habe mich entschieden. Für eine Seite meines Lebens. Ich kann nicht beide Leben leben.* Bei der Erinnerung an das Nachtrudel wollte ein Knurren in mir aufsteigen. *Außerdem haben diese Wölfe mich nie als eine der Ihren gesehen ...*

»Nein, es fällt mir nicht schwer, weil diese Rudelwölfe mich hassen«, erklärte ich ehrlich. »Ich wäre sogar lieber im Eisrudel geblieben, wenn ich die Wahl gehabt hätte. Dort werden wir wenigstens respektiert. Dort ist Blut ganz egal. Beim Nachtrudel bestimmt Blut über dein Leben. Aber du hast nicht gesehen, wie die Wölfe mich behandelt haben ...«

»Doch. Sie wollten dich töten«, murmelte Kupfer finster. Mein Fell stellte sich bei dieser Erinnerung auf.

»Genau«, knurrte ich. »Warum also sollte ich bei ihnen bleiben wollen? Ich helfe ihnen nur, weil Klee mein bester Freund ist und Brise und Eisblitz mich aufgezogen haben. Diese drei sind die Einzigen, die es wirklich verdient haben, ein gutes und langes Leben zu führen.«

Kupfer sah mich von der Seite her an. Zweifel lagen in seinen hellgrünen Augen.

»Ich weiß nicht«, murmelte er. »Kein Wolf hat es verdient, zu sterben ...«

»Was ist mit Schatten? Hatte er es nicht verdient?«

Der goldene Rüde seufzte. »Doch … das war aber auch was anderes ...«

»Was anderes?«, wiederholte ich entrüstet. Nun wurde ich wütend. Warum sprach Kupfer so über das Rudel, als wollte er mich überreden, bei ihnen zu bleiben?

»War es etwas anderes, als Maus, Stern und Distel versucht haben, mich zu töten? War es ...«

Ich stieß ein lautes Knurren aus, holte tief Luft und schlug mit der Pfote auf den Schnee.

»Ach! Ich will nicht darüber reden! Wir retten das Rudel, dann verlassen wir es. Ich werde keine Krallenmondwölfin oder Mondwächterin, weil ich mich für meine Einzelwolf - Seite entschieden habe. Bitte, hör auf, darüber zu reden. Dieses Thema macht mich aggressiv!«

Mein ganzer Körper kribbelte nun vor Wut. Ich wollte keine Wächterin werden! Ich wollte nicht Rudel - und Einzelwölfin sein! Ich wollte diese hundedumme Bestimmung nicht haben!

Rrrh! Egal. Wir haben einen Plan ... es ist alles gut ... wir befolgen diesen Plan und sprechen jetzt nicht mehr über das Rudel! Und tatsächlich: Kupfer blieb still.

Wir gingen langsam hinter den anderen her, schwiegen, sodass allmählich die Wut in mir erlosch und ich ruhig wurde.

Wir haben diesen Plan. Ich lasse mich von nichts und niemand von ihm abbringen.

Um mich gänzlich zu beruhigen, nahm ich einen tiefen Atemzug von der eisigen Luft, die meine Lungen sofort erfrischte.

»Weißt du noch, als wir Flamme begegnet sind?«, fragte Kupfer nach einer Weile plötzlich.

Ich sah ihn an. »Wir waren am Anfang unserer Reise«, erinnerte ich mich.

»Wir wollten die ganze Welt sehen«, murmelte der junge Rüde mit fast schon verträumtem Gesichtsausdruck.

Mit einem kleinen Lächeln erwiderte er meinen Blick. »Na ja, ein wenig haben wir das ja bereits.«

Ich nickte lächelnd. »Oh, ja. Und wenn wir weiterziehen, werden wir noch mehr - «

Ein lautes Knacken ließ mich abrupt zum Stehen kommen.

»Hast du das gehört?«, fragte ich Kupfer mit gespitzten Ohren. Der Rüde war ebenfalls zum Stillstand gekommen und nickte. »Ja, habe ich.«

Unsere Gefährten, die ein paar Sprünge vor uns liefen, gingen weiter. Sie hatten es anscheinend nicht gehört.

»Hey, Aurora, Korn, wartet kur - « Ein erneutes Knirschen und Ächzen war auf einmal zu hören.

»Woher kommt das?«, wunderte sich Kupfer und sah sich verwirrt um. Da bemerkte ich eine Bewegung unter mir. Genau zwischen meinen Vorderpfoten befand sich plötzlich ein kleiner, hellblauer Riss im Schnee. Das Knacken ertönte wieder, der Riss wurde größer und schlängelte sich vorwärts. Entsetzt keuchte ich auf, als ich verstand.

Wir standen nicht mitten auf einer riesigen Lichtung. Wir standen mitten auf einem riesigen See!

2. KAPITEL

»Nicht bewegen!«, zischte ich schnell.

Kupfer verharrte bewegungslos, auch wenn er keinen Schimmer hatte, was vor sich ging. »Was ist los?«, fragte er leise.

Meine Gedanken spielten verrückt. Wir standen mitten auf einem riesigen, zugefrorenen See.

Und es sah so aus, als würde das Eis anfangen zu brechen.

»Wir stehen auf einem See!«, rief ich, mit starrem Blick auf den Riss zwischen meinen Pfoten. »Das Eis bricht!«

Kupfer zog erschrocken die Luft ein, bewegte sich aber nicht. Einen Moment hielt ich den Atem an, rührte keinen Muskel, als der Riss verharrte.

Für einen Augenblick hatte ich die Hoffnung, dass das Eis halten würde. Doch da knackte es wieder und ein anderer Riss wurde unter dem Schnee sichtbar.

Dieser wurde breiter und schlängelte sich zu Kupfer hinüber. Nun starrte auch der junge Wolf die Risse an, mit großen Augen und angehaltenem Atem.

»Was machen wir?«, fragte er flüsternd, ohne den Blick zu heben. Ich antwortete erst nicht, da ich es wirklich nicht wusste. Da jedoch krachte es plötzlich lauthals. Wir wirbelten herum. Genau hinter uns brach das Eis auf einmal auf und dunkelblaues Wasser kam zum Vorschein.

So erschrocken wie wir waren, sprangen wir zurück. Einen Herzschlag starrte ich noch das Wasser an, bis ich merkte, dass die Risse weiterzogen. Und das aufbrechende Eis mit ihnen.

»Lauf!«, jaulte ich über das laute Knacken hinweg.

Wir stürzten beide gleichzeitig vor, rechtzeitig, denn einen Augenblick später brach das Eis genau an der Stelle, an der wir gestanden hatten.

Wir sprangen weiter über den Schnee, der nur wenige Sprünge hinter uns wegbrach und das kalte Wasser mit lautem Knirschen frei ließ.

Unsere Freunde waren stehen geblieben und starrten nun geschockt zu uns zurück.

»Lauft!«, jaulte ich ihnen zu, als wir zu ihnen rannten.

Unsere Gefährten gehorchten sofort und jagten etwas vor uns über das Eis. Meine Pfoten donnerten über das Weiß, nun spürte ich auch das harte Eis, was ich vorher für Gras gehalten hatte.

»Wir müssen an den Rand!«, heulte ich, während hinter uns wieder das Eis brach und mit lautem Platschen und Knirschen in das eisige Wasser fiel.

Ich wagte einen Blick über die Schulter und erzitterte.

Der halbe See war aufgebrochen. Eisschollen trieben auf ihm, das dunkle Wasser schwappte aufgebracht, leckte am festen Untergrund, der ein paar Herzschläge später auch aufbrach.

So schnell wir konnten, rasten wir über den See, immer nur einen Sprung vom kalten Wasser, entfernt.

»Das Eis bricht überall!«, jaulte Kupfer. »Wir können nicht an den Rand!« Der goldene Rüde hatte recht. Es gab nur den Weg nach vorn.

Mein Herz machte einen Aussetzer, als ich fast auf einem Stück Eis ausrutschte. Mir entfuhr ein erschrockenes Wimmern, da aber fing ich mich wieder und sprang vor.

Hundedreck! Wie sollten wir es schaffen, das Ufer zu erreichen, bevor das Wasser uns eingeholt hatte?

Soweit konnten wir nicht laufen, auch wenn wir durch unseren Aufenthalt im Gefängnis schneller und kräftiger geworden waren. Wir konnten nicht in den See fallen, die Kälte würde uns sofort lähmen.

Was sollen wir nur -

Ein panischer Aufschrei unterbrach meine Gedanken und ich wirbelte zu Kupfer herum.

Gerade noch sah ich, wie der junge Rüde sich aufrappeln wollte, das Wasser war jedoch schneller.

Ehe Kupfer aufstehen konnte, brach das Eis unter seinen Pfoten und er fiel mit einem erschrockenen Schrei ins schwarze Wasser.

»Nein!«, jaulte ich erschüttert, während ich schlitternd zum Stehen kam. »Kupfer!«

Ohne nachzudenken, sprang ich meinem Gefährten hinterher.

Ein Schock überkam mich, als sich die Wasserdecke über mir schloss. *Kalt! Kalt! Kalt!*

Für einen Moment konnte ich mich nicht mehr bewegen, meine Glieder waren starr vor Schreck.

Ich öffnete die Augen und entdeckte nichts als Finsternis unter mir. Die Sonne schickte ihre Strahlen nur ein paar Sprünge ins Wasser, sodass ich wusste, wo die Wasseroberfläche war.

Mit den Augen suchte ich verzweifelt nach Kupfer.

Nur wenige Sprünge entfernt sah ich ihn, an der Oberfläche.

Ich schwamm zu ihm, mein ganzer Körper schmerzte, wegen der erbitternden Kälte.

Es ist nicht so schlimm, wie im Gefängnis!, redete ich mir mit zusammengebissenen Zähnen ein.

Ich durchbrach die Wasseroberfläche, sog eilig Luft in meine Lungen. »Kupfer!«

Der Rüde strampelte neben mir, sah sich hektisch um.

»Was machst du hier?«, knurrte er mich wütend an, nachdem er Wasser aus seinem Maul gehustet hatte.

»Ich helfe dir!«, antwortete ich unter großer Anstrengung, mit dem Kopf nicht unterzutauchen.

Das Wasser war aufgebracht. Es schwappte hin und her, während es mehr und mehr Eis abbrechen ließ.

Kupfer konnte nicht antworten, denn sein Haupt wurde von einer Welle unter Wasser gedrückt.

Hustend und strampelnd kam er wieder hoch.

»Wir müssen ans Ufer!«, jaulte er, musste aber würgen, als das kalte Wasser ihm erneut in den Mund floss.

»Hier ist kein Ufer!«, rief ich ihm zu. Das Wasser war überall. Es hatte sich bereits jetzt einige Sprünge vorgearbeitet, von der Stelle, an der Kupfer ins Wasser gefallen war.

»Wir müssen auf eine Eisscholle!« Kupfer hatte ein Stück schwimmendes Eis nicht weit von uns fixiert und schwamm mit kräftigen Zügen darauf zu.

Ich folgte ihm mit fest geschlossenem Maul, um nicht noch mehr Wasser zu verschlucken.

Mein Fell war längst vollgesogen mit dem kalten Nass. Es zog mich nach unten, weshalb es mir noch schwerer fiel, nicht unterzugehen.

Angestrengt hielt ich meinen Kopf über Wasser, atmete nur durch die Nase, während ich mich voll auf Kupfer konzentrierte. Er war schon an der Eisscholle angekommen, krallte sich mit den Vorderpfoten am Rand fest und versuchte sich hochzuziehen. Aber er rutschte immer wieder ab.

Da erhaschte ich aus dem Augenwinkel eine weitere Eisscholle, die durch eine Welle angetrieben, direkt auf die Scholle, an der Kupfer sich festkrallte, zusteuerte.

»Kupfer, pass auf!«, heulte ich so laut und schnell ich konnte. Der Wolf drehte den Kopf, sah die Eisscholle, die unmittelbar auf ihn zuhielt und ließ sich ins Wasser fallen.

»Kupfer!« Die Eisschollen krachten mit einem ohrenbetäubenden, knirschenden Schlag zusammen.

Kupfer konnte ich nicht sehen. War er rechtzeitig untergetaucht? Oder hatten ihn die Eisschollen zerquetscht?

Ich nahm einen tiefen Atemzug und tauchte unter.

Auch wenn ich merkte, dass meine Kräfte mich langsam verließen, musste ich Kupfer helfen.

Ich entdeckte ihn, dem Ewigen Rudel sei Dank, unter der Eisscholle. Eilig schwamm ich zu ihm.

Er erkannte mich und sah mich wütend an, was so viel heißen sollte, wie: *Warum bist du auch hier?*

Ich erwiderte seinen Blick mit einem Gesichtsausdruck, der ihm sagen sollte: *Weil ich mir Sorgen gemacht habe!*

Kupfer schüttelte leicht den Kopf, ein angedeutetes Lächeln lag trotzdem auf seinem fest geschlossenen Maul.

Er schwamm an mir vorbei, in Richtung Oberfläche.

Ich wollte ihm folgen, aber da erstarrte ich.

Eis versperrte uns den Weg an die Luft.

Mir wurde schlagartig schlecht. Ich ruderte auf das Eis zu, bis ich es mit der Schnauze berührte.

Es war fest. Es war eine Eisdecke. Wir waren unterm Eis!

Aber wie konnte das sein? Gerade eben waren wir doch noch im freien Wasser gewesen.

Wild sah ich mich um, aber überall entdeckte ich nur Eis.

Mein Blick begegnete Kupfer, der mich erschrocken und genauso ratlos ansah.

Panik ergriff mich, als ich merkte, dass mir die Luft ausging. Ich brauchte neuen Atem.

Meine Kehle fing an zu schmerzen. Meine Lungen pochten wild und ich musste mich konzentrieren, nicht das Maul zu öffnen. Kupfer ging es ähnlich. Er allerdings schwamm rasch weiter, suchte nach einem Weg an die Oberfläche.

Ich folgte ihm erneut, schnell und mit kräftigen Zügen, um noch etwas länger die Luft anhalten zu können.

Über uns konnte ich die Sonne sehen, verzerrt, als würde man sein Spiegelbild im Wasser anschauen. *Wir sind aber im Wasser! Und wir sehen durch Eis!*

Wir schwammen ein wenig weiter, aber weit und breit gab es kein freies Wasser.

Hat uns die Strömung wirklich soweit getragen? Warum bricht das Eis nicht auch hier?

Meine Gedanken begannen unkontrollierbar herumzuwirbeln. Angst und Panik ergriffen meinen Kopf, als mir klar wurde, dass, wenn wir nicht bald aus dem Wasser kamen, ertrinken würden.

Nein! Nebel! Löwe! Raven! Hilfe!

Das Ewige Rudel würde nicht zulassen, dass wir jetzt starben. Sie brauchten mich noch.

Bitte! Helft uns!

Wild wirbelte ich mit den Pfoten. Meine Brust spannte sich an, nicht mehr lange und ich würde wahrhaftig ertrinken.

Nein! Nein! Ich will nicht sterben! Ich will nicht, dass Kupfer stirbt!

Da sah ich den goldenen Rüden. Er schwamm nur ein Stück vor mir, den Blick auf das Eis gerichtet. Auf das Eis, das uns von der so dringenden Atemluft trennte.

Ich spürte, wie mein Herz wild schlug. Es donnerte hart gegen meine Rippen.

Plötzlich stiegen Luftblasen vor dem Rüden auf.

Einen Moment wunderte ich mich, dann aber wurde der Rüde schlaff und sank ganz langsam in die Dunkelheit.

Nein! Er hatte das Maul geöffnet! Er hatte nicht mehr länger ausgehalten! So schnell ich konnte, schwamm ich zu ihm hinab, obwohl ich selber fühlte, dass es gleich vorbei war. *Kupfer! Ich komme!*

Ich musste ihn retten. Selbst wenn ich keine Luft mehr hatte, musste ich ihn retten.

Er hatte verdient zu leben. Definitiv hatte er es nicht verdient, so zu sterben.

Stürmisch trampelte ich auf den goldenen Rüden zu, der schlaff in die Tiefe sank, ohne sich zu bewegen.

Er hat das Bewusstsein verloren!

Ich durfte es jetzt nicht ebenfalls verlieren. Ich musste ihn an die Oberfläche bringen, auch wenn es keine gab.

Er muss aber leben! Es muss einen Ausweg geben!

Das Wasser wurde kälter, je tiefer ich schwamm.

Egal! Alles ist egal! Ich sah nur noch das goldene Fell, was weich an Kupfers Körper zu schweben schien.

Ich muss ihn erreichen!

Ich war fast bei ihm, das Licht war genauso beinahe weg. Allmählich sank Kupfer in Finsternis.

Nein! Er darf nicht verschwinden!

Ich paddelte mit den Pfoten schnell vor, als ob ich auf fester Erde laufen würde.

Mein Herz donnerte nun so stark und schmerzend gegen meine Brust, dass ich dachte, es würde zerspringen.

Meine Lungen schrien nach Luft. Sie waren kurz davor zu platzen.

Aber ich erreichte ihn. Kurz bevor die Dunkelheit ihn ganz verschlucken konnte, spürte ich sein Fell an meinen Vorderpfoten. Ich beugte mich zu ihm, packte sein Fell mit den Zähnen und zog. Wild ruderte ich mit den Pfoten, um den schweren Rüden nach oben zu ziehen.

Es gibt kein Oben! Es gibt keine Luft!

Auch, wenn wir ertrinken würden, musste ich Kupfer ans Eis befördern. So nah an die Atemluft, wie nur möglich. Damit ich mir wenigstens einbilden konnte, ich hätte ihn gerettet.

Aber als ich den Kopf wieder dem Licht über uns zuwandte, sah ich etwas Unglaubliches: ein Loch im Eis. Genau über uns.

Verwundert wäre ich fast versteinert. Wie konnte das sein? Eben noch hatte es keine Chance gegeben, aus unserem kalten Gefängnis auszubrechen und jetzt?

Danke Löwe! Danke Raven! Danke Nebel!

So schnell ich mit meinen brennenden Lungen schwimmen konnte, paddelte ich auf das Loch zu.

Die Sonnenstrahlen, die hindurch schienen, blendeten mich, aber ich schwamm weiter, immer auf das Licht zu.

Kupfers schlaffen Körper hielt ich fest zwischen meinen Zähnen. *Nur noch ein kleines Stück!*

Erneut trieb ich meinen erschöpften Körper an und …

Brach durch die Wasseroberfläche.

Das Loch war klein, genau vor mir befand sich das feste Eis. Sofort beförderte ich Kupfers Körper mit einem Ruck darauf und zog erstmal tief die dringend benötigende Luft ein.

Ich verschluckte mich und würgte. Mit meinen Krallen hielt ich mich an der Eiskante fest, während mein ganzer Körper noch im Wasser trieb. Mit letzter Kraft zog ich mich hustend aus dem Loch und brach neben meinem Freund zusammen.

Völlig ausgelaugt streckte ich alle Glieder von mir. Ich war so erleichtert, festen Boden unter mir zu spüren.

Gierig zog ich die kalte Luft in mir auf, genoss das eisige Gefühl in meinen Lungen, die langsam aufhörten zu schmerzen. Ich hob träge den Kopf und drückte mich an den nassen Pelz meines Gefährten.

»Kupfer«, krächzte ich. Aber der goldene Rüde antwortete nicht. Er lag bewusstlos da, ohne sich zu rühren.

Entsetzt starrte ich ihn an. War ich zu spät gewesen? Hatte er schon zu viel Wasser geschluckt?

Nein! Das konnte ich nicht zulassen. Mit meinen Vorderpfoten hievte ich den Rüden auf den Rücken.

Mit aller letzter Kraft warf ich mich mit all meinem Gewicht auf die Brust meines Gefährten.

Sofort zuckte Kupfer zusammen. Seine Augen schlugen ruckartig auf und er zog scharf die Luft ein.

Er wälzte sich sogleich auf die Seite und hustete und würgte. Ich ließ mich erleichtert neben ihn sinken.

Ich war nicht zu spät. Es ist alles gut. Kupfers ganzer Körper zitterte neben mir, während er spuckte.

Ich presste mich an ihn, realisierte noch gar nicht, was gerade passiert war. Wir lebten. Wie waren nicht ertrunken.

»Wir… leben…«, flüsterte er da mit heiserer Stimme.

Wieder hustete er laut. Das Zittern hörte nicht auf.

»Ja. Wir … leben«, stimmte ich ihm leise zu.

Kupfer drehte den Kopf zu mir, Wassertropfen tropften ihm von der Schnauze. Seine hellgrünen Augen leuchteten durch die Nässe noch mehr als sonst.

»Du hast mir … das Leben gerettet …« Er schaute mich ganz ungläubig an, als wäre das etwas Außergewöhnliches.

Zwischen uns war es das aber schon lange nicht mehr.

Ich lächelte ihn liebevoll an und leckte ihm über die nasse Schnauze. »Das ist das, was wir tun. Wir retten uns gegenseitig das Leben.«

Als ob er sich jetzt erst wieder daran erinnern könnte, zeigte er mir sein ehrliches, liebevolles Lächeln und schmiegte sich fest an mich. »Trotzdem danke«, flüsterte er an meiner Wange.

Ich schmunzelte, auch wenn er es nicht sah. »Ich würde es immer wieder tun.«

Mir war kalt. Mein Körper zitterte, genauso wie der von meinem Gefährten. Mein nasses Fell klebte an meinem Körper, meine Pfoten fühlten sich taub an.

Aber mein Herz schlug erneut einigermaßen regelmäßig und meine Lungen hatten sich beruhigt.

Wir lagen noch eine Weile so da, einfach erleichtert, dass wir nicht ertrunken waren.

»Wo kam das Loch her?«, fragte Kupfer dann und nahm den Kopf etwas zurück, damit er mir in die Augen sehen konnte.

Ich zuckte mit den Schultern. »Ich glaube, Löwe oder Nebel haben es geöffnet.«

Kupfer schmunzelte verstehend. »Ja, deine Mutter würde dich nie sterben lassen.«

Bei seinem Satz zuckte ich innerlich zusammen.

Nebel war nicht meine Mutter. Sie war die Mondwächterin des Rudels, sonst nichts.

Doch ich nickte knapp. »Vielleicht.«

Da ertönte ein entsetztes Bellen hinter uns.

Ich drehte den Kopf und sah, dass Klee, Korn und die Hunde zu uns gerannt kamen.

Als ich meine Freunde sah, erkannte ich erst unsere Umgebung. Wir lagen am Rande des Sees.

Nur wenige Sprünge entfernt, lag das Ufer und die schneebedeckten Bäume.

Hinter uns lag der große See. Weit in der Ferne konnte ich noch das wirbelnde Wasser sehen, aber das Eis war hier nicht gebrochen.

»Silber! Kupfer!« Mit erschrockenen Schreien kamen unsere Gefährten angerannt. Klee erreichte uns als Erster, blanke

Angst lag in seinen Augen. »Silber!« Besorgt beugte er sich vor und beschnüffelte mich wild.

»Was ist passiert?«, fragte Lenny mit großen Augen, als der Rest der Freunde ankam.

»Wir ... sind ...« Bevor ich zu Ende reden konnte, unterbrach Klee mich: »Das könnt ihr uns erzählen, wenn ihr aufgewärmt seid. In eurem jetzigen Zustand erfriert ihr in kürzester Zeit. Wir müssen euch hier wegbringen!«

Die Hunde nickten zustimmend. Ich versuchte aufzustehen, aber ich spürte meine Pfoten nicht und fiel wieder auf das harte Eis.

»Ich trage dich«, entschied Klee, der sich schon zu mir gebeugt hatte. Ich widersprach nicht. Ich war zu erschöpft.

Schlaff ließ ich mich von Lesly auf Klees Rücken ziehen, während Aurora Kupfer trug.

»Ihr seid ja eiskalt!«, japste die weiße Hündin, als sie Kupfer auf ihren Schultern hatte.

Klee schnaubte. »Was glaubst du, warum sie so nasses Fell haben? Natürlich sind sie kalt! Sie waren im Eiswasser!«

»Dann los!«, rief Lenny und führte uns ans Ufer und in den Wald. Ich beachtete die Landschaft nicht, sondern schloss die Augen und legte den Kopf auf Klees Schultern ab.

Ich spürte sein warmes Fell und seine kräftigen Muskeln, die unter seinem Pelz tanzten.

Sein Körper ließ mich sachte auf und ab hüpfen, als ob ich auf einer Welle treiben würde. Diese Bewegungen beruhigten mich. Ich war so erschöpft, dass ich auf Klees Rücken einschlief.

Lange blieb es schwarz. Ich befand mich in angenehmer Dunkelheit, warm und friedlich.

Doch plötzlich spürte ich Gras unter meinem Körper.

Blinzelnd öffnete ich die Augen. Ich lag an den Wurzeln eines Ahornbaumes.

Um mich herum ein heller Wald. Die warme Sonne sprenkelte den Boden mit goldenen Flecken, die Luft war erfüllt von schwerem Beuteduft.

Alles war so friedlich. So schön, gemütlich, warm und ruhig. Der perfekte Ort, um sich auszuruhen.

Leider war es mit der Ruhe schnell vorbei. Hinter meinem Baum trat eine Wölfin hervor und setzte sich vor mich.

Natürlich war es Nebel. Wer auch sonst?

Ich sah sie an und wartete, bis sie etwas sagte.

Das dauerte länger als erwartet. Die silbergraue Wölfin musterte mich prüfend.

»Du sagst ja gar nichts«, stellte sie nach einer Weile fest.

Ich zuckte mit den Schultern, verwundert, über diesen Satz. »Was soll ich sagen? *Du* bist doch zu *mir* gekommen.«

Wirklich verwirrt sah ich sie mit gespitzten Ohren an.

Nebel seufzte. »Ich dachte, du würdest mich anschreien und wütend sein«, gab sie leise zu.

Still sah ich sie an. Aus irgendeinem Grund, den ich nicht kannte, war ich nicht zornig. Ich hatte auch kein Bedürfnis, die Wächterin anzuknurren.

Ich wusste nicht, was ich sagen sollte.

Diese Wölfin vor mir, die Mondwächterin des Rudels, was ich retten sollte, war meine Mutter?

Sie schaute mich mit angelegten Ohren und unsicherem Blick an, sah schon fast unterwürfig aus.

Warum zeigt sie so viel Schwäche?

Sonst hatte ich Nebel immer als starke, selbstbewusste Wölfin gesehen, die alles tat, um ihr Rudel zu retten.

Jetzt, sie so zu sehen, mit hängenden Schultern und Traurigkeit in ihrem hellblauen Blick, war ungewohnt.

»Warum ... warum sollte ich sauer sein?«, fragte ich nach kurzer Zeit ironisch. »Weil du mir ins Gesicht gelogen und mich betrogen hast? Weil du wusstest, dass ich meine Mutter unendlich vermisse, du dich trotzdem nie gezeigt hast?«

Die Silbergraue erhob fast verzweifelt die Stimme: »Aber ich war immer da! Ich war die Stimme in deinem Kopf, die dir bei Dorns Tod gesagt hat, dass du aufstehen sollst! Ich habe dir auf dem Nachhauseweg die Wunden versorgt und dir neue Kraft gegeben ...«

Ich schnitt ihr das Wort ab: »Das wäre nicht nötig gewesen! Genau deswegen hat das alles doch angefangen! Weil Klee nicht verstand, warum ich keine Verletzungen hatte!«

Da wurde mir blitzartig etwas klar.

Ich hatte nicht wegen Dorns Tod das Rudel verlassen. Sondern wegen Nebels Tat.

»Wenn *du* nicht gewesen wärst, hätte ich das Rudel nie verlassen!«

3. KAPITEL

Nebel zuckte zusammen, als hätte ich sie geschlagen.

»Aber du hast es geschafft«, fuhr ich luftausstoßend fort. »Du hast erreicht, was du wolltest: Ich kehre zum Rudel zurück und werde es retten. Das war doch immer das Einzige, was du wolltest.«

Die Wölfin sah mich schockiert an. »Nein«, kläffte sie dann jedoch bestimmt. »Das war nie das Einzige, was ich wollte. Ich wollte, dass meine Tochter dorthin zurückkehrt, wo sie hingehört.«

Bei ihren Worten starrte sie mich fest an. Ich starrte zurück.

»Ich gehöre nicht zu diesem Nachtrudel. Aber ich werde es retten.« Ich wollte keinen Streit. Ich wollte einfach nur, dass diese Wölfin verstand, dass ich das Rudel zwar retten, allerdings nicht in ihm leben würde.

»Danach werde ich mit Kupfer weiterziehen. Weil ich ihn liebe, weil ich auch das Blut einer Einzelwölfin in mir trage! Weil das meine Zukunft ist!«

Nebel sah mich für einen Moment ausdruckslos an, schließlich neigte sie leicht den Kopf. »Na schön. Wenn es das ist, was du willst.«

Ich nickte fest. »Ja. Das ist, was ich will.«

Für einen Augenblick schwiegen wir uns an.

Doch nach einer Weile erhob Nebel resigniert die Stimme: »Dann komm. Deine Freunde warten auf dich.«

Verwundert sah ich die Mondwächterin an, die aufstand und los trottete. Ich sprang ihr nach und holte sie ein.

»Heißt das, wir gehen zum Lager?«

Nebel sah mich an. »Natürlich. Was hast du denn gedacht?«

Ich zuckte nur mit den Schultern. *Was weiß ich, was du noch für Ideen hast, mit denen du mich dazu bewegen willst, beim Rudel zu bleiben?*

Das sagte ich selbstverständlich nicht laut.

Stattdessen schaute ich mir die Umgebung an.

Ich hatte das Gefühl, in diesem Teil des Waldes noch nie gewesen zu sein. Die helle Umgebung war mir fremd.

Ein Bach schlängelte sich neben uns durch die Bäume. Er plätscherte sacht vor sich hin. Dieses Geräusch beruhigte mich und war Balsam für meine Ohren.

Da fiel mir wieder ein, was vor meinem Einschlafen geschehen war. Kupfer und ich wären beinahe ertrunken.

»Du warst das, oder?«

Nebel sah mich verwundert an, woraufhin ich erklärte: »Das Loch im Eis. Du hast es gemacht, stimmt´s?«

Die Wölfin sah mich einen Moment an, bevor sie den Kopf schüttelte. »Nein. Ich war das nicht. Natura hat das Eis geschmolzen. Sie hat euch gerettet, nicht das Ewige Rudel. Wir haben von dieser Realität aus nicht die Kraft, in eure einzugreifen und Dinge zu verändern.«

Damit blickte sie wieder nach vorn.

Ich sah sie erstaunt an. *Natura hat uns gerettet? Ich war fest davon überzeugt, dass es Nebel gewesen war. Das nächste Mal, wenn ich sie sehe, muss ich mich bei ihr bedanken! Für alles ...*

Der silberne Vogel hatte Kupfer und mir nicht nur das Leben gerettet, er hatte mich auch dazu veranlasst, endlich meine Entscheidung zu treffen. Dafür war ich ihr mehr als dankbar.

Es blieb eine Weile still zwischen uns.

Plötzlich durchschoss es mich wie ein Blitz. Eine Frage, die ich noch nicht gestellt hatte.

»Was ist eigentlich mit den Bäumen, die getötet wurden? Hast du da etwas herausgefunden? Warum es geschehen ist?«

Nun drehte sie den Kopf zu mir.

Von ihrer schwachen, traurigen Gestalt war nun nichts mehr zu sehen. Sie hatte die Schultern gestrafft, schlenderte mit erhobenem Kopf dahin, ihr Blick klar und selbstbewusst.

Das war die Wächterin, die ich kannte.

Aber anscheinend war es genau die Maske, die Kupfer auch getragen hatte.

Eine Mauer aus guter Laune und Selbstsicherheit.

Doch im Innern machte sie sich Sorgen, war traurig und unsicher.

»Wegen dir.« Ihre Stimme brachte mich wieder in den hellen Wald. Ich blinzelte und sah sie verwundert an. »Was? Wegen mir?« Verwirrt legte ich die Ohren an.

Aber Nebel nickte mit einem belustigten Lächeln.

»Ja, wegen dir. Du hattest Alpträume und hast die gelben Bestien in unsere Welt gebracht. Weil dein Unterbewusstsein sich mit dem Rudel beschäftigt hat. Jetzt, da du dich entschieden hast, hast du diese Alpträume nicht mehr. Das heißt, dass es ab jetzt keine toten Bäume mehr geben wird. Zumindest hier«, fügte sie mit leiserer Stimme hinzu.

»Das ist ... gut.«

Den Rest des Weges herrschte Schweigen zwischen uns.

Es war so seltsam, mir vorzustellen, dass ich neben meiner Mutter lief. *Eigentlich müsste ich mich freuen*, dachte ich, während wir einen Brombeerbusch umrundeten.

Ich wollte meine Mutter immer sehen. Jetzt sehe ich sie, aber ich empfinde ... nichts. Nur Enttäuschung. Ich dachte, meine Mutter wäre die geborene Einzelwölfin ... stattdessen ist es Nebel! Nebel, die Mondwächterin, die ich schon seit Monden kenne! Wie konnte ich nicht bemerkt haben, dass sie ...

»Silber!« Ein erfreuter Ruf riss mich aus meinen Gedanken.

Ich stand bereits an der Anhöhe, die zum Lager hinunterführte. Eine Gruppe junger Wölfe kam auf mich zugesprungen.

Wurzel, Weide, Drossel, Eis und Moosröte kamen angesaust, hinter ihnen weitere Wölfe, die ich bei meinen Besuchen hier kennengelernt hatte. Da war Diamant, eine silberne Wölfin mit einem ungewöhnlich rosa Schimmer, die kurz vor ihrer Ernennung zur Sternenhüterin gestorben war. Neben ihr rannte ihre kleine Schwester, Abendlicht. Sie war etwas jünger, als ihre Blutsgefährtin, hatte schwarzes Fell mit fast orangen Augen.

Ein kräftiger Rüde kam hinter ihnen angelaufen. Zweig.

Der Wolf war schlank und sehr flink, hatte einen hellbraunen Pelz und bernsteinfarbene Augen.

Ich grinste und trabte ihnen entgegen, ohne auf Nebel zu achten, die mir mit dem Blick folgte.

Bevor ich meine Freunde aber erreichte, kam mir ein Gedanke. *Wussten sie, dass Nebel meine Mutter ist?*

Ich verdrängte diesen Einfall. Nein. Ganz bestimmt nicht.

»Du bist wieder da!« Als Erstes erreichte mich Moosröte, die sich mit einem glücklichen Jaulen auf mich warf.

Ich ließ mich lachend zu Boden fallen. »Oh, ich werde angegriffen!«, rief ich gespielt ängstlich. »Von der mächtigen Moosröte! Ich brauche Hilfe!«

Kichernd hüpfte die Welpin auf meinem Rücken herum und grub ihre kleinen Pfötchen in mein Nackenfell.

»Ein Eindringling!«, jaulte Weide spielerisch empört. »Wir müssen sie vertreiben!« Sie eilte Moosröte zu Hilfe und kitzelte mich aus. Eis und Wurzel kamen auch herbei, sodass ich bald unter Fell begraben war.

Ich krümmte mich jedoch vor Lachen und als die Wölfe von mir abließen, war ich völlig außer Atem.

»Schön, dich wiederzusehen«, schmunzelte Drossel, der

neben Diamant und Weide stand, und mich belustigt musterte, als ich mich beruhigt hatte. Ich grinste zurück, rappelte mich auf die Pfoten und schüttelte mir Grasfetzen und Staub aus dem Pelz. »Es freut mich auch, euch sehen zu dürfen.«

Einen nach dem anderen nickte ich lächelnd zu. Sie strahlten alle mit so viel Freude in den Augen zurück, dass mir der Pelz kribbelte. Es war, als wären wir zu einer vereinten Gruppe geworden, die immer etwas zusammen unternahm.

Die meiste Zeit hatten wir bei meinen Besuchen zwar nur im Lager gesessen und uns unterhalten, aber es war trotzdem schön gewesen.

»Also?«, fragte Diamant mit funkelnden, blauen Augen. »Was machen wir heute?«

Sie schaute in die Runde. »Ich finde, heute sollten wir mal etwas außerhalb des Lagers machen«, meinte Zweig.

Er lächelte mich mit seinen dunkelgrünen Augen freundlich an. »Wir müssen mal ausnutzen, dass Silber da ist.«

Die Freunde nickten zustimmend. »Wir könnten zur Blumenwiese«, schlug Eis aufgeregt vor.

»Oder wir gehen zur großen Höhle!«, rief Abendlicht begeistert. »Ich war da solang nicht mehr!«

»Die Felswand wäre aber auch schön«, warf Weide mit verträumtem Blick ein. »Dort wachsen Kirschblütenbäume! Die sind wunderschön!«

Nun sahen die acht Vierbeiner mich an.

Sie wollten, dass ich entschied, wo wir hingingen.

Beim Ewigen Rudel! Das klingt alles gut.

Bevor ich mich jedoch entscheiden konnte, kam Nebel neben mich. Sie sah meine Freunde mit einem freundlichen Lächeln an. »Na, ich fände die Felswand schön. Die Kirschblütenbäume sind wirklich atemberaubend. Besonders mit dem Bach.« Die

Mondwächterin sah mich mit einem vielsagenden Blick an, aus dem ich rein gar nichts verstand. Sofort wurde ich misstrauisch. Warum wollte sie, dass wir zur Felswand gingen?

Wollte sie uns dorthin locken?

Hatte es einen bestimmten Grund, dass sie mich so seltsam ansah? Verständnislos schaute ich zurück.

Nebel schmunzelte nur belustigt. »Die Felswand ist nicht gefährlich. Du kannst auch mit, Moosröte«, bellte sie liebevoll zu der Welpin. Die kleine Wölfin stellte die Ohren auf und ihre Augen leuchteten begeistert.

»Natürlich nur, wenn das für euch in Ordnung ist.«

Ich hatte gar nicht bemerkt, dass Fuchs und Sonnenschein ganz in der Nähe standen und zugehört hatten.

»Selbstverständlich«, kam die Antwort von Fuchs, der mit seiner Gefährtin her kam.

»Sehr gerne«, fügte Sonnenschein hinzu. »Dann kann ich mich endlich wieder in Ruhe mit den anderen Müttern unterhalten.« Fuchs schmunzelte die weiß - orangene Wölfin an, bevor er sich an seine Tochter wandte.

»Aber du musst ganz brav sein, hast du gehört?«

Moosröte sprang auf die Pfoten und stellte sich vor ihrem Vater auf die Hinterbeine. »Ja! Ja, ich bin ganz brav, versprochen!« Überglücklich landete sie auf allen vier Pfoten und hüpfte zu mir hinüber.

»Oh Silber, ist das nicht toll? Ich darf mit!«

Ich lächelte sie liebevoll an und beugte mich zu ihr hinunter. »Das ist großartig. Wirklich super.«

Moosröte wedelte aufgeregt mit dem Schwänzchen.

»Aber ich trage dich nicht, wenn du müde wirst«, warnte Wurzel mit einem belustigten Unterton.

Die Welpin wandte sich ihr zu und zeigte trotzig die winzigen Zähne. »Das brauchst du nicht! Ich werde nicht müde!«

Die anderen kicherten amüsiert. »Dann lasst uns gehen«, entschied Drossel und wollte bereits gehen, als ihm einfiel, dass seine Mondwächterin noch da war. »Natürlich nur ... wenn das für dich ... in Ordnung ist.«

Nebel schmunzelte erneut. »Ja, ja, geht nur. Habt viel Spaß.« Sie lächelte ihren jungen Rudelgefährten zu, die sich schon den Hang hinauf machten.

»Bis nachher, Moosröte!«, rief Sonnenschein ihrer Tochter nach, die bereits zwischen Diamant und Eis verschwunden war. »Viel Spaß!«, kläffte Fuchs belustigt.

Ich wollte meinen Freunden folgen, aber da bemerkte ich Nebels Augen auf mir.

Als ich ihrem Blick begegnete, zuckte mein Fell unbehaglich. Genau mit den gleichen, liebevollen Augen, die Sonnenschein und Fuchs hatten, als sie Moosröte verabschiedeten, sah Nebel mich an. Als wäre ich ihre Tochter.

Du hast dich nicht um mich gekümmert!, knurrte ich innerlich. *Du wolltest einzig und allein dein Rudel beschützen und hast kein einziges Mal daran gedacht, wie es mir dabei geht! Und jetzt willst du dich plötzlich wie eine liebende Mutter benehmen, als wäre nichts von all dem geschehen? Nein, so geht das nicht!*

Ich warf der Wächterin einen ehrlich enttäuschten Blick zu, woraufhin sie zusammenzuckte und Schmerz in ihren Augen aufblitze. *Das musst du nun aushalten! Ich zeige nur meine wahren Gefühle!*

Ich wandte mich von Nebel ab, ging den Hang hinauf und in den Wald. Seltsamerweise spürte ich scheinbar noch immer ihren verletzten Blick auf meinem Fell, als ich das Lager schon längst verlassen hatte ...

Kurze Zeit später schlenderte ich mit meinen Freunden durch den sonnigen Wald. Ich genoss das weiche Moos unter meinen Pfoten und die wärmenden Strahlen der Sonne, die auf meinen Pelz schienen.

Wir trotteten an Eichen - und Ahornbäumen vorbei, durch üppiges Unterholz oder saftiges Gras.

Weide führte unsere kleine Gruppe an. Sie wusste am besten, wo diese bestimmte Stelle an der Grenze des Territoriums des Ewigen Rudels zu finden war.

Wurzel, Drossel, Zweig und ich liefen hinter ihr. Moosröte tappte mit vor Stolz gestreckter Brust neben Weide. Eis und Diamant schlenderten mit Abendlicht hinter uns.

»Du wirst sehen«, bellte Drossel gerade neben mir, »an der Felswand ist es wunderschön. Ein Bach führt zwischen den Kirschblütenbäumen hindurch.«

Ich kicherte kurz. »Das habe ich jetzt schon dreimal gehört. Ich glaube euch, dass es dort atemberaubend ist.«

Der junge Rüde grinste belustigt, während Moosröte sich vor uns umdrehte und rückwärts weiterlief.

»Ich bin so aufgeregt! Genau wie du war ich noch nie da, Silber!« Ihre ungewöhnlich rötlichen Augen leuchteten begeistert, aber bevor ich etwas antworten konnte, stolperte die Welpin über einen Ast und plumpste auf ihr Hinterteil.

Ich konnte mir ein amüsiertes Kichern nicht verkneifen. Den anderen ging es ähnlich. Wir alle blieben stehen und kicherten, während Moosröte sich aufrappelte und den Zweig böse anstarrte. »Blöder Ast!«, knurrte sie beleidigt.

Wir mussten nur noch mehr schmunzeln.

»Geht es dir denn gut?«, fragte ich mit einem liebevollen Grinsen und beugte mich zu ihr hinab um sie zu beschnuppern.

Moosröte vergaß augenblicklich ihren Zorn und wandte sich

mit glitzernden Augen zu mir. »Natürlich!« Mit wedelnder Rute erhob sie sich auf die Hinterläufe und stützte ihre Vorderpfoten auf meine Schnauze. »Das war auch eigentlich gar nicht schlimm!«, rief sie. »Es hat eher Spaß gemacht!«

Ich lächelte sie an. »Na dann ist ja gut.«

Ich wollte mich schon wieder erheben, aber die Welpin hielt sich fest, sodass ihre Hinterbeine in der Luft hingen, als ich den Kopf hob.

»Du kannst mich tragen!«, kläffte sie mit einem großen Grinsen im Gesicht.

Ich überlegte einen Moment, daraufhin kam mir eine Idee.

»Hmm, das könnte ich. Komm, steig auf meinen Rücken.« Ich legte mich aufs weiche Gras und ließ die Wölfin auf meinen Rücken und schließlich zu meinem Nacken klettern.

»Was machst du da?«, fragte Diamant belustigt, da sie nicht verstand, warum ich die Welpin tragen sollte.

Ich grinste die silber-rosa Wölfin an.

»Wir können ein Wettrennen machen. Weide, wo geht es zur Felswand?« Die beige Wölfin nickte nach vorn. »Einfach immer gerade aus.« Ihre Augen leuchteten, bei der Vorstellung zu laufen.

Ich nickte ihr zu. »Gut. Wie wäre es, wenn Moosröte und ich gegen euch antreten?« Moosröte stieß ein begeistertes Jaulen aus, während die anderen grinsend ihre Zustimmung gaben.

»Das wäre auf jeden Fall spaßig«, meinte Abendlicht.

»Oh ja«, stimmte Zweig ihr zu.

»Dann musst du dich aber gut festhalten, Moosröte.« Ich drehte den Kopf, um die schildpattfarbene Wölfin anzusehen.

Diese nickte ernst und vergrub ihre Pfoten in meinem Nackenfell. Kurz darauf spürte ich kleine Krallen an meinem Pelz. »Von mir aus, kann es losgehen!«, bellte sie mit hoher, erwartungsvoller Stimme.

Ich wandte das Haupt wieder nach vorn und sah meine Freunde, die mit gespitzten Ohren warteten, gespannt an. »Wer zuerst an der Felswand ist!«

Wie ein Pferd erhob ich mich auf die Hinterbeine und sprang los. »Hey!«, rief Eis hinter mir entrüstet. »Wir haben doch noch gar nicht losgesagt!« Aber seine Stimme klang eher belustigt, als wütend und da hörte ich auch schon das Pfotengetrampel hinter uns, als der Rest der Gruppe uns folgte.

Frischer Wind blies mir das Fell an den Körper, als ich durch den Wald peste. Moosröte heulte über mir begeistert. Ich spürte, dass sie sich an meinem Hinterkopf festklammerte.

Anscheinend hatte sie den Kopf genau zwischen meinen Ohren, sodass der Wind ebenso ihren Pelz zerzauste.

Das Unterholz raschelte, als ich in es eintauchte. Die Schatten verschluckten mich kurz, bevor ich abermals durch einen Sonnenfleck am Boden jagte und über einen Farnbusch hinwegsetzte.

»Das ist wie Fliegen!«, jaulte Moosröte entzückt. »Juhuu!« Ich lachte, mit einem befreiten Gefühl im Bauch.

Es war wunderschön wieder die Muskeln zu strecken und einfach zum Spaß zu laufen.

Da jedoch sah ich im Augenwinkel einen Schatten.

Ich drehte den Kopf und entdeckte Zweig gefährlich nah an meiner wehenden Rute. »Gleich hab ich dich!«, rief er spielerisch knurrend. Ich grinste. »Träum weiter!«

Entschlossen, nicht nach hinten zu fallen, trieb ich mein Tempo an. Vor mir baute sich auf einmal ein Brombeergestrüpp auf. Es war breit, allerdings nicht hoch.

Ich hatte genug Schwung, um über es hinwegzusetzen.

Also jagte ich auf das dornenreiche Gebüsch zu und sprang

hoch in die Luft. Moosröte heulte über mir überrascht. Für einen Herzschlag glaubte ich, tatsächlich zu fliegen, dann aber kam ich wieder auf dem Waldboden auf.

Außer Atem blieb ich einen Augenblick stehen und drehte mich um. Wir hatten es wirklich geschafft.

»Das war großartig!«, kläffte die kleine Wölfin über mir. Ich grinste voller Lebensfreude. »Oh ja, das war es!«

Plötzlich ertönten Pfotenschritte hinter uns und ehe ich mich versah, kam Zweig angeflogen.

»Schnell, weiter!«, jaulte Moosröte drängend.

Auch der braune Rüde landete sicher auf der anderen Seite, aber ich beachtete ihn gar nicht mehr, sondern sprang vor.

Hinter mir hörte ich noch mehr Pfoten, die auf der weichen Erde aufkamen, also nahm ich an, dass die anderen ebenfalls über das Dornengestrüpp gesprungen waren.

Gerade preschte ich an einer kleinen Lichtung vorbei, da bemerkte ich einen schwarzen Pelz neben mir.

Die junge Abendlicht war dabei, mich zu überholen.

Sie grinste mich mit entschlossener Miene an, als unsere Blicke sich kreuzten. »Du überholst mich nicht!«, knurrte ich belustigt und legte noch einen Zahn zu, sodass die schwarze Wölfin mit den ungewöhnlich orangenen Augen immer weiter zurückfiel.

Blätter stoben hinter mir auf, als ich über einen Teil des Waldbodens voller gefallener, grüner Blätter rannte.

Überrascht heulte ich auf, rutsche mehr auf dem plötzlich glatten Boden. »Nicht fallen, Silber!«, warnte Moosröte erschrocken an meinem Ohr.

Ich folgte ihrem Befehl und fing mich wieder.

Aber als ich weiterlaufen wollte, sauste ein beiger Pelz an mir vorbei. *Weide!*

Die junge Wölfin hatte mich überholt.

Mit lautem Knurren stürzte ich vor. Meine Augen fixierten den wirbelnden Schwanz des Lehrlings.

»Ha!«, jaulte Weide, als sie über die Schulter blickte. »Ich bin Erste!«

»Nicht mehr lange!«, heulte Moosröte entschlossen.

»Genau!«, stimmte ich meiner kleinen Freundin zu und flitzte zwischen den Bäumen hindurch.

Das Adrenalin schoss wie Blitze durch meinen Körper. Voller Energie und Lebensfreude schoss ich der Wölfin hinterher. In diesem Moment fühlte ich mich richtig frei. Ich hatte das Gefühl, alles schaffen zu können, was ich wollte.

Hinter mir hörte ich weiteres Pfotengetrappel. Als ich den Kopf drehte, erblickte ich Drossel und Diamant auf meinen Versen. Hinter ihnen sprang gerade Wurzel über ein Gestrüpp und Zweig lief einfach durch es hindurch.

»Lauf schneller, Silber! Gleich haben wir sie eingeholt!«

Moosröte knurrte aufgeregt, als ich den Blick nach vorn wandte und mein Tempo entschlossen antrieb.

Tatsächlich, wir holten auf.

Nun rannte ich an Weides Hinterteil.

Die Wölfin bemerkte mich, schaute mich überrascht an, bevor sie versuchte, noch schneller zu laufen.

Ich tat dasselbe, und nur wenige Atemzüge später, liefen wir beide nebeneinander durch den Wald.

»Lauf, Silber!«, feuerte Moosröte mich stürmisch an.

Weide grinste, als sie mich von der Seite her ansah.

»Da vorne ist die Felswand!«, rief sie über das Dröhnen in unserer beider Ohren hinweg.

Ich musste schnell sein, um zu gewinnen. Natürlich war es eigentlich nicht wichtig, aber Moosröte würde es glücklich machen und ich wollte, dass sie glücklich war. *Ich schaffe das! Ich schaffte alles, solange ich dieses wunderbare Freiheitsgefühl in mir trage!* Voller Lebensfreude schickte ich ein langgezogenes, glückliches Heulen in Richtung Himmel.

»Na los, Moosröte! Wir werden gewinnen!«

Die Welpin jaulte zustimmend und kläffte begeistert.

Verbissen sammelte ich meine letzte Kraft in meinen Beinen, sprang vor und sauste an Weide vorbei.

Keinen Herzschlag später tauchte ich aus dem Wald in helles Sonnenlicht und musste erst einmal blinzeln, um wieder etwas zu sehen.

Rutschend kam ich zum Stehen, als ich sah, wo wir waren. An der Felswand.

Nur wenige Sprünge vor uns gurgelte ein kleiner, hellblauer Bach. Auf beiden Seiten des Wassers wuchsen die schönsten Bäume, die ich je gesehen hatte.

Ihre Stämme waren dick und mächtig, wie die von Eichen. Aber die Blüten, die an den dünnen Ästen der Bäume herunterhingen und über das hellblaue Wasser ragten, waren so schön.

Rosa Blütenblätter, die die ganzen Bäume schmückten. Unbeschreiblich frischer, weicher Duft erfüllte meine Nase. *Kirsche. Die Bäume riechen nach Kirschen.*

Deshalb anscheinend auch der Name.

»Wir haben es geschafft!«, jubelte Moosröte und sprang von meinem Rücken, bevor ich mich weiter umsehen konnte.

Als ich mich zum Waldrand umdrehte, bemerkte ich erst Weide, die mit raushängender Zunge hinter mir saß und schwer atmete. »Das war lustig«, verkündete sie nach Atem ringend, aber mit einem Grinsen. Ich wollte ihr antworten, doch da brachen die anderen aus dem Wald.

Sie hielten fast stolpernd an, als sie die Felswand vor sich sahen. Diamant und Drossel setzten sich neben Weide und hechelten erstmal, um wieder Luft holen zu können.

Wurzel und Zweig kamen nach ihnen etwas langsamer aus dem Unterholz hervor, während Abendlicht und Eis nach Atemluft ringend aus einem Farn an getrottet kamen.

»Wenn ich nicht gestolpert wäre, hätte ich gewonnen«, beschwerte sich Zweig mit einem belustigten Glitzern in den Augen.

Weide brach in Lachen aus. »Das glaubst auch nur du!«

Der braune Rüde begann mit ihr zu kichern.

»Das war anstrengend«, meinte Abendlicht da krächzend.

»Aber es hat Spaß gemacht«, bellte Diamant und streckte sich. »Die Muskeln zu stecken, hat wirklich gutgetan.«

Wir nickten zustimmend.

»Und wir haben gewonnen!«, rief Moosröte begeistert und sprang in unserem Kreis herum. »Wir waren als Erste hier!«

Wir größeren Wölfe mussten kichern. »Ja, wir haben gewonnen«, stimmte ich meiner kleinen Freundin zu.

»Glückwunsch«, gratulierte uns Eis mit einem belustigten Grinsen. »Von mir auch«, bellte Drossel mit einem liebevollen Schmunzeln zu Moosröte.

»Hier sind wir also«, stellte Wurzel fest und war die Erste, die sich genauer umsah. Sofort schrie sie erschrocken auf.

Vor Überraschung stellte sich mein Nackenfell auf und wir alle wirbelten zu ihr herum.

Die braune Wölfin starrte mit aufgestelltem Fell auf die Felswand. Wir folgten ihrem Blick.

Jetzt erst erkannte ich, dass an der großen, glatten Felswand Bäume wuchsen.

Die Kirschblütenbäume! Sie standen nicht nur an beiden Seiten des Baches, sondern wuchsen auch an der Felswand.

Nicht überall, nur an dieser Stelle schlängelten sie sich die Wand hinauf. Ihre Wurzeln hatten sich in den Stein geschlagen und der Stamm machte eine seltsame Kurve, sodass der Baum in Richtung Himmel wuchs.

»Die waren vor ein paar Tagen noch nicht da«, bemerkte Weide erstaunt.

»Das kann doch nicht sein«, flüsterte Diamant fassungslos. »Die Felswand ist unsere Grenze ... hier kann doch nichts ...« Sie sprach den Satz nicht zu Ende. Wir alle wussten jedoch, was sie sagen wollte.

Löwe hatte mir erzählt, dass es keinen Weg gab, diese Felswand zu überqueren. Und Weide hatte gerade gesagt, dass diese Bäume vor noch nicht allzu langer Zeit nicht da gewesen waren. Also woher kamen dann diese Kirschblütenbäume?

Nebel kam mir in den Sinn. Sie hatte gewollt, dass wir hierhin gingen. Warum? *Wusste sie etwa, dass es hier einen Weg über die Felswand gibt?*

Das konnte nicht sein. Sie hätte es doch schon längst allen gesagt? Oder wollte sie, dass wir es fanden?

»Wir müssen da rauf!«, entschied Eis mit entschlossener Stimme. Ich musterte den weißen Rüden. Er starrte die Wand konzentriert an.

»Das können wir nicht!«, rief Wurzel erschrocken auf.

»Wir wissen doch nicht, was da oben ist!«

Eis´ Blick löste sich von den Bäumen. Nun sah er die braune Wölfin fest an. »Wir sind schon tot. Egal, was dort oben ist, es kann uns nicht schaden.«

Seine Worte trieben mir einen Dorn ins Herz.

All die Wölfe um mich herum sind tot! Sie existieren nicht mehr in meiner Welt ...

Sie waren in einer anderen Realität, in die eigentlich niemand Zugang hatte, außer den Mondwächtern der Rudel. *Sie sind meine Freunde geworden ... aber sie sind bereits vor langer Zeit gestorben ...*

Als ich so darüber nachdachte, wurde ich ganz traurig.

»Aber Silber!« Wurzels Knurren ließ mich erschrocken zusammenzucken.

Die braune Wölfin kniff wütend die Augen zusammen. »Wir können sie nicht mitnehmen, sie könnte sterben!«

Ich schluckte schwer, verdrängte das betrübte Gefühl und konzentrierte mich voll auf die Situation.

Meine Neugier war geweckt.

Wir hatten einen Weg auf die Felswand gefunden. Ihn nun nicht zu benutzen wäre hundedumm.

»Abendlicht, Moosröte.« Ich wandte mich zu den beiden Jüngsten in unserer Gruppe. »Könnt ihr ins Lager zurück und Nebel sagen, was wir gefunden haben?«

Unentschlossen sahen sich die beiden an. Moosröte wollte schon zu einer Widerrede ansetzen, aber ich kam ihr zuvor:

»Das wäre wirklich sehr wichtig. Das Ewige Rudel muss erfahren, was wir entdeckt haben!«

4. KAPITEL

Moosröte und Abendlicht zögerten immer noch.

»Silber hat recht«, meinte Zweig und schaute die zwei Jüngsten eindringlich an. »Nebel muss erfahren, was wir gefunden haben.«

»Na schön«, knurrte Abendlicht wenig begeistert und wandte sich ab. Moosröte blieb noch. Sie lief zu mir und drückte sich an mein Bein. Ich legte ihr schützend die Pfote auf den Rücken. »Wir sehen uns wieder«, flüsterte ich an ihrem Ohr, das daraufhin zuckte. »Spätestens morgen.«

Die Welpin nickte stumm und folgte Abendlicht mit einem besorgten Blick über die Schulter. »Keine Angst, Moosröte!«, rief ich der Kleinen nach, als sie mich ansah. »Bleib nur immer bei Abendlicht!«

Das Unterholz verschluckte die zwei bereits.

»Kennen sie denn den Weg zurück?«, fragte ich Weide ängstlich. Ich machte mir große Sorgen um Moosröte.

Die beige Wölfin neigte beruhigend den Kopf. »Ja, Silber. Es ist alles gut. Abendlicht kennt den Weg. Und Moosröte ist schlau genug, nicht von ihrer Seite zu weichen. Außerdem kann ihnen hier so wie so nichts passierten.«

Ich nickte. Weide hatte recht. Wir waren im Ewigen Rudel.

»Ich will mitkommen«, verkündete ich mit fester Stimme, als ich mich daran erinnerte, über was meine Freunde gerade gesprochen hatten. »Mit auf die Klippe.«

Drossel öffnete bereits das Maul, um Einwände zu erheben, aber ich unterbrach ihn. »Ihr wisst alle, dass ich ein großes Schicksal habe. Somit habe ich auch das Recht zu erfahren, was dort oben ist.«

»Silber, du könntest bei dem Versuch sterben«, warnte Diamant sorgenvoll. »Wir können fallen, so oft und so tief wir wollen. Wir sind schon tot. Du nicht. Und wie du sagtest: Du hast ein großes Schicksal, was uns alle betrifft, also wäre es das Beste, wenn du hier unten, in Sicherheit, bleibst.«

Die silber-rosa Wölfin starrte mich ernst an. Ich blickte genauso ernst zurück. »Ich werde nicht fallen.«

»Das kannst du nicht wissen«, warf Eis vorsichtig ein. Er sah mich besorgt an. »Keiner von uns will, dass dir etwas passiert.«

»Dann sorgt dafür, dass mir nichts geschieht. Ich werde diese Felswand erklimmen, ob ihr es wollt oder nicht.«

Zu meiner Überraschung sah ich plötzlich in belustigte Gesichter. Verwirrt schaute ich in die Runde.

»Seltsam ... du bist genau wie Nebel«, stellte Wurzel amüsiert fest. »Wenn du was willst, kann dich nichts und niemand davon abbringen.«

Innerlich zuckte ich zusammen. Wut stieg in mir auf.

Ich wollte nicht mit Nebel verglichen werden.

Doch dieser Satz sagte mir wenigstens, dass meine Freunde nicht wussten, dass die Wächterin meine Mutter war.

Andernfalls hätten sie die majestätische Wölfin niemals angesprochen. *Zum Glück.*

»Na gut«, meinte Drossel mit einem Blick zur Felswand.

»Die Bäume sehen sehr stabil aus. Sie werden uns halten.« Er wollte schon losmarschieren, aber Diamant hielt ihn zurück.

»Warte!«, bellte sie und stellte sich dem Rüden in den Weg. »Wir müssen erstmal überlegen, was dort oben sein könnte. Ich weiß, uns kann nichts passieren, doch was, wenn hinter der Felswand etwas ist, das uns schaden kann?«

Die silber-rosa Wölfin sah ihn unsicher an. »Es gibt nichts, was uns schaden könnte, Diamant«, stellte Drossel beruhigend fest. »Wie schon gesagt: Wir sind bereits tot. Es gibt nichts

Schlimmeres als das.« Er musterte die junge Wölfin sanft, um ihr die Angst zu nehmen.

Diamant sah ihn noch einen Moment unschlüssig an, dann nickte sie schließlich mit einem kleinen Lächeln und trat zurück, sodass Drossel loslaufen konnte. Ich folgte ihm sofort, hinter mir Wurzel, Weide, Zweig und Diamant.

Als wir bei den ersten Kirschblütenbäumen ankamen, die am Rand des Baches wuchsen, war ich fasziniert von der Schönheit dieser Bäume.

Die Blüten waren weiß, rosa und manche sogar ein wenig lila. Solche Blätter hatte ich noch nie gesehen.

Doch Drossel beachtete die Bäume nicht, sondern ging an ihnen vorbei und sprang über den Wasserlauf auf die andere Seite.

Ich zögerte nicht, denn auch ich wollte unbedingt wissen, was sich hinter dieser großen Felswand befand.

Auf der gegenüberliegenden Bachseite warteten wir auf unsere Freunde und als wir alle versammelt waren, sahen wir nach oben.

Der erste Baum wuchs ganz normal auf dem Boden, doch unmittelbar an der Felswand.

Nur einen Sprung von der rosa Krone entfernt hatte sich der erste Baum in die Wand geschlagen.

»Jeder von uns kann gut klettern?«, vermutete Zweig neben mir. Ich zuckte unbehaglich zusammen. Ich war noch nicht groß geklettert. Aber das wollte ich den anderen nicht sagen, also blieb ich stumm und nickte einfach, wie die Freunde auch.

Zweig neigte mit ernster Miene den Kopf. »Gut, dann lasst uns loslegen.«

Er sprang als Erster an den dicken Stamm des Baumes. Sofort krallte er sich fest und zog sich mit kräftigen Pfoten die

Rinde hoch, bis er in den rosa Blättern verschwunden war.

Das Geäst knisterte. Ein paar Blüten fielen auf das helle Gras. Da tauchte aber auch bereits wieder der Kopf des Rüden aus den obersten Zweigen auf. Er sah amüsiert auf uns herab.

»Nun kommt schon! Es ist nicht so schwer!«

Damit fixierte er den Baum, direkt über seinem Kopf, drückte sich mit seinen starken Hinterläufen ab, sodass die gesamte Krone raschelte.

Für einen Augenblick flog er durch die Luft, bevor er genau in der Kurve, zwischen Stamm und Stein landete.

»Das ist ganz einfach!«, ermutigte er uns, als er sein Gleichgewicht gefunden hatte. »Kommt schon!«

Es sah einfach aus. Das wird es aber bestimmt nicht sein.

Trotzdem trottete ich an den Stamm des ersten Kirschblütenbaumes, stemmte mich auf die Hinterbeine und krallte meine Krallen in die feste Rinde.

Mit einem Ruck zog ich mich hoch, schlug meine Hinterpfoten in den Stamm und beförderte mich immer weiter rauf.

Ich war verwundert, dass es wirklich leicht ging. Damit hatte ich nicht gerechnet. *Es bleibt aber nicht so einfach!*

Mir grauste es bereits davor, von einem Baum zum anderen zu springen.

Da hatte ich allerdings schon die rosa Krone erreicht und der Kirschduft hing nun schwer um mich herum.

Langsam kroch ich in das Geäst aus Blüten und kleinen Zweigen. Die Äste wuchsen dicht, sodass sie ein geschlossenes Dach ergaben.

Ich versuchte, auf einem dicken Ast bis an die Spitze zu balancieren, aber das dichte Blätterdach machte es mir schwer.

Überall waren Äste, die in meinen Pelz stachen, bei jeder Bewegung raschelte die Krone, als würde sie bei der nächsten

Berührung in sich zusammenfallen.

Außerdem gab es hier nicht so viel Licht. Wo die Sonne hindurchscheinen konnte, tüpfelten Tropfen aus Gold manche Blätter, ansonsten war es dunkel.

Der Ast, auf dem ich lief, wurde immer dünner und schwankte gefährlich unter meinem Gewicht.

Wie wird das dann erst da oben?

Hier konnte ich noch problemlos herunterfallen, ohne mir groß etwas zu tun. Der Boden war nicht weit entfernt. Aber ein paar Bäume höher?

Bevor ich jedoch panisch werden und mir ausmalen konnte, dass der Ast mich nicht hielt, brach ich durch die Blütenblätter und blinzelte in die Sonne.

»Sehr gut, Silber!«, jubelte Zweig von dem Stamm über mir. Er schaute mit einem stolzen Grinsen auf mich herab.

Von hier sieht der Baum aber ziemlich weit weg aus!

Ich stand auf einem wankenden Ast, über mir ein Stamm, an den ich irgendwie herankommen musste.

Unter mir hörte ich schon Krallen in der Rinde, also folgten mir die anderen. Ich durfte nicht zögern.

»Komm, Silber! Spring! Ich fange dich!« Zweig hatte meine Angst anscheinend bemerkt, denn er lächelte mich aufmunternd an. Ich nickte knapp, hockte mich auf den dünnen Ast, sodass mein Kopf wieder in den Blütenblättern untertauchte.

Ich spannte meine Hinterläufe an, fixierte den hellbraunen Stamm, den ich durch die zitternden Blätter sehen konnte.

Und sprang.

Mein Körper flog mit einem lauten Rascheln durch die Zweige des Baumes, auf den Stamm und den darauf sitzenden Rüden zu.

Das Adrenalin strömte durch meine Adern, als meine Pfoten

Rinde spürten. Sofort krallte ich mich mit den Vorderpfoten fest, Zähne schlugen sich in mein Nackenfell und zogen.

Mein Oberkörper war nun auf der seltsamen Kurve, die eine Art Mulde bildete. Meine Hinterläufe ruderten jedoch immer noch in der Luft, bis sie Halt fanden und ich sie dank Zweigs Hilfe hochziehen konnte.

Hechelnd rappelte ich mich auf und saß nun neben Zweig. »Das war großartig!«, lobte er mich mit einem Grinsen.

Ich lächelte zurück, erwiderte aber nichts, da ich mich erst einmal von dem Schreck erholen musste.

Wäre Zweig nicht da gewesen, hätte ich es nicht geschafft.

Mit klopfendem Herzen lehnte ich mich gegen den Stamm, gut darauf bedacht, nicht nach unten zu blicken.

Die Felswand war nur wenige Krallenlängen entfernt, makellos und ohne jegliche Kuhle oder Wölbung.

Als Nächstes kam Diamant angesprungen. Die junge Wölfin war klein und schlank, daher leichter.

Deshalb schaffte sie es auch ohne Probleme, neben Zweig zu landen, ohne jegliche Hilfe zu benötigen.

Trotzdem war ihr Fell gesträubt und ihre Augen weit aufgerissen. »Beim Ewigen Rudel!«, flüsterte sie ehrfürchtig, als sie sich neben mich quetschte.

»Ganz schön aufregend, nicht?«, fragte ich sie grinsend.

Sie nickte. »Oh ja. So etwas Aufregendes habe ich selbst zu Lebzeiten nicht gemacht.«

Die Krone unter uns erzitterte, als Drossel sprang. Er schaffte es auf die merkwürdige Kurve, doch er rutschte mit der Hinterpfote aus. Strampelnd und mit einem erschrockenen Jaulen versuchte er, sein Gleichgewicht wiederzufinden, aber es war schon zu spät.

Zweig beugte sich noch vor, um ihn zu packen, doch da fiel

der graue Rüde bereits mit einem angsterfüllten Heulen in die Tiefe.

»Nein!«, schrie ich erschüttert, als ich zusah, wie Drossel immer tiefer fiel.

Auch meine Freunde jaulten erschrocken auf, bis der junge Wolf mit einem dumpfen Knall am Boden aufkam und dort still liegen blieb.

Wir alle hielten geschockt die Luft an, während wir darauf warteten, dass der Graue sich bewegte.

Ist er doch verletzt?!, fragte ich mich mit einem Anflug von Panik, als ein paar totenstille Herzschläge verstrichen.

Was tun wir, wenn er sich was gebrochen hat? Oder ...

Ehe ich mich in meiner Fantasie verlieren konnte, rührte sich der Wolfsrüde auf dem Gras.

Ein erleichtertes Seufzen entschlüpfte mir, als Drossel sich aufrappelte, schüttelte und zu uns hinaufrief: »Mir geht's gut! Nichts passiert!«

Ohne auf eine Antwort zu warten, sprang er vor und begann erneut zu klettern.

Neben mir stupste mich Zweig sanft an. »Siehst du?«, fragte er mit einem aufmunternden Lächeln. »Uns kann nichts mehr geschehen.«

Mit einem kleinen Schmunzeln nickte ich. »Dem ewigen Rudel ... also euch ... sei Dank.«

Da musste der braune Rüde auflachen.

Mir war dagegen nicht zum Lachen zumute. Mir war übel, weil ich geglaubt hatte, einen weiteren Freund zu verlieren.

Drossel kann aber nichts passieren ... genau wie den anderen. Sie sind alle sicher, genau, wie sie es gesagt haben!

Wir warteten auf Drossel und auch meine Freunde in der Baumkrone unter uns erwarteten den Grauen.

Kurze Zeit raschelte die Baumkrone abermals und Drossel sprang zum zweiten Mal.

Diesmal war Zweig bereit und packte den Rüden, sobald er in Reichweite seiner Zähne war.

Mit einem Ruck zog er ihn auf den Stamm, wo er sich zitternd festklammerte.

»Geht´s dir gut?«, fragte ich besorgt.

Der hellgraue Rüde sah auf und lächelte leicht. »Mir ist nichts passiert, keine Sorge. Das ist nur der Schreck. Angewohnheit aus Lebzeiten.« Ich neigte den Kopf, erleichtert, das zu hören.

»Ich glaube, einer von uns sollte schon mal weiter. Diese Mulde hier wird langsam zu klein.«

Zweig schaute in die Runde. Ich neigte sofort das Haupt und sprang auf den Stamm, sodass ich mich über den Köpfen der anderen festklammerte und zu ihnen sah.

»Danke, Silber.« Diamant lächelte dankbar.

Ich nickte ihr verstehend zu. Ich wäre auch erleichtert gewesen, wenn jemand vor mir auf den Stamm gesprungen wäre. Aber jetzt war ich es.

Nur nicht runter sehen, dann ist alles gut!

Wurzel war die Nächste. Ich schaute allerdings nicht zu dem Kirschblütenbaum hinab, den ich rascheln hörte.

Die Angst, dass mir schwindelig werden könnte, war zu groß. Wurzel landete ohne Schwierigkeiten geschmeidig neben Zweig.

»Ich kann nicht glauben, was wir hier tun!«, rief sie mit zitternder Stimme.

»Silber, könntest du hoch zur Krone klettern? Eis und Weide werden sonst keinen Platz haben.« Zweig schaute mich fragend an. »Natürlich«, antwortete ich eilig und zog mich bis zu den rosa Blüten hoch.

Diamant nahm meinen Platz am Stamm ein, während Wurzel und Drossel sich an die hellbraune Rinde drückten, um den zwei restlichen Wölfen Platz zu machen.

Eis war der Nächste. Ich sah nicht, wie er sprang, da ich nicht nach unten schaute. Aber zu meiner Erleichterung landete er elegant neben Zweig, der hilfsbereit da kauerte, um sofort einzugreifen, falls ein Wolf nicht hoch genug sprang.

Weide war die Letzte. Jetzt wagte ich einen Blick nach unten, über den Rand des Stammes.

Sogleich erstarrte ich. Es war hoch. Sehr hoch.

Die rosa Blätter erzitterten, als Weide sprang.

Zu meinem Entsetzen erkannte ich bereits, als sie in der Luft war, dass sie nicht bis zum Stamm kommen würde.

Auch Zweig hatte es bemerkt, denn er beugte sich schon über den Rand.

Die beige Wölfin steckte im Flug die Vorderpfoten aus, schaffte es mit ihren Krallen an das Holz, fand aber keinen Halt. Ehe sie aber die Schwerkraft wieder einfangen, und nach unten ziehen konnte, packte Zweig sie im Flug am Nackenfell.

Durch ihr Gewicht strauchelte der Rüde nach vorn. Splitter bröckelten von der Rinde ab, als er überrascht nach Halt suchte. Für einen Moment bekam ich Panik, dass auch der braune Wolf hinabstürzen konnte.

Da aber sprang Drossel vor und schlug seine Zähne in das Nackenfell seines Rudelgefährten. Beide Wölfe zogen, Drossel Zweig, und Zweig Weide, auf den Stamm.

Mit Fell, das wie Espenlaub zitterte, brachen sie mit vor Schreck geweiteten Augen in der hölzernen Mulde zusammen.

»Ich bin da unten ausgerutscht«, keuchte Weide entschuldigend zur Erklärung.

Mir viel ein Stein vom Herzen, da den Dreien nichts passiert war.

Ich mache mir Sorgen, weil sie mir sehr ans Herz gewachsen sind ... sie sind wie Freunde... wie Brüder und Schwestern ...

»Wir sind alle nur froh, dass ihr nicht auch gefallen seid«, kläffte ich erleichtert. »Auch, wenn euch natürlich nichts passiert wäre«, fügte ich schnell hinzu, als Drossel mich bereits verbessern wollte. Der grünäugige Rüde lächelte mich daraufhin seltsam an, als wüsste er, was ich gerade gedacht hatte.

Schüchtern senkte ich den Blick, da es wirklich sein konnte, dass meine Freunde meine Gedanken gehört hatten. *Aber dann müssten sie auch wissen, dass Nebel meine Mutter ist!*

Doch ich wollte jetzt nicht an die Wächterin denken.

Meine Beine fingen an zu zittern, als ich mir ausmalte, was hinter der Felswand lag.

Vielleicht etwas Gefährliches, was den verstorbenen Wölfen etwas antun konnte?

Oder ein ganz normaler Wald?

Wenn es aber etwas Normales war, warum gab es hier dann diese glatte Felswand?

»Sind alle da? Dann lasst uns weiter.« Zweig schaute in die Runde, nickte uns zu und sprang an Diamant vorbei zu mir hoch. »Willst du vor, oder soll ich?«

Ich rückte ein Stück und nickte einladend zur rosa Krone.

»Lieber du. Dann kannst du uns wieder auffangen, falls wir es nicht schaffen.« Der Rüde grinste belustigt, nickte und verschwand in den duftenden Blüten.

Ich beobachtete die bebende Krone, bis Zweigs braunes Fell an der Spitze auftauchte. Einen Moment verharrten die Äste, bis der Lehrling absprang und sie erneut zum Zittern brachte.

Ich hielt die Luft an, als mein Freund durch die Luft flog.

Aber wie eben schaffte er es mit Leichtigkeit auf den nächsten Stamm und in die nächste Mulde. Sein Kopf erschien genau über mir. Er sah mich mit vor Eifer leuchtenden Augen an.

»Komm schon, Silber! Der Abstand ist nicht so groß!«

Das sah ich leider anders. Für mich sah die Entfernung riesig aus. *Einfach nur nicht nach unten blicken! Ich bin sicher, solange ich mich konzentriere!*

Also schluckte ich schwer, zog tief den Kirschduft in mir ein und schlüpfte in die weichen Blüten.

Der dicke Ast wurde immer dünner, je näher ich der Spitze kam. Ich versuchte, mich leicht zu machen und mein Gewicht auf meine vier Pfoten zu verteilen.

Leider brachte das nicht viel. Der Ast beugte sich nach unten, ehe ich durch die Blütendecke brechen konnte.

Kleine Äste und Blüten verfingen sich in meinem Fell.

»Hundedreck!«, fluchte ich, als mir klar wurde, dass ich festsaß. Dieser Ast auf dem ich stand, war der Dickste und selbst er beugte sich unter meinem Gewicht.

Außerdem musste ich mich höchst konzentrieren, um mein Gleichgewicht zu halten. Der Ast wankte gefährlich unter meinen zitternden Pfoten.

Ich schaute nach oben. Die Spitze war nicht weit entfernt, durch die Zweige konnte ich den nächsten Stamm, nur einen Sprung über mir, entdecken.

»Komm Silber! Keine Angst, ich werde dich halten! Versprochen!« Zweigs Stimme brach durch die Äste.

Ich muss ihm vertrauen!

Wenn er mich nicht zu fassen bekam, oder mich nicht halten konnte, würde ich fallen. Vielleicht in den Tod. Das hier war kein Traum. Ich war in einer anderen Realität, also konnte ich auch hier sterben oder verletzt werden.

»Na schön!«, rief ich Zweig mit zitternder Stimme zu.

Ich hatte keine Wahl, wenn ich wissen wollte, was auf der anderen Seite war.

»Sehr gut, Silber! Spring! Vertrau mir!«

Ohne weiter zu zögern sprang ich. Ich brach durch die Blüten, ein Windstoß empfing mich im Flug nach oben.

Ich kam Zweig immer näher. Er hatte sich bereits vorgebeugt, um mich zu schnappen.

Zu meiner Überraschung hatte ich genug Schwung, um auf dem Stamm zu landen. Zwar mit holperiger Landung aber immerhin. Zweig wich erstaunt zurück, um mir Platz zu machen. »Hey!«, rief er begeistert, als ich mit stockendem Atem neben ihm stand. »Du hast es geschafft!«

Mit leuchtenden bernsteinfarbenen Augen sah er mich an. »Das war erstaunlich!«

Ich lächelte schüchtern und zog mich hinter Zweig zurück, um den anderen mehr Raum zum Landen zu geben.

Während meine Freunde einer nach dem anderen nachkamen, schaute ich nach oben.

Es lagen nur noch zwei Bäume vor uns.

Das können wir wirklich schaffen!

Schneller als beim ersten Baum, waren meine Gefährten bei mir. Diesmal ohne Zwischenfälle.

Als alle da waren, sprang Zweig wieder den Baum hinauf. Ohne Mühe oder Probleme war er in wenigen Herzschlägen auf dem nächsten Kirschblütenbaum.

Er ist ein wirklich guter Kletterer.

Der nächste Baum war leicht zu erreichen. Er war sehr nahe an der Krone, sodass jeder in wenigen Augenblicken auf dem Stamm stand. Nun lag der letzte Baum vor uns.

Ich bin so gespannt, was wir gleich sehen werden., dachte

ich, als ich zum Rand der Felswand spähte, der jetzt zum Greifen nah zu sein schien.

Nach ein paar Atemzügen standen wir alle in der Mulde des letzten Baumes. Eis und Drossel krallten sich an den Stamm, sahen aber mit glänzenden Augen zu uns in die Kuhle.

Uns alle hatte diese Kletterei angestrengt. Mich wahrscheinlich mehr, als die verstorbenen Wölfe.

»Gleich haben wir es geschafft!«, kläffte Weide ehrfürchtig, während sie zur Felskante sah. »Lasst uns los, bevor uns vor Aufregung noch die Pfoten am Holz festfrieren«, witzelte Wurzel neben mir.

»Ich finde, Silber sollte als Erste gehen.« Die braune Wölfin blickte mir fest in die Augen, als ich sie verwundert ansah.

»Du wirst das Nachtrudel retten. Du bist die erste Lebende, die das Ewige Rudel zu Besuch bekommen hat. Es wäre uns allen eine Ehre, wenn du zuerst gehen würdest.«

Als ich mich umsah, schaute ich in stolze Augenpaare und nickende Gesichter.

Erneut schluckte ich schwer. »Wenn ihr meint …«

Zögerlich wandte ich mich dem Stamm zu. Drossel und Eis machten mir eilig Platz. Langsam schob ich mich die Rinde hinauf, ins süß riechende Blätterdach.

Goldene Sprenkel der Sonne befleckten meinen Pelz, als ich mich durch die Krone kämpfte. Mir war schlecht. Ich war aufgeregt. Was würde mich in wenigen Herzschlägen erwarten?

Etwas Gutes, Schönes? Oder etwas Böses, Alptraumhaftes?

Ich kam der Spitze der Krone immer näher.

Bevor ich mit dem Kopf durch die Zweige brach, verharrte ich, atmete tief durch.

Bitte, lass es etwas Gutes sein!

Dann brach ich mit dem Kopf durch die rosa Blüten und

sprang aus dem Baum, auf den rohen Fels.

»Beim Ewigen Rudel!« Der Felsboden war ein paar Sprünge breit, bis er genauso steil abfiel, wie die Felswand hinter mir.

Der schmale Steifen Stein zog sich nach beiden Seiten bis zum Horizont.

Überwältigt schnappte ich nach Luft, als ein eisiger Windstoß mich erfasste und mein Fell zerzauste.

Ich starrte auf eine Eislandschaft!

5. KAPITEL

Zerklüftete Berge waren am Horizont zu erkennen. Ein schnee-
bedeckter Wald erstreckte sich unter mir.

Die Tannen und blattlosen Bäume schwer vom weißen
Pulver. Die Sonne schien und ließ den Schnee glitzern.

Es war, als wäre ich zurück beim Eisrudel.

Nur, dass ich auf es hinabsah.

Keine einzige Wolke bedeckte den Himmel, sodass das Weiß
noch heller wirkte.

Erschrocken wirbelte ich herum, um mich zu versichern,
dass ich weiterhin beim Ewigen Rudel war.

Aber ja. Hinter mir erstreckte sich der satte, hellgrüne Wald,
in seiner vollen Pracht. Ich hörte Vögel zwitschern und Beute
raschelte unter mir im Unterholz.

Wieder drehte ich mich um. Langsam, um mich zu vergewis-
sern, dass ich mich nicht geirrt hatte.

Doch die Schneelandschaft blieb.

Ich stand buchstäblich zwischen Sonnenzeit und Winterzeit.
»Das kann doch gar nicht …« Ich war zu fasziniert, um den
Satz zu beenden.

Erschrocken sog ich die Luft ein, als mir einfiel, dass ich von
diesem Ort geträumt hatte. Ich war noch im Nachtrudel
gewesen, doch dort hatte ich im Traum genau hier gestanden
und mich gefragt, warum ich das träumte.

*Also wusste ich eigentlich die ganze Zeit, was hinter der
Felswand ist … hätte ich den Ort doch nur früher erkannt …*
Erneut blies mir eine eisige Brise ins Gesicht, die mich
erschaudern ließ. *Aber warum sollte ich hier von träumen?*

»Und?«, hörte ich Weide gespannt von unten rufen. »Was
siehst du?« Ich schaute über den Rand der Klippe.

Stur starrte ich nur auf meine Freunde, damit mir nicht schwindelig wurde.

»Kommt her und seht selbst!« Ich wandte mich ab, bevor irgendjemand antwortete.

Langsam ging ich an den Rand der Klippe, die zur Eislandschaft führte. Der Wind war hier viel stärker, drückte mir das Fell an den Körper.

Die weiße Landschaft war so still, dass ich schon bezweifelte, dass dort jemand wohnte. Kein Geraschel von Beute, keine singenden Vögel.

Allein der Wind, der um mich herum summte und dröhnte.

»Beim Ewigen Rudel!«, hauchte es plötzlich hinter mir.

Ich drehte mich um und sah Drossel mit entsetztem Gesicht hinter mir stehen.

Wie in Zeitlupe kam er zu mir, sein Blick starr auf die frostige Welt vor uns gerichtet.

Nach ihm sprang Diamant aus der rosa Krone, die etwas über den Rand der Klippe ragte.

Sie blieb versteinert stehen, sagte nichts.

Eis, der hinter ihr aus den Blüten gesprungen kam, wäre fast in sie hineingestolpert. »Hey, was soll …«

Er brach ab, als auch er die andere Seite der Felswand erblickte.

Mit ungläubiger Miene kam er angelaufen und stellte sich neben mich. Starr blickte er auf die fremde Umgebung.

Wurzel, Weide und Zweig kamen hintereinander aus dem Baum gesprungen.

»Ohhh …«, machte Zweig nur mit offenem Maul. Die zwei Wölfinnen zogen überrascht die Luft ein.

»Das ist unfassbar!«, flüsterte Wurzel mit runden Augen.

»Unvorstellbar«, stimmte Weide ihr leise zu.

Ich hatte mich nach ein paar Herzschlägen als Erste aus meiner Starre gelöst und fragte nun in die Runde: »Wo beim Ewigen Rudel sind wir?!«

»An der Grenze zwischen dem Ewigen Rudel und den Schneegeistern.«

Wir alle zuckten zusammen und wirbelten zu einer neuen Stimme herum.

Ein weißer, großer Rüde saß neben uns auf dem schmalen Grat und sah uns schmunzelnd an.

Ich erkannte ihn sofort. »Schneesturm?«

Ungläubig und verwirrt legte ich den Kopf schief. »Was machst du hier?«

Aber während ich das sagte, wurde mir bewusst, was die Schneelandschaft war und auch, was der Gründer des Eisrudels hier wollte.

Er hatte es zwar schon gesagt, doch es war unfassbar.

Hier, genau auf diesem Kamm trafen sich die Territorien von den Schneegeistern und dem Ewigen Rudel.

»Du bist der Gründer des Eisrudels, nicht wahr?«, hackte Weide neugierig nach, nachdem sie sich von ihrem Schreck erholt hatte.

Schneesturm sah der beigen Wölfin in die Augen und neigte tief das Haupt. »Ja. Das ist richtig. Wisst ihr denn auch, warum ihr hier seid?«

Nun sah der leuchtende Rüde jeden einzelnen von uns an.

Wir alle schüttelten ratlos die Köpfe.

»Weil es Zeit ist, dass ihr die Wahrheit erfahrt.«

Erschrocken wirbelten wir erneut herum, als sich noch eine neue Stimme einmischte.

Überrascht erkannte ich eine dreifarbig getupfte Wölfin mit strahlend grasgrünen Augen und silbernem Nebel um ihre schmalen Beine. Ihr weiß, goldener und schwarzer Pelz war gepflegt und lag sacht an ihrem schlanken Körper.

Diese Wölfin hatte ich noch nie gesehen. Jedoch strahlte sie so viel Kraft und Ehre aus, dass ich mir sicher war, dass sie eine hoch angesehene Wölfin im Ewigen Rudel war.

Zu meiner Verwunderung sah ich hinter ihr Nebel und Löwe sitzen. *Wo kommen die denn alle plötzlich her?*

Ich fühlte mich schlagartig umzingelt und bedrängt von diesen ausgewachsenen Wölfen. *Wie sind sie überhaupt hier raufgekommen? Sind sie etwa doch geflogen?*

Da bemerkte ich Nebels Augen auf mir. Als unsere Blicke sich trafen, bestätigte sich meine Vermutung.

Nebel hat gewusst, dass die Kirschblütenbäume hier wachsen! Das war alles geplant!

Jetzt stellte sich nur die Frage, warum und wer diese fremde Wölfin war.

Die gold-weiß-schwarz gesprenkelte Wölfin sah aber an uns vorbei. Sie starrte Schneesturm mit festem Blick an.

Dieser schaute mit den gleichen undurchdringlichen Augen zurück. Verwundert sah ich zwischen den zwei hin und her. Kannten sie sich?

Da spürte ich Wurzels weichen Pelz an meiner Flanke.

Sie starrte mit weit aufgerissenen Augen zu der fremden Wölfin hinüber. Auch meine anderen Freunde schienen ganz verwirrt. Weide sah verdutzt zwischen Schneesturm und den drei Jägern des Ewigen Rudel hin und her. Zweig konnte sich nicht entscheiden, zu welchem Anführer er nun blicken sollte.

Zu Nebel oder Schneesturm?

Drossel und Diamant pressten sich ängstlich aneinander, warteten mit gespitzten Ohren, was als Nächstes geschah.

»Welche … Wahrheit?«, fragte ich zögerlich, als mir die

Worte der fremden Wölfin wieder einfielen.

Die Jägerin richtete ihre grün leuchtenden Augen auf mich.

Sie leuchteten so intensiv, als würde ich in zwei grüne Sterne blicken. »Sei gegrüßt, Silber.« Die Stimme der Fremden war weich und höflich. Kurz neigte sie den Kopf vor mir.

»Seid auch ihr gegrüßt.« Ihr Blick schweifte über meine Freunde, als hätte sie sie erst jetzt wahrgenommen.

»Ich bin Blütenwind«, stellte sie sich vor.

Zögerlich nickte ich ihr zu, als sie mich wieder ansah.

»Ich bin die Gründerin des Nachtrudels.«

Überrascht zog ich die Luft ein. *Die Gründerin?*

Ungläubig starrte ich Blütenwind an.

Aber warum ist sie hier? Weshalb ist die Gründerin von Klees Rudel und der Gründer vom Eisrudel hier? Und wieso gibt es zwischen den Schneegeistern und dem Ewigen Rudel so eine Abtrennung?

Fragen, die mir gleich beantwortet werden würden.

Davor jedoch warfen sich meine Freunde unterwürfig auf den harten Stein. Verwirrt sah ich zu ihnen hinab, aber dann wurde mir klar, warum sie das taten.

Vor ihnen stand die Schöpferin ihres Rudels. Ohne sie gäbe es sie alle nicht. Schnell wollte ich mich auch niederkauern, als Blütenwind schon lächelte. »Ihr müsst euch nicht verbeugen. Ich bin genauso ein Wolf, wie ihr.«

Zögerlich gingen meine Freunde ihrer Bitte nach.

Sie lächelte uns warm an. »Ich weiß, ihr wollt eine Erklärung für all das«, bellte sie mit weicher Stimme.

Wir nickten stumm.

»Ich bin die Erbauerin von dem Rudel, von dem wir alle abstammen.« Sie schloss mich in ihren sanften Blick ein.

Ja, ich gehöre auch dazu ... ich weiß!

»Und Schneesturm ist der Gründer des Eisrudels.« Blütenwind nickte dem schneeweißen Rüden zu, doch ihr Blick war kühl.

Unsere Köpfe drehten sich zu dem Wolf, der still hinter uns saß. »Der Grund, warum wir nun alle hier sind, ist, dass es eine Verbindung zwischen unserem Nachtrudel und dem Eisrudel gibt.« Mein Blick schnellte zu Blütenwind zurück. Was für eine Verbindung? Wie war das überhaupt möglich? Diese zwei Rudel lebten so weit voneinander getrennt!

Die gefleckte Wölfin schaute plötzlich zu mir.

Ihr intensiver Blick war so fesselnd, dass ich erschrocken zusammenzuckte.

»Schneesturm und ich waren zu Lebzeiten Gefährten«, erklärte sie und blickte dabei nur mich an, als hätte sie die anderen vergessen. »Wir hatten Welpen zusammen.«

Ihre grünen Augen fixierten nun die des weißen Rüden hinter uns. »Aber dann ist Schneesturm gegangen. Wir haben uns getrennt und er ist weiter gezogen. Weit, weit weg. Meine Tochter blieb bei mir, während Schneesturm unseren Sohn mitnahm.« Entrüstet über ihre Worte, wollte ich bereits das Maul öffnen, als ihre weisen Augen über uns alle wanderten. Ihr strahlender Blick ließ mich verstummen.

»Irgendwann schlossen sich uns Einzelwölfe an, bis wir zu einer großen Gruppe wurden.«

Sie sah mich sanft an. »Jedes Rudel bestand einmal aus Einzelwölfen, ehe unsere Vorfahren uns zu einem Rudel ernannten. Wir alle stammen von Einzelwölfen ab.«

Ihre Augen brannten sich in meine.

Wir alle stammen von Einzelwölfen ab ...

Leider hatten meine früheren Rudelgefährten das vergessen. Blütenwind blickte erneut in die Runde und fuhr mit ihrer

Erzählung fort: »Die Geister entschieden nach einiger Zeit, dass ich die erste Mondwächterin sein und sie unter dem Zeichen der Nacht führen sollte. Von unseren Ahnen bekamen wir auch unseren Namen: das Nachtrudel. Bis heute ist dieses Rudel bestehen geblieben.«

Sie nickte Schneesturm zu, als wäre das alles, was sie zu sagen hatte. Wir schauten uns zu dem Gründer des Eisrudels um, als er sich räusperte.

»Genauso, wie Blütenwind, habe ich ein Rudel gegründet. Mein Sohn und ich wanderten einfach immer gerade aus, bis wir im Frostwald ankamen. Einzelwölfe schlossen sich uns auf dieser langen Reise an, bis wir uns entschieden eine Gemeinschaft zu werden. Ich wollte mein Rudel jedoch von allen anderen unterscheiden, da die Kälte nun unsere Heimat geworden war. Um unserer frostigen Natur meinen Dank auszusprechen, dass sie uns an diesem rauen Ort gut leben ließ, nannte ich uns das Eisrudel. Ich habe uns die Heimat in dem großen Loch gesucht. Seit unzähligen Zeitwechseln ist dies nun das Lager des Eisrudels.«

Es war spannend, die Entstehungsgeschichten zu hören, aber ich fragte mich, was das mit uns zu tun hatte?

Als hätte Blütenwind meine Gedanken gelesen, erklärte sie: »Das Eisrudel und das Nachtrudel sind durch Blut verbunden. Blut, das hunderte von Zeitwechsel alt ist. Wir haben die gleichen Wurzeln. Das Blut der Eiswölfe fließt in unseren Adern. Genauso wie unseres in ihren. Versteht ihr?«

Ich glaubte langsam, anzufangen, zu verstehen. Das Eisrudel und unser Rudel waren irgendwie verwandt …

»Silber.« Als Blütenwind meinen Namen aussprach, fuhr ich zusammen. »J … Ja?«

Sie sah mich mit einem beruhigenden Lächeln an. Doch die

Worte, die sie nun sprach, ließen mir das Blut in den Adern gefrieren. »Du bist gradlinig mit mir verwandt. Und somit auch mit Schneesturm und dem ganzen Eisrudel.«

Mir klappte die Kinnlade herunter und ich versteinerte. *Ich bin mit der Gründerin des Nachtrudels und mit dem Gründer des Eisrudels verwandt? Wie verrückt werden mein Leben und meine Vergangenheit denn noch?!*

Nun war ich nicht nur zwischen der Wildnis und dem Rudel gespalten, sondern auch noch zwischen dem Nachtrudel und dem Eisrudel. In mir floss so viel unterschiedliches Blut, dass ich gar nicht mehr wusste, wer ich überhaupt war.

Zu wem ich gehörte …

»Beim Ewigen Rudel!«, flüsterte Wurzel geschockt neben mir. »Oder …« Sie sah zu Schneesturm hinüber. »Bei den … Schneegeistern?«

Der weiße Rüde lächelte die braune Wölfin belustigt an. »Ihr müsst nun nicht so tun, als wärt ihr beim Eisrudel. Wir fanden es nur an der Zeit, euch zu sagen, wo eure Wurzeln liegen.«

»Und warum diese Abtrennung hier?«, fragte ich verwirrt und nickte auf den harten Fels unter unseren Pfoten.

»Wenn wir das gleiche Blut haben, weshalb gibt es dann eine Trennwand?«

Es war nicht zu übersehen, wie Schneesturm und Blütenwind schnelle Blicke tauschten.

»Wir sind im Streit auseinandergegangen«, gab die getupfte Wölfin schließlich zu. Sie seufzte leicht. »Der hat uns bis in den Tod begleitet und durch unsere wütenden Gefühle ist diese Mauer entstanden.«

Also besteht die Felswand nur, weil sich diese beiden gestritten haben?

»Aber nun seid ihr doch nicht mehr sauer aufeinander,

oder?« Fragend sah ich erst zu Blütenwind, dann zu Schneesturm. Beide blickten ausweichend zu Boden.

Bei ihren unschlüssigen Blicken wurde mir klar, dass sie seit ihrer Trennung nicht mehr darüber geredet hatten.

»Das ist so lange her!«, rief ich aus, als keiner der zwei antwortete. »Ihr habt euch doch einmal geliebt! Ihr habt Welpen zusammen! Wo sind die eigentlich? Im Ewigen Rudel oder bei den Schneegeistern?«

Da sahen die beiden Gründer auf und schauten sich in die Augen. »Mein Sohn ist bei mir«, kläffte Schneesturm hart, ohne den Blick von der getupften Wächterin zu wenden.

»Meine Tochter bei mir«, erwiderte Blütenwind mit starren Augen.

Ich sah beide entsetzt an. »Ihr habt sie sogar im Tode getrennt?! Ihr habt Geschwister auseinandergerissen, weil ihr euch gestritten habt?« Ungläubig beäugte ich erst die Mondwächterin und dann den Rüden.

»Sie hatten die Wahl!«, knurrte Schneesturm, den Blick immer noch auf seine ehemalige Gefährtin gerichtet, als würde er mit ihr reden, anstatt meine Fragen zu beantworten.

»Die hatten wir nicht!«

Ein drittes Mal fuhr ich zusammen, als plötzlich zwei neue Wölfe auftauchten. Eine schwarze Wölfin sprang auf einmal aus der Kirschblütenkrone, während ein großer weiß - grauer Rüde auf der Seite der Schneegeister heraufkam.

Nun fühle ich mich wirklich umzingelt!, dachte ich, als ich mich verwundert umsah.

»Bussard, was tust du hier?«, fragte Schneesturm den großen Rüden aufgebracht.

»Was hast du hier zu suchen, Rauch?« Auch Blütenwind schien beim Auftauchen der schwarzen Wölfin irritiert zu sein.

»Silber hat recht«, bellte Rauch mit leuchtend blauen Augen, als hätte sie uns die ganze Zeit belauscht.

Der Nebel zwischen ihren Pfoten wirbelte. »Ihr habt uns auseinandergerissen! In Lebzeiten wie im Tode!«

Ihr Bruder, der keinen Nebel zwischen den Pfoten hatte, sondern aussah, als würde er von innen leuchten, fügte hinzu: »Ihr habt uns getrennt, obwohl wir das nicht wollten! Nur wegen eurem Streit!«

Ich konnte nicht fassen, dass ich bei einer Familie saß, die seit so vielen Zeitwechseln Streit hatte.

Das ist doch unglaublich!

»Wir wollten nur das Beste für euch!«, verteidigte sich Blütenwind mit einem leisen Knurren.

»Das Beste wäre gewesen, uns selbst entscheiden zulassen, anstatt uns zu trennen!«, knurrte Rauch sie an.

»Wir waren Blutsgefährten ... wollten immer zusammenbleiben«, ergänzte Bussard mit einem liebevollen Blick auf seine Schwester. Dann aber verdunkelten sich seine grünen Tiefen.

»Stattdessen gehören wir jetzt zu unterschiedlichen Ahnen.« Blütenwind wimmerte plötzlich auf. »Es tut mir leid!«, rief sie mit zitternder Stimme. »Ich wollte euch nie wehtun. Ich bin eure Mutter! Die Wut hat mich blind gemacht.«

Sie hatte anscheinend schlagartig begriffen, was für einen Fehler sie begangen hatte.

»Mir wird jetzt erst klar, wie hundedumm wir waren, Schneesturm.« Sie schaute ihren ehemaligen Gefährten mit glänzenden Augen an. »Wir hätten uns nicht von unserer Wut leiten lassen sollen. Dann wäre das alles nie passiert. Diese Felswand wäre nicht entstanden und unsere Welpen würden uns immer noch lieben.«

Der weiße Rüde zögerte einen Herzschlag.

Er sah zwischen Rauch und Drossel hin und her und schließlich zu mir. Ich blinzelte überrascht, als unsere Blicke sich kreuzten.

Da aber schaute Schneesturm auch schon wieder Blütenwind fest in die Augen. Er seufzte. »Ja, Silber hat recht. Unsere Welpen haben recht. Alle hatten recht. Wir hätten niemals im Streit auseinandergehen dürfen. Es tut mir leid, Blütenwind.« Er sah von seiner Gefährtin zu seinen Welpen.

»Es tut mir leid, Bussard und Rauch, dass wir euch getrennt haben. Wir haben nur auf unsere Wut geachtet und nicht auf das, was ihr wolltet.«

Zu meinem Erstaunen grinsten sich die zwei Blutsgefährten auf einmal an.

»Das war genau das, was wir hören wollten«, schmunzelte Rauch belustigt.

»Endlich habt ihr es eingesehen«, bellte Bussard mit erleichtertem Blick.

Auch Blütenwind lächelte ihre Welpen mit schimmernden Augen an. »Es hat viel zu lang gedauert.«

Schneesturm nickte der Wächterin zu. »Da hast du recht.«

Ohne sich abzusprechen, kamen die zwei Gründer gleichzeitig aufeinander zu getrottet. Bussard und Rauch näherten sich ebenfalls ihren Eltern.

»Jahrhunderte sind hoffentlich genug, um mir zu verzeihen?«, fragte Blütenwind schüchtern, als sie genau vor dem Mondwächter stand. Schneesturm sah sie sanft an.

Ich entdeckte neue Liebe in seinen Augen aufblitzen. »Sind Jahrhunderte auch genug, um *mir* zu vergeben?«

Die Erbauerin des Nachtrudels lachte kurz auf, bevor sie sich beide wimmernd aneinanderschmiegten.

Rauch und Bussard bellten glücklich und selbst ich fühlte

mich irgendwie gut. *Das ist so rührend und schön ...*

Da aber knackte es auf einmal unter mir.

Blitzartig starrte ich auf den grauen Stein und erstarrte.

Genau unter meinen Pfoten hatte sich ein Riss aufgetan, der sich die Felswand entlang zog.

»Keine Angst!«, rief Nebel mir und meinen Freunden, die erschrocken aufjaulten, beruhigend zu. »Die Felswand verschwindet. Blütenwind und Schneesturm haben sich vertragen, die Wut ist weg. Also geht auch die Felswand, die die beiden getrennt hat.«

Das war zwar echt gut, aber bedeutete das nicht, dass wir gleich in die Tiefe stürzen würden?

»Wir werden ganz langsam zu Boden sinken«, erklärte Nebel, die über die Risse zu uns sprang.

Schneesturm, Blütenwind und ihre Welpen hatten sich auf der Seite der Schneegeister versammelt und schauten sich nun mit leuchtenden Augen an.

Meine Freunde kauerten sich hinter mir zusammen, während ich dastand und auf die Risse starrte.

»Keine Angst«, flüsterte die Wächterin plötzlich dicht neben mir. Ich zuckte mit den Ohren, als ihr Atem sie streifte.

»Ich habe keine Angst«, kläffte ich ein wenig aggressiv.

Mit zornigem Blick rückte ich von Nebel weg, die mich mit verletzten Augen ansah. »Silber, ich wollte doch nur ...«

Sie trat einen Schritt auf mich zu, aber ich drehte ihr den Rücken hin. Demonstrativ beobachtete ich Bussard und Rauch, die sich glücklich an ihre Eltern schmiegten. Schmerzende Krallen bohrten sich auf einmal in mein Herz, als ich die wiedervereinte Familie so glücklich sah.

Da jedoch verschwand die Felswand plötzlich. Der Boden unter meinen Pfoten löste sich in Staub auf, der langsam in die

Tiefe rieselte. Die Kirschblütenbäume, die uns hierraufgebracht hatten, verwandelten sich in rosa Blüten, die gemächlich auf das Gras unter uns fielen.

Unter mir war von dem einen auf den anderen Herzschlag nichts mehr. Nichts als unsichtbare Luft. Und weit unter mir, der harte Erdboden.

Erschrocken jaulte ich auf und stolperte zurück. Dort spürte ich Nebels Fell. Ich drückte mich unter Panik fest an sie. Sie war aber ganz entspannt. Als wäre die Wölfin schon oft in der Luft geflogen.

Doch zu meiner Überraschung fielen wir nicht.

Ich hatte vor Schreck und Angst die Augen geschlossen, mich an das weiche Fell der Mondwächterin gepresst und nicht gewagt, die Lider zu öffnen.

Aber nun merkte ich, dass wir nicht stürzten.

Ganz langsam öffnete ich die Augen. Wir standen in der Luft! Verwirrt blinzelte ich und sah nach unten.

Wir schwebten ganz langsam auf den Boden zu, als wären wir so leicht wie ein paar Federn.

»Wie ist das …?« Mein ungläubiges Flüstern wurde von Löwe beantwortet, der zu uns getreten kam. Er trottete auf seinem Nebel, der um seine Pfoten waberte.

»Blütenwind und Schneesturm haben sich vertragen. Die Felswand war eine Barriere zwischen ihnen. Sie symbolisierte die Wut, die sie aufeinander hatten. Aber jetzt haben sie Frieden geschlossen.« Er setzte sich neben mich, sah mich mit leuchtenden Augen an. »Diese Barriere verschwindet nun, aber wir werden nicht darunter leiden.« Er sah mit einem Schmunzeln zu der wiedervereinten Familie. »Ihre Liebe zueinander lässt uns langsam sinken.«

Sein Blick wanderte zu Nebel, dann zu mir. Er rückte mit

einem liebevollen Lächeln näher, sodass sein Fell meines berührte. *Nein! Geh weg!* Ich wollte nicht, dass Löwe sich neben mich setzte. *Wir sehen aus, wie eine Familie! Nebel gehört jedoch nicht dazu!*

Ich wagte allerdings nicht, mich zu rühren. Deshalb musste ich die Atemzüge in der Luft aushalten.

Als meine Pfoten die Grashalme berührten, sprang ich sofort erleichtert nach vorn. Im ersten Moment war ich so glücklich, wie noch nie zuvor, festen Boden unter meinen Krallen zu spüren. Dann drehte ich mich zu Nebel und Löwe um.

Sie saßen nebeneinander, schauten mich liebevoll an. Ich wollte sie schon anknurren, dass sie mich nicht so ansehen sollten, da traten Schneesturm und Blütenwind vor mein Blickfeld und versperrten mir die Sicht auf meine … Eltern.

»Wir wollen dir danken, Silber«, bellte die getupfte Wölfin mit einem glücklichen Lächeln.

»Du hast uns gezeigt, was für einen Fehler wir gemacht haben«, fügte Schneesturm mit einem liebevollen Blick auf Blütenwind hinzu. Ich lächelte schüchtern. »Das war ich doch gar nicht … eure Welpen haben euch zusammengebracht.«

Bussard trat vor. Sein leuchtender Pelz glitzerte in der Sonne des grünen Waldes hinter mir.

»Wenn du dich nicht entschieden hättest, mit deinen Freunden die Wand zu erklimmen, wäre das hier nicht passiert. Du allein hattest den Charakter, das auszusprechen, was gesagt werden musste, um ihnen die Augen zu öffnen.«

Seine warme Stimme ließ mich grinsen. »Na ja, meine Freunde haben ja auch geholfen. Wenn sie mich nicht gelassen hätten, wäre es auch nicht passiert.«

Rauch kicherte leise. »Da hast du recht.«

»Das ist so unfassbar!«, hörte ich auf einmal Diamants

Stimme. Meine Freunde kamen zu mir getappt.

»Wart ihr wirklich die ganze Zeit hinter der Felswand?«, fragte Zweig Schneesturm mit großen Augen.

Dieser nickte schmunzelnd. »Oh ja, Kleiner. Aber jetzt werden wir uns nicht mehr hinter einer Felswand verstecken. Von heute an sollen das Ewige Rudel und die Schneegeister in Frieden miteinander leben.«

Blütenwind nickte neben ihm zustimmend. »Es wird eine große Veränderung sein. Eine Gute«, fügte sie mit strahlenden hellgrünen Augen hinzu.

»Dürfen wir auch euer Territorium erkunden?«, fragte Drossel neben mir aufgeregt.

Der Gründer des Eisrudels sah auf den jungen Wolf herab, dann suchte er den Blick seiner Gefährtin.

»Zwischen den Schneegeistern und den Ahnen des Nachtrudels sollte es keine Grenze geben. Findest du nicht auch?«

Blütenwind grinste begeistert. »Ja, das sollte es nicht. Und die wird es auch nie wieder geben.«

Es war so schön, zu sehen, wie die zwei Wölfe, die so lange Zeit getrennt und zerstritten waren, nun liebevoll die Köpfe aneinander rieben.

»Wie geht es eigentlich dem Eisrudel?«, fragte ich, als die zwei sich voneinander gelöst hatten.

Schneesturm lächelte. »Keine Sorge, ihnen geht es gut. Flieder ist die geborene Mondwächterin und Schneeblatt eine sehr gute Krallenmondwölfin. Sie führen das Rudel in eine sichere Zukunft.«

Ich nickte erleichtert. »Das ist schön zu hören.«

Da allerdings bemerkte ich, dass meine Augen unscharf wurden. »Oh nein, ich wache auf!«, fiepte ich erschrocken. »Bis morgen!«, hörte ich Wurzel rufen.

Ehe ich etwas antworten konnte, fiel ich in Finsternis.

Aber ich hörte noch Blütenwinds sanfte, klare Worte in der Dunkelheit, so laut und deutlich, als würde sie direkt vor mir stehen. »Lass dich nicht von Wut leiten, Silber … bitte, lass dich nicht von Wut leiten …«

6. KAPITEL

Ich schreckte hoch.

Eiseskälte durchschoss mich. Von der Kühle plötzlich hellwach, sprang ich auf die Pfoten.

Schwer atmend sah ich mich um. Ich stand in einer Senke, überall lag Schnee. Kahle Büsche und Sträucher verdeckten die Mulde vor unerwünschten Blicken.

Die Sonne schien durch den bewölkten Himmel auf mich hinab. Neben mir lag Kupfer.

Bei seinem Anblick fingen meine Beine an zu zittern und mir wurde schwindelig, sodass ich mich wieder hinkauerte.

Wir wären fast ertrunken. Durch die unglaublichen Ereignisse meines letzten Traums hatte ich ganz vergessen, was in der anderen Realität passiert war.

Ich hatte Kupfer vor dem Ertrinken gerettet.

Und Nebel hatte uns beide gerettet. Ich verdrängte den Gedanken an die silbergraue Wölfin.

Besorgt beschnupperte ich meinen Gefährten, der die Augen fest geschlossen hatte. Sein Atem ging regelmäßig.

Das bedeutete, dass er schlief. *Dem Ewigen Rudel sei Dank!* Kupfer ging es gut. Aber als ich sah, dass er am ganzen Leib zitterte, verknotete sich mein Magen vor Sorge.

So fest ich konnte, presste ich mich an seine Seite, um ihn ein wenig zu wärmen. Doch ich zuckte zusammen, als ich sein kaltes Fell spürte. Die Kälte kroch mir langsam unter den Pelz und ließ mich frösteln. Mir selber war eigentlich nicht kalt.

Zumindest nicht so kalt, wie es Kupfer, dem Anschein nach, war. Mein Pelz war trocken, womöglich von meinen Freunden geputzt. Mir viel jetzt erst auf, dass diese gar nicht da waren. *Wahrscheinlich sind sie jagen.*

Ich legte den Kopf auf die Pfoten und wartete mit gespitzten Ohren. Schlafen konnte ich nicht mehr.

Eine Schneeeule schrie ganz in der Nähe und der Wind fegte heulend über die Senke hinweg.

Sonst gab es nichts zu hören.

Meine Gedanken schweiften zurück an die Felswand, die nun nicht mehr existierte.

Aber was ist dann mit dem Wasserfall?, überlegte ich, während ich meine Pfoten betrachtete. *Und dem Kristallteich? Gibt es sie noch?*

Es wäre eine Katastrophe, wenn der Kristallteich nicht mehr da wäre. *Vielleicht ist dieser Teil der Felswand geblieben ...*

Ein Rascheln im Gebüsch am oberen Rand der Senke trieb mich aus meinen Gedanken.

Misstrauisch hob ich den Kopf und hielt die Nase in die Luft. *Nur ein Hase.*, stellte ich erleichtert fest.

Da kam das kleine, weiße Tier auch schon aus dem Strauch gehüpft. Es war so bleich, dass ich es nur ein seinen schwarzen Ohrenspitzen erkennen konnte.

Die Beute hüpfte den Hang hinab, aber als es mich sah, wurden seine schwarzen Knopfaugen groß. Es wirbelte mit einem panischen Fiepen herum und floh.

Ich hatte kein Bedürfnis, ihm hinterher zusetzen. Ich war schlapp und hatte keinen Hunger.

Plötzlich hörte ich ein erschrockenes Quieken, das aber abrupt abbrach.

Überrascht lauschte ich. Pfotenschritte näherten sich. Ehe ich mir jedoch Sorgen machen konnte, erkannte ich die Gerüche meiner Freunde. Nur ein paar Momente später raschelte das Gestrüpp oberhalb der Senke und Klee trat heraus, gefolgt von Lesly, Korn Aurora und Lenny. Lenny zerrte einen Schneehasen hinter sich her. Es war der Hase, den ich eben noch gesehen hatte.

»Silber!« Klee bellte besorgt, als er mich sah und kam zu mir heruntergesprungen.

»Wie geht es dir?«, fragte er und beschnupperte mich.

»Gut, gut … ich bin nur noch ein wenig erschöpft.«

Die Augen meines Freundes leuchteten erleichtert auf. »Das ist die beste Nachricht des Tages!«

Ich lächelte leicht, schaute aber zu Kupfer und fragte: »Ist er schon mal aufgewacht?«

Klee schüttelte den Kopf. »Nein, er ist in Ohnmacht gefallen, als wir euch hierhin getragen haben.«

»Das ist zwei Tage her!«, rief Lenny und kam angerannt.

»Ihr habt so lange geschlafen, da dachten wir schon, ihr wacht gar nicht mehr auf.«

Ich schluckte schwer. Kupfer hatte zwei Tage geschlafen und wachte nun immer noch nicht auf?

»Hier.« Aurora trat vor und legte mir den Hasen vor die Pfoten. »Den hat Lenny gefangen«, fügte sie mit einem stolzen Lächeln zu dem kleinen Hund hinzu. Dieser streckte die Brust.

»Er ist mir genau vor die Pfoten gerannt! Ich musste mich nur vorlehnen und zubeißen.«

Ich lächelte belustigt. »Ich freue mich wirklich für dich, Lenny. Aber leider bin ich nicht hungrig. Das Rentier füllt immer noch meinen Magen.«

Zu meiner Überraschung schien der kleine Hund mit den Schlappohren gar nicht traurig. »Na gut!«, meinte er. »Dann isst ihn Kupfer, wenn er aufwacht.« Ich nickte zustimmend.

»Aber Silber.« Lesly kam zu mir und musterte mich besorgt.

»Was ist passiert, bevor wir euch an dem Eisloch gefunden haben?« Ich legte die Ohren an, als ich mich an das kalte

Wasser und den Schmerz in meinen Lungen erinnerte.

»Wir sind losgerannt, als wir die Risse bemerkt haben …«, fing ich an und erzählte ihnen alles.

Wie Kupfer ins Wasser gefallen war, ich ihm hinterher sprang und ihn fast eine Eisscholle zerquetscht hätte.

Wie wir untergetaucht waren und da plötzlich eine Eisdecke über uns war. Und wie Kupfer fast ertrunken wäre.

Als ich geendet hatte, starrten mich entsetzte Augen an. Kupfer bewegte sich immer noch nicht.

»Oh, ich bin so froh, dass ihr es geschafft habt!«, wimmerte Klee und drückte sich an mich.

Überrascht zuckte ich zusammen. »Ich könnte es nicht ertragen, dich zu verlieren«, hauchte er an meinem Ohr, so leise, dass nur ich es hören konnte.

Bevor ich etwas erwidern konnte, löste er sich schon wieder von mir und trat einen Schritt zurück.

»Ich hoffe nur, dass ihr beide gesund bleibt«, murmelte Korn neben Lesly. Er sah ernst auf mich hinab. »Wenn bei uns im Rudel mal jemand ins Eis eingebrochen ist, ist er fast immer krank geworden. Und im Rudel waren die Wölfe nur wenige Herzschläge im Wasser, bevor ihnen jemand rausgeholfen hat. Ihr seid viel länger drin gewesen.« Sein Blick ruhte sorgenvoll auf mir, aber ich schaute zu Kupfer.

Er war eiskalt. Und noch immer nicht bei Bewusstsein.

Nur seine hebenden Flanken verrieten, dass er noch lebte.

Bitte, Kupfer! Du darfst nicht krank werden!

»Ich hoffe, er wacht bald auf«, flüsterte ich zu mir selbst.

»Vielleicht sollten wir uns einfach ausruhen«, schlug Lesly vor.

»Wenn wir alle hier sitzen und reden … vielleicht hört Kupfer uns und wacht auf?«

Sie klang wenig überzeugt, aber einen Versuch war es wert.

Wir gaben unsere Zustimmung. Klee legte sich auf Kupfers andere Seite und presste sich mit seinem trockenen Fell an ihn.

Es freute mich, dass Klee versuchte, meinem Gefährten zu helfen, obwohl er selbst in mich verliebt gewesen war und sich mit Kupfer gestritten hatte.

Der kleine Lenny krabbelte unter den Hals des Goldenen, um ihn dort ein wenig zu wärmen.

Lesly, Aurora und Korn bildeten einen Kreis um uns herum und so lagen wir zusammengekauert da.

Wie ein Blitzschlag viel mir bei Korns Anblick ein, was ich geträumt hatte. Ich musste es ihnen sagen.

»Ähm … Ich muss euch etwas erzählen…«

Aurora spitzte interessiert die Ohren. »Ja?«

»Ich habe wieder etwas geträumt. Von dem Eisrudel und dem Nachtrudel …« Ich berichtete ihnen von den Kirschblütenbäumen, die an der Felswand gewachsen waren.

Dass keiner im Ewigen Rudel wusste, was hinter der Wand lag und es bis zu diesem Zeitpunkt auch keinen Weg hinüber gegeben hatte.

Ich sagte ihnen, wie wir die Felswand erklommen hatten und, was wir auf der anderen Seite vorfanden.

»Was?«, jaulte Korn, als ich die Schneegeister erwähnte.

»Wie kann das … warum?« Er war ganz verwirrt.

»Ich weiß, Korn. Ich war auch erst ziemlich überrascht«, stimmte ich ihm beruhigend zu. Ich erzählte ihnen von Blütenwind und Schneesturm, von ihrer Vergangenheit und von dem Zusammenhang zwischen dem Nacht - und Eisrudel.

Klee murmelte leise: »Das ist unglaublich.« Lauter fügte er hinzu: »Ich bin echt neidisch auf dich, Silber. Du hast Kontakt zu all unseren Vorfahren. Ohne dich wüssten wir das alles ja gar nicht.«

Ich lächelte ihn belustigt an, bevor ich fortfuhr. Zum Schluss erzählte ich ihnen, wie die Felswand zu Staub zerfiel und wir langsam zu Boden geschwebt waren.

»Unfassbar«, flüsterte der kleine Lenny unter Kupfers Hals. Sein Kopf schaute aus dem goldenen Fell heraus, seine Augen vor Staunen weit aufgerissen.

»An was glaubt ihr eigentlich?«, fragte ich die drei Hunde neugierig. An diese Frage hatte ich bis jetzt noch gar nicht gedacht, doch nun war sie mir eingefallen.

Die Hunde sahen sich unschlüssig an. Schließlich blinzelte Aurora und antwortete: »Wir glauben an die Seelen.«

»Die Seelen?«, wiederholte Klee verwundert und sah Aurora voller Neugier an.

»Ja«, meinte Lesly neben Korn. »Jedes Lebewesen hat doch eine Seele. Und wir glauben, dass sie nach dem Tod aus dem Körper befreit wird. Der Geist fließt dann in die Nachkommen des Verstorbenen ein. So lebt ein Teil des Toten für immer weiter. Für Generation, um Generation.«

Ich nickte leicht. Das klang einleuchtend und wunderschön.

»Aber was, wenn der Tote keine Nachkommen hatte?«, fragte Korn nachdenklich.

»Dann fließt die Seele in Verwandte ein«, antwortete Lenny neben mir. »Und wenn er auch keine Verwandte mehr hat, wird der Geist eins mit der Natur.«

Es war wirklich interessant, wie viele verschiedene Glaubensrichtungen es zwischen uns gab.

»Das heißt, als Eissplitter und Flammenschnee gestorben sind, habt ihr geglaubt, sie wären in ihre Nachfahren eingegangen?«, versuchte Korn, die Worte der Hunde zu verstehen.

Lesly neben ihm nickte. »Ja, genau. Flammenschnees Seele ist nun, nach unserem Glauben, in Feder und Goldschnee. So lebt ein Teil von ihm ewig.« Der goldbraune Rüde schmunzelte sie sanft an. »Das ist eine schöne Vorstellung.«

Die weiß-grau-braun gefleckte Hündin lächelte schüchtern zurück.

»Und was ist mit Eissplitter?«, fragte ich, um die Stille, die zwischen Korn und Lesly aufgetreten war, während sie sich anschmachteten, zu unterbrechen.

»Sie hatte keine Nachfahren, oder? Und auch keine Geschwister oder andere Familienangehörige.«

Der ehemalige Rudelwolf nickte leicht. »Ja. Sie war die Einzige aus ihrem Wurf und ihre Eltern wurden bei einem Eisbärenangriff getötet. Sie hatte nur Schatten.«

Bedrückt sah er zu Boden. »Sie wollte mit ihm Welpen haben«, murmelte er mit traurigem Blick.

Lesly wimmerte mitfühlend an seiner Seite und stupste ihn freundschaftlich an der Schulter an, um ihn zu trösten.

»Aber, um deine Frage zu beantworten, Silber ...« Er zog tief die Luft ein und blies sie dann langsam wieder aus. »Nein, Eissplitter hatte keine Angehörigen.«

»Doch«, widersprach Lenny. Wir drei Wölfe sahen den Hund mit den braunen Schlappohren verwundert an.

»Aber ihr habt doch gerade gesagt ...«, entgegnete Klee verwirrt, allerdings fiel ihm Lesly ins Wort: »Ja, Lenny hat Recht. Wenn Schatten und Eissplitter verbunden gewesen wären, dann wäre ihr Geist in ihn übergegangen.«

Nun wurde sie von drei verständnislosen Augenpaaren angeschaut. »Verbunden?«, wiederholte ich verdutzt.

»Was heißt das?«, wollte Klee wissen.

Aurora lachte kurz auf, als sie seine Frage hörte. »Du kennst das nicht?«, fragte sie ihn lachend.

Der schildpattfarbene Rüde schüttelte irritiert den Kopf.

Die weiße Hündin hörte auf zu kichern, als sie unsere verwunderten Gesichter sah. Aber auch Lenny und Lesly schien der Gedanke zu amüsieren, dass wir diese Bedeutung nicht kannten. »Das ist ja wirklich unglaublich!«, rief Lenny entrüstet aus. »Wohnt ihr auf einem Stern oder was?«

Sobald er in unsere ahnungslosen Gesichter sah, erklärte er: »Also ... *verbunden* ist man, wenn man sich entscheidet, für immer und ewig mit einem Gefährten zusammenzubleiben. Zum Beispiel könntest du Kupfer hier«, er nickte über sich, »fragen, ob er mit dir verbunden sein will. Wenn er ja sagt, habt ihr ein Band, eine Verbindung. Und die so lange, bis einer von euch stirbt.«

»Und nach unserem Glauben fließt dann die Seele in den Gefährten ein, mit dem der Verstorbene verbunden war. Vorausgesetzt, es gibt sonst keine Angehörigen«, fügte Lesly hinzu. Aurora und Lenny nickten zustimmend.

»*Das* ist auch eine schöne Vorstellung«, fand Korn. Er sah erst zu Boden, aber als Lesly ihren Blick von ihm nahm, übersah ich nicht, wie er sie voller Zuneigung schüchtern anschaute. *Ich wette, er würde sich am liebsten sofort mit ihr verbinden!*

Ein warmes Gefühl durchflutete mein Inneres bei dieser Vorstellung. *Genauso, wie Ben sein Glück gefunden hat, soll auch Lesly ihre Liebe finden.*

Das hatte sie sich verdient. Jeder einzelne Hund in dieser Runde hatte sich sein Glück verdient.

Vielleicht sollten wir die zwei allein lassen, damit sie endlich zu einander finden ...

»Hey ... äh ... Klee, Aurora, Lenny, wie wäre es, wenn wir einen kleinen Spaziergang machen. Meine Beine sind ganz steif vom langen Liegen.« Ich streckte mich extra übertrieben.

»Lesly, Korn, würdet ihr auf Kupfer aufpassen? Ich will nicht, dass er alleine ist.«

»Natürlich«, antwortete Korn sofort und sprang auf die Pfoten. Lesly war etwas langsamer. An ihrem erschrockenen Blick sah man, dass ihr meine Idee nicht gefiel.

Es ist ihr peinlich, mit ihm allein zu sein! Aber nur, weil sie sich ihre Gefühle noch nicht gestanden haben!

Das könnte sich jetzt ändern.

Ich stand auf, streckte mich erneut und trottete schon mal zum Hang der Senke. »Kommt schon!«, rief ich den anderen grinsend zu. Lenny kam erfreut herangehüpft, gefolgt von Klee und Aurora. Die beiden großen Vierbeiner sahen mich fragend an, sagten jedoch nichts.

Wir gingen langsam die breite Mulde hinauf.

Eigentlich wollte ich mich wirklich bewegen, aber plötzlich überschwemmte mich ein Schwindelanfall. Vor mir drehte sich auf einmal alles und mein Kopf pochte schmerzhaft.

Ich musste meine ganze Kraft aufwenden, den anderen nicht zu zeigen, wie es mir mit einem Schlag ging.

Mit zusammengebissenen Zähnen hielt ich meine zitternden Beine unter Kontrolle und atmete in langen, gleichmäßigen Zügen, um mich zu beruhigen.

Am oberen Rand angekommen drehte ich mich zu Korn und Lesly um. »Wir sind in der Nähe. Ihr könnt rufen, wenn Kupfer aufwacht.« Eine kalte Brise zerzauste mein Fell, doch die Kälte beruhigte den brennenden Schwindel in mir.

Er linderte meine zitternden Beine und als ich durchgeatmet und meine Lungen sich mit frischer Luft vollgesogen hatten, ging es mir besser.

»Machen wir«, rief der goldbraune Rüde mit einem tröstenden Schwanzwedeln. Lesly blieb still.

Grinsend wandte ich mich zu meinen Gefährten.

»Was hast du vor?«, fragte Aurora leise, als wir uns etwas entfernten. Ich antwortete nicht, sondern schlängelte mich zwischen den schneebedeckten Tannen und Sträuchern hindurch.

Der Schnee knirschte unter meinen Pfoten und der kalte Wind vertrieb alle Schmerzen oder Müdigkeit aus meinen Gliedern. Unter einer großen dunkelgrünen Tanne blieb ich stehen und ließ die Freunde hinein.

»Also, was ist los?«, hakte Klee nach.

»Warum hast du uns hierhergebracht?«, wollte Lenny neugierig wissen.

Ich grinste die drei an. »Ist euch nicht auch aufgefallen, dass Lesly und Korn ineinander verliebt sind?«

Überrascht sahen Klee und Lenny sich an, während Aurora schmunzelte. »Natürlich«, lachte sie mit glänzenden Augen. »Ich habe sie noch nie so glücklich gesehen.«

Mein Grinsen wurde breiter. »Genau deshalb wollte ich diesen *Spaziergang* machen. Damit sie allein sind und sich vielleicht aussprechen können.«

»Glaubst du wirklich, dass sie das tun?«, fragte Klee da unsicher. Er sah mich mit angelegten Ohren an. »Wir sehen zwar sofort, dass die beiden Gefühle füreinander haben, aber ob sie das bemerken?«

»Lesly fand die Idee, mit Korn allein zu sein, gar nicht gut«, gab Aurora Klee widerwillig recht. »Das hat man gemerkt.«

Ich nickte. »Oh ja, allerdings nur, weil sie nicht weißt, was Korn für sie empfindet. Er hat mir sogar im Eisrudel schon gesagt, dass er Lesly mag und mich über sie ausgefragt.«

Da wurden Auroras blaue Augen groß. »Echt?«

Ich nickte heftig. »Ja, echt.« Ich grinste. »Er ist wirklich in sie verliebt.«

»Und Lesly in ihn«, bellte Klee, nun mit etwas fröhlicherem Gesichtsausdruck. »Lesly hat einen Gefährten verdient«, kam es plötzlich von Lenny. Der kleine Hund sah uns ernst an. »Sie war so lange im Gefängnis und ein Jagdhund. Da würde ich mich sehr freuen, wenn sie nun endlich ein normales Leben führen könnte. Weg von den Menschen.«

Wir alle nickten düster. »Das wünschen wir euch auch«, bemerkte Klee leise, mit dem Blick auf Aurora und Lenny.

Lenny lächelte den schildpattfarbenen Rüden freundlich an. »Wir gehen nicht zu den Menschen zurück. Wir stehen euch beim Kampf zur Seite. Wenn es nötig ist, bis zum Ende.«

Ich musste den winzigen Hund einfach liebevoll anlächeln. Wie von selbst beugte sich mein Körper zu ihm hin und ich drückte meinen Kopf an seinen kleinen Leib. »Danke, Lenny. Ich weiß, wie viel diese Worte bedeuten«, flüsterte ich dankbar.

Lenny leckte mir freundschaftlich über die Wange. »Das ist doch das Mindeste! Nochmal: Ohne euch säßen wir immer noch im Gefängnis. Ihr habt uns unser Leben zurückgegeben. Jetzt helfen wir euch, eure Heimat zu behalten.«

»Und … danach?«, hakte Klee vorsichtig nach. Fragend sah er von Lenny zu Aurora.

Lenny zuckte mit den Schultern, aber die weiße Hündin antwortete: »Wenn wir danach noch leben«, hob sie an, »dann können wir schauen, was wir machen. Vielleicht werden wir Einzelhunde, oder sind ein kleines Rudel nur wir drei Hunde und Korn. Das werden wir dann sehen.«

Klee und ich nickten verstehend.

»Möglicherweise könnt ihr ja auch im Nachtrudel bleiben«, schlug Klee aufgeregt vor. Anscheinend schien er von dieser Idee begeistert. Als er allerdings von zweifelnden Blicken angeschaut wurde, seufzte er. »Ich weiß, mein Rudel ist nicht wirklich beliebt. Und ich weiß, dass sie es nicht mögen, wenn Eisblitz *andere* aufnimmt. Aber wenn ihr uns erstmal geholfen habt, wird keiner etwas dagegen haben, dass ihr bleibt.«

Wie oft habe ich diesen Wölfen geholfen und ihnen meine Treue bewiesen und was hat es mir gebracht? Nichts.

Dieser Gedanke kam so plötzlich, dass ich gar nicht wusste, warum ich ihn überhaupt dachte. Ich hatte mit dem Rudel abgeschlossen. Ich würde ihm helfen, danach gehen.

Warum hatte ich also diesen seltsamen Gedanken? Ich schluckte meine wütenden Gefühle, die bei der Erinnerung an das Rudel, auf einmal aufkamen hinunter.

»Sollen wir zurück? Ich weiß nicht, wie viel Zeit wir ihnen geben sollen.« Urplötzlich fühlte ich mich unwohl.

Weil ich wieder an das Rudel denken muss. Aber ich habe mit ihnen abgeschlossen. Trotzdem muss ich immer noch an sie denken. Das heißt, sie sind mir weiterhin wichtig.

Natürlich hatte ich das. Eisblitz und Brise waren die besten Eltern gewesen, die man sich wünschen konnte. Ich würde sie immer vermissen, aber wie bei einem normalen Rudel verließen die Welpen irgendwann den Bau.

Und bei mir war diese Zeit gekommen.

Ich musste weiterziehen, meine Familie verlassen, um eine neue zu gründen. Außerhalb der Rudelgrenzen.

»Ich glaube, wir können zurück«, vermutete Klee und erhob sich. »Wir sollten allerdings leise sein. Vielleicht sind sie noch im Gespräch, da wollen wir natürlich nicht stören.«

Er grinste vielsagend. Wir nickten belustigt.

Langsam schlichen wir aus den Zweigen der Tanne, zurück. In der Nähe der Senke war es still. Ich wunderte mich kurz, bevor ich dachte: *Na ja, sie können auch leise reden.*

Am oberen Rand angekommen spähten wir durch die

Zweige der schneebedeckten Büsche.

Lesly und Korn kauerten nebeneinander, aber ihre Felle berührten sich nicht. Die Hündin sah beschämt zu Boden. Der Wolf sah einfach nur peinlich berührt nach vorne, als wäre er in Gedanken vertieft.

»Warum tun sie nichts?«, fragte Lenny flüsternd, während er mit unverständlicher Miene zu ihnen hinabsah.

»Sie sind zu schüchtern«, vermutete Aurora leise.

Ich sah meine Gefährten fragend an. »Sollen wir nochmal gehen, oder zu ihnen?«

Klee sah auf die beiden herab. »Sie hatten ihre Chance«, entschied er. »Sie kriegen das auch ein andermal hin.«

Damit stand er auf und trat aus dem Gestrüpp.

Lesly und Korn sprangen auf, aber als sie den Rüden sahen, entspannten sie sich. »Da seid ihr ja wieder!«, rief Korn.

Er klang erleichtert. Ich nickte und hüpfte zu ihnen herunter.

»Ist Kupfer aufgewacht?«, fragte ich und schaute auf den goldenen Wolf, der weiterhin bewegungslos auf dem kalten Schnee lag. Sein Fell war immer noch ein wenig feucht.

Bei seinem Anblick kam die schwerwiegende Sorge erneut hoch. Lesly schüttelte traurig den Kopf. »Nein, leider nicht. Er hat sich, seit ihr weg wart, nicht gerührt.«

Auf einen Schlag wurde mir so übel, dass ich glaubte, mich gleich übergeben zu müssen. *Was, wenn er nicht aufwacht? Oder krank wird?*

»Keine Angst«, flüsterte da Klee, der auf einmal neben mir stand. Er sah mich mitfühlend an. »Kupfer wird aufwachen. Er ist zäh und liebt dich zu sehr, als dass er dich jetzt allein lassen würde.« Sein Blick war betrübt, gleichzeitig war ein kleines, aufmunterndes Lächeln auf seiner Miene zu lesen.

Diese Worte, von ihm zu hören, überraschte mich. Auch

wenn ich wusste, dass Klee Kupfer als meinen Gefährten akzeptierte, hatte er noch nie so offen darüber gesprochen.

Der Wolf bemerkte meinen erstaunten Blick. Sein Lächeln wurde breiter, während seine Trauer verschwand.

»Hey«, lächelte er und stupste mich freundschaftlich an. »Ich weiß, dass wir nicht zusammenkommen werden. Deshalb muss ich aber nicht eifersüchtig sein. Ich gebe zu … ich war es, doch das bin ich nicht mehr. Du bist meine beste Freundin, wirst stets die Schwester sein, die ich mir gewünscht habe. Ich weiß, nicht mehr und nicht weniger. Auch wenn ich mir wünschte, du wärst ebenso meine Gefährtin, ist mir bewusst, dass du mit Kupfer glücklich bist. Und wie schon gesagt, ist das das Einzige, was ich immer für dich wollte.«

Ich hätte heulen können. Mit einem Schlag erinnerte ich mich an die Momente mit Klee, im Rudel.

Unsere Jagden, die wir gemeinsam gemeistert hatten.

Unsere Lachanfälle, wenn der Rüde mich wieder einmal aufgemuntert hatte und wie schon so oft, die Nacht, in der Dorn beerdigt worden war.

Tränen der Angst um Kupfer ließen mein Blickfeld verschwimmen und ich presste mich an Klees weiches Fell. »Danke!«, hauchte ich an seiner Schulter.

Auch er drückte sich an mich. Ich spürte seinen Atem an meinem Nacken. Nun, an seinem Pelz, fühlte ich mich aufgefangen … verstanden … getröstet.

Er muss einfach der neue Mondwächter werden, wenn Fels etwas geschieht!

Wir saßen eine lange Zeit so da. Die Hunde, um uns herum, nahm ich gar nicht wahr. Sie sagten nichts, ich hörte jedenfalls keinen Ton. Alles was ich wahrnahm, waren die nassen Tränen, die meine Wange hinunterliefen und Klees weiches Fell durchnässten. Trotz der Kälte war es so warm … so angenehm warm! Bald hatte mein Körper sich aufgewärmt und ich wurde ruhiger. Klee hatte mich wirklich getröstet.

Kupfer wacht auf! Und er wird nicht krank!

Langsam löste ich mich von meinem besten Freund und sah ihm tief in die Augen, als er mich mit gespitzten Ohren ansah.

»Danke, dass du mich getröstet hast.«

Er lächelte liebevoll und nun erinnerte es mich an Kupfers ehrliches, liebevolles Lächeln.

»Ich habe nur das getan, was du auch getan hast.«

Ein Räuspern neben uns, ließ mich zusammenzucken.

Ich hatte mich so auf meinen Freund konzentriert, dass ich Aurora, die zu uns getreten war, gar nicht bemerkt hatte.

»Ich will euch ja nicht stören, aber es wird bald dunkel. Lenny hat Hunger, genauso wie Lesly, und ich könnte auch wieder mal etwas vertragen.« Sie nickte zu dem Schneehasen hinüber, an dem Lesly und Lenny schon knabberten.

»Ich glaube, wir sollten kurz jagen gehen, bevor es Nacht wird. Der Hase wird nicht für uns alle reichen und wenn Kupfer aufwacht, wird er bestimmt ebenfalls fressen wollen.«

Ich sah zum Himmel auf. Aurora hatte recht. Er färbte sich schon rosa. Die Sonne ging unter.

»Ja. Klee, sollen wir beide gehen?« Ich schaute zu dem Rüden. Dieser nickte. »Einverstanden.«

Zu Aurora fügte er hinzu: »Wir sind wieder da, bevor es dunkel ist.« Die weiße Hündin neigte zufrieden den Kopf.

»Danke. Wir passen solange auf Kupfer auf.«

Ich lächelte sie dankbar an und wir machten uns auf den Weg. Wir sprangen den Hang hinauf und in den verschneiten Wald hinein, der still vor uns lag.

Durch die kahlen Bäume und dicken Tannen konnten wir den

Himmel sehen, der sich wie ein ausbreitendes Feuer über uns erstreckte.

Langsam schlichen wir, Seite an Seite, an den Nadelbäumen vorbei. *Es fühlt sich an, wie früher.*, dachte ich nach kurzer Zeit. Wir liefen im Gleichschritt, schweigend, als würden wir uns ohne Worte verstehen. *Genauso, wie früher!*

Mein Herz schmerzte, als ich dies dachte. Auch, wenn ich die Augen schließen, und mir vorstellen konnte, wieder zurück, im grünen Wald, beim Rudel zu sein, war es nicht echt.

Ich würde nie wieder mit Klee jagen, um Beute für das Rudel zu finden. Es würde niemals wieder so werden, wie früher. Das hier war nur eine Erinnerung an die Vergangenheit.

»Hey.« Klees leises Zischen riss mich aus meinen Gedanken. Er war stehengeblieben und als ich ihn fragend ansah, nickte er nur auf den Schnee.

Ich folgte seinem Blick und erkannte die Hufabdrücke eines Rentiers. Ein Grinsen erschien auf meinem Gesicht und ich nickte Klee zu. Dieser tappte zu der Spur und schnüffelte an den Abdrücken.

»Es muss ein junges Rentier sein«, berichtete er, als er sich wieder erhob. »Diese Hufabdrücke sind viel kleiner als die, der Ausgewachsenen. So viel habe ich vom Eisrudel gelernt.«

Ich kniff aufgeregt die Augen zusammen. »Sollen wir es versuchen?«

Klee grinste mich an. »Natürlich!«

Lautlos folgten wir den Hufspuren, die Schnauze nahe am Boden. Mein Pelz kribbelte vor Vorfreude.

Ich war zwar weiterhin gesättigt, doch die anderen würde es freuen, wenn wir erfolgreich zurückkehrten.

Und Kupfer hat etwas zu Fressen! Das ist das Wichtigste!

Die Spur führte an Tannen und blattlosen Bäumen vorbei,

aber das Rentier blieb immer allein. *Entweder es hat seine Mutter verloren oder es ist alt genug, allein weiterzuziehen.*

Auch, wenn ich mir eigentlich sicher war, dass Rentiere Herdentiere waren. *Na ja... egal. Umso leichter für uns, ihn zu erlegen.*

Da wurde der Geruch auf einmal stärker und plötzlich vernahm ich ganz in der Nähe ein Blöken.

Ich spitzte die Ohren und sah mich um. Klee war stehengeblieben und schaute ebenso auf.

Wieder blökte es vor uns. Rief das Rentier nach seiner Mutter? Ich sah Klee an, der meinem Blick begegnete.

Er nickte und wir schlichen weiter vor. Langsam und auf jeden Schritt bedacht, sodass der Schnee unter unseren Pfoten nicht zu knirschen begann.

Auf einmal grölte das Rentier vor uns panisch auf.

Hatte es uns bemerkt? Da aber vernahm ich noch einen Laut. Ein drohendes Fauchen.

Entsetzt versteinerte ich. Was war das für ein Tier?

Klee ignorierte es jedoch und stürzte plötzlich vor. »Klee!« Er hörte nicht. Widerwillig rannte ich ihm hinterher.

Wir achteten nicht mehr auf die Hufspuren, sondern jagten den Geräuschen nach.

Das Grölen und Fauchen wurde immer lauter. Wir liefen durch den Wald, bis die Landschaft sich ein wenig veränderte.

Die Bäume wurden spärlicher und überall ragten Felsen, halb verdeckt vom Schnee aus dem Boden.

Der kalte Wind fegte mir um die Ohren. Die Umgebung wurde hügeliger, sodass ich nicht sehen konnte, was hinter dem nächsten Felshügel lag.

Aber ich spürte, dass ich nun auf hartem Gestein lief.

Wir liefen auf einen felsigen Hang und kamen plötzlich an

einem steinigen Abhang an.

Schnee rieselte die Felsen hinunter, als Klee und ich am Rand stehenblieben und nach unten spähten.

Es war eine große, zerklüftete Senke. Und an ihrem Boden presste sich ein junges Rentier angstvoll grölend von uns gegenüber an den Stein, der ihm den Weg versperrte. Ein Tier bedrohte es, dass ich noch nie zuvor gesehen hatte.

Erschrocken starrte ich das ausgewachsene Tier an, das uns den Rücken zugedreht hatte. Es sah aus wie eine riesige Wildkatze. Nur hatte es weißes, dickes Fell mit kleinen, schwarzen Tupfen. Der Schwanz, war der längste Schweif, den ich jemals bei einem Tier gesehen hatte.

Er war fast so lang, wie das Tier selbst und sehr buschig. Die Katze, oder was auch immer der Vierbeiner war, sah schlank und geschmeidig aus. Außerdem gut genährt. Von hier oben konnte ich sehen, dass sie etwas größer war, als Klee und ich.

Wieder fauchte das Raubtier, peitschte mit dem langen Schwanz und trat einen Schritt vor.

»Hey!« Entsetzt zuckte ich zurück, als Klee neben mir die Stimme erhob. Er sah mit wütendem Blick auf das Tier herab, die die rundlichen Ohren zu uns herumdrehte, sich aber nicht rührte. Der Rentierbock blökte auf, als er uns sah, scharrte vor Verzweiflung mit seinen Hufen am blanken Fels.

»Das ist unsere Beute!«

Am liebsten hätte ich ihn angefallen. Irgendetwas getan, damit er nichts sagte. Nun fletschte er auch noch die Zähne und knurrte. Das Tier fuhr mit einem Satz zu uns herum. Es sah wirklich aus wie eine Katze, aber viel größer.

»Das ist *meine* Beute!«, zischte das Weibchen, was ich an ihrer Stimme erkennen konnte. Sie zeigte uns ihre großen, scharfen Zähne. Sie hatte ein schmales Gesicht und eine sil-

berne Schnauze, wie die, einer Katze. Hellblaue, zusammen-
gekniffene Augen leuchteten wütend zu uns hinauf.

»Wir haben sie zuerst aufgespürt!«, beharrte Klee knurrend.
Ich legte eingeschüchtert die Ohren an. Sah Klee nicht, dass
diese Katze gefährlich war?

»Was bist du überhaupt?«, fragte er mit abschätzendem
Blick. Die große Katze machte sich klein, als würde sie jeden
Moment zu uns hochspringen wollen.

»Ich bin eine Schneeleopardin! Und ihr? Schneehirnige
Kaninchen, die so jemanden wie mich noch nie gesehen
haben?« Sie klang sehr aggressiv. Verständlich, immerhin stör-
ten wir sie gerade beim Jagen.

»Klee, lass uns doch einfach nach einem anderen …« Mein
Begleiter hörte nicht auf mich.

»Wir sind Wölfe und zu zweit! Du bist eine Katze und
allein! Also verschwinde und gib uns unsere Beute zurück!«

Das war definitiv eine Drohung. *Ja, Klee ist verrückt
geworden!*

Er hatte die Ohren angelegt und sah mit gefletschten Zähnen
auf den Schneeleoparden hinab. Ich wusste, er wollte das, was
ihm rechtmäßig gehörte und seine Freunde mit dieser Beute
ernähren, doch das war es nicht wert.

Die Leopardin peitschte erneut mit dem langen Schweif,
zischte und fauchte wütend. »Wenn du dieses Rentier haben
willst, dann komm und hol es dir! Ihr seid doch noch nicht mal
ausgewachsen! Ich werde mit euch beiden leicht fertig!«

Ich bemerkte, wie Klee die Muskeln anspannte und sich vorbeugte, als würde er ernsthaft dort runter springen wollen.

Hastig drängte ich mich vor den zornigen Rüden und hielt
ihn zurück. »Bist du hundedumm? Siehst du nicht, wie stark sie
ist? Lass dieser Schneeleopardin ihre Beute, oder willst du uns

beide umbringen?«

Fest sah ich ihm in die Augen. Ich hatte leise gesprochen, aber anscheinend hatte diese Großkatze sehr gute Ohren. »Du bist ein schlaues Wölfchen, Silberne. Du solltest auf deine Freundin hören!«

Klee knurrte, bewegte sich jedoch nicht.

»Na schön«, brummte er nach ein paar Herzschlägen, als wir einen stummen Austausch beendet hatten.

Zu unser beider Glück sah Klee ein, dass es keinen Sinn machte, über diese Beute zu streiten.

»Wir überlassen dir die Beute!«, rief er zu der Kätzin.

Diese sah zufrieden drein. »Gute Entscheidung!«, entgegnete sie, bevor sie sich dem verängstigten Rentier zuwandte.

Klee und ich machten uns auf den Rückweg in den dichteren Wald. Eilig trabten wir über das vereiste Gestein, weg von dem panischen Grölen und dem Kreischen der Schneeleopardin, als sie hinter uns das Rentier erlegte.

»Wir finden andere Beute«, versprach ich Klee, der mit trotzigem Blick über die Felsen hüpfte.

»Das wäre aber die *perfekte* Beute gewesen!«, knurrte er mir zu. Ich schüttelte bestimmt den Kopf. »Nein. Ein, zwei Schneehasen werden auch genügen.«

Klee schnaubte zweifelnd. »Wer war das überhaupt? Was sind Schneeleoparden?«

Ich zuckte mit den Schultern. »Katzen, die sehr groß sind und sehr dickes Fell haben«, versuchte ich, das Tier zu beschreiben. »Und mit einem *sehr* langen Schwanz.«

Mein Begleiter knurrte nur schlecht gelaunt.

»Komm schon!«, versuchte ich, ihn zu ermuntern, und gab ihm einen kräftigen Schubs, sodass er zur Seite stolperte.

»Hey!«, fiepte er, als er sich gerade noch fing. Selbst überrascht davon, dass ich den Rüden fast von den Pfoten geholt hatte, fing ich an zu lachen.

»Ich wusste nicht, dass du so schwach bist!«, scherzte ich mit einem amüsierten Glühen in den Augen.

Klee sah mich mit einem heimtückischen Grinsen an.

»Na, warte! Das kriegst du zurück!«

Damit sprang er auf mich zu, aber ich drehte ab und rannte unter belustigtem Bellen in den Wald hinein.

Klee war mir dicht auf den Pfoten.

Er knurrte gespielt drohend und nach nur ein paar Atemzügen hatte er mich eingeholt und sprang auf mich.

Mit einem überraschten Jaulen stürzten wir zu Boden und rollten über den pulverigen Schnee.

Derweil lachte ich mir die Seele aus dem Leib.

Klee schlang seine Pfoten um mich, um mich vor einem harten Aufprall zu schützen, doch der Schnee war so weich wie Federn.

Als wir liegen blieben, lag ich auf dem Rücken, neben meinem Freund. Sein Pelz war von Schneeklumpen bedeckt.

»Das war spaßig!«, rief er belustigt und rollte sich amüsiert zu mir, sodass er dicht neben mir lag und auf mich hinabschaute. Ich gab kichernd meine Zustimmung, während Klee mich weiter amüsiert anschaute. Doch er stand nicht auf.

Als mir die Puste ausging, bewegte er sich immer noch nicht. Er sah mich nur mit seinen grünen Augen an, die so voller Zuneigung und Wärme glitzerten, dass mir die Luft wegblieb.

Ich liebe ihn auch! Diese Erkenntnis traf mich wie ein Blitzschlag, als ich seinen Blick erwiderte.

Natürlich mochte ich ihn nicht so, wie ich Kupfer mochte, aber ich liebte ihn wie einen Blutsgefährten.

Wie einen Bruder, mit dem ich aufgewachsen war. Und

ebenso in seinen Augen erkannte ich diese Liebe. Die Liebe zu einer Schwester, mit der er sein ganzes Leben verbracht hatte.

»Ich wünschte, so würde es für immer sein«, flüsterte er langsam, ohne sich zu rühren. Ich erwiderte nichts.

»Wir zwei, als Jagdgefährten. Für immer.« Mein Kopf bewegte sich von oben nach unten, ohne das mein Gehirn es ihm befohlen hatte.

So kann es nicht für immer sein! Bald bin ich nicht mehr da! Schnell räusperte ich mich. »Klee … du weißt doch, dass …«

»Ja, ich weiß«, unterbrach er mich mit einem leisen Seufzen.

»Es war nur ein Gedanke, den ich nicht laut hätte aussprechen sollen.« Allmählich stand er auf und schüttelte sich den Schnee aus dem Pelz.

Ich tat es ihm nach, widersprach allerdings: »Nein. Es war gut, dass du ihn ausgesprochen hast.«

Doch Klee sah mich nur lange an, mit einem halb bedrückten, halb verständnisvollen Gesichtsausdruck.

Ich stieß die Luft aus. »Komm. Lass uns nochmal versuchen, etwas zu fangen.«

Die gute Laune war fort. Uns beiden war nun bewusst, was die Zukunft brachte: unsere Trennung.

Sie lag plötzlich wie eine dunkle Gewitterwolke über unseren Köpfen.

Der Rüde nickte bloß und wir marschierten los.

Schweigend. Im Gleichschritt. Wie früher.

Aber es würde nie wieder so sein.

7. KAPITEL

Ein entsetztes Quieken zerriss die kalte Luft, als ich meine Zähne in den weißen Hasen schlug. Er zuckte noch einmal, dann lag er still da.

»Sehr gut!«, lobte Klee, der unter einer Tanne hervorkam. Ich grinste. »Du warst eben aber auch nicht schlecht.«

Seit unserer schmerzlichen Erkenntnis war nicht viel Zeit vergangen. Trotzdem hatten wir beide dieses niedergeschlagene Gefühl verdrängt und freuten uns jetzt wieder, einander nahe zu sein. *Wir müssen die Zeit genießen, die uns noch bleibt.*

Die Sterne eroberten nach und nach den flammenden Himmel, während das Himmelsfeuer von der Kälte der aufgehenden Schwärze gelöscht wurde.

»Wir haben zwei Schneehasen. Gibt es hier nicht noch andere Tiere, außer Rentiere und Schneehasen?«, fragte sich mein Jagdgefährte mit einem zweifelnden Blick auf das tote Beutetier neben mir.

»Bestimmt«, antwortete ich und nahm den weißen Hasen zwischen die Zähne. Durch das Fell nuschelte ich: »Wir haben sie nur noch nicht gefunden.«

Der Schildpattfarbene zuckte mit den Schultern, verschwand unter dem Nadelbaum und kam ein paar Herzschläge später mit dem anderen Schneehasen zurück.

»Sollen wir dann zurück?«, fragte er, durch die Beute, ganz unverständlich. Den Kopf zum Himmel gewandt, fügte er hinzu: »Es ist gleich Nacht.«

Ich nickte und wir machten uns auf den Weg.

Der Schnee knirschte unter unseren Pfoten und der Wind blies zornig zwischen den kahlen Bäumen hindurch.

Ich fröstelte, als uns eine eisige Windböe den Pelz zerzauste.

»Wie geht es dir eigentlich?«, nuschelte Klee auf einmal neben mir. Ich sah ihn verwirrt an. Daraufhin erklärte er: »Na ja, du bist vor nicht allzu langer Zeit in Eiswasser eingebrochen. Und nun nicht gerade aufgewärmt. Ich will nur sicher gehen, dass es dir gut geht.«

»Mit geht es gut«, versicherte ich ihm mit einem beruhigenden Unterton. »Keine Sorge, Klee. Ich werde nicht krank, versprochen.«

Der Wolf zuckte widersprechend mit den Ohren.

»Sowas kannst du nicht versprechen«, erwiderte er undeutlich. Ich verdrehte amüsiert die Augen, da er sich unnötig Sorgen machte. »Wenn ich krank werden würde, würde es mir jetzt nicht so gut gehen. Wirklich, ich fühle mich gut und du wirst der Erste sein, der es erfährt, falls sich daran etwas ändert, einverstanden?« Mein Freund brummte zustimmend.

Kurz darauf erreichten wir die Senke.

Die Hunde und Korn erwarteten uns schon mit hungrigen Mienen. Jetzt schien der Mond auf unseren Unterschlupf hinab, die Dunkelheit hatte das leuchtende Feuer verdrängt.

Kalte Sterne glitzerten zwischen den kahlen Ästen der Bäume, als wir zu unseren Freunden hinunter tappten.

»Ihr seid wieder da!«, jubelte Lenny mit wedelnder Rute. »Den Schneegeistern sei Dank!«, murmelte Korn, als er zu uns trat. »Warum?«, fragte ich den Rüden verwundert.

Ich verstand nicht, weshalb er so erleichtert war.

Dieser kniff die Augen zusammen. »Es ist so ... nachts gibt es hier viele Gefahren. Wir haben im Rudel nachts geschlafen, weil es einfach zu gefährlich war, das Lager zu dieser Zeit zu verlassen. In der Dunkelheit können Raubtiere auftauchen, die viel stärker sind, als ein Wolf.«

Nachdenklich sah ich ihn an. »Gehören zu diesen Räubern

auch Schneeleoparden?« Der goldbraune Wolf riss die Augen erschrocken auf. »Habt ihr etwa … einen gesehen?«

Klee und ich tauschten einen Blick. »Wir sind einer begegnet«, antwortete Klee ihm.

Korns Augen ruhten entsetzt nun auf dem Schildpattfarbenen. »Ihr habt eine *Schneeleopardin* getroffen?!«

Wir nickten. »Sie hat uns unsere Beute weggenommen«, beschwerte sich Klee. »Wir waren einem jungen Rentier auf der Spur, aber als wir ihn gefunden haben, war diese Katze schon da und wollte ihn angreifen.«

Ich nickte. »Sie wollte sich nicht vertreiben lassen, als Klee ihr gedroht hat.« Mit einem vielsagenden Blick, der sagen sollte, dass ich das nicht in Ordnung fand, sah ich meinen Freund an. Auch Korn schien diese Vorstellung nicht zu gefallen. »Du hast *was*?!« Entsetzt starrte er den Rüden an.

»Das war unsere Beute!«, verteidigte Klee sich.

Korn schnaubte ungläubig. »Oh, nein. Das war nicht eure Beute! Weißt du, in welche Gefahr du Silber und dich gebracht hast? Der Schneeleopard ist unser größter Feind! Und dann auch noch ein Weibchen! Wenn sie Junge gehabt hätte, hätte sie euch in Stücke gerissen! Vielleicht hat sie sogar Junge und brauchte deshalb die Beute. Aber da kannst du doch nicht so hundedumm sein, und ihr die Beute streitig machen!«

Klee zuckte bei Korns Knurren schuldbewusst zusammen. Mit unterwürfig angelegten Ohren erwiderte er: »Es tut mir leid. Ich wusste nicht, dass diese Kätzin so gefährlich ist.«

Korn zog langsam die Luft ein. »Jetzt weißt du es. Und du kannst froh sein, dass euch nichts geschehen ist.«

Klee nickte stumm.

Es ist gut, dass Korn so viel über diese Gegend und ihre Bewohner weiß …

Wir kauerten uns zusammen um Kupfer, der weiterhin reglos dalag. »Ist er nicht …?«, fragte ich, als ich mich neben ihn legte. Klee ließ sich auf meiner anderen Seite nieder.

Lesly schüttelte entschuldigend den Kopf. »Nein. Er ist leider immer noch nicht aufgewacht.«

Ich nickte nur traurig. Das hatte ich mir gedacht.

»Na ja«, meinte Aurora beschwichtigend. »Morgen ist ein neuer Tag. Da wird er bestimmt aufwachen.«

Sie sah mich aufmunternd an, aber ich zweifelte stark.

»Lasst uns fressen«, schlug Klee vor. Er schob die zwei Hasen in die Mitte unseres kleinen Kreises.

»Gute Idee!«, kläffte Lenny. »Ich habe einen Wolfshunger!«

Das zauberte mir doch ein Grinsen aufs Gesicht und als ich so bei meinen Freunden kauerte und mir mit Klee die Hälfte eines Hasen teilte, wurde mir bewusst, wie viel Glück ich hatte.

Ich hatte Freunde, die ihr Leben für mich geben würde, einen Gefährten, der mich liebte und einen besten Freund, der mich in- und auswendig kannte.

Auch wenn der Wind über der Senke heulte und der Frost im Sternenlicht glitzerte, war mir plötzlich warm.

Diese Tiere hier würden alle für mich sterben …

Diese Erkenntnis war so angenehm, dass mein Pelz wohlig kribbelte.

Schweigend fraßen wir unsere Anteile an der Beute.

Danach legten wir uns aneinander gekauert hin. Ich lag an Kupfers Seite, versuchte, ihn mit meinem Körper zu wärmen, während Klee sich an meine andere Seite drückte.

Ganz dicht lagen wir in einem Kreis zusammen, all unsere Nasenspitzen berührten sich beinahe in der Mitte.

»Sollte nicht vielleicht jemand Wache halten?«, fragte Klee unsicher. »Wenn es wirklich so viele gefährliche Tiere hier gibt, sollte doch einer nach ihnen Ausschau halten, oder?« Ich sah Korn fragend an. Wenn ich so darüber nachdachte, fand ich, dass Klee recht hatte. Die Schneeleopardin könnte uns finden und vertreiben … oder Schlimmeres.

Auch Korn schien sich dem bewusst zu sein.

Er nickte. »Ja, das sollten wir wahrscheinlich wirklich. Im Rudel waren wir durch unsere große Anzahl geschützt, aber hier … ich übernehme die erste Wache.«

Damit stand er auf und schüttelte sich die Schneeklumpen aus dem Pelz. »Lesly, würdest du mir Gesellschaft leisten?«

Überrascht spitzte die Hündin die Ohren, sah allerdings zu dem Wolf hoch und nickte. Sie erhob sich langsam.

»Danke«, flüsterte er mit einem Schmunzeln, dass Kupfers besonderem Lächeln ähnelte.

Sie muss doch sehen, dass er sie gern hat!, dachte ich verständnislos.

»Dann … schlaft gut.« Korn drehte sich zum Hang und trottete mit Lesly an seiner Seite hinauf. Am Rand der Senke verschwanden sie im Gebüsch.

»Gute Nacht«, murmelte Lenny mit einem großen Gähnen. Er lag an Kupfer angeschmiegt da, hatte sich in seiner Halsbeuge eingekuschelt. Nun sah er aus, als wäre sein ganzer Körper golden und nur der Kopf mit den Schlappohren braun.

Ihm ist bestimmt angenehm warm, so unter dem dichten Pelz. Liebevoll lächelte ich den kleinen Rüden an, der schon die Augen geschlossen hatte. *Er sorgt und kümmert sich um Kupfer. Er weiß, wie wichtig das alles ist, auch, wenn er sich manchmal benimmt, wie ein aufgeregter Welpe. Ihm ist bewusst, dass wir alle aufeinander aufpassen müssen, um zu überleben.*

In dieser Nacht schlief ich traumlos. Warme Finsternis entspannte meine verkrampften Muskeln. Ich konnte mich einfach fallen lassen und musste an nichts denken. Ein knackender Ast riss mich jedoch so schnell wieder in die Wirklichkeit, dass mir schwindelig wurde, als ich ruckartig die Augen aufschlug. Kurz presste ich meine Lider aufeinander, um die weißen Punkte auszublenden.

Blinzelnd öffnete ich sie erneut.

Ich fuhr zusammen. Mein Unterkörper war eiskalt.

Ich lag auf dem Bauch, mit dem Kopf auf den Pfoten.

Meine Ohren zuckten, da ich eben etwas gehört hatte.

Langsam und mit zusammengekniffenen Augen hob ich den Kopf. Dunkle Körper hoben und senkten sich neben mir, gerade noch konnte ich den Hang der Senke sehen.

Der Himmel war mit Wolken bedeckt. Es schienen keine Sterne und auch kein Mond, weshalb ich den Wald um uns herum nur noch als Silhouetten wahrnahm.

Ich hielt die Nase in den kalten Wind. Nichts.

Durch ein Kichern schnellten meine Ohren in die Höhe.

Vom oberen Rand der Senke hörte ich leises Gelächter.

Es waren Korn und Lesly. Ich konnte sie nicht sehen, aber ich hörte sie ganz in der Nähe.

Lautlos erhob ich mich und schlich zwischen den schlafenden Körpern hindurch.

Ich wusste zwar nicht, wie viel Zeit verstrichen war, seit ich eingeschlafen war, doch ich wollte die zwei ablösen, damit auch sie sich ausruhen konnten.

Also tappte ich leise die Anhöhe hinauf, durch die Büsche.

Am Wald angekommen traute ich meinen Augen nicht.

Hektisch tauchte ich im kahlen Gebüsch unter.

Ich wusste es!

Ein paar Sprünge vor mir saßen Lesly und Korn. Ich konnte sie nur als Schemen erkennen, aber es gab keinen Zweifel.

Sie saßen zusammen, hatten sich aneinandergeschmiegt.

Na endlich! Ich freute mich für Lesly. Sie hatte ihr Glück gefunden. Vielleicht sogar ihre Zukunft.

Da aber zog Korn etwas den Kopf zurück, bloß nur so weit, bis er die Hündin ansehen konnte.

Nun konnte ich ihre beiden Augen in der Dunkelheit leuchten sehen. »Lesly?« Der Rüde klang auf einmal nervös. Die gefleckte Hündin blinzelte. »Ja?«

Überrascht wurde mir klar, dass die zwei noch gar nicht zusammen waren. Das wollte Korn jetzt anscheinend endlich ändern. Ich jedoch war mir unsicher, ob ich dabei sein sollte …

Ich bin neugierig! Theoretisch auch die zukünftige Wächterin eines Rudels, also kann ich es mir erlauben, zuzuhören.

»Wir … Ich …« Durch die Schatten erkannte ich gerade noch, wie Korn angespannt die Ohren anlegte.

Er blies langsam die Luft aus. »Lesly, hör zu … ich … ich mag dich wirklich sehr und … weißt du überhaupt, warum ich das Eisrudel verlassen habe?« Seine Stimme war ein eisiges Flüstern in der kalten Finsternis.

»Weil du… etwas Neues erleben wolltest?«, vermutete Lesly genauso leise.

Voller Vorfreude drückte ich mich in den Schnee.

»Nein«, gab der Rüde mit einem Schmunzeln zu. »Nein, deswegen nicht.«

»Und … warum dann?« Lesly wusste, worum es ging und was die Antwort auf diese Frage war. Ich hörte es in ihrer Stimme. Korn sah sie lange an, seine gelben Augen leuchteten, wie Bernsteine. »Weil ich dich nicht verlieren wollte«, hauchte er dann, so leise, dass ich mich vorbeugen musste, um ihn zu verstehen. Mein Pelz kribbelte, ich fühlte mich schlecht, da ich das Ganze belauschte.

Gleichzeitig war ich aber so aufgeregt, dass ich den Atem anhielt. Auch Lesly schien die Luft anzuhalten, denn sie starrte den Wolf stumm an.

»Was … was willst du damit sagen?«, krächzte sie nach einer Weile des Schweigens.

Korn schaute sie schüchtern an. »Dass ich mich in dich verliebt habe, Lesly.« Am liebsten wäre ich vor Freude in die Höhe gesprungen. Leider durfte ich mich nicht bewegen. Kein Haar auf meinem Pelz rührte sich, als ich auf die Antwort der Hündin wartete. In der Dunkelheit konnte ich sehen, wie ihre blauen Augen anfingen zu strahlen.

»Ich … ich habe mich auch in dich verliebt, Korn …«

Ein liebevolles Lächeln stieg auf dem Gesicht des Rüden auf und die beiden rieben ihre Köpfe sanft aneinander.

Ja! Endlich! Ich strahlte, weil ich mich so für die zwei freute. *Vielleicht sollte ich sie doch noch nicht ablösen …*

Lautlos schlich ich zurück in die verschneite Senke und legte mich wieder zwischen Kupfer und Klee.

Mein Blick viel auf Kupfers Gestalt. Ich bemerkte, dass sich seine Flanken nur leicht bewegten.

Oh, bitte nicht … Nein! Er wird wieder gesund! Wie Klee sagte, er ist zäh und lässt mich jetzt nicht allein!

Schmerzende Zweifel rumorten jedoch in meinem Magen. Kurz berührte ich sein Fell mit der Schnauze. Ich zuckte zurück. Er war eiskalt.

Ich war auch im Eiswasser! Warum geht es mir nicht so schlecht? Ich überlegte konzentriert. *Weil ich nicht in Ohnmacht gefallen bin? Ich habe doch auf Klees Rücken das Bewusstsein verloren…*

Ein fürchterlicher Gedanke ließ mein Fell zu Berge stehen.

Das Ewige Rudel hat mich doch nicht geheilt, oder? Weil sie wollen, dass ich überlebe, um das Rudel zu retten?

Ich wollte nicht an diese Möglichkeit denken, aber er hakte sich in meinem Kopf so fest, wie eine Kralle im Fleisch seiner Beute. *Wenn sie das getan haben ... und Kupfer nun krank wird oder ... oder stirbt ...*

Ich sah zum bewölkten, dunklen Himmel auf. *Dann werde ich dem Rudel nicht helfen! Dann könnt ihr euch selbst um eure Gefährten kümmern!*

Erneut legte ich den Kopf auf die Pfoten, drückte mich an Kupfers kalten Pelz. Immer noch redete ich mir ein, dass ihn mein Körper aufwärmte.

Ich schloss die Augen und lauschte dem zischenden Wind über der Senke.

Langsam wurde ich schläfrig und schließlich zog mich die Dunkelheit mit sich.

Ich erwachte in einem mir fremden Wald. Sonnenschein erstrahlte durch das Blätterdach der großen Eichen und Buchen um mich herum. Alles war grün und überall im Unterholz raschelte es vor Beute.

Es ist Sonnenzeit.

Ich freute mich, die Wärme wieder zu spüren, aber ich fragte mich, wo ich war. Nicht im Ewigen Rudel und auch nicht im Territorium des Nachtrudels.

Verwirrt sah ich mich um. Ich stand mitten im Wald, Brombeersträucher verdeckten mir rechts die Sicht, während ich ansonsten nur den Wald in seiner vollen Pracht sah.

Ich war mir sicher, dass ich hier noch nie gewesen war, jedoch blieb mein Blick an dem Brombeergestrüpp hängen.

Konnte ich zwischen den dornenbestückten Zweigen eine

Öffnung erkennen? Gerade, als ich mich vorbeugte, um besser sehen zu können, schlüpfte eine kleine Gestalt aus dem dornigen Geäst. Eine silberne Welpin mit hellblauen Augen purzelte hinaus, drehte sich dann um und rief in das Gebüsch:

»Kommt schon!«

Ich wich erschrocken zurück. *Das bin ich!*

Mein Welpen-Ich sprang aufgeregt vor dem versteckten Bau herum, wartete auf jemanden.

Bevor ich mir ausmalen konnte, auf wen sie so ungeduldig wartete, kam auch schon eine silberne Wölfin aus dem Unterschlupf hervor. Es war Nebel. Sie sah genauso aus, wie ich sie kannte.

Trotzdem war sie mir so fremd, wie, als hätte ich sie noch nie gesehen. Sie lächelte mein früheres Ich liebevoll an, stupste ihre Nase an die meine.

Die Welpin quiekte fröhlich. *Ich kann nicht glauben, dass ich das sein soll ...*

Wie konnte ich mit dieser Wölfin mal so ein inniges und liebevolles Verhältnis gehabt haben?

Da streckte noch jemand den Kopf aus dem Bau heraus und strahlte mein kleines Ich an.

Löwe! Er kam aus dem Gestrüpp herausgetappt und die Welpin hüpfte freudig bellend um den goldenen Rüden herum.

»Los! Los! Ihr wolltet mir doch den Bach zeigen!«

Nebel sah mit einem liebevollen Schmunzeln auf mich hinab. »Ja, meine Kleine.« Sie beugte sich zu mir herunter.

»Löwe wird dir den Bach zeigen. Du weißt doch, ich muss mich um ...« Plötzlich erloschen die Geräusche. Verwundert spitzte ich die Ohren, aber ich konnte nichts mehr hören.

Da verschwanden auf einmal auch alle Farben. Die hellen Farben der Sonnenzeit wichen trostloser Dunkelheit.

Blinzelnd öffnete ich die Augen. Kalter Schnee war das Erste, was ich sah. Hell blendete er mich.

Langsam hob ich den Kopf. Ich lag wieder in der Senke, der Sonnenaufgang hob sich über das verschneite Land. Der blaue und lila Himmel kündigte die Sonne an, die ihre ersten Strahlen bereits über den Horizont warf.

Außer mir war noch niemand wach. Kupfer hatte sich immer noch nicht bewegt. Lesly und Korn hatten sich zu uns gesellt, schliefen dicht zusammengekuschelt neben Aurora.

Leise erhob ich mich, schlich zwischen meinen Freunden hindurch, an den Hang der Senke.

Klee war nicht auf seinem Schlafplatz gewesen, also vermutete ich, dass er mit der Wache an der Reihe war.

Ich konnte nicht mehr schlafen. Der Traum spukte mir im Kopf herum. Nebel und Löwe zu sehen, wie sie mich mit so viel Liebe in den Augen ansahen ...

Das konnte ich einfach nicht glauben. Ich konnte nicht glauben, dass wir einmal eine glückliche Familie gewesen sein sollten. Ein Einzelwolf mit einer Rudelwölfin, die dazu noch eine Mondwächterin war und eine kleine Welpin, die sowohl Rudel- als auch Einzelwolfblut in sich trug.

»Du weißt doch, ich muss mich um...« Was hatte Nebel sagen wollen? Wollte sie sich um etwas kümmern? Und wenn ja, um was? Ich wusste, dass dieser Traum ein Teil meiner Vergangenheit war, ein Teil meines Lebens. Das, was ich gesehen hatte, war wirklich geschehen, ich konnte mich nur nicht mehr daran erinnern, weil ich zu klein gewesen war.

»Guten Morgen, Silber.« Klee hatte mich bemerkt. Er saß am Hang, hinter den schützenden Büschen mit dem Blick in den kahlen Wald. Nun sah er mich aber über die Schulter an. Er lächelte fröhlich. »Keine Feinde, soweit ich es beurteilen kann«, berichtete er. »Und du weißt, ich habe die beste Nase im ganzen Rudel.« Stolz streckte er die Brust vor.

Anscheinend hatte er gute Laune. Die steckte mich an. Selbst auf meinem Gesicht stieg ein Lächeln auf und ich setzte mich neben ihn. »Ja, ich weiß. Du hast mich immer sofort gefunden, wenn wir Verstecken gespielt haben.« Schmunzelnd erinnerte ich mich an die Zeit als Welpe im Rudel zurück.

Klee kicherte. »Oh, das war nicht schwer. Du hast dich ja immer bei Brise versteckt!« Bei seinen Worten musste ich ebenfalls lachen.

»Ups, stimmt. Dafür brauchte ich aber auch nicht lange, um dich zu finden. Du hast dich immer an deinem Lieblingsplatz verkrochen. Hinterm Beutehaufen!«

»Da waren so viele Gerüche, ich dachte, du findest mich nie!«, lachte Klee belustigt. Ich grinste. »Tja, meine Nase ist somit anscheinend genauso gut wie deine.«

Wir kicherten leise, bevor Klee tief die kalte Luft einzog und sich ausgiebig streckte. »Ich bin immer noch müde.«

Ein Gähnen verstärkte seine Worte. »Ein Spaziergang würde mir guttun.« Mit einem vielsagenden Blick sah er mich an. Ich zuckte mit den Schultern. »Klar … aber …«

Da viel mir Kupfer wieder ein. »Wenn wir weg sind, wer passt dann auf Kupfer und die anderen auf?«

Der schildpattfarbene Rüde kniff die Augen zusammen. »Stimmt«, gab er mir recht. »Warte kurz.«

Damit war er bereits in die Senke geschlüpft. Bevor ich mich fragen konnte, was er vorhatte, kam er zurück.

Mit Aurora an den Pfoten. Sie gähnte und ihr weißer Pelz war noch ganz zerzaust vom Schlaf.

»Ihr wollt also einen Spaziergang machen?«, fragte sie.

Ich nickte. »Ja. Es wäre schön, wenn du, solange auf die

anderen aufpassen würdest.« Ich schaute kurz zum lila und blauen Himmel. »Sie werden wahrscheinlich noch ein wenig schlafen.« Die Hündin nickte lächelnd. »Natürlich mache ich das. Habt ihr einen erfrischenden Spaziergang.«

Ich nickte dankbar und trottete mit Klee in den Wald hinein. Aber bevor wir überhaupt im kahlen Unterholz verschwunden waren, erklang ein lautes, aufgeregtes Bellen. »Silber! Silber!«

Ich hörte, wie Lenny meinen Namen rief. Erschrocken wirbelte ich herum und raste zurück zur Senke. Ich hatte so viel Schwung, dass ich die Senke hinunter flog, als rannte.

Meine Freunde waren alle wach und beugten sich über Kupfer. Mein Herz blieb fast stehen, als ich das Unmögliche dachte. Aber als ich näher kam, sah ich: Kupfer war nicht tot.

Er war aufgewacht.

8. KAPITEL

Seine hellgrünen Augen blickten verwirrt und noch ganz trüb umher, als er langsam den Kopf zu heben versuchte.

»Kupfer!«, jaulte ich und sprang zu ihm.

Meine Freunde machten mir eilig Platz, damit ich mich neben ihn kauern konnte.

Der goldene Rüde sah mich irritiert an, blinzelte ein paar Mal kräftig.

»Si ... Silber?« Seine Stimme klang heiser, war nicht lauter als ein Flüstern.

»Ja! Ja, Kupfer, ich bin da! Du bist aufgewacht!« Unsagbare Freude durchflutete meinen Körper. Überglücklich presste ich mich an ihn. Kupfer zuckte zusammen.

Plötzlich durchzuckte ein Zittern seinen Pelz und in dem Moment, als er zu Husten begann, bemerkte ich, dass sein Fell immer noch eiskalt war.

Geschockt versteinerte ich an seinem kalten Körper, bevor ich langsam den Kopf hob. »Kupfer? Wie... wie geht es dir?«

Der Wolf sah mich an. In seinen Augen erkannte ich Schmerz. Er wollte antworten, aber ein Hustenanfall, der seinen ganzen Körper durchschüttelte, hielt ihn auf.

Mein Magen verknotete sich. Erschüttert musste ich feststellen, dass Kupfer krank war.

»Mir ... geht es ... nicht gut ...«, krächzte er zwischen den Hustenattacken. Mit vor Angst angelegten Ohren sprang ich auf die Pfoten und sah mich nach Korn um.

Der Rüde sah traurig auf meinen Gefährten herab.

»Korn!«, wimmerte ich ihn an. »Du weißt doch, was wir ihm gegen die Erkrankung geben können, nicht wahr?«

Der Wolf zuckte zusammen. »Na ja ... er hat eine Erkältung.

Dagegen hat das Rudel immer eine bestimmte Wurzel verwendet.« Auch Klee war nun hinzugekommen und blickte Kupfer bestürzt an. »Was für eine Wurzel?«, fragte er ohne die Augen von dem Rüden zu nehmen.

Korn sah kurz zwischen mir und Kupfer hin und her, bevor er Klee antwortete: »Wir nennen sie Heilwurzel. Sie hat uns gegen jede Art von Krankheit gesund gemacht. Sie müsste eigentlich überall zu finden sein, wo es Frost gibt …«

»Wie riecht sie?«, fragte Klee weiter. Nach wie vor hob er nicht den Blick von dem zitternden goldenen Fellbündel.

»Sie riecht süß und saftig. Aber wenn man sie kaut, wird sie sauer und schmeckt widerlich.« Angewidert verzog er das Gesicht, bei der Erinnerung.

Klee nickte knapp, dann wandte er sich ab und sprang den Hang hinauf.

»Wo willst du hin?«, rief ich ihm nach, als er schon am oberen Rand angekommen war. »Ich finde die Wurzel!«, jaulte er über die Schulter zurück, bevor er im Wald verschwand.

Verwirrt sah ich ihm nach. Warum hatte er es so eilig, Kupfer zu helfen?

Ein erneuter Hustenanfall trieb die Verwunderung zurück und holte die Sorge hervor.

»Ganz ruhig«, versuchte ich, meinen Gefährten zu besänftigen. Ich kauerte mich neben ihn und presste meinen Körper an seinen. Vorsichtig lehnte ich meinen Kopf auf seinen, sodass Kupfer sein Haupt abermals auf die Pfoten stützen musste.

»Du wirst bald wieder gesund. Klee holt die Heilwurzel«, flüsterte ich beruhigend an seinem Ohr.

»Wa …Warum?«, fragte Kupfer heiser. Als sein Körper ein weiteres Mal von einer Hustenwelle erschüttert wurde, drückte ich mich so fest an ihn, wie ich konnte.

Auf seine Frage hatte ich eine Antwort, schwieg aber. *Er will, dass ich glücklich bin* ...

Mit einem Seufzen schloss ich die Augen und tat nichts anderes, als den eisigen Pelz meines Gefährten unter meinem Hals zu spüren.

»Kupfer, willst du vielleicht etwas fressen?« Leslys sorgenvolle Frage, ließ mich dann aber doch aufhorchen und den Kopf heben.

Der kranke Wolf hatte die Augen geschlossen, schüttelte auch einfach nur das Haupt, ohne sich die Mühe zu machen, ihr zu antworten.

Der Knoten in meinem Magen zog sich immer weiter zu. Lesly nickte nur, sah mich besorgt an, bevor sie zu den anderen tappte, die ein Stück weiter zusammengekauert saßen. Anscheinend wollte sie mich mit Kupfer allein lassen.

Beklommen beugte ich mich vor und stupste sanft mit meiner Schnauze gegen die Wange mit den Narben.

»Hey ... willst du nicht doch etwas fressen?«

Auch wenn ich versuchte, die Sorge zu verbergen, hörte man sie in jedem Wort, was ich sprach.

»Du hast tagelang geschlafen ... du musst ausgehungert sein.« Zu meiner Enttäuschung schüttelte Kupfer wieder den Kopf, diesmal allerdings öffneten sich seine Augen.

Sie waren dunkel und glasig.

»Nein ...«, stöhnte er angestrengt. »Ich fühle mich, als ... hätte mich ein Bär ... zertrampelt. Ich ... ich will einfach nur ... schlafen.« Ich nickte verstehend, aber Kupfer schloss noch nicht die Augen. »Du ... du hast mich gerettet ...«, hauchte er mit einem liebevollen Glitzern in den trüben grünen Tiefen.

Ich lächelte leicht. »Natürlich. Ich liebe dich doch.« Auch auf Kupfers erschöpftem Gesicht erschien ein kleines Schmunzeln. »Ich dich ... auch.« Dann jedoch schlossen sich seine Lider und er sank in einen unruhigen Schlaf. Ich seufzte leise.

Kupfer wird es wieder gut gehen, sobald Klee mit der Wurzel zurück ist!

Es würde ihm gut gehen. Er würde in kürzester Zeit wieder gesund werden. Also gab es keinen Grund, zur Sorge.

Aber warum bin ich nicht krank?

Mit rumorendem Bauch legte ich mein Kinn erneut auf seinen Kopf und schloss die Augen.

Klee würde schneller zurückkehren, wenn ich schlafen würde.

Nicht einen Herzschlag nachdem ich meine Lider geschlossen hatte, öffnete ich sie auch schon wieder ...

Und stand auf einer großen Wiese.

Über mir strahlte die warme Sonne auf einem hellblauen Himmel.

Selbst wenn alles hell und schön wirkte, wusste ich aus einem Instinkt her, dass ich nicht im Ewigen Rudel war.

Das bestätigte die Wölfin, die aus dem Gebüsch am Rand der Wiese trat. Nebel.

Sie beachtete mich nicht, anscheinend sah sie mich gar nicht.

Hinter ihr sprang mein Welpen-Ich aus dem Gestrüpp.

»Eine Wiese!«, quiekte ich aufgeregt und raste auf die blumenüberwachsene Fläche.

Alle Farben des Regenbogens waren hier an einem Fleck. Jede Blume sah anders aus.

Stürmisch hopste mein Vergangenheits-Ich durch die Blumen. Ein glückliches Strahlen auf ihrem jungen Gesicht.

Nebel sprang mir nach.

Auch bei ihr hörte ich ein unbeschwertes Lachen, als sie durch die Blumen zu ihrer Tochter hüpfte.

»Lauf, Silber! Ich fange dich!«, knurrte sie belustigt und kauerte sich hin, bereit zum Sprung.

Mein früheres Ich fiepte erschrocken auf, drehte sich um und raste lachend über die Wiese. Nebel sprang mir kichernd hinterher. Beide wirkten glücklich und unbekümmert.

Ich konnte nicht glauben, dass das da drüben ich sein sollte. Und noch weniger, dass die Wölfin Nebel war.

Die Mondwächterin des Nachtrudels, die mächtige, stolze Anführerin, die ich kennengelernt hatte.

Hier war sie das komplette Gegenteil. Sie tobte mit ihrem Welpen - mit mir - wild herum. Sie lachte ausgelassen und sah einfach nur aus, wie eine liebende Mutter, die alles für ihre Tochter tun würde.

Inzwischen hatte Nebel mein Welpen-Ich eingeholt.

Sie lag lachend auf dem Rücken, während sie mich mit ihren Pfoten ausgestreckt über sich hielt.

Auch die kleine silberne Welpin kicherte vergnügt.

»Ich hab´ dich lieb, Mama!«, quiekte mein junges Ich auf einmal. Ich zog vor Schreck die Luft ein.

Wie hatte ich so etwas jemals sagen können?

Nebel schien es zu freuen. Sie hörte auf zu lachen, legte die Welpin auf ihre Brust und bellte mit einem sanften Lächeln: »Ich hab dich auch ganz doll lieb, meine Kleine.«

Mein früheres Ich kläffte erfreut und schmuste sich dann an Nebels Halsbeuge.

Das da bin nicht ich! Das sind zwei Fremde!

Ich konnte das einfach nicht glauben. Ich mochte es nicht wahrhaben.

Gerade wollte ich mich abwenden und in den Wald flüchten, als ich noch eine Stimme hörte.

»Mond! Mond!«

Ach ja. Nebel hatte sich ja einen anderen Namen ausgedacht, als sie das Rudel verlassen hatte.

Die Wölfin schob mich sacht von sich, bevor sie sich aufrappelte. Löwe eilte aus dem Dickicht.

»Du musst kommen!«, rief er ihr zu. »Er jault so laut, dass der ganze Wald es hören muss. Ich befürchte, er hat Hunger.«

Auf Nebels Gesicht stieg ein liebevolles Schmunzeln auf. »Natürlich, Löwe.« Sie wandte sich an mein Welpen-Ich.

»Geh du mit deinem Vater noch etwas spielen, ja?«

Die kleine Welp nickte und hüpfte zu Löwe, während Nebel im Wald verschwand.

Ich war verwirrt. Wer jaulte so laut, dass der ganze Wald es hörte? Wer hatte Hunger?

Diese Fragen wurden mir jedoch nicht beantwortet.

Ehe ich selber nach einer Antwort suchen, und Nebel folgen konnte, wurde es wieder schwarz.

Ruckartig öffnete ich diesmal meine Augen, als ich ein Geräusch hörte. Schnell hob ich den Kopf und rappelte mich auf die Pfoten.

Klee kam die Senke hinab, mit einer Wurzel im Maul. Mit einem erleichterten Schrei stürzte ich ihm entgegen.

»Du hast die Heilwurzel!«

Überglücklich erreichte ich ihn und drückte mich an seinen Hals. »Oh, danke, Klee! Danke!«

Mein bester Freund nickte mir lächelnd zu, trottete aber an mir vorbei zu Kupfer. Ich eilte ihm hinter her.

Der Tag war inzwischen angebrochen, die Sonne hatte fast ihren höchsten Punkt erreicht.

Unsere Freunde kamen nun auch herbei und drängten sich um Kupfer, der unruhig schlafend da lag.

Sein Pelz zuckte unkontrolliert, während er am ganzen Leib

zitterte. »Kupfer!« Vorsichtig stupste ich ihn mit der Schnauze an. Er schlug die Augen auf. Sie hatten nicht die strahlend hellgrüne Farbe, wie die einer Wiese. Nun waren sie trüb und glasig, wie als würde man in einen dreckigen Teich blicken.

Ein Husten durchflutete seinen Körper. Es klang rau und schmerzend. »Was ... ist?«, fragte er krächzend.

»Klee ist wieder da. Er hat die Heilwurzel. Du wirst bald wieder gesund!«

Meine Erleichterung schien ihn nicht anzustecken.

Er sah mich an, als würde er mich gar nicht erkennen, dann nickte er nur leicht.

Klee legte die Wurzel vor Kupfers Schnauze. Sie roch süß und saftig, wie Korn es gesagt hatte.

»Du musst sie fressen«, bellte Korn da zu dem Kranken. »Sie schmeckt zwar widerlich, aber wenn du sie gefressen hast, wird es dir gleich besser gehen«, ermutigte er den Rüden, als dieser zweifelnd auf die Wurzel starrte.

»Na schön ...«, hustete er. Kupfer beugte sich vor und nahm das Heilmittel ins Maul. Er kaute ein paar Herzschläge auf ihr herum, bevor er anfing zu würgen.

Krampfhaft schlug er die Krallen in den Schnee, würgte mit zitterndem Leib. »Kupfer, ich weiß, das schmeckt nicht ... aber du musst es schlucken! Nur so wirst du wieder gesund.«

Korn lehnte sich vor, als wollte er die Wurzel auffangen, wenn Kupfer sie hervorwürgte.

Aber der Wolf riss sich zusammen. Er kaute schnell und schließlich schluckte er. »Das war das Ekelhafteste ... was ich je ... gefressen habe!«, knurrte er Luft holend.

Erschöpft legte er den Kopf auf den kalten Schnee und schloss erneut die Augen. »Richtig, Kupfer«, flüsterte Korn beruhigt. »Jetzt schlaf. Danach wird es dir besser gehen.«

Ein Felsbrocken fiel mir vom Herzen. Vor Erleichterung fing auch ich an zu zittern. Ich wandte mich an Klee, der stumm dagesessen hatte.

»Ich danke dir, dass du so schnell los bist«, bellte ich ehrlich. Der schildpattfarbene Rüde grinste leicht. »Das war selbstverständlich. Außerdem tun beste Freunde so etwas. Einander helfen.«

Ich lächelte sanft und nickte. »Ja. Das tun sie wirklich.«

Der Sonnenuntergang zog sich über die verschneiten Berge, als ich mir mit Klee einen Schneehasen teilte.

Kupfer schlief fest, er atmete, dem Ewigen Rudel sei Dank, ruhig und gleichmäßig. Seid er die Heilwurzel gefressen hatte, war er zwar nicht noch einmal aufgewacht, aber Korn sagte, dass die Wurzel am besten im Schlaf wirken konnte.

Kupfer würde bald aufwachen und dann wieder ganz der Alte sein.

Klee streckte sich neben mir. »Oh, beim Ewigen Rudel, bin ich müde. Ich glaube, ich gehe schlafen. Was ist mit dir?«

Fragend sah er mich an. Ich fühlte mich ebenfalls schlapp.

»Ja, ich komme auch.«

Also trotteten wir zu Kupfer und legten uns zu ihm. Unsere Freunde hatten sich bereits bei dem kranken Rüden zusammengekauert. Als wir kamen, machten sie uns schnell Platz.

Lenny und Aurora übernahmen die erste Wache. Sie standen schon am oberen Rand der Senke.

»Dann habt eine gute Nacht«, verabschiedete sich Korn mit einem weiten Gähnen. Er lag dicht an Lesly geschmiegt da.

»Träumt schön«, fügte Lesly hinzu und legte den Kopf auf die Pfoten.

Ich drückte mich leicht an Kupfer, legte mein Kinn abermals

auf seinen Kopf und schloss erschöpft die Lider.

Erneut dauerte es nur wenige Herzschläge, bis ich in einem diesmal sehr vertrauten Wald stand.

Ich war wieder im Ewigen Rudel.

Endlich mal keine Erinnerungen an meine Vergangenheit.

Doch da hatte ich mich getäuscht. Ein Teil meines früheren Lebens trat zwischen den Bäumen hervor und setzte sich vor mich. Nebel.

Sofort als ich sie nun sah, erinnerte ich mich an Blütenwinds Worte. *Sei nicht wütend ...*

Wollte sie mir damit sagen, dass ich nicht zornig auf Nebel sein sollte?

»Hallo, Silber«, begrüßte mich die Silberne freundlich.

Ich seufzte. Das Bellen der Gründerin wollte nicht aus meinem Kopf. Widerwillig erinnerte ich mich an die Wölfin, die ich auf der Blumenwiese gesehen hatte.

So glücklich und lebensfroh. Diese Wölfin hatte ihren Welpen geliebt, wie jede Mutter ihre Nachkommen liebte.

Und die Welpin hatte sie geliebt. *Ich* hatte *Nebel* geliebt.

Nun stand sie vor mir. Die Wölfin, die ich in meinem letzten Traum noch gesehen hatte. Aber es war eine andere.

Diese Wölfin, die jetzt vor mir stand, war nicht die Mutter, die mit ihrem Welpen über die Blumenwiese gehüpft war.

Nebel, die, die vor mir steht, ist die Wächterin des Nacht-rudels! Die Wölfin, die ich gesehen habe, kann nicht sie sein!

Aber mein Inneres wusste es besser. Tief in mir drin wusste ich, dass vor mir meine Mutter stand. Die Wölfin mit der ich auf der Wiese gelacht, die ich geliebt, hatte.

Und ich liebe sie immer noch!

Meine Gefühle brachen auf einmal über mir zusammen. Wie eine Welle krachten sie auf mich ein.

Plötzlich blendeten Tränen mein Blickfeld.

Ich fing an zu schluchzen, doch Nebel bewegte sich nicht.

Sie stand da und sah mich ausdruckslos an. Sie wartete anscheinend darauf, was ich als Nächstes tun würde.

Das wusste ich aber selbst nicht. Ich wusste nicht, warum ich anfing zu heulen. Meine Gefühle spielten verrückt, ich fühlte mich, als hätte ich einen Nervenzusammenbruch.

Die Erinnerung an meine Welpenzeit, an meine Mutter, ihr liebevolles Lächeln, als sie mich angesehen hatte, brachte mich zum Wimmern.

»Wie kannst du das sein?«, fragte ich Nebel kläglich. »Wie kannst du ...« Meine Stimme brach und endete in einem flehenden Heulen.

Da trat Nebel vor. Ganz langsam kam sie näher, bis sie direkt vor mir stand und mich ansah.

Ich musste nur meine Schnauze vorbeugen, dann würde ich ihr Brustfell berühren.

Sie blickte mich abwartend an.

Nebel ließ mir die Entscheidung.

Mit einem Winseln drückte ich mich an ihre Halsbeuge.

Tränen rannen mir die Wangen hinunter und durchnässten ihren Pelz. Ich spürte ihre feuchte Schnauze an meinem Nacken, als sie versuchte, mich zu trösten.

»Schhh«, machte sie immer wieder. »Schhh. Ganz ruhig.«

An ihr Fell gepresst, drängten sich plötzlich weitere Erinnerungen durch den Schleier der verzweifelten Gefühle.

Schöne Erinnerungen.

Dieses liebvolle Schmunzeln, andauernd auf ihrem Gesicht, wenn sie mich ansah. Wie wir vor unserem Bau, im Sonnenlicht herumtollten, Löwe war auch dabei.

Wie glücklich und leicht ich mich gefühlt hatte.

Voller Liebe zu meinen Eltern.

Ich hatte gewusst, dass beide für mich sterben würden.

Das hatten sie dann auch getan.

Löwe war umgekommen, als er die zwei Füchse von uns fernhalten wollte und Nebel, als sie die Jäger von mir abgelenkt hatte. *Beide haben ihr Leben für mich gegeben!*

Diese Erkenntnis ließ mich stocken. Warum war ich so dumm gewesen und hatte nicht früher schon daran gedacht?

Schluchzend trat ich einen Schritt von Nebel zurück.

»Du hast mich geliebt«, hauchte ich, als wäre mir das jetzt erst klar geworden.

»Ich liebe dich immer noch und werde das auch immer«, flüsterte die Wölfin genauso leise.

Mit vor Tränen glänzenden Augen sah sie mich an. »Du warst für uns beide stets das Wichtigste und bist es für alle Zeit.«

Da trat hinter Nebel Löwe hervor und setzte sich mit einem leichten Lächeln neben seine Gefährtin.

»Vater ...«, begrüßte ich ihn wimmernd.

Der goldene Rüde sah mich mitfühlend an, beugte sich vor und stupste seine Schnauze leicht an meine.

»Hallo, meine Kleine«, lächelte er.

»So, jetzt sitzen wir also hier alle zusammen«, stellte Löwe fest. Sein Blick wanderte von Nebel zu mir.

»Wir können nicht mehr tun, als dich um Vergebung zu bitten, Silber. Es war falsch von uns, dir die Wahrheit zu verschweigen, doch wir glaubten, es wäre besser so. Deine Mutter hat alles getan, um dir ein gutes Leben zu ermöglichen, auch ohne uns. Dass du mit einer großen Bestimmung geboren wurdest, die das Rudel betrifft, dafür können weder Nebel noch ich etwas. Wir zwei wollten nur ein Leben als einfache Einzelwölfe führen. Leider kam alles anders als geplant. Manchmal kann man so etwas nicht ändern. Wir haben uns wirklich ein anderes Leben für dich gewünscht, aber nun ist es so. Wir alle müssen damit leben, ob wir es wollen oder nicht.« Ich sah ihn stumm an, schniefte leicht.

Meine Eltern sahen sich an, dann seufzte Nebel tief.

»Vergibst du uns?«, fragte sie und schaute mich mit flehendem Gesichtsausdruck an.

Wieder liefen Tränen über meine Wangen.

Beide haben mich angelogen ...

Beide haben mich geliebt ...

Beide haben eine unterschiedliche Herkunft ...

Beide sind für mich gestorben ...

In diesem Moment war mir egal, dass ich ein Rudel - und Einzelwolf war.

Dass Nebel eigentlich die Wächterin des Nachtrudels war. Dass beide mich Monde lang belogen hatten. Ich spürte nur noch tiefe Sehnsucht.

Nach meinen leiblichen Eltern. Nach meiner leiblichen Mutter. Nach Nebel und Löwe.

»Ja«, krächzte ich und schmiegte mich an meine Eltern.

»Ich vergebe euch, Mutter und Vater«, flüsterte ich schluchzend. Als ich ihre Felle berührte und ihre Wärme spürte, verschwand in mir etwas. Die Wut. Die Wut, die ich auf die Wölfin gehabt hatte, auf beide. Sie löste sich in Luft auf.

Jetzt fühlte ich nur noch unfassbare Erleichterung und Freude, wieder bei meinen richtigen Eltern zu sein.

Beide drückten sich an mich. Ich spürte, wie ihre Pelze zitterten. »Danke ...«, wimmerte Nebel erleichtert an meinem Nacken. »Endlich«, hörte ich Löwe hauchen. »Endlich sind wir wieder eine Familie.«

Bei diesem Satz fing Nebel plötzlich an zu jaulen.

Etwas erschrocken von ihrem Heulen trat ich einen Schritt zurück. »Was ist los?« Verwirrt sah ich meine Mutter an.

»Wir sind wieder vereint …«, klagte sie. »Aber du weißt noch immer nicht die ganze Wahrheit…« Ihr Schluchzen war so laut, dass ich fast gar nicht verstand, was sie sagte.

Aber ich hatte es verstanden.

Und ein Schauder lief mir den Rücken hinunter.

»Wenn du die weißt, wirst du uns wieder hassen!«

Entsetzt riss ich die Augen auf. Was denn noch?

»Silber …« Jetzt riss sich Nebel zusammen, schniefte ein paar Mal und blinzelte stark, um die Tränen unter ihre Kontrolle zu bringen. Als sie sich einigermaßen beruhigt hatte, setzte sie sich gerade hin und schaute mich mit ihrem hellblauen Blick fest an.

Löwe drückte sich an sie, seine Augen betrübt, als wüsste er schon, was kommen würde.

»Silber, du … ich wollte nichts mehr mit dem Rudel zu tun haben …« Ihre Stimme zitterte. »Ich wollte als Einzelwölfin leben und das Rudel für immer hinter mir lassen … Ich war genau wie du. Der Ruf nach Freiheit war stärker, als die Pflicht im Rudel zu bleiben, als ich in den Fluss gestürzt bin und alle mich für tot hielten ...«

Sie brach ab, suchte nach den richtigen Worten, während ich dasaß und sie anstarrte mit vor Angst angelegten Ohren.

Ich hatte Angst, weil ich nicht wusste, was jetzt kam.

»Ich wollte auch nicht … dass du … ins Rudel kommst … aber als … als ich gestorben bin … und erfahren habe, dass du ein großes Schicksal hast …« Sie lachte kurz traurig auf. »Mir wäre das egal gewesen. Mir wäre der Untergang des Rudels egal gewesen! Ich hätte dich in deinen Träumen ermutigt, eine

Einzelwölfin zu werden, wenn du alt genug wärst ... wenn nicht ... wenn nicht ...«

Erneut brach ihre Stimme. Sie schloss für einen Moment die Augen und atmete tief ein und aus.

Dann öffnete sie sie wieder. Ich bemerkte, dass sie eine Schutzmauer vor sich aufgebaut hatte.

»Wenn im Nachtrudel nicht jemand gewesen wäre, den ich vor diesem Unglück bewahren wollte.«

Irritiert sah ich sie an. Wen wollte Nebel beschützen?

Eisblitz?

Zudem konnte ich gar nicht glauben, was die Wächterin da sagte. Ihr Rudel wäre ihr egal gewesen? Es wäre ihr egal gewesen, wenn es unterging?

Das ist eine ganz, ganz andere Nebel, als die, die ich kennengelernt habe! Anscheinend hat sie mir nicht nur ver-heimlicht, dass sie meine Mutter ist, sondern auch, dass eigent-lich genauso ist, wie ich! Aber warum wollte sie dann so unbe-dingt, dass ich es rette? Dass ich bleibe?

Da erhob Löwe die Stimme. »Silber ... du bist nicht unser einziger Welpe.«

9. KAPITEL - KLEE

Gleich hab´ ich dich!

Genau vor Klee kaute ein Kaninchen an einer Wurzel. Der junge Wolf pirschte sich vorsichtig durch das grüne Unterholz an. Er befand sich in einem hellen Wald, in der Sonnenzeit.

Der Schattenläufer wusste, dass er träumte, aber es war schön, wieder die wärmende Sonne auf dem Pelz zu spüren.

Genauso wie die frischen Gerüche des lebenden Waldes einzuatmen.

Nur noch ein kleines Stück näher!

Dann wäre er in Reichweite. Konzentriert achtete er auf jedes Blatt und jede Wurzel, die ihm in den Weg kam.

Geschickt umrundete er diese Hindernisse, um lautlos an seine Beute heranzukommen.

»Was?!«

Ein entsetzter Schrei, ganz in der Nähe ließ Klee aufschrecken. Das braune Kaninchen stellte die Ohren auf und raste dann durchs dichte Gestrüpp davon.

Klee setzte ihm nicht nach. Er kannte die Stimme, die geschrien hatte. *Silber!*

Verwandelte sich sein schöner Traum gerade in einen Alptraum?

So schnell er konnte, sauste er durch den hellen Wald, in die Richtung, aus der der Schrei gekommen war.

Er bog um eine große Eiche herum, da sah er sie.

Silber saß vor zwei Wölfen. Die eine war Nebel, die frühere Wächterin seines Rudels. Der andere war ein goldener Rüde, den Klee noch nie gesehen hatte. Doch er nahm an, dass es sich um Silbers Vater, Löwe, handeln musste.

Beide sahen traurig aus. Nebel weinte sogar.

Vorsichtig trat der Rüde einen Schritt zurück, um die drei nicht zu stören. Er wusste, dass Nebel Silbers Mutter war, also konnte er sich vorstellen, dass dieses Gespräch nicht so glimpflich verlaufen war. *Das heißt, ich bin gar nicht in einem normalen Traum, sondern im Revier des Ewigen Rudels!*

Das erfüllte Klee ein wenig mit Stolz. *Mir wurde erlaubt, hier zu sein! Aber warum?*

Da sagte Nebel noch etwas. Etwas, was Klee den Boden unter den Pfoten wegriss.

»Klee ist dein Blutsgefährte.«

»*Was?!*« Dieser entsetzte Schrei kam von ihm und Silber gleichzeitig. Erschrocken wirbelte seine beste Freundin zu ihm herum. Erschüttert starrte Klee Silber an, die genauso fassungslos zurückschaute.

Klee konnte sich nicht bewegen. Sein Atem ging plötzlich viel zu schnell. Ihm wurde schwindelig.

»Nein. Das ist nicht wahr!«, rief er entgeistert, ohne richtig zu verstehen, was diese Worte wirklich bedeuteten.

Sein Blick schnellte zu der Mondwächterin.

Diese trat mit erschrockener Miene einen Schritt vor, wollte etwas sagen, doch Klee konnte es nicht hören.

Mit einem verstörten Jaulen drehte er sich um und stolperte ins Unterholz.

Weg von den drei Wölfen. Weg von der Lüge.

Warum erzählte Nebel so etwas Hundedummes? Wieso log sie? Klee war sich sicher, dass Nebel log. Eine andere Möglichkeit gab es nicht. *Konnte* es nicht geben!

Zweifel zwangen den Rüden jedoch in die Knie. In seinem Kopf drehte sich alles. *Was, wenn es doch stimmt?*

Er schüttelte entschieden das Haupt, während er durch den Wald eilte. *Nein, das kann nicht sein!*

Er wollte es nicht zugeben, aber innerlich war er sich plötzlich unsicher. Sein Kopf wusste nicht mehr, ob es wirklich eine Lüge war. Seine Reaktion, die Tränen, die ihm die Sicht vernebelten und sein schmerzender Magen zeigten ihm jedoch, dass sein Herz es wusste. Es war die Wahrheit.

Auch wenn er sie nicht wahrhaben wollte, kamen ihm verschüttete Erinnerungen in den Kopf, als er blind durch den Traumwald rannte.

Er hörte Geräusche, die nicht vom Rudel kamen.

Bei seiner Geburt war es still gewesen. Keine aufgeregten Wölfe waren vor dem Bau zu hören gewesen, keine bekannten Düfte.

Ein Geruch wehte ihm aber um die Nase, als er sich an seine ersten Momente auf der Welt erinnerte.

Ein süßer, wohlriechender Duft. Wie Erdbeeren …

Und ganz anderes, als der Geruch von Blume.

Er erinnerte sich, wie er an eine Zitze geführt wurde.

Blind krabbelte er an den Bauch seiner Mutter.

Neben ihm spürte er noch einen kleinen Körper.

Bis jetzt hatte er immer geglaubt, es wäre Distel gewesen, aber nun wusste er es besser. Er erkannte auch ihren süßen Geruch. *Silber! Silber ist wirklich meine Schwester!*

Mit einem Satz war Klee auf den Pfoten. Eisige Kälte schoss ihm durch den Körper, als er realisierte, dass er wieder in dem verschneiten Unterschlupf war.

Die Morgendämmerung setzte gerade ein.

Hektisch atmend, sah er sich zu Silber um, die neben ihm lag. Er schreckte vor ihr zurück, als er sie sah.

Sie schlief noch, doch es schien ein unruhiger Schlaf zu sein. *Nein! Nein! Nein!*

Voller Panik sprang er aus der Senke, hinaus in den Wald.

Irgendwo hinter ihm hörte er Korn nach ihm rufen, aber er beachtete den Wache stehenden Rüden nicht.

Blind lief er in den kalten, leblosen Wald.

Seine Beine schmerzten, seine Lunge brannte und sein Kopf war das reinste Chaos.

Erneut blitzten Bilder der Vergangenheit vor seinen Augen auf. Stimmen, leise Stimmen, die zu ihm redeten.

Stimmen, die er noch nie gehört hatte. Dann ein aufgeregtes Quieken. *»Kommt schon! Ihr wolltet mir den Bach zeigen!«*

Das war Silber. Als Welpe. Als Einzelwölfin.

Klee gefror das Blut in den Adern. Er stolperte über einen im Schnee versteckten Stein und prallte auf dem weichen Pulver auf. Er vergrub sein Gesicht im eisigen Weiß.

Dieser linderte seinen glühenden Leib.

Sein ganzer Pelz zitterte, zuckte unkontrolliert.

Aber Klee bekam das nur am Rande seines Bewusstseins mit. Er selbst war in einer anderen Welt.

In einem anderen Körper.

»Löwe wird dir den Bach zeigen«, hörte Klee eine Stimme, die aus weiter Ferne zu kommen schien. *»Du weißt doch, ich muss mich um Klee kümmern.«*

Schritte ertönten. Sie wurden durch weiche Erde gedämpft. Dann spürte der Neugeborene eine Schnauze an seinem Bauch. Er lag auf dem Rücken. Unter ihm fühlte er weiches Moos.

Immer noch konnte er keine anderen Geräusche vernehmen, außer die, die Nebel verursachte, als sie sich neben ihn legte.

Sie begann, sein plüschiges Fell zu putzen. Klee fing an zu quieken, als ihre kitzlige Zunge sein Fell berührte.

»Na, na«, hörte er die belustigte Stimme Nebels. *»Willst du nicht sauber bleiben?«*

Klee, der *echte* Klee, hob den Kopf vom Schnee.

Sein Schock hatte ein wenig nachgelassen. Er wusste, dass es die Wahrheit war. Er wusste, dass er Silbers Bruder war.

Mit dieser Erkenntnis stürzte sein Leben über ihm zusammen.

Er wurde sich bewusst, dass er, genau wie Silber, halb Rudel- und halb Einzelwolf war.

Er realisierte, dass Blume nicht seine Mutter war. Dass sie ihn sein Leben lang belogen hatte.

Mein ganzes Leben ist eine Lüge!

Entgeistert starrte er ins Leere. Zu schockiert, um sich zu rühren.

Dann raste er plötzlich wieder los. Der kalte Wind peitschte ihm entgegen, aber er spürte ihn gar nicht. Er wollte nur weg.

Irgendwann blieb er erschöpft stehen. Außer Atem kroch er unter eine große Tanne und stemmte seinen Kopf gegen den Stamm. So blieb er lange sitzen, ohne sich zu bewegen.

Unaufhörlich blitzten Visionen seiner Welpenzeit, seines ersten Tages auf der Erde auf.

»*Wie wäre es mit* Klee?«, hörte er eine männliche Stimme fragen. »*Ja!*«, rief eine fiepende Wölfin aufgeregt. »*Sein gefleckter Pelz sieht aus wie ein Kleemeer!*«

Ein Lachen von zwei Ausgewachsenen war zu hören.

»*Das nennt man wenn ein Meer aus Kleeblättern*«, berichtigte die männliche Stimme den Welpen liebevoll.

»*Ups!*«, machte die weibliche Stimme. »*Trotzdem will ich ihn Klee nennen!*«

»*Mond, was meinst du?*«

Die Stimme, die Klee schon einmal in der Wirklichkeit gehört hatte, als sie ihm sagte, er müsse Silber ins Rudel zurückholen, bellte erfreut: *»Ja, der Name ist wunderschön. Wir nennen ihn Klee.«*

Das Einzige was Klee in seiner Erinnerung sah, war Dunkelheit. Er musste so klein gewesen sein, dass er noch nicht mal die Augen geöffnet hatte.

Ich weiß noch, als ich sie zum ersten Mal geöffnet habe, habe ich Blumes Gesicht gesehen!

Also musste irgendetwas passiert sein. Irgendetwas, dass ihn ins Rudel geholt hatte. In seine Heimat.

Das hatte er zumindest bis vor ein paar Herzschlägen geglaubt. *Das Rudel ist nicht meine Heimat! Es ist eine Lüge!*

Alles ist eine einzige große Lüge!

Verzweifelt fing Klee an zu schluchzen und zu wimmern.

Ich hätte alles für das Rudel gegeben! Weil ich geglaubt habe, ich wäre ein echter Rudelwolf! Ein bedeutender Teil dieser Gemeinschaft! Aber ich bin nichts weiter, als eine Lüge! Alles ist eine Lüge! Lüge! Lüge! Lüge!

Heulend drückte er seine Stirn fester an den zugefrorenen Stamm, bis es wehtat. Er wollte die Erinnerungen zurückdrängen, sie mit dem eisigen Schmerz verbannen, doch es funktionierte nicht.

»Klee?« Vor Schreck zuckte der schildpattfarbene Rüde zusammen und wirbelte herum. Vor ihm stand Silber.

Mit zögerlicher Miene sah sie ihn an.

Er wusste nicht, was er sagen sollte. Sprachlos starrte er sie an, konnte nicht in Worte fassen, was er bei ihrem Anblick fühlte. Noch etwas wurde ihm bei ihrem Auftauchen klar.

Ich habe mich in meine Schwester verliebt!

Jaulend brach er auf dem Boden, der von spitzen Nadeln übersät war, zusammen. Wild schlug er mit den Vorderpfoten auf die Nadeln ein, die sich piksend in seine Ballen bohrten.

»Nein! Nein! Nein!«, heulte er immer wieder. »Nein! Nein! Nein!« Er wollte nicht einsehen, dass er *alles* verloren hatte.

Seine Heimat, seine Familie, seine Identität. Alles war eine Lüge gewesen.

»Klee!« Er beachtete Silbers Rufe nicht.

Er wollte in seiner Verzweiflung allein sein.

Ich habe um Dorn getrauert! Ich habe um einen Wolf getrauert, der nichts mit mir zu tun hat!

Da viel ihm etwas ein. Etwas, was ihm einen Schauer über den Rücken jagte. *Dorn ist nicht mein Vater ...*

Klee hatte so um Dorn getrauert, dass er den anderen Schattenläufern fast geglaubt und Silber allein gelassen hatte.

Wenn er von Anfang an gewusst hätte, dass sein Vater nicht sein Vater war, hätte er Silber niemals gesagt, dass sie auf Abstand gehen sollten. Dann wäre sie nie gegangen ...

Dann hätten sie sich diese ganze Reise sparen können.

Aber finde ich diese Reise überhaupt schlimm? Wir haben so viele neue Wölfe kennengelernt, konnten den Hunden helfen und haben Abenteuer erlebt ...

Ihm wurde bewusst, dass er diese lange Wanderung nicht so abscheulich fand, wie er gedacht hatte.

Da kommt wohl meine Einzelwolf-Seite in mir hervor!

Plötzlich schlugen sich Zähne in sein Nackenfell und er wurde mit einem kräftigen Ruck wieder auf die Pfoten gezogen. Silber stand direkt vor ihm und sah Klee an.

Für einen Moment schaute er sie überrascht an. Er hatte beinahe vergessen, dass sie da war. Dann drückte der schildpattfarbene Rüde sich allerdings an ihren Hals.

Auch sie presste sich an ihn. Beide Wölfe fingen an zu schluchzen und zu wimmern.

Sie trösteten sich gegenseitig und an ihrem Pelz konnte Klee sich tatsächlich beruhigen. Aber nach einiger Zeit schienen ihn ein weiteres Mal die unbändigen Gefühle zu überschwemmen, als er ihr kaltes, süß riechendes Fell an seinem spürte.

Sie ist meine Blutsgefährtin!

Er trat einen Schritt zurück. »Was hat Nebel dir erzählt?«, fragte er mit angelegten Ohren. Er schluckte schwer. »Was ist damals passiert? Wie … *wie* überhaupt?!«

Silber seufzte niedergeschlagen. »Als du weggelaufen bist, hat Nebel mir alles erzählt. Und es ist wahr, Klee. Du bist mein Bruder.«

Klee nickte bedächtig. »Ja, ich weiß. Ich habe … Erinnerungen … an diese Zeit.«

Die silberne Wölfin blieb kurz still, als überraschte sie das, dann aber berichtete sie: »Du wurdest geboren, als ich auch erst ein paar Wochen alt war. Wir waren eine Familie, eine Einzelwolf-Familie. Eines Tages, du hattest noch nicht einmal die Augen geöffnet, ist Löwe mit dir rausgegangen. Er wollte Kräuter suchen, da Nebel - damals noch unter ihrem Einzelwolf – Namen *Mond* – sich am Bein verletzt hatte. Sie hat mit mir ein wenig gespielt, also hat Löwe dich mit auf Kräutersuche mitgenommen …« Silber brach ab, schaute zu Boden.

»Was ist dann passiert?« Klee beugte sich vor, damit die Wölfin ihn ansah. Sie seufzte. »Ihr wurdet von zwei Füchsen angegriffen, die dich fressen wollten. Löwe hat dich verteidigt, aber er ist bei dem Versuch … gestorben.«

Der Schildpattfarbene nickte kurz. Das tat ihm natürlich leid, aber richtig etwas empfinden, wie Trauer zum Beispiel, tat er nicht. Er kannte Löwe nicht.

Er hat mir das Leben gerettet … Ich wäre gestorben, bevor es erst richtig angefangen hätte …

»Bevor die Füchse dich nach Löwes Tod fressen konnten, ist

Eisblitz gekommen und hat sie vertrieben. Er dachte, du seist nach Löwes Tod allein, da er keine anderen Wölfe in der Nähe gerochen hat. Also hat er dich mitgenommen.«

»Was hat Eisblitz soweit außerhalb des Territoriums zu suchen?«, fragte Klee verwundert. Er hatte noch nie gesehen, dass sein Wächter sein Gebiet verlassen hatte.

»Das Ewige Rudel hat ihn gerufen. Auf seinem Rückweg hat er dich gefunden und ins Rudel gebracht. Er wusste, dass Blume jeden Moment ihren Nachwuchs bekommen würde, da wäre es ein leichtes … dich unterzuschieben.«

Klee schluckte schwer. Von neuem wurde sein Blick von Tränen getrübt.

Mich unterschieben! Als wäre ich ein Stück Dreck!

»Blume hatte aber eine Bedingung.« Nun hob Silber den Kopf und sah ihn an. In ihren Augen glitzerte leichter Zorn.

»Sie wollte, dass niemand erfuhr, dass du kein Rudelgeborener bist. Nicht einmal du selbst. Nur unter dieser Bedingung hat sie dich aufgenommen und wie ihren Sohn behandelt. Sie wollte anscheinend keinen *Halbwolf.*«

Ihre Stimme erhob sich zu einem leisen Knurren. »Sie hat dich und alle anderen im Glauben gelassen, du seist ein Rudelwolf! Sie hat dir die ganze Zeit verheimlicht, wer du wirklich bist! Sie hat alle angelogen!« Silber war wütend auf Blume. Das konnte Klee ihr nicht verübeln. Er war selber zornig.

»Aber … wusste Dorn davon?«

Vor dieser Antwort hatte er Angst.

Silber sah ihn mitfühlend an und schüttelte leicht den Kopf.

»Er ist gestorben, in dem Glauben, ich wäre sein Sohn!«, klagte der junge Wolf erschüttert.

»Ich habe beide für meine Familie gehalten! Und Distel, diese hundedumme Ziege! Sie hat dich die ganze Zeit runtergemacht und ich habe es zugelassen, weil ich dachte, sie wäre meine Schwester! Dabei …« Klee sah Silber fest in die hellblauen Augen. »Dabei bist du es. Du bist meine Blutsgefährtin. Ich bin dein Bruder. Wir haben das gleiche Blut.«

Die junge Wölfin nickte langsam. Ihr Blick ruhte warm auf ihm. »Wir waren die ganze Zeit zusammen, ohne es zu wissen«, flüsterte sie. Ein Schmunzeln stieg auf ihrem Gesicht auf. »Jetzt weiß ich, warum wir uns von Anfang an so gut verstanden haben.«

Auch Klee lächelte leicht. »Ja, das stimmt. Ich weiß, warum ich dich nicht gehasst habe. Weil ich so bin, wie du. Weil wir gleich sind.«

»Was willst du nun tun?«, fragte Silber plötzlich.

Der Wolf sah sie verwirrt an.

»Na ja … du hast gerade erfahren, dass … deine Mutter dich dein Leben lang angelogen hat …«

Klee stieß die Luft aus. »Glaub mir, darüber habe ich eben schon genug nachgedacht.«

Er beschloss, dass er es gut fand, Silbers Bruder zu sein. Theoretisch änderte sich zwischen ihnen nichts.

Aber in seinem Leben änderte sich alles.

Klee seufzte tief. »Wir beide sind Einzel- und Rudelwolf. Du hast dich für das Leben als Einzelwölfin entschieden. Ich entscheide mich für das eines Rudelwolfes. Wenn wir zurück im Rudel sind, werde ich das mit Blume klären. Und ich will meinen Rudelgefährten die Wahrheit über meine Herkunft sagen.« Er bemerkte sofort, dass Silber Zweifel hatte, ob es richtig war, dem Rudel zu sagen, dass er gemischtes Blut in sich trug.

»Wir werden sehen, wie sie reagieren. Ich habe mein Leben lang bei ihnen gewohnt. Wenn sie mich akzeptieren, ist das gut, wenn nicht … dann sind sie nichts weiter als hundedumme Welpen.«

Silber legte die Ohren an. »Was wirst du tun, wenn sie dich nicht mehr haben wollen? Oder dich so behandeln, wie mich?«

Klee überlegte einen Moment. Würde er sie wirklich verlassen? Als Einzelwolf leben, ganz allein?

Nein, das konnte er nicht. Er brauchte Gefährten um sich herum. Das mussten allerdings nicht die Rudelwölfe sein.

»In diesem Fall ziehe ich mit den Hunden weiter. Aber ich werde es ihnen erst nach dem Kampf sagen. Sobald ich dir geholfen habe, dein Schicksal zu erfüllen, und alles vorbei ist. Dann wird hoffentlich Ruhe eingekehrt sein.«

Die Silberne nickte. »Ja. Ich glaube, das ist ein guter Plan.«

Klee neigte ebenfalls den Kopf. Ein Schmunzeln stieg auf seiner Miene auf. »Es ist zwar irgendwie weiterhin unglaublich, aber … ich finde es toll, dass du meine Schwester bist. Auch wenn ich eben total ausgerastet bin … ich habe mir stets gewünscht, dass du meine Blutsgefährtin bist.«

Auf Silbers Gesicht erstrahlte ein liebevolles Lächeln.

»Ich finde es genauso schön. Und es ist doch ganz praktisch, einen kleinen Bruder zu haben. Man kann ihn immer herumkommandieren.«

Grinsend baute der Rüde sich vor der Wölfin auf.

»Erstens: Wen nennst du hier klein? Zweitens: Sag noch einmal *herumkommandieren* und ich zerfetze dir den Pelz.«

Silber lachte belustigt auf. »Du bist mein kleiner Bruder und ich kann dich herumkommandieren!«

Klee wusste, dass seine Freundin … seine Schwester … ihn aufmuntern wollte. Darauf ließ er sich gerne ein.

»Na gut, du hast es nicht anders gewollt!« Mit einem spielerischen Knurren warf Klee sich auf Silber.

Diese jaulte überrascht auf, als sie beide auf die kleinen Nadeln krachten. »Wer ist jetzt klein?«, fragte der Rüde, als er auf Silber lag und sie grinsend ansah.

Diese schnaufte amüsiert. »Du bist stärker, hab´s verstanden! Trotzdem bin ich die Ältere!«

Für Klee fühlte es sich an, wie ein ganz normales Gerangel unter Blutsgefährten. Es war seltsam, zu wissen, dass diese silberne Wölfin *wirklich* seine Schwester war. Dass sie das gleiche Blut teilten. Aber es war überwiegend ein wunderbares Gefühl. Er fühlte sich, als hätte er endlich die Blutsgefährtin gefunden, die er sich immer gewünscht hatte.

Mit einem liebevollen Lächeln sah er auf Silber hinab.

»Na schön. Du bist die Ältere, große Schwester.«

10. KAPITEL

Seite an Seite trotteten wir zurück zur Senke. Im Gleichschritt, wie jedes Mal, sobald wir nebeneinander gingen.

Diesmal aber hatte es eine ganz andere Bedeutung. Wir waren Blutsgefährten. Ich hatte einen kleinen Bruder. Auch wenn ich Klee zustimmen musste: Er war nicht klein.

Seltsamerweise war ich nicht wütend oder zornig. Zumindest nicht auf Nebel und Löwe, wie sie es vermutet hatten.

Sie hatten nur ein Geheimnis bewahrt, um ihrem Sohn ein sicheres zu Hause zu geben.

Blume, die dieses Geheimnis erst geschaffen hatte, war es, auf die ich sauer war. Wie hatte sie nur Klee denken lassen können, er sei etwas, was er gar nicht war?

Natürlich, er war zur Hälfte ein Rudelwolf, aber hatte er nicht auch das Recht gehabt, von seiner anderen Hälfte zu erfahren? *Blume hat sich für ihn geschämt! Sie wollte keinen Halbwolf aufziehen, also hat sie sich einen Rudelwolf erschaffen, der dachte, er sei es mit jeder Faser seines Körpers! Dabei war es eine Lüge!*

Ich schielte zu meinem Bruder hinüber. Er trottete mit ausdrucksloser Miene dahin.

Er will sich nichts anmerken lassen, aber ich weiß, dass er traurig und wütend ist. Und falls er das jetzt nicht ist, wird er es spätestens sein, wenn wir im Rudel ankommen.

»Da vorne ist die Senke«, flüsterte Klee mir zu. Ich folgte seinem Blick und konnte bereits die schützenden Sträucher vor uns entdecken. »Gut. Es bleibt dabei?«

Klee neigte fest den Kopf. Ich nickte knapp. Wir hatten beschlossen, unsere Verbindung erstmal geheim zu halten. Wir würden es ihnen sagen, sowie es beim Rudel zur Sprache kam.

Die Sonne war inzwischen aufgegangen und stand nun schon hoch. Graue Wolken zogen über den Himmel, ein paar blaue Flecken waren trotzdem zu sehen.

Ich hatte keine Ahnung, wie lange wir weg gewesen waren, aber nach dem Stand der Sonne zu urteilen, musste es eine Weile gewesen sein. Das bestätigten mir auch die besorgten Gesichter, die uns am Rand des Unterschlupfes begrüßten.

»Da seid ihr ja!«, rief Aurora erleichtert und kam uns entgegen. »Wo wart ihr denn? Korn hat erzählt, ihr wärt beide ohne ein Wort in den Wald gestürmt.«

Klee neigte leicht den Kopf. »Ich hatte einen ziemlich schlimmen Alptraum. Als ich aufgewacht bin, war ich noch ganz in Panik, da muss ich wohl blind weggerannt sein.«

Ich nickte zustimmend. »Und ich wollte jagen gehen. Ich hatte eine Spur von einem Schneehasen aufgenommen und bin ihm ganz konzentriert und schnell gefolgt, um es nicht zu verlieren. Da muss ich Korn übersehen haben. Leider ist es mir jedoch entwischt.«

Auch Lesly und Korn waren hinzugekommen, während Lenny bei Kupfer saß. Er hatte die Augen geöffnet und sah mich erwartungsvoll an.

Erleichtert stürzte ich zu ihm. »Oh, Kupfer! Du bist wach! Wie geht es dir?«

Aufgeregt beschnupperte ich meinen Gefährten. Dieser hob langsam den Kopf. Seine hellgrünen Augen waren nicht mehr so trüb wie am Vortag.

»Mir geht es wirklich besser«, gestand er. Seine Stimme klang immer noch leise und gebrechlich, doch es war offensichtlich, dass die Heilwurzel angeschlagen hatte.

»Jetzt musst du aber Hunger haben!«, rief ich und sah mich nach dem nächsten Stück Fleisch um.

Kupfer schüttelte jedoch leicht den Kopf. »Nein, Lenny hat mir eben bereits etwas gegeben. Von daher, keine Sorge, ich werde nicht verhungern.« Ein belustigter Ausdruck blitzte in seinen Augen auf. Seinen Humor hatte er also auch wieder.

Ich lächelte sanft und rieb meinen Kopf an seinem.

»Schön, dass es dir besser geht«, hauchte ich.

»Ich hätte dich niemals allein gelassen«, kam die rührende Antwort.

»Wir sollten heute noch einmal hierbleiben. Ich glaube allerdings, dass wir morgen wieder aufbrechen können«, vermutete Lenny neben mir. »Silber, du scheinst nichts abbekommen zu haben und Kupfer ist auf dem Weg der Besserung. Wenn ich mich nicht irre, wollen wir alle so schnell wie möglich aus der Kälte raus?« Wir alle nickten einverstanden.

»Aber nur, wenn Kupfer morgen ganz gesund ist«, warf ich warnend ein. Lenny schmunzelte verstehend. »Natürlich.«

»Ich werde morgen wieder der Alte sein«, bellte Kupfer zuversichtlich. »Versprochen.«

Ich lächelte ihn an und stupste meine Schnauze sanft gegen seine. »Ruh dich aus. Wehe, ich erwische dich an einem anderen Fleck!« Der Rüde grinste belustigt. »Ich verspreche, hoch und heilig, dass ich mich ausruhen und nicht von diesem Fleck bewegen werde.« Zufrieden nickte ich. »Sehr gut.«

Kurz sah ich mich in der Senke um. Ich entdeckte kein Beutetier. »Wäre es in Ordnung, wenn Klee und ich jagen gehen würden? Mein Magen knurrt fürchterlich.«

Kupfer und die anderen nickten einverstanden. »Ja. Ich und Korn haben auch noch nichts gefressen«, bemerkte Lesly.

»Gut, dann kommen wir mit ganz viel Fleisch zurück.«

Ich wandte mich ab und ging den Hang hinauf. Ich wusste nicht genau warum, doch ich hatte Lust Jagen zu gehen.

Mit Klee. Nicht nur, weil ich Hunger hatte, sondern auch, weil ich mehr Zeit mit meinem *Bruder* verbringen wollte.

Es hört sich immer noch seltsam an, ihn als Bruder zu bezeichnen ...

»Hier!« Klee versteinerte neben mir. Wir waren erst ein paar Sprünge von der Senke entfernt, aber anscheinend hatte der Schildpattfarbene schon eine Spur.

Erst hielt er die Nase in die kalte Luft, dann beugte er die Schnauze zum Schnee. »Hier ist ein ... Huhn langgelaufen ...«

Er suchte nach den richtigen Worten, um das Tier zu beschreiben. »Ein Schneehuhn.«

Ich schnüffelte selbst und stellte fest, dass mein bester Freund recht hatte. Zum ersten Mal hatte ich so eine Beute im Eisrudel gesehen. Es war ein Huhn, das komplett weiß und in diesen Gebieten hier zu Hause war.

»Dann folgen wir der Spur«, entschied ich und tappte auf leisen Pfoten dem Geruch nach.

Er führte uns weit in den kalten Wald hinein. Die Umgebung verwandelte sich nach einiger Zeit in einen Nadelwald, während die kahlen Bäume immer spärlicher wurden.

Da hielt ich wie eingefroren inne. Klee wäre beinahe in mich hineingelaufen. »Was ist?«, fragte er flüsternd hinter mir. Ich hob die Nase in den Wind, schnüffelte konzentriert.

Hier kam ein weiterer Geruch hinzu. Ein Fremder, den ich noch nie zuvor gerochen hatte.

»Ein anderer Jäger ist dem Schneehuhn gefolgt«, zischte ich über die Schulter. Klee trat neben mich. Seine Schnauze zuckte, als er die Luft prüfte. »Ja. Du hast recht.«

Ich konnte mich nicht zurückhalten und grinste: »Ich habe immer recht. Ich bin deine große Schwester.«

Klee sah mich an und verdrehte die Augen, während ein

belustigtes Lächeln über seine Miene huschte.

»Komm, wir müssen schauen, wer uns unsere Beute wegnehmen will.« Geduckt schlich er vorwärts.

Ich folgte ihm leise. Wir pirschten uns an den dicht stehenden Tannen vorbei, bis wir Geräusche hörten.

Schwere, schnelle Pfotenschritte und ein plötzliches Kreischen ließen uns zusammenzucken. Ein panisches Gackern war zu hören, dann blieb alles still.

Erschrocken sprang ich auf die Pfoten. Ich hatte dieses Kreischen schon einmal gehört. *Ein Schneeleopard!*

Korn hatte uns vor ihnen gewarnt. Ich wollte eine zweite Begegnung mit so einem aggressiven Tier unbedingt vermeiden. »Klee, wir sollten umkehren. Das war ein Schneeleopard, ganz in der Nähe. Du weißt doch, was Korn gesagt hat.«

Der Rüde hatte die Augen zusammengekniffen, nickte aber nach ein paar Herzschlägen. »Na schön. Gehen wir.«

Wir wollten uns bereits wieder umdrehen, da kam plötzlich eine Gestalt unter einem Nadelbaum hervor. Ein Schneeleopard. Mit einem Schneehuhn im Maul.

Mit Schrecken erkannte ich, dass es die gleiche Leopardin, wie vor zwei Tagen war.

Von Näherem sah sie noch gefährlicher aus, als ich sie in Erinnerung hatte. Sie war deutlich größer als Klee oder ich.

Ihr weißes Fell, mit den kleinen, schwarzen Tupfen glänzte im kalten Sonnenlicht, während ihr langer Schwanz langsam durch die Luft peitschte.

Sie war dünn, sah geschmeidig und schnell aus.

Sie ist eine lautlose Jägerin ..., dachte ich bei einem Blick auf ihre großen, weichen Pfoten.

Ihre hellblauen Katzenaugen verengten sich, als sie uns sah. Sie ließ ihre Beute fallen.

»Ihr schon wieder!«, knurrte sie und zeigte ihre scharfen, weißen Zähne. »Das ist meine Beute! Verschwindet!«

Sie hob die Pfote und schlug damit warnend in unsere Richtung. Ihre langen Krallen blitzten dabei in der Sonne auf und wir wichen unterwürfig zurück.

Wir beide hatten die Rute an den Körper gepresst, um unsere Angst zu zeigen. »Wir wollen dir deine Beute nicht wegnehmen«, versicherte Klee der großen Kätzin mit angelegten Ohren. »Ach ja?«, fragte diese herausfordernd. »Das klang vor einer Weile aber noch ganz anders!«

Drohend trat sie einen Schritt vor und stand damit schützend über ihrem Huhn.

»Wirklich, wir wollen keinen Ärger«, versuchte Klee sie ein weiteres Mal zu beruhigen. »Es tut mir leid, dass ich dir die Beute streitig machen wollte. Ich wollte einzig und allein meine Freunde ernähren.«

Die Schlitzaugen der Schneeleopardin fixierten ihn. Sie schaute ihn mit ihren durchdringenden Katzenaugen viele Herzschläge lang an, als wollte sie prüfen, ob Klee seine Entschuldigung ernst meinte.

Doch zu unser beider Glück hielt mein Blutsgefährte dem Blick der Katze aufrichtig stand.

Die Schneeleopardin schnaubte nach einer Weile. »Na schön. Ich nehme deine Entschuldigung an. Trotzdem ist das hier meine Beute. Und ich will, dass ihr verschwindet. Was sucht ihr überhaupt hier? Ich habe vorher noch nie Wölfe in diesem Gebiet gesehen!«

»Wir sind nur auf der Durchreise«, erklärte ich ihr ehrlich.

»Morgen wollen wir wieder aufbrechen. Dann bist du uns los.« Die Leopardin fixierte mich. Sie knurrte gereizt.

»Gut. Jetzt haut ab, bevor ich euch das Fell zerfetze!«

Sie sprang vor, ihr langer Schwanz peitschte wild und sie öffnete das Maul zu einem lauten Brüllen.

Sofort wirbelten wir herum und flohen in die Richtung, aus der wir gekommen waren.

Als wir bei Sonnenuntergang bei der Senke ankamen, hatten wir zwei weitere Schneehasen und noch ein Schneehuhn erlegt.

Wir teilten die Beute in gerechte Fleischstücke auf und verspeisten sie in einem kleinen Kreis.

Kupfer fraß auch mit. Er sah kräftiger aus und seine Augen hatten ihre strahlende Farbe wiedergefunden. Das zeigte mir, dass es meinem Gefährten wirklich wieder gut ging.

»Wir haben heute die Schneeleopardin wiedergetroffen«, berichtete Klee da, zwischen zwei Happen Fleisch.

Korn verschluckte sich fast, als er das hörte. »*Was?*«, krächzte er schockiert. Der schildpattfarbene Wolf erklärte jedoch rasch: »Keine Sorge, Korn. Uns ist nichts geschehen. Wir haben nur ein Schneehuhn gejagt, aber bevor wir es eingeholt hatten, hat diese Katze es sich geschnappt. Wir wollten umkehren, aber da hat sie uns entdeckt und gewarnt, zu verschwinden. Da sind wir gegangen. Also, keine Panik.«

Der hellbraune Rüde schaute den Wolf skeptisch an, nickte schließlich beruhigt.

»Und Klee hat sich bei ihr entschuldigt«, ergänzte ich die Erzählung meines Blutsgefährten. Korn zuckte zufrieden mit den Ohren. »Wenigstens etwas. Schneeleoparden halten viel von Tieren, die sich entschuldigen und ihre Worte auch ernst meinen. Kein Wunder also, dass sie euch ohne Verletzungen gehen lassen hat.« Ich spitzte gespannt die Ohren, als ich Korns Bericht lauschte. »Woher weißt du so viel über die Schneeleoparden?«, fragte ich schließlich. Korn lachte kurz auf. »Oh, ich weiß eigentlich nichts über sie. Ich habe nur vom Rudel Geschichten über diese edlen, jedoch ebenso gefährlichen Katzen gehört. Früher haben sie auch im Frostwald gewohnt und sich mit uns das Gebiet geteilt. Diese Schneeleoparden waren höflich und fair, aber sie haben erzählt, dass die meisten ihrer Artgenossen hinterhältig und bedrohlich wären. Sie haben uns vor ihnen gewarnt. Sie sagten, sie wären Feinde unserer Art. Diese Schneeleoparden waren nur nett zu uns, weil wir sie bei uns hatten jagen lassen. Irgendwann, vor meiner Geburt noch, sind diese Leoparden aber gegangen, um sich ein neues Heim zu suchen, da unser Wald zu klein für sie geworden ist.«

»Das klingt spannend«, meinte Lesly interessiert. Ich nickte zustimmend und auch Klee hatte neugierig die Ohren gespitzt.

Die grauen Wolken des Tages hatten sich verzogen. Jetzt konnten wir die ganze Pracht des Sonnenuntergangs miterleben. Der Himmel war erneut ein Feuer, was den Schnee rot färbte. Dort, wo die Sonne unterging, mischten sich die Farben rosa und blau.

»Wir sollten schlafen gehen«, schlug Aurora nach einer Weile der Stille vor. Die weiße Hündin legte sich auf die Seite. »Wir brauchen morgen Kraft. Besonders du, Kupfer.«

Der Goldene grinste. »Keine Angst, Aurora. Mir geht es wieder gut. Ich fühle mich sehr gut.«

»Dann schlaf, damit das auch so bleibt«, meinte sie und legte den Kopf auf die Pfoten.

Die anderen suchten sich ebenfalls eine gemütliche Schlafposition und nach wenigen Herzschlägen lagen wir alle aneinander gekuschelt da.

»Gute Nacht!«, rief Lenny, der irgendwo inmitten der Fellbündel lag.

»Träumt schön«, fügte Kupfer neben mir hinzu.

Ich hatte mich zwischen Kupfer und Klee gelegt.

Ein Lächeln stand auf meinem Gesicht. *Ich liege bei meinem Gefährten und meinem Bruder ... Ich fühle mich gut ... beschützt von beiden Rüden.*

Mein Lächeln wurde breiter und verwandelte sich in ein Grinsen. *Beide lieben mich ... und ich liebe sie.*

Mit einem wohligen Gefühl schlief ich, gewärmt von den zwei Pelzen, die sich an mich drückten, ein.

Ich schlief traumlos, doch mitten in der Nacht schreckte mich ein Geräusch auf. Sofort spürte ich, dass die zwei Pelze an meinen Flanken fehlten.

Verwirrt hob ich den Kopf und sah mich um. Um mich herum hoben sich sacht die Fellhaufen meiner Freunde, aber von Klee oder Kupfer gab es keine Spur. Lautlos stand ich auf.

Plötzlich bemerkte ich, dass der Schnee am Hang buntes Licht spiegelte. Überrascht sah ich zum Himmel auf und erblickte die glitzernden Eislichter.

Diesmal erstrahlten sie in hellem Türkis und Blau. Wie eine Schlange zogen sie sich den Nachthimmel entlang.

Vielleicht passiert heute etwas Besonderes?

Daran glaubte zumindest das Eisrudel.

Eine kalte Brise zerzauste mein Fell. Meine Nase fing sogleich den Geruch meines Gefährten auf. Und den meines Bruders. Verwundert stellte ich fest, dass sie zusammen unterwegs waren.

Leise pirschte ich mich aus der Senke und folgte der Spur in den Wald. Nur ein paar Sprünge entfernt, konnte ich eine Lichtung ausmachen. Auf ihr sah ich zwei Gestalten sitzen, die zum erleuchteten Himmel hinaufsahen.

Erleichtert trat ich auf sie zu. Als ich näher kam, konnte ich hören, was sie sagten. »Ich glaube, ich muss mich für mein

Verhalten im Eisrudel entschuldigen«, schnappte ich Klees Stimme auf. Schnell verkroch ich mich unter einer Tanne.

»Ich hätte dich nicht einen räudigen Einzelwolf nennen sollen. Ehrlichgesagt bewundere ich dich dafür, dass du es schaffst, allein zu überleben.«

Erfreut spitzte ich die Ohren. Klee entschuldigte sich. Das war ein gutes Zeichen. Es hieß nicht nur, dass er mit Kupfer Frieden schließen wollte, sondern auch, dass er seine andere Hälfte akzeptierte. Er war ja jetzt schließlich ebenfalls ein *räudiger Einzelwolf.*

Beide Wolfsrüden saßen mit dem Rücken zu mir, aber ich konnte Kupfers Schmunzeln fast riechen.

»Ich nehme deine Entschuldigung an, Klee. Und ich muss dich gleichermaßen um Vergebung bitten. Dich verweichlichter Rudelwolf zu nennen, war falsch von mir.«

Am liebsten hätte ich vor Freude geheult.

Die zwei wichtigsten Rüden in meinem Leben vertrugen sich wieder!

»Wir haben uns um Silber gestritten. Da sagt man schon mal Worte, die den anderen verletzen.«

Nach kurzem Zögern fügte Klee hinzu: »Aber ich bin froh, dass sie sich für dich entschieden hat. Du tust ihr gut und ich weiß, dass Silber es ernst meint. Sie liebt dich wirklich sehr.«

Erneut konnte ich das liebevolle Lächeln von Kupfer beinahe wittern. »Ja, ich liebe sie genauso.«

Der schildpattfarbene Rüde nickte leicht. »Sie ist wie eine Schwester für mich. Ich würde alles für sie geben. Auch mein Leben, wenn es sein müsste.«

Auch da stimmte Kupfer dem Rüden mit einem ernsten Nicken zu.

Das ist so süß! Mein Herz erwärmte sich, bei diesen wunderschönen Worten. *Sind deswegen vielleicht die Eislichter hier? Wegen diesen beiden? Das wäre so schön, Natura!*

Da hörte ich Klee belustigt kichern. »Ein wenig verweichlicht sind Rudelwölfe aber schon. Ich könnte mir nämlich nicht vorstellen, allein herumzuwandern.«

Kupfer lachte amüsiert. »Ja. Wir Einzelwölfe können auch ein wenig räudig sein. Bevor ich Silber traf, hatte ich sogar ein paar Flöhe im Pelz.«

Beide Wölfe fingen an zu lachen und ich kicherte bei dieser Vorstellung ebenfalls mit.

Plötzlich knackte neben mir ein Ast. Ich hatte vor Belustigung die Pfote bewegt und war dabei auf einen Stock getreten.

Hundedreck!

Die zwei Rüden wirbelten herum. Klee hob die Schnauze und schnupperte. »Du kannst rauskommen, Silber. Ich weiß, dass du da bist«, bellte er mit einem amüsierten Lächeln.

Beschämt, entdeckt worden zu sein, kroch ich aus meinem Versteck zu den beiden auf die Lichtung.

»Wie lange hockst du schon da?«, fragte Kupfer halb vorwurfsvoll, halb belustigt, als ich bei ihnen war.

Ich setzte mich zwischen sie, so, dass ich beide Felle berührte. »Lange genug«, meinte ich und sah sie mit einem wissenden Grinsen an. »Es bedeutet mir wirklich viel, dass ihr euch vertragen habt«, gestand ich ehrlich. »Und ihr müsst für mich nicht euer Leben geben!«, ergänzte ich entrüstet.

Die Gewissheit jedoch, dass sie es tatsächlich tun würden, war rührend.

»Würden wir aber«, widersprach mein Bruder.

»Ja, das würden wir«, bestätigte Kupfer mit einem Schmunzeln.

»Und ich würde das Gleiche für euch tun, wenn es nötig

wäre«, versprach ich ihnen. Ich lächelte die beiden liebevoll an, bevor ich vorschlug: »Wie wäre es, wenn wir alle zusammen zu den Eislichtern heulen? Wir gemeinsam, als Rudel- und Einzelwölfe.«

Kupfer und Klee sahen sich an, dann nickten sie.

»Das wäre schön«, stimmte der Goldene mir zu.

»Ja, eine wunderbare Idee«, nickte auch Klee.

Also hoben wir unsere Köpfe zum Himmel und fingen an zu heulen. Ich schloss die Augen und ließ mich von dem Gesang einlullen. Es war wunderschön, erneut zu jaulen, besonders mit diesen zwei Rüden.

Dass sie dem Heulen zugestimmt hatten, hatte mir gezeigt, dass sie sich wirklich wohl miteinander fühlten. Das trieb mir ein großes Grinsen auf mein Gesicht.

Ich glaubte, wieder in einer echten Gemeinschaft zu sein, diesmal jedoch umrundet von guten Freunden.

Plötzlich gesellten sich weitere Stimmen hinzu.

Überrascht öffnete ich die Augen und entdeckte Korn und die Hunde, die auf einmal bei uns saßen.

Sie hatten sich so um uns herum aufgestellt, dass wir zusammen einen kleinen Kreis bildeten.

Alle hatten die Köpfe Richtung Himmel erhoben und heulten aus tiefster Kehle zu den Eislichtern. Sogar der kleine Lenny saß dabei und jaulte mit erhobener Schnauze.

Aurora zwinkerte mir zu, als sie meinen erstaunten Blick bemerkte. Ich grinste sie an, dann heulte ich von neuem.

Nun war es wirklich ein Gesang, ein Lied, wie früher im Rudel. Jetzt waren wir aber unser eigenes, kleines Rudel.

Mein warmes Gefühl, dass ich in meinem Innern verspürte, wurde stärker. *Sie heulen mit uns, weil sie wissen, dass wir ein Rudel sind. Sie wollen uns zeigen, dass wir nicht allein sind!*

Nun erkannte ich, dass ich gerne mit diesen Tieren zusammen war.

Ich konnte mir nicht mehr vorstellen, ohne sie zu sein. Allein. Wie ein wahrer Einzelwolf ...

Ein eisiger Windhauch zerzauste mein Fell und ich stellte mir vor, wie die kalte Brise unseren Gesang zu den hellen Lichtern hinauftrug.

Aber da bemerkte ich, dass das Lied lauter wurde.

Noch mehr Stimmen waren hinzugekommen.

Verwirrt fragte ich mich, wer es wohl sein könnte, doch mein Atem stockte, als ich die Augen öffnete.

Um uns herum, auf der ganzen Lichtung, entdeckte ich Wölfe. Wölfe mit silbernem Nebel an den Pfoten!

Ich zog scharf die Luft ein, aber meinen Freunden schienen die Wölfe des Ewigen Rudels gar nicht zu bemerken.

Sie heulten weiter, hatten noch nicht mal mitbekommen, dass ich meinen Gesang unterbrochen hatte.

Mit einem völlig geschockten Gesichtsausdruck sah ich mich auf der Lichtung um.

Alle Wölfe, die mit uns zu den Lichtern heulten, kannte ich. Nebel und Löwe saßen nahe bei uns. Moosröte und meine ganzen Freunde, Wurzel, Drossel, Diamant, Weide, Eis, Abendlicht und Zweig hockten verteilt auf dem Schnee.

Rabe, Schneeflocke, Farn, Funke, Bach, Adler und sogar Reh waren in das Geheul miteingestiegen. In der Nähe von Nebel und Löwe erkannte ich sogar Blütenwind und Raven.

Aber ich entdeckte ebenfalls Wölfe aus dem Eisrudel.

Schneesturm jaulte aus tiefster Kehle. Neben ihm erkannte ich zu meiner Überraschung auch Eissplitter und Flammenschnee. Bussard und Rauch hatten sich ebenso unter die Neuankömmlinge gemischt, sowie Dorn, Fuchs und Sonnenschein.

Alle, die ich von den zwei Rudeln kannte, waren hier.

Alle heulten mit uns.

Sind es überhaupt noch zwei Rudel?, fragte ich mich. *Die Felswand ist verschwunden und nun heulen sie gemeinsam ...*

Dieses Heulen stand für Verbundenheit und Einigkeit.

Waren das Ewige Rudel und die Schneegeister nun eins?

Hatten sie sich zu einem Rudel zusammengeschlossen?

Diesem Gesang nach zu urteilen, klang es so, aber ich wollte jetzt nicht darüber nachdenken.

Es war ein unbeschreibliches Gefühl, mit all diesen Wölfen zu heulen. Es fühlte sich so ... echt an. Als würde ich wirklich zu all diesen Wölfen gehören, ein Teil von jedem Einzelnen sein. Als würden wir alle zusammengehören.

Für diesen Moment sind wir vereint. Es ist egal, wo wir herkommen, wer wir sind oder was wir in der Vergangenheit getan haben. Jetzt sind wir eins ...

11. KAPITEL

Als wir aufwachten, war die Sonne schon aufgegangen.

Gähnend streckte ich mich in der weißen Senke und dachte an die letzte Nacht.

Unser Geheul war noch lange in der Dunkelheit erklungen, begleitet von unseren Ahnen.

Keiner meiner Freunde hatte unsere heimlichen Besucher gesehen. Nur ich hatte das miterleben dürfen.

Jedoch hatte mir keiner von den Toten irgendetwas gesagt, oder gezeigt. Sie waren nur alle da gewesen und hatten mit uns gesungen.

An diese Nacht werde ich mich noch lange erinnern ...

Sie war einfach so besonders und atemberaubend gewesen.

»Wir sollten noch einmal jagen gehen, bevor wir endgültig weiterziehen. Für den Weg müssen wir stark sein.«

Korn hatte gesprochen und sah fragend in die Runde.

Wir saßen zusammen, noch ein wenig müde, aber hungrig.

Lesly, Aurora und Lenny nickten kräftig. »Dann gehen wir diesmal auf Beutesuche. Ihr könnt euch hier in der Zeit ausruhen«, bellte Lenny, während er Klee, Kupfer und mir zulächelte. Ich neigte dankbar den Kopf und schon verschwanden unsere Freunde den Hang hinauf in den kahlen Wald.

Wir drei setzten uns gemeinsam hin und redeten über die gestrige Nacht. Ich erzählte ihnen von unseren Gästen.

»Warum haben wir sie nicht gesehen?«, fragte Klee enttäuscht. »Dorn war dabei. Auch wenn er nicht mein ...«

Er brach abrupt ab, sprach nach kurzem Stocken schnell: »Ich hätte ihn nur gerne wiedergesehen.«

Ich nickte verstehend und drückte mich kurz, geschwisterlich, an ihn. »Du wirst ihn wiedersehen. Versprochen.«

Der schildpattfarbene Wolf lachte kurz auf. »Ja, das werde ich. Wenn ich *tot* bin.«

»Waren wirklich alle Wölfe da, die du kanntest?«, fragte Kupfer staunend. Ich stimmte wieder zu. »Ja, soweit ich es sehen konnte, schon. Die ganze Lichtung war ein einziges Meer aus Nebelschwaden.«

Bewundernd schauten die beiden Rüden mich an.

»Ich würde das Ewige Rudel und die Schneegeister gerne mal sehen.« Kupfer grinste mich schelmisch an. »Es ist unfair, dass nur du sie sehen kannst.«

Ich schmunzelte zurück. »Tja, du hast ja auch keine große Bestimmung, die dich zu etwas *Besonderem* macht.«

Klee kicherte leicht. »Du bist etwas Besonderes. Ich finde es gar nicht unfair. Immerhin bist du Nebels Tochter.«

Doch als er kurz wegsah, erkannte ich Trauer in seinen Augen. *Er ist ihr Sohn. Er sollte auch das Ewige Rudel besuchen dürfen ...*

Ich zuckte mit den Schultern. »Na ja, egal. In welche Richtung müssen wir eigentlich, wenn wir gleich aufbrechen?«

Ich wollte das Thema wechseln, um Klee abzulenken.

Kupfer wusste sofort die Antwort. »Hier lang.« Er deutete mit einem Kopfnicken den Hang hinauf zur Sonne.

»Dort wird die Sonne bald sein. Ich habe, seid ich wieder bei Bewusstsein bin, die Sonne beobachtet, sie wandert immer in diese Richtung.«

»Gut«, meinte Klee, mit Blick in den Wald. »Dann wissen wir, wohin wir gleich gehen müssen.«

Kupfer und ich nickten zustimmend. »Ich hoffe, dass wir nicht wieder auf die Schneeleopardin treffen«, bemerkte ich mit einem besorgten Blick. »Ich will ihr wirklich nicht noch einmal über den Weg laufen.«

Mein Bruder schaute mich aufmunternd an. »Auch wenn wir sie sehen würden, wäre es nicht schlimm. Wir sind acht Freunde. Die Leopardin wäre hundedumm, uns anzugreifen.«

Kupfer nickte. »Oh ja. Wir sind in der Überzahl. Da wird uns niemand angreifen, keine Sorge. Und falls doch«, fügte er mit einem Schmunzeln hinzu, »beschützen wir dich. Stimmt's, Klee?«

»Genau«, bestätigte der Schildpattfarbene.

Ich lächelte die beiden dankbar an.

Wir redeten noch eine Weile, bis unsere Freunde wiederkamen. Jeder von ihnen hatte etwas im Maul.

Heute werden unsere Bäuche voll sein!, dachte ich glücklich, als ich die viele Beute sah.

Lenny kam als Erster die Senke hinuntergesprungen. Er trug einen Schneehasen im Maul. Lesly folgte ihm, sie hatte ein Schneehuhn im Maul, genauso wie Aurora und Korn.

»Gratulation!«, beglückwünschte Klee unsere Gefährten. »So viel Beute!«, rief er erstaunt aus. »Das wird unsere Mägen füllen!«

Lesly legte ihr Huhn ab und grinste stolz. »Wir haben die drei Schneehühner alle auf einem Fleck gefunden. Da hat sich jeder von uns eins geschnappt.«

»Und Lenny hat den Schneehasen auf dem Rückweg erbeutet«, fügte Aurora mit einem eindrucksvollen Blick auf den kleinen Hund hinzu. Dieser legte seinen Hasen ab und streckte ebenso stolz die Brust vor und wedelte mit seiner Rute.

»Ich bin froh, für die Gruppe etwas gefangen zu haben.«

Ich lächelte beeindruckt. »Das hast du. Und dank deinem Beitrag werden wir heute alle satt.«

Der winzige Hund stellte glücklich die Schlappohren auf.

»Dann lasst uns fressen!«, rief Kupfer mit einem gierigen

Blick auf die viele Beute. Wir nickten und kauerten uns hin.

Nach dem Mahl waren wir tatsächlich richtig voll. Zum ersten Mal seit Tagen.

Lenny streckte sich ausgiebig, während Aurora sich das Brustfell putzte.

Auch Korn dehnte die Muskeln und gähnte, bellte aber: »Sollen wir los?« Fragend sah er in die Runde.

Keiner hatte etwas dagegen einzuwenden.

Also verließen wir die Senke, die uns einige Tage lang Schutz geboten hatte und folgten der Sonne.

Kupfer, Klee und ich übernahmen die Führung. Es fühlte sich gut an, zwischen den zwei Rüden zu laufen.

Hinter uns gingen Aurora und Lenny, während Lesly und Korn den Schluss bildeten.

»Ich hoffe, wir verlassen diese Gegend bald«, hörte ich Aurora sagen.

»Das wird wahrscheinlich noch eine Weile dauern«, antwortete ihr Klee, der über die Schulter zu ihr blickte. »Die Schneelandschaft zieht sich noch ein Stück.«

Die weiße Hündin schaute enttäuscht in den kahlen Wald. »Schade. Ich hätte gerne wieder die Blütezeit gesehen.«

»Die siehst du in ein paar Tagen bestimmt«, beruhigte sie Lenny, der neben der Hündin her hüpfte.

»Wie lange seid ihr jetzt eigentlich genau unterwegs?«, fragte er Klee. Dieser überlegte einen Moment, aber ich wusste die Antwort sofort und drehte ebenfalls den Kopf.

»Fast einen Zeitwechsel. Als Kupfer und ich fortgingen, hat die Blütezeit angefangen. Ja, es müsste beinahe ein Zeitwechsel her sein.« Mein Gefährte spitzte neben mir die Ohren.

»Schon? Es kommt mir vor, als hätten wir das Territorium gestern erst verlassen.« Da war ich anderer Meinung. Der Aufbruch aus dem Nachtrudel war für mich so lange her … mehr als nur einen Zeitwechsel.

Wir liefen den ganzen Tag durch den schneebedeckten Wald. Nur ab und zu kreuzten Tannen unseren Weg, ihre Äste hingen schwer zu Boden, wegen dem Schnee, den sie tragen mussten.

Die Umgebung blieb eintönig. Weiß und ein wenig blau, von den eingefrorenen Bäumen und blattlosen Sträuchern.

Die Wolken verschwanden langsam, bis wir unter einem hellblauen Himmel liefen. Die Sonne schien auf uns herab, brachte aber keine Wärme mit sich.

Jedoch veränderte sich durch die Strahlen die Landschaft.

Das Eis um uns herum fing an zu glitzern.

Wie, als wären überall um uns blau-weiße Kristalle.

»Das ist so schön!«, staunte Kupfer und sah sich erstaunt um. »Ja«, stimmte Klee ihm zu, der sich genauso gespannt umsah. Ich schaute beide Rüden mit einem schelmischen Grinsen an. »Wir machen ein Wettrennen!«, rief ich und sah mich auch zu meinen anderen Freunden um.

»Wer zuerst an dem großen Felsen da ist!« Ich deutete mit einem Kopfnicken auf einen schneebedeckten Steinhaufen, der auf einer freien Fläche, auf einem Hügel, weiter vor uns, lag.

Sofort preschte ich los, angetrieben von dem wunderschönen blauen Himmel und der hellen Sonne.

»Hey!«, hörte ich die empörten Rufe hinter mir.

Ich heulte gut gelaunt zur Sonne empor und sprang mit weiten Sätzen über den Schnee.

Es fühlte sich gut an, die Muskeln zu strecken, den kalten Wind zu spüren und wieder unterwegs zu sein.

Auf einmal preschte ein braungoldener Blitz an mir vorbei.

Es war Korn. Er hatte mich überholt!

Lachend rannte er auf den Felsen zu, der in greifbare Nähe

rückte. Kurz sah ich über die Schulter und entdeckte, dass Lesly mir auf den Pfoten war, dicht gefolgt von Kupfer und Klee. Der kleine Lenny flitzte unter den Körpern der Größeren hindurch, wodurch er sehr schnell war.

Aurora jagte hinter uns her, schien aber aufzuholen.

Ich wandte mich wieder nach vorn und trieb meine Pfoten an. Ich wollte Korn überholen. Er hatte lange Beine, also war er schnell, ich war es jedoch auch.

»Ich krieg´ dich, Korn!«, rief ich seiner wehenden Rute, die genau vor meinem Gesicht erschien, zu.

Der Wolf schaute lachend über seine Schulter. Seine gelben Augen leuchteten fröhlich. »Versuch´s doch!«

Adrenalin schoss durch meinen Körper, als ich noch schneller lief. Fast fühlte ich mich, als würde ich fliegen.

»Ha!«, jaulte ich, als ich neben dem ehemaligen Rudelwolf her hetzte. »Du hast mich noch nicht überholt!«, warnte Korn, der mir einen schelmischen Blick zuwarf.

»Das werde ich!«, knurrte ich entschlossen und jagte weiter über den pulvrigen Untergrund.

Ein Kampf um die Spitze begann. Keiner von uns konnte den anderen wirklich überholen, ab und zu war ich eine Schnauzenlänge vorn, dann wieder war es Korn.

Wir hatten den Felsen fast erreicht, da sauste ein winziger Fellball an uns vorbei und stand als Erster am Steinhaufen. Lenny war an uns allen vorbeigesaust.

Außer Atem kamen Korn und ich nur wenige Augenblicke später am Felsen an. »Ich hab´ gewonnen!«, rief Lenny erfreut.

Ich nickte mit raushängender Zunge. »Ja«, keuchte ich. »Du hast gewonnen. Herzlichen Glückwunsch.«

Auch die anderen eilten herbei, jeder war erschöpft.

»Lenny hat gewonnen!«, lachte Lesly und stupste den kleinen Hund freundschaftlich in die Seite. »Gut gemacht.«

Lenny streckte stolz die Brust heraus, während wir uns von dem Lauf erholten. Er hatte zwar Kraft gekostet, jedoch war er die Anstrengung wert gewesen.

»Ich hätte nicht gedacht, dass jemand schneller ist, als ich«, gestand Korn. »Im Rudel war ich der schnellste Sternenhüter.«

Lennys Brust wurde bei diesen Worten größer. Er sah so aus, als würde er gleich vor Stolz platzen.

»Wenn das so ist, hatte die lange Zeit in Gefangenschaft wohl doch etwas Gutes«, murmelte er belustigt. Ich nickte zustimmend. »Das kannst du laut bellen.«

»Sollen wir dann weiter?«, fragte Kupfer mit einem Grinsen und deutete den Hügel hinab.

Vor uns erstreckte sich eine weite, freie Fläche. Am Horizont konnte ich wieder den Frost an den Bäumen glitzern sehen und dahinter die spitzen Berge.

Gerade wollten wir weiter, als mir ein merkwürdiger Geruch auffiel. Genau hier, am schneebedeckten Steinhaufen.

»Wartet«, bellte ich zu den Freunden, die sich bereits auf den Weg machten. »Riecht ihr das?«

Der Duft war streng … vertraut …

»Die Schneeleopardin!«

Erschrocken drehten sich alle zu mir um und hielten ebenfalls die Schnauzen in den kalten Wind.

»Du hast recht!«, rief Klee. »Was will sie hier? Wir sind doch schon weit weg von der Stelle, an der wir sie getroffen haben.«

»Schneeleoparden haben ein großes Jagdrevier«, warnte Korn mit düsterer Miene. »Wir könnten immer noch auf ihrem Territorium sein.«

Ich schnupperte nochmal und stellte fest, dass der Geruch an den aufgetürmten Steinen haftete. »Sie hat die Steine zu einem Haufen geschoben.«

»Warum sollte sie das tun?«, fragte Kupfer.

Ich zuckte mit den Schultern, aber Korn antwortete: »Vielleicht hat sie ihren Gefährten verloren. Schneeleoparden sind eigentlich Einzelgänger, nur eine gewisse Zeit lang leben Männchen und Weibchen zusammen, um die gemeinsamen Jungen großzuziehen. Es kann gut sein, dass eure Kätzin einen Gefährten und Junge hatte. Ihr Partner oder ihr Junges muss wohl gestorben sein.«

Betroffen sah ich zu Boden, auch wenn ich mit der Leopardin nichts zu tun gehabt hatte. Es war jedoch immer schlimm, ein Tier zu verlieren, was man geliebt hatte.

»Sie war eine Weile hier«, bemerkte Klee, der konzentriert an dem Steinhaufen roch. »Dann ist sie wieder in den Wald gegangen.«

»Wir sollten weiter«, drängte Kupfer, mit einem sorgenvollen Blick in den kahlen Wald, aus dem wir gekommen waren und anscheinend auch die Leopardin verschwunden war.

»Sie könnte wiederkommen. Der Geruch ist noch nicht so alt.« Wir nickten und gingen zügig den Hügel hinunter auf die freie Fläche.

Bevor wir jedoch das offene Gelände betraten, versicherten wir uns, dass unter dem Pulver nur Schnee und Eis, anstatt eingefrorenes Wasser waren.

Nach dem Abenteuer im frostigen See würde ich nie wieder auf eine große Fläche treten, ohne zu wissen, was sich unter meinen Pfoten befand.

Aber zu meiner Erleichterung war allein Schnee und Eisklumpen unter der weißen Decke, sodass wir das Gelände sorgenlos überqueren konnten.

Der Wind zerrte unangenehm an meinem Fell, als wir das offene Gelände betraten.

Er war so kalt, dass ich dachte, Krallen würden meine Haut zerfetzen, als die Brise unter meinen Pelz drang.

»Brrrh«, machte ich, während mein Fell sich aufstellte.

Kupfer, der neben mir ging, nickte verstehend. »Hier ist es kalt. Machen wir, dass wir schnell wieder in den Wald kommen. Da ist es wenigstens nicht so windig.«

Er verzog das Gesicht, als eine erneute Böe über uns hinweg brach. Der Goldene beschleunigte seinen Schritt und wir folgten gehorsam. Es dauerte eine Weile das offene Land zu überqueren, aber schließlich hatten wir den Waldrand erreicht.

Klee stieß neben mir erleichtert die Luft aus.

»Da draußen war es ganz schön frostig«, meinte er zu den anderen. Aurora schüttelte sich heftig. »Oh ja. Ich habe mich gefühlt, als würde ich erfrieren. Dieser eisige Wind!«

»Der war grauenvoll«, stimmte Lenny ihr zu, als wir nun entspannter durch den kahlen Wald liefen.

Um uns herum glitzerten die Bäume in einem eisigen Blau, während der Himmel über uns weiterhin klar blieb.

Die Umgebung war atemberaubend, jedoch totenstill.

Alles war ruhig. Es gab kein Vogelgezwitscher oder raschelndes Unterholz. Das Einzige, was ich hörte, war der Schnee, der unter unseren Pfoten knirschte.

»Es ist wirklich ganz schön - « Gerade wollte ich meine Gedanken laut aussprechen, da ertönte ein ohrenbetäubender Donner.

Vor Schreck machte ich einen Satz in die Luft. Die anderen waren erstarrt. Ich wusste sofort, was dieses Geräusch war.

Ich hatte es zwar erst zwei Mal in meinem Leben gehört, doch diese Male hatten sich so in mein Gedächtnis eingebrannt, dass jetzt, wo ich das Donnergrollen erneut hörte, zwei Bilder vor meinem inneren Auge auftauchten.

Auf dem ersten Bild war ich zu sehen, wie ich versteinert in einer Höhle stand. Über mir ein Riss in der Decke, der Sonnenlicht hinein ließ. Geschockt starrte ich auf den Höhleneingang.

Gleich darauf überschwemmte mich eine zweite Erinnerung. Wieder war ich in einer Höhle. Diesmal an Kupfer gepresst, hinter einem Felsen.

»Silber!« Kupfer stupste mich an und holte mich damit aus meiner Vergangenheit.

Alles um mich herum war wieder totenstill. Ich war bei meinen Freunden im Schnee. Aber nicht in Sicherheit.

»Ein Mensch!«, rief ich aus. Meine Freunde starrten mich entsetzt an, doch Klee schnaubte ungläubig. »Was macht bitte ein Jäger hier?!«

Kupfer zuckte mit besorgtem Gesichtsausdruck mit den Schultern. »Ich habe keine Ahnung. Aber … kam der Schuss nicht von da vorne?« Er deutete mit einem Kopfnicken den Weg entlang, den wir eigentlich gehen wollten.

Klee nickte. »Ja, das glaube ich auch.«

»Was sollen wir jetzt machen?«, fragte Lenny ängstlich.

Der kleine Hund hatte die Augen aufgerissen und starrte mit schockiertem Blick in den Wald.

»Der Jäger hat uns noch nicht bemerkt«, stellte ich konzentriert fest. Ich durfte nun nicht in Panik verfallen.

»Und er hat auch keine Hunde dabei, die hätten wir schon längst gehört. Also können wir einfach davon schleichen.«

Die Gefährten nickten, Klee widersprach aber: »Was ist, wenn der Jäger ein Tier getroffen hat?«

»Dann ist das so«, antwortete Kupfer. »Wir können uns glücklich schätzen, dass es keiner von uns war. Und jetzt: Lasst uns gehen.« Er wollte sich schon in die entgegengesetzte Richtung davonmachen, jedoch ließ mein Bruder nicht locker: »Wir können es doch nicht einfach dem Jäger überlassen!«

Da wirbelte Kupfer zu ihm herum. »Kennst du keine Jäger? Du hast keine Chance! Wir müssen gehen, solange wir noch können!« Drängend sah er uns andere an.

Ich aber zögerte. *Was ist, wenn der Jäger das Tier nur verletzt hat?* Dann könnte es fliehen und wir ihm helfen.

Da erklang plötzlich ein leises Krächzen. Ich hielt, alarmiert, die Nase in die Luft. *Blut ... Mensch und ... Schneeleopard!*

Entsetzt zog ich die Luft ein, als ich verstand.

Der Geruch war mir bekannt.

»Es ist die Schneeleopardin!«

Ohne ein weiteres Wort preschte ich dem jämmerlichen Krächzen entgegen.

»Silber!« Kupfer rief nach mir, doch ich ignorierte ihn.

Die Geräusche eines Jägers waren fort. Er musste schnell verschwunden sein. *Warum auch immer ...*

Ich brach durch ein kahles Gebüsch und blieb abrupt stehen.

Meine Freunde, die mir gefolgt waren, krachten beinahe in mich hinein, blieben dann aber genauso angewurzelt stehen, als sie sahen, was ich gefunden hatte.

Vor uns, am Fuß eines kahlen Baumes, lag die Schneeleopardin, die wir schon kannten.

Sie lag auf der Seite, atmete stoßweiße. Um sie herum breitete sich langsam eine Blutlache aus.

Der Schnee war aufgewühlt und ihr weiß - schwarzer Pelz zerzaust. *Der Jäger hat sie gejagt!*

Erschrocken ging ich sacht auf die verletzte Kätzin zu. Als sie meine Schritte hörte, spitzte sie die Ohren. Aus ihrer Kehle erklang ein gurgelndes Knurren und sie versuchte, den Kopf zu heben. »Ganz ruhig«, bellte ich sanft, als ich in ihr Sichtfeld trat. Die Augen der Raubkatze weiteten sich, als sie mich sah.

Zögerlich trat ich näher und kauerte mich vor die Leopardin. Diese bewegte ihre großen Pfoten, als wollte sie mich schlagen, wirbelte damit aber nur kraftlos den Schnee auf.

»Du schon wieder! Verschwinde!«, zischte sie und wollte das Maul zu einem Kreischen öffnen, fing jedoch an zu husten und Blut zu spucken.

Ihr Körper erzitterte, als sie sich ein wenig beruhigte. Ihre glasigen blauen Augen schauten mich erschüttert an, als wäre ihr schlagartig etwas klar geworden. »Ich sterbe ...«

»Nein, du stirbst nicht!«, versicherte ich ihr rasch und suchte nach der eigentlichen Verletzung.

Aus ihrer Brust klaffte ein tiefes Loch, Blut sickerte unaufhörlich heraus. *Dort muss der Donnerstock sie getroffen haben!*

Auf einmal spürte ich Fell neben mir. Ich drehte den Kopf und sah Klee mit entsetztem Blick auf die sterbende Kätzin sehen. Auch die Schneeleopardin hatte ihn gesehen.

»Wolf ...« Die Leopardin sah erst ihm und dann mir flehend in die Augen. Sie versuchte, den Kopf zu heben, er war aber zu schwer. Mit einem Stöhnen fiel sie zurück auf den Boden.

»Ich ... lag falsch ...«, hauchte sie, während sie mich weiterhin ansah. Ihr Blick schien erkennend, als würde ihr etwas bewusst werden. Da fixierte sie Klee.

»Du hast dich ... entschuldigt ... und diese Entschuldigung ... war aufrichtig. Du ... bist aufrichtig. Ihr beide und eure Freunde ...« Ihre Stimme war gurgelnd, als würde sie innerlich in ihrem eigenen Blut ertrinken. »Ich weiß, ihr ... seid gut ...«

»Keine Angst, wir werden dir helfen!«, flüsterte Klee mit bebender Stimme. Leider hörte ich ihm an, dass er keine Hoffnung mehr hatte. Ich jedoch hatte noch welche.

Ich konnte einfach nicht zulassen, dass noch jemand wegen den Nachtfürchtern starb. Hektisch häufte ich den Schnee vor ihrer Brust an und drückte es auf ihre Wunde.

Doch die Kätzin schüttelte leicht den Kopf. »Nein ... ich gehe ... aber ... ihr müsst ...« Ihre Augen waren so glasig, dass ich mein Spiegelbild in ihnen erkennen konnte. Mir war selbst klar, dass wir ihr nicht helfen konnten.

Ein Donnerstock tötet jedes Tier ...

Das hatte Eisblitz mich gelehrt.

Trotzdem wollte ich nicht, dass diese Wildkatze starb.

Ich wusste nicht warum, eigentlich sollte es mir vollkommen egal sein, aber ich hatte das Gefühl, eine Bindung zu ihr aufgebaut zu haben.

»Ihr müsst mir versprechen ... dass ihr auf Aluna aufpasst ... bitte ...« Ihr Flüstern klang verzweifelt. Verwirrt sah ich sie an.

Wer ist Aluna?

Ehe ich ihr allerdings antworten konnte, deutete sie unter großer Anstrengung, mit einem Kopfnicken zu einer Tanne, ganz in der Nähe.

»Ihr müsst ... sie beschützen ...« Da fielen ihre Augen plötzlich zu. Sie stieß einen kläglichen Seufzer aus, bevor ihre Flanken sich nicht mehr bewegten.

Nein! Entsetzt starrte ich sie an. »Schneeleopardin?«

Geschockt stupste ich sie an. Die Katze rührte sich nicht.

»Sie ist tot«, wimmerte Klee bedrückt neben mir.

Wie versteinert sah ich die Leopardin an. Warum hatte sie sterben sollen? Weshalb wollte der Mensch sie töten?

Wieso hat er es geschafft?

»Silber?« Kupfers Stimme ertönte leise an meiner Seite. Sowohl ich als auch Klee zuckten zusammen.

»Das solltet ihr euch ansehen.«

Wir beide erhoben uns etwas steif. »Was ist?«, fragte ich verwundert. Kupfers Miene war traurig, aber zugleich ratlos.

Er sah zu unseren Freunden hinüber. Als ich seinem Blick folgte, erstarrte ich. Meine Gefährten hatten einen Halbkreis gebildet. Um einen weiß - schwarzen Fellballen.

Aluna! Das ist ihr Junges!

Diese Erkenntnis traf mich wie ein Schlag ins Gesicht.

Wir sollen sie beschützen!

Ganz langsam traten Klee und ich zu der kleinen Gruppe.

»Sie wollte ihr Junges schützen«, seufzte Lesly mit einem betrübten Blick auf das winzige Geschöpf. »Deshalb ist sie nicht weggelaufen.«

Kurz blieb es still. Keiner wusste, was er sagen sollte.

Das Junge rührte sich nicht, aber ich erkannte, wie seine Flanken sich hoben und senkten. *Es lebt ...* Sie *lebt.*

Aluna musste ein Weibchen sein.

Was sollen wir mit einem Schneeleopardenjungen?

Die Mutter, von der ich noch nicht mal den Namen kannte, hatte uns gebeten, sie zu beschützen.

»Was machen wir denn jetzt?«, fragte Lenny leise in die Runde. Er sah sorgenvoll zu Boden.

»Wir können es nicht mitnehmen«, bellte Korn entschieden. Verwirrt spitzte ich die Ohren. »Was? Warum nicht?«

Der Rüde sah mich fest an. »Weil Schneeleoparden unsere größten Feinde sind!«

»Sie ist nur ein Junges!«, hielt Klee gegen diesen Vorwand. Er stand neben mir auf und sah Korn warnend an. Er war dabei gewesen, als die Leopardin uns gebeten hatte, dieses Geschöpf zu beschützen. Ich war froh, dass er dieses Versprechen mit mir halten wollte.

Schützend stellte ich mich über das winzige Lebewesen.

Auch in mir brodelte auf einmal heiße Wut.

»Wenn wir sie allein lassen, stirbt sie!«

Als ich das sagte, wusste ich auf einmal, warum ich plötzlich so aufgebracht war. Das kleine Fellbündel erinnerte mich an mich selbst. Ich hatte niemanden gehabt, als meine Mutter gestorben war.

Ich wusste bis heute nicht, was ich getan hätte, wenn Eisblitz mich nicht aufgenommen hätte.

Genauso müssen wir jetzt dieses Junge aufnehmen ... sie braucht eine Familie!

Eine tiefe Entschlossenheit breitete sich in mir aus.

»Wir werden Aluna mitnehmen!«, entschied ich.

»Wie bitte?«, fragte Korn ungläubig. »Das können wir nicht, sie würde die Reise nie überstehen, außerdem - «

Ich schnitt ihm das Wort ab. »Korn, du warst noch nie in so einer Situation! Ich weiß, wie es sich anfühlt, seine Familie zu verlieren! Ich weiß, wie dieses Junge sich fühlen würde, wenn sie neben ihrer toten Mutter aufwachen müsste!«

Mit einem entschlossenen Knurren fügte ich hinzu: »Wir. Nehmen. Sie. Mit!«

Weiches Fell presste sich leicht an meines und ich bemerkte, dass Klee sich unterstützend an meinen Pelz drückte.

Meine Freunde blickten mich unsicher an. Ich wusste, dass sie Zweifel daran hatten, ob das eine gute Idee war.

Mir war selber klar, dass es nicht leicht werden würde. Wir hatten einen langen Weg vor uns.

Ein Junges würde uns nur aufhalten.

Das ist egal. Diese Schneeleopardin braucht uns!

»Ich stimme Silber und Klee zu.« Kupfer trat einen Schritt vor und sah Korn in die Augen. »Auch ich weiß, wie es sich anfühlt, alleine zu sein. Dieses Junge soll nicht das gleiche

Leid erfahren.«

»Außerdem wäre es gegen den Eid«, warf Klee ein, mit einem besorgten Blick auf das kleine Fellbündel.

»Der Wolfseid sagt, wir dürfen keinen von unseren im Stich lassen.«

Korn verengte die Augen. »Diese Schneeleopardin ist aber keine von uns.«

Der Blick meines Bruders schnellte zu dem hellbraunen Rüden. »Na und? Willst du jetzt wirklich einfach abhauen und das Junge sterben lassen? Außerdem hat das Eisrudel uns ebenfalls aufgenommen, obwohl wir keine von euch waren. Du warst ein Sternenhüter dieses Rudels! Du müsstest das also verstehen!«

Ehe Korn darauf antworten konnte, schaltete sich Aurora ein. »Sollten wir uns nicht erst um die Mutter kümmern? Wir können sie nicht da liegen lassen.«

Beinahe flehend schaute sie uns Wölfe an.

»Ja. Du hast recht«, meinte Klee und nickte der Hündin zu.

»Wir graben ihr ein angemessenes Grab. Silber, kümmerst du dich in der Zeit um Aluna?« Fragend sah er mich an.

Ich nickte leicht. Keiner der anderen würde das tun.

Der Schildpattfarbene neigte sacht den Kopf, ehe er auf den Leichnam der Leopardin zu trottete.

Überall Blut ... Aluna darf hier nicht aufwachen!

»Ich bringe sie weg«, sagte ich zu Kupfer, der noch neben mir stand und Klee nachblickte. Er sah mich verwundert an.

»Ich bin nicht weit weg. Aluna soll nur nicht ihre tote Mutter sehen, wenn sie aufwacht.«

Der Goldene wandte sich zu Klee, der bei der Schneeleopardin kauerte. »Ich begleite Silber in den Wald. Ruf uns, wenn das Grab fertig ist.«

Mein Bruder sah von der Toten auf, sein Blick streifte meinen. Er nickte leicht.

Vorsichtig beugte ich mich über Aluna. Die kleine Leopardin zuckte mit den Ohren, als ich ihr Nackenfell berührte, um sie aufzuheben. Langsam schlossen sich meine Zähne um den kalten Pelz und ich erhob mich mit ihr wieder.

Die Kätzin hing schlaff in meinem Maul.

Wenn ich nicht die kleinen Atemwölkchen vor ihrem Maul gesehen hätte, wäre ich davon überzeugt gewesen, dass die Kleine tot war. *Dem Ewigen Rudel sei Dank, ist sie es nicht!*

Behutsam entfernte ich mich von meinen Freunden. Hinter mir hörte ich Kupfers Pfotenschritte.

Wir gingen nicht weit weg, nur ein paar Sprünge außer Sichtweite. Wir krochen unter eine schneebedeckte Tanne.

Ich legte Aluna sacht auf den Schnee und musterte sie. Nun war ihr Gesicht nicht mehr in einem Fellbündel versteckt, sodass ich ihren Kopf sehen konnte.

Sie hatte das gleiche schmale Gesicht und das kurze Fell, wie ihre Mutter. Außerdem das schneeweiße Fell und die schwarzen Flecken, die ihren Pelz sprenkelten.

Sie war schlank gebaut und ihre kleinen Pfötchen noch mit flauschigem Fell ausgekleidet.

»Das war die richtige Entscheidung.« Ich spürte Kupfers Pelz an meinem. Irritiert sah ich von Aluna auf.

»Was meinst du?«

Seine hellgrünen Augen leuchteten liebevoll. »Du hast die anderen überredet, Aluna mitzunehmen. Das war richtig.«

Ich seufzte leise. »Ihre Mutter hat uns darum gebeten …«

»Das hast du nicht nur wegen ihr gemacht«, erinnerte mich mein Gefährte. »Du hast es getan, weil Aluna dich an dich selbst erinnert hat, genauso, wie sie mich an mich selbst erinnert.«

Ich blickte ihm tief in die Augen, immer wieder aufs Neue verblüfft von seiner Gabe, in mich hineinzusehen.

»Aber ... wir kennen sie doch nicht mal ... außerdem halten wir die ganze Gruppe auf, wenn wir ...« Ich merkte, dass ich an meinem Entschluss zweifelte.

Kupfer stupste mich jedoch aufmunternd an. »Hey.«

Er beugte sich vor, sodass ich ihm in die Augen sehen musste. »Du bist gerade dabei, Aluna das Leben zu retten. Genauso, wie du mir das Leben gerettet hast.«

Ich schnaubte leise. »Das war etwas anderes, du - «

»Nein, war es nicht«, erwiderte Kupfer. »Wir müssen uns um dieses Junge kümmern, andernfalls wird es ...«

Ein klägliches Maunzen unterbrach den Wolf.

Erschrocken starrten wir beide auf das Junge, das anfing, sich zu rühren. »Sie wacht auf!«, hauchte ich panisch.

Was soll ich sagen?

Die Kleine drehte sich auf den Rücken, zuckte mit den Pfoten und schlug blinzelnd die Augen auf.

»Hallo, meine Kleine«, begrüßte sie Kupfer sanft, als die Schneeleopardin sich zu uns umdrehte.

Ich dachte, sie würde sich erschrecken und zurückweichen, aber zu meiner Überraschung sah sie uns mit schiefgelegtem Kopf fragend an.

Aluna hatte hellblaue Augen, die bei dem ganzen Weiß um sie herum, so stark leuchteten, wie die Kristalle am Kristallteich oder die in der Kristallhöhle.

»Ma ... Mama?«, maunzte die Kleine plötzlich.

Entsetzt zog ich die Luft ein. *Sie hat gerade zum ersten Mal die Augen geöffnet! Sie denkt, wir sind ihre Eltern!*

Ihre Mutter hatte nichts davon gesagt, dass Aluna gar nicht

wusste, wer ihre Eltern waren! *Sie muss erst vor ein paar Tagen geboren worden sein!*

Ahnungslos starrte ich das Junge an. *Was sollen wir denn jetzt machen?* Die Kleine würde noch nicht verstehen, dass ihre Mutter tot und wir sie aufgenommen hatten. Mit unbeholfenen Schritten kam die kleine Leopardin auf mich zu, ihre Augen strahlten mich an.

Als sie bei mir war, fing sie auf einmal an zu schnurren und presste sich dann auch noch an mein Bein.

Schnurrend rieb sie ihren kleinen Kopf an ihm.

Ich wollte zurückweichen, aber Kupfer hielt mich mit einem warnenden Blick auf.

Sie wird es nicht begreifen., laß ich in den hellgrünen Tiefen. *Lass ihr den Glauben, sie hätte eine Familie.*

Liebevoll schaute er erst Aluna und danach mich an.

Mein Herz machte einen Sprung, als mir klar wurde, was Kupfer damit sagen wollte.

Er wollte dieses kleine Schneeleopardenjunges mit mir zusammen aufziehen.

12. KAPITEL

»Ich hab´ Hunger!«, jammerte Aluna an meiner Seite.

Seit wir die kleine Kätzin gefunden hatten, waren schon einige Tage vergangen.

Korn hatte nach dem Begräbnis der Mutter schließlich eingesehen, dass wir das Junge mitnehmen mussten.

Auch die anderen waren einverstanden gewesen.

Von dem Tag an kümmerte ich mich um Aluna, mit Kupfer und Klee an meiner Seite. Sie halfen mir mit der Kleinen, so oft sie konnten. Ich war sehr froh, die beiden bei mir zu haben.

In manchen Augenblicken hatte es sich sogar schon so angefühlt, als wären wir eine echte Familie.

Besonders weil Aluna mir immer mehr ans Herz wuchs.

Sie war so winzig und süß und wenn ich ehrlich war, erinnerte sie mich an Moosröte.

Die Schneeleopardin war genauso wild und lebensfroh, wie der kleine schildpattfarbene Welpe.

Und mit jedem Tag fange ich an, sie mehr zu lieben ... wie meinen eigenen Welpen ...

»Hier, Aluna.« Kupfer riss mich aus meinen Gedanken.

Er stand vor mir und legte gerade einen Schneehasen vor den kleinen Pfötchen der Kätzin ab.

Es war Sonnenuntergang und wir hatten uns entschieden, die Nacht unter einer großen Tanne zu verbringen.

Lesly, Lenny, Korn und Kupfer waren jagen gewesen, während Aurora, Klee und ich auf Aluna aufgepasst hatten.

Nun war mein Gefährte von der Jagd zurückgekehrt.

»Ich kaue es dir vor, damit du es fressen kannst«, bellte der Goldene mit einem liebevollen Blick auf das Junge, das an meinem Bauch kauerte.

Ich hatte mich auf die Seite gelegt, damit Aluna sich an mich kuscheln konnte.

Da die Kleine noch nicht alt genug war, um festes Fleisch zu sich zu nehmen, musste einer von uns ihr das Fleisch zu einem Brei kauen, sodass sie es fressen konnte.

Milch hatten wir natürlich nicht.

Durch die dunklen Zweige der Tanne konnte ich die goldenen Strahlen sehen, die draußen den weißen Wald sprenkelten.

Inmitten der schützenden Äste war es etwas finsterer, jedoch gemütlicher, da die Zweige den eisigen Wind abhielten. Grüne Nadeln bedeckten den Boden, anstatt kaltem Schnee.

Ich lag am dicken Stamm und schaute Kupfer zu, wie er vor mir saß und das Fleisch für unsere Ziehtochter kaute.

Ziehtochter! Das war das erste Mal, dass ich Aluna so nannte. Das erste Mal, dass mir überhaupt der Gedanke kam.

Aber ist sie das nicht? Wir haben sie aufgenommen ... genauso, wie Eisblitz und Brise mich aufgenommen haben ... und sie sind meine Adoptiveltern ...

»Fertig!«, nuschelte Kupfer da und spuckte den Brei aus Fleisch vor Aluna auf die weichen Nadeln. Sie stürzte sich sofort darauf.

»Danke, Papa!«, maunzte sie mit vollem Maul.

Kupfer schien es gar nicht zu stören, dass dieses Schneeleopardenjunges ihn *Papa* nannte.

So wie er Aluna ansieht, scheint er sich darüber eher zu freuen!, dachte ich, als ich Kupfers zärtliches Lächeln sah.

»Keine Ursache, Aluna. Friss du nur schön, damit du kräftig wirst.« Sein grüner Blick glitt zu mir und er lächelte.

»Lesly, Korn und Lenny haben es geschafft, ein Rentierkalb zu erlegen.« Gerade als er das sagte, zitterten die Äste der Tanne und die drei Vierbeiner zerrten die große Beute unter den Unterschlupf. »Guter Fang!«, lobte sie Aurora, die zu ihnen geeilt kam. »Nicht schlecht«, stimmte Klee ihr zu.

Die drei Freunde zerrten das Kalb an den Stamm der Tanne und traten von ihm zurück. »Jetzt können wir uns wieder satt essen«, kläffte Lenny stolz.

Meine Freunde kauerten sich vor die Beute und fingen an zu fressen. Kupfer trottete zu ihnen, riss sich ein Stück ab und trug es zu mir. »Das können wir uns teilen«, schlug er vor, als er es vor mir ablegte.

Ich lächelte ihn dankbar an und nickte. »Ja, gerne.«

Der Rüde legte sich neben mich, sodass Aluna zwischen uns, und das Stück Fleisch vor unseren Schnauzen lag.

Während wir aßen, war es still. Jeder war mit Fressen beschäftigt, sogar Aluna hielt mal für einen Moment Ruhe.

Beim Fressen dachte ich über unsere bevorstehende Wanderung nach. In den letzten Tagen hatten wir den Wald durchquert und befanden uns nun am Anfang eines Bergkamms.

Er führte uns weiter der Sonne nach, jedoch war der Weg beschwerlich. Als wir uns vorhin hier, unter der Tanne, niederließen, hatte ich schon gesehen, dass es auf dem Bergrücken nicht viel Deckung gab. Außerdem führte uns dieser Weg zu hohen, steilen Bergen, die wir irgendwie überqueren mussten.

Das wird mit Aluna nicht einfach werden., überlegte ich, mit einem kurzen Blick auf das Junge, das neben mir noch genüsslich ihren Brei fraß. *Ich werde sie tragen müssen ... allein würde sie den Aufstieg nie schaffen.*

Nach dem Mahl war die Sonne beinahe untergegangen.

Die Abendröte tauchte den Himmel in ein blutiges Rot.

»Ich will das nächste Mal auch jagen gehen!«, miaute Aluna laut. Zwischen Kupfer und mir ließ sie sich ins Jagdkauern sinken und schlich ein paar Pfotenschritte über die Nadeldecke.

Es sah lustig aus, da sie ihr Hinterteil in die Luft streckte.

Plötzlich versteinerte sie und spannte ihre Hinterpfoten an. Aluna hatte sich an Klee angeschlichen, der fast neben uns saß, sich jedoch leise mit Aurora unterhielt. Er hatte uns den Rücken zugewandt und bis jetzt Aluna wirklich noch nicht bemerkt.

Ich hielt die Luft an, als Klee sich etwas bewegte. Zu Alunas Glück kauerte sich mein Bruder nur hin, ohne sich zu uns umzudrehen.

Die Kätzin zögerte nicht mehr. Mit einem erfreuten Schrei sprang sie Klee auf den Rücken, der erschrocken zusammen-fuhr. »Was zum … Aluna!«

Die Schneeleopardin fing an zu lachen und rutschte von dem Rücken des Wolfes. »Ich hab´ dich erschreckt!«, jubelte sie stolz und streckte ihre Brust.

»Oh ja«, stimmte Klee ihr zu. »Ja, das hast du.«

Der Schildpattfarbene stupste das Junge mit der Schnauze sanft an. »Das war wirklich sehr gut, Aluna. Ich habe dich nicht kommen gehört.«

Die Kätzin fing an, aus tiefster Kehle zu schnurren, und drehte sich zu Kupfer und mir um.

»Habt ihr gesehen?«, fragte sie aufgeregt. »Ich habe Klee erschreckt! Ich bin eine Jägerin!«

Kupfer erhob sich neben mir und auch ich rappelte mich auf die Pfoten. Wir beide trotteten zu Aluna hinüber.

»Für deinen ersten Versuch war das ziemlich beeindru-ckend«, lobte Kupfer das Junge.

»Du wirst einmal eine ausgezeichnete Jägerin werden«, fügte ich mit einem stolzen Lächeln hinzu. Liebevoll strich ich mit meiner Pfote über ihren Rücken.

»Du wirst eine lautlose Jägerin werden, mit deinen Samtpfoten«, bellte Lesly mit einem belustigten Blick auf die kleinen Pfötchen.

»Kann ich dann das nächste Mal mit euch jagen gehen?«, fragte Aluna mich hoffnungsvoll.

Ich schmunzelte. »Jetzt noch nicht, Aluna. Dazu musst du noch ein wenig wachsen.«

Die stolze Haltung der Leopardin schmolz dahin.

Enttäuscht und mit hängenden Schultern sah sie mich an.

»Aber ich bin doch schon so groß, wie Lenny!«, beschwerte sie sich. Das stimmte zwar wirklich, zu jung war sie dennoch.

Kupfer sprach meine Gedanken aus. »Da hast du recht, trotzdem bist du noch zu jung, um auf die Jagd zu gehen.«

Mit einem aufmunternden Lächeln schaute er das Junge an und fügte hinzu: »Na komm, wir gehen schlafen. Morgen wird ein anstrengender Tag.«

Die Kätzin verdrehte die Augen. »Das sagst du jeden Abend.«

Ich musste kichern, erwiderte belustigt: »Es stimmt aber immer. Also, lass uns schlafen gehen.«

Ich wachte an einem klaren Bach auf. Das sanfte Gurgeln hatte mich geweckt. Ein heller Wald erstreckte sich in alle Richtungen. Seit ein paar Tagen hatte ich traumlos geschlafen, nun war es anscheinend wieder so weit.

Ich war zurück im Ewigen Rudel.

Langsam rappelte ich mich auf, trat zum kleinen Bach und nahm ein paar Schlucke. Das Wasser war kühl, es erinnerte mich an die Sonnenzeit.

Mit tropfendem Maul hob ich den Kopf und sah mich um.

Niemand war zu sehen. Aber als ich schon dachte, ich wäre allein, kam auf einmal ein Wolf hinter einem Baum, am gegenüberliegenden Rand des Baches hervor. »Dorn!«, rief ich überrascht, da ich nicht mit ihm gerechnet hatte.

Der goldene Rüde sprang leichtfüßig über den Wasserlauf und setzt sich mit einem fröhlichen Lächeln vor mich. »Hallo, Silber. Wie geht es dir?«

Ich lächelte zurück. »Eigentlich … gut. Abgesehen von der Angst, wenn ich daran denke, meine Bestimmung zu erfüllen, natürlich.«

Dorn nickte verstehend. »Ja, jeder hat Angst davor, seinem Schicksal entgegenzutreten. Aber das ist nun mal unausweichlich.«

»Warum bist du hier? Wie geht es dir?«, fragte ich, als mir etwas einfiel. Ich sprach nicht mit Klees Vater, sondern mit einem ganz normalen Rudelwolf, der keinerlei Verbindung zu meinem Bruder hatte.

Dorn seufzte, als hätte er meine Gedanken gelesen. »Klee ist nicht mein Sohn. Das habe ich erst an dem Tag erfahren, an dem auch ihr es erzählt bekommen habt.«

Er schüttelte leicht den Kopf, als könnte er es nicht glauben. »Ich habe all die Zeitwechsel geglaubt, dieser schildpattfarbene Rüde wäre mein eigen Fleisch und Blut. Ich hätte nie gedacht, dass Blume mich so anlügen würde.«

Ich stieß langsam die Luft aus. *Das habe ich auch nicht.*

Dorn schmunzelte traurig, als er sich an das erinnerte, was er mir bei unserer ersten Begegnung im Ewigen Rudel gesagt hatte. »Und ich habe dir noch erzählt, du würdest die Mutter seiner Welpen werden! Dabei bist du seine Schwester.«

Wieder fing er an, den Kopf zu schütteln. »Ich liebe Klee, wie meinen eigenen Sohn, ob leiblich oder nicht. Oh, na warte Blume. Ich werde dir einen gehörigen Besuch abstatten.«

Ein Kichern entfuhr mir, auch wenn ich mir vorstellen

konnte, wie wütend Dorn auf seine ehemalige Gefährtin sein musste. »Na ja, deshalb bin ich aber eigentlich gar nicht hier.«

Der große Wolf räusperte sich. »Ich soll dich abholen und zur Felswand begleiten.«

Überrascht spitzte ich die Ohren. »Felswand? Aber die ist doch - «

»Weg«, beendete Dorn meinen Satz und nickte. »Ja. Es gibt keine Grenze mehr. Die Ahnen vom Nacht - und Eisrudel leben nun zusammen.«

Ein Grinsen stieg auf meinem Gesicht auf, während wir den Weg zur ehemaligen Grenze einschlugen.

Also haben sich Schneesturm und Blütenwind wieder vereint! Ich freute mich für die zwei und für alle Vorfahren.

»Seid ihr jetzt ein Rudel?«, fragte ich Dorn hoffnungsvoll. Der Sternenhüter neigte mit einem kleinen Lächeln das Haupt. »Ja, das sind wir. Es ist zwar noch nicht offiziell gemacht worden, aber wir leben bereits zusammen. Wir waren von Anfang an dazu bestimmt, ein Rudel zu werden. Siehst du? Selbst das Ewige Rudel hat ein Schicksal, und durch dich hat es sich erfüllt. Aus zwei Rudeln wurde eines, das schon immer zusammengehörte.«

Ich lächelte, weil mir klar wurde, dass ich etwas sehr Gutes auf der Felswand getan hatte.

Dorn sah mich von der Seite her an, während wir weiter durch den hellen Wald schlenderten.

»Ich bin wirklich sehr froh, dass du dich mit deinen Eltern vertragen hast. Nebel und Löwe sind jetzt viel glücklicher.«

Ich erwiderte den Blick des Wolfes. »Ich glaube, ich habe verstanden, warum sie mich angelogen haben.«

Dorn nickte verstehend, aber ehe er etwas dazu sagen konnte, erschreckte mich eine eisige Brise.

Verwirrt schaute ich nach vorn und entdeckte hinter ein paar Bäumen, die uns noch im Weg standen, die Eislandschaft.

»Wir sind da«, verkündete Dorn mit einem Blick nach vorn. Wir passierten den Waldrand und waren nun am Rand der Sonnenzeit angekommen. So fühlte es sich jedenfalls an. Nur ein paar Sprünge weiter fing die kalte Schneezeit an.

Direkt an der Grenze, wo Gras und Schnee sich trafen, saßen vier Wölfe. Ich erkannte das leuchtende Fell von Schneesturm.

Blütenwind saß neben ihm und Nebel und Löwe kamen mir entgegen. »Hallo, Silber!«, begrüßte mich mein Vater erfreut und stupste seine Schnauze kurz an meine.

Auch Nebel drückte ihre Nase fröhlich an meine. »Wie geht es dir?«, fragte sie mit einem glücklichen Funkeln in den hellblauen Tiefen.

Sie scheint wirklich sehr glücklich darüber zu sein, dass ich ihr verziehen habe ...

»Mir geht es gut«, antwortete ich mit einem kleinen Lächeln.

»Sei gegrüßt, Silber.« Blütenwind und Schneesturm waren von der Grenze aus zu uns getreten.

Die Gründerin des Nachtrudels neigte den Kopf.

Ich verneigte mich tief. »Sei gegrüßt, Blütenwind. Hallo Schneesturm.«

Nach kurzem Zögern allerdings, fragte ich voller Neugier: »Warum bin ich hier?«

»Weil wir etwas zu verkünden haben«, antwortete Nebel mit einem feierlichen Unterton.

»Und da du an dieser Sache beteiligt warst, wollten wir, dass du ebenfalls dabei bist«, fügte Löwe hinzu. Er lächelte mich stolz an. Ich sah verwirrt zurück, doch ehe ich etwas fragen konnte, nickte mein Vater zu Blütenwind.

Als ich seinem Blick folgte, hob die Gründerin des Nachtrudels den Kopf zum Himmel und heulte kraftvoll. Nach ihr erhob Schneesturm sein Haupt. Auch er jaulte laut.

Ich wusste nicht, was das zu bedeuten hatte, aber es klang wie ein Ruf oder ein Befehl …

Da raschelte es auf einmal hinter uns im Gebüsch.

Erschrocken zuckte ich zusammen und drehte mich um.

Erstaunt riss ich die Augen auf. Aus dem grünen Unterholz traten Wölfe. *Viele* Wölfe. So viele, dass ich nicht glaubte, sie zählen zu können. Sie traten aus den Büschen am Rand des Waldes, kamen aus den Schatten der Bäume hervor und setzten sich zu uns. Die meisten kannte ich nicht, aber einige Gesichter waren mir vertraut. So entdeckte ich hinter einem großen bläulichen Rüden Fuchs und Sonnenschein und zwischen ihnen Moosröte.

Ganz in der Nähe erspähte ich Diamant und Wurzel. Nicht weit von ihnen erkannte ich Abendlicht, Drossel und Zweig. Weide saß am Waldrand bei Eis.

Fast am Rand der Versammlung sah ich Farn und Reh, die mit Funke und Bach zusammensaßen. Neben einer Eiche am Waldrand entdeckte ich Rabe und Schneeflocke.

Rauch kam aus der Menge der Tiere und setzte sich zu Blütenwind, nachdem sie mir ein freundliches Nicken geschenkt hatte.

Sonst waren mir die Wölfe fremd. Und das waren sehr viele. Der ganze Wald schien voll von Wölfen mit Nebel an ihren Pfoten.

Aber auf einmal hörte ich auch vor mir Geräusche.

Knirschen im Schnee.

Überrascht sah ich nach vorn und erkannte, dass aus der Eislandschaft ebenso unbeschreiblich viele Wölfe traten.

Von ihnen kannte ich fast niemanden.

Da jedoch erhaschte ich einen Blick auf Eissplitter und Flammenschnee, die nahe bei Schneesturm saßen. Und neben ihnen, ich konnte es kaum glauben: Tropfen.

Ich hatte niemals damit gerechnet, ihn wiederzusehen, doch nun glänzte sein Fell und er leuchtete hell von innen.

Schneesturm und Eissplitter haben ihn aufgenommen, obwohl er einen Fehler gemacht hat. Aber sie haben ihm diesen verziehen! Das ist wunderbar!

Ein erfreutes Lächeln wuchs auf meiner Miene, als ich versuchte, Tropfens Blick auf mich zu lenken.

Leider bestaunte er nur die Ansammlung von Wölfen um ihn herum. Seine Augen schweiften nicht einmal über mich.

Ich werde noch Gelegenheit bekommen, mit ihm zu reden ... er war ein Freund und das ist er auch weiterhin. Egal, was vor seinem Tod geschehen ist ...

Bussard suchte sich einen Weg durch seine Gefährten, bis er neben Schneesturm stand.

Mir kam es vor, als wären das ganze Ewige Rudel und alle Schneegeister hier versammelt.

Als ich Nebels Augen auf mir spürte und sie ansah, verstand ich, dass es wirklich so war.

Das ist unglaublich! Vor mir glitzerten tausende Pelze im kalten Eis und hinter mir saßen unzählbar viele Wölfe, mit Nebelschwaden an den Beinen.

Ich fühle mich so beobachtet! Von so vielen leuchtenden Augen war ich in meinem ganzen Leben noch nicht angesehen worden.

»Wölfe des Nachtrudels!« Blütenwind hatte ihre Stimme erhoben und sprach nun zu den Wölfen am Waldrand.

»Freunde des Eisrudels!« Auch Schneesturm jaulte zu seinen Gefährten. »Kommt näher!«, bat die Gründerin des Nachtrudels ihre Freunde. Sie bedeutete ihnen mit einem Schwingen ihrer Rute, dass sie an den Rand des Grases treten sollten, dorthin, wo der Schnee begann.

Die Wölfe des Ewigen Rudels traten alle langsam an den Rand der Wiese.

»Kommt auch ihr herbei!«, rief Schneesturm seinen Gefährten zu. Die Schneegeister trotteten an den Rand des Schnees, sodass die zwei Rudel einen Halbkreis um uns formten.

Das sind so viele! Ich konnte immer noch nicht glauben, dass ich inmitten so vieler Wölfe stand. Egal wohin ich schaute, ich sah nur Nebelschwaden oder glitzernde Pelze.

Die Ahnen hatten sich nun so niedergelassen, dass Schneesturm und Blütenwind nicht mehr mit dem Rücken zu einander stehen mussten.

Die zwei saßen dicht beieinander, hatten ihre Köpfe stolz erhoben.

»Seid gegrüßt, Schneegeister.« Blütenwind neigte respektvoll den Kopf vor den glitzernden Wölfen.

»Hallo, Wölfe des Ewigen Rudels«, begrüßte sie ihre eigenen Nachfahren. »Ein paar von euch werden es sicher schon gehört haben, aber für die, die nicht wissen, weshalb wir alle hier versammelt sind: Die Felswand ist gefallen. Die Grenze zwischen dem Ewigen Rudel und den Schneegeistern wurde ausgelöscht. Und das aus einem bestimmten Grund.«

Ihre hellgrünen Augen strahlten glücklich, als sie erklärte, was vor hunderten von Zeitwechseln geschehen war.

Zum Schluss erzählte sie den Wölfen, wodurch die Felswand verschwunden war.

Mit stolzer, lauter Stimme endete sie: »Deshalb haben Schneesturm und ich entschieden, dass wir von diesem Tage an ein Rudel sind! Eine Gemeinschaft, die zusammen über ihre

Liebsten wacht! Wir haben die gleichen Wurzeln! In uns allen fließt dasselbe Blut.«

Sie machte eine kurze Pause, in der es mir so schien, als würde sie allen anwesenden Wölfen in die Augen sehen.

»Wir waren immer dazu bestimmt, ein Rudel zu sein! Lasst uns heute gemeinsam die Geburt des *neuen* Ewigen Rudels feiern!«

Einen Herzschlag blieb es still, dann jedoch brach die Menge in Jubelrufe aus. Auch ich heulte mit. Genauso, wie Löwe, Nebel und Schneesturm.

Es war einfach unvorstellbar, dass diese beiden Rudel so lange getrennt voneinander gelebt hatten. Durch eine Felswand voneinander abgeschnitten.

Abrupt brach das Geheul ab. Als ich die Augen verwirrt öffnete, stellte ich fest, dass ich aufgewacht war.

Ich spürte kalten Schnee unter meinem Körper, außerdem war es auf einmal eiskalt. Vor meinen Augen blitzte plötzlich ein hellblaues Augenpaar auf. Überrascht hob ich den Kopf.

Es war noch Nacht. Die kalten Sterne, sowie der große Mond, strahlten auf uns herab. Meine Gefährten schliefen ruhig um mich herum, aber Aluna stand vor mir.

»Mama!«, jammerte sie mit aufgerissenen Augen.

»Was ist denn passiert?«, fragte ich, schlagartig besorgt. Die Kleine zitterte wie Espenlaub. »Ich hatte einen bösen Traum!«, wimmerte sie ängstlich, ehe sie zu meinem Kopf getappt kam und sich an meine Halsbeuge schmiegte.

»Oh, keine Angst, meine Kleine«, versuchte ich sie zu beruhigen und drückte mich an ihren winzigen Körper.

»Es war nur ein Traum. Der ist jetzt vorbei.« Aluna presste sich fest an mich. »Ich muss bei dir bleiben!«, rief sie verängstigt. »Natürlich«, flüsterte ich. »Du bleibst bei mir. Du kannst hier schlafen, dann brauchst du keine Angst zu haben. Ich werde dich beschützen, versprochen.«

Das Junge fing zögerlich an zu schnurren. »Danke, Mama.« Ich zog das Haupt zurück, um der Kleinen in die Augen zu schauen. »Kein Problem, Aluna.«

Kurz leckte ich ihr über die Ohren, während die Kätzin laut schnurrte. Danach rollte sie sich an meinem Hals zusammen und legte ihren Kopf auf eines meiner ausgestreckten Vorderbeine. »Gute Nacht«, miaute die Schneeleopardin.

»Schlaf gut, meine Kleine. Keine Sorge, nun kannst du einschlafen.« Ich legte den Kopf neben ihren kleinen Körper und schloss die Augen.

Es fühlte sich gut an, ihr weiches Fell zu spüren. Irgendwie sicher. *Ich weiß, dass es ihr gut geht. Deshalb.*

Ich hatte selber Angst gehabt, als ich meine Mutter verloren hatte. Nun einem anderen Tier, dem das gleiche Schicksal widerfahren war, helfen zu können, war angenehm … beruhigend. Ich fühlte mich gut dabei.

Ich tue das Richtige.

Da spürte ich auch schon, wie Alunas Flanken sich gleichmäßig hoben und senkten. *Sie ist schnell eingeschlafen ... das sollte ich auch tun.*

Das Junge hatte mich aus einem wichtigen Traum gerissen. Mit etwas Glück konnte ich, wenn ich nun einschlief, wieder dort sein.

Also schloss ich die Augen, entspannte mich und lauschte auf den gleichmäßigen Atem des Jungen neben mir.

Der Wind rauschte in den kahlen Bäumen über uns.

Eine Eule krächzte von einem Ast in der Nähe.

Plötzlich knackte ein Zweig.

Mit einem Ruck schoss mein Kopf in die Höhe. Die Kätzin

schlief weiter, bekam von meinem Schreck nichts mit.

Mit gespitzten Ohren sah ich mich um. Mein Puls erhöhte sich, als ich mir vorstellte, ein Eisbär könnte uns attackieren.

Aber alles blieb still. Nichts regte sich in den dunklen Schatten außerhalb der Tanne. Ich hob die Schnauze in die Luft. *Eis... Schnee... und...*

Ich erstarrte. Ein Geruch, der mir unbekannt war.

Irgendein Tier muss sich hier herumschleichen ...

Irgendein Tier, das ich nicht kannte.

Unsicher sah ich mich zu meinen Freunden um. Sollte ich sie wecken? Kupfer lag dicht neben mir. Er schlief friedlich, genauso wie Aluna.

Wahrscheinlich ist es nur irgendein Beutetier ...

Mit diesem Gedanken legte ich den Kopf wieder ab und versuchte, einzuschlafen.

Ich schlief traumlos. Es kam mir vor, als wäre nur ein Herzschlag vergangen, bevor ich die Augen erneut öffnete.

Helles Licht blendete mich, weshalb ich heftig blinzelte. Ich hob den Kopf, kniff die Augenlider wegen dem Lichtstahl zusammen. Die Sonne war aufgegangen. Sie strahlte durch die dichten Zweige auf mich herab und ließ mich in einem goldenen Teich baden.

Um mich herum lagen noch immer meine Gefährten und schliefen. Ich stand auf, streckte mich und gähnte ausgiebig. Da fiel mir erst auf, dass irgendetwas fehlte.

Aluna!

Die kleine Schneeleopardin lag nicht mehr bei mir.

Mit aufsteigender Panik drehte ich mich um mich selbst.

Doch alles, was ich sah, war Schnee und Eis.

Das Junge war verschwunden.

»Kupfer?« Ich wollte meinen Gefährten anstoßen, um ihn zu

fragen, ob er wusste, wo die Kätzin war, doch er war auch weg. Entsetzt erinnerte ich mich an den knackenden Zweig und den fremden Geruch.

Ist es doch ein gefährliches Tier? Hat es etwa jetzt ...?! Nein! Das durfte ich nicht denken!

Aber... wo sind sie?

Mit schmerzendem Magen eilte ich aus unserem Versteck. Kalter Wind begrüßte mich.

Schnell hielt ich die Nase in die Luft und schnupperte.

Kupfers und Alunas Geruch war schal.

Sie mussten uns schon in der Nacht verlassen haben.

Nachdem ich eingeschlafen bin ...

Aber wo waren sie hingegangen? Hatten sie unseren Schlafplatz überhaupt freiwillig verlassen?

Mit klopfendem Herzen rannte ich in den Wald hinein, folgte ihren Duftspuren.

»Kupfer!«, heulte ich mit schrecklichen Vorstellungen im Kopf. *Er geht doch nicht einfach so weg ...*

Was wenn ... was wenn ihnen doch etwas zugestoßen ist?!

Panisch streifte ich schneebedeckte Sträucher. Spüren tat ich sie nicht. Ich war so von Angst erfüllt, dass ich wild ihre Namen rief: »Aluna! Kupfer!«

Immer noch hatte ich den nächtlichen, fremden Geruch im Kopf. *Was, wenn sie irgendjemand entführt hat?!*

Mir wurde so schlecht, dass ich befürchtete, mich übergeben zu müssen. *Ihnen darf auf keinen Fall etwas passiert sein!*

Der kalte Wind peitschte mir ins Gesicht, ließ meine Augen vor Kälte brennen, mein Fell in alle Richtungen abstehen.

So abrupt, als würde ich gegen einen Baum rennen, blieb ich stehen.

Direkt vor mir raschelte es plötzlich im Gebüsch. Ich wollte erschnuppern, wer sich mir näherte, aber meine Nase witterte nur noch Eis und Schnee.

Was, wenn das der Träger des unbekannten Geruchs ist?

Dann würde ich ihn zur Rede stellen! Und ihn fragen, wo er meinen Gefährten und das Junge hingebracht hatte!

Kampfbereit zeigte ich die Lefzen und legte zornig die Ohren an. »Zeig dich! Ich weiß, dass du da bist!«, rief ich dem zitternden Busch zu.

»Warum so wütend?«, fragte da eine sehr vertraute Stimme. Überrascht starrte ich das Gestrüpp an, als Kupfers Kopf durch die Äste drang. Er trottete heraus.

Aluna sprang hinter ihm hervor, ein Vogel baumelte aus ihrem kleinen Mäulchen.

Entsetzt sah ich die beiden an. Ich konnte nicht verstehen, weshalb sie so unverletzt und gut gelaunt aussahen.

Sie waren verschwunden gewesen …

»Wo, beim Ewigen Rudel, wart ihr?!«, brauste ich auf, als mir klar wurde, dass ich umsonst beinahe einen Herzinfarkt bekommen hatte.

»Aluna, wo hast du den Vogel her?«, fragte ich die Kleine, bevor Kupfer antworten konnte. Die Schneeleopardin strahlte mich glücklich an. »Ich habe ihn gefangen!«, maunzte sie durch die Federn hindurch. Verwirrt schaute ich erst sie und dann Kupfer an.

»Ist das … ist das wahr?« Der goldene Rüde nickt mit einem stolzen Lächeln. »Ja. Aluna wollte so gerne auf die Jagd, da dachte ich, ich gehe mit ihr etwas fangen. Und tatsächlich, sie hat Beute gemacht.« Stolz streckte Aluna die Brust heraus.

Sie waren jagen?!

»Warum hast du mir nichts gesagt?«, fragte ich Kupfer vorwurfsvoll, ohne auf das glückliche Junge zu achten.

»Ich hätte beinahe einen Herzinfarkt bekommen! Du kannst doch nicht einfach abhauen, und dann auch noch Aluna mitnehmen, ohne mir etwas zu sagen! Außerdem hätte ihr wer weiß was, passieren können! Sie hätte …«

»Silber!« Beschwichtigend trat Kupfer einen Schritt vor. »Du hast so friedlich geschlafen, da wollten wir dich nicht aufwecken«, erklärte er sanft, genau vor meiner Schnauze.

»Zudem bin ich ein ausgesprochen guter Beschützer, das muss dir doch inzwischen aufgefallen sein, oder?«

Bei dieser Frage musste ich schmunzeln. Entnervt verdrehte ich die Augen. »Natürlich, aber …«

»Siehst du?«, unterbrach er mich mit einem Grinsen. »Ich habe gut auf unsere Tochter aufgepasst.«

Erstaunt spitzte ich die Ohren. *Das ist das erste Mal, dass er sie* Tochter *nennt!*

Ich räusperte mich, da es ungewohnt war, diesen Namen zu hören. »Na gut …«

Ich vergaß meine Wut. Das war bei Kupfers liebevollem Lächeln auch nicht schwer. Ich wandte mich an Aluna.

»Hast du den Vogel wirklich ganz allein gefangen?«

Die Leopardin nickte wild. »Ja. Kupfer hat mir gezeigt, wie ich mich anschleichen soll und dann hat es sofort geklappt!«, antwortete sie, nachdem sie ihre Beute in den Schnee gelegt hatte. Es war ein sehr kleiner Vogel, aber für das Junge war es ein großer Fang.

»Bei deinen Samtpfoten ist es kein Wunder, dass du die Beute gekriegt hast«, meinte Kupfer mit einem bewundernden Blick. »Ich würde meine Reißzähne geben, um so leise Pfoten zu haben.«

Die Kleine streckte stolz die Brust, ihre blauen Augen leuchteten. »Wenn das so ist, herzlichen Glückwunsch«, bellte ich und rieb meine Schnauze an ihrer Seite. Aluna fing an, heftig zu schnurren. »Ich bin stolz auf dich«, murmelte ich an ihrem Ohr. Die Leopardin strahlte, wie die Sonne.

»Ich wusste, ich bin bereit, auf die Jagd zu gehen!«, rief sie und sprang aufgeregt um mich herum. »Ich bin eine Jägerin!«

Kupfer und ich kicherten. »Das bist du in der Tat«, stimmte der junge Rüde der Kleinen zu.

»Ich denke, wir sollten jetzt zurückgehen«, meinte ich schmunzelnd. »Schließlich sollen doch alle deinen Fang begutachten, oder Aluna?«

Die Kätzin blieb stehen, grinste mich an und nickte. »Ja, das sollen sie!« Aufgeregt sprang sie voraus.

»Hey, willst du deine Beute nicht mitnehmen?«, rief Kupfer ihr nach. Sofort drehte das Junge um und kam erneut angelaufen. »Natürlich!«, maunzte sie und nahm den Piepmatz zwischen die Zähne. Wieder sauste sie voraus.

Ein ungutes Gefühl breitete sich in mir aus, als ich sie in den Büschen verschwinden sah. Gerade wollte ich ihr nachrufen, dass sie zurückkommen sollte, aber Kupfer hielt mich mit einem verständnisvollen Blick auf.

»Mach dir keine Sorgen, Silber. Sie weiß den Weg zurück.«

Ich sah ihn zweifelnd an. »Woher willst du das wissen?«

Nun, wo ich allein mit meinem Gefährten war, stieg die Wut wieder auf. »Außerdem, warum hast du Aluna in den Wald gebracht, ohne mich zu fragen? Ich wäre beinahe *gestorben* vor Angst!« Zornig starrte ich ihn an, während wir uns auf den Rückweg machten.

Ich dachte, der Rüde würde meinen Ärger belächeln, doch er war auf einmal ernst. Seufzend legte er die Ohren an.

»Ja … es tut mir leid. Ich … ich hätte wissen sollen, welche Sorgen du dir um uns machst.« Da schlich sich jedoch ein schelmisches Lächeln auf sein Gesicht. »Aber ich wusste doch nicht, wie viel ich dir bedeute.«

Verärgert rempelte ich ihn an, empört über diese Aussage. »Du bedeutest mir *alles*, verstanden?«, knurrte ich wütend, ohne zu begreifen, was für eine Bedeutung diese Worte hatten.

Da blieb Kupfer still, grinste nur übers ganze Gesicht.

Verwirrt sah ich ihn. Warum schaute er so glücklich aus? Da erst realisierte ich, was ich gesagt hatte. Beschämt legte nun ich die Ohren an. »Oh … äh … ich … äh …«

Ich wusste nicht, was ich sagen sollte, obwohl es die Wahrheit war. Dieser goldene Wolf, der neben mir lief, bedeutete mir *alles*. Er war mein Gefährte, mein Seelenverwandter, meine Familie, mein zukünftiges Leben.

Ohne ihn wäre mein Leben vorüber, weil ich dann keine Zukunft mehr hätte.

Kupfer blieb stehen. Ich schluckte schwer.

Er wusste, dass ich ihn liebte, aber so etwas hatte noch nie einer von uns gesagt.

Mein Gefährte blieb lange still, sah mich nur an.

Mir war die Ruhe unangenehm. Ich hatte keine Ahnung, was ich bellen sollte, auch wenn ich meinte, was ich gesagt hatte.

»Das hast du noch nie gesagt«, stellte er dann fest.

Seine Stimme war leise, beinahe ein Flüstern. Er lächelte sein liebevolles Lächeln, während seine Augen sanft strahlten.

»Na ja …« Ich war mir weiterhin unsicher, was ich erwidern sollte, doch ich versuchte es: »Es … ist die Wahrheit.«

Sein Lächeln verwandelte sich in ein glückliches Grinsen.

Er trat so nah an mich, bis unsere Schnauzen sich fast berührten. »Du bedeutest mir ebenso *alles*, Silber«, gestand er plötzlich mit ernstem Ton. »Du bist meine Gefährtin, meine Lebensretterin, mein *Leben*. Ohne dich wäre ich schon lange nicht mehr hier. Nicht mehr bei *dir*.« Seine Stimme klang so ehrlich und aufrichtig, dass mir ein Schauer über den Rücken lief, als ich erkannte, wie viel auch ich ihm bedeutete.

»Ich habe es dir zu verdanken, eine Zukunft zu haben. Dass *du* meine Zukunft sein wirst. Ich …«

Er brach auf einmal ab, zog tief die eisige Luft ein. Verlegen sah er kurz zu Boden, ehe er den Atem wieder ausstieß und mir fest in die Augen sah. In seinen grünen Tiefen lag nur eins: echte und unerschütterliche Liebe. Zu mir.

Ich hätte heulen können, als ich seinen liebevollen Blick sah. »Ich liebe dich, Silber. Und ich will, dass du meine Zukunft bist. Dass wir zusammenbleiben, für immer und ewig.«

Tränen bildeten sich, bei diesem rührenden Geständnis, in meinen Augen. Tränen der Freude.

Kupfer schmunzelte, als er die Nässe sah, die in meinen Tiefen glitzerte. Ich blinzelte und die Tränen traten über.

Kichernd wischte er sie mit seiner weichen Zunge ab.

»Ich will dich nur eine Sache fragen«, hob er an, als meine Augen nicht mehr feucht waren.

Ich hatte keine Vorstellung, was kommen könnte. Keine Ahnung.

»Willst du dich mit mir verbinden?«

13. KAPITEL

Entsetzt starrte ich ihn an. Unfähig, mich zu rühren. Ich hätte mit allem gerechnet. Aber nicht damit.

Woher weiß er überhaupt ... er war bewusstlos, als die Hunde uns das erzählt haben!

Wie konnte er die Bedeutung dieser Frage dann wissen?

Kupfer grinste belustigt, als er meinen irritierten Blick sah.

»Aurora hat es mir erzählt. Sie sagte schon, dass sie es euch auch erklärt hat.«

Ich war noch immer sprachlos.

Dieser Wolf, dieser junge, goldene Rüde, mit dem ich nun schon so viel erlebt hatte, der mich so mochte, wie ich war, der seine Freiheit für mich aufgeben wollte, fragte mich jetzt, ob ich den Rest meines Lebens mit ihm verbringen wollte?

Erneut ließen Tränen mein Blickfeld verschwimmen.

Ein ungläubiges Wimmern entschlüpfte meiner Kehle. »Ja.«

Eine andere Antwort gab es nicht. »Natürlich!«

Mit einem freudigen Winseln schmiegte ich mich fest an ihn.

Bei dieser Berührung durchzuckte mich plötzlich eine brennende Hitze. Erschrocken wich ich zurück. Kupfer schaute ebenfalls verwirrt drein. »Hast du das gespürt?«, fragte ich, als die Wärme so schnell verschwand, wie sie gekommen war.

Der Goldene nickte irritiert. »Ja. Eine feurige Hitze.«

Ein Grinsen ersetzte da seine Verwunderung. »Vielleicht ist es, weil wir jetzt verbunden sind!«

Auch ich fing an zu schmunzeln, da mir diese Idee sehr gefiel. »Das kann gut möglich sein.«

»Ich liebe dich, Silber«, bellte Kupfer wieder.

Ich lächelte liebevoll. »Ich liebe dich auch. Für immer und ewig.«

»Wir haben uns schon Sorgen gemacht!«, begrüßte uns Aurora, als wir aus dem Wald traten. Die Hunde, Korn, Klee und Aluna saßen außerhalb der Tanne und hatten suchens ins Unterholz geblickte. Die Reste des Rentierkalbs neben ihnen.

Erleichtertes Seufzen war zu hören, als sie uns aus dem Gestrüpp treten sahen.

»Mutter, Vater!« Aluna kam mit vor Angst geweiteten Augen angelaufen. Ihr Vogel lag auf dem kalten Schnee, unberührt.

»Ich dachte, ihr wärt weg!«, rief das Junge ängstlich.

Ich beugte mich mit liebevollem Lächeln zu ihr und leckte ihr Gesicht ab. »Nein, Aluna. Wir würden dich niemals allein lassen.«

Diese Schneeleopardin ist mein Junges. Unser *Junges.*

»Dazu haben wir dich viel zu lieb«, stimmte Kupfer mir zu und rieb seinen Kopf sanft an dem kleinen Körper. Die Leopardin schnurrte laut.

»Wo wart ihr?«, wollte Lesly wissen, die mit den anderen zu uns getreten kam. Ich sah in die Runde und antwortet ehrlich: »Wir haben … etwas besprochen.«

»Besprochen?«, wiederholte Korn mit irritiertem Gesichtsausdruck.

»Ist doch egal«, meinte da Klee. Mein Bruder sah mich mit einem wissenden Schmunzeln an. Er wollte unsere Freunde ablenken. Ich hatte keine Ahnung wie, aber er wusste es.

Er kennt mich einfach zu gut …

»Wichtig ist doch allein, dass unsere kleine Aluna hier, ihre erste Beute erlegt hat.«

Mit einem neugierigen Funkeln in den Augen trat Klee zu dem Jungen und fragte: »Willst du uns nicht erzählen, wie du das geschafft hast?«

Zu uns Freunden gewandt, fügte er hinzu: »Dabei können wir doch alle fressen. Es gibt noch etwas von dem Rentierkalb. Aluna isst selbstverständlich ihre eigene Beute.«

»Ja!«, maunzte die Leopardin aufgeregt und eilte zu dem Vogel und dem Kalb.

Unsere Freunde folgten ihr, während ich Klee einen dankenden Blick zu warf. Er nickte grinsend.

Zusammen schlenderten wir zu der Gruppe, die sich schon um das stolze Junge verteilt hatte.

»Papa hat mir erst erklärt, wie man überhaupt jagt«, berichtete sie uns strahlend. »Er hat mir gesagt, ich soll schnuppern, aus welcher Richtung der Wind kommt und mich dann in der entgegengesetzten Richtung anschleichen, damit die Beute mich nicht wittern kann.«

»Das ist richtig«, stimmte Lesly der Kleinen mit einem amüsierten Schmunzeln zu. Aluna nickte wild in ihre Richtung.

»Ja! Und dann hat er mir gezeigt, wie ich mich anschleichen soll.« Stürmisch ließ sie sich in ein etwas unbeholfenes Jagdkauern fallen. Sie hatte zwar den Schwanz ein wenig erhoben und sich gleichmäßig hingekauert, doch sie schien noch etwas wackelig auf den Beinen.

»Sehr gut«, lobte Lenny trotzdem mit einem belustigten Lächeln. Die Kleine schlich ein wenig hin und her, ehe sie sich wieder aufrichtete.

»Dann hat Papa mich gefragt, ob ich irgendetwas riechen könnte. Ich habe mich ganz doll angestrengt und tatsächlich was gerochen!«

Ungestüm sprang sie herum. »Kupfer wollte, dass ich versuche, die Beute aufzuspüren und zu erlegen. Ich hab mich richtig konzentriert! Da hat es geklappt.«

Mir war wohlig warm. Es fühlte sich so gut an, dieser

lebensfrohen Leopardin zuzuhören.

»Ich bin wirklich beeindruckt«, gab Aurora grinsend zu.

»In deinem Alter habe ich noch keine Beute gefangen«, fügte Klee anerkennend hinzu.

Aluna streckte stolz die Brust und strahlte wie die helle Sonne. Sie sah so glücklich aus.

»Ich glaube, das hat keiner von uns«, lachte Kupfer.

Der schildpattfarbene Rüde nickte. »Ja. Ich glaube, du bist die Erste, Aluna, die in deinem Alter überhaupt schon Beute erlegt hat.«

Die Brust des Jungen schwoll weiter an, sodass ich beinahe fürchtete, sie würde gleich platzen.

»Danke!«

»Nun ich glaube, wir sollten jetzt fressen. Es wäre gut, wenn wir gleich loskönnten.« Aurora nickte auf unsere Beute.

Das Fressen hatte ich ganz vergessen. Doch nun spürte ich das Grummeln in meinem Bauch, das mich daran erinnerte, dass ich Fleisch brauchte.

Wir hockten uns zu dem Rentierkalb, während Klee für Aluna den Vogel zerkaute, damit sie ihn essen konnte.

»Dort oben wird es ganz schön ungemütlich werden«, hörte ich Lesly neben mir murmeln. Als sie bemerkte, dass ich sie gehört hatte, lächelte sie mich an und bellte: »Na ja, es gibt auf diesem langen Bergrücken keinen Schutz. Es ist einfach nur ein breiter Weg, der rechts und links steil in die Tiefe geht. Ich bin mir nicht sicher, wie lange der Berg reicht, aber wir sollten trotzdem bei vollen Kräften sein.«

Ich nickte zustimmend, während ich ein Stück Fleisch hinunterschluckte. »Warst du schon da oben? Du beschreibst es sehr genau.« Die Hündin lächelte schüchtern. »Ja … gestern Nacht … waren Korn und ich da oben und haben … uns schon mal umgeschaut.«

Bei diesen Worten sah sie so schüchtern und beschämt aus, dass ich nicht anders konnte, als belustigt zu grinsen.

»Aha«, kläffte ich extra langgezogen. »Ihr habt euch also schon mal umgeschaut«, wiederholte ich mit einem vielsagenden Blick.

Die Hündin verdrehte die Augen. »Ja. Dabei haben wir uns unterhalten und die Eislichter betrachtet.«

Ich spitzte die Ohren. »Die Eislichter?«, wiederholte ich überrascht. »Sie waren wieder da? Warum habt ihr uns nicht Bescheid gesagt? Aluna würde sich bestimmt freuen, sie zu sehen.«

»Ihr habt so friedlich geschlafen«, antwortete Lesly. »Da wollten wir euch nicht aufwecken.«

Ich nickte. *Heute Nacht muss ich wach bleiben, um Aluna die Lichter zu zeigen.*, entschied ich. *Sie wird sie lieben!*

Es dauerte nicht lange, da waren wir alle mit unserem Mahl fertig. So kurz vor der Weiterreise packte mich plötzlich der Drang, einfach den Hang hinaufzurennen und über den Bergrücken zu jagen, ohne ein einziges Mal stehen zu bleiben.

Meine Pfoten zitterten vor Vorfreude, sich wieder in Bewegung zu setzten.

Hätte ich jedoch auch nur geahnt, was heute noch geschehen würde, wäre ich lieber für immer am Berghang geblieben ...

Glücklich atmete ich tief die eisige Luft ein, die mir auf einmal gar nicht mehr so kalt vorkam.

Sag bloß, ich habe mich an dieses Wetter gewöhnt!

Im Moment war das gut. Ich hatte keine Ahnung warum, aber ich wollte laufen. Wollte meine Beine strecken, und die frostige Luft spüren, die meinen Pelz zerzauste. Abrupt stolz über meine wilde Hälfte, trat ich als Erste den Weg zum steilen Hang an.

Natürlich achtete ich darauf, Aluna stets im Auge zu haben. Die Kleine hatte zwar die leisesten Pfoten von uns allen, die geschicktesten waren sie allerdings noch nicht.

»Dann lasst uns los!«, rief ich meinen Freunden zu, die noch etwas zögerten. Kupfer kam angesprungen, gefolgt von Aluna, die begeistert den Hang hinaufsah.

»Und darauf klettern wir?«, fragte sie Kupfer staunend. Dieser nickte. »Ja, genau. Von da oben hat man einen fantastischen Ausblick. Doch du musst wirklich aufpassen, wo du deine leisen Pfötchen hinsetzt. Ein lautloser Jäger ist nicht nur leise, sondern auch vorsichtig und achtsam, verstanden?«

Das Junge neben ihm nickte eifrig. »Ja, natürlich! Ich werde die beste Jägerin sein, die ihr je gesehen habt!«

Vorbildlich achtete sie auf jeden Stein, der aus dem Schnee aufragte und prüfte jedes Stück Weiß, bevor sie ihr Gewicht daraufsetzte. Kupfer kicherte. »Das machst du großartig, Aluna. Wenn du so weitermachst, wirst du eines Tages wirklich die beste Jägerin von uns allen sein.«

Die Schneeleopardin grinste übers ganze Gesicht, hatte den Kopf und den langen Schweif hoch erhoben.

Ich wartete auf die zwei, ehe ich neben Aluna herlief.

Das Junge ging nun in unserer Mitte, was mir am sichersten für sie erschien.

Meine Freunde reihten sich hinter uns ein und so stiegen wir langsam den steinigen Hang hinauf.

Es war schwieriger, als gedacht, auf den Rücken des Berges zu gelangen. Unter dem Schnee versteckten sich viele Stolperfallen, sowie lose Steine.

»Ich bin ganz aufgeregt!«, maunzte Aluna nach einer Weile

der Stille. Die kleine Leopardin schien mit dem anstrengenden Hang nicht wirklich Probleme zu haben. Mit ihrem langen Schweif balancierte sie sich gut aus und ihre weichen Pfoten schienen jede Unebenheit und Schwäche unter dem Schnee sofort zu spüren.

»Ich wusste gar nicht, dass die Welt so groß - « Ihr Satz endete in einem überraschten Schrei. Entsetzt wirbelte ich herum, als das Junge auf einem losen Stein unter dem Schnee ausrutschte und den Hang hinunter zu fallen drohte.

Da jedoch sprang Klee herbei, schnappte die Kleine schnell am Nackenfell und hob sie auf.

Erleichtert atmete ich aus, als er zu mir aufschloss und die Leopardin vor meinen Pfoten absetzte.

»Danke«, hauchte ich beruhigt, während ich Klee ein offenes Lächeln schenkte. Dieser schmunzelte zurück. »Ist doch selbstverständlich.« Er zwinkerte mir gut gelaunt zu.

Er ist froh, dass wir zurückgehen. Er hat sich damit angefreundet, mein Bruder zu sein.

Ich hatte das Gefühl, Klee war im Moment sehr gut drauf.

Und ich musste mir eingestehen, dass ich das auch war.

»Weiter!«, rief ich meinen Weggefährten aufmunternd zu und setzte unsere Wanderung fort, ohne dabei Aluna aus den Augen zu lassen.

»Willst du nicht auf meinen Rücken klettern?«, bot Kupfer ihr an. An seinem sorgenvollen Blick erkannte ich, dass ihm nicht wohl dabei war, Aluna weiter herumklettern zu sehen.

Das Junge winkte jedoch kopfschüttelnd ab. »Keine Sorge, Papa. Ich schaff' das schon! Ich verspreche, ich falle nicht mehr.« Kupfer gab keine Einwände, aber ich bemerkte, dass es ihm nicht sonderlich recht war. Ich überlegte, Aluna selbst auf die Schultern zu nehmen, doch die Kleine schien sich weiterhin gut gegen den stark ansteigenden Hang zu wehren. Sie ging langsamer, machte den Eindruck, als würde sie sich noch mehr konzentrieren.

Ich war stolz auf sie. Wäre ich beinahe den Steilhang hinuntergestürzt, wäre ich unfähig gewesen, mich weiter zu bewegen. Aluna hingegen war wie bisher gut gelaunt und motiviert.

Es dauerte nicht lange, da hatten wir den Bergrücken erreicht.

»Ich gehe zuerst«, sagte ich meinen Reisegefährten, als sie schon auf den breiten Weg stürmen wollten.

»Ich will erst sehen, ob es sicher ist. Wenn ich euch rufe, gehen wir in einer Reihe. Für uns alle wird nicht genug Platz sein.« Mit diesen Worten sprang ich die letzten paar Sprünge hinauf, bevor mich ruckartig ein eisiger Wind packte.

Fast riss er mich von den Pfoten. Ich musste mich anstrengen, nicht nach hinten, in den Abgrund, zu kippen.

Der Luftstrom war so stark, dass ich die Augen zusammenkneifen musste, während ich mich auf den Pfad kämpfte. Der Wind war hier oben ein echter Gegner.

Ich hoffe, Aluna wird nicht weggeweht!

Da ließ die Luft allerdings nach, anscheinend hatte ich den Kampf gewonnen.

Mein Atem stockte, als ich auf dem Bergrücken stand und in die Ferne blickte. Schneebedeckte Berge ragten wie spitze Reißzähne aus dem Boden. Ich drehte mich um mich selbst, doch etwas anderes als verschneite Gebirgsketten und weiße Täler konnte ich nicht erkennen.

Ich schaute in die Richtung, in die wir gehen wollten. Vor mir schlängelte sich ein breiter Weg bis zu einem zackigen Gebirgszug, weit in der Ferne, an kantigen Bergen und steilen

Schluchten vorbei. Dieses scharfkantige Gebirge mussten wir erklimmen, um zurück zum Nachtrudel zu kommen.

Was hinter den Bergen lag, konnte ich nicht sehen. Aber ich hoffte, dass wir irgendwann aus dieser Eislandschaft herauskommen würden. *Bei dem ganzen Gebirge um mich herum, bezweifle ich jedoch stark, dass es bald sein wird...*

Ich hatte keine Ahnung, wie lange wir noch wandern mussten, um in wärmere Gebiete oder überhaupt zum Rudel zu kommen. *Ich bin mir sicher, es wird noch eine Weile dauern ...*

»Und, Silber? Was siehst du?« Kupfers Ruf schreckte mich aus meinen Gedanken. Ich hätte fast vergessen, dass meine Freunde auf mich warteten.

Eilig ging ich zum Rand des etwa einen Sprung breiten Pfads und schaute hinunter.

Meine Krallen schlugen sich in den blanken Fels, als ich hinabsah. Der Hang sah von hier oben *sehr* steil aus, und die Tanne am Anfang des Abhangs, war nur noch ein großer dunkelgrüner Fleck. *Mir war gar nicht klar, dass es so hoch ist!*

»Es ist alles gut!«, berichtete ich schnell. »Der Wind ist nur manchmal ziemlich stark. Aluna, komm du zuerst rauf. Kupfer, kannst du ihr hoch helfen?« Mein Gefährte nickte ernst, aber die Leopardin sprang schon die letzten Sprünge hinauf. Leichtfüßig landete sie schneller neben mir, als ich gucken konnte.

»Aluna!«, rief ich verärgert aus, doch die Kleine schien mich gar nicht zu hören. Sie starrte ungläubig auf den Horizont.

»So groß ist die Welt?«, fragte sie dann erstaunt.

»Sie ist noch sehr viel größer«, antwortet Kupfer, der zu uns hinaufgesprungen kam. Aluna drehte sich zu ihm um.

»Nur leider wirst du nicht alles sehen, wenn du uns nicht gehorchst«, warnte er sie mit strengem Blick. »Diese Wanderung ist wirklich gefährlich, Aluna. Das musst du verstehen.

Wir wollen dich beschützen, aber dafür musst du dich auch beschützen lassen und darfst nicht einfach loslaufen. Falls sich gerade auch nur ein kleiner Kiesel gelöst hätte, wärst du wieder hinunter gefallen und vielleicht sogar gestorben! Du kannst dich nicht darauf verlassen, dass Klee, oder irgendjemand anderes immer da ist, um dich aufzufangen.«

Beschämt sah sie zu Boden, während sie mit ihren kleinen Pfoten schüchtern den Schnee knetete. Anscheinend hatten Kupfers Worte etwas bewirkt.

»Tut mir leid«, maunzte sie kläglich, mit angelegten Ohren. »Ich war nur so aufgeregt.«

Mein Gefährte seufzte geschlagen. Wie es schien, hatte er wirklich Angst um das Junge. Das erfüllte mich mit Stolz, auch wenn ich genauso wütend auf die Kleine war.

»Du musst auf uns hören, wenn du gesund bleiben willst, verstehst du?« Die Leopardin nickte traurig.

Sie schien echte Reue für ihre voreilige Tat zu empfinden.

Kupfers Ärger verflog bei dem Anblick des niedergeschlagenen Fellbündels schnell. »Wir lieben dich, Aluna, deshalb können wir nicht zulassen, dass dir etwas geschieht.«

Sanft rieb er seinen Kopf an ihrem kleinen Körper. Die Schneeleopardin fing prompt an zu schnurren. »Ich habe euch auch lieb!«

Ich lächelte die beiden liebevoll an, ohne mich in ihr Gespräch einzumischen. Kupfer hatte unseren Welpen geschimpft und sich nun wieder vertragen. Aluna hatte verstanden, warum ihr Vater so wütend gewesen war.

Er ist ein grandioser Vater., dachte ich mit einem zufriedenen Lächeln im Gesicht.

»Er macht das echt gut.« Ich zuckte zusammen, als Klees Atem mein Ohr berührte. Er stand neben mir und beobachtete die zwei mit einem Grinsen. Ich nickte, als ich verstand, was mein Bruder meinte. »Ja. Er ist der geborene Vater.«

»Er liebt die Kleine wirklich«, bellte er leise, ohne die zwei aus den Augen zu lassen. Da wanderte sein grüner Blick aber zu mir. »Und er liebt dich. Mehr, als alles andere auf der Welt.«

Mein Lächeln wurde breiter. »Ich weiß. Er hat - «

»Sich mit dir verbunden«, beendete Klee meinen Satz. Erstaunt sah ich ihn an. Der Rüde schmunzelte.

»Ich kenne dich, seit unserer Geburt. Glaubst du, ich erkenne dann nicht auch, wenn etwas Großes geschehen ist?« Ich grinste belustigt. »Vielleicht. Woran hast du es gemerkt?«

Klee lachte kurz auf, ehe er mir tief in die Augen sah.

»An deinen Augen. Sie haben plötzlich so glücklich geleuchtet. An deiner Haltung. Du gingst stolz und froh. An deinem Grinsen. Du hast übers ganze Gesicht gestrahlt. Soll ich weitermachen?«

Ich schüttelte amüsiert den Kopf. »Nein, musst du nicht. Ich verstehe schon. Aber woher wusstest du, dass ich mich mit Kupfer verbunden habe? Ich hätte auch einfach so gut drauf sein können.«

»So wie ihr euch angesehen habt, konnte jeder sehen, dass ihr jetzt eins seid.«

Eins ... So hatte ich das noch gar nicht gesehen. Verbunden war etwas anderes, als eins mit jemandem zu sein.

Ich fing an zu grinsen. Die Vorstellung gefiel mir.

»Ja, wir sind eins. Aber ebenso bin ich eins mit dir.«

Verwundert sah der Schildpattfarbene mich an.

Ich erklärte grinsend: »Wir sind Blutsgefährten. Durch uns fließ dasselbe Blut. Außerdem lieben wir uns doch auch. Nur halt eben auf eine andere Art, aber trotzdem: Wir sind eins.«

Ganz kurz berührte Klee meine Wange mit seiner Schnauze.

»Ich bin wirklich froh, dass du so denkst«, flüsterte er. »Ich freue mich, dass wir uns wieder so nahe sind.«

Ich sah ihm offen in die Augen. »Ich mich auch.«

»Wollt ihr da Eiszapfen schlagen, oder kommt ihr?«

Korns belustigter Ruf ließ mich abermals zusammenfahren. Unsere Freunde befanden sich nun alle auf dem Bergrücken und warteten darauf, weiterzuziehen.

Aluna und Kupfer hatten sich bereits bei ihnen eingereiht. »Wir kommen!«, rief Klee, ohne den Blickkontakt mit mir zu unterbrechen. Er sah mich so liebevoll an, dass mir schlagartig schlecht wurde.

Dieser Gedanke war mir, bis jetzt, gar nicht mehr in den Sinn gekommen.

Ist Klee eigentlich noch immer in mich verliebt?

14. KAPITEL - KLEE

Die Gruppe ging im Entenmarsch weiter. Der Pfad war nicht breit genug, als dass sie alle zusammen hätten laufen können.

Klee trottete neben Silber, an der Spitze der Reihe.

Für sie zwei war gerade noch genug Platz, jedoch berührten sich bei jedem Schritt ihre Pelze.

Kupfer und Aluna liefen hinter dem Rüden und seiner Schwester. Silbers Gefährte wendete den Blick kaum noch von dem Schneeleopardenjungen.

Er liebt sie wirklich. Genau wie er Silber liebt.

Klee bewunderte insgeheim den goldenen Einzelwolf.

Ja, er war eifersüchtig auf ihn gewesen, hätte ihm in manchen Momenten gerne die Ohren zerfetzt, doch nun schätzte er Kupfer. Der goldene Wolf war mutig, ehrlich und treu.

Er ist Silber ein guter Gefährte ...

Noch vor nicht all zu langer Zeit hatte Klee sich gewünscht, so an ihrer Seite zu stehen.

Jetzt bin ich ihr Bruder.

Klee glaubte nun daran, dass diese Verbindung stärker war. *Wir sind Blutsgefährten. In mir fließt Silbers Blut und in ihr meines. Nichts und niemand kann dieses Band zwischen uns auslöschen. Niemals.*

Innerlich seufzte Klee, während ein kalter Wind sein Fell zerzauste und ihn frösteln ließ. *Ich hätte mich nie in sie verliebt, wenn ich es gewusst hätte ...*

Unauffällig schielte er zu seiner Schwester hinüber. Mit erhobenem Haupt schritt sie gut gelaunt voran, mit zielgerichtetem Blick.

Sie sieht glücklich aus ... so habe ich sie im Rudel nie gesehen ...

Trauer legte sich über ihn, wie eine dunkle Wolke, die langsam heranzog.

Im Rudel hatte sich Silber immer schlecht behandelt und niedergeschlagen gefühlt.

Natürlich gab es auch gute Momente, aber die waren stets vorbei, sobald sie eine Pfote ins Lager gesetzt hatten.

Nun schien die silberne Wölfin ganz anders zu sein. Offener, selbstbewusster, lebensfroher.

Als ob es die Zeit im Nachtrudel nie gegeben hätte. Als ob sie die geborene Einzelwölfin wäre.

Sie ist eine geborene Einzelwölfin. Genauso wie ich.

Ich bin ein Einzelwolf.

Es so deutlich zu realisieren, war jedes Mal aufs Neue schwer. Klee hatte in den letzten Tagen immer wieder darüber nachgedacht, wie sein Leben gelaufen wäre, hätte er von Anfang an die Wahrheit gewusst.

Wäre er genauso behandelt worden, wie Silber?

Er konnte sich nicht vorstellen, dass seine Rudelgefährten ihn so herablassend und respektlos behandeln würden.

Ich habe geglaubt, ich sei ein Teil von ihnen. Dabei bin ich das nur zur Hälfte. Die andere Hälfte gehört der Wildnis ...

Klee wollte aber nicht in die Wildnis. Er wollte in sein Zuhause zurück. In das Rudel, das ihn aufgezogen hatte.

In das Rudel, das er bis vor Kurzem noch seinen Geburtsort genannt hatte.

Wo ist mein Geburtsort? Wo wurden Silber und ich geboren? Im Freien? In einem Bau?

Der schildpattfarbene Rüde versuchte, sich in seine ersten Atemzüge auf dieser Welt zu erinnern.

Diese Erinnerungen hatte er bis jetzt verdrängt.

Nun wollte er sie zulassen, um mehr über sich selbst, seinen

Geburtsort und seine Eltern zu erfahren. Aber es funktionierte nicht. Klee konzentrierte sich zu sehr auf seinen Weg, als dass er seine Gedanken fortschicken könnte.

Dann heute Nacht, wenn wir rasten ...

»Was glaubst du, wie lange wird es noch dauern?«

Silbers weiche Stimme riss den Wolf aus seinen Grübeleien. Die Silberne sah ihn mit ihren hellblauen Augen an. Klee musste sich zusammennehmen, nicht plötzlich zu stolpern, als er ihr in die strahlenden, wunderschönen Augen sah.

Ich liebe sie immer noch. Aber ich habe sie immer geliebt und werde das auch immer tun. Sie ist jetzt ein Teil von mir. Und selbst, wenn sie das nicht wäre ... warum sollte ich so eine wunderbare Wölfin nicht lieben? Ich fühle mich wohl bei ihr, sie ist mir wichtig und ich vertraue ihr. Für mich ist das Liebe. Das heißt aber keineswegs, dass ich mit ihr zusammen sein will. Ich bin jetzt auf eine andere Art mit ihr verbunden und die ist viel stärker.

»Wie lange wird es noch dauern, bis wir das Nachtrudel erreichen?«

Klee zuckte mit den Schultern. Die schneebeladenen Berge rings um ihn herum, schienen sich bis ins Endlose zu ziehen.

Es sah so aus, als würden der Schnee und der Frost noch eine ganze Weile ihre ständigen Begleiter bleiben.

»Ich denke, es dauert noch«, antwortete er schließlich. »Es sieht nicht so aus, als würden wir in ein paar Tagen aus dieser Eislandschaft rauskommen.«

Silber nickte, doch an ihrem Blick merkte Klee, dass sie sich eine andere Antwort erhofft hatte.

Freundschaftlich stupste er sie an. »Hey, keine Sorge. Die Sonne strahlt früher oder später wieder warm, du wirst schon sehen.«

Silber schmunzelte. »Ich weiß. Ich wünschte nur, es würde früher sein. Auch wenn ich bereits das Gefühl habe, ich hätte mich an dieses Wetter gewöhnt«, fügte sie mit einem Schnauben hinzu.

Klee lachte kurz auf. »Ich glaube, keiner von unserer Gruppe kann sich an dieses Wetter gewöhnen, dafür sind wir nicht gemacht.«

Daraufhin sah Silber ihn lange an. Einige Herzschläge blieb es still, in denen die Wölfin den Rüden nur ansah.

Klee verspürte den Drang, wissen zu wollen, was die Silberne dachte.

»Wir sind für die Freiheit, sowie für die Gemeinschaft gemacht«, flüsterte sie dann so leise, dass der Wolf sie fast nicht verstanden hätte.

Er seufzte schwer. »Ja, das stimmt. Aber … ich habe mich damit abgefunden. Was heißt abgefunden, ich mag es. Ich mag es, dein Bruder zu sein. Ich freue mich, dass wir auf dem Weg zurück sind, doch … es ist immer noch seltsam, mir vorzustellen ich sei ein halber Einzelwolf«, gab er schließlich zu.

»Ich weiß, was du meinst«, stimmte Silber ihm zu. »Ich war selber ziemlich durcheinander, als ich erfahren habe, dass *Nebel* meine Mutter ist und ich somit ein halber Rudelwolf bin.«

Der Wolfsrüde nickte langsam.

»Hey!«, rief Silber auf einmal aus, als wäre ihr etwas eingefallen. Verwirrt schaute Klee sie an. »Was ist?«

»Müssten die Welpen nicht inzwischen alt genug sein, um Schattenläufer zu werden?«

Klee lächelte sanft. Silber würde nie anfangen über das Rudel zu reden, niemals überhaupt über es *nachdenken*.

Sie tut es, um mich aufzumuntern …

»Ja«, stimmte Klee ihr dann zu. »Sie werden es ihren Eltern nicht leicht machen. Sturm ganz besonders. Er gleicht eher einem wilden Dachs, als einem Welpen.« Silber lachte auf, da jedoch schlich sich ein Knoten in seinen Magen.

Was, wenn Sturm nicht mehr da ist? Wenn keiner der süßen Welpen mehr lebt? Was, wenn wir zu spät sind? Nein, das durfte er nicht denken. Er musste glücklich sein, dass er seine Mission erfüllen würde. Er hatte sich geschworen, Silber zurückzubringen, und das hatte er geschafft.

Jetzt wird alles gut ... auch wenn ich mich bald von ihr verabschieden muss ... für immer.

Daran durfte er im Augenblick keinen Gedanken verschwenden. *Wir sind zusammen ... haben Spaß ... und sind eine kleine Familie. In dieser Gruppe passt jeder auf den anderen auf, wie eine echte Familie. Das ist alles, was zählt.*

»Lesly hat erzählt, dass gestern Nacht erneut die Eislichter aufgetaucht wären«, bellte Silber da.

Klee spitzte interessiert die Ohren. »Wirklich? War sie wieder mit Korn draußen?«

Silber schaute ihn verwundert an. »Was heißt *wieder*?«

»Ist es dir noch nicht aufgefallen?« Der Rüde senkte die Stimme. »Die zwei schleichen sich fast jede Nacht raus. Immer wenn ich irgendwann nachts wach werde, sind sie nicht da.«

Die Wölfin grinste vielsagend. »Das ist doch schön«, bellte sie leise. »Lesly hat auch ihr Glück gefunden. So wie Ben.«

Klee nickte. Bei der Erinnerung an den grauen Hund zog sich seine Kehle zusammen.

Wenn er geblieben wäre, wären wir bestimmt eines Tages gute Freunde geworden ...

Silber beugte sich zu ihm vor und flüsterte dem Rüden ins Ohr: »Jetzt müssen nur noch Aurora und Lenny ihr Glück finden.« Klee schmunzelte amüsiert. »Ich glaube, die zwei sind glücklich, wenn sie sich haben«, raunte er ihr zu.

»Aurora wirkt zu selbstsicher und selbstbewusst, als dass sie einen Gefährten bräuchte. Und Lenny ist die Welpenzeit in Hundegestalt. Die zwei sind froh, wenn sie sich gegenseitig haben.«

»Glaubst du wirklich?«, hakte seine Schwester flüsternd nach. Klee nickte. »Sie werden ein Rudel aufbauen. Mit Lenny, Lesly, Korn und Aurora. Und Aurora wird die Anführerrolle übernehmen, das ist jetzt schon klar.«

»Was flüstert ihr denn da?«, raunte Kupfer plötzlich genau hinter ihnen. Überrascht zuckte Klee zusammen.

Silber räusperte sich schnell. »Wir haben nur über die Zukunft der Hunde gesprochen«, antwortete sie leise, sodass nur Kupfer sie hören konnte.

Der Rüde nickte verstehend, nachdem er sich versichert hatte, dass Aluna dicht bei ihm und weiterhin konzentriert war.

»Ich verstehe.«

»Ich bin müde!«, beschwerte sich da das kleine Junge. »Wann sind wir da?«

Klee schaute nach vorn. Der zerklüfte Berg, der das Ende des Bergrückens markierte, lag nicht mehr ganz so weit entfernt. Er konnte sich vorstellen, dass sie ihn vor Sonnenuntergang erreichen würden.

»Es ist nicht mehr weit«, antwortete er deshalb der Kätzin.

»Aber falls du müde bist, trage ich dich gerne«, bot Kupfer ihr an. Klee merkte sofort, dass er sich große Sorgen um die Kleine machte. Nach dem beinahe Fall am Aufstieg des Hangs, hatte er die Leopardin nur mit besorgten Blicken betrachtet.

Doch die Schneeleopardin schüttelte den Kopf. »Nein. Wenn es nicht mehr weit ist, werde ich es schaffen. Ich bin schließlich eine Jägerin! Und ich werde eine Sternenhüterin werden, genau wie Mama!« Mit entschlossenem Blick fixierte sie den scharfkantigen Berg, der in der Ferne aufragte.

»Auch eine Jägerin und Hüterin kann Hilfe in Anspruch nehmen«, erklärte Silber ihr sanft. »Jäger - besonders wir Wölfe - jagen meistens in Gruppen, um große Tiere, wie Hirsche oder Rentiere, zur Strecke zu bringen. Also wird es dich näher an eine echte Jägerin heranbringen, wenn du Kupfers Hilfe annimmst. Außerdem sind Sternenhüter Kämpfer, bereit, ihre Geliebten zu beschützen, gemeinsam und nicht allein. Das musst du verstehen, falls du eine Hüterin werden möchtest.«

Aluna sah sie einen Augenblick nachdenklich an, dann nickte sie und sprang im Gehen Kupfer auf den Rücken.

Dieser zuckte überrascht zusammen, während er ein kurzes, schmerzhaftes Wimmern ausstieß.

»Aluna!«, knurre er verärgert. »Deine Krallen bohren sich gerade in mein Fleisch!«

Sofort veränderte das Junge ihre Position, und Kupfer atmete erleichtert aus. »Danke sehr.«

Die Kätzin blieb jedoch keinesfalls still. Sie erhob sich, regte ihre Nase in den Wind. »Von hier oben kann man ja *alles* sehen!«, rief sie erstaunt aus.

Kupfer kicherte kurz. »Na ja, nicht alles. Aber schon ein wenig.«

Begeistert sah die Leopardin sich um.

»Pass auf, Aluna«, wies Silber sie an, als die Kleine auf Kupfers Kopf klettern wollte.

»Keine Angst«, maunzte sie. »Ich pass schon auf.«

»Benutz deine Krallen, aber nur, um dich an meinem Fell festzuhalten. Wehe, du rammst sie mir noch einmal ins Fleisch«, warnte Kupfer mit einem belustigten Unterton.

Silber schmunzelte, als Aluna ängstlich dreinschaute. »Keine Bange, meine Kleine. Der gemeine Kupfer wird dir nichts tun, dafür sorge ich.«

Auch Klee grinste amüsiert. Die Schneeleopardin war wirklich honigsüß.

Die Sonne neigte sich dem Horizont zu, als die Gruppe an dem zerklüften Berg ankam.

Die Freunde blieben stehen, um sich den kantigen Berg genauer anzusehen.

Der erhob sich vor ihnen in die Höhe, verdeckte die untergehende Sonne.

Die Gefährten standen im Schatten des großen Berges, der steil und gefährlich aussah.

Es gab einen winzigen Pfad, der sich um den Fels herum schlängelte. Doch der war nur ein paar Krallenlängen breit. Eigentlich nicht groß genug, um darauf zu laufen.

»Aluna.« Silber drehte sich zu dem Jungen um, das immer noch auf Kupfers Rücken kauerte.

»Ich werde dich jetzt mit den Zähnen am Nackenfell tragen.« Sie klang auf einmal sehr streng und konzentriert, als hätte sie diese Situation schon tausendmal durchgespielt.

Die Kätzin sprang von dem Rücken ihres Vaters.

»Warum?«, fragte sie neugierig.

»Weil wir über diesen Berg müssen und uns allein dieser schmale Pfad auf die andere Seite führt. Auf diesem Weg wirst du nicht allein laufen und dich ebenso wenig auf Kupfers Rücken festkrallen. Falls Kupfer abrutscht oder du auch nur eine Kralle lockerlässt, könntest du in die Tiefe stürzen. Deshalb ist es am sichersten, wenn ich dich festhalte.«

Aluna sah mit großen Augen zu dem aufragenden Berg hinüber. Dann schluckte sie schwer. Anscheinend bereitete ihr das

Gebirge Angst.

»Na gut«, maunzte sie plötzlich ganz kleinlaut. Sie tappte zu der Wölfin hinüber.

»Du musst mir versprechen, dass du dich ganz ruhig verhalten wirst«, redete sie der Kleinen ein. »Ich muss mich da oben sehr konzentrieren, damit wir nicht runterfallen, verstanden?« Aluna nickte ernst. »Verstanden, Mama. Ich werde mich nicht bewegen, versprochen.«

Klee vernahm ein ängstliches Zittern in ihrer Stimme. Selbst Aluna hatte den Ernst dieser Klettertour begriffen.

Der gefleckte Wolf schaute den Bergrücken hinab. Nebel versperrte ihm die Sicht auf den Boden. Nur ein Sprung von ihm entfernt ging es steil in die Tiefe.

Gleich würden ihn nur noch ein paar Krallenlängen von einem Sturz ins Leere trennen.

Ich schaffe das. Genauso wie alle anderen. Wir werden diese Bergkette umrunden, ohne, dass etwas geschieht.

Silber packte Aluna am Nackenfell und zog sie hoch.

Mit dem Jungen im Maul nickte sie ihnen zu.

»Dann los.« Kupfer übernahm die Führung, gefolgt von Klee. Silber reihte sich hinter ihm ein, auch wenn es dem Rüden nicht ganz recht war, dass er seine Schwester nicht sehen konnte.

Sie bestiegen den schmalen Pfad. Vorsichtig und höchst konzentriert. Der Weg war unter Schnee begraben, wie eigentlich alles andere ebenfalls.

Die Anspannung der Freunde spürte man in der kalten Luft deutlich. Klee versuchte, seine Angst zu unterdrücken, aber sie brodelte bedrohlich heiß in ihm.

Nach ein paar langsamen Schritten hatte die Gruppe den eigentlichen Berg erreicht. Nun liefen sie genau zwischen

Wand und dem Nichts.

Unter ihm ging es senkrecht in ein großes Tal hinab, in dem ein kleiner Wald wuchs. Um dieses Tal herum, klafften hohe Berge, die das Tal zu einem großen Gefängnis machten. Auf einem von ihnen ging die Gruppe gerade.

Klee drückte sich an die kalte Felswand, ohne einen Blick in die Tiefe zu riskieren.

Das hier ist ja noch schlimmer, als das Lager im Eisrudel!

Da hatte er sich schon überwinden müssen. Das hier war aber etwas ganz Anderes.

Wenn ich auch nur einen falschen Schritt tue, bin ich tot.

Konzentriert starrte er auf Kupfers Hinterteil, das sich langsam am rauen Stein entlang schob.

Wind kam urplötzlich auf. Starker, kalter Wind.

Klee drückte sich fester an das stützende Gestein, während die anderen anhielten.

Der Luftstrom zerzauste ihnen das Fell, Aluna maunzte hinter dem Schildpattfarbenen ängstlich.

»Keine Angst, Aluna«, hörte Klee Aurora rufen. »Das ist nur Wind, der tut dir nichts.«

Das hoffe ich.

»Sind alle in Ordnung?«, fragte Kupfer, der über die Schulter blickte, nachdem der Wind wieder nachgelassen hatte.

Klee selber wagte es nicht, nach hinten zu schauen. Er heftete seinen Blick auf den goldenen Einzelwolf.

Dieser nickte nach wenigen Augenblicken. »Alles klar. Dann weiter.«

Langsam trotteten die Gefährten vorwärts.

Nach einigen angespannten Herzschlägen hatten sie den halben Berg umrundet. *So weit, so gut.*

Nun konnten sie sehen, was sich hinter der Bergkette befand.

Was für eine Überraschung. Weitere Berge.

Davor verwandelte sich die zerklüfte Bergkette jedoch in einen steilen Hang, der in ein großes Tal hinabführte. Dort unten konnte Klee einen Wald ausmachen.

Da gibt es Beute! Ich fühle mich, als hätte ich seit Tagen - ein entsetzter Aufschrei unterbrach Klees Gedanken.

Genau vor ihm stolperte Kupfer über einen losen Stein.

Wenn nicht irgendjemand schnell etwas tat, würde er ins Leere stürzen und höchstwahrscheinlich sterben.

»Kupfer!« Silbers panischer Schrei zerriss die Luft, als würde sie in tausend Splitter zerspringen.

Wie aus einem Instinkt heraus, sprang Klee vor und packte den Einzelwolf am Nackenfell.

Der Goldene hing mit dem Oberkörper bereits über dem Abgrund. Allein Klees Zähne trennten ihn vom freien Fall.

Mit aller Kraft zog der Schildpattfarbene. Er stemmte seine Krallen in das harte Gestein, um besseren Halt zu bekommen.

Er verlagerte sein volles Gewicht nach hinten, doch Kupfer war zu schwer.

Voller Anstrengung zog Klee weiter. Sein Gebiss schmerzte jedoch bereits und seine Beine fingen an zu zittern.

Kleine Steinchen prasselten vom Rand. Seine Pfoten befanden sich gefährlich nahe am Abgrund und waren dabei, immer weiter zu rutschen.

»Zieh!«, jaulte Kupfer unter ihm entsetzt. Er wirbelte panisch mit den Vorderpfoten in der Luft herum, was das Ziehen nur noch schwerer machte.

Klee wusste, dass er von seinen Freunden keine Hilfe erwarten konnte. Der Pfad war zu schmal, als dass einer von ihnen ihm hätte helfen können. Klee musste Kupfer allein hinaufziehen. *Ich schaffe das!*, redete er sich Mut zu. *Ich werde nicht zulassen, dass der Gefährte meiner Schwester stirbt!*

Mit aller Kraft zog Klee weiter. Unter Anstrengung blähte sich seine Schnauze. Er stieß stoßweiße die Luft aus.

Seine Krallen schienen für einen schrecklichen Moment den Halt zu verlieren, aber da rammte er sie mit voller Wut wieder ins Gestein. »Bitte, Klee!«, rief Kupfer angsterfüllt unter ihm. »Du darfst mich nicht loslassen!«

Das werde ich nicht!

»Klee!« Silbers Ruf lenkte den Wolf ab. Er sah im Augenwinkel, dass die Silberne Aluna abgelegt hatte und nun langsam auf ihren Bruder zukam.

Die Angst in ihren Augen, ließ Klee nur noch stärker ziehen.

Doch als Silber näher kam, hörte der Rüde plötzlich ein Knacken. »Klee! Kupfer!« Im Rande seines Blickfeldes sah Klee Silbers panischen Blick. Sie starrte auf den Boden. Mit erhobener Pfote war sie erstarrt. Dann schossen ihre hellblauen Augen zu ihm. »Klee, beeil dich! Komm zurück!«

Ihr Blick war so angsterfüllt und entsetzt, dass Klee schlagartig wusste, was los war.

Als er es realisierte, war es jedoch schon zu spät.

Mit einem lauten Krachen brach das Gestein, auf dem Klee stand und Kupfer festhielt, ab.

Es stürzte mit den beiden Rüden in die Tiefe.

15. KAPITEL

»NEIN!«

Mein panischer Schrei hallte als Echo von den Felswänden um mich herum wieder.

Er erfüllte die eisige Luft, in den Herzschlägen, in denen ich Kupfer und Klee nachschaute, wie sie hilflos jaulend den Abgrund hinunter stürzten. »KUPFER! KLEE!«

Dicker Nebel verschluckte sie. Ihr Jaulen brach abrupt ab.

Die grauen Schwaden versperrten mir die Sicht auf meine zwei Freunde.

Auf meinen Gefährten, mit dem ich mein restliches Leben verbringen wollte.

Auf meinen Bruder, den ich gerade erst gefunden hatte.

»Nein!« Meine Rufe wurden verstörend.

»Nein! Kupfer! Klee!« Ich brach in Wimmer aus. In Jaulen.

»Klee! Kupfer!« Ich wollte so lange nach ihnen schreien, bis sie wieder aus dem Nebel geschwebt und neben mir gelandet waren.

Tränen flossen aus meinen Augen, wie ein reißender Wasserfall. Mein Herz schlug schmerzhaft gegen meine Brust. Ich fühlte mich plötzlich wie gelähmt. Als wäre die Zeit stehen geblieben.

Trotzdem jaulte ich abermals kläglich die Namen der beiden. Erneut und erneut.

Sie mussten wieder auftauchen.

Wenn ich sie nur oft genug rief, würden sie wieder auftauchen! Das mussten sie einfach. »Kupfer! Klee!«

»Silber!« Auroras lauter Ruf ließ mich innehalten.

Vollkommen verwirrt sah ich die Hündin an, die langsam mit Aluna an getappt kam. Vorsichtig trat sie zu mir.

Das Junge hatte entsetzt die Augen geweitet, starrte mich verängstigt an.

»Mama?« Ihr Ton war nur noch ein zögerliches Krächzen.

»Aluna ...« Meine Stimme brach. Ich schmiegte mich fest an sie. »Keine Sorge ... deinem ... deinem Vater und deinem Onkel ... geht es gut ... sie ... wir müssen nur da runter ...«

Ich schluchzte heftig. Ich wollte nicht da runter. Ich wollte nicht sehen, dass mein Verstand recht hatte.

Wollte nicht sehen, wie die beiden zerschellt am Boden lagen. Tot.

Das hier ist etwas anderes, als beim Eisrudel! Da hatte Kupfer irgendwie Glück gehabt ... der Fall war auch nicht so tief gewesen ... aber jetzt? Diesen Sturz kann keiner überleben, nicht mal mit der Hilfe des Ewigen Rudels ...

Aurora führte Aluna mit einem tief traurigen Blick von mir weg. Das Junge maunzte kläglich, ließ sich jedoch wegbringen.

Ich starrte erneut den Abgrund hinunter. Auf die Stelle, wo die beiden verschwunden waren.

»Kupfer ... Klee ...« Nun war meine Stimme so leise, dass selbst ich sie kaum hörte. Sie klang rau und krächzend.

Ich habe beide verloren!

Diese Erkenntnis brachte den Nervenzusammenbruch.

Ich schrie verzweifelt auf. Heulte los, weinte, schlug mit den Pfoten unkontrolliert um mich.

»Nein!«, jaulte ich ungläubig. »Neeeiiinn!«

Da spürte ich plötzlich Zähne in meinem Fell. Fauchend riss ich mich los, bleckte knurrend die Zähne vor meinem Gegenüber. Es war Korn.

Keine Ahnung, wie er es geschafft hatte, zu mir zu kommen. Er war der Schluss unserer Gruppe gewesen.

Aber eigentlich war es mir egal. Mir war alles egal.

Ich wollte mich nur noch auch in den Abgrund werfen.

Meinem Leben hinterher.

Diese zwei Wölfe waren mein Leben gewesen.

Und nun waren sie fort.

»Nein!«, schrie ich nochmals aus. »Kupfer! Klee!«

Ich taumelte an die Stelle, wo ein Stück des Weges fehlte. Wo Kupfer und Klee hinabgestürzt waren.

Fast wäre ich nach vorn gekippt, in den sicheren Tod. Meine Beine zitterten so stark, dass ich sie nicht mehr unter Kontrolle hatte. Beinahe wären sie einfach weggeknickt.

Aber erneut packte mich jemand am Nackenfell und zog mich zurück. »Silber! Hör auf!«

Wieder war es Korn. Er hielt mich fest. Ich wand mich wild in seinem Griff. »Lass mich los!«, heulte ich panisch.

»Ich muss zu ihnen!«

»Wir können nicht runter!«, kläffte Korn laut knurrend.

Ich erstarrte bei diesen Worten.

»Es gibt keinen Weg in dieses Tal. Der Einzige führt über den Fall.« Er ließ mich los, da ich mich nicht mehr bewegte. Ich atmete auch nicht mehr. Zu geschockt war ich.

Ich sollte sie nicht mehr sehen können? Vor ein paar Herzschlägen wollte ich sie gar nicht mehr sehen, aber jetzt …

»Es gibt keinen Weg *in* und auch keinen Weg *aus* dem Tal«, wiederholte Korn nachdrücklicher, als würde er daran zweifeln, dass ich ihn verstanden hatte.

»Das Einzige, was wir tun können, ist, auf festen Boden zu kommen und uns dann zu überlegen, wie es weitergehen soll.«

Er drehte sich zu den anderen um. Sie sahen zutiefst geschockt aus. »Wir müssen weiter zum - «

»Wer hat dich zum Anführer gemacht?!«, unterbrach ich ihn aufgebracht. Der ehemalige Rudelwolf drehte sich verwirrt zu mir um. Mit wutentbrannter Miene stieß ich ihm mein Gesicht entgegen. »Wie kannst du es wagen, zu sagen, wir sollen einfach weitergehen, wenn gerade … gerade …«

Ich merkte, dass ich unfähig war, normal zu sprechen.

Mir schien es, als würde meine Welt zusammenbrechen.

Als hätte sie jemand eiskalt in Stücke gerissen.

»Silber, wir können nicht hierbleiben«, bellte Korn so ruhig, als wäre nichts geschehen.

»Wir können nicht hierbleiben?«, wiederholte ich schrill. »Wir müssen zu ihnen! Wenn sie überlebt haben, dann müssen wir sofort - «

»Sie. Haben. Nicht. Überlebt.« Korns Worte waren so standhaft wie ein Felsbrocken. Als könnte sie nichts verschieben. Ernst sah er mich an. Blickte mir fest in die Augen.

»Wir können nicht da runter. Ich habe mir dieses Tal angesehen, als wir den Berg erklommen haben. Es gibt keinen Weg hinein. Es ist von steilen Bergen umzingelt, die niemanden hinunter lassen«, redete er langsam, wenn auch laut weiter, als würde ich ihn nur hören, wenn er so streng sprach.

»Du hattest recht, Silber. Ich bin ein ehemaliger Eisrudel-Hüter. Und als dieser will ich unsere Gruppe beschützen. Wir können nichts mehr für Kupfer und Klee tun. Das Einzige, was wir machen können, ist, *uns* in Sicherheit zu bringen. Wer weiß, ob nicht noch ein Stück des Pfads abbricht?«

Trotzig starrte ich ihn an. »Das ist mir egal! Ich sterbe lieber, als meinen Gefährten und meinen besten Freund zurückzulassen!«

Der Rüde seufzte niedergeschlagen. »Silber, sei doch bitte vernünftig. Wir - «

»*Vernünftig?*« Ich spuckte das Wort aus, als wäre es Aas. »Ich soll *vernünftig* sein?!«

241

Mit gefletschten Zähnen stieß ich ihm erneut meine Schnauze ins Gesicht. »Ich soll vernünftig sein, wenn gerade *mein Leben* da runtergestürzt ist?!«

Kurz zuckte der Rüde zurück. Ich wollte ihm die Ohren zerfetzen. Die Nase aufkratzen. Ihm das Fell abreißen.

Vor Zorn war mir so heiß, dass ich dachte, mein Blut würde jeden Moment in Flammen aufgehen.

Wie konnte er es wagen? Wie konnte er es wagen, mir zu sagen, ich solle *vernünftig* sein?

»Korn!« Ein wütendes Knurren, was nicht von mir kam, ließ den goldbraunen Rüden zusammenfahren.

Er drehte sich zu der zornigen Stimme um.

Lesly starrte ihn hinter Aurora wutentbrannt an.

»Jetzt hör auf, Silber zu sagen, was sie tun soll! Genauso wie uns anderen! Silber hat die zwei Wölfe verloren, die sie von uns allen am meisten geliebt hat! Und wir haben unsere Freunde, unsere Retter, verloren! Jetzt halt dein Maul und lass uns trauern! Hier und jetzt!«

Ich war über ihre Unterstützung sehr dankbar, zeigte ihr es in dem Augenblick jedoch nicht.

Sofort, nachdem die Hündin geendet hatte, ließ ich mich auf den Schnee sinken und starrte erneut hinab.

Ich wartete noch immer darauf, dass die zwei Rüden wieder auftauchten. Ein kleiner Hoffnungsschimmer befand sich weiterhin in mir, selbst wenn mein Verstand wusste, was die Wahrheit war. Ich wollte es aber einfach nicht glauben. Ich konnte es nicht.

Denn sobald ich es mir eingestand, würde ich auch sterben. Mein Herz würde zerreißen und daran würde ich zerbrechen.

Ich würde vor Trauer sterben. Vor Verzweiflung.

»Ihr müsst noch leben … ihr müsst noch da sein …«

Leises Wimmern ertönte hinter mir. Die Hunde trauerten ebenso. Da aber kuschelte sich ein flauschiger Pelz an meine Seite. Überrascht drehte ich den Kopf. Aluna kauerte neben mir, starrte mich mit großen, nassen Augen an.

Sie sah geschockt und verwirrt aus, als würde sie nicht ganz verstehen, was passiert war.

»Sind sie … tot?«, fragte sie dann aber leise.

Im ersten Augenblick war ich erstaunt. *Kennt Aluna bereits die Bedeutung von diesem schrecklichen Wort?*

Ich schloss die Augen. Zog tief die Luft ein.

Darauf konnte ich nicht antworten.

»Keine Sorge, Aluna«, flüsterte ich deshalb mit erstickter Stimme. »Du siehst … die beiden wieder, das verspreche ich dir.« So fest ich konnte, schmiegte ich mich mit dem Kopf an das winzige, so zerbrechlich wirkende Wesen.

»Wir sehen deinen Vater und deinen Onkel wieder, keine Angst.«

Die Kleine schmiegte sich eng an meine Halsbeuge. Sie versteckte sich fast darin.

»Ich habe aber Angst«, maunzte sie mit zitternder Stimme. Ich drückte sie noch fester an mich. »Das brauchst du nicht, vertrau mir …«, flüsterte ich rau. »Du brauchst keine Angst zu haben.« Ich wiederholte diesen Satz noch ein paar Mal, solange, bis auch ich ihn glaubte.

Bis ich meinem Verstand einen Streich spielen konnte, ihn hinters Licht geführt hatte.

Wir brauchen keine Angst zu haben …

Mein Magen fühlte sich an, als wäre er verknotet worden, doch ich ignorierte dieses Gefühl.

Mir war so schlecht, dass ich mich die nächste Zeit nur noch hätte übergeben können. Aber auch das verdrängte ich.

Ich hatte nur noch einen Gedanken im Kopf.

Einen, an dem ich mich festklammerte, der meine Rettung vor dem totalen Chaos war.

Klee und Kupfer leben!

Ich hatte keine Ahnung, wie viel Zeit verging. Es war mir jedoch sowieso gleichgültig.

Ob es Herzschläge, Sonnenaufgänge oder Monde waren.

Meine Freunde verhielten sich die ganze Zeit über still, hatten sich ihrer eigenen Trauer überlassen.

Ich konnte allerdings nicht trauern. Ich musste daran glauben, dass die zwei, wie auch immer, überlebt hatten.

Vielleicht ist der Abgrund auch gar nicht so tief., überlegte ich fieberhaft. *Er könnte direkt unter dem Nebel aufhören. Sie könnten in weichen Schnee gefallen sein. Das alles wissen wir nicht! Wir wissen nicht, ob sie tot sind! Sie können- müssen-leben!*

Auch wenn ich sofort aufspringen wollte, um einen Weg in dieses Tal zu finden, wartete ich.

Aluna versteckte sich noch immer an meiner Halsbeuge. Sie bewegte sich keine Krallenlänge. Wenn ich nicht ihren Atem an meinem Fell gespürt hätte, hätte ich denken können, sie wäre ebenfalls von uns gegangen.

Keiner von uns ist gegangen!, mahnte ich mich scharf. *Kupfer und Klee leben! Und genau das werde ich allen beweisen!*

Ruckartig öffnete ich die Augen, die ich bis dahin krampfhaft geschlossen hatte, um meinen Körper davon zu überzeugen, dass die zwei Wölfe, die ich auf der ganzen Welt am meisten liebte, noch immer unter den Lebenden weilten.

Langsam hob ich den Kopf. Das Schneeleopardenjunge

zuckte überrascht zusammen.

»Es ist alles gut, Aluna«, beruhigte ich sie ruhig, als sie mich verängstigt ansah.

»Wir werden jetzt einen Weg nach unten suchen. Dann siehst du die zwei wieder.«

»Wirklich?«, fragte die Kleine unsicher.

»Natürlich!«, rief ich aus. Etwas leiser fügte ich hinzu: »Selbstverständlich, meine Kleine.«

»Silber?« Lenny hatte zögerlich die Stimme erhoben. Der kleine Hund saß bei den anderen, aber als er sah, dass ich aufstand, kam er vorsichtig angelaufen.

Hinter ihm sah ich, wie meine Freunde betrübt die Köpfe und Schultern hängenließen und traurig zu Boden blickten.

Lenny schaute zutiefst erschüttert drein, als er bei mir ankam. Er räusperte sich verlegen. »Ich wollte dich fragen … was … was wir jetzt tun sollen? Klee und Kupfer … waren auch unsere Freunde … sie haben uns unser Leben zurückgegeben … deshalb … deshalb wollen wir tun, was *du* für richtig hältst.«

Während er zögerlich sprach, hoben die Hunde hinter ihm langsam die Köpfe. Mit erwartenden Mienen sahen sie zu mir hinüber. Als ich ihren Blicken begegnete, entdeckte ich in jedem Augenpaar schmerzhafte Trauer.

»Ihr müsst nicht trauern!«, bellte ich bestimmt, als Lenny geendet hatte. Erschrocken zuckten die Gefährten zusammen, als hätte ich sie bei etwas Verbotenem erwischt.

Zuversichtlich erhob ich die Stimme: »Kupfer und Klee leben! Das weiß ich! Wir müssen einen Weg in dieses Tal finden, und - «

»Silber, noch einmal: Es gibt keinen Weg hinunter!«, unterbrach mich Korn laut. Er saß mit zusammengesunkenen Schultern vor Lesly und Aurora.

Aber als er nun sprach, straffte er sich, als würde er mit seiner selbstsicheren Haltung angeben wollen. Mit einem, in meinen Ohren, genervtem Unterton, kläffte er eindringlich: »Wir haben keine Möglichkeit, zu ihnen zu gelangen, versteh doch! Es. Gibt. Keinen. Weg. Wir müssen uns selbst in Sicherheit bringen, bevor noch jemand hinunterstürzt! Ich sage, wir gehen, bis wir auf festem Boden sind und überlegen dann, wie wir weiter vorgehen sollen. Für Klee und Kupfer kommt jede Hilfe zu spät.«

Mit einer etwas weicheren Stimme fügte er hinzu: »Es tut mir sehr leid, Silber.«

Ich blieb kurz still. Er wollte diese zwei Wölfe einfach so im Stich lassen. Um sein eigenes Fell zu retten.

Klee und Kupfer hätten alles für Korn getan.

Und dieser räudige Köter wollte sie nun dem Tode überlassen!

Ich starrte ihn voller Abscheu in den Augen an. Dann sagte ich so kalt, verbittert und enttäuscht wie ich konnte: »Es gibt *immer* einen Weg!«

Mit diesen Worten wandte ich mich ab, nahm all meinen Mut zusammen und sprang über die Lücke im Pfad.

Ohne mich noch einmal umzudrehen, ging ich vorsichtig weiter. Ließ den schrecklichen Ort und meine Freunde zurück.

Mir war es egal, was Korn sagte. Was er dachte. Wie meine Freunde sich nun entscheiden würden. Würden sie bei Korn bleiben oder mir folgen?

Als ich mir den Gedanken durch den Kopf gehen ließ, wurde mir bewusst, dass auch diese Wahl mir gleichgültig war.

Ich brauchte sie nicht, um Kupfer und Klee zu finden. Selbst Aluna war mir in diesem entsetzlichen Moment einerlei.

Aber da hörte ich hinter mir Pfotenschritte. Viele.

»Du solltest dich schämen!«, hörte ich Lesly wütend zischen.

»Silber, warte!« Das war Lennys Stimme. Ich lauschte auf sein eiliges Trippeln, das schnell näher kam.

Ich blieb stehen. Wie in Zeitlupe schaute ich über die Schulter. Lenny stand hinter mir, ihm folgten Aurora, die Aluna im Maul trug, und Lesly.

Korn verharrte auf der anderen Seite der Lücke.

Sein Gesichtsausdruck zutiefst erschüttert, als hätte er nicht damit gerechnet, dass seine Gefährtin ihn verließ.

Stolz und ein unbeschreiblich warmes Gefühl breitete sich in mir aus. Es war nicht dieses heiße, auflodernde Brennen, was ich eben noch verspürt hatte. Nun stieg eine leichte, beruhigend warme Emotion in mir auf.

Sie halten zu mir …

Jetzt war es mir nicht mehr egal. Ich war so gerührt, von der Treue meiner Freunde, dass mir beinahe wieder Tränen in die Augen stiegen.

Lenny bemerkte meinen Blick und kam näher. Er war so klein, dass er unter mir hindurch laufen konnte.

Vor mir blieb er stehen, drehte sich zu mir und sah mich mit einem liebevollen Lächeln an.

»Natürlich halten wir zu dir, Silber«, bellte er mitfühlend, als hätte er meine Gedanken gelesen. »Kupfer und Klee haben uns das Leben gerettet und waren unsere Freunde. Selbstverständlich wollen wir auch wissen, was mit ihnen passiert ist.«

Mein warmes Gefühl erstarb. Er redete von ihnen, als wären sie tot!

Sie glauben nicht, dass Kupfer und Klee noch leben! Aber ich werde es ihnen zeigen!

Ich sagte nichts, sondern nickte dem kleinen Hund mit den

Schlappohren nur knapp zu. Danach wandte ich mich nach vorn und drückte mich weiter den Fels entlang.

»Wartet!« Als wir uns in Bewegung setzten, kam schließlich ebenso Korn hinzu.

Auch wenn er die Idee für hundedumm hielt, würde er Lesly nicht verlassen. Das musste ich ihm lassen.

Schweigend schlichen wir am Fels entlang. Weiter auf den Hang zu, der uns jedoch von dem Tal wegführte.

Durch die untergehende Sonne, die genau vor uns hinter den Bergen verschwand und mir direkt in die Augen stach, konnte ich nicht richtig sehen, was in diesem neuen Tal lag.

Wir müssen aber in die andere Richtung!

Meine Pfoten begannen ein weiteres Mal zu zittern. Ein Stein rollte plötzlich prasselnd genau neben mir den Abgrund hinab, was mich zusammenzucken ließ.

Ich riskierte nur einen Blick in die Tiefe. Und wurde sofort mit übermäßigem Schwindel bestraft. *Im Gehen nach unten zu schauen, ist keine gute Idee!*

Stur blickte ich mich trotzdem in dem Tal um, was wir langsam aber sicher verließen. Wo Kupfer und Klee irgendwo lagen und auf unsere Hilfe warteten.

Korn hat recht., musste ich mir eingestehen. *Hier gibt es nur senkrechte Berge. Ein echtes Gefängnis! Unser Pfad führt uns aus dem Tal hinaus, in ein anderes. Die zwei Täler werden von den steilen Bergen getrennt ...*

Ich versuchte, einen Plan in meinem zertrampelten Gehirn zu entwickeln. Aber aus dem Matsch, der noch von meinem Hirn übrig war, war nichts Brauchbares herauszubekommen.

Das Einzige, was mein Kopf abspielte, war der Gedanke: *Sie leben! Sie leben! Sie leben!* Auf Endlosschleife. Rauf und runter. Immer wieder, damit mein Verstand es glaubte.

Einen anderen Einfall bekam ich nicht.

Weiter entfernten wir uns von unserem eigentlichen Ziel.

Gleich wären wir aus dem Tal hinaus, was meine zwei Lieben gefangen hielt.

»Wir könnten herumgehen«, schlug Aurora auf einmal vor. Verwirrt blieb ich stehen.

Lenny wäre beinahe gegen mein Hinterbein gelaufen, konnte sich aber noch rechtzeitig bremsen.

Verwundert schaute ich zu der weißen Hündin, die hinter dem kleinen Hund angehalten hatte.

»Wo herumgehen?«

Sie deutete mit einem Kopfnicken auf den Berg, an dem wir vorbeigehen mussten, um an den Hang zu kommen.

»Wir könnten zum Hang gehen. Von dort aus aber nicht in das Tal, sondern an diesen Berg. Na ja … oder wir gucken gleich schon, ob es von diesem Berg aus einen Weg nach unten gibt. Da vorne könnten wir ihn hinaufklettern.«

Sie zeigte mit ihrer Schnauze die paar Sprünge voran, die noch vor uns lagen, bevor der Pfad sich in den Hang auflöste.

Rechts daneben erhob sich ein genauso senkrechter Berg in die Höhe.

»Aber wir müssen doch runter!«, rief Lenny empört aus, als hätte Aurora gerade etwas ganz Furchtbares gesagt.

Die große Hündin nickte ihrem Freund beruhigend zu.

»Ich weiß. Doch wir müssen erstmal überhaupt auf den Berg draufkommen, um einen sicheren Weg nach unten zu finden.«

Der winzige Hund bellte verstehend, ehe er sich zu mir wandte. »Also, was sollen wir machen? Gleich einen Weg suchen, oder erst zum Hang und den Berg dann umrunden?«

Es gab keinen Zweifel an der Entscheidung.

Kupfer und Klee mussten so schnell wie möglich gefunden

werden. »Wir suchen gleich einen Weg. Und wir werden einen finden! Wir retten Klee und Kupfer!«

Wir retten meine Vergangenheit und meine Zukunft!

16. KAPITEL - KLEE

Der Fall war die reinste Qual.

Zu wissen, dass man jeden Moment auf dem Boden zerschellen würde, war mehr als grausam.

Entsetzt jaulten die beiden Rüden, als sie durch die Luft flogen, immer weiter nach unten.

Für einen Atemzug hatte es sich für Klee angefühlt, als würde er wirklich fliegen.

Doch es war der reinste Höllenflug.

Während er fiel, hörte er Silbers panischen Schrei, der von den Felswänden zurückgeworfen wurde und ein lautes Echo bildete.

Es war schön, Silbers Stimme zu hören, bevor …

Der Rüde wurde durch die Luft geschleudert. Er spürte, wie er sich im Fall überschlug, danach aber auf dem Rücken weiter fiel. Der Wolf würde auf dem Rücken aufkommen.

Wenn er Glück hatte, würde er sich sofort das Genick brechen und nichts mitbekommen. Dann wäre es schnell vorbei.

Klee schloss die Augen. In seinen Ohren rauschte der zerrende Wind, die Schwerkraft, die ihn zu Boden zwang.

Trotzdem hörte er die Stimme seiner Schwester so deutlich, als würde die Wölfin neben ihm schweben.

Erinnerungen blitzten vor seinem inneren Auge auf.

Ein warmer Bau … Stille … ein gleichmäßiger Herzschlag. Eine weiche Zunge, die ihm das Fell putzte und dann eine Stimme, die wunderschön war, als sie anfing zu singen:

»In der Vollmondnacht,
wo die Sterne glühen,
wie Tag und Nacht,

Die Schatten sind wie Krallen,
Der silberne Wolf,
Unterm vollen Mond,
Der jault zu seinen Geistern.
Sie wachen über uns, beschützen ihre Gleichen,
Sind immer für uns da ...«

Klee hatte keine Ahnung, woher er dieses Lied kannte.

Da aber verwandelte sich die Erinnerung auch schon in eine andere. Er sah Silber. Genau vor ihm.

Sie sah ihn voller Trauer in den wundervollen hellblauen Augen an und flehte ihn an, ihr zuzuhören.

Das war die Nacht in dem sein Vater - nein, Dorn, der Rüde, der ihn aufgezogen hatte - gestorben war.

Die Nacht, in der Silber versucht hatte, ihn zu trösten. In der Klee sie zurückgewiesen hatte, für nichts.

Klee erinnerte sich an ihr weiches, süß duftendes Fell, an seinem. An ihren Atem, der sein Nackenfell gestreift hatte.

So innig, wie in dieser Nacht waren Silber und er nie wieder miteinander umgegangen.

Ich wünschte, wir wären es ...

Das nächste Bild, das aufblitzte, war erneut mit Silber.

Sie und Klee kauerten in einem blühenden Wald. Im Revier des Nachtrudels. Die Zwei lachten ausgelassen. Fast glücklich.

Klee wurde das Herz schwer.

Zu der Zeit war noch alles gut ... zumindest für mich ... jetzt wird es nie wieder so sein ...

Mit einem Schlag kam Klee auf dem Boden auf. Auf hartem Stein. Ein kleiner Schmerz schoss durch seinen Körper, aber der Rüde realisierte ihn kaum, da fand er sich auch schon in Dunkelheit wieder.

Jedoch nur für einen Herzschlag.

Danach rauschte es fürchterlich laut in seinen Ohren.

Ein so gigantischer Schmerz, dass Klee sich krümmte, durchzuckte seinen Körper und er riss die Augen auf.

Verschwommen sah er vier Farben vor sich.

Grau, Weiß, Rot und Gold.

Grau ... das Gestein ... auf das ich gefallen bin ...

Er konnte seine Gedanken nicht richtig greifen. Es war, als würden sie von ihm wegschweben.

Erneut verkrampfte er sich vor Schmerzen, die von seinem ganzen Körper zu kommen schienen.

So große Qualen hatte er noch nie verspürt.

Sein Kopf donnerte, seine Ohren vernahmen nur dumpfes Dröhnen. Ihm schwindelte, aber er wollte die Augen nicht schließen. Er spürte sein Herz, wie es weiterhin schlug.

Selbst wenn er glaubte, sich jeden einzelnen Knochen gebrochen zu haben.

Habe ich tatsächlich überlebt?

Doch auch dieser Gedanke löste sich in undeutlichen Nebel auf, sodass ihn Klee gerade wieder vergessen hatte.

Der Wolf versuchte weiter, seine Umgebung zu beäugen.

Weiß ... der Schnee ...

Rot ... Klee musste sich zusammenreißen, um seine Augen scharf zu stellen. Er bekam es nicht hin. Sein Blick war weiterhin verschwommen. Außerdem wollten ihn die Schmerzen wieder in Finsternis ziehen.

Rot ... Blut!

Der Schildpattfarbene schrak auf, aber da zerriss ihn beinahe der Schmerz. Der Schwindel wurde unerträglich, schien seinen Kopf zum Explodieren zu bringen.

Keuchend vor Anstrengung, bei Bewusstsein zu bleiben, zitterte er am ganzen Leib. *Gold ... ein goldener Fellhaufen ... Kupfer!*

Der Einzelwolf lag unbeweglich neben ihm auf dem Rücken.

Seine Augen starrten leer zum Himmel.

Sein Maul war zu einem lautlosen Schrei aufgerissen. Blut lief unter seinem Kopf hervor.

Nein! Klee wollte nicht, dass Silbers Gefährte tot war.

Ich will an seiner Stelle sein! Ewiges Rudel! Lasst Silber ihren Gefährten! Nehmt mich! Bitte!

Aber bevor Klee überhaupt hoffen konnte, eine Antwort zu erhalten, stieß er ein letztes Mal gequält den Atem aus.

Der junge Wolf merkte, wie alles um ihn herum an Bedeutung verlor. Er hatte keine Gedanken mehr. Keine Wünsche. Keine Träume. Keine Schmerzen.

Zu seiner Überraschung wurde es vor ihm auf einmal weiß. Ein leuchtendes Weiß, dass ihn einlud, dem hellen Licht zu folgen.

Klee spürte, wie sein Herz einen letzten Schlag tat, bevor es verstummte. Für immer ...

Klee erwachte in einem Bau. In einem warmen, gemütlichen Unterschlupf. Im ersten Augenblick dachte er, er wäre gerettet worden. Da aber schlug er die Augen auf und fühlte sofort, dass er gar keinen Herzschlag mehr hatte.

Sein Inneres war leer.

Ich erlebe Szenen meines Lebens! Genauso wie es der Glaube der Wölfe ist!

Er spürte keine Schmerzen mehr. Konnte jeden Gedanken nun klar und deutlich erfassen.

Entsetzt sah er sich in dem Bau um.

Der Rüde stand an der Wand, blickte auf ein Nest, in dem

zwei Fellkugeln lagen. Über ihnen erkannte er Nebel, die mit liebevollem Blick auf die beiden Bündel hinabsah.

Das eine war ein silberner Fellhaufen, das andere ein schildpattfarbenes. *Das sind Silber und ich!*

Völlig sprachlos sah er zu, wie Nebel anfing, ein Lied zu singen. *Daher kenne ich es! Meine echte Mutter hat es mir vorgesungen!*

»Gute Nacht, meine Kleinen«, flüsterte sie sanft, nachdem die Silberne geendet hatte.

Klee bemerkte, dass er sich nicht bewegen konnte, als er zum Eingang des Unterschlupfes blicken wollte.

Von dort hörte er nämlich Pfotenschritte.

Nebel sah plötzlich auf. Ihre hellblauen Augen, die ihn schmerzhaft an Silber erinnerten, leuchteten auf.

»Löwe«, begrüßte sie ihn herzlich, während die zwei Wölfe sich aneinanderschmiegten.

»Heute leider kein Glück gehabt«, berichtete der große Rüde etwas niedergeschlagen. Nebel stupste ihn liebevoll an.

»Das ist kein Problem. Sie haben eben Milch gekriegt und ich bin noch nicht hungrig. Morgen gibt es bestimmt wieder Beute.« Löwe lächelte sie sanft an, leckte der Wölfin über die Wange und sah ihr tief in die Augen.

Das ist eine Familie. Meine echte Familie!

Ehe Klee mitanhören konnte, was Löwe Nebel sagte, wurde es auf einmal schwarz. Der Rüde fühlte sich für einen Moment, als würde er fallen, dann aber schlug er erneut die Augen auf.

Er stand mitten im Lager des Rudels. Inmitten der Senke, umringt von seinen Rudelgefährten, die er seit Monden nicht mehr gesehen hatte.

Doch sie schienen ihn alle gar nicht wahrzunehmen.

Er entdeckte Blume und Fluss, die sich am Rand der Senke

Beute teilten.

Wolke und Ast, die mit Sonne und Krähe aus dem Wald kamen. Falke, der mit Nacht spielerisch rang und Licht, die mit Fels und Brise redete.

Alle sehen so jung aus ...

Da erklang ein belustigtes Fiepen neben ihm. Klee wirbelte herum und entdeckte Maus, Distel und Stern aus dem Mütterbau stürmen.

Sie sind noch Welpen ...

Klee erblickte Silber, die nach den drei Kleinen aus dem Bau der Mütter gerannt kam.

Klee - eine jüngere Ausgabe von ihm - sauste ihr hinter her. »Wartet! Ich will mitspielen!«, rief Silber den drei Wölfen zu, die von ihr davonrannten.

»Wir wollen nicht mit dir spielen!«, kläffte Maus mit einer albernen Welpenstimme, die gar nicht zu dem Rüden passte, den Klee in Erinnerung hatte.

Traurig gab die kleine Silber die Verfolgung auf. Sie setzte sich hin und sah den drei ringenden Welpen bedrückt zu.

Klee, als Welpe, kam zu ihr getappt.

»Keine Sorge«, meinte er fiepend und stieß sie gut gelaunt an. »Wir können doch spielen!«

Die Miene der winzigen Wölfin hellte sich auf.

»Ja! Du bist der Hirsch und ich fange dich!«

Mit einem schrillen Schrei stürzte sich die Welpin auf die Miniaturausgabe von Klee.

Dieser quiekte gespielt entsetzt und sauste davon.

Silber fröhlich lachend hinter ihm her.

Der echte Klee musste bei diesem Anblick die Tränen zurückhalten.

An diesem Tag ist Silber ins Rudel gekommen. Gerade habe

ich zum ersten Mal mit ihr gespielt ... sie zum ersten Mal auf-
gemuntert und zum Lachen gebracht ...

Klee konnte ein Schnauben nicht unterdrücken, als er die rangelnden zwei Welpen, noch so fröhlich und unschuldig, sah.

Als Welpe hat man wirklich keine Sorgen. Als wäre man von der richtigen Welt abgeschnitten und würde in einem wunder-schönen Traum leben ...

Bis dieser Traum dann irgendwann zerplatzte und man in der Realität aufwachte. Unvorbereitet. Das richtige Leben präsentierte sich einem von jetzt auf gleich, gnadenlos.

Da wurde Klee abermals zurück in Dunkelheit gezogen.

Es war, als würde er Krallen in seinen Schultern spüren, die ihn von dem Lager wegzogen.

Von seiner unbeschwerten Welpenzeit.

Als er ein drittes Mal die Lider öffnete, stand er in einem dunklen Wald. Die Sterne leuchteten kalt über ihm, dunkle Schatten verwandelten die Bäume in unheimliche Ungeheuer, die ihre Äste nach einem auszustrecken versuchten.

Mitten in diesem Wald konnte Klee wieder Silber entdecken. Und ihn.

Wie sie aneinandergeschmiegt dasaßen.

Die Nacht von Dorns Beerdigung!

Klee wollte am liebsten zu den beiden Wölfen treten, ihnen sagen, dass der Rüde, um den der Wolf da trauerte, gar nicht sein Vater war. Aber er wusste, sie würden ihn nicht sehen.

Verzweifelt wollte Klee die Zeit zurückdrehen.

Bis zu diesem Zeitpunkt.

Diese Erinnerung ist die Größte von uns beiden ... Sie wird auf ewig bestehen, selbst wenn ich nicht mehr da bin ...

So innig und liebevoll waren er und Silber nie wieder miteinander umgegangen ...

Erneut wurde es langsam dunkel. Dieses Mal wollte Klee nicht, dass die Erinnerung verschwand.

Er wollte bleiben. Für immer.

Doch er konnte sich nicht aus der Finsternis befreien.

Ein viertes Mal schlug Klee die Augen auf.

Diesmal befand er sich unter einer verschneiten Tanne.

Er sah sich selbst, die Stirn verzweifelt gegen den dicken, vereisten Stamm gepresst.

Da habe ich erfahren, dass Silber meine Schwester ist ...

Da kam die Wölfin auch schon durch die Zweige herein.

Klee sah zu, wie sie dem Vergangenheits-Klee erklärte, was damals geschehen war.

Diese Erkenntnis hat mich erschüttert ...

Plötzlich wurde er wieder ins Dunkle geschleudert. So brutal, als würde ihn jemand von den Pfoten reißen.

Auf einmal wurde es ruhig. In ihm selbst kehrte eine Ruhe ein, die er vorher nie verspürt hatte.

Als hätte er seinen Frieden gefunden.

Da aber riss Klee die Augen auf.

Und erblickte einen hellblauen Himmel.

Geräusche des Waldes drangen an sein Gehör. Vogelgezwitscher, verräterisches Rascheln im Unterholz.

Düfte stiegen in seine Nase, die er seit Monden nicht mehr gerochen hatte. Der unbeschreiblich schöne Geruch von Blumen, von massenhafter Beute ... von der Sonnenzeit.

Entsetzt verkrampfte sich der Rüde.

Unter ihm fühlte er weiches Gras.

Er verspürte keine Schmerzen. Roch kein süßliches Blut. Alles war friedlich und ruhig.

Bin ich im Ewigen Rudel?! Bin ich wirklich tot?!

Langsam wälzte Klee sich auf die Seite, setzte sich behutsam auf. Um ihn herum war nichts als ein heller Wald, der in der Sonnenzeit erblühte.

Nein! Ich bin tot!

Es so deutlich zu realisieren, es ohne Zweifel zu wissen, war grauenhaft.

Fassungslos keuchte er. *Ich habe versagt! Ich habe alle im Stich gelassen! Ich habe Silber allein gelassen!*

Er nahm den Kopf in den Nacken und heulte entsetzlich auf. »Neeeeiiinnn!«, jaulte er zum gesunden Blätterdach empor.

»Ich habe versagt!«, wimmerte er zu den Vögeln, die erschrocken aus den Baumkronen aufstoben.

Wie hatte das passieren können? Wie hatte es so weit kommen können? Er wusste es. Er hatte Kupfer retten wollen. Damit Silber ihren Gefährten nicht verlor.

Jetzt hat sie uns beide verloren!

Klee erschauderte, als er daran dachte, wie verzweifelt Silber sein musste. Wie ihr die Erkenntnis, dass sie Kupfer und ihn verloren hatte, das Herz brach.

Aber was hätte ich tun sollen, um das zu verhindern? Kupfer abstürzen lassen?

Nein. Silber hätte ihm das niemals verziehen.

Trotzdem tobten Schuldgefühle in ihm.

Wie konnte ich Silber das an tun? Sie wird an dieser Trauer zerbrechen!

Er dachte nicht an das Rudel. Seine Gedanken galten ganz allein der wunderhübschen, silbernen Wölfin.

Seiner Schwester.

Neben ihm regte sich plötzlich etwas.

Erschrocken zuckte Klee zusammen.

Kupfer lag schlaff neben ihm auf der Wiese.

Wahrscheinlich durch sein wildes Heulen aufgeweckt, blinzelte er nun träge. Er brummte missmutig, als dächte er, er würde aus seinem schönen Schlaf gerissen werden.

Dann aber fuhr sein Kopf mit einem Ruck in die Höhe, als ihm wieder einfiel, was geschehen war.

Entgeistert sah er sich um, bis sein Blick an Klee hängen blieb. »Klee?« Seine Stimme war nur ein Krächzen. Viel zu geschockt, um lauter zu sprechen. »Sind wir …?«

Klee erwiderte nichts. Kupfer wusste auch so die Antwort.

Erschüttert heulte auch der Einzelwolf auf. »Nein! Oh, nein, bitte nicht!« Er schaute sich hektisch um, als suche er nach einem Ausweg zurück ins Leben.

»Ich darf Silber nicht allein lassen! Nein, was habe ich nur getan?«

Fragend starrte Klee hin an. Was hatte Kupfer getan?

»Es ist meine Schuld!«, winselte der Goldene verzweifelt. Mit einem Zittern, was durch seinen Körper fuhr, ließ er die Schultern hängen. Plötzlich wirkte der taffe Einzelwolf schwach und zerbrechlich.

»Ich bin schuld, dass Silber uns beide verloren hat! Wenn ich besser aufgepasst hätte … dann wäre ich nicht über diesen Stein gestolpert!«

Seine Stimme klang leise und gequält.

Klee trat besänftigend einen Schritt auf den Wolf zu, auch wenn er selbst vor Trauer und Schuldgefühlen erfüllt war.

»Es ist nicht deine Schuld …«, fing er beruhigend an.

Da hob der Rüde jäh den Kopf. Seine hellgrünen Augen sprühten auf einmal Funken.

»Warum hast du mich nicht fallen lassen?«, fragte er da verzweifelt. »Wieso hast du mich festgehalten?! Wenn du mich losgelassen hättest, hätte Silber noch dich gehabt!«

Er jaulte deprimiert. Auch wenn Kupfer ihm gerade die

Schuld gab, wusste Klee, dass er nur einen Weg suchte, um seine eigene Verzweiflung und Trauer zu verarbeiten.

Insgeheim gab er sich jedoch noch immer die Schuld.

»Kupfer, ich hätte dich niemals losgelassen«, bellte er ehrlich, als der Goldene mit zitterndem Körper einen Moment ruhig war und auf seine zitternden Pfoten starrte. Wahrscheinlich, um sich unter Kontrolle zu bringen.

»Du bist *alles* für Silber. Ich konnte doch nicht zulassen, dass *ihr Leben* in einen Abgrund stürzt.«

Der Wolf sah auf. Sein Blick ganz glasig.

»*Wir beide* sind *alles* für sie, Klee«, bellte er leise, aber eindringlich. »Silber liebt uns beide. Und nun hat sie uns beide verloren.«

Ehe Klee darauf eingehen konnte, hörte er es neben sich im Unterholz rascheln.

Erstaunt blickten sich die zwei Rüden nach dem neuen Geräusch um.

Werden wir jetzt von den Ahnen empfangen?

Bei diesem Gedanken kribbelte sein Pelz, wie als würden tausend Ameisen durch sein Fell kriechen.

Auch Kupfer hatte neben Klee den Atem angehalten und starrte mit gespitzten Ohren zu dem Gestrüpp, was sich bewegte.

Der Schildpattfarbene schnupperte, konnte jedoch keinen Geruch aufspüren.

Da aber teilten sich die Zweige und fünf Wölfe traten heraus. Das eine Paar erkannte Klee sofort.

Es waren Nebel und Löwe - seine Eltern - die aus dem Gebüsch getrabt kamen. Bei ihrem Anblick schnürte sich die Kehle des jungen Wolfes zu. Seine richtigen Eltern zu sehen, war ein unvorstellbar schönes, gleichzeitig allerdings auch trauriges Gefühl. Denn nun gab es absolut keinen Zweifel mehr, dass er wirklich tot war.

Es überraschte Klee, Dorn bei seinen Eltern zu sehen. Sein Adoptivvater kam mit einem verständnisvollen Lächeln auf ihn zu.

Neben ihm stieß Kupfer plötzlich einen Freudenschrei aus. Klee zuckte erschrocken zusammen, doch da rannte Silbers Gefährte bereits auf die zwei Wölfe zu, die der Wolfsrüde nicht kannte.

Es waren ein Wolf und eine Wölfin. Die Wölfin hatte das gleiche, goldene Fell, wie Kupfer und war ziemlich schlank.

Ihre hellgrünen Augen leuchteten auf, als sie den Einzelwolf auf sich zustürmen sah.

Neben der elegant wirkenden Wölfin trabte ein großer, kräftiger Rüde. Unter seinem dicken, braunen Fell, spielten starke Muskeln. Seine ebenfalls grünen Augen glänzten glücklich.

»Mutter! Vater!« Die zwei Wölfe blieben stehen, als Kupfer sich an sie schmiegte.

Mutter? Vater? Überrascht blickte er zu den dreien hinüber.

»Oh, Kupfer«, flüsterte die goldene Wölfin, die sich fest an ihn drückte.

»Ich habe euch so vermisst!«, wimmerte Kupfer, wie ein verlorener Welpe.

»Wir dich auch«, erwiderte der starke Rüde.

Die drei schmiegten sich liebevoll aneinander, und als Klee endlich begriff, was los war, wurde ihm das Herz schwer.

Kupfer hat seine Familie wiedergefunden ... dafür hat er Silber verloren ...

»Klee.« Nebels Stimme drang sanft an sein Ohr. Er wandte den Blick von der wiedervereinten Familie ab und sah seine eigenen Eltern an.

Es ist so seltsam, sie Eltern zu nennen., dachte er, als er sich die zwei Vierbeiner anschaute. *Sie sehen mir gar nicht ähnlich. Na ja, Blume und Dorn haben mir auch nicht ähnlich gesehen aber trotzdem ...*

Nebel trat auf einmal vor und schmiegte sich an Klee.

Der zuckte kurz zusammen, dann ließ er die Berührung zu. »Oh, mein Sohn«, keuchte die ausgewachsene Wölfin halb traurig, halb erfreut.

Sie trat abrupt zurück, als wäre ihr gerade erst eingefallen, dass sie nicht mehr mit dem Rüden gesprochen hatte, seit er ihr Gespräch mit Silber mitgehört hatte.

»Klee, es tut mir so unendlich leid«, flüsterte sie schuldbewusst. »Wir hätten dir früher die Wahrheit sagen sollen, aber wir wollten nicht, dass Blume dich dann verstößt, wenn sie erfährt, dass du es weißt.«

Löwe, sein Vater, fügte leise hinzu: »Du wurdest so schnell von uns gerissen, da dachten wir vielleicht auch, es wäre besser, dich glauben zu lassen, du seist ein Rudelwolf. Du warst so glücklich und stolz darüber.« Er lächelte zaghaft.

Der Schildpattfarbene wusste nicht, was er sagen sollte. Er hatte nie darüber nachgedacht, seinen richtigen Eltern zu begegnen, da sie ja bereits tot waren.

Soll ich ihnen vergeben? Oder wütend auf sie sein?

Doch Klee spürte, dass er nicht zornig auf die beiden war. Eigentlich verspürte er nur eine Leere in sich. Dort, wo sein Herz hätte sein sollen, war nichts mehr.

Trotzdem sehnte er sich auf einmal nach seinen Eltern. Nach seiner *richtigen* Familie.

Mit einem Schluchzen schmiegte er sich an seine Eltern. Stumm drückten die sich an ihn, bis Löwe murmelte: »Wir haben dich so sehr vermisst.«

»Ich … ich habe euch auch vermisst«, stotterte Klee.

Nachdem er es ausgesprochen hatte, merkte er, dass es stimmte. Er hatte seine echte Familie vermisst. Seit er erfahren hatte, dass er nicht der Welpe von Dorn und Blume war, hatte er sich nach seiner wirklichen Familie gesehnt.

Langsam löste sich Klee von den beiden, die ihn voller Kummer in den Augen betrachteten.

Dorn trat neben ihnen hervor und stellte sich Klees verwundertem Blick. »Oh Klee …«, seufzte er niedergeschlagen.

»Ich hatte keine Ahnung von Blumes Lüge. Du warst mein Sohn und wirst es auch immer bleiben. Egal ob leiblich, oder nicht.«

Ein tiefer Frieden machte sich in Klee breit. »Danke ... Vater.« Damit schmiegte er sich eng an den Wolf, den er so lange für seinen wahren Papa gehalten hatte.

Nach ein paar Herzschlägen räusperte sich Klee, trat zurück und stellte die Frage, die ihm schon die ganze Zeit auf der Zunge lag: »Sind ... sind wir wirklich tot?«

Auch wenn er die Antwort bereits kannte, wollte er sie hören. Er wollte von den Hütern des Ewigen Rudels gesagt bekommen, dass er sich nicht in einem schrecklichen Traum befand, dass es keine Einbildung war. Dass er nicht mehr zu hoffen brauchte.

Nebel, die frühere Mondwächterin des Nachtrudels und seine leibliche Mutter, schaute betrübt auf das helle Gras, als könnte sie ihren Sohn nicht ansehen. »Ja«, murmelte sie nach kurzem Zögern niedergeschlagen.

Jetzt war auch Kupfer wieder zu ihnen getreten, genauso wie die zwei fremden Wölfe.

Der Einzelwolf hatte die Antwort anscheinend gehört, denn er legte geschockt die Ohren an, während er sich neben Klee setzte. Klee brach das nicht mehr vorhandene Herz.

Er fühlte sich so schrecklich, als würde er noch einmal sterben. *Ich habe Silber wirklich allein gelassen! Sie wird daran zugrunde gehen ...*

»Eigentlich.« Die Wächterin des Ewigen Rudels sah auf.

Erschrocken starrte Klee sie an.

»Was heißt *eigentlich*?«, wollte Kupfer sofort wissen. Er sprang auf die Pfoten und sträubte das Fell.

»Heißt das, wir sind etwa doch nicht ...?«

»Doch«, erwiderte die goldene Wölfin, Kupfers Mutter kummervoll. »Ihr seid tot. Wir sind hier, um euch ins Ewige Rudel zu begleiten.«

Verwirrt sah Klee die schlanke Einzelwölfin an.

»Wie jetzt? Erst sind wir tot, dann wieder irgendwie nicht und jetzt erneut? Ich verstehe das nicht.«

Klee versuchte, den Hoffnungsschimmer in ihm auszulöschen. Seit diesem einen Wort *eigentlich* prickelte sein Pelz vor Aufregung.

Dorn sah Klee fest in die Augen, als er erklärte: »Ihr seid bei dem Sturz ums Leben gekommen. *Eigentlich* seid ihr tot und *eigentlich* müssten wir euch nun mit zu unserem Lager bringen und euch dort im Ewigen Rudel aufnehmen.«

»Das tun wir jedoch nicht«, bellte Kupfers Vater.

Geschockt starrten die beiden jungen Rüden den braunen Wolf an. »Habicht ... was meinst du damit? Ihr tut das nicht? Heißt das, wir sind aus dem Ewigen Rudel verbannt?«

Entsetzt fuhr Klee bei diesen Worten zusammen.

Verbannt? Nein, bitte nicht!

Zu seiner Erleichterung schüttelte Nebel sogleich den Kopf. »Nein, natürlich nicht! Ihr seid beide mutige, stolze und ehrenvolle Rüden, aber genau deswegen werden wir euch nicht ins

Ewige Rudel schicken.«

»Und … wohin dann?«, fragte Kupfer immer noch verwirrt.

»Zurück ins Leben«, antwortete Löwe mit einem warmen Lächeln. Beide Wölfe zogen überwältigt die Luft ein.

»Zurück ins Leben?!«, wiederholte Klee ungläubig.

Seine aufsteigende Freude, über die Konsequenzen dieser Aussage, drängte er zurück. *Das ist unmöglich! Selbst für das Ewige Rudel!*

Nebel nickte dem schildpattfarbenen Wolf zu.

»Ja. Ihr werdet wieder leben können.« Mit einem traurigen Ausdruck in den hellblauen Augen fuhr sie jedoch fort: »Aber nicht für immer.« Sie machte eine kurze Pause, in der Klee sie fassungslos anstarrte. *Was heißt nicht für immer?!*

Ehe er eine Antwort auf diese Frage bekommen konnte, hörte er über sich den Schrei eines Vogels.

Der Wolfsrüde blickte auf und sah einen riesigen Vogel zu ihnen hinabschweben. »Was zum …«

Erschrocken schaute der Schildpattfarbene zu, wie der adlergroße silberne Piepmatz neben ihnen landete. Er legte die breiten Flügel an den schlanken Körper und sah die beiden verstorbenen Rüden mit schiefgelegtem Kopf an. Seine strahlend hellblauen Augen erinnerten Klee schmerzhaft an Silber …

»Darf ich euch vorstellen, das ist Natura.« Nebel verneigte sich tief vor dem Vogel. Dieser krächzte einmal laut und nickte ihr ebenfalls zu. Klee blickte nur vollkommen verwirrt von seiner Mutter zu dem großen Vogel und wieder zurück.

»Sie ist die Verkörperung der Natur. Durch sie bekommt ihr die Möglichkeit, zu Silber zurückzukehren.« Nebels Blick ruhte allein auf Klee, während sie sprach.

Der erwiderte ihren warmen Blick mit Verwunderung.

»Die Natur … ist dieser Vogel?«, fragte Kupfer da und sprach damit Klees Gedanken aus.

Habicht nickte seinem Sohn zu. »Ja, Kupfer. Natura ist die Verkörperung der Natur. Alles was du um uns herum siehst, was du in deiner Realität gesehen hast ... das alles ist Natura. Durch diesen mächtigen Vogel spricht die Natur zu uns und leitet uns. Und manchmal hilfst sie uns auch. Wie bei euch nun.« Er bedachte Kupfer mit einem Blick voller Liebe.

Dorn fuhr mit der Erklärung fort: »Es ist eigentlich unmöglich, Tote wieder zu den Lebenden zu schicken. Doch mit der Hilfe und Erlaubnis der Natur ist es machbar. Für ganz besondere Wölfe«, fügte er mit einem liebevollen Lächeln hinzu.

Nebel fügte hinzu: »Silber braucht euch mehr, als irgendjemanden sonst. Ihre starke Liebe zu euch beiden ist stärker als der Tod. Sie und Naturas Hilfe machen es möglich, dass ihr zurückkehren könnt.«

Ihr Blick verdunkelte sich schlagartig. »Jedoch werdet ihr, wie schon gesagt, nicht ewig bleiben können. Im Zeitraum des finalen Kampfes gegen die Menschen wird eure Lebenszeit enden. Dann werden wir einen von euch rufen müssen. Ansonsten könnte Natura und somit die ganze Natur sterben, da sie nicht mehr im Gleichgewicht wäre. Natura hat genug Kraft, einen von euch zu retten, der an Silbers Seite bleiben kann, aber diese Kraft reicht leider nicht für euch beide.«

Klee spitzte entsetzt die Ohren. Hatte er richtig gehört?

»Moment ... einen von uns?«

Nebel nickte bekümmert. »Ja. Um der Natur nicht zu schaden, muss einer von euch sterben. Der andere kann leben.«

17. KAPITEL

Eng drückte ich mich gegen den kalten Fels. Schloss die Augen und versuchte, an nichts zu denken.

Doch ich dachte immer wieder daran, wie schön es wäre, wenn statt dem blanken Fels andere Körper neben mir lägen. Mit goldenem und schildpattfarbenem Pelz.

Wir werden sie finden! Kupfer und Klee leben! Bald werde ich sie wiedersehen!

Es war nicht viel Zeit vergangen, seit die beiden Rüden ins Tal gestürzt waren.

Der Mond leuchtete am nachtschwarzen Himmel und beleuchtete den Berg, an dem wir lagen.

Nachdem wir die Suche nach den Wolfsrüden aufgenommen hatten, hatten wir einen Weg auf den Berg gesucht, wie Aurora es vorgeschlagen hatte. Aber bei der einbrechenden Nacht entschieden wir uns, lieber auf den Tag und die Sonne zu warten.

Da es auf dem schmalen Pfad zu gefährlich war, um dort zu übernachten, und wir noch keinen Weg auf den Berg gefunden hatten, lagen wir nun doch auf der anderen Seite des Gebirges.

Genau an der Felswand, die uns von dem Tal trennte, in das Kupfer und Klee hineingestürzt waren.

Ich lag mit dem Rücken zur Wand und starrte jetzt auf das Tal vor uns.

Wenn alles so gekommen wäre, wie es sollte, hätten wir es vielleicht schon durchquert.

Ich blickte zum Sternenmeer empor. Die silbernen Punkte strahlten kalt auf mich und meine Freunde, die ein wenig abseits von mir lagen, hinab.

Ich hatte mich extra von ihnen entfernt niedergelassen, weil ich meine Ruhe wollte.

Ich musste allein sein, um mir einreden zu können, die beiden Rüden wären noch am Leben.

Bitte, Nebel oder Löwe, oder Raven ... oder irgendjemand ... das ganze Ewige Rudel! Bitte, lasst meinen Gefährten und meinen Bruder nicht von mir gegangen sein ... wenn es so ist, werde ich daran zerbrechen ...

Sofort schüttelte ich mich. Mein Verstand wollte sich wieder melden.

Nein! Die beiden leben! Sie mögen verletzt sein, aber sie leben!

Die Augen zum schwarzen Nachthimmel gerichtet, redete ich mir diesen Satz immer wieder ein.

»Wir müssen es ihr sagen.«

Überrascht richtete ich meine Aufmerksamkeit unbemerkt auf meine Gefährten. Sie saßen nur wenige Sprünge von mir entfernt, ebenso an der Felswand.

Aurora und Lenny unterhielten sich leise. Wenn ich die Ohren spitzte, konnte ich jedes Wort verstehen.

»Lass ihr diesen Glauben, Aurora«, flüsterte Lenny gerade. Ich wollte nicht zu ihnen hinübersehen, da ich Angst hatte, sie könnten mich ebenfalls anschauen. Stattdessen blickte ich weiter den Sternenhimmel an, lauschte allerdings unbemerkt.

»Aber was bringt uns das? Wir bringen uns in Gefahr, für Tote.«

»Tote, die uns unser Leben gerettet haben«, erinnerte sie der kleine Hund scharf.

»Daran musst du mich nicht erinnern. Trotzdem«, hielt die weiße Hündin dagegen. »Selbst, wenn ich Silber noch so sehr ins Herz geschlossen habe, ist diese Rettungsaktion hoffnungslos. Sie können diesen Sturz nicht überlebt haben. Kupfer und Klee waren auch mir wichtig. Ich habe ... Klee sehr gemocht ...«, sie stockte kurz, um bei der Erinnerung an meinen Bruder nicht wimmern zu müssen. »Aber sie haben nicht überlebt. Das ist einfach unmöglich.«

Lenny blieb einen Moment still, in der sich mir der Magen verkrampfte. Ich hörte den kleinen Hund seufzen. »Ich weiß. Wir alle wissen es. Und Silber auch. Aber sie ist verzweifelt und redet sich ein, Kupfer und Klee würden noch leben, um daran nicht zu zerbrechen. Sie will sie unbedingt finden und glauben, sie wären nicht weg. Die zwei haben ihr alles bedeutet. Wir – ihre Freunde – sollten ihr diesen Wunsch erfüllen und mitspielen.«

Fast schnaubte ich empört. *Mitspielen?*

»Wenn sie sieht, dass die beiden nicht mehr unter uns sind, wird sie es sich eingestehen. Doch bis dahin sollten wir sie unterstützen. Und danach sowieso an ihrer Seite sein, um sie aufzufangen.«

Er zögerte einen Augenblick, bevor er mit einem Winseln hinzufügte: »Und nun sollten wir Kupfer und Klee den Respekt erweisen, um sie zu trauern. Das haben sie verdient.«

Ich wunderte mich über die weisen Worte des kleinen Hundes. Aber sie verärgerten mich auch.

Sie glauben nicht daran, dass sie noch leben! Sie spielen mir etwas vor, um mir nicht wehzutun! Pah! Ich werde es ihnen zeigen!

Langsam legte ich den Kopf auf die Pfoten und schloss erneut die Augen. Ich wollte versuchen zu schlafen, um für die Suche morgen fit zu sein, mir war jedoch klar, dass ich diesen Schlaf nicht bekommen würde.

Zu sehr war mein Magen aufgewühlt, mein Gehirn verknotet und meine Gefühle verwirbelt.

Sie leben! Das ist das Einzige, was zählt!

So richtig überzeugen konnte ich meinen Verstand dann doch nicht ...

Ich fiel. Eisige Luft zerrte an meinem Körper. Ich schrie. Verzweifelt ruderte ich mit den Pfoten, als würde ich versuchen, zu fliegen. Aber der Boden kam immer näher. Der harte Steinboden, auf den ich schmettern würde.

Da erkannte ich die Situation von einer anderen Position. Ich stand am Rand eines Abgrunds, blickte hinunter und sah einen goldenen und einen schildpattfarbenen Fellballen den Abgrund hinunterstürzen.

»Neeeiiiinnnn!«, schrie ich verzweifelt auf.

Diesmal konnte ich sehen, wie sie auf dem Boden aufkamen. Auf hartem Stein.

Als ihre beiden Körper dumpf auf dem Gestein aufschlugen, ihre Schreie prompt verstummten, spürte ich einen schmerzhaften Stich im Herz. Ich keuchte qualvoll. Es fühlte sich an, als würde jemand seine Zähne in mein Herz schlagen und es mit einem Ruck seines Gebisses in zwei zerreißen.

Dann wurde es eiskalt hinausgezogen und mit in den Abgrund geworfen.

Ich zog scharf die Luft ein, hielt den Atem an, um dem Schmerz zu widerstehen, aber es ging nicht.

Mit einem quälenden Schrei knickten meine Beine weg und ich schürzte auch in die Tiefe.

»Neeiiinnn!« Mit einem Schlag war ich wieder wach. Mein Kopf schoss in die Höhe. Ich atmete schwer, als wäre ich die ganze Nacht gerannt, ohne Pause.

Sofort spürte ich meinem Herzschlag. Für einen Moment hatte ich Angst, es könnte wirklich weg sein.

Nein, es ist noch da ...

Erleichtert atmete ich durch, zog die frostige Luft in meine schmerzenden Lungen.

Kalter Wind kam auf, der mein heißes Fell kühlte.

Einen Augenblick hatte ich Panik, diesen Windstoß könnte Kupfer oder Klee geschickt haben, dann verdrängte ich diesen Gedanken jedoch gnadenlos.

Ich muss hier weg! Ich kann sowieso nicht mehr schlafen!

Der Drang aufzustehen und einen nächtlichen Spaziergang zu machen, war zu stark, um ihm zu widerstehen.

Ich durfte nicht nachdenken, musste mich ablenken.

Also stand ich leise auf. Mit einem Blick über die Schulter vergewisserte ich mich, dass meine Freunde behütet schliefen, dann machte ich mich auf den Weg ins Tal.

Es war noch dunkel. Die kalten Sterne leuchteten auf mich hinab, ohne von einer einzigen Wolke aufgehalten zu werden.

Der Mond war erst wenig weiter gewandert, demnach konnte ich nicht lange geschlafen haben.

Der Hang war steil, ich musste aufpassen, wo ich meine Pfoten hinsetzte, um den Schnee nicht ins Rutschen zu bringen.

Aber diese Konzentration war hilfreich. Sie lenkte mich von dem schlimmen Ereignis ab.

Nach einer Weile stand ich an der Pfote des Hangs und blickte auf einen vereisten Wald. Alles war still. Nichts regte sich im eingeschneiten Gebüsch. Der Wind hatte auch aufgehört. Gemächlich trottete ich auf das Wäldchen zu.

Hinter ihm konnte ich schon wieder Berge ausmachen, über die wir irgendwie kommen mussten.

Davor finden wir sie aber!

Mein Fell streifte das beladene Unterholz und eine Ladung Schnee regnete auf mich herab.

Erschrocken keuchte ich auf und sprang vor, schüttelte mir das eisige Weiß aus dem Fell.

Ohne es mitbekommen zu haben, stand ich nun mitten im dunklen Wald, ganz allein. *Pffh. Kommt mir bekannt vor. Allein in einem fremden Wald ...*

Mit dieser Situation war ich schon vertraut. Mit der Ausnahme, dass ich diesmal wusste, wo es zurückging.

Neugierig schlenderte ich um die Bäume herum, die ihre kahlen Äste nach mir auszustrecken versuchten, um mich mit Schnee zu bedecken.

Ich aber schlängelte mich durch den Wald, mit gespitzten Ohren und aufsteigender Aufregung.

Meine Pfoten führten mich immer schneller voran, als wüssten sie etwas, was mir nicht klar war. Zum Beispiel, wieso ich plötzlich so aufgeregt war.

Da jedoch trat ich aus dem Wald an eine kleine Lichtung, die vom Sternenlicht durchflutet wurde.

Der Schnee auf ihr glitzerte, wie ein Meer aus Kristallen.

Ich blieb mit erhobener Pfote stehen, als ich diese wunderschöne freie Fläche entdeckte. *Warum glitzert der Schnee so?*

Ich wusste, dass die Sterne den Schnee leuchten lassen konnten, aber, dass er so glitzerte?

Doch schlagartig explodierte der Himmel über mir.

Ich zuckte erschrocken zusammen, als am Sternenzelt auf einmal Lichter auftauchten. *Die Eislichter!*

Erstaunt beobachtete ich, wie sich die Lichter, wie eine Schlange zum Horizont zogen, in die Richtung, aus der ich gekommen war.

Diesmal hatten die Eislichter die Farben Gold und Hellgrün. *Es wird etwas Großes passieren!*

Ich erinnerte mich an Korns Worte, als wir sie zum ersten

Mal erblickt hatten.

Vielleicht ist das ein Zeichen! Das Ewige Rudel will mir sagen, dass Kupfer und Klee noch leben!

Gerade wollte ich mich umdrehen und zu meinen Freunden zurückeilen, da veränderte sich das Bild am Nachthimmel. Ich starrte fassungslos zu ihnen hoch, als sie sich plötzlich senkten und die bunte Schlange zu mir hinab schwebte.

Entgeistert schaute ich zu, wie die Lichter sich um mich wandten. Kalter Wind kam auf, riss an meinem Fell, während die Eislichter mich umzingelten, mich umkreisten.

Was passiert hier?!

Die Lichter funkelten wild, zogen wie ein Wirbelsturm um mich herum. Ich stand im Auge des Sturms.

Plötzlich schoss die bunte Schlange auf mich zu. Erschrocken jaulte ich auf, aber da hatte sie mich schon durchschossen.

Ich schnappte entsetzt nach Luft, während ich ein heißes Brennen in mir spürte, als die grün-goldenen Lichter in mir tobten. Verängstigt fragte ich mich, was mit mir geschah.

Mein Atem stockte, als der Strom an Licht, das in mich hinein floss, nicht verebben wollte, ich allerdings ein Stechen in meinem Herzen verspürte.

Was passiert mit mir?!

Panisch wollte ich weglaufen, aber meine Pfoten gehorchten mir nicht mehr. Voller Angst musste ich das Stechen und das Licht aushalten, was weiter in mich hineinfloss.

Mein Herz zog sich schmerzhaft zusammen. Ich winselte laut auf. Da erschienen vor meinem inneren Auge blitzartig Bilder von Kupfer und Klee.

Ich wusste nicht, wo sie herkamen, doch irgendetwas drängte mich dazu, an sie zu denken.

Die Eislichter tun es ... Warum?

Aber bei dem Anblick meiner zwei Liebsten füllte sich mein Herz mit Liebe. Tränen schossen mir in die Augen, mein Magen verkrampfte sich.

Ich darf einfach nicht zulassen, dass Kupfers liebevolles Lächeln oder Klees aufmunterndes Lachen diese Welt jetzt schon verlassen!

Nun fühlte es sich schlagartig so an, als würde der Sturm aus Licht nun mein Herz umschließen, es zusammendrücken, bis zum Äußersten.

Als ich dachte, die Eislichter würden es zerquetschen, verschwand abrupt das quälende Gefühl.

Die Lichter schossen wie ein Fluss aus mir hinaus und flogen zum Tal, in das Kupfer und Klee gefallen waren.

Ich starrte ihnen schwer atmend und mit zitterndem Pelz hinter her. Mein Herz pochte unkontrolliert in meiner Brust.

»Was beim Ewigen Rudel war das?!«, rief ich verstört zum Nachthimmel hinauf.

Ahnungslos blickte ich den Lichtern hinterher, die weiter in das gegenüberliegende Tal flossen.

Augenblick ... sie fließen zu Kupfer und Klee ... was, wenn ...

So schnell ich konnte, raste ich durch den Wald, zu meinen Freunden. Ich musste ihnen unbedingt die Eislichter zeigen und ihnen erzählen, was geschehen war.

Wenn sie das Zeichen ebenfalls sahen, würde sie doch sicher auch glauben, dass die beiden Rüden weiterhin am Leben waren, oder?

Und vielleicht – ich musste nur daran glauben – halfen die Eislichter gerade Kupfer und Klee zu uns zurück.

Meine Pfoten donnerten über den Schnee. Ich streifte schneebedeckte Büsche und Äste, doch das war mir alles einerlei. Ich musste nur so schnell wie möglich zu meinen Weggefährten. Bevor ich allerdings den Waldrand erreichte, tauchte urplötzlich ein Pelz vor mir auf.

Überrascht versuchte ich, noch zu bremsen, hatte aber zu viel Geschwindigkeit. Mit einem erschrockenen Quieken krachte ich in den Fellhaufen hinein.

»Oh, tut mir leid!«, entschuldigte ich mich sofort bei dem Unbekannten und sprang zurück. »Ich habe dich nicht geseh -«

Ich hielt inne, als ich Korn erkannte.

Seit der Auseinandersetzung am schmalen Pfad hatten wir nicht mehr miteinander geredet.

»Du bist es«, bemerkte ich daher trocken.

Ich wollte mich abwenden und den Rest des Wegs so schnell wie möglich zurücklegen, aber der Rüde hielt mich zurück.

Er sprang vor und verstellte mir den Weg.

»Ich weiß, was du denkst, Silber«, bellte er, ohne eine Spur von Ungeduld. Ganz ruhig sah er mich an.

Seine gelben Augen leuchteten im wenigen Licht.

Ich schnaubte, da ich keine Lust hatte, mich mit ihm zu vertragen. Ich wollte jetzt nur noch den anderen Bescheid sagen und dann sofort aufbrechen.

»Was denke ich denn?«, knurrte ich herausfordernd.

Ich wusste, dass Korn nicht an das Überleben der zwei Wolfsrüden glaubte. Genauso, wie die Hunde, aber die taten wenigstens so.

»Du willst uns nun erzählen, dass Klee und Kupfer leben, nachdem du die Eislichter gesehen hast.«

Er sah zum hellen Himmel auf, wo die Lichter weiterhin, wie ein reißender Fluss zum anderen Tal strömten.

»Doch sie sind nicht am Leben, nur weil die Eislichter auftauchen«, fuhr er fort, als er mich wieder ansah.

Ich öffnete das Maul, um ihm zu widersprechen, Korn

jedoch war schneller. »Ich weiß, ich verhalte mich in deinen Augen wie der letzte Köter, aber ich sage dir nur die Wahrheit. Ich weiß, die Wahrheit tut weh«, fügte er leise hinzu und sah weg. Schmerz blitzte auf einmal in seinen Augen auf, dann seufzte er niedergeschlagen.

»Ich war auch schon mal in deiner Situation«, gestand er betrübt. Er legte die Ohren kummervoll an und begegnete meinem wütenden Blick. »Meine Schwester ist vor einem Zeitwechsel gestorben. Erst war sie verschwunden. Das ganze Eisrudel hat sie gesucht und ich fand ihre Spur.«

Ein Zittern durchfuhr seinen Körper. »An einem blutgetränkten Ort im Wald. Überall war der ekelhafte Geruch eines Eisbären und ihrer. Gemischt mit ihrem Blut. Es lag ringsherum verteilt und eine Blutspur führte von diesem schrecklichen Szenario weg. Ich bin der Spur gefolgt und habe mir bis zum letzten Moment eingebildet, sie würde noch leben, auch wenn ich wusste, dass das unmöglich war. Da war so viel Blut … ich wusste gar nicht, dass ein Wolf so viel Blut hat! Es tränkte den Schnee scharlachrot, der ganze Weg war ein einziger roter Faden, wie ein schrecklicher Fluss, den ich entlang watete.«

Korn seufzte erneut. Ich hörte ihm schweigend zu, konnte die Wut aber nicht richtig unterdrücken. Außerdem war mir die Moral dieser Geschichte bereits bekannt.

»Als ich sie gefunden habe, lag sie an einem eingefrorenen Baum. Natürlich tot. Ihr Bauch war aufgeschlitzt. Ihr schönes weiß-braunes Fell ausgerissen. Ich habe bis zum letzten Herzschlag gebetet, dass sie noch leben würde, auch wenn ich es die ganze Zeit wusste. Dann dort zu stehen, und sie wirklich tot zu sehen, war grauenhaft. Es wäre leichter gewesen, wenn ich es mir vorher eingestanden hätte.«

Der Wolf blieb einen Moment still, ehe er endete: »Deshalb

weiß ich, wie du dich fühlst. Und aus dem Grund möchte ich nicht, dass du den gleichen Fehler begehst, wie ich. Es ist einfacher, wenn du dir eingestehst, dass - «

»Nein!«, knurrte ich entschlossen. Ich mochte diese Lehre ganz und gar nicht. Ich wollte nur weg von diesem Köter!

Mit gebleckten Zähnen wich ich vor ihm zurück.

»Das hier ist etwas anderes! Klee und Kupfer leben, das spüre ich! Das *weiß* ich! Sieh doch zum Himmel! Selbst die Eislichter zeigen es uns! Wir müssen ihnen folgen und die zwei retten! Falls du das nicht willst, kannst du dich gerne verziehen! Keiner bittet dich, bei uns zu bleiben!«

Als würden diese Worte ihn schlagen, fuhr Korn zusammen.

Ich wusste ganz genau, dass es ein Tier gab, das ihn zum Bleiben beten würde. Lesly.

Doch ich war zu sauer, um auf sie Rücksicht zu nehmen.

Mit angelegten Ohren fuhr ich fort: »Wir können sie genauso ohne dich retten! Wir brauchen dich nicht!«

Der Rüde blieb einen Herzschlag sprachlos, bis er knurrte: »Natürlich bleibe ich! Aber nicht, weil ich an das Überleben der zwei Rüden denke, sondern weil ich Lesly folge! Und wenn sie dir helfen will, dann tue ich das auch. Das zwingt mich jedoch noch lange nicht, diese aussichtslose Rettungsaktion gutzuheißen!«

Mit diesen Worten stapfte er in Richtung Hang.

Mein Pelz zuckte wütend. Als Korn in der Dunkelheit verschwunden war, atmete ich erleichtert auf.

Ich will jetzt keine negativen Gedanken wegen ihm zulassen! Diese Eislichter sind ein Zeichen! Ein Gutes!

Trotzdem kehrte ich noch nicht zu meinen Freunden zurück. Irgendetwas trieb meine Pfoten in die entgegengesetzte Richtung, zurück auf die kleine Lichtung.

Eben hatte ich nur am Rand gestanden, als die Eislichter gekommen waren, nun tappte ich bis zur Mitte.

Ohne, dass ich überlegte, setzte ich mich hin und sah zum leuchtenden Himmel auf.

Die hellgrün-goldenen Lichter bewegten sich jetzt langsamer auf und ab. Die Schlange war am Nachthimmel zurückgekehrt. Doch plötzlich brach das Licht ab. Die Lichter verschwanden von jetzt auf gleich.

Ich schrak auf, als es finster wurde und nur noch die Sterne es waren, die auf mich hinab leuchteten.

Was ist passiert? Heißt das etwa, dass Kupfer und Klee nun gestorben ...

Bevor ich den Gedanken vollenden konnte, blitzten Sternschnuppen am Nachthimmel auf.

Aber nicht eine, oder zwei. Hunderte.

Es schien mir, als würde jeder Stern vom Himmel fallen.

So viele flogen über den Himmel, zogen Sternenstaub hinter sich her und verglühten nach einer Weile.

Das gesamte Himmelszelt glitzerte voller silberner Sternschnuppen, die alle in eine Richtung flogen.

In das Tal, in das Kupfer und Klee gestürzt waren.

Sprachlos beobachtete ich die fliegenden Sterne.

Das ist doch nicht ...

Wenn ich ganz genau hinsah, erkannte ich Vögel in den Schneeschnuppen. Wie ein Sternenbild zogen nun riesige Vögel aus Sternschnuppen über den gesamten Himmel, alle auf das Gefängnis meiner Liebsten zu.

Noch ein Zeichen!

Erneut packte mich Aufregung. Nun hatte es bereits zwei Andeutungen gegeben, dass die beiden Rüden weiterhin lebten.

Jetzt gehe ich zu den anderen! Jetzt müssen sie mir glauben!

Das ist der Beweis! Ich weiß es! Kupfer und Klee leben!

Zu meiner Überraschung glaubte es nun mein Verstand wirklich. Ein Adrenalinstoß durchfuhr meinen Körper, unglaubliche Freude stieg in mir auf und ich raste durch den Wald, zurück zum Hügel.

Als ich den Waldrand verließ, begrüßte mich eisiger Wind, der mir noch mehr Zuversicht verlieh.

Sie leben! Ich fühlte mich, als würden Klee und Kupfer bereits vor mir stehen. Diese Sternschnuppen mussten einfach der Beweis sein.

Warum sonst sollten sie genau heute Nacht auftauchen? Mit großen Sprüngen sauste ich den steilen Hang hinauf, ohne darauf zu achten, ob der Schnee wegrutschte oder nicht.

Am oberen Rand angekommen rannte ich zu meinen Freunden. Sie lagen immer noch zusammengekuschelt da, schliefen tief und fest. Auch Korn war wieder bei ihnen. Er lag neben Lesly, so nah, dass sich ihre Pelze berührten.

»Freunde! Aufwachen!«

Mein Ruf war aufgeregt und adrenalingeladen.

Mein Pelz kribbelte vor Freude.

Erschrocken fuhr Auroras Kopf in die Höhe, neben ihr quiekte Aluna überrascht. Lenny sprang mit angelegten Ohren auf die Pfoten, während Lesly zusammenzuckte.

»Silber!«, rief Aurora aus, als sie mich sah.

»Was ist los?«, fragte Lenny besorgt und kam angelaufen.

»Mama?« Aluna wirkte verwirrt. Sie setzte sich auf und sah mich mit großen, blauen Augen an.

Korn schnaubte nur. Er hatte sich ebenfalls aufgesetzt und sah demonstrativ weg.

»Seht doch!«, kläffte ich und schaute zum blitzenden Himmel empor. Noch immer flogen Sternschnuppen in Form von unzähligen großen Vögeln auf ihm entlang.

Ein paar Sternenpiepmätze verglühten immer wieder, doch dann nahm sofort ein neu geborener Vogel seinen Platz ein.

Meine Freunde sahen hoch.

Lesly stieß ein ungläubiges Keuchen aus, während Aurora die Kinnlade hinunter klappte. Aluna ließ ein beeindrucktes »Wow« hören, und Lenny starrte mit großen Augen hinauf.

»Was ist das?«, fragte Lesly schockiert.

Sie sah zu mir und auch die anderen richteten ihre Blicke auf mich. Ich erzählte ihnen aufgeregt, was die Eislichter getan hatten und offenbarte ihnen meine Vermutung, dass die Lichter damit Kupfer und Klee irgendwie geholfen hatten.

Nun zeigte ich rauf zum Himmel.

»Das ist ein Zeichen!«, rief ich aus. »Das Zeichen, dass Kupfer und Klee am Leben sind! Wir müssen nur den Sternschnuppen folgen, dann finden wir sie!«

Zu meiner Enttäuschung schaute ich in zweifelnde Augenpaare, die von den Sternschnuppenvögeln beleuchtet wurden.

»Silber, das sieht echt wunderschön und magisch aus-«, meinte Aurora leise, aber Lenny unterbrach die große Hündin, bevor sie weiterreden konnte.

»Das sieht wirklich wie ein Zeichen aus! Alle Vogelsternschnuppen fliegen in dieselbe Richtung: Zum Tal! Da müssen wir ebenfalls hin!«

Ich übersah nicht, wie er Aurora einen warnenden Blick zuwarf. Selbst wenn Lennys Meinung meine Zuversicht fütterte, war ich mir unsicher, ob der kleine Hund diese Worte auch ernst meinte.

»Ich finde, wir sollten ihnen folgen!«

Diese Aussage kam nicht von mir, sondern von Lesly.

Die Hündin sah gebannt nach oben, dann blickte sie die

Freunde an. »Silber hat recht. Dieses Spektakel kann sehr gut ein Zeichen sein. Oder habt ihr schon mal Vögel aus Sternschnuppen gesehen?«

Zögerlich schüttelten die anderen die Köpfe. »Seht ihr?«, fragte sie weiter. »Vögel sind das Zeichen für Leben und Freiheit! Ich werde Silber folgen, wenn sie uns dort hinführen will, wo sie Sternschnuppenvögel landen.«

»Lesly, du weißt, es kann genauso gut auch nur eine Laune der Natur sein«, widersprach Korn seiner Gefährtin.

Er mied meinen Blick, als er fortfuhr: »Es *muss* ein Naturwunder sein, selbst wenn es noch so unglaublich aussieht. Es ist unmöglich, dass sie - «

»Korn!« Lesly wandte sich wütend an ihn. »Keiner von uns weiß, was es ist! Ich *glaube* daran, dass es ein Zeichen vom Ewigen Rudel ist! Falls du das nicht tust, ist das in Ordnung. Wage es aber nicht, mich vom Gegenteil überzeugen zu wollen!«

Mit einem demonstrativen Blick drehte sich die Hündin zu mir und kam mit stolzer Haltung auf mich zu geschritten.

»Ich folge Silber!«, verkündete sie über die Schulter und setzte sich neben mich.

»Meinetwegen können wir aufbrechen«, meinte sie zu mir, ohne die anderen anzusehen. Ich zögerte nicht. Ich wollte unbedingt meine Geliebten wiedersehen. Also nickte ich ihr zu und wandte mich zum Gehen.

»Natürlich kommen wir mit!«, rief Lenny und eilte uns hinter her. Aurora und Aluna kamen ebenfalls eilig auf die Pfoten und begleiteten uns.

Korn stockte. Mit einem genervten Schnauben trabte er uns jedoch schließlich doch hinterher.

»Auch wenn ich finde, dass es nachts viel zu gefährlich ist«, flüsterte Aurora nachdenklich, als wir auf dem Weg um den Berg herum waren.

»Die Sternschnuppenvögel spenden uns genug Licht, um zu klettern«, erwiderte Lenny zuversichtlich.

Aber genau als sein Bellen verklungen war, verglühten die Vögel über unseren Köpfen. Erschrocken blieben wir stehen. Der Himmel war wieder schwarz. Allein ein paar Sterne funkelten noch. »Heißt das etwa ...«, hob Aurora an, doch ich schnitt ihr scharf das Wort ab: »Das heißt gar nichts! Wir müssen weiter! Sofort!« Mein Magen verkrampfte sich vor Angst. Warum waren die Vögel verglüht?

Das hat nichts zu bedeuten!, redete ich mir ein. *Womöglich haben sie die beiden nun geheilt!*

Ich führte die Gruppe den Berg entlang, zum Pfad hinauf. Der Pfad führte zum Berg, an dem meine beiden Freunde gestürzt waren.

Gerade kamen wir am schmalen Pfad an, als ich ein lautes, vertrautes Bellen hinter mir hörte:

»Silber!«

Meine Gefährten zuckten zusammen, wirbelten mit ungläubigen Mienen herum.

Ich konnte mich nicht rühren. Mein Puls raste in die Höhe, mein Herz schlug so hart gegen meine Rippen, dass ich fürchtete, es würde sie zerbrechen.

Der Schock ließ meinen Körper nur langsam herumfahren.

Der Schock darüber, dass es wirklich wahr war.

Meine Augen glitten hinunter zum Wald. Zwei Gestalten rannten den Hang hinauf.

Es waren Kupfer und Klee.

18. KAPITEL

Es dauerte ein paar Herzschläge, bis das Entsetzen nachließ und die unbändige Freude aufstieg.

»Das … ist doch unmög - « Mein Freudenschrei unterbrach Korns fassungsloses Stottern.

Ich fühlte mich, als würde ich vor Glück zerbersten.

Mit lautem, glücklichen Bellen warf ich mich den Hang hinab, meinem Leben entgegen.

»Kupfer! Klee!« Ich stolperte beinahe über meine eigenen Pfoten, als ich den Hügel hinunter sauste.

Ich konnte es einfach nicht fassen. Ich hatte die ganze Zeit meinen Verstand überreden wollen, aber tief in meinem Innern hatte ich gewusst, dass es hoffnungslos war.

Doch jetzt sprangen die beiden Rüden mit strahlenden Mienen auf mich zu! Quicklebendig!

»Silber!«, jaulte Klee überglücklich.

An der Mitte des Hangs trafen wir uns. Keiner von uns blieb stehen. Die zwei Rüden warfen sich auf mich, wodurch wir den Rest des Hanges in einem wilden knäul hinunterrollen. Unter aufgeregtem Kläffen und Bellen konnte ich weiterhin nicht glauben, dass ich gerade die Felle der beiden Wölfe an mir spürte. Am Rand des Waldes blieben wir liegen.

Ich landete auf dem Rücken. Die beiden Wölfe auf mir.

Sie schleckten mir wild über das Gesicht, bellten fröhlich.

»Ihr lebt!«, rief ich ungestüm.

»Ja! Wir leben!«, kläffte Klee belustigt, jedoch mit der gleichen Fassungslosigkeit in der Stimme.

Als ihre kitzligen Zungen aufhörten, über mein Gesicht zu streichen, sah ich sie lange an.

Sie waren wirklich hier. Ich spürte ihre Pelze an meinem,

ihren Atem. Hörte ihr glückliches Bellen.

»Ihr seid tatsächlich hier«, hauchte ich gerührt. Tränen stiegen in mir auf, ein Kloß bildete sich in meiner Kehle.

Sie lebten. Sie atmeten. Sie waren nicht von mir gegangen. Das war einfach so unglaublich schön.

Auch Klee und Kupfer wurden ruhig.

»Wir konnten dich doch nicht allein lassen«, flüsterte Kupfer liebevoll.

Klee fügte mit einem sanften Lächeln hinzu: »Außerdem lieben wir dich zu sehr, um einfach so zu verschwinden.«

Ich blickte sie beide voller Liebe und Zuneigung im Blick an. »Ich bin so froh, dass ihr da seid«, gab ich zu.

Kupfer öffnete das Maul, um etwas zu sagen, da hörten wir eilige Pfotenschritte.

»Kupfer! Klee!« Die Hunde kamen angelaufen.

Die beiden Rüden ließen mich aufstehen und eilten auf die Freunde zu.

Aluna hüpfte an ihrer Spitze den Hang hinab, rutschte eher, als dass sie lief.

»Vater!« Voller Freude warf sie sich auf ihren Adoptivvater, der sie erleichtert lachend empfing. Sie landete wild maunzend auf seinem Kopf.

Kupfer ließ sie kichernd wieder in den Schnee gleiten. Er zog sie mit der Pfote an sich und schmiegte sich fest an sie. »Aluna! Dir geht es gut!«

Klee begrüßte laut kläffend die Hunde und Korn.

»Ihr lebt!«, rief Lenny begeistert.

»Wir dachten, ihr seid tot!«, gab Aurora nun ihre Bedenken bestürzt zu. Sie drückte sich voller Erleichterung, dass sie Unrecht hatte, an den schildpattfarbenen Rüden. »Ich bin so erleichtert, dass ihr am Leben seid!«, seufzte sie an ihm.

»Glaub mir, wir ebenfalls«, gab Klee leise zu.

Lenny hüpfte aufgeregt bellend um ihn herum, während Lesly wartete, Klee begrüßen zu dürfen.

Aurora und mein Bruder lösten sich voneinander und da schmiegte sich auch die weiß-grau-braun gefleckte Hündin an ihn. »Dem Ewigen Rudel sei Dank, seid ihr unverletzt!«

»Willkommen unter den Lebenden«, kläffte Korn aufatmend, der neben Lesly gestanden hatte.

Ich sah ihm seine Verblüffung an. Er hätte niemals damit gerechnet.

Tja, man darf eben nie die Hoffnung aufgeben!

Nachdem Kupfer sich von Aluna gelöst hatte, begrüßte auch er die Freunde.

Ich nutzte die Zeit und schmiegte mich nochmal an Klee. »Ihr seid wirklich wieder da!«, hauchte ich an seiner Halsbeuge. »Wir hätten dich niemals verlassen«, entgegnete mein Bruder leise an meinem Ohr.

Ich trat einen Schritt zurück und sah ihn begeistert an. »Sagt mal, habt ihr die Eislichter und Sternschnuppenvögel auch gesehen? Hatten sie irgendetwas mit eurem Auftauchen zu tun? Haben sie euch geholfen?« Ich war mir ganz sicher, dass dem so war, aber Klee schüttelte unwissend den Kopf.

»Nein, Silber ... wir sind aufgewacht und da war der Himmel nur voller Sterne.«

Enttäuschung nagte nach diesen Worten an mir. Warum sonst könnten diese zwei unglaublichen Schauspiele stattgefunden haben, wenn nicht, um Kupfer und Klee zu helfen?

»Es kann allerdings trotzdem sein, dass die Eislichter und Vögel uns geholfen haben und wir es einfach nicht mitbekommen haben«, schob Klee nach kurzem Zögern ein.

Er zuckte jedoch mit den Schultern, ehe ich nachhaken

konnte. »Aber das Wichtigste ist doch jetzt, dass wir wieder da sein, oder?« Ich nickte glücklich und drückte mich nochmals an ihn. »Oh ja. Das ist es.«

»Aber wie seid ihr hier her gekommen?«, fragte Korn verwundert, als sich alle wieder etwas beruhigt hatten.

Nun saßen wir in einem kleinen Kreis zusammen, ich zwischen Kupfer und Klee.

Korn deutete mit einem Kopfnicken auf den Berg hinter uns. »Ihr seid doch dort ins Tal gefallen. Wie könnt ihr dann hier sein?«

Kurz tauschten die zwei Rüden Blicke, bevor Klee antwortete: »Ja, wir sind in dem Tal aufgewacht.« Er nickte auf das Tal, in das die beiden hineingefallen waren.

»Wir waren nicht verletzt, es war ein Wunder. Silber hat mir erzählt, dass vor unserem Auftauschen Eislichter und Sternschnuppenvögel am Himmel waren. Vielleicht haben die unsere Verletzungen geheilt. Natürlich wollten wir sofort zu euch zurück. Daher haben wir uns einen Weg aus dem Tal gesucht. Selbst wenn ich dachte, dass es keinen geben würde, haben wir tatsächlich einen gefunden.«

Ich grinste breit. »Ich hab's doch gewusst! Siehst du, Korn? Es gibt immer einen Weg.«

Ich sah den hellbraunen Rüden überzeugt an.

Der schnaubte geschlagen. »Ja, hab's verstanden. Das ist aber auch echt ein wirkliches Wunder.«

Er nickte Klee zu, der weiterberichtete: »Wir mussten die Bergkette entlang, weshalb wir nicht hier rausgekommen sind, sondern etwas weiter dort drüben.«

Er nickte zum kleinen Wäldchen.

»Na ja, dann haben wir den Wald durchquert und euch hier

gesehen.« Die Hunde und Korn nickten verstehend.

Doch ich hatte plötzlich ein komisches Gefühl im Bauch.

Die Geschichte klang glaubhaft, irgendetwas in mir sträubte sich dennoch dagegen, ihr zu glauben.

Unauffällig sah ich erst Kupfer und danach Klee an.

Die zwei lächelten glücklich, ihre Augen leuchteten.

Aber bei beiden bemerkte ich etwas, das vor dem Fall noch nicht da gewesen war:

Trauer.

Tief in ihren Augen entdeckte ich hinter den leuchtenden Blicken den versteckten Kummer. Ich dachte schlagartig, dass sie angespannt und zurückhaltender wirkten.

Das bilde ich mir nur ein! Ich verdrängte diese seltsamen Gefühle und Wahrnehmungen mit aller Macht.

Sie sind am Leben! Darüber sollte ich mich freuen! Stattdessen sehe ich Dinge, die gar nicht da sind! Außerdem könnte ich spüren, wenn etwas nicht in Ordnung wäre! Kupfer und ich sind verbunden und Klee ist mein Bruder!

Alles ist genauso passiert, wie Klee es gesagt hat und die zwei sind ebenso wenig traurig oder angespannt. Warum auch?

Doch ich konnte nicht leugnen, dass ein seltsames Gefühl in mir blieb. Ich spürte, dass irgendetwas nicht in Ordnung war.

Die Nacht verging, die Sterne am Himmel verschwanden mit der aufgehenden Sonne.

Ich hatte nicht mehr geschlafen. Zu sehr war ich damit beschäftigt gewesen, die beiden Rüden zu löchern, ob sie nicht doch irgendwelche Verletzungen hatten oder hungrig oder durstig waren. All das verneinten die beiden.

Danach hatte ich mich an sie geschmiegt, das komische Gefühl in mir verdrängt und war bis zum Sonnenaufgang nicht mehr von der Seite gewichen.

Nun stieg die Sonne langsam über die Berge und tauchte das Tal in ein feuriges Licht.

»Wann fressen wir?«, fragte Aluna neben mir. Die Kleine hüpfte fröhlich neben mir her, während Kupfer auf der anderen Seite von mir lief und Klee an Alunas Seite daher spazierte.

Die Hunde und Korn hatten sich hinter uns aufgereiht. So schlenderten wir durch das kleine Wäldchen, welches ich in der vorherigen Nacht bereits besucht hatte.

Die Lichtung, die im Dunkeln so seltsam geleuchtet hatte, lag noch vor uns. Wir waren gerade erst aufgebrochen.

Und ich konnte in diesem Moment nicht glücklicher sein.

Wir waren wieder unterwegs. Als wäre am Vortag nichts Unfassbares geschehen. *Es ist einfach so schön!*

Ich sprudelte voller Energie. Voller Lebensfreude.

Ich hatte mein Leben wieder. Meine Zukunft, meine Vergangenheit.

»Wir müssen noch ein wenig gehen«, kläffte Klee zu dem Jungen. »Wir sind ja gerade erst losgelaufen.«

Aluna maunzte protestierend. »Aber ihr müsst doch auch Hunger haben!« Fragend sah sie die zwei Rüden an.

»Papa, hast du keinen Hunger?«, fragte sie Kupfer ungläubig. Dieser schüttelte mit einem belustigten Lächeln den Kopf.

»Nein, meine Kleine. Lass uns noch ein wenig laufen, dann nehme ich dich auch wieder mit auf die Jagd. Vielleicht fängst du ja erneut etwas?«

Die Schneeleopardin bekam große Augen.

»Ja! Ja!«, jubelte sie und sprang aufgeregt um uns herum.

Ich kicherte belustigt, selbst wenn es in meinem Hinterkopf zweifelhaft prickelte.

Warum haben sie keinen Hunger? Sie sind einen hundedum-

men Berg runtergefallen und haben seitdem nichts zwischen die Zähne bekommen. Da müssen sie doch hungrig sein!

Mir selber viel auf, dass mein Magen knurrte.

Seit dem Morgen, wo wir die Bergkette erklommen hatten, hatte ich nichts mehr gefressen.

Genauso wie die anderen.

»Ich denke, wir sollten jetzt jagen.« Ich blieb stehen.

Kupfer und Klee sahen mich überrascht an. »Aber wir sind doch gerade erst losgegangen«, erinnerte mich mein Bruder.

»Ja, aber wir haben alle seit gestern Morgen nichts mehr gefressen«, rief ich ihm ins Gedächtnis.

»Ich könnte schon etwas vertragen«, stimmte Korn mir zu. Auch Lesly und Aurora nickten.

»Wir können uns aufteilen«, schlug Lenny vor.

»Ja! Ich gehe mit Papa!«, miaute Aluna schrill, vor Begeisterung. Lenny nickte der Leopardin belustigt zu. »Das kannst du gerne tun.«

»Na schön. Ich würde vorschlagen, ihr Hunde jagt zusammen«, meinte Kupfer. »Korn du kommst mit mir und Aluna. Und ihr zwei geht auch gemeinsam.«

Mein Gefährte nickte Klee und mir zu. Die Hunde machten sich bereits auf den Weg.

Ich wollte protestieren, da ich gerne mit Klee *und* Kupfer gejagt hätte, der Goldene war jedoch schneller.

»Keine Widerrede. Ihr zwei seid ein großartiges Team und werdet viel Beute erlegen.«

Damit verschwand er mit Korn und Aluna im Unterholz. Doch ich hatte den Blick gesehen. Den Blick, den er Klee zugeworfen hatte.

Kupfer wollte, dass ich mit meinem Bruder allein war, aber da war noch etwas anderes.

Ein stiller Austausch zwischen den beiden. Über irgendetwas, dass ich nicht wusste.

Irgendetwas ist hier komisch. Das Misstrauen, was da in mir aufstieg, löschte ich sogleich aus.

Die zwei haben etwas Schreckliches zusammen durchlebt! Das schweißt zusammen ...

Aber ein kleiner Zweifel biss sich in mir fest.

»Sollen wir?«, fragte Klee neben mir gut gelaunt.

Ich sah ihn an. Er war nicht so gut gelaunt, wie er vorgab zu sein. Ein dunkler Schleier lag über seinen Augen und bedeckte das Strahlen, was sonst immer zu sehen war.

Ich schüttelte den Kopf. Auch wenn ich Hunger hatte, wollte ich jetzt nicht jagen gehen. Nicht, wenn ich mit Klee allein war.

Denn nun kam plötzlich alles wieder hoch. All die Sorgen und Ängste, die ich gehabt hatte, als ich dachte, Klee und Kupfer wären tot.

»Nein, Klee. Ich will nicht jagen gehen.«

Fest schmiegte ich mich an seine Seite. Der Rüde zuckte kurz zusammen, als hätte er nicht damit gerechnet, dann drückte aber auch er sich an mich.

»Ich dachte, du wärst tot«, flüsterte ich mit zitternder Stimme. Tief zog ich seinen Duft ein.

»Du bist mein bester Freund, mein kleiner Bruder. Du weißt gar nicht, wie viel du mir bedeutest.«

Klee blieb einen Moment still, ehe er den Kopf drehte, sodass er mich ansehen konnte.

Ein liebevolles, doch seltsamerweise auch trauriges Lächeln erhellte seine Miene. »Ich glaube, ich weiß es.«

Damit schmiegte er sich sanft an mich.

Ich fing an zu schluchzen, als ich sein Fell an meinem spürte. »Ich habe mir die ganze Zeit eingeredet, dass ihr noch am Leben seid«, gab ich an ihn gedrückt zu. »Aber tief in meinem Innern habe ich gewusst, dass ... dass ihr tot seid. Jetzt ist es, als wärt ihr wiederauferstanden.«

Klee blieb erneut still. Nach einer Weile bellte er dann leise: »Keine Sorge.« Seine Stimme klang auf einmal erstickt, als würde es ihm schwerfallen, die Worte auszusprechen.

»Wir sind wieder da.« Nach langem Zögern fügte er hinzu: »Und wir bleiben auch.«

»Das hoffe ich doch.«

Ich freute mich so sehr, Klee zu spüren, ihn zu hören und zu sehen. Am liebsten hätte ich ihn nicht mehr losgelassen.

Aber nach kurzer Zeit löste sich Klee von mir, allerdings nur so weit, bis unsere Nasenspitzen sich fast berührten. Er sah mir tief in die Augen, in denen ich Freude und Trauer miteinander ringen sah.

Er flüsterte sacht: »Als ich in Ohnmacht war, habe ich unsere Eltern gesehen. Nebel und Löwe. Sie haben mich gebeten, ihnen zu verzeihen ... und das habe ich getan. Jetzt sind wir wirklich eine Familie. Außerdem weiß ich nun, dass Dorn immer mein Vater sein wird, egal, was passiert.«

Ich lächelte gerührt. »Oh, das freut mich so sehr.«

Der Rüde drückte seine Stirn mit einem liebevollen Lächeln sanft an meine. Ich schmunzelte glücklich und schloss die Augen. Ich konnte das unbeschreiblich schöne Gefühl nicht in Worte fassen, was mich warm umgab, als wir so dasaßen.

So verharrten wir ein paar Augenblicke schweigend.

Bis Klees Nase anfing zu zucken. Er löste sich von mir und schnüffelte. »Was ist?«, fragte ich verwirrt. Gern hätte ich noch länger so verweilt.

»Riechst du das?«, wollte er wissen, während er konzentriert im Schnee herumschnupperte.

Ich zog selbst die Luft ein, konnte jedoch nichts wittern.

Ehe ich ihm das aber sagen konnte, stieß er mich plötzlich von den Pfoten. Mit einem erschrockenen Heulen rollte ich mit ihm über den Schnee.

»Was soll denn das?«, fragte ich lachend, als wir im Weißen liegen blieben.

»Ich wollte dich nur wieder zum Lachen bringen«, kicherte Klee über mir. »Das ist schließlich meine Aufgabe.«

Ich schnaubte belustigt. »Das hast du geschafft.«

Auf einmal verkrampfte sich der Wolf allerdings über mir.

»Riechst du das?«

Ich verdrehte amüsiert die Augen. »Was hast du diesmal vor?«

Aber der Rüde schüttelte mit ernster Miene den Kopf.

»Nein, das ist kein Scherz.« Er trat von mir herunter und schnüffelte wieder.

Eilig rappelte ich mich auf, betrübt, dass dieser lustige Augenblick so schnell zu Ende war.

Doch ich war ebenfalls nervös. Denn auch ich roch irgend-etwas Seltsames. Diesmal nicht nur Eis und Schnee, sondern noch etwas. Einen säuerlichen, ekelhaften Gestank.

»Igitt!«, knurrte ich angewidert, als mir der Geruch in die Nase stieg. »Was ist das denn?«

Klee starrte mit zusammengekniffenen Augen in den Wald hinein. »Ich habe keine Ahnung. Aber der Gestank bewegt sich. Also muss es ein Tier sein.«

Schlagartig fühlte ich mich beobachtet. Mein Fell zuckte verräterisch und ich war so paranoid, dass ich mich unsicher umschaute. *Silber! Jetzt reiß dich zusammen. Hier ist nichts!*

Er sah mich an. »Sollen wir dem Gestank folgen?«

Ich schüttelte sofort den Kopf. »Nein, bitte nicht! Ich will so schnell wie möglich diesen Geruch aus meiner Nase bekommen! Außerdem kann es sich auch nur um ein krankes Beutetier handeln. Lass uns lieber gehen.«

Klee nickte und wir schlenderten in die entgegengesetzte Richtung.

Klee und ich trotteten noch ein Stück durch den Wald, der doch größer war, als ich gedacht hatte.

»Hallo!« Ich wirbelte erschrocken herum, als neben mir ein lautes Bellen ertönte.

Erleichtert atmete ich durch, als ich Auroras belustigtes Gesicht vor mir sah.

»Beim Ewigen Rudel, hast du mich erschreckt!«

Die Hündin lachte. »Das war meine Absicht.«

Klee kicherte ebenfalls leise, denn er hatte sich nicht erschrocken. Da traten außerdem Lenny und Lesly aus dem kahlen Unterholz.

Sie zerrten ein altes Rentier hinter sich her. Ich zog erstaunt die Luft ein. »Ihr habt ein Rentier erlegt!«

Da viel mir erst ein, dass wir gar keine Beute gemacht hatten. Klee und ich waren einfach nur spazieren gegangen.

Ich hoffte, dass die Freunde uns das verzeihen würden.

Aurora nickte. »Ja. Die Zeit im Eisrudel hat sich gelohnt. Es war aber auch ganz leicht.« Sie klang sehr stolz. »Wir haben es von der Herde getrennt. Es war ziemlich langsam, sodass wir es schnell töten konnten.«

Ich grinste erfreut. »Herzlichen Glückwunsch.«

Klee nickte der Hündin anerkennend zu. »Wirklich gut gemacht.«

Die Große neigte mit einem kleinen Lächeln den Kopf vor dem Rüden. »Danke.«

»Oh, ich bin am Verhungern!«, verkündete ich, während mir das Wasser im Maul zusammenlief.

»Sobald Kupfer, Aluna und Korn da sind, können wir fressen«, entgegnete Klee mit einem verstehenden Blick.

»Wir sind da!«, hörten wir eine vertraute Stimme aus dem Unterholz. Nur einen Herzschlag später streckte Kupfer seinen Kopf aus einem verschneiten Gebüsch und trat heraus.

Hinter ihm stolzierte Aluna mit einem Schneehasen im Maul. Korn bildete den Schluss.

»Du hast etwas gefangen!«, rief Lenny aufgeregt, der zu der Leopardin gelaufen kam. »Großartig!«

Das Junge legte den Hasen vor uns ab und grinste breit.

»Ja, sie wird immer besser«, lobte Kupfer sie mit einem stolzen Lächeln.

»Ich bin stolz auf dich!«, bellte ich glücklich und stupste meine Adoptivtochter an.

»Ja, echt super!«, stimmte auch Klee mir zu. Er zwinkerte Aluna lobend zu.

»Wie hast du es gefangen?«, wollte Lesly neugierig wissen. Während das Junge erzählte, kauerten wir uns in einem Kreis zusammen und fraßen das Rentier.

Den Hasen überließen wir natürlich Aluna. Gerade wollte ich anfangen, ihr das Fleisch zu zerkauen, aber da unterbrach sie ihre Erzählung und sprang zu mir.

»Du brauchst das nicht mehr zu machen!«, miaute sie mit strahlenden Augen. »Ich kann jetzt Fleisch fressen!«

Überrascht schaute ich sie an. »Wirklich?«

Die Kleine nickte eifrig. »Ja, guck!«

Sie riss ein Stück des Hasen ab und zerkaute es, als wäre sie bereits ausgewachsen.

»Na, sieh mal einer an«, staunte ich anerkennend. »Bist du

schon so groß geworden? Die Zeit vergeht wie im Flug.«

Aluna grinste breit, während sie das Fleisch kaute und schließlich runterschluckte.

Dann erzählte sie weiter. Ich fraß derweil mein Rentierfleisch. Es schmeckte lecker, mir wurde aber klar, dass ich Hirschfleisch besser fand.

Vielleicht liegt es daran, dass Hirschfleisch wärmer ist!

Das Rentierfleisch war kalt und hart.

Doch ich war zu hungrig, um groß darauf einzugehen.

Gierig verschlang ich mein Stück Fleisch und holte mir gerade noch eines.

Aluna war mit ihrem Bericht fertig.

Nun erhob Klee das Wort. »Habt ihr auch eben diesen ekelhaften Geruch bemerkt? Dort, wo wir uns getrennt haben? Silber und ich haben ihn bemerkt, als ihr weg wart.«

Die Freunde schüttelten die Köpfe.

»Nein«, antwortete Aurora, nachdem sie geschluckt hatte. »Ich habe nichts gerochen. Was war es denn?«

Klee zuckte mit den Schultern. »Wir haben nicht nachgesehen. Aber es müsste ein Tier sein.«

»Vielleicht ein Krankes?«, vermutete Korn zwischen zwei Happen Fleisch.

Ich nickte. »Ja, das denke ich auch.«

Da jedoch knackte plötzlich ein Zweig direkt hinter mir.

Ich zuckte erschrocken zusammen.

Auf einmal stieg mir erneut der widerliche Gestank in die Nase, als hätte ihn unser Gerede angelockt.

»Igitt!«, miaute Aluna und rümpfte die Nase.

»Das ist ja eklig!«

Korn stimmte ihr mit einer verzogenen Miene kopfnickend zu. »Oh ja, das kannst du laut sagen. Was ist das?« Kupfer stand auf. »Der Geruch kommt von da.« Er zeigte hinter mich.

Ich sprang auf die Pfoten und drehte mich um. Wieder fühlte ich mich auf einmal beobachtet, als würde in den kahlen Büschen etwas lauern und uns ausspionieren.

»Wir müssen diesem Geruch nachgehen«, meinte Lesly ernst. »Ich habe das Gefühl, wir werden beobachtet.«

Ich sah sie verwundert an. »Du auch?«

Die Hündin nickte. »Ja. Und ich glaube, meine Vergangenheit holt mich gerade ein. Denn ich denke, wir werden *wirklich* beobachtet.«

Lesly war vor ihrem Aufenthalt im Gefängnis ein Jagdhund gewesen. Die Verstellung war immer noch seltsam.

»Dann los. Lesly, du führst uns.« Aurora nickte ihrer Freundin zu, doch Korn stellte sich ihr in den Weg.

»Nein, du gehst nicht als Erste. Es kann ein sterbendes Beutetier sein, genauso gut aber auch ein räudiger Feind. Und ich werde dich nicht in seine Klauen laufen lassen!«

Lesly lächelte amüsiert, als würde sie die Sorge des Wolfsrüden belustigen.

»Keine Sorge, Korn. Ich weiß, wie ich mit so einer Situation umzugehen habe. Vertrau mir.«

Sie trottete an ihm vorbei. Korn ließ sie nur widerwillig durch. Sie ging hinter mich und schnupperte am Gestrüpp.

Korn trat sofort an ihre Seite. Lesly sah ihn an und verdrehte nur die Augen.

»Der Träger dieses fürchterlichen Gestanks muss etwas weiter weg sein. Aber so nah, dass er uns sehen kann. Der Geruch ist sehr stark. Der Wind weht seinen Gestank hier her.«

Sie drehte sich zu uns um. »Na dann. Folgt mir.«

Sie trottete voran, Korn immer an ihrer Seite. Ich folgte direkt hinter ihnen, mit Kupfer und Klee, die meine Flanken bewachten. Aluna lief mit aufgestelltem Fell zwischen uns.

Den Schluss bildeten Aurora und Lenny.

Den Rentierkadaver ließen wir hinter uns. Von dem Hasen waren nur noch Knochen übrig. Aluna hatte gut gefressen.

Leise tappten wir Lesly nach, die konzentriert schnuppernd voran ging. Alle waren still.

Jeder von uns wusste, dass diesen Gestank auch etwas Gefährliches ausstoßen konnte.

Außer Aluna.

Das Junge hüpfte wild umher, zwar angewidert von dem Gestank, jedoch keinesfalls ängstlich oder zurückhaltend.

Wir waren nicht weit geschlichen, da raschelte es weiter vorn im Gebüsch.

Wir blieben versteinert stehen, aber Aluna raste plötzlich los. »Aluna!«, jaulte ich furchtsam, als sie im Gebüsch verschwand.

»Keine Sorge, Mama! Ich gucke n-«

Ein schreckliches Kreischen unterbrach die Worte der Kleinen. Aluna stieß ein verängstigtes Fiepen und Maunzen aus, vor uns raschelten die Büsche, wie Espenlaub.

»Aluna!« Ich sprang vor, hastete durch das Gebüsch.

Was mich auf der anderen Seite erwartete, ließ mich für einen Moment erstarren.

Vor mir stand ein großes, katzenartiges Tier.

Es war schlank, mit dicken Pfoten und kurzem, gelbbraunem Fell. Sein Kinn und die Brust, sowie die gesamte Unterseite hatten die Fellfarbe Weiß.

Der Vierbeiner ähnelte einem Schneeleoparden, jedoch war das Gesicht schmäler und ähnelte mehr einer Löwin, als einer Katze. Es war ein ausgewachsenes Exemplar, trotzdem nur ein wenig größer als ich. Die runden, gelben Augen waren aufgerissen, die rundlichen Ohren aufgestellt.

Das Tier sah aber ganz und gar nicht gesund aus.

Der Pelz war stumpf und zum Teil ausgerissen. Ich konnte jeden einzelnen Knochen unter dem dünnen Fell entdecken.

Seine Augen waren blutunterlaufen, ein weißlicher Schleier hing auf ihnen.

Der lange Schwanz zuckte unkontrolliert hin und her.

Von ihm kam der abscheuliche Gestank.

Das Tier wirkte verzweifelt, verstört, fast verrückt, so wie es da stand, mit rauem Atem, angespannter Haltung.

Außerdem hatte es Aluna am Nackenfell gepackt.

Als der Fleischfresser mich sah, knurrte er drohend.

Aber als meine Freunde aus dem Gebüsch hinter mir brachen, fauchte es zornig und floh in das Unterholz.

»Mama!«, hilflos jaulte Aluna nach mir. »Mama! Hilfe! Mama!«

»Aluna! Ich komme!«

Voller Panik jagte ich der Kreatur nach. Hinter mir hörte ich die wirbelnden Pfoten meiner Freunde, die mir folgten.

»Aluna!«, rief Kupfer angsterfüllt.

Klee schrie ihr nach: »Wir kommen!«

Kahle Äste peitschten mir ins Gesicht, eisiger Schnee fiel auf mich. Ich ignoriert es.

Ich habe Aluna das Leben gerettet! Jetzt werde ich sie nicht zur Beute werden lassen!

Die Schneeleopardin war zwar in der letzten Zeit gewachsen, doch trotzdem noch immer ein kleines Junges, leichte Beute für hungrige Jäger.

Mir wurde schlagartig etwas klar.

Dieses Viech hat uns verfolgt!

Ich erinnerte mich an die Nacht, bevor wir die Bergkette

erklommen hatten.

Da habe ich mich beobachtet gefühlt!

Ab da musste uns dieses Tier gefolgt sein.

Er musste es die ganze Zeit auf Aluna abgesehen haben!

Sie war die kleinste und schwächste von uns.

Hundedreck! Ich habe diesen Geruch schon vorhin bemerkt! Und ich habe Klee gesagt, wir sollen nicht nachschauen! Was für ein Fehler!

»Aluna!«, schrie Kupfer verzweifelt.

»Papa!« Der Schrei kam von nicht weit vorn.

Ich beschleunigte meine Schritte und als wir einmal nicht durchs dichte Unterholz rasten, konnte ich das Tier nur ein paar Sprünge voraus erkennen.

Doch die Kreatur wurde immer schneller.

Sie jagte durch den Wald, als ob sie ihn haargenau kennen würde. »Wir verlieren sie!«, heulte Lesly, als das Tier weiterhin an Tempo zunahm.

»Nein! Das werden wir nicht!« Da rannte Klee auf einmal an mir vorbei. Ich sah seinen entschlossenen Gesichtsausdruck, als er an Geschwindigkeit zulegte und dem Entführer hinterher sauste. »Ich hole ihn ein!«, rief er über die Schulter zurück.

Auch wenn das hier eine brenzlige Situation war, konnte ich den Ausdruck in seinen grünen Augen nicht übersehen, als er Kupfer anschaute.

Wieder führten die beiden ein stilles Gespräch.

Das ging zwar nur einen Bruchteil eines Herzschlages, aber es war da.

Als ob die beiden etwas wüssten, was ich nicht wusste.

»Los, Klee! Du schaffst das!«, jaulte Kupfer ihm nach.

Klee verschwand im Unterholz, in das auch der Entführer eingetaucht war.

Wir rasten hinter her. Ich wusste, dass wir nicht so schnell waren, wie das fremde Tier oder Klee.

Eigentlich war Klee gar nicht der Schnellste von uns, aber diese Lage brachte anscheinend ungeahnte Kräfte in ihm hervor.

Der Wind schlug mir hart ins Gesicht, als wir aus dem Gestrüpp erneut herausbrachen.

Nun konnte ich Klee wieder sehen. Er jagte dem Fremden hinterher, holte ihn immer weiter ein, bis …

Ein frustriertes Kreischen erfüllte die Luft, als Klee sich auf das Tier warf. Beide rollten über den Boden, Aluna wurde hinausgeschleudert.

Sofort eilte ich zu meiner Adoptivtochter. »Dem Ewigen Rudel sei Dank! Aluna, geht es dir gut?« Ich beschnupperte die Kleine von oben bis unten. Sie schien nicht verletzt zu sein, aber ihr Fell war zerzaust und ihre Augen riesig vor Angst.

»Das ist meine Beute!« Ich fuhr herum, als ich die krächzende, kreischende Stimme hörte.

Mein Bruder und der Fremde hatten sich voneinander gelöst, nun standen sie sich bedrohlich knurrend gegenüber.

Kupfer und die anderen gesellten sich zu Klee, während ich mich schützend vor die Schneeleopardin stellte.

»Aluna ist keine *Beute*!«, knurrte Kupfer angewidert, mit gesträubtem Fell. Mit angelegten Ohren knurre er: »Jetzt hau ab, bevor ich dich in Stücke reiße!«

Das abgemagerte Viech fauchte laut. »Nein! Das ist mein Fressen!«

Mit einem irren Ausdruck in den Augen und hängender Zunge, wandte er sich mir zu. »Gib mir mein Fressen!« Seine Stimme war unheimlich dunkel und rau. Sein wahnsinniger Blick auf das Junge hinter mir gerichtet.

Ich kniff die Augen zusammen. »Das ist kein *Fressen*! Sondern ein Junges!« Drohend trat ich vor. »Verzieh dich!«

Der Katzenartige fing an, wild zu schreien. »Dann gib mir das Junge!«

Auch er trat vor. Seine weit aufgerissenen Augen weiterhin auf Aluna gerichtet.

»Nur über meine Leiche!«, knurrte ich finster.

Das musste ich nicht zweimal sagen. Mit einem geisteskranken Schrei stürzte sich der Fremde auf mich.

Ich war nicht wirklich vorbereitet, weshalb ich auf den Schnee krachte.

Gefangen unter den starken Tatzen des Vieches.

Bevor er aber etwas tun konnte, was mich verletzten könnte, stieß ihn ein goldener Blitz von mir.

Kupfer drängte ihn mit gefletschten Zähnen von mir.

»Wage es nicht, meine Gefährtin an zu rühren!«, jaulte er zornig.

Klee stellte sich breitbeinig neben ihn. »Verschwinde! Lass uns in Ruhe!«

Aber der Fremde wollte nicht hören. Wieder versuchte er, an Aluna dranzukommen.

Diesmal sprang Aurora mit einem wütenden Knurren vor und schnappte nach ihm.

Das Tier wich zurück, gleich darauf versuchte es jedoch erneut, das Junge zu kriegen.

»Wir haben dich gewarnt!«, knurrte Klee. »Wenn du nicht hören willst, musst du eben fühlen!«

Mit wutentbranntem Heulen stürzte er sich mit Kupfer auf die große Katze. Diese jaulte auf, wehrte sich aber mit starken Schlägern, denen die zwei Rüden allerdings ohne Probleme auswichen. Der Fremde war ausgehungert und daher schwach.

Der Kampf würde nicht lange dauern.

Die Hunde und Korn kamen besorgt zu Aluna gelaufen, während ich mich aufrappelte und den beiden sorgenvoll zuschaute. Jeder Muskel in meinem Körper sagte mir, ich solle ihnen helfen, aber ich hielt mich zurück.

Wenn wir zu viele waren, könnten wir uns gegenseitig verletzten.

Außerdem schienen die Wölfe gar keine Hilfe zu brauchen.

Sie schlugen synchron auf das zornig fauchende Viech ein.

Jeder Schritt, den sie taten, war gleich.

Kupfer schlug dem Tier auf die Schnauze, während Klee versuchte, die Augen des Katzenartigen zu treffen.

Es sah aus, als würden die beiden tanzen. Flüssige, perfekte Bewegungen, als hätten sie diesen Kampf einstudiert.

Sie haben mehr gemeinsam, als ihnen bewusst ist ... oder ... das gemeinsame Erlebnis hat sie so zusammengeschweißt ...

Vor diesem schrecklichen Sturz hatte ich sie nie so kämpfen gesehen. Sie wirkten wie ein einziger Wolf.

»Das ist ein Puma!«, knurrte Korn hinter mir wütend. »Die sind hinterhältig und gefährlich!«

Ein Puma ...

Mit einem Schmerzensschrei sackte der Puma plötzlich in sich zusammen. Klee, der ihm in die Kehle gebissen hatte, sprang sofort erschrocken zurück.

Auf einmal war es totenstill. Der Puma gab keinen Laut von sich, Kupfer und Klee hielten den Atem an.

Eilig kam ich zu ihnen gelaufen. »Alles in Ordnung?«, fragte ich sie besorgt. Die zwei hatten jedoch nur Augen für den bewegungslosen Puma. Blut rann ihm aus der Kehle und tränkte den Schnee rot.

»Ich ... ich habe ihn getötet ...«, stotterte Klee geschockt.

Mit großen Augen starrt er den Toten an.

»Das wollte ich nicht! Es war ein Unfall!«, verteidigte er sich hektisch, als ob ihn jemand beschuldigt hätte.

»Das war richtig«, beschwichtigte ihn Kupfer. Ernst schaute er den schildpattfarbenen Rüden an, der langsam den Blick zu ihm schweifen ließ.

»Es war notwendig. Er hätte sonst Aluna getötet. Außerdem haben wir ihn gewarnt.«

»Aber ... ich habe doch nur ... ganz leicht zugebissen! Ich wollte ihm nur Angst einjagen ...«

»Er war zu abgemagert«, erklärte Lesly, die zu uns getreten war. Aurora und Lenny kümmerten sich um Aluna, während Korn seiner Gefährtin folgte.

»Das Fell ist stumpf und die Haut darunter dünn, sodass du es ganz leicht durchtrennen konntest.«

Da spricht der Jagdhund.

Aber das fand ich nun gar nicht mehr schlimm. Eher nützlich. »Es ist offensichtlich, dass er keine Familie hatte«, kläffte Korn. »Er war ein Einzelgänger.«

Ich merkte, dass Klee sich noch immer Vorwürfe machte.

Bedrückt sah er zu Boden.

Kupfer stupste ihn aufmunternd an, was mich erstaunte.

Das hatte mein Gefährte noch nie getan.

»Komm schon, Klee. Er hätte sowieso nicht mehr lange gelebt und war verrückt. Du hast seinem Leiden ein Ende bereitet. Zudem hast du Aluna das Leben gerettet.«

Der Wolf sah auf, seufzte. »Na schön. Vielleicht hast du recht. Ich habe nur ... noch nie jemanden getötet ...«

»Mama! Papa!« Bevor jemand auf seine Worte antworten konnte, kam Aluna aufgeregt angesprungen.

»Ihr habt mich gerettet!« Voller Erleichterung schmiegte sie sich an mein Bein. Ich senkte den Kopf und schleckte ihr über das kleine Gesicht. Dann schmiegte ich mich an sie.

»Ich bin so froh, dass es dir gut geht.«

Die Kleine löste sich von mir und wandte sich an Klee.

»Wenn du nicht so schnell gewesen wärst, wäre ich jetzt nicht mehr da.«

Überrascht sah mein Bruder die Kleine an, die sich nun an ihn schmiegte.

Ich war auch verwundert darüber, dass sie das bereits verstand. »Danke!«, maunzte sie an seinem Bein.

Der Rüde lächelte gerührt, seine Betroffenheit über den Tod des Pumas schien verflogen.

»Keine Ursache«, bellte er und drückte sich an sie.

Nachdem wir uns versichert hatten, dass keiner von uns verletzt war, machten wir uns wieder auf den Weg.

Langsam ließen wir den toten Puma hinter uns.

19. KAPITEL

Die Nacht verbrachten wir, wie fast immer, unter einer schnee-bedeckten Tanne.

Ich fühlte mich irgendwie sicherer unter den Zweigen, geschützter vor fremden Augen.

Den anderen schien es genauso zu gehen.

Wir lagen eng zusammen am Stamm des Nadelbaumes und teilten uns fünf Schneehasen, die wir zuvor gefangen hatten.

Aluna lag an meiner Brust und kaute genüsslich ein Stück Fleisch, was vor meinen Pfoten lag.

Ich hatte meinen Anteil bereits verspeist und war nun satt.

Kupfer lag neben mir, er teilte sich ein großes Stück mit Klee. Fast begann ich zu glauben, dass die zwei doch noch Freunde wurden. So wie sie nun miteinander umgingen, war das eine ernstzunehmende Vermutung.

Aurora lag auf der Seite, an Klee gelehnt. Sie teilte sich ein Stück mit Lenny, während Lesly und Korn den letzten Happen verspeisten.

Zufrieden schleckte ich mir über das Maul und fing an mich zu putzen.

Nun befolgten wir wieder unseren Plan.

Wir gingen der Sonne nach, zum Rudel. Dort würden wir alle gegen die Menschen antreten müssen.

Danach würden die Hunde ihren eigenen Weg gehen, genau-so, wie Kupfer, Aluna und ich.

Vielleicht könnten wir auch zusammenbleiben ... falls die Hunde und Korn ebenfalls reisen wollen, könnten wir ja eine Gemeinschaft bilden ...

Dann würde uns nur Klee verlassen.

Selbst wenn er ein halber Einzelwolf war, schlug sein Herz

für das Rudelleben, das wusste ich.

Auch wenn Blume ihm ein falsches Leben gegeben hat, wird er ihr verzeihen ... er ist nicht nachtragend.

»Ich bin müde«, miaute Aluna unter meinem Kopf.

Ein großes Gähnen unterstrich ihre Worte.

Ich sah zu ihr hinab und entdeckte ihre kleinen, weißen Reizzähne.

Liebevoll lächelte ich sie an. »Es ist schon dunkel. Wir werden jetzt alle schlafen gehen.«

Beschwichtigend leckte ich ihr über die Wange. Aluna schnurrte laut und rieb ihren Kopf an meiner Schnauze.

»Morgen werden wir wieder über die Berge müssen«, meinte Korn mit einem unheilvollen Blick.

»Diesmal wird nichts passieren«, versprach Kupfer neben mir. »Wir gehen ganz langsam, passen noch mehr auf. Dann wird alles funktionieren.«

»Hoffentlich«, murmelte Aurora zweifelnd.

Klee sah sie aufmunternd an. »Hey, so etwas passiert nicht ein weiteres Mal, das kannst du mir glauben.«

Die Hündin sah weiterhin unsicher aus, nickte aber mit einem kleinen Lächeln.

»Wenn wir morgen wieder klettern, sollten wir jetzt schlafen gehen«, schlug Lenny vor. Er lag neben Aurora und Lesly und legte bereits seinen Kopf auf die Pfoten.

»Ja, da hast du recht«, pflichtete die weiße Hündin ihm bei.

Wir stimmten mit einem Nicken zu.

»Gut, dann wünsche ich euch allen eine gute Nacht«, flüsterte Klee, der ein Gähnen unterdrückte.

»Schlaft gut!«, maunzte Aluna, die sich an meiner Brust zusammenrollte. Ich legte meinen Kopf um ihren kleinen Körper, sodass ich wie eine Katze um sie gewickelt war.

»Träumt etwas Schönes«, wünschte auch Kupfer der Runde.

Die Gruppe wurde ruhiger.

Bald hörte ich nur noch das gleichmäßige Atmen meiner Freunde.

Ich hatte die Augen geschlossen und versuchte zu schlafen.

Da ich die vorige Nacht fast gar nicht geschlafen hatte, schlief ich sofort ein.

Und erwachte in einem hellgrünen Wald.

Freude stieg in mir auf. Mir kam es vor, als wären Zeitwechsel vergangen, seit ich zuletzt hier war.

»Silber!« Laute Freudenschreie ließen mich erschrocken herumfahren.

Meine Freunde kamen angerannt. Wurzel, Weide, Drossel, Eis, Diamant, Abendlicht und Zweig kamen aus dem Wald angelaufen.

»Hey!«, rief ich ihnen erfreut entgegen. Glücklich bellend begrüßten sie mich. »Du bist wieder da!«, bellte Abendlicht mit hängender Zunge.

»Moosröte wird sich freuen!«, bemerkte Weide belustigt.

Ich lachte, fragte dann aber sofort: »Und? Wie war die Versammlung noch? Seid ihr jetzt das *neue* Ewige Rudel?«

Drossel schmunzelte. »Es war wirklich schön. Wir haben uns mit den Schneegeistern unterhalten und ein paar von ihnen kennengelernt.«

»Sie sind echt sehr nett«, fügte Wurzel hinzu.

»Trotzdem ist es weiterhin eine seltsame Vorstellung, mit ihnen verwand zu sein«, meinte Zweig. Diamant nickte. »Das stimmt. Jedoch ist es toll, neue Gebiete entdecken zu können. Das Ewige Rudel kennen wir schon in- und auswendig, aber das Reich der Schneegeister noch gar nicht. Und nun können wir es Stück für Stück erkunden.«

»Genauso wie die Schneegeister«, lachte Drossel. »Ich habe Schneebeere und Flocke gestern hier gesehen. Sie haben *den warmen Wald* besucht.«

»Den warmen Wald?«, wiederholte ich verwirrt.

»So nennen sie unser Territorium«, antwortete Drossel.

»Und wer sind Schneebeere und Flocke?«

Wurzel grinste. »Zwei Schattenläufer vom Eisrudel, die wir kennengelernt haben.«

»Ach so.«

»Komm, Silber. Willst du mit ins Lager und Moosröte wiedersehen?« Diamant grinste mich an. Ich nickte. »Oh ja!«

Die silber - rosa Wölfin rannte erneut in den Wald, wir ihr hinterher. Es war wunderschön, wieder im Warmen zu sein.

Abermals Vogelgezwitscher und Beute zu hören. Die angenehme Brise zu spüren, die mir beim Laufen durchs Fell fuhr und die leckeren Düfte des Waldes zu riechen.

Oh, wie habe ich die Blütezeit vermisst!

Wir rasten durch den hellen Wald, ich fühlte mich so leicht, als ob ich fliegen würde.

Die Bäume und Büsche huschten an mir vorbei, sodass ich nur Diamants Hinterteil im Blick hatte, alles andere war unscharf.

Doch es dauerte nur kurz, da kamen wir an der riesigen Lichtung an.

Wir erklommen die Anhöhe und blickten auf ein Meer voller Wölfe.

Überall tummelten sich Pelze, das Gras war fast gar nicht mehr zu sehen.

»Was ist denn hier los?«, fragte ich verwundert.

»Die Schneegeister besuchen uns«, erklärte Zweig.

»Genauso wie ein paar von uns ihr Lager besuchen. Wir sind

jetzt ein Rudel. Also dürfen wir hingehen und bleiben, wo wir wollen.«

»Wenn wir könnten, würden wir auch in einem Lager leben, aber es sind einfach zu viele Tiere. Es gibt keinen Ort, der groß genug wäre, so viele Wölfe zu beherbergen.«

Die Stimme erklang neben uns.

Ich drehte mich um und sah Blütenwind, neben ihr saß Schneesturm. Die beiden neigten die Köpfe vor mir.

Ich verneigte mich vor ihnen, genauso wie es meine Freunde taten.

»Habe ich euch denn nicht schon oft genug gesagt, dass ihr das nicht tun müsst?«, fragte sie die Schattenläufer belustigt.

Diese hoben die Köpfe und Diamant antwortete: »Doch. Aber es wäre einfach nicht richtig, es nicht zu tun.«

Die Gründerin des Waldrudels lächelte ihr warmherzig zu.

»Hallo, Silber«, begrüßte sie dann mich.

»Seid gegrüßt«, bellte ich, erfreut sie wiederzusehen. »Schneesturm, wie geht es dem Eisrudel?«

Ich wusste, ich würde ihn das jedes Mal fragen, sobald ich ihn traf. Dieses Rudel war mir ans Herz gewachsen.

Es war so viel besser, wie das Rudel, in das ich zurückkehrte. Der große Rüde nickte. »Es geht ihnen gut. Keine Sorge.«

Ich nickte dankend, da fiel mir aber noch eine Frage ein.

»Ich bin neugierig. Also … wenn ich fragen darf: Wer von euch führt denn jetzt das *neue* Ewige Rudel an? Ich meine, ihr seid doch beide Anführer.«

Blütenwind neigte leicht den Kopf. »Richtig, Silber. Wir sind beide Anführer und das bleiben wir auch weiterhin. Wir führen beide dieses Ewige Rudel. Ihr alle seid unsere Welpen. Jeder von euch ist auf seine Weise unser eigen Fleisch und Blut. Es wäre ungerecht, würde nur einer von uns euch leiten.«

»Außerdem sind wir nur im Hintergrund«, fügte Schnee-sturm hinzu. »Nebel ist immer noch die Mondwächterin dieses Lagers, sowie Eissplitter die Anführerin des Lagers im Kalten Wald ist.«

»Der Kalte Wald?«, fragte ich irritiert.

Blütenwind schmunzelte belustigt. »Wir haben keine Grenze mehr. Alles was du siehst, gehört jedem von uns. Das alles ist ein Territorium. Wir haben das Gebiet nur in zwei Orte unter-teil. Einmal in den Kalten Wald, das frühere Territorium der Schneegeister und in den warmen Wald, das ehemalige Revier des alten Ewigen Rudels.«

Ich nickte verstehend. Ehe ich aber etwas antworten konnte, hörten wir ein aufgeregtes Quieken.

Moosröte schoss aus der Menge, die Anhöhe hinauf, auf mich zu. »Silber, du bist wieder da!«, jaulte sie glücklich und presste sich an mich.

»Ich freue mich auch, dich wiederzusehen«, bellte ich und schleckte ihr über die Ohren. »Wie geht es dir?«

»Prima! Es ist so aufregend, so viele neue Gesichter zu sehen! Endlich mal etwas Neues!«

Ihre rötlichen Augen leuchteten voller Freude.

Ich kicherte belustigt. Bevor ich jedoch etwas erwidern konnte, löste sich ein vertrauter, silberner Pelz aus der Menge unter uns. Nebel kam zu uns gelaufen.

»Silber, wie geht es dir?«, wollte meine Mutter wissen, nach-dem sie sich an mich geschmiegt hatte.

»Gut, euretwegen. Ich bin heilfroh, dass ihr Klee und Kupfer nicht zu euch geholt habt. Dafür muss ich mich wirklich von ganzem Herzen bei euch bedanken. Ich wäre wahrscheinlich auch gestorben, hätten sie mich verlassen müssen.«

Die Silberne lächelte verstehend, aber ein Schatten legte sich bei meinen Worten über ihre leuchtenden Augen. Misstrauen regte sich in mir. »Was ist los?«, fragte ich angespannt.

Sofort kam mir mein seltsames Gefühl in den Sinn, als die zwei Rüden zu mir zurückgekehrt waren.

War etwa doch mehr dahinter?

Nebel schüttelte jedoch nur unschuldig den Kopf.

»Nein, nein. Was sollte sein?« Sie wollte gut gelaunt klingen, aber ein kleines, unscheinbares Zittern schlich sich in ihre Stimme.

Misstrauisch musterte ich sie.

Allerdings kam mir wieder jemand dazwischen, bevor ich meine Mutter fragen konnte.

»Silber, Silber! Können wir nicht den Kalten Wald besuchen? Bitte! Mit dir erlauben es die Ausgewachsenen bestimmt!« Moosröte sprang aufgeregt um mich herum.

Ich lächelte die Kleine an. »Gerne, Moosröte. Können wir?«, fragte ich Nebel begeistert. Ich wollte ebenfalls das neue Gebiet erkunden und vergaß prompt das Misstrauen in mir.

Diese nickte mit einem fröhlichen Lächeln. »Sonnenschein und Fuchs werden nichts dagegen haben.«

Die Welpin kläffte glücklich. »Ja! Juhu!«

»Hey, ja. Da kommen wir mit!«, bellte Wurzel entzückt.

Meine Freunde nickten zustimmend.

»Darf ich auch mitkommen?«

Eine neue Stimme hatte sich zu uns gesellt. Ich erstarrte für einen Moment, dann aber wirbelte ich voller Freude herum.

»Raven!«

Der große schwarze Hund stand hinter mir und lächelte mich an. »Hallo, Silber. Schön dich wiederzusehen.«

Er kam heran und drückte seine Nase kurz an meine.

»Raven … was machst du hier?«, fragte ich ihn verwirrt.

Der Rüde schmunzelte. »Ich wohne hier. Das *neue* Ewige Rudel ist nun auch mein Zuhause.«

Da erst erinnerte ich mich daran, dass Raven bei den Schneegeistern Obhut gefunden hatte. Weil sie nun alle zusammenlebten, war Raven jetzt ebenso automatisch ein Teil vom Ewigen Rudel.

»Oh, Raven! Das freut mich so!«

Glücklich strahlte ich ihn an. Es war so schön, ihn hier zu sehen.

Raven lachte belustigt. »Ja, mich auch. Darf ich den mitkommen? Ich könnte euch ein wenig herumführen.«

Ich nickte heftig. »Natürlich!«

Schnell drehte ich mich zu Blütenwind, Schneesturm und Nebel um. »Wir gehen dann.«

Die drei bellten zustimmend.

»Viel Spaß«, rief Nebel uns zu, als meine Freunde sich schon abwandten.

Auch meine Mutter drehte sich um, um zum Lager zurückzugehen. Bevor sie ihr Gesicht jedoch ganz weggedreht hatte, erhaschte ich einen Blick auf ihre Augen.

Niedergeschlagenheit, Trauer und Reue waren deutlich in ihnen zu lesen.

Plötzlich war es dunkel. Einen halben Herzschlag später schlug ich die Augen auf. Ich spürte eine Pfote, die sanft an meiner Schulter rüttelte.

Mein Traum, mein Besuch in der anderen Realität, schwebte mir noch im Hirn.

Warum wirkte Nebel so traurig?

»Silber?« Eine vertraute Stimme brachte mich in meine Welt zurück. Verwundert blinzelte ich und erkannte Kupfer ganz nah vor meinem Gesicht. Seine hellgrünen Augen sahen besorgt auf mich hinab, aber als er bemerkte, dass ich wach war, leuchteten sie auf. »Hey«, begrüßte er mich leise.

Ich hob vorsichtig den Kopf. Neben mir schlief wie bisher Aluna. Sie hatte sich zu einer kleinen Fellkugel zusammengerollt. Ihre Flanken hoben und senkten sich gleichmäßig.

Die Freunde um mich herum schliefen ebenfalls nach wie vor friedlich. Auch war die Sonne noch nicht aufgegangen, es herrschte weiterhin Dunkelheit.

Der Mond leuchtete auf uns herab und die Sterne gaben allem um uns einen silbernen Glanz.

»Was ist los?«, fragte ich schlagartig besorgt.

Warum weckte mich Kupfer mitten in der Nacht?

»Ich wollte nur … ähm …«

Auf einmal klang Kupfer schüchtern. Verlegen.

Das entlockte mir ein belustigtes Lächeln. »Was?«

Mein Gefährte seufzte. »Ich wollte mit dir allein sein.«

Mein Lächeln wurde zu einem erfreuten Grinsen.

Ich hatte gehofft, dass wir bald die Zeit haben würden, allein zu sein. Jetzt war sie anscheinend gekommen.

»Klar!«, flüsterte ich aufmunternd. »Los!«

Leise stand ich auf, gut darauf bedacht Aluna und die anderen nicht aufzuwecken.

Lautlos schlichen wir an unseren Freunden vorbei, aus unserem Versteck.

Wir trotteten schweigend durch den dunklen Wald, ohne zu sprechen. Trotzdem wussten unsere Pfoten, wo sie uns hinbrachten.

An einen zugefrorenen Teich.

Ein wenig von unserem Unterschlupf entfernt befand sich ein kleiner Teich, den wir zuvor aufgebrochen hatten, um daraus zu trinken. Nun hatte sich bereits wieder eine schmale Eisschicht über das darunterliegende Wasser gelegt.

Vor dem Teich blieben wir stehen, setzten uns nebeneinander, bis unsere Pelze sich berührten.

Die Sterne spiegelten sich im Eis, sodass es aussah, als könnten wir in eine andere Welt schauen.

Neben mir atmete Kupfer tief die kalte Nachtluft ein.

»Es ist schön, mit dir allein zu sein«, gestand er leise und stieß die Luft wieder aus.

Ich lächelte und drückte mich an ihn. »Finde ich auch. Besonders, weil ich dachte, ich hätte dich verloren.«

Da versteifte sich der Rüde plötzlich.

Verwundert sah ich auf. »Was ist?«

Kupfer blieb einen Moment still. Er zögerte, als überlegte er, ob er mir seine Gedanken offenbaren sollte oder nicht. Anscheinend entschied er sich nach wenigen Herzschlägen dagegen.

»Nichts, nichts.« Er räusperte sich. »Es ist nur … es tut mir leid.« Seine Schultern sackten auf einmal ein und er stieß ein wehleidiges Wimmern aus.

»Es tut mir so leid …«

Verwirrt beugte ich mich vor, damit er mich ansehen musste. »Was tut dir leid? Du hast doch gar nichts getan!«

Mein Gefährte stieß bei meinen Worten ein trauriges Schnauben aus. »Doch … ich habe dich verletzt …«

Er hob den Kopf. Seine hellen Augen glitzerten vor Trauer. »Ich habe dich verletzt … enttäuscht …«

Ich schüttelte wild den Kopf und schmiegte mich fest an ihn. »Du hast mich nicht verletzt! Und enttäuscht schon gar nicht. Wovon redest du da?«

Der Rüde senkte den Blick und fing an hektisch zu atmen.

»Ich … ich habe … du wirst … es ist meine Schuld …«

»Was ist deine Schuld?«, unterbrach ich ihn laut und stupste ihn an. »Hey, Kupfer! Sieh mich an, was ist los?«

Langsam machte ich mir große Sorgen.

Erneut hob mein Gefährte die Lider und sah mir tief in die Augen. Mir wurde übel, als ich in ihnen so viel Trauer und Schuld sah.

»Ich habe …« Er hielt den Atem an. Dann stieß er ihn entnervt wieder aus. »Ich bin schuld daran, dass Klee und ich fast gestorben wären.«

Er sagte es mit so viel Gleichgültigkeit, dass es keinen Zweifel gab, dass er das nicht wirklich hatte sagen wollen.

»Wäre ich nicht so hundedumm gewesen, über diesen Stein zu stolpern, wäre das alles nie passiert.«

»Das ist doch Hundedreck!«, beschwerte ich mich und sah ihn streng an. »Es ist nicht deine Schuld, dass ihr gestürzt seid. Der Fels ist unter euch weggebrochen, dafür kann keiner etwas!«

Ich wollte ihn unbedingt trösten. Ich wusste, wie sensibel Kupfer war, wenn es um das Thema Schuld ging.

»Du bist daran nicht schuld. Du *bist* schuld daran, dass ich mich in dich verliebt habe, dass ich mein restliches Leben mit dir verbringen will …«

Da wimmerte der Rüde schmerzhaft auf, als hätte ich ihn gebissen.

Einen Augenblick blieb es still, ich wagte nicht, etwas zu sagen. Mein Gehirn war zu verwirrt von dem seltsamen Verhalten des Wolfes.

»Ich liebe dich«, flüsterte er da plötzlich ganz gefasst.

Er hob den Kopf, sah mich an. Seine Trauer war verschwunden. *Er hat seine Maske wieder aufgesetzt.*

Das war das erste Mal seit Langem, dass er erneut eine Mauer vor seinen wahren Gefühlen aufbaute.

Die einzige Emotion, die er zeigte, war Gelassenheit.

Da jedoch schmiegte er sich fest an mich.

»Ich liebe dich, das darfst du nie vergessen, verstanden?« Nun bekam ich Angst. Das klang wie eine Verabschiedung.

»Kupfer.« Ich löste mich von ihm, bis sich unsere Nasenspitzen fast berührten und ich ihm in die Augen schauen konnte.

»Kupfer, ich habe Angst. Angst um dich. Was sagst du da für Sachen? Ich soll das nie vergessen? Natürlich vergesse ich es nicht, du bist doch da, oder etwa nicht?«

Ich hatte angenommen, dass er das sofort bejahen würde, aber er zögerte zu meinem Entsetzen.

»Ja«, flüsterte er dann. »Ja, ja, selbstverständlich bin ich da.« Damit schmiegte er sich erneut an mich.

Diesmal sanft und langsam, als würde er nicht mehr reden wollen. Ich erfüllte ihm diese stille Bitte.

Ich wollte nur noch sein Fell an meinem spüren. Wissen, dass er bei mir war.

Wir saßen eine ganze Weile lang schweigend am Teich, aneinandergeschmiegt.

»Tut mir leid, dass ich eben so … seltsam war«, hauchte Kupfer da. Er löste sich von mir, sodass er mich abermals ansehen konnte.

Erleichtert sah ich, dass er seine Maske wieder abgelegt hatte. Ehrliche Emotionen leuchteten nun aus seinen hellgrünen Tiefen. Am meisten von ihnen Liebe zu mir.

»Ich bin nur … immer noch geschockt von der Tatsache, dass … wir fast gestorben wären. Dass ich dich beinahe allein gelassen hätte.«

Ich lächelte. »Das verstehe ich. Aber jetzt ist alles gut. Euch ist nichts passiert. Das ist die Hauptsache.«

Kupfer nickte langsam. »Ja, das ist die Hauptsache.«

Er schaute hoch zu den Sternen. »Weißt du ... als ich bewusstlos war ... hatte ich einen Traum.«

»Ah ja?«, fragte ich neugierig. Gleichzeitig war ich erleichtert, wieder den normalen Kupfer bei mir zu haben.

»Was hast du geträumt?«

Der Rüde nahm den Blick nicht vom Nachthimmel.

»Von meinen Eltern. Sie kamen aus einem hellen Wald auf mich zu. Ich war so glücklich, sie zu sehen, auch wenn ich wusste ... - oder eher im Traum gedacht hatte -, dass ich tot war. Es war aber einfach so schön, sie nach so einer langen Zeit wiederzusehen.«

Ich lächelte gerührt. »Ich verstehe, was du meinst. Es ist wunderschön, seine Eltern wiederzusehen.«

Nun sah Kupfer mich erneut an. Ein verschmitztes Lächeln auf seiner Miene. »Wir sind ja jetzt auch sozusagen Eltern. Aluna ist die beste Tochter, die man sich wünschen kann.«

Ich schmunzelte. »Ja, ja das ist sie.«

Es machte mich stolz, dass Kupfer mit mir eine Familie gründen wollte.

»Ich bin froh, dass wir sie aufgenommen haben.«

Mein Gefährte nickte ein weiteres Mal.

»Oh ja. Wir haben sie gerettet und nun ist sie unsere Tochter.«

»Silber? Kupfer?« Der suchende Ruf kam von Klee.

Wir drehten uns um und da trat mein Bruder auch schon aus dem Gebüsch. Als er uns sah, stieß er erleichtert die Luft aus.

»Ah, hier seid ihr. Ich hatte mir bereits gedacht, dass ihr einfach so weggegangen seid, aber na ja, ich wollte sicher gehen.«

Da wurde sein Gesichtsausdruck beschämt. »Oh ... ähh ...

habe ich euch gerade gestört? Weil falls ja, gehe ich sofort wieder ...«

»Nein, nein, Klee. Alles gut. Komm ruhig her.«

Aufs Neue überraschte es mich, wie Kupfer sich gegenüber Klee verhielt. Und auch wie Klee sich benahm.

Ich erinnerte mich noch genau an das letzte Mal, als Klee uns zwei nachts allein erwischt hatte. Das war für mich gar nicht gut ausgegangen.

Jetzt aber war Klee ganz locker.

Vielleicht, weil er weiß, dass ich das Rudel retten will und mit Kupfer zusammen bin?

Der schildpattfarbene Rüde kam mit einem kleinen Lächeln herbei und setzte sich neben mich.

»Ehrlich, wenn ich euch störe ...«

»Du störst nicht«, unterbrach ihn Kupfer bestimmt, doch mit einem beruhigenden Lächeln.

»Es ist schön, dass du auch da bist.«

Jetzt konnte ich meine Neugier nicht mehr zurückhalten. »Sagt mal, was ist zwischen euch los? Ihr benehmt euch so ... freundschaftlich und ... friedlich. So als wärt ihr plötzlich die besten Freunde!«

Einen Moment blieben die beiden stumm, sahen sich an. Ich wusste nicht genau, ob es aufkommende Furcht war, die ich in ihren Augen sah, oder nicht.

Dann aber fingen sie an zu lachen. »Vielleicht sind wir ja beste Freunde geworden«, scherzte Klee.

»Ja, so ein schrecklicher, gemeinsam durchlebter Vorfall kann Manches verändern«, stimmte Kupfer belustigt zu.

Ich sah sie ungeduldig an. Als sie meinen Blick bemerkten, begannen sie wieder zu lachen.

»Sagen wir einfach mal, wir haben sehr viele Gemeinsamkeiten zwischen uns entdeckt«, bellte Klee mit einem warmen Lächeln zu mir.

Kupfer nickte. »Genau. Wir beide lieben dich. Wir beide sind uns einig, dass wir dich beschützen wollen. Und wir beide finden, dass wir *drei* ein ziemlich gutes Team sind.«

20. KAPITEL

Zwei ganze Monde vergingen, in denen wir ohne Zwischenfall wanderten. Wir erklommen die Berge, ohne, dass jemand in die Tiefe stürzte und konnten in Ruhe die Täler durchlaufen.

Ich bemerkte, dass Kupfer und Klee sich immer mehr veränderten. Sie mochten sich nun nicht nur, sondern wurden auch stets stiller. Je näher wir dem Rudel kamen, desto ruhiger und zurückhaltender wurden sie.

Und ich hatte keine Ahnung, warum.

Natürlich, irgendetwas musste es mit dem Sturz zu tun haben. Ich war, dem Ewigen Rudel sei Dank, noch nie in so einer schrecklichen Situation gewesen. Zu fallen und zu wissen, dass es jeden Herzschlag vorbei sein würde.

Sie müssen echt etwas Furchtbares durchlebt haben ...

Nur so konnte ich mir ihr Verhalten erklären. Sie wirkten nachdenklicher, in sich gekehrter.

Das schien auch den anderen aufzufallen. Aurora redete ab und zu mit Klee, bekam jedoch kein Wort aus ihm heraus.

Ich versuchte, Kupfer zu entlocken, warum er und Klee sich so seltsam verhielten. Als Antwort erhielt ich aber nur, dass der Vorfall sie noch immer belasten würde.

Ich mochte es ihnen glauben. Versuchte, mir nicht allzu große Sorgen zu machen.

Sie werden darüber hinwegkommen.

Gestern hatten wir endlich die Berge hinter uns gelassen und schlenderten gerade durch einen weißen Wald.

Die Sonne stand hoch am Himmel.

Das war in den letzten Tagen selten gewesen. Oft hatte es heftig geschneit, einmal waren wir sogar in einen Schneesturm geraten.

Jedoch hatten wir uns unter einer Tanne versteckt. Die dicken Äste, die bis zum Boden gereicht hatten, hatten den meisten Wind und Schnee draußen gelassen.

Nach dem Sturm hatten wir uns alle durch bauchhohen Schnee kämpfen müssen. Außer Aluna.

Die Schneeleopardin war dafür gebaut, auf dem Schnee zu laufen.

Mich erstaunte es jedes Mal aufs Neue, Aluna zu sehen. Sie schien jeden Tag mehr zu wachsen.

Gerade trottete sie neben mir durch den Wald. Sie ging mir nun schon bis zum Bauch.

Sie war kein Junges mehr. Eher im Alter eines Schattenläufers. *Wir Wölfe werden erst nach einem ganzen Zeitwechsel Lehrlinge ... Schneeleoparden müssen echt schnell wachsen ...*

»Wann können wir jagen gehen?«, fragte da Aluna aufgeregt. Die Kätzin sah mich mit strahlenden Augen an.

Ich kicherte, weil sie sich trotz ihrer Größe manchmal noch immer wie ein Junges benahm.

»Wir sind doch eben erst losgegangen«, bellte ich belustigt.

»Das ist so lange her!«, widersprach Aluna.

»Hast du denn schon wieder so einen Hunger?«

Sie nickte. »Ja. Und vielleicht fange ich sogar ein Rentier!« Mir war klar, dass sie nicht am Verhungern war, sondern nur erneut ihre Jagdfähigkeiten unter Beweis stellen wollte.

»Wir wissen alle, dass du ausgezeichnet jagen kannst«, versicherte ich ihr.

Im letzten Mond hatte sie beinahe stets etwas gefangen, wenn sie auf der Jagd war.

Aluna verdrehte die Augen. »Ja, aber ich habe noch nie ein Rentier erlegt! Immer nur Schneehasen sind langweilig.«

»Vielleicht gibt es in dieser Gegend gar keine Rentiere?«

Wir mussten noch nicht jagen. Und nur weil Aluna es wollte, konnten wir nicht. Das musste sie noch lernen.

»Deine Mutter hat nein gesagt.« Die neue Stimme kam von Kupfer, der zu uns aufgeholt hatte. Er lächelte erst mich und danach Aluna an.

»Du musst auf sie hören. Weißt du denn nicht mehr, was ich dir gesagt habe?«

Die Kätzin verdrehte erneut genervt die Augen, dann sagte sie die Wörter auf, die Kupfer ihr immer predigte, wenn sie eine Diskussion anfing.

»Ich muss auf euch hören, falls ich gesund bleiben will. Ich weiß, Vater.«

Der Rüde nickte zufrieden. »Ganz genau. Wir gehen jagen, wenn *alle* hungrig sind. Und nicht, wenn eine gewisse Schneeleopardin beweisen will, was sie kann.«

Er stupste sie liebevoll an. »Wir wissen doch schon alle, was du kannst.«

»Ja, aber ...«

»Nein, Aluna. Du hast uns gehört. Jetzt gehen wir nicht jagen. Später. Da kannst du dann jedem zeigen, wie gut Kupfer dich gelehrt hat.« Ich lächelte meinen Gefährten an, er schmunzelte zurück.

Ich war froh, dass er nun für einen Moment erneut der Alte war. Sonst verhielt er sich sehr viel stiller.

Doch er verfiel gleich darauf abermals in seinen gewohnten Zustand. Als ein paar Herzschläge lang Ruhe zwischen uns herrschte, entdeckte ich seinen sorgenvollen, niedergeschlagenen Blick einmal mehr. Bevor ich ihn fragen konnte, was los war, ließ er sich wortlos zu Klee zurückfallen, der den Schluss unserer Gruppe bildete.

Ich seufzte. Ich wusste, die zwei fühlten sich schlecht,

konnte aber nichts dagegen tun.

»Meinst du, sie werden wieder normal?« Selbst Aluna war es aufgefallen. Jedem war ihr seltsames Verhalten aufgefallen.

Ich sah sie an und lächelte. »Natürlich werden sie wieder normal. Dein Vater und Klee haben etwas Furchtbares zusammen erlebt. Das beschäftigt sie. Lass ihnen einfach Zeit darüber hinwegzukommen.«

Die Kätzin nickte verstehend. »Einverstanden. Aber ... können wir nicht irgendwas machen, damit es ihnen besser geht?«

Ich sah über die Schulter. Ich konnte die beiden hinter Aurora und Lesly gerade so ausmachen.

Beide ließen die Schultern hängen. Ihre Blicke waren traurig auf ihre Pfoten gerichtet.

»Wenn du willst, geh´ zu ihnen«, schlug ich Aluna vor. »Möglicherweise kannst du sie ja aufheitern?«

Das Gesicht der Leopardin hellte sich auf. »Ja. Ja, vielleicht sollte ich das tun.« Damit ließ sie sich zu den beiden Rüden zurückfallen.

Nun trottete ich allein an der Spitze der Gruppe. Stets geradeaus, immer in Richtung des Nachtrudels.

Ich fragte mich, wie lange es noch dauern würde, bis wir im Rudel ankämen. Oder überhaupt in wärmere Gegenden. Bislang sah es weiterhin nicht so aus, als würden wir in naher Zukunft ein grünes Blatt zu Gesicht bekommen.

Früher oder später werden wir ja wieder in wärmere Gebiete kommen. Und dann zum Rudel ...

Nun erst wurde mir klar, dass ich all die Wölfe erneut sehen würde, von denen ich gedacht hatte, ihnen nie wieder zu begegnen. *Eisblitz und Brise ... sie denken, ich bin tot ...*

Außer natürlich, Nebel hielt Eisblitz auf dem Laufenden. In

diesem Fall wusste er auch schon, dass ich zurückkam.

Die anderen wird es nicht sehr freuen ... besonders Maus, Distel und Stern nicht.

»Ich bin gespannt, wie das Rudel auf uns reagieren wird.« Ich zuckte überrascht zusammen, als Auroras Stimme neben mir ertönte. Die große Hündin sah mich mit einem Lächeln an und fuhr fort: »Ich meine, so wie ich euch verstanden habe, sind ein paar der Rudelwölfe ja nicht sonderlich gut auf Fremde zu sprechen. Und wir sind gleich sechs Fremde! Ein Einzelwolf, vier Hunde und eine Schneeleopardin.«

Sie lachte belustigt auf. »Ich hoffe, das wird denen nicht zu viel. Immerhin seid Klee und du die Einzigen, die das Rudel kennt.«

Aurora hatte recht. Ich brachte eine bunte Gruppe zurück. Doch ich schnaubte. »Das wird ihnen nicht zu viel. Nicht Eisblitz. Er wird sich über zusätzliche Zähne freuen. Es wird auf jeden Fall so sein, dass Maus, Distel und Stern euch nicht leiden können. Aber ignoriert sie einfach.«

Die Hündin nickte. »Na ja, dann bin ich mal sehr gespannt.« *Ich auch.*

»Sag mal, Aurora ...« Unauffällig schaute ich mich zu Klee um, der weiterhin schweigend am Ende der Gruppe dahin trottete. Mit einem leisen Seufzen sah ich die große Hündin an.

»Hast du was aus Klee herausbekommen? *Irgendetwas*?«

Aurora schüttelte mit einem sorgenvollen Ausdruck in den blauen Augen leicht den Kopf. »Nein, Silber. Tut mir leid. Er hat mir ... er hat mir nichts gesagt. Kein Wort. Ich habs versucht.«

Sie senkte den Blick, als wollte sie nicht, dass ich die versteckte Enttäuschung in ihren hellen Tiefen sah.

Ich stupste sie sanft mit der Schnauze an der Schulter an.

»Aurora. Was ist los?«

Die schneeweiße Huskydame, wie sie sich selbst bezeichnete, seufzte. »Nichts. Ich wünschte nur ... ach ... nichts.«

Sie schaute mit einem geheimen Kummer in den Wald.

Nochmals stieß ich sie an. Diesmal besorgt. »Hey, wo ist die selbstbewusste, starke Hündin, die ich kenne?«

Da musste Aurora auflachen. Es klang jedoch nicht echt.

»Sie ist verletzt worden.«

Irritiert blickte ich meine Freundin an. »Verletzt? Von was?«

Die Hündin schnaubte. »Die Frage ist eher: Von wem?«

Als sie meinem Blick begegnete, sah ich sie mit genau dieser Frage in den Augen an.

Sie stieß frustriert die Luft aus. »Ich dachte, er vertraut mir«, gestand sie zwischen zusammengebissenen Zähnen.

Verwundert legte ich das Haupt schief. »Wer?«

»Wer wohl? Klee. Hör zu ... ich ... seit meiner Gefangennahme vertraute ich allein Ben, Lesly und Lenny. Ich war so lange mit ihnen zusammen eingesperrt, dass ich gar nicht anders konnte. Aber sie haben mir auch bewiesen, dass ich ihnen vertrauen kann. Weil sie mir erlaubt haben, sie in schwierigen Situationen zu leiten. Ben war ja eigentlich als Erster von uns in dieser Hölle, doch er wollte, dass *ich* unsere kleine Gruppe anführte. Er glaubte, ich sei sanft und mitfühlend, stark genug, um uns allen den Willen zu schenken, uns nicht zu ergeben. Ich gab den Dreien den *Hoffnungsschimmer*, dass, wenn wir diese Qualen aushielten, an einen besseren Ort kommen würden. Jetzt bin ich jedoch froh, dass du die Anführerrolle übernommen hast, Silber. Im Gefängnis war ich stark, nun ... muss ich das nicht mehr zwingend sein.«

Sie zögerte mit geöffnetem Maul, während ich sie anlächelte, um ihr Kraft zu geben.

»Aber Aurora, du *bist* sanft und mitfühlend. Du hast auf Aluna aufgepasst, als ich glaubte, Klee und Kupfer wären tot. Du hast auf deine Freunde achtgegeben, als ihr noch gefangen wart. Du *bist* stark. Stärker, als jeder hier von uns. Stärker, als ich. Du hast der Wahrheit furchtlos ins Gesicht gesehen, als die beiden Wolfsrüden da hinten gestürzt sind. Ich wollte nicht glauben, dass sie gestorben sind, doch ... die einleuchtenste Erklärung war, dass sie fort sein mussten. Keiner von uns hat geglaubt, dass sie diesen Sturz überleben. Du hast das von Anfang an verstanden. Warum bist du jetzt so traurig? Zweifelst du an dir selbst?«

Sogleich schüttelte die Hündin den Kopf. »Nein, nein, darum geht es gar nicht. Ich weiß, dass ich diese Charaktereigenschaften besitze und auf die bin ich auch stolz, allerdings ...«

Sie legte bekümmert die Ohren an und flüsterte: »Es geht um das Vertrauen. Ich weiß, dass die anderen Hunde mir vertrauen und Kupfer und du, da ihr mir Aluna anvertraut, aber ... ich glaube, Klee tut das nicht. Und ich wünschte einfach ... er würde es tun. Er ist mir wichtig ... genauso, wie ihr es mir natürlich ebenfalls seid«, fügte sie schnell hinzu.

Ich war weiterhin verwirrt. »Warum glaubst du denn, dass Klee dir nicht vertraut? Ist er gemein zu dir?«

Aurora riss die Augen auf. »Nein! Beim Ewigen Rudel, nein! Er ist ... genau das Gegenteil ...«

Eine Andeutung eines verträumten Lächelns erschien auf ihrem bedrückten Gesicht.

»Er ist freundlich zu mir. Bringt mich – uns – zum Lachen und man kann mit ihm auch über ernstere Dinge sprechen. Genau deswegen verstehe ich nicht, warum er mir – uns allen – diese Bürde, die ihn und Kupfer offensichtlich belastet, nicht anvertraut. Ich dachte, wir wären Freunde.«

Mitfühlend blickte ich die gekränkte Hündin an. Klee musste ihr wirklich sehr wichtig sein, sonst würde sie sich niemals so verhalten.

»Wir sind Freunde, Aurora. Mehr als das.«

Wir beide zuckten erschrocken zusammen. Alarmiert blickte ich über die Schulter und sah Klee hinter uns gehen. Die anderen hatten sich zurückfallen lassen.

Entsetzt schaute Aurora den gefleckten Rüden an. »Du ... du hast gehört, was ich gesagt habe?«

Klee schmunzelte traurig. »Jedes Wort.«

Ich musste ein Kichern unterdrücken, als ich Auroras peinlich berührtes Gesicht bemerkte. Sie wollte am liebsten im Schnee verschwinden, das sah man ihr an.

Der Wolf lächelte ihr einladend zu und schloss zu uns auf. Mit einem vielsagenden Blick zu mir gab er mir zu verstehen, dass ich sie allein lassen sollte.

Das tat ich augenblicklich. Sogleich blieb ich stehen und ließ mich zu Kupfer zurückfallen.

Er sah mich leider nur kurz fragend an. Ich schüttelte nur mit einem zufriedenen Lächeln den Kopf.

Daraufhin blickte Kupfer wieder auf seine Pfoten, während Aluna hinter uns mit Lenny leise redete.

Lesly und Korn bildeten nun den Schluss der Gruppe.

Ich beobachtete still Klee und Aurora, die ein paar Sprünge vor uns sprachen.

Ich konnte nicht hören, was sie bellten, doch ich dachte es mir. Und ich hoffte, dass es stimmte.

Klee sagt Aurora, dass er ihr vertraut. Dass es nicht so ist, wie sie glaubt. Und vielleicht beweist Klee ihr das, indem er ihr gesteht, was die beiden so bekümmert!

Wir liefen eine Weile schweigend durch den Wald. Klee und Aurora hatten sich nach einem langen Gespräch tatsächlich ausgesprochen.

Nun schien Aurora wieder glücklich zu sein, denn sie trottete mit einem Lächeln neben mir.

Leider ging Klee abermals am Schluss der Gruppe, bei Kupfer. Ich hatte Aurora gefragt, ob sie etwas herausgefunden hatte. Die Hündin hatte jedoch gesagt, dass sie sich über unwichtige Themen - die sie dennoch ziemlich fröhlich machten – unterhalten hätten. Zudem, dass mein Blutsgefährte nicht über diese Sache sprechen dürfte.

Es sei etwas zwischen den beiden, und dem Ewigen Rudel. Die Hündin nahm das als Antwort hin, doch mir reichte das nicht.

Ich werde es noch erfahren ... bis dahin freut es mich, dass wenigstens Aurora glücklich scheint und sie Klee zumindest ein wenig ablenken kann.

Nach einiger Zeit erreichten wir das Ende des eisigen Waldes und standen vor einer großen Bergkette, die steil vor uns aufragte.

»Oh, ich dachte, wir hätten die Berge hinter uns gelassen!«, beschwerte sich Lenny enttäuscht und genervt.

»Diesmal müssen wir aber nicht klettern«, beruhigte ich meine Freunde, die mürrisch schnaubten oder zischten.

Ein paar Sprünge neben uns klaffte nämlich eine große Öffnung im Fels. »Da können wir vielleicht durch. Kommt!«

Es freute mich, dem Klettern entgehen zu können. Auch ich hatte nach dem schlimmen Vorfall meine Häppchen zu tragen. Und eines davon war, so wenig zu klettern, wie möglich.

»Sollen wir wirklich da lang?« Ich war bereits auf dem Weg

zum Eingang, da ließ Korn die Gruppe zögern.

Ich sah mich zu ihm um. »Natürlich! Sehr wahrscheinlich bringt uns der Weg auf die andere Seite des Berges! Oder willst du lieber klettern?«

Der Rüde schüttelte sofort den Kopf. »Nein … aber – «

»Hey, komm schon, Korn.« Lesly stupste ihn auffordernd an. »Du brauchst keine Angst zu haben.«

Mit einem schelmischen Lächeln sah sie ihn an. Der Wolf schaute empört zurück. »Ich hab´ doch keine Angst!«

Die Hündin grinste. »Dann los!« Sie trottete zu mir. Die anderen folgten ihr und auch Korn gab nach und holte zu seiner Gefährtin auf.

»Oh, ich bin aufgeregt!«, hörte ich Aluna miauen, als wir dem Eingang näher kamen.

Unauffällig sah ich über die Schulter zu ihnen. Die Leopardin lief zwischen den beiden Rüden. Die zwei Wölfe sahen Aluna an und hoben verwundert die Köpfe, als hätte sie die Schneeleopardin aus einer Art Traum geweckt.

»Eine Höhle! Was glaubt ihr, ist da drin?« Sie versuchte weiterhin, Kupfer und Klee aufzuheitern.

Aluna scheint sie wirklich abzulenken.

Ein Grinsen stieg in mir auf, genauso wie Stolz auf meine Adoptivtochter.

»Wow.« Lennys fasziniertes Bellen ließ mich wieder nach vorn schauen. Wir hatten den Eingang der Höhle erreicht.

Es war ein langer, breiter und hoher Gang, aus purem Eis. Alles glitzerte in einem eisigen hellblau. Eiskristalle hingen von der Decke. Es gab ein paar zusammengewachsene Exemplare, sodass es ein wenig so aussah, als würden wir durch einen kleinen blauen Wald gehen.

Genauso, wie Eis, lag überall Schnee. An den Wänden

häufte sich das weiße Pulver zu kleinen Hügeln.

»Wow«, machte nun auch ich, da es einfach schön aussah.

»Eine sehr angenehme Abwechslung zum Klettern«, bemerkte Klee. Als ich mich zu ihm umdrehte, sah ich, wie fasziniert er den großen Gang bestaunte.

»Dann lasst uns los!« Aluna konnte sich nicht mehr halten. Begeistert eilte sie voraus, blieb allerdings nach wenigen Sprüngen stehen und drehte sich zu uns um. »Na los!«

Ich folgte ihr, flüsterte ihr aber zu, als ich bei ihr ankam: »Geh lieber wieder zu Kupfer und Klee. Sie brauchen dich.«

Aluna blinzelte mich erfreut an, nickte und lief zu den zwei Rüden zurück.

»Ist es hier nicht wunderschön?«, fragte sie sie aufgeregt. Ihre Stimme war ein Echo in der frostigen, stillen Höhle.

Langsam wanderten wir durch den hellblauen Tunnel, der nie dunkler wurde, obwohl nur ab und zu Risse im Fels Licht hereinließen.

Eine Zeit lang gingen wir durch den vereisten Gang, ohne, dass jemand etwas sagte.

»Gut, dass wir diesen Weg genommen - « Aurora sprach gerade das aus, was wahrscheinlich alle dachten, als wir ein leises Krächzen hörten. Es hallte ganz laut durch die verschneite Höhle.

Vor uns konnte ich nun das schwache Licht des Ausgangs erahnen, aber das Geräusch kam von hier drinnen.

»Was war das?«, fragte Lenny mit gespitzten Ohren.

Ich drehte mich suchend im Kreis, als das Krächzen erneut erklang. Es kam von etwas weiter vorne. Von links.

»Hallo?«, rief ich. Meine Freunde waren mucksmäuschenstill. Auch sie lauschten.

Und wir bekamen etwas zu hören. Ein klägliches Wimmern.

»Es kommt von da vorne!«, zischte Aluna hinter mir und eilte abermals voraus.

»Hey, Aluna, komm wieder her!«, raunte ich, als sie an mir vorbeihuschte. Dieses Wimmern konnte ein verletztes Tier, aber genauso ein böses Raubtier sein.

Ich erinnerte mich nur noch zu gut an den verrückten Puma.

Aber natürlich hörte die Schneeleopardin nicht. Sie lief vorweg und ich hatte keine Wahl, als ihr schnell zu folgen.

Also rannte ich ihr hinter her, hörte, wie meine Freunde das Gleiche taten.

Als wir dem Wimmern näher kamen, konnte ich es genauer orten. Es kam von einem großen, zerklüften Haufen, ein paar Sprünge von uns entfernt, an der linken Eiswand.

Aluna schnupperte bereits eifrig an dem mit Schnee bedecktem Eishaufen.

Misstrauisch begutachtete ich die seltsame Struktur. Doch als mein Blick nach oben fiel, wurde mir einiges klar.

Ein paar der langen, spitzen Eiskristalle waren von der Höhlendecke gestürzt. *Anscheinend haben sie jemanden eingesperrt ... oder verletzt.*

»Hallo, ist da jemand?«, fragte ich in den Hügel hinein.

Von drinnen erklang ein verängstigtes Winseln.

»Keine Angst, wir wollen dir helfen!«, beruhigte Aluna den Gefangenen. Sofort machte sie sich daran, den Schnee wegzuschaufeln. Gerade wollte ich ihr sagen, dass sie vorsichtig sein soll, da hatte sie bereits ein Loch gebuddelt und den Blick auf einen goldgelben, jungen Puma freigelegt.

Er lag auf der Seite, keuchte angestrengt. Blut lief ihm aus einer Wunde an der Schulter.

»Hallo!«, begrüßte ihn Aluna unbeschwert. Der Vierbeiner, nur ein wenig älter als meine Adoptivtochter, zuckte vor uns zurück. »Nein …«, krächzte er steif und wirbelte Schnee auf, als er versuchte, sich weiter an die Eiswand zu schieben.

»Nein … bitte … tut … mir nichts …« Ein rasselnder Husten unterbrach seine erstickten Worte.

»Du brauchst wirklich keine Angst vor uns zu haben. Wir wollen dir nur helfen«, versicherte ich dem Kater schnell.

»Wollen wir das?« Korn kam neben mich und sah mich fest an. »Pumas sind hinterhältig. Er könnte das nur vorspielen, damit er uns angreifen kann. Wir sind seine Feinde.«

Ich sah den ehemaligen Rudelwolf an und schnaubte belustigt. »Das glaubst du doch nicht wirklich. Wir sind zu acht. Außerdem: Du hast Augen im Kopf, oder? Also wirst du sehen, dass er eingesperrt und verletzt ist, hab ich recht?«

Korn erwiderte nichts, das nahm ich als Zustimmung. Vorsichtig ging ich näher an den Hügel heran und lugte durch das Loch, das Aluna gegraben hatte.

»Hallo«, sagte ich zu dem Eingesperrten. »Ich heiße Silber und das hier sind meine Freunde.« Nach einander stellte ich dem verängstigten Puma meine kleine Gruppe vor.

Ganz langsam und ruhig. »So, jetzt kennst du uns alle. Wie heißt du denn?«

Unsicher sah er mich an. Seine grünen Augen leuchteten ängstlich. Er miaute nichts, starrte mich nur angsterfüllt an.

Sein Atem wurde immer flacher. *Er ist verletzt. Wir müssen uns beeilen!*

»Na schön. Wir bekommen dich hier raus.«

Ich hob wieder den Kopf und drehte mich zu meinen Freunden um. »Kommt, wir müssen ihm helfen! Schnell, lasst uns versuchen, das Eis wegzuschieben.«

Aluna gehorchte sofort. »Alles klar!« Sie erhob sich auf die Hinterbeine und wirbelte mit ihren Vorderpfoten Eisstücke durch die Luft. Ich half ihr, schob den Schnee beiseite und versuchte, die Eiskristalle wegzuziehen.

Kupfer und Klee eilten mir zu Hilfe. Sie packten an beiden Seiten von mir das Eis und wir drei zogen.

Auch die Hunde beteiligten sich. Zusammen halfen sie, Aluna ein großes Eisstück vom Haufen zu hieven.

Korn hingegen zögerte. Er sah uns einen Moment unschlüssig zu, bis Lesly ihn zu sich rief.

»Drückt!«, knurrte Klee neben mir, als wir versuchten, einen schweren Eisbrocken wegzuhieven.

Ächzend zogen und schoben wir an dem großen Brocken. »Er ist zu schwer!«, keuchte Kupfer nach einer Weile angestrengt neben mir. »Wir schaffen das!«, erwiderte ich entschlossen. »Wir sind doch ein gutes Team!«

Einen Augenblick blieben die beiden Rüden still, dann aber stimmte Klee mir zu: »Ja, wir sind ein *großartiges* Team!«

Damit zog er mit einem einzigen, kräftigen Ruck und der Brocken krachte auf den Boden.

Überrascht ließen wir drei los und sahen uns an.

Bevor wir aber in Freude ausbrechen konnten, knackte der Haufen gefährlich. Der Puma bekam riesige Augen vor Schreck. Er atmete hektisch und sah sich panisch um, als der Eishaufen anfing, sich zu bewegen.

»Er bricht ein!«, jaulte ich erschrocken. Sofort sprang ich zu dem eingesperrten Vierbeiner und sah ihn an.

»Jetzt ist genug Platz, um rauszukriechen! Schnell!«

Durch Klees enormen Kraftaufwand war nun ein großes Loch entstanden, sodass der Puma aus seinem Gefängnis herauskommen konnte. Er musste nur hinauskriechen.

Doch er bewegte sich nicht. Viel zu verängstigt sah er mich an. »Komm schon!« Das Knacken wurde lauter, der Haufen schwankte bedrohlich. Da rutschte ein großes Stück Eis vom Gipfel des Hügels genau auf mich zu. Entsetzt starrte ich es an, wie es immer näher auf mich zu flog.

»Silber!« Jemand stieß mich zur Seite. Hinter mir hörte ich, wie das Eis auf dem Boden zerbrach.

Der Schnee dämpfte meinen Aufprall, trotzdem zitterte ich am ganzen Leib. Dieser Eisblock hätte mich fast zerquetscht.

Und diesmal war es nicht Kupfer, der mich gerettet hatte, sondern mein Bruder, Klee.

Er stand vor mir, als ich mich aufrappelte. »Oh, beim Ewigen Rudel, danke.«

Der Rüde lächelte leicht. »Kein Problem, das war - «

Ein erneutes Knacken ließ ihn verstummen. Ich wirbelte herum und sah, wie überall Eissplitter zu Boden krachten und der ganze Haufen anfing zu beben.

Meine Freunde wichen vor dem einstürzenden Hügel zurück. Der Puma, der noch immer im Berg lag, krächzte hilflos und panisch.

Das Loch, das wir geschaffen hatten, war kurz davor einzustürzen und den Puma zu töten.

»Hundedummer Hirschkopf!«

Mit einem Knurren sprang Klee vor und stemmte plötzlich seine Schultern an die Decke des Hohlraums, indem das eingesperrte Tier lag.

Nun hielt nur noch Klee den gesamten Hügel zusammen und verhinderte, dass er auf den Puma krachte.

»Los!«, zischte er dem Fremden zu, der ihn erstaunt anstarrte. »Kriech´ raus! Beeil dich!«

Ächzend stemmte er sich gegen das Eis über sich, seine Beine zitterten unter der Anstrengung.

Um ihn herum krachten weiterhin Eisstücke zu Boden. Der

kleine Berg brach weiter in sich zusammen, nur nicht genau da, wo Klee und der Puma waren.

»Komm schon!«, rief Kupfer dem Puma zu, der unschlüssig zwischen Klee und uns hin und her sah. »Klee rettet dir gerade dein Leben!« Ich wollte, dass Klee dort lebend rauskam, aber wenn dieser wirkliche Hirschkopf da nicht bald rauskroch, würden beide sterben. Und das konnte ich nicht zulassen.

Ich trat auffordernd einen Schritt vor. »Los, Puma! Willst du, dass ihr beide sterbt?«

Da zuckte das Tier erschrocken zusammen. Zu meiner Erleichterung kroch er langsam aus der Öffnung.

Ich sprang vor, packte das Tier am Nackenfell und zog ihn von dem tödlichen Hügel weg.

»Klee, er ist draußen! Komm her! Schnell!«

Das Krachen und Beben wurde immer lauter. Mein Herz pochte hart in meiner Brust. Wieder musste ich Angst haben, jemanden zu verlieren, der mir wichtig war.

Mein Bruder schaute uns an, seine Miene war schmerzverzerrt. Seine Beine zitterten nun wie Espenlaub. Er war kurz davor, zusammenzubrechen.

Er sah mich an, seine Augen waren groß. Vor Anstrengung oder vor Trauer konnte ich nicht sagen.

Gerade wollte er etwas sagen, da sprang Aurora vor, packte ihn am Genick und zog ihn mit einem Ruck aus dem Hohlraum, zu uns. Sofort brach der Hügel mit einem donnerartigen Poltern in sich zusammen.

Klee lag vor dem eingestürzten Haufen. Erschöpft aber unverletzt. Aurora stand neben ihm, sah ihn besorgt an.

Mir fiel ein riesiger Stein vom Herzen. Erleichtert atmete ich aus und eilte zu dem Schildpattfarbenen.

»Oh, Klee!« Voller Freude drückte ich mich an ihn. Der Wolf

schien noch ganz verwirrt, als würde er nicht glauben, dass er weiterhin lebte. Als ich mich von ihm löste, sah er mich verwundert an, blinzelte, als wüsste er nicht, wer ich war.

Dann aber drehte er den Kopf zu Aurora, die noch immer neben ihm stand. »Du hast mir das Leben gerettet.«

Seine Stimme klang leise, ungläubig. So als würde es ihn verwirren, dass ihn ausgerechnet die weiße Hündin gerettet hatte.

Aurora fing jedoch an zu lächeln. »Kein Problem. Wir sind doch Freunde. Und Freunde helfen sich.«

Klee nickte langsam, da allerdings schüttelte er sich kräftig, als wollte er seine Verwunderung abschütteln.

Gemächlich stand er auf und sah seine Retterin fest an. »Danke.« Als wären seine Beine weiterhin zittrig, stolperte er vor und drückte sich kurz an die Hündin.

Er schien sehr erstaunt zu sein, nach wie vor zu leben.

»Wirklich kein Problem«, versicherte Aurora ihm leise.

Ein Husten hinter uns lenkte unsere Aufmerksamkeit zu dem Fremden. Er lag noch immer auf dem Boden, ängstlich sah er uns an, während stets Blut aus seiner Schulter lief.

»Du bist verletzt«, stellte ich fest und kam langsam auf ihn zu, um den Puma zu beschnuppern.

Aluna hatte sich schon neugierig neben ihn gesetzt, aber der Vierbeiner blickte sie nur unsicher an.

»Willst du uns wirklich nicht sagen, wie du heißt?«, fragte sie ihn gerade. »Oder wo du herkommst?«, hakte Korn mit einem knurrenden Unterton weiter. Lesly stupste ihn warnend in die Seite.

Der Puma sah weiterhin Aluna an. »Kiro«, flüsterte er da leise. »Mein Name ist Kiro. Er bedeutet Sonnenstrahl.«

In Alunas Gesicht stieg ein zufriedenes Grinsen auf.

»Hallo, Kiro! Schön, dich kennenzulernen. Wie geht es dir?«
Bei dieser unbeholfenen Frage entschlüpfte dem Puma ein
belustigtes Schmunzeln. »Im Moment nicht so gut«, gab er zu.

Sein smaragdgrüner, schmerzerfüllter Blick wanderte zu mir.
»Meine Schulter … ein Eissplitter hat sie gestreift und nun
blutet sie …« Ein Zittern durchfuhr seinen Körper.

»Keine Angst, Kiro. Wir helfen dir, versprochen.«

Ich drehte mich zu meinen Freunden um. »Korn, Lesly,
Lenny, könnt ihr etwas zu Fressen besorgen?«

Die drei Vierbeiner nickten und eilten aus der Höhle.
»Kupfer und Aluna könnt ihr Wasser holen? Schaut draußen
nach, vielleicht gibt es dort irgendeinen zugefrorenen Teich
oder so. Falls nicht bringt einfach Eis mit.«

Kupfer nickte und stupste Aluna an, die zögerte. »Aber ich
will …« Die Schneeleopardin wollte protestieren, doch ihr
Adoptivvater stieß sie ein weiteres Mal an.

»Du hast gehört, was deine Mutter gesagt hat. Außerdem
hilfst du Kiro, indem wir jetzt Wasser für ihn suchen und nicht,
wenn du nur hier rumsitzt und zuschaust.«

Aluna gab schließlich nach und die zwei liefen aus der
Höhle. »Was sollen wir machen?«, fragte Klee neben mir.

Ich hatte Bedenken, ob sie bereits etwas tun sollten, da Klee
ja gerade erst den Klauen des Todes entrissen worden war.
Aber wie es schien, war mein Bruder wieder der Alte.

Das ging schnell.

»Geht es dir denn wirklich gut?«, hakte ich vorsichtshalber
nach. Doch der Wolfsrüde nickte sofort. »Ja. Das eben war nur
der Schreck. Ich bin nicht verletzt, mir geht es gut.«

»Genauso, wie mir«, fügte Aurora hinzu und stellte sich
neben ihn. »Also, was können wir tun, um ihm zu helfen?«

Ich überlegte. Mir fiel aber nichts ein, womit wir die Wunde heilen konnten. Pflanzen wuchsen hier nicht.

»Ehrlichgesagt … bin ich mir nicht sicher … holt auch etwas zu fressen. Kiro wird viel Fressen brauchen, um gesund zu werden.« Die beiden gaben bellend ihre Zustimmung und eilten den anderen hinterher.

Nun war ich allein mit dem Puma. »Alles klar.« Ich räusperte mich. »Ich werde dir jetzt die Wunde säubern, verstanden?«

Kiro nickte leicht. »Das kann ein wenig brennen«, warnte ich ihn, bevor ich mich vorbeugte und das Blut von seiner Schulter wusch. Der Puma zuckte zusammen, zog scharf die Luft ein, als meine Zunge seine Verletzung berührte.

Aber ich säuberte ihn, ohne darauf zu achten.

»Wieso bist du eigentlich hier?«, fragte ich nach einer Weile. Es war mir unangenehm, so stillschweigend neben einem Verletzen zu sitzen. Vielleicht lenkte ihn das Sprechen auch ab.

»Wohnst du hier?«

Kiro sah mich kurz unentschlossen an, als würde er noch immer zweifeln, ob er mir vertrauen konnte. Nach kurzer Zeit jedoch, miaute er: »Nein, ich wohne hier nicht. Ich bin auf der Suche nach meinem Vater.«

Überrascht blickte ich ihn an. »Auf der Suche nach deinem Vater? Wieso? Ist er … entführt, oder so etwas?«

Da viel mir das Gefängnis und die Metallhunde wieder ein. Bei diesem Gedanken lief mir ein Schauer über den Rücken. Hatten sie Kiros Vater entführt?

Doch zu meiner Erleichterung schüttelte der junge Puma den Kopf. »Nein, er wurde nicht entführt. Er ist nur … weitergezogen, um ein besseres Zuhause für uns zu finden. Dort, wo wir vorher gelebt haben, gibt es keine Beute mehr. Seltsame Wesen, die ich noch nie zuvor gesehen habe, haben sie gejagt, weshalb die Herden weitergezogen sind. Mein Vater wollte in kältere Gegenden ziehen, den Huftieren folgen. Er hat mich und meine Mutter zurückgelassen und wollte uns später holen, sobald er ein gutes Zuhause gefunden hätte.«

Ich hörte ihm aufmerksam zu. Dass Herden weiterziehen hatte ich schon von Eisblitz gehört, aber dass es dann gar keine Beute mehr gab, war mir neu. »Welche seltsamen Wesen?« Kiro knurrte leise. Felllose Zweibeiner mit Stöcken in den Pfoten!«

Ich schluckte schwer. *Diese räudigen Weltenstehler! Haben sich bereits bis in diese frostige Gegend ausgebreitet.*

»Du meinst Nachtfürchter – Menschen. Diese Tiere sind erst vor Kurzem in unsere Welt gekommen, musst du wissen. Leider ...« Um das unangenehme Thema zu wechseln, fragte ich: »Und warum bist du jetzt hier, wenn du in deinem Zuhause warten solltest?«

Kiro seufzte erschöpft. »Meine Mutter ist vor ein paar Monden gestorben. Halb verhungert hatte sie sich einem Eisbären entgegengestellt, der mich fressen wollte.«

Ich fühlte mich schrecklich, gefragt zu haben.

»Oh, das tut mir wirklich leid. Ich hätte nicht fragen sollen.«

»Ist schon gut«, beruhigte mich der Goldgelbe leise. »Na ja, seit meine Mutter tot ist, bin ich auf der Suche nach meinem Vater. Er ist die einzige Familie, die ich noch habe. Sonst bin ich allein.«

Ich nickte verstehend, blieb dann aber still.

Ich wollte Kiro nicht weiter ausfragen. Es würde sich später noch alles klären. Ich hatte bereits genug erfahren.

Statt zu reden, beugte ich mich nochmal vor und begann erneut, Kiros Wunde sauber zu lecken.

»Wie kommen eigentlich vier Wölfe, drei Hunde und eine Schneeleopardin dazu, zusammen zu wandern?«

Diese Frage brachte mich zum Kichern, da alleine die Vorstellung schon ziemlich komisch war.

»Oh, das ist eine lange Geschichte«, versicherte ich ihm. »Viel zu lange, als dass ich sie dir jetzt erzählen könnte.«

Kiro lächelte, als würde ihn meine Antwort belustigen. »Na ja, bis deine Freunde wiederkommen, kannst du ja anfangen.« Ich bezweifelte, dass meine Freunde noch lange brauchen würden, trotzdem erfüllte ich ihm diese Bitte.

Natürlich erzählte ich ihm nicht alles über mich, nur, dass ich eine Einzelwölfin, aber im Rudel aufgewachsen, war.

Wie ich Kupfer kennenlernte, wie wir unsere Reise antraten und wie wir gefangen genommen wurden.

Dann erklärte ich ihm, wie wir im Gefängnis die Hunde kennengelernt hatten, und wie Klee zu uns gestoßen war.

Gerade war ich dabei, ihm von unserem Ausbruch zu berichten, da kamen Kupfer und Aluna zurück.

Jeder der zwei hatte einen flachen Stein im Maul, den sie beide vorsichtig transportierten. Sie legten ihre Steine, die mit Wasser gefüllt waren, vor Kiro ab.

»Wir haben tatsächlich Wasser gefunden!«, freute sich die Schneeleopardin. »Draußen gibt es einen kleinen, zugefrorenen Bach, der auch der Sonne folgt. Das ist für unsere Wanderung sehr gut.«

Ich nickte meiner Tochter dankend zu. »Sehr gut. Kiro, trink´ etwas.«

Der goldgelbe Puma drehte sich auf den Bauch, bewegte seine Schulter so wenig, wie er nur konnte. Trotzdem bereitete ihm diese Drehung schmerzen.

Er ächzte auf, als er auf dem Bauch lag. Zögerlich streckte er sich nach dem kalten Wasser und leckte dann gierig die Flüssigkeit auf. »Danke«, murmelte er, als er das tropfende Maul hob. »Das hat wirklich gutgetan.«

»Wir haben dir extra einen zweiten Stein mitgebracht.« Aluna machte ihn mit einem Nicken auf ihr Wasser aufmerksam. Der junge Puma lächelte sie an. »Ich weiß, danke. Aber das Wasser hebe ich mir lieber für gleich auf.«

Die Leopardin nickte leicht und lächelte freundlich.

»Übrigens, Kiro.« Ich teilte ihm meine Untersuchung mit. »Deine Wunde ist nicht tief. Der Eissplitter hat die Haut nur gestreift, du müsstest bald wieder gesund sein.«

Der Puma schmunzelte erleichtert. »Das ist gut. Danke.«

Da kamen auch die anderen zurück. Klee und Aurora trugen beide Schneehasen im Maul, während Lenny, Lesly und Korn sogar ein Rentierkalb hinter sich her schoben.

»Wow, das ist viel Beute«, staunte Kiro mit großen Augen. Ich nickte. »Ja, unsere Gruppe braucht jede Menge Fleisch.«

»Und diese zwei Hasen gehören dir.« Klee und Aurora legten ihre Schneehasen vor den jungen Puma.

Der sah die beiden überrascht an. »Zwei? Nein, so viele kann ich doch gar nicht …«

»Oh, doch, die frisst du«, versicherte ich ihm schnell. »Wir sehen alle, dass du lange nichts mehr gefressen hast, also los. Wir haben noch das ganze Rentierkalb.«

Der Kater sah wirklich abgemagert aus. Zwar nicht so sehr, wie das ausgewachsene Exemplar, das wir getroffen hatten, aber doch schon mager.

Kiro sah mir in die Augen. »Vielen Dank.«

Er blickte sich zu Aurora und Klee um. »Euch auch danke … und dir, Klee. Danke, dass du mich gerettet hast.«

Mein Bruder grinste. »Das waren wir alle.«

Die zwei männlichen Tiere lächelten sich noch einmal an, bevor Kiro gierig seine Zähne in eins der Hasen schlug.

»Hey, guter Fang!«, lobte ich meine Freunde, als sie das Kalb neben dem Verletzten fallen ließen.

Die drei kamen zu uns. »Danke«, bellte Lenny stolz.

»Aber jetzt frisst er ja bereits was!« Empört sah Lesly mich an. Ich kicherte. »Keine Sorge, eure Jagd war nicht umsonst. Wir können ja mit Kiro fressen. Nach dieser Aktion kann ich schon wieder etwas vertragen.«

Die Gruppe stimmte zu und wir ließen uns bei der Beute nieder. Ruhig fraßen wir alle gemeinsam in dem hellblauen Gang. Die Sonne schien schräg durch die Öffnung, ein paar Sprünge weiter und blendete mich.

»Ist es bereits so spät?«, fragte ich mich laut, als ich erkannte, dass die Sonne am Untergehen war.

Kupfer nickte neben mir. »Ja, die Dämmerung setzt ein. Ich würde vorschlagen, wir verbringen die Nacht hier, damit wir unseren Patienten auch noch im Auge behalten können. Morgen können wir dann wieder aufbrechen.«

Ich stimmte diesem Vorschlag sofort zu. Auch die anderen waren einverstanden. Selbst Korn. Sogar wenn dieser weiterhin bedenklich zu Kiro hinüberblickte.

Trotz Korns Misstrauen blieben wir die Nacht über in der Höhle. Wir kuschelten uns aneinander, Kiro lag in der Mitte, sodass wir ihn wärmten.

Die Nacht über konnte ich jedoch nicht schlafen.

Es wurde draußen immer dunkler, aber ich schien immer wacher zu werden, umso länger ich dalag und auf die Höhlendecke starrte.

Ich machte mir Sorgen um Kiro. Er war so jung. Fast genauso jung wie Aluna. Und schon allein unterwegs.

Beim Ewigen Rudel ... ich glaube, ich war nur etwas älter, als ich mit Kupfer fortgelaufen bin ...

War ich wirklich so alt geworden? Ich fühlte mich noch genauso wie damals, außer vielleicht mit ein paar kleinen Veränderungen, die diese Reise mir beigebracht hatte.

Doch wenn ich genauer darüber nachdachte, fiel mir auf, dass ich tatsächlich größer und älter geworden war.

Kann es sein, dass ich fast ausgewachsen bin?

Diese Frage beschäftigte mich die halbe Nacht. Begleitet von der Überlegung, was wir mit Kiro machen sollten.

Er war noch so jung. Wir konnten doch nicht zulassen, dass er allein in dieser Gegend herumirrte, um seinen Vater zu suchen. Wer wusste denn schon, ob sein Vater überhaupt noch lebte?

Ich seufzte niedergeschlagen. Warum musste ich mir nur immer so viele Gedanken und Sorgen um andere machen?

Weil ich genau weiß, wie es ist, allein zu sein ... verloren ... einsam ...

Dieses Gefühl wollte ich niemandem geben. Und alles in meiner Macht stehende tun, um den Betroffenen von ihm zu befreien.

Aber Kiro ist nicht allein ... er muss nur seinen Vater finden.

Tief in mir drin wusste ich, dass ich mein Herz nicht überzeugen konnte. Es wollte den Puma nicht allein lassen.

21. KAPITEL

Am nächsten Morgen weckte mich ein Sonnenstrahl aus einem unruhigen Schlaf. Ich blinzelte dem aufgehenden Feuerball entgegen, der die Höhle um mich herum hellblau strahlen ließ.

Ich konnte erkennen, dass draußen die Morgendämmerung angebrochen war, der Himmel loderte in feurigen Flammen.

Um mich herum war es still. Meine Freunde mussten noch schlafen.

»Sag mal, wohin wollt ihr eigentlich?« Kiros Stimme ließ mich die Ohren spitzen. Er redete leise, um uns andere nicht zu wecken.

»Wir sind auf dem Weg zu Klees Rudel.« Das war Aluna. Die zwei mussten wach sein und sich unterhalten.

Ganz unauffällig wälzte ich mich herum, mit geschlossenen Augen, als würde ich noch schlafen.

»Da haben er und Silber gewohnt, bevor sie auf diese Reise gingen«, flüsterte meine Ziehtochter weiter. »Wir müssen dahin zurück, weil das Rudel in Gefahr ist. Und Silber ist die Einzige, die sie aufhalten kann. Die Hunde helfen ihr, weil Silber ihnen das Leben gerettet hat.«

Ich öffnete einen spaltbreit die Augen.

In der Mitte unserer Gruppe lag Kiro auf dem Bauch. Er hatte den Kopf auf die Pfoten gelegt und hörte mit gespitzten Ohren Aluna zu, die vor ihm auf der Seite lag und leise erzählte. »Klee wird nach dem Kampf im Rudel bleiben, während ich mit meinen Eltern weiterziehe.«

Da stutzte der Puma. »Deinen Eltern?«, wiederholte er verwundert und sah sich um, als dächte er, er hätte zwei ausgewachsene Schneeleoparden gestern Abend übersehen.

»Ja, Silber und Kupfer. Und du? Wo gehst du hin?«

Einen Herzschlag schien Kiro überrascht und ich betete zum Ewigen Rudel, dass er Aluna nichts über *ihre Eltern* sagen würde. Dann allerdings räusperte er sich und miaute: »Ich suche meinen Vater. Er ist ein großer, gelbbrauner Puma, aber sein ganzer Bauch und die Brust ist weiß. Seine Augen sind gelb. Vielleicht habt ihr ihn gesehen?« Er sah Aluna hoffnungsvoll an. Diese überlegte.

Mein Herz jedoch verweigerte für einen Moment den Dienst. Erschrocken blickte ich zu Kiro. Konnte das sein? Konnte der Puma, dieses verrückte Exemplar, was Aluna fressen wollte, wirklich …

Die Beschreibung passte perfekt.

»Nein.« Die Leopardin schüttelte unwissend den Kopf. »Wir haben keinen Puma gesehen.«

Entweder sie hatte dieses schreckliche Ereignis verdrängt oder sie log.

Ich tippte, oder hoffte, auf die erste Erklärung.

Kiro seufzte. »Na gut. Dann muss ich wohl weitersuchen.«

»Aber sag mal, wie willst du deinen Vater überhaupt finden?« Neugierig sah Aluna zu ihm. »Ich meine, ich bin selbst durch diese Gegenden hier gezogen. Die Berge sind *riesig*! Wie willst du hier jemanden finden?«

Ich war immer noch mit dem bösen Verdacht beschäftigt, als Kiro ahnungslos dreinblickte. »Ehrlichgesagt habe ich keine Ahnung. Ich hoffe einfach, dass ich ihn finde, ehe ich verhungere.« Seine Worte begleitete ein ironisches Lächeln, aber in seinen Augen sah ich, dass er wirklich darauf hoffte.

Mich schmerzten diese Worte.

Kiro konnte doch nicht umherwandern, in der Hoffnung, seinen Vater zu finden, bevor es zu spät war.

Neben mir regte sich Kupfer. Mein Gefährte wachte mit

einem großen Gähnen auf.

Aluna unterbrach sich in einer Antwort und sah zu ihrem Vater hinüber. »Guten Morgen!«, begrüßte sie ihn.

Der Goldene blinzelte verschlafen, als er aber merkte, dass Aluna und Kiro wach waren, räusperte er sich.

»Oh, guten Morgen. Ich wusste gar nicht, dass ihr bereits auf seid.« Die beiden sahen sich lächelnd an. »Wir sind schon eine ganze Weile wach«, gab Kiro zu. »Und haben uns gut unterhalten.«

»Ach so«, machte Kupfer mit einem belustigten Lächeln.

»Von dem vielen Getuschel kann man ja gar nicht mehr schlafen«, beschwerte sich Klee mit einem kleinen scherzhaften Grinsen.

Mein Bruder hob neben mir den Kopf und auch ich tat so, als würde ich gerade aufwachen.

Verwundert sah ich die wachen Gesichter an. »Guten Morgen. Ihr seid ja alle schon auf.«

Kupfer nickte leicht. »Ja, doch erst seit ein paar Herzschlägen. Du hast nichts verpasst.«

Ich lächelte meinen Gefährten kurz an, danach wandte ich mich an Kiro. Ich wollte mir nicht anmerken lassen, dass ich das Gespräch belauscht und einen schlimmen Verdacht hatte, deshalb schmunzelte ich freundlich. »Kiro, wie geht es dir?«

Der Puma sah mich an, bewegte kurz die Schulter.

»Ich denke, besser«, antwortete er daraufhin. »Die Schulter tut zwar noch ein wenig weh, aber es ist besser als gestern. Heute werde ich wieder laufen können.«

»Gut.« Eine neue Stimme war erschienen. Die von Korn. Er stand bereits auf, streckte sich ausgiebig.

»Dann können wir ja heute unserer Wege gehen. Silber, wir müssen weiter.«

Mir war klar, dass Korn nichts mit diesem Puma zu tun haben wollte. Er wollte so schnell wie möglich von ihm wegkommen. Da musste ich ihn aber leider enttäuschen.

»Keine Eile, Korn. Wir haben genug Zeit. Nicht wahr?« Ich blickte in die Runde. »Ja«, antwortete Lesly, die sich aufsetzte.

Sie sah ihren Gefährten warnend an. »Silber hat recht«, bellte sie zu ihm. »Wir haben noch genug Zeit.«

Kiro sah zwischen uns hin und her. Er nahm die Anspannung, die in der Luft hing anscheinend war.

»Ihr müsst jetzt nicht nur wegen mir - «

»Es ist alles in Ordnung, Kiro«, versicherte ihm Klee schnell. »Wir fressen jetzt und dann schauen wir weiter, einverstanden?« Neben ihm blinzelte Aurora verschlafen.

»Fressen?«, fragte sie noch ganz abwesend. Klee beugte sich belustigt zu ihr hinunter. »Ja, Fressen. Wir haben doch noch die Reste von dem Kalb.«

Da schien sich die große Hündin zu erinnern, setzte sich auf und war schlagartig hell wach.

»Seltsamerweise fühle ich mich, als hätte ich seid Monden nichts mehr gefressen!«

Wir alle fingen an zu lachen, was nun auch Lenny aufweckte.

Zusammen fraßen wir den Rest des Kalbs, Kiro mit uns.

Er schien sich zu freuen, dass er mit uns fressen konnte und ich merkte, wie wohl er sich unter anderen fühlte.

Ich war mit dem Fressen fertig, da stellte ich die Frage, die mir die ganze Zeit schon auf der Zunge lag.

»Kiro, wie sieht dein Vater aus? Vielleicht haben wir ihn ja gesehen?«

Meine Freunde hörten sofort auf zu fressen, Lenny verschluckte sich fast an seinem Happen.

»Er sucht seinen Vater?«, fragte Korn ungläubig. Ich nickte und wusste, dass jeder den verrückten Puma vor Augen hatte.

Jeder bis auf Kiro und Aluna. Sie hatte es entweder vergessen, oder vorhin einfach gelogen, da sie genau dieselben Befürchtungen hatte.

Kiro hörte auf zu fressen und sah von dem Kalb auf. Alle Augenpaare waren auf ihn gerichtet.

Klee starrte ihn mit unterdrücktem Entsetzen an.

»Äh … ich habe Aluna schon gefragt, sie …«

»Oh, sag´ es ihnen besser noch mal!«, rief sie schnell dazwischen. »Vielleicht habe ich es auch vergessen. Ich bin sehr vergesslich.« Das war sie überhaupt nicht.

Also war es eine Lüge … sie hat genau die gleichen Bedenken …

»Na gut.« Der junge Puma sah ein wenig verwirrt aus, zuckte aber mit den Schultern und fing an seinen Vater zu beschreiben. »Er ist groß, ausgewachsen, hat kurzes, gelbbraunes Fell. Sein Kinn, Brust und seine ganze Unterseite ist allerdings weiß. Außerdem er hat gelbe Augen. Und? Habt ihr ihn gesehen?« Ich sah Hoffnung in seinem Blick, doch in den Gesichtern meiner Freunde nur Entsetzten.

Klee jaulte ängstlich auf und rannte aus der Höhle.

»Klee!« Aurora eilte ihm besorgt nach, während Kiro irritiert dreinschaute. »Was … was ist?«

Wir blieben still. Keiner von uns wusste, wie wir diesem fremden Puma sagen sollten, dass sein Vater sehr wahrscheinlich tot war. Von einem der unseren getötet.

Wir sahen uns unsicher an, keiner wagte, es auszusprechen. Nach einer Zeit jedoch räusperte sich zu meiner Überraschung Lenny. Der sonst so lebensfrohe und glückliche Hund schien jetzt ganz betroffen und ernst. Ernster, als ich ihn je zuvor erlebt hatte. »Kiro … wir haben einen Puma auf unserer Reise getroffen …«

»Er passt zu deiner Beschreibung«, fügte Lesly hinzu, gab das Wort allerdings direkt wieder an Lenny.

Dieser nickte leicht. »Ja …«

»Heißt das, ihr wisst, wo er ist?«, fragte Kiro aufgeregt.

Hoffnung und Freude leuchteten in seinem Blick. Gleich würde er jedoch am Boden zerstört sein.

»Kiro … wir …« Lenny versuchte, es auszusprechen, bekam aber dann kein Wort mehr heraus. Betreten sah er auf seine Pfoten, als würde er sich davor schämen, nicht den Mut gehabt zu haben, es zu Ende zu bringen.

»Wir haben deinen Vater gesehen … er wollte … er wollte Aluna … töten …«

Kupfer bekam die Worte schließlich nur schwer über die Lippen.

»Was?« Entsetzt starrte er die Schneeleopardin neben sich an. »Nein … das würde er niemals tun …«

»Er war am Verhungern«, erklärte ich laut und deutlich.
Ich wollte es hinter mich bringen. Während Kiro mich entgeistert anstarrte, schloss ich die Augen.

Als ich sie wieder öffnete, wollte ich sagen, dass sein Vater tot war, doch jemand kam mir zuvor.

»Dein Vater ist tot. Ich musste ihn töten.«

Kiro schaute wie erstarrt hinter mich. Ich blickte über die Schulter und entdeckte Klee dort stehen.

Neben ihm stand Aurora. Beide sahen betrübt aus, aber Klee fixierte den jungen Puma offen. Seine Tiefen nass vor Tränen. »Es tut mir so leid.«

Kiro starrte blind vor sich, seine hellgrünen Augen füllten sich mit Tränen. »Nein …«, krächzte er. »Nein, nein, nein …«

Er wich vor uns zurück, mit angelegten Ohren, die seine Panik zeigten.

Klee sagte nichts mehr, setzte sich und blickte traurig auf den Schnee.

Ich aber trat einen Schritt vor. Ich wusste, wie grausam es war, seine Familie zu verlieren.

»Kiro, wir … er war verrückt … er war ausgehungert, er hat Aluna entführt und wollte sie fressen. Auch nicht mehr hergeben, als wir ihn eingeholt hatten. Wir mussten kämpfen, um sie zurückzuholen. Keiner von uns hatte die Absicht, ihn zu töten … aber dann … ist es einfach passiert. Klee wollte nur Aluna retten.«

Der Blick des Pumas glitt von der Leere zu mir.

Es schien, als hätte er meine Worte tatsächlich gehört.

»Mein … mein Vater … ist tot … ich … ich bin allein …«

Bei dieser Erkenntnis schluchzte er gequält auf und stolperte nochmal ein paar Schritte zurück.

»Nein, du bist nicht allein, Kiro«, widersprach ich ihm und trat ihm wieder entgegen. »Du kannst … mit uns kommen, wenn du möchtest.«

Hinter mir räusperte sich Korn, doch ich beachtete ihn nicht. »Wir nehmen dich auf. Du bist nicht einsam. Ich habe dir doch erzählt, ich war ebenfalls allein. Aber durch Klee und Kupfer und die ganze Gruppe bin ich es nicht mehr. Du müsstest es auch nicht sein.«

Sanft sah ich den jungen Puma an. Dieser atmete hektisch, blickte mich trotzdem an. Er zögerte, dann jedoch schüttelte er wild den Kopf. »Nein … ich kann nicht … kann nicht mit Tieren zusammenleben, die meinen Vater getötet haben!«

Damit drehte er sich um und rannte tiefer in den Berg hinein. »Kiro!« Ich rief ihm hinterher, aber der Puma hörte nicht.

Schnell war er in der Dunkelheit des großen Tunnels verschwunden.

Enttäuscht und traurig ließ ich den Kopf hängen. Ich hatte versagt. Jetzt würde Kiro allein sein und wahrscheinlich sterben. *Warum musste das nur geschehen?*

Neben mir spürte ich plötzlich einen weichen Pelz. Kupfer stand neben mir und drückte sich beruhigend an mich.

»Du hast es ihm angeboten«, tröstete er mich mit sanfter Stimme. »Mehr konntest du nicht tun.«

Ich seufzte, musste mir eingestehen, dass mein Gefährte recht hatte. »Ja, ich weiß.«

Hinter mir war nur betretenes Schweigen zu hören.

»Wir sollten weiter«, bellte Korn nach einer Zeit. Sein Bellen klang in der Stille wie ein Donnergrollen.

»Der Puma ist weg. Und vielleicht ist das auch besser so.« Da schnellte ich mit gebleckten Zähnen herum.

»Wie bitte?«

Der Wolfsrüde sah mich ernst an. »Wir können nicht jedes dahergelaufene, verletzte Tier aufnehmen, das weißt du ganz genau. Es ist gut, dass Kiro weg ist. Er wäre der Gruppe nur eine weitere Last.«

Nun explodierte ich. Mir reichten Korns Kommentare.

»Eine weitere Last?!«, wiederholte ich fauchend. Da wurde Korns ernste Miene schuldbewusst, als ihm klar wurde, was er da gebellt hatte.

»Ist Aluna für dich eine Last? Oder Klee? Oder *Lesly*?!«

Die Hündin zuckte bei der Erwähnung ihres Namens neben Korn zusammen.

»Wenn das so ist, kannst du diese Last gerne von dir schmeißen! Geh! Hau einfach ab, dann bist du uns los!«

»Silber ...« Kupfer wollte mich beruhigen, aber ich

schnauzte ihn nur an: »Ist doch wahr!«

An Korn gewandt, fügte ich hinzu: »Seit du bei uns bist, bist du nur negativ! Du hast nicht für einen Herzschlag die Möglichkeit in Betracht gezogen, dass Kupfer und Klee noch leben! Und? Sind sie hier oder nicht?«

Neben mir zuckte nun Kupfer zusammen und ich konnte auch im Augenwinkel Klee sehen, der betroffen zusammenfuhr.

»Du wolltest ebenso wenig Aluna haben! Sie ist unser Feind, hast du gesagt! Pah!«

Voller Zorn rammte ich meine Krallen in das Eis unter mir. Am liebsten hätte ich ihm das Fell abgezogen.

»Und nun willst du Kiro nicht! Nur weil er *anders* ist! Du bist so ein hundedummer Köter! Ich dachte, die Eisrudel-Wölfe wären offen für Fremde! Aber deine Wurzeln liegen wohl eher beim *Nachtrudel*! Bei dir darf es ja nichts Neues geben! Das ist gerade das *Schlimmste* auf der Welt! Sofort ein Feind, der weg muss! Du bist genau, wie Maus, genauso, wie diese egoistischen Rudelwölfe! Beim Ewigen Rudel, wie ich euch Rudelwölfe *hasse*!«

Ich musste meiner Wut irgendwie freien Lauf lassen. Sie staute sich in mir auf, ich fühlte mich eingeengt. Mein ganzer Körper wollte diesen heißen, brennenden Zorn um jeden Preis loswerden. Unbedingt.

Ich rannte zum Ausgang. Gerade noch rechtzeitig, ehe ich Korn ins Gesicht gesprungen und es ihm zerfetzt hätte.

So schnell wie meine Pfoten mich trugen, raste ich aus der Höhle. Draußen empfing mich ein kalter Windstoß. Der ließ die Hitze in meinem Körper ein wenig verfliegen.

Ich jagte einen kleinen Hang hinunter, an deren Ende sich ein Fluss befand, der in das Tal führte. Er war zugefroren, ich ließ mich darauf auf das Eis fallen.

Schnaufend krallte ich mich am harten Untergrund fest und drückte mich an das Eis. Es kühlte meinen Zorn ab.

Nach einiger Zeit, in der es ganz ruhig war und ich mich beruhigen konnte, erhob ich mich langsam.

Das Eis hatte meine heiße Wut gelöscht. Nun konnte ich wieder klar denken.

Korn war ein guter Wolf. Er war nur sehr misstrauisch. Er wollte die Gruppe und besonders Lesly beschützen.

Ich schaute zum Himmel. Die Sonne kletterte immer weiter die Berge hoch.

Wir müssen weiter ... auch ohne Kiro. Er wird seinen Weg gehen ...

Langsam stieg ich den Hang hoch, ließ mir den kalten Wind durchs Fell fahren.

In der Höhle saßen meine Freunde niedergeschlagen in einem Kreis zusammen.

Als Kupfer mich bemerkte, kam er angelaufen. »Silber! Ich wusste doch, du kommst wieder.«

Ich lächelte ihn an, trottete jedoch zu Korn.

Der hellbraune Rüde mit der goldenen Brust und Unterseite seufzte, als ich zu ihm trat.

»Silber, es tut mir leid. Ich hätte nicht so misstrauisch und gemein sein dürfen. Außerdem hätte ich daran glauben sollen, dass Klee und Kupfer überlebt haben. Du hast immer daran geglaubt, aber ... ich habe nicht deine Seele. Ich bin nicht du. Ich bin ein Rudelwolf, auch wenn ich es nicht mehr sein will. Dieses Misstrauen liegt mir im Blut. Das soll sicher keine Entschuldigung für mein Verhalten sein, doch vielleicht eine Erklärung. Na ja ... es tut mir leid. In Zukunft will ich Fremden eine Chance geben.«

Ich lächelte, selbst, wenn ich mich genauso entschuldigen musste. »Mir tut es ebenfalls leid. Ich weiß, du willst uns nur beschützen.«

Hinter mir seufzte Kupfer erleichtert. »Heißt das, ihr habt euch wieder vertragen und wir können nun weiter?«

Ich drehte mich zu meinem Gefährten um. »Ja, Kupfer. Das heißt es.«

Korn grinste. »Da bin ich froh.«

»Dann lasst uns weiter.« Kupfer führte uns aus der Höhle, nach draußen. Ich ließ meinem Gefährten die Führung und ließ mich zu Klee und Aluna zurückfallen.

Beide ließen die Schultern hängen und sahen traurig zu Boden. »Hey, was ist denn mit euch los?«

Aluna sah zu mir auf. »Ich hätte gern gehabt, dass Kiro uns begleitet. Er war nett. Außerdem ist es allein mit Ausgewachsenen langweilig!«

»Da musst du wohl mich für verantwortlich machen«, kläffte Klee, ohne aufzublicken. »Wenn ich seinen Vater nicht getötet hätte …«

»…wäre Kiro auch nicht mitgekommen«, beendete ich seinen Satz. Mein Bruder sah auf.

»Er hätte seinen Vater gesucht«, erklärte ich ihm.

Der Wolfsrüde seufzte. »Und vielleicht hätte er ihn gefunden. Dann wäre er jetzt nicht allein. Ich bin schuld daran. Ich bin schuld, dass er nun einsam sein muss.«

Da schaltete sich Aluna ein. »Du bist schuld, dass ich noch lebe. Ich bin lieber am Leben und bei euch, als dass irgendein Puma seinen Vater hat und ich tot bin.«

Klee sah die Schneeleopardin mit einem kleinen, dankbaren Lächeln an.

»Siehst du?«, fragte ich ihn aufmunternd. »Du bist ein Held.

Wir können nichts dafür, dass Kiros Vater tot ist. Es war ein Unfall.« Klee nickte leicht.

»Ich bin froh, dass du mich gerettet hast, Klee.«

Aluna stupste ihn freundschaftlich an. Klee entschlüpfte ein leises Kichern. »Da bin ich auch froh«, gab er schließlich zu.

Ich lächelte zufrieden, während wir weiter durch das Tal wanderten.

Vor uns, am Horizont, konnte ich eine weitere Reihe Berge erkennen.

Wie lange wird es noch dauern, bis wir wieder Gras unter den Pfoten spüren?

Wie sich herausstellte, sollte es nicht mehr so lange dauern. Als die Sonne ihren höchsten Punkt erreicht hatte, waren wir bei den Bergen angelangt. Wir fanden einen Pfad, über den wir leicht zur anderen Seite kommen konnten. Als wir die dann erreicht hatten, war mir das Kinn heruntergeklappt.

Vor uns erstreckte sich eine Landschaft aus kahlen Bäumen. Es lag zwar weiterhin Schnee, aber der wurde immer weniger.

Ebenso waren die Bäume nicht mehr gefroren. Für mich sah es nun aus, wie ein normaler Schneezeittag.

Das heißt, wir sind bald zurück!

Meine Vorfreude konnte im Augenblick keiner vernichten. Auch nicht das seltsame Verhalten meines Bruders und meines Gefährten.

Der Abend kam und mit ihm das komische Verhalten.

Gerade lagen wir alle in einer verschneiten Kuhle und unterhielten uns leise. Tannen gab es in dieser Gegend nicht viele.

»Oh, ich freue mich so, endlich in wärmere Länder zu kommen!« Lenny wedelte aufgeregt mit der Rute.

Auch die anderen Hunde, Korn und ich teilten diese Aufregung. Genauso wie Aluna.

Aber Kupfer und Klee schwiegen die ganze Zeit über. Keiner der beiden sagte etwas, während wir anderen uns ausmalten, wie schön es sein würde, zurück im grünen Wald zu sein.

Zu der Aufregung und Vorfreude mischte sich erneut Sorge. Ich wusste immer noch nicht, warum die zwei sich so seltsam verhielten. Allein der schreckliche Sturz konnte es doch nicht wirklich sein! Irgendetwas in mir sträubte sich dagegen, das zu glauben.

Aber die Nacht kam und mit ihr die Müdigkeit. Wir waren den ganzen Tag gewandert, jetzt war ich erschöpft.

Wir alle legten uns schlafen und es dauerte nicht lange, bis ich einschlief.

Ich schlief traumlos. Eigentlich hatte ich gehofft, meine Familie und Freunde wiederzusehen. Leider wurde mir dieser Wunsch diese Nacht nicht erfüllt.

Vielleicht weiß Nebel ja, warum Kupfer und Klee so drauf sind., dachte ich, als ich am nächsten Morgen aufwachte. Ob sie mit mir ihr Wissen teilte, war jedoch eine andere Frage.

Wir wanderten nach einem kleinen Mahl augenblicklich weiter. »Möglicherweise kommen wir heute in wärmere Gebiete?«, spekulierte Korn aufgeregt. »Ich will jetzt endlich sehen, wie eure Welt aussieht!«

»Ich auch!«, rief Aluna begeistert.

»Ihr werdet Augen machen«, versprach Aurora amüsiert. »Nicht wahr, Klee?« Die Hündin wollte den Wolfsrüden in das Gespräch miteinbeziehen, doch der nickte bloß.

Schweigend trottete er am Schluss der Gruppe weiter. Aurora seufzte enttäuscht. Die anderen sahen sich ratlos an.

Still schlenderten wir durch den Wald, der immer schneeloser wurde.

Der halbe Tag war vergangen, da kamen wir am Waldrand an. Vor uns erhob sich ein Hügel und versperrte uns den Blick auf das, was dahinter lag. Aber ich hatte eine Vorahnung, die meinen Pelz zu Berge stehen ließ.

»Hey, Freunde! Ich glaube, wir müssen nur noch den Hügel da hoch, dann sind wir endlich in wärmeren Gegenden!«

Meine Gefährten bekamen große Augen und blieben stehen.

»Wirklich?«, fragte Aluna und schaute ehrfürchtig zum sanften Hügel.

»Oh, das ist so aufregend!«, rief Korn begeistert.

Da jedoch hörten wir hinter uns ein lautes Knacken.

Wir alle wirbelten erschrocken zum Waldrand herum.

»Wer ist da?«, knurrte Kupfer sofort kampfbereit. Ich hob die Schnauze in die Luft, konnte aber nur Schnee riechen.

Das Unterholz fing an zu rascheln und eine bekannte Gestalt trat heraus. Meine Freunde zogen überrascht die Luft ein. Korn blickte den Neuankömmling mit großen Augen an, während ich einfach nur froh war, dass er uns gefolgt war.

Es war Kiro.

22. KAPITEL

»Kiro!« Aluna maunzte erfreut seinen Namen, als er zu uns getreten kam. Schüchtern blickte er sich in der Runde um, aber alle sahen nur freundlich aus. Selbst Korn.

»Hast du dich doch noch umentschieden?«, fragte ich ihn sanft. Ich freute mich sehr darüber.

Der Puma schaute mich zurückhaltend an. »Ja, Silber. Ich habe über das nachgedacht, was du mir gesagt hast.«

Ohne ein weiteres Wort zu mir wandte er sich ab und trottete zu Klee. Der Wolf zuckte erstaunt zusammen, als der Puma direkt vor ihm stand.

»Ich weiß, du wolltest meinen Vater nicht umbringen. Du hast es getan, um deine Freunde zu beschützen. Ich verstehe das und ... vergebe dir.«

Klee atmete erleichtert aus, als hätte er die ganze Zeit die Luft angehalten. »Danke, Kiro. Wirklich … es war ein Unfall.«

Der goldgelbe Puma nickte leicht. »Das weiß ich jetzt.«

In diesem Moment sah er so erwachsen aus, dass ich mich schlagartig fragte, ob sein Vater ihn in der Nacht besucht hatte.

»Wenn ich darf, würde ich mich gerne eurer Gruppe anschließen.« Er sah in die Runde, bis sein Blick an mir hängen blieb. Ich sah kurz meine Freunde an. Sie wirkten alle mehr als einverstanden.

»Natürlich kannst du mit uns kommen«, bestätigte ich ihm. »Aber … du musst wissen, unsere Reise hat kein schönes Ziel. Wir …«

»Oh, ich weiß, ich weiß. Aluna hat es mir erzählt. Ich würde gerne mit euch ziehen. Es ist schön, etwas zu haben, wofür es sich zu kämpfen lohnt.«

Ich war mir unsicher, was er damit meinte, doch als er mein

verwundertes Gesicht sah, erklärte er uns: »Naja, ihr habt mir mein Leben gerettet. Ich bin euch erstmal etwas schuldig. Zudem will ich nicht, dass noch mehr Tiere ihr Zuhause verlieren. Ein Zuhause. Dafür kämpfen, ist doch eine gute Sache.«

Ein Zuhause ...

Für mich war es kein Zuhause. Aber für Klee und viele andere, die diesen Wald ihre Heimat nannten.

»Ja, Kiro. Du hast Recht. Für ein Zuhause lohnt es sich, zu kämpfen.«

»Gut, wenn wir das geklärt haben.« Korn zwinkerte Kiro zu, bevor er sich dem Hügel zuwandte.

»Lasst uns endlich aus dieser kalten Gegend weg!«

»Das kannst du laut bellen!«, miaute Aluna, als wir den Hügel hinaufstiegen.

Nun zitterten meine Pfoten vor Aufregung. Endlich würde ich wieder Blumen und Pflanzen sehen.

An der Spitze des Hügels angekommen blickte ich als Erste über die Landschaft, die sich vor mir erstreckte.

Erstmal war da nur eine freie Wiese, das Gras dunkelgrün, nichts Besonderes. Ein paar Sprünge weiter aber, gab es noch einen Wald. Und der war grün.

Ein Windstoß zerzauste mein Fell und meine Nase fing endlich wieder andere Gerüche auf, als Eis und Schnee.

Ich konnte Beute riechen, Blumen. Die Blütezeit selbst! »Wir sind da!«, jaulte ich den Freunden begeistert zu.

Sie traten zu mir. »Wow«, machte Kiro erstaunt.

»Das ist ... eine grüne Wiese«, stellte Aluna fest. Sie klang ein wenig enttäuscht.

»Das ist nicht alles!«, rief ich. »Da ist der Wald! Der *blühende* Wald! Kommt! Los!«

Ich sprang den Hügel hinunter, über die Wiese zum Waldrand. Hinter mir hörte ich die eiligen Schritte meiner Freunde.

»Ja, wir sind wieder da!«, jaulte Aurora, als wir dem Wald näher kamen. Das Gras unter meinen Pfoten fühlte sich kühl und rau an, aber der Wald war frisch und grün. Die Freude ließ mich wie einen Welpen durch die Luft springen.

Da durchbrachen wir den Waldrand und sausten in einen hellen, bunten Wald.

»Juhu!«, heulte Klee hinter mir begeistert.

Nach einiger Zeit blieben wir mitten im Grünen stehen. Mit einem unglaublich leichten Gefühl im Bauch schaute ich mich um. Überall sah ich grüne, gesunde Pflanzen. Die Bäume trugen Knospen, manche sogar bereits Blätter. Blumen sprossen, egal wohin ich sah und das Gras hier war weich und saftig.

Die Luft war erfüllt von Beuteduft und dem federleichten Geruch der Blütezeit.

In diesem Augenblick fühlte ich mich zuhause. Genau da wo ich gerade stand. Die Sonne schien auf meinen Pelz, ich bildete mir ein, sie sei nun wärmer.

Es war einfach so schön. So leicht und befreiend. Ich fühlte mich richtig lebendig, hier, in diesem atmenden Wald.

Um mich herum staunten meine Freunde nicht schlecht. Korn und Aluna sahen sich ungläubig um, als hätten sie nie für möglich gehalten, dass der Wald so aussehen könnte.

Die Hunde bellten glücklich und Lenny war der Erste, der sich ins Gras warf und sich herumwälzte. »Wir sind wieder da!«, jubelte er entzückt. »Wir sind tatsächlich wieder da!«

Aurora kam mit einem breiten Grinsen zu mir. Als sie sprach, war sie jedoch ganz ernst.

»Silber, wir müssen dir noch einmal danken. Du hast das hier möglich gemacht.«

Ich lächelte sie sanft an. »Hab´ ich wirklich gern gemacht.«

Aurora schmunzelte fröhlich. »Wir sind froh, dir helfen zu können, Silber. Egal, wie grausam der Kampf sein wird, das hier ist er es wert. Du hast uns unser Leben zurückgegeben.«

Ehe ich antworten konnte, warf sie sich mit einem belustigten Jaulen auf mich.

Lachend purzelten wir durch das Gras. Auch die anderen vergnügten sich. Wir alle waren ausgelassen und glücklich.

»Oh, das ist so wunderschön«, bellte Aurora, als wir nebeneinander im Gras lagen und in die Kronen der blühenden Bäume schauten. Ich nickte der Freundin entspannt zu. »Ja. Die Blütezeit ist wirklich schön.«

»Hey, Silber!« Lenny kam angelaufen und sprang mir mitten auf den Bauch. Ich keuchte auf, da ich für einen Moment keine Luft mehr bekam, fing dann jedoch an zu lachen.

Der kleine Hund leckte mir freudig bellend das Gesicht ab.

»Nur durch dich können wir das alle erleben! Du hattest zusammen mit Raven die Idee, die uns befreit hat!«

Unsere Freunde trotteten heran und setzten sich zu uns.

»Ja, Lenny hat recht. Nur durch dich und Raven können wir *alle* das erleben.« Kupfer lächelte mich mit seinem liebevollen Lächeln an und ich bemerkte, dass er richtig lag.

Ich hatte *alle* diese Tiere hierhergebracht. Kupfer, als ich ihm vorgeschlagen hatte, wegzugehen. Klee, als er mir gefolgt war.

Die Hunde, als ich sie gerettet hatte. Korn, als er sich uns anschließen wollte. Aluna, indem ich ihr das Leben rettete und schließlich auch Kiro, weil ich ihn nicht hatte zurücklassen wollen.

»Wir sind eine Familie«, beschloss Aurora leise neben mir. Sie hatte sich auf die Seite gelegt und sah uns offen an.

Sofort stimmten wir ihr zu.

»Ja, eine Familie, die zusammenhält«, fügte Klee mit einem

liebevollen Blick hinzu. Für kurze Zeit schienen beide Rüden ihre Zurückhaltung vergessen zu haben.

»Diese Reise hat uns zusammengeführt«, flüsterte Lesly und schmiegte sich sanft an Korn. Der lächelte sie sanft an.

»Ben würde es freuen, wenn er uns sehen könnte«, murmelte Lenny auf mir. Ich hörte einen Hauch von Sehnsucht in der Stimme des kleinen Hundes. Leicht stupste ich ihn mit der Schnauze an. »Ben freut es. Er weiß, dass wir auf unserem Weg zusammengewachsen sind. Doch er hat seine Heimat schon gefunden. Deshalb sollten wir stolz auf ihn sein.«

»Das sind wir«, erwiderte Aurora sogleich. »Wir können alle stolz auf uns sein. Auf unsere Familie.«

Wir schauten uns lächelnd an. Ein wunderschönes Gefühl durchflutete mich, als ich in die warmen Gesichter meiner Reisegefährten sah. Keiner von uns war mehr allein, oder eingesperrt, oder unglücklich. Wir hatten etwas, was uns niemand mehr nehmen konnte: das Gefühl der Einigkeit.

Wir gehörten nun zueinander. Wir waren keine Reisegefährten mehr. Keine Freunde. Wir waren viel mehr. Und das wusste jeder von uns. Auch ich. Die Vorstellung, sie zu verlassen und allein mit Kupfer und Aluna weiterzuziehen, versetzte meinem Herzen fast einen schmerzhaften Stich. Beinahe wollte ich gar nicht mehr von ihnen getrennt sein ...

»Du bist ebenfalls damit gemeint, Kiro.« Lenny hatte den betrübten Blick des jungen Katers bemerkt.

Er schien zu glauben, von dem Gespräch aufgeschlossen zu sein. Der Puma sah überrascht zu ihm auf.

»Ja. Du bist zwar erst kurz dabei, aber unsere Gruppe wächst zusammen. Und du wirst ein wichtiger Teil von ihr werden.«

Kiro lächelte gerührt und als Aluna ihn mit einem Grinsen anstupste, wurde sein Lächeln breiter.

»Kommt, wir sollten weiter.« Lesly stand auf und schüttelte sich ausgiebig. »Wir wollen den Wald doch erkunden! Beim Ewigen Rudel, bin ich froh, wieder Gras unter meinen Pfoten zu spüren! Der Schnee hat mir wirklich gereicht.«

Als Antwort bekam sie belustigtes Kichern und zustimmendes Gemurmel.

Begeistert machten wir uns auf den Weg durch den hellen, schönen Wald. Er erfüllte mich mit Optimismus und guter Laune. Selbst Klee und Kupfer schienen glücklich.

Ich hatte erneut die Führung übernommen, während Aluna, Kiro, Klee, Aurora, Kupfer und Lenny hinter mir liefen.

Lesly und Korn bildeten die Nachhut.

Ich fühle mich wieder frei!

Diese Erkenntnis erfasste mich, als wir einen gurgelnden Bach überquerten. Wir blieben kurz stehen, um zu trinken.

Das Wasser war so klar und kühl, dass ich mich an meinen ersten Tag in der Freiheit erinnerte.

An dem Tag hatte ich mir geschworen, auf ewig frei zu sein. *Ich bin frei! Und das werde ich auch wieder, wenn das Rudel erstmal gerettet ist!*

Frohen Mutes liefen wir weiter, bis in den Sonnenuntergang.

Zwei weitere Monde vergingen.

Wir wanderten jeden Tag, immer durch den großen, grünen Wald. Mit jedem Schritt schien die Sonne wärmer zu werden.

Mit ihr wuchs die Freude und Zuversicht, die der grüne Wald brachte.

Kiro hatte sich gut eingelebt. Er und Aluna verstanden sich blendend. Sie tollten zusammen umher, als wären sie noch Junge und jagten oft gemeinsam.

Der Puma blühte in dieser Gegend hier auf. Ich merkte

immer wieder, wie glücklich er war, von anderen Tieren umgeben zu sein. Er strengte sich an, war stets freundlich, brachte jedes Mal Beute mit, wenn er auf der Jagd war und tat eigentlich alles, um gemocht zu werden.

Das funktionierte auch. Wir alle hatten ihn in unsere Herzen geschlossen. Selbst Korn. Ich hatte ihn an einem Abend dabei erwischt, wie er Kiro von seiner Zeit im Eisrudel berichtete und was passiert war, als wir gekommen waren.

Kiro hörte dem Ganzen begeistert zu. Er zeigte sich stets sehr wissbegierig, sobald einer von uns von unserer Reise erzählte. Er wollte jede Einzelheit erfahren und sah uns jedes Mal mit vor Staunen geweiteten Augen an.

»Ich freue mich so, bei euch sein zu können und nun auch Abenteuer mitzuerleben«, hatte er eines Abends verkündet.

»Selbst, wenn meine Familie gestorben ist, habe ich eine neue in euch gefunden. Und darauf bin ich mehr als stolz.«

Ich freute mich, dass er sich so wohl bei uns fühlte.

Ich habe die richtige Entscheidung getroffen, auf mein Herz zu hören ...

Doch es gab ebenso Sorgenkinder.

Kupfer und Klee schienen sich immer mehr zurückzuziehen, je näher wir nun dem Rudel kamen.

Jedes Mal zuckten die zwei zusammen, wenn man sie ansprach, stets wirkten sie, als wären sie in einer anderen Welt. Als hätten sie vor etwas Angst.

Ich konnte aber nicht herausfinden, was los war.

Keiner der beiden wollte es mir, oder einem anderen, sagen. Sie litten schweigend vor sich hin. Leider so, dass jeder es mitbekam.

Aurora quälte das Schweigen von Klee, nach mir, am meisten. Sie mochte den gefleckten Wolf wohl mehr, als ich anfangs gedacht hatte. Doch ich freute mich für sie und meinen Bruder. Falls Klee irgendwann aus seiner Starre erwachen würde, könnten die beiden womöglich ...

Vielleicht geht es so weit, dass Aurora im Rudel bleibt ... oder Klee mit ihr geht ...

Ich freute mich für Aurora, selbst wenn sie jetzt eher litt, als glücklich erschien.

Zu gern hätte ich gewusst, warum Klee und Kupfer sich überhaupt so verhielten. Aber irgendwann respektierte ich einfach, dass es so war. Solange sie darüber nicht reden wollten, konnten wir sie nicht zwingen. Dann waren sie selbst schuld.

Statt mich also zu sorgen, oder zu ärgern, ließ ich der Vorfreude Raum. Es würde nicht mehr lange dauern, bis wir beim Nachtrudel ankamen.

Vielleicht einen Mond, mehr aber bestimmt nicht.

Doch nicht nur Vorfreude ließ meine Beine bei dem Gedanken an das Rudel zittern. Auch Angst.

Angst, vor der bevorstehenden Schlacht. Vor der Erfüllung meines Schicksals.

»Ich liebe dich.« Kupfers Worte rissen mich aus meiner Gedankenwelt.

Es war Abend, die Sterne leuchteten am Himmel, den man nun, durch die ganzen Blätter, fast nicht mehr sehen konnte.

Nur noch an manchen Stellen war der Nachthimmel zu erkennen.

Wir lagen alle zusammen an den krummen Wurzeln einer großen Eiche. Gerade waren wir dabei, uns schlafen zu legen.

Neben mir glitzerten Kupfers Augen, die mich liebevoll anblickten. Ich lächelte sanft und schmiegte mich an seine Halsbeugen. Abends verwandelten sich die zwei Wolfsrüden seltsamerweise stets in verschmuste Welpen.

Beide suchten dann ständig meine Nähe, als fürchteten sie, sie würden den nächsten Tag nicht erleben und sich von mir verabschieden wollen.

»Ich liebe dich auch«, hauchte ich an ihm.

»Und ich liebe euch beide!« Ein Gewicht landete auf einmal auf mir. Mit einem verwirrten Ächzen, verwundert, von der plötzlichen Last, hob ich den Kopf.

Aluna stand auf mir und sah uns belustigt an. Sie war wieder größer geworden. So wie Kiro. Die zwei gingen mir nun schon bis zur Schulter.

Dementsprechend schwer war die Schneeleopardin.

»Du bist nicht mehr der Welpe von früher«, bemerkte ich halb genervt und halb amüsiert.

»Aluna, dann komm zu mir.« Klee lag ebenfalls neben mir. Er legte sich auf die Seite, damit die Leopardin sich an ihn schmiegen konnte. Das Angebot nahm meine Tochter an.

Sie sprang von mir herunter und drückte sich schnurrend an Klee. Kupfer kicherte belustigt und auch ich schmunzelte.

»Also gehst du lieber zu deinem Onkel, als bei deinem Vater zu schlafen?«, fragte Kupfer gespielt gekränkt.

Aluna lachte, ihre Augen strahlten im Dunkeln. »Wie Mutter bereits sagte: Ich bin nicht mehr der Welpe von früher.«

Wir alle fingen an zu lachen.

Das waren die wenigen Momente, wo sich beide Rüden wie früher verhielten. Leider dauerten diese Augenblicke nicht lange an. Doch selbst in diesen fröhlichen Herzschlägen traute ich mich nicht, zu fragen, was mit ihnen los war. Ich fürchtete mich, die Stimmung zu zerstören.

Trotzdem war dies eine schöne Unterhaltung vor dem erholsamen Schlaf. »Dann wünsche ich allen eine gute Nacht.«

Ich legte meinen Kopf auf die Pfoten.

An meinen Flanken spürte ich das warme Fell von meinem Gefährten und meinem Bruder.

Es dauerte nicht lange, bis ich die Augen erneut aufschlug. Im ersten Augenblick dachte ich, ich wäre einfach aufgewacht, da ich abermals Grashalme vor mir sah.

Da hob ich allerdings den Kopf und fand mich im Ewigen Rudel wieder. Ich war froh, wiederholt hier zu sein.

Endlich konnte ich meine Freunde wiedersehen.

Jedoch war es nicht Wurzel oder Diamant, die hinter einem Baum hervortraten, sondern Nebel.

Meine Mutter kam mit einem großen Strahlen im Gesicht heran. »Hallo, Silber.« Sie stupste mit ihrer Nase an meine.

»Hallo, Mutter«, begrüßte ich sie gut gelaunt. Ich dachte, sie würde mich zum Lager führen.

Doch da hatte ich mich getäuscht.

»Silber, ich muss mit dir reden.« Ihre Stimme klang ernst, selbst wenn das liebevolle Leuchten in ihren Augen nicht erlosch. »Ihr seid in wärmeren Gebieten, das ist toll. Es heißt aber auch, dass ihr zum Rudel kommt. Und das schon bald.«

Ein Knoten bildete sich in meinem Magen. Die Aufregung schnürte mir beinahe die Kehle zu.

»Der Weg ist nicht mehr weit. In Kürze habt ihr euer Ziel erreicht.« Vor Spannung zitterten meine Pfoten.

»Bevor ihr allerdings ihm Nachtrudel ankommt, werdet ihr an einem Ort vorbeikommen, der sehr wichtig ist.«

Ich spitzte die Ohren. »Welcher Ort denn?«

Die Wölfin sah mich ernst an. »Dein Geburtsort. Ihr werdet an dem Bau vorbeikommen, der einst Klees und dein Zuhause war.«

Ich starrte sie entsetzt an. Ein Kloß bildete sich in meiner Kehle. »Wir ... wirklich?«

Meine Stimme klang erstickt. Ich hätte nie damit gerechnet, jemals an meinen Geburtsort zurückzukehren.

Nebel nickte mit einem sanften Lächeln. »Ja, meine Kleine. Wirklich. Dieser Ort ist aber nicht nur wichtig, weil ihr zwei darin geboren seid. Er ist auch Teil deines Schicksals.«

Verwundert sah ich die Mondwächterin an.

Sie erklärte daraufhin: »Ihr werdet den Bau in den nächsten Tagen erreichen. Allerdings darfst du deinen Freunden nichts davon berichten. Sie dürfen nicht wissen, dass Klee und du an eurem Gebutsort angekommen seid. Zumindest nicht, bis du deine Kräfte bekommen hast. So will es die Natur. Allein Klee und du könnt von dem Ort Kenntnis haben. Für die anderen darf es nur ein verlassener Bau sein. Du musst dann eine Nacht in deinem Geburtsort verbringen. Nur so kann das Ewige Rudel dir deine versprochenen Kräfte geben.«

Voller Ehrfurcht riss ich die Augen auf. Mein Gehirn kehrte zu der Versammlung zurück, bei der sich ein paar der Wölfe des Ewigen Rudels sich mir vorgestellt hatten.

Nebel hatte gesagt, sie müssten einmal mit mir geredet haben, bevor sie mir ihre Kräfte geben könnten. Nun war es anscheinend soweit.

»Warum dort?«, fragte ich sie neugierig. Ich wollte das alles verstehen. Wollte meine Bestimmung verstehen.

Die Silberne lächelte. »Weil du eine starke Verbindung zu diesem Ort hast. Die Stärkste, die ein Lebewesen haben kann. Dort wurdest du geboren, dort hat dein Leben begonnen. Nur an einem solchen Platz können die Kräfte verliehen werden.«

Ich nickte leicht. Das klang einleuchtend.

»Und dann?«, fragte ich vorsichtig. »Was passiert danach?« Nebel schmunzelte, als würde sie meine Neugier amüsieren, zugleich jedoch auch sehr stolz machen.

»Anschließend wirst du Kräfte besitzen, die keiner der Lebenden bisher für möglich gehalten hätte. Diese Kräfte werden dir bei der Erfüllung deines Schicksals helfen. Danach sind sie allerdings wieder verschwunden.«

Ich nickte leicht. Mein Pelz fing an zu kribbeln, bei der Vorstellung, so viel Macht in den Pfoten zu tragen.

»Aber ... ich werde das doch schaffen, oder?« Bei so einer großen Aufgabe fing ich plötzlich an, an mir zu zweifeln. »Ich meine ... mit so einer Kraft, die ich dann besitze, werden wir doch die Menschen und ihre Monster vertreiben, oder?«

Meine Mutter lächelte mich liebevoll an. »Du musst an dich glauben, Silber. An dich und deine Freunde. Sieh dich um. All deine Freunde, die gerade mit dir auf dieser Reise sind, begebnen sich für dich in Lebensgefahr. Weil sie wissen, für was und wen sie in den Kampf ziehen. Und das solltest du auch. Du solltest wissen, für was du kämpfst. Für wen. Das macht dich stark. Du bist stark. Du wirst *alles* besiegen können, wenn du nur an dich selbst glaubst und weißt, für was du in diesem Kampf stehst.«

Mit diesen Worten fing sie auf einmal an, zu verschwinden. Der Nebel an ihren Pfoten wurde größer, begann, sie langsam zu verhüllen.

»Warte!« Ich wurde panisch. Ich wusste noch nicht genug. »Wie ... wie soll ich meinen Geburtsort überhaupt finden? Ich weiß doch gar nicht mehr, wie er aussieht oder wo er ist!«

Der Nebel verhüllte bereits ihren Oberkörper und schlang sich um ihren Hals.

»Du wirst ihn erkennen«, versprach sie mir mit einer großen Wärme in der Stimme. »Dein Herz wird dir sagen, wenn du angekommen bist.«

Am nächsten Morgen wachte ich auf und fühlte mich so ausgeschlafen und gut, wie lange nicht mehr.

Blinzelnd öffnete ich die Augen und ließ ein weites Gähnen aus meiner Kehle steigen.

Der Tag war bereits angebrochen. Durch die Baumkronen schien Sonnenlicht bis zum Waldboden. Es sprenkelte das Gras mit goldenen Tupfen.

Der Wald leuchtete in seiner vollen Pracht.

Und ich konnte einfach nur daliegen und ihn bewundern.

Voller Freude zog ich tief die frische Luft ein, die meinen Lungen neues Leben einhauchte. Ich fühlte mich wohl. Ausgeglichen, geerdet.

Das letzte Mal habe ich mich so gefühlt, als Kupfer mir gestanden hat, dass er mich liebt.

Bei der Erinnerung wuchs ein stolzes Lächeln auf meinen Lippen. Da jedoch bemerkte ich, dass Kupfer gar nicht neben mir lag. Auch Klee war nirgends zu sehen.

Als ich mich umschaute, fiel mir auf, dass allein Lenny, Korn, Lesly und ich da waren. Alle anderen waren fort.

Hm ... dann schauen wir doch mal, wo sie hin sind!

Die gute Laune ließ diesmal keine Sorge an mich herankommen. Ihnen würde nichts passiert sein. Das hatte ich im Gefühl.

Leise schlich ich an meinen Freunden vorbei, die noch schliefen. Einen Moment musste ich suchen, da fand ich jedoch die Spuren meiner Freunde. Sie führten allerdings in unterschiedliche Richtungen.

Kupfer war mit Aluna und Kiro gegangen, sehr wahrscheinlich Jagen.

Aber Klee und Aurora schienen in eine andere Richtung verschwunden zu sein. *Warum?*

Da sog ich verstehend die Luft ein und ein breites Grinsen wuchs in meinem Gesicht.

Vielleicht sagt Aurora Klee, was sie fühlt! Möglicherweise sind sie dann Gefährten! Womöglich bricht das sein Schweigen und er erzählt uns, was los ist!

Gerade wollte ich ihnen begeistert folgen, da die Neugier in mir mich dazu drang.

Aber da erschienen die zwei auch schon aus einem Gebüsch in der Nähe. Beide hatten braune Kaninchen im Maul.

»Hey, Silber!« Klee kam eilig angelaufen. »Wir haben Fressen besorgt!«

Die Begeisterung brach abrupt ab, als ich sah, dass Aurora weiterhin besorgt aussah und Klee nur spielte, gut gelaunt zu sein. *Also waren sie nur jagen ...*

Trotz meiner Enttäuschung zwang ich mich, mitzuspielen. Daher grinste ich. »Das ist toll! Glückwunsch zu eurem Fang! Kommt, wir gehen wieder zurück zu den anderen. Vielleicht sind Kupfer, Kiro und Aluna auch schon da.«

Innerlich war ich wirklich enttäuscht. Es wäre so schön für die beiden gewesen, hätten sie zueinandergefunden.

Die zwei wären so viel glücklicher und es würde alles leichter erscheinen lassen. Egal, was Klee mit sich trug, durch Aurora würde es an Schwere verlieren.

Du musst nur die offensichtlichste und leichteste Frage nehmen und beantworten. Du wirst sehen, danach wird alles viel einfacher werden ...

Ja, Ravens Worte passten auch auf Aurora und Klee.

Meine zwei Freunde folgten mir schweigend zurück zu unserer Eiche. Lenny und Korn waren nun aufgewacht und warteten auf uns.

»Da seid ihr ja!«, rief Lenny erleichtert. »Wir dachten schon, es wäre etwas passiert!«

»Oh, es ist was passiert.« Kupfers Stimme erklang hinter uns und als ich mich umdrehte, trat er gerade aus dem Gestrüpp.

Gefolgt von Aluna und Kiro, die einen jungen Rehbock hinter sich her zerrten.

»Habt ihr den gefangen?«, fragte Klee erstaunt.

Kupfer grinste stolz. »Aluna und Kiro ganz allein.«

»Wow, das ist großartig!«

Die Gruppe brach in Glückwunschrufe aus.

»Herzlichen Glückwunsch!«, rief Lenny begeistert.

»Ein wirklich gelungener Fang!«, gratulierte Korn.

»Ihr solltet stolz auf euch sein!«, meinte Aurora.

Ein breites Grinsen breitete sich auf meinem Gesicht aus, als ich die stolzen Mienen der zwei jungen Vierbeiner sah, als sie die Rufe entgegennahmen.

Ihre Augen leuchteten und sie hatten die Brust stolz gestreckt.

»Na, dann, lasst uns fressen!« Als die Glückwünsche leise wurden, erhob Kupfer die Stimme und lud die Freunde mit einem Kopfnicken ein, den Rehbock zu probieren.

»Ich finde, Kiro und Aluna sollten die ersten Bissen haben«, meinte Korn mit einem vielsagenden Blick auf die beiden jungen Tiere.

»Da stimme ich Korn zu!«, bellte ich sogleich und blickte die zwei an. »Ihr habt es euch verdient.«

Die zwei jungen Freunde sahen sich begeistert an und nahmen die ersten Bissen aus der Beute.

Als sie ein paar Happen gefressen hatten, gesellten wir uns zu ihnen und im Nu verschlagen wir die Beute.

Das Fressen schmeckte wirklich lecker. Es zerlief beinahe auf meiner Zunge. So frisch und warm.

Endlich kein Rentierfleisch mehr!

Nach dem Mahl, machten wir uns wieder auf den Weg. Wir wanderten den gesamten Tag, bis in die Dämmerung hinein.

Der Abend kam so schnell, dass ich ganz verwundert war, als der Himmel sich rosa färbte.

Die Nacht verging ebenfalls im Flug. Ich schlief traumlos und am nächsten Morgen hatte Korn uns bereits mit Lesly etwas zu fressen besorgt.

Wir teilten uns fünf Kaninchen, ehe wir unsere Wanderung ein weiteres Mal aufnahmen.

Die Sonne hatte fast ihren höchsten Punkt erreicht, als wir eine Blumenwiese erreichten. Sie war nicht besonders groß, aber wunderschön.

Blumen, von allen Farben des Regenbogens, wuchsen auf der kleinen Lichtung.

Sie wurde von der Sonne bestrahlt und bunte Schmetterlinge flatterten auf ihr umher.

»Wunderschön«, hauchte Korn hinter mir.

Mit einem lauten, verspielten Jaulen rannten Kiro und Aluna in die Blumen und sprangen lachend auf der Wiese herum.

»Wirklich atemberaubend«, stimmte Lesly ihm zu.

Schweigend trat ich auf die freie Fläche. Ein komisches Gefühl breitete sich in meinem Magen aus.

Ich hatte den Eindruck, als wäre ich hier schon einmal gewesen. Wie als hätte ich ein Déjà-vu.

Die Sonne schien auf meinen Pelz und wärmte ihn.

Das Gefühl verschwand zwar nicht, aber es wurde von einer inneren Ruhe verdrängt.

Mitten auf der Lichtung blieb ich stehen, während um mich herum Kiro und Aluna herumtollten und meine Freunde sich begeistert umsahen.

Tief zog ich die Luft ein, die so schwer von dem Duft der Blumen vollgesogen war, dass es mich beinahe benebelte.

Doch durch diesen Nebel drang plötzlich ein Geistesblitz.

Entsetzt riss ich die Augen auf und erblickte nicht Aluna und Kiro, die miteinander rangen, sondern eine silberne Wölfin mit ihrer Welpin. *Nebel und ich!*

Ich war bereits hier gewesen. Hatte von diesem Ort geträumt.

»Ich weiß, wo wir sind!«, keuchte ich schockiert, als mir klar wurde, wie nah wir meinem Geburtsort sein mussten.

Klee stand plötzlich neben mir. Er hatte anscheinend zu mir aufgeholt, während die Freunde sich auf der Lichtung verteilt hatten. Fragend sah er mich nun an. »Wirklich? Sind wir schon so nah beim Rudel? Ich erkenne nichts.«

Seine Stimme klang leise, beinahe brüchig. Sie schien fast ... enttäuscht. Als würde er nicht zum Nachtrudel wollen.

Doch ich ignorierte diesen traurigen Ton, beachtete nicht seine niedergeschlagene Haltung.

Bei den Worten meines Bruders schüttelte ich den Kopf.

»Nein, Klee. Nicht beim Rudel ... sondern bei unserem Geburtsort!«

Ich spürte, wie mich der schildpattfarbene Rüde entsetzt anstarrte. »Wa ... was?«

Damit hatte ich ihn für einen Augenblick aus seiner Starre geholt. Doch das war mir einerlei.

Bevor er noch etwas sagen konnte, stürzte ich vor. Ich eilte in den Wald, mein Gehirn war ausgeschaltet.

Ich ließ meine Pfoten den Weg bestimmen, hatte einzig und allein das Bild von mir und meiner Mutter im Kopf.

»Silber!« Hinter mir hörte ich Klee besorgt nach mir rufen, aber ich beachtete ihn nicht.

Ich raste durch den Wald, auf einmal kam mir jedes Blatt bekannt vor.

Meine Pfoten trugen mich um eine große Tanne herum und dann … dann blieb ich angewurzelt stehen.

Vor mir erhob sich eine riesige Eiche in die Höhe. An ihren breiten Wurzeln verdeckte ein dichter Brombeerstrauch eine dunkle Öffnung, die in die Erde führte.

Ein Sonnenschein erhellte genau diese Stelle, als würde Nebel selbst mir den Eingang zeigen wollen. Tränen stiegen mir in die Augen, als ich die Öffnung anstarrte.

Klee brach durch ein Gestrüpp hinter mir, doch als er neben mir zum Stehen kam, bemerkte ich das fast gar nicht.

»Silber?« Sorgenvoll schaute er mich an, ich blieb jedoch unbeweglich.

Ich konnte es einfach nicht fassen. *Aber es ist wahr …*

Mit einem Mal verschwanden die Nebelschwaden in meinem Kopf und ich fasste einen klaren Gedanken.

Ich stehe vor meinem Geburtsort …

Vor meinem Zuhause!

23. KAPITEL

»Klee ...« Ich wandte mich zu meinem Bruder. Dieser sah mich ängstlich an, als befürchtete er, ich würde mich jeden Moment auf ihn stürzen.

Ein Lachen entfuhr mir. Ein ungläubiges, trauriges Kichern.

»Klee, wir ... wir sind Zuhause.«

Der Rüde sah mich verwirrt an. Ich deutete auf den Bau.

»Da ... da bist du geboren worden, Klee. Da drin sind *wir* geboren.«

Der Schildpattfarbene riss die Augen auf, fragte zögerlich: »Woher ... woher willst du das wissen? Es könnte ... es könnte irgendein Bau sein ...«

Ich merkte, dass er nicht daran glauben *wollte*, seinen Geburtsort gefunden zu haben. Er wollte keine Hoffnung aufkommen lassen, um nicht enttäuscht zu werden, wenn ich doch falsch lag. Aber ich lag nicht falsch.

»Ich hatte letztens einen Traum«, berichtete ich ihm und trat nahe an ihn heran. »Nebel hat mich besucht und mir gesagt, dass wir in den nächsten Tagen an unserem Geburtsort vorbeikommen.« Ich erklärte ihm, was er mit meiner Bestimmung zu tun hatte, was ich diese Nacht tun musste und, dass unsere Freunde noch nichts davon wissen durften.

»Sie hat gemeint, mein Herz würde wissen, wenn ich da bin. Und gerade ...«

Ich sog tief die frische Luft in meine Lungen. »Gerade weiß ich, dass wir da sind! Erinnerst du dich, Klee?«

Aufregung packte mich. Längst vergessene Erinnerungen strömten über mich ein, als würde eine Welle über mich hinwegbrechen. Eilig sprang ich zum stacheligen Gebüsch.

»Hier bist du einmal hängengeblieben und hast dir das Fell

ausgerissen! Du hast den ganzen Wald zusammen geschrien!«
Begeistert, dass ich mich an das Alles erinnerte, hüpfte ich zu
ihm und deutete an die große Tanne. »Und da, da drinnen hast
du mir einmal in den Schwanz gebissen! Ich habe dich aus dem
Bau genommen, um mit dir zu spielen, aber du warst zu klein.«

Klees Augen weiteten sich. Er blieb einen Moment still,
dann schaute er sich mit zusammengekniffenen Augen um.

»Ich glaube … ich … erinnere mich«, bellte er nach einiger
Zeit erkennend.

Sein Blick heftete sich auf mich. Neben der aufsteigenden
Freude, entdeckte ich in seinen hellen Tiefen jedoch auch
großen Schmerz. Als würde es ihm wehtun, diesen Ort wiederzusehen. Doch als ich blinzelte, war dieser Ausdruck tief in
seinen Augen verschwunden.

Begeisterung hatte diesen Platz eingenommen.

»Ich erinnere mich!«

Jubelnd drückte er sich an mich. Ich kläffte erfreut, glücklich, dass Klee sich erinnerte.

»Die Geräusche, die Gerüche … es ist, wie früher!«, rief
mein Bruder erstaunt.

Wir fingen gemeinsam an zu kichern, bis wir uns voneinander trennten und uns in die Augen schauten.

»Sollen wir?«, fragte er geheimnisvoll und deutete auf den
Eingang. Ich nickte. Natürlich sollten wir.

Zusammen traten wir auf die Öffnung zu.

Vor Nervosität zitterten meine Beine.

»Du gehst zuerst«, entschied Klee und trat beiseite, als wir
beim Bau ankamen. Ich sah ihn an und lächelte nur dankbar.

Einmal zog ich kurz die Luft ein, als würde ich gleich in
Wasser eintauchen, dann schlüpfte ich durch den stacheligen
Strauch. Die Dornen bohrten sich in mein Fell, aber ich glaub-

te, mich daran zu erinnern, dass sie das schon früher getan hatten. Im Bau war es dunkel, doch das Sonnenlicht erhellte den Raum ein wenig, sodass ich bis ganz nach hinten schauen konnte. Der Unterschlupf war leer. Nur Erde, die den Raum umhüllte. Allein eine Kuhle in der hintersten Ecke ließ erkennen, dass hier einmal jemand gelebt hatte.

Nicht nur jemand, eine Familie. Unsere Familie.

Klee kam hinter mir hinein. Sein Atem war ein lautes Schnaufen im kleinen Bau.

»Hier wurden wir geboren«, hauchte er ungläubig und starrte die Kuhle an. Ich nickte. »Ja, hier hat alles angefangen.«

Es war unfassbar, wieder hier zu sein. So viele Erinnerungen weckte dieser Ort.

Da hinten, in der Kuhle, hatte Nebel mir jeden Abend das Lied vorgesungen. Das hier war unser Rückzugsort gewesen. Unsere Heimat.

Langsam schlich ich auf die Mulde zu. Ehrfürchtig sah ich mich um, als erwartete ich, dass Nebel und Löwe plötzlich auftauchen würden.

Vorsichtig neigte ich den Kopf zur Kuhle und schnupperte. Sie roch nach Staub und Erde. Kein Geruch von uns war geblieben. *Wie denn auch?*

Ich war eine Welpin gewesen, als ich den Bau zum letzten Mal gesehen hatte. Dennoch war ein Funke Hoffnung geblieben, vielleicht einen Fellfetzen oder einen Geruch von mir oder einem anderen Familienmitglied aufzuschnappen.

Leider war das nicht der Fall. Trotzdem, der Geruch in dieser Höhle erinnerte mich an etwas ...

Ich hatte diesen Duft vor nicht allzu langer Zeit schon mal gerochen ...

Es gab nichts, was auf uns hingedeutet hätte. Doch da

erhellte ein Lichtblitz meine Gedanken.

Ich erinnerte mich an diesen staubigen Geruch! Es war der Geruch, den ich auch in der Kristallhöhle gerochen hatte!

Den Duft, den ich damals nicht erkannt hatte ... es war der Geruch meines Zuhauses!

Diese Erkenntnis ließ mein Herz jedoch noch schwerer werden.

»Es wirkt so verlassen«, flüsterte ich enttäuscht. Aus irgendeinem Grund hatte ich gedacht, es würde sein wie früher.

Ein Nachhausekommen.

Klee trat an meine Seite und drückte sich sanft an mich. Für mich fühlte sich sein Fell an, wie eine rettende Pfote, die mich auf den Beinen hielt.

»Es ist nicht wie früher«, hauchte er, als hätte er meine Gedanken gelesen.

»So wird es auch nie wieder sein. Weil keiner von uns mehr hier ist. Wir haben andere Plätze gefunden, an denen wir leben wollen.«

Ein trauriges Schniefen entfuhr mir, aber ich nickte.

»Aber … wenn das alles nicht passiert wäre … dann würden wir immer noch hier leben.«

Die Nässe trat über den Rand meiner Augenlider, während ein weiteres Schluchzen meinen Körper beben ließ.

Ich sah meinen Bruder an. »Wenn das alles nicht passiert wäre, wären wir noch immer eine Familie. Das wäre weiterhin unsere Heimat.«

Meine Freude und Nervosität verwandelten sich in Trauer und Niedergeschlagenheit.

Damals war dieser Ort alles für mich gewesen. Heimat, Wärme, Liebe. Ein Platz, an dem alles gut war.

Jetzt war er nichts mehr. Nur noch ein Bau, ohne große

Bedeutung. Wie ein leerer Körper, ohne Seele.

Klee schmiegte sich beruhigend an mich. Er schaute mich mit einem verständnisvollen Lächeln an.

Sein seltsames Verhalten war erneut für ein paar Herzschläge verschwunden. Ich dankte dem Ewigen Rudel, dass nun mein Klee neben mir stand und nicht dieser zurückhaltende, traurige Rüde.

Er blickte mich liebevoll an und ich hatte das Gefühl, dass, solange ich nur in seine hellen Tiefen sah, alles in Ordnung war.

»Silber, ich weiß, wie du dich fühlst. Der Bau hier ... ist so ohne Leben ...«

Er stockte kurz, als würde ihn etwas davon abhalten, weiter zu sprechen. Er seufzte, bevor er schließlich fortfuhr: »Wenn alles, was wir erlebt haben, nicht geschehen wäre, hätten wir nie so wundervolle Tiere kennengelernt. Die Hunde, Aluna, Kupfer. Was würdest du ohne sie tun? Du hast einen treuen Gefährten, der dich über alles liebt, eine tolle Tochter, Freunde, die für dich alles tun würden. Und ich ... ich habe ...«

Er stockte ein weiteres Mal, als hätte er sich gerade noch davon abgehalten, etwas Falsches zu sagen.

Traurig brach er den intensiven Blickkontakt mit mir ab.

Wollte er gerade sagen, er hätte nichts?!

Aus irgendeinem Grund hatte ich plötzlich dieses Gefühl.

»Silber? Klee!« Von draußen erklangen suchende Rufe in den Bau. Mein Bruder spitze die Ohren. »Oh, sie suchen nach uns. Ich glaube, wir sollten zu ihnen.«

Ich nickte. Ehe er aber aus dem Bau eilte, hielt ich ihn auf. »Klee, warte. Wir müssen heute Nacht hier sein. Und sie dürfen nichts von der wahren Bedeutung dieses Ortes wissen!«

Ich sah ihn eindringlich an, damit er sich an das erinnerte, was ich ihm erzählt hatte. Er bekam große Augen, neigte den Kopf.

»Keine Sorge, dass bekommen wir schon hin.« Er zeigte mir ein schelmisches Grinsen, bevor er aus dem Bau schlüpfte. Ich folgte ihm, mit einem letzten Blick zu meinem Geburtsort.

»Klee! Silber! Da seid ihr ja!« Kupfer kam mit dem Rest der Gruppe angelaufen. »Wo wart ihr?«, fragte Aurora Klee und blickte hinter uns. »Was ist das? Ein Bau?«

»Ihr habt einen Bau gefunden?«, wiederholte Korn alarmiert.

»Wir sollten lieber gehen, bevor der Eigentümer zurück-kommt«, schlug Kupfer leise vor und wandte sich schon um, um zu verschwinden. Mir wurde schlecht, beim Gedanken, diesen Ort verlassen zu müssen.

Gerade wollte ich ihn aufhalten, da brach Klee auf einmal neben mir zusammen. »Klee!« Ich fuhr erschrocken zu ihm herum, als er ächzend im Gras lag.

»Klee, was ist los?« Aurora kam herangesprungen und beschnupperte den Wolf besorgt.

»Mir ist ... so schlecht ...«, krächzte er, während er sich vor Schmerzen krümmte.

Beunruhigt starrte ich ihn an. Was war plötzlich los?

»Kannst du aufstehen?«, fragte Kupfer hoffnungsvoll. Anschei-nend wollte er so schnell wie möglich von diesem Ort weg.

Er denkt, wir sind im Gebiet eines fremden Wolfes ... dabei steht der Besitzer des Baus genau vor ihm.

»Ich glaube ... nicht ...«, kam die, vor Schmerz knurrende Antwort. Kupfer seufzte schwer. »Gut ... Korn, Lesly, Lenny, ihr sucht nach frischer Beute. Aluna und Kiro, ihr zwei bringt Wasser. Wir müssen Klee schnell wieder auf die Pfoten krie-gen.« Zu meiner Verwunderung schien auch Kupfer sein selt-sames Verhalten für eine Weile vergessen zu haben.

Die Freunde verteilten sich und verschwanden im Unterholz. Nun waren nur noch Aurora, Kupfer, Klee und ich da.

»Wir müssen ihn hier wegbringen«, ordnete Kupfer ruhig an. »Hier ist er nicht sicher.«

Ich wollte gerade widersprechen, da krächzte mein Bruder: »Hier ist ein Bau ... er ist verlassen.«

Er deutete mit einem Kopfnicken auf unser früheres Zuhause. »Da können wir rein ... da wohnt keiner mehr ... er ist seit Zeitwechseln leer.«

»Eine sehr gute Idee!«, stimmte ich ihm sofort zu, als ich endlich begriff, was Klee vorhatte.

Mein Gefährte zögerte einen Moment, dann nickte er jedoch und wir zogen den Wolfsrüden zu dritt in den Unterschlupf. Dort legten wir ihn in die Mulde.

»Geschafft«, schnaufte Aurora, als sie sich neben die Mulde setzte. Sie klang außer Atem.

»Bin ich so schwer?«, scherzte Klee, woraus ich schloss, dass auch er den erschöpften Ton gehört hatte.

»Nein!«, widersprach die Hündin schnell. Sie grinste schief. »Ich habe heute Nacht nur nicht so gut geschlafen.«

Wir alle drei kicherten, bis Klee von einem *Krampf* durchgeschüttelt wurde.

»Klee, ruh dich hier am besten aus«, schlug ich unschuldig vor. »Vielleicht sollten wir die Nacht hier verbringen, damit er sich erholen kann.«

Mein Bruder bejahte das sofort. »Ja, ich glaube nicht, dass ich heute noch weiter laufen kann ... wahrscheinlich habe ich etwas Falsches gefressen.«

»Aber wir haben doch alle das Gleiche gefressen«, bemerkte Aurora verwirrt.

Daraufhin zuckte Klee nur mit den Schultern. Kupfer hingegen sah zwischen dem Schildpattfarbenen und mir hin und her. Sein Blick verriet, dass er erschnüffelte, dass hier irgendetwas nicht stimmte.

Er wusste aber nicht, was, und das war gut.

»Na schön«, seufzte er geschlagen. »Wir bleiben. Aber morgen brechen wir wieder auf.«

Ich konnte meine Freude und Erleichterung nur schwer verbergen. »Sehr gut! Dann kann sich Klee in Ruhe ausruhen.«

Kupfer nickte, ehe er sich umwandte. »Ich werde mal schauen, wo die anderen sind. Ich habe das Gefühl, ihr habt irgendwas zu besprechen.« Damit sprang er aus dem Bau ins Freie.

Aurora war von dieser Aussage anscheinend verwirrt, denn nun sah sie uns schüchtern an.

»Also … habt ihr etwas zu besprechen? Wenn ja, gehe ich sofort …«

»Wir haben nichts zu besprechen«, fiel ihr Klee ins Wort. Er sah mich an und ich grinste zurück. Nein, wir verstanden uns auch ohne Worte.

»Keine Sorge, Aurora. Ich muss mich nur ein wenig ausruhen und die Nacht hier verbringen.«

Die Hündin nickte zögerlich, sichtlich immer noch ein wenig verwirrt.

Ich lächelte amüsiert bei ihrem unsicheren Anblick.

Sie scheint in Klees Nähe nicht mehr so selbstbewusst zu sein. Ein gutes Zeichen!

»Na ja … ich gehe trotzdem raus. Hier drin ist es so eng.«

Eilig verschwand Aurora aus dem Bau, als wäre ihr die ganze Situation sehr unangenehm.

»Eng?«, wiederholte Klee gespielt empört. »Hier ist es doch nicht eng!« Ich kicherte belustigt. »Für uns nicht. Aber Aurora war noch nie in einem richtigen Bau.«

Klee nickte leicht. »Ja, du hast wahrscheinlich recht. Wie immer«, fügte er mit einem schelmischen Grinsen hinzu.

Ich schmunzelte zurück. »Ja, deine große Schwester hat immer recht.« Ich lachte. »Übrigens, echt gute Idee. So können wir die Nacht hier verbringen. Danke.«

Klee schmunzelte. »Kein Problem.«

Ich kicherte belustigt und sah ihn mit einem vielsagenden Blick an. »Du weißt aber schon, was Aurora von dir hält, oder?«

Nun wollte ich es wissen. Klee war gut gelaunt, das musste ich ausnutzen.

Der gefleckte Rüde sah mich irritiert an. »Was soll denn *Aurora* von mir halten?«

Ich prustete los, konnte das Lachen nicht zurückhalten.

»Sie mag dich, Klee«, erklärte ich ihm leise, als ich mich beruhigt hatte und er mich weiterhin ansah, als wäre mir ein drittes Ohr gewachsen.

»Sie mag dich *sehr*. Also von wegen: Aurora ist zu stolz, um sich zu verlieben!«

Klee riss erschrocken die Augen auf. »Verliebt? Du glaubst Aurora ...?«

»Sag nicht, dir ist das nicht aufgefallen!« Empört starrte ich ihn an. Doch Klee schüttelte den Kopf. »Nein ... also, ich weiß, sie mag mich, aber so ... nein.«

Ich sah ihn liebevoll an. »Oh, Klee ... typisch Rüden ... na gut ... ich habe auch lange nicht verstanden, was Kupfer für mich fühlt, aber ... egal. Aurora ist in dich verliebt! Sonst hätte sie sich niemals solche Sorgen um dich gemacht, als ihr ...«

Ich brach ab, wollte dieses Thema nicht aufbringen.

Stattdessen sprach ich weiter: »Du bringst sie dazu, schüchtern zu sein. Hast du sie nicht gerade gesehen? So unsicher habe ich sie noch nie erlebt. Und das nur wegen dir!«

Klee sah weiterhin verwirrt aus, doch ich fragte, bevor er etwas sagen konnte: »Und du? Was fühlst du für sie?«

Der Rüde sah einen Herzschlag ratlos aus. Dann aber begegnete er meinem Blick und bellte: »Ich glaube, das weißt du schon, so wie du mich anschaust.«

Er fing an zu lachen und ich fiel in sein Kichern mit ein.

Ja, da hatte er recht und ich freute mich, dass ich richtig lag.

»Also, wirst du es ihr sagen?«, hakte ich neugierig nach, als wir uns ein wenig beruhigt hatten.

Klee grinste. »Lass das mal meine Sorge sein.«

Ich bellte erfreut. So sehr freute ich mich für Aurora und Klee, dass ich mich an meinen Bruder schmiegte.

Für einen Augenblick fühlte es sich wieder so ausgelassen und lustig, wie früher an.

Klee war normal, lustig, versuchte die ganze Zeit, mich aufzumuntern.

Ich setzte mich erneut hin und grinste ihn an. Es würde so schön werden, wenn Klee und Aurora zueinanderfänden.

Da aber legte sich plötzlich ein Schatten über Klees Augen. Wie, als wäre ein Blatt von einer Seite ruckartig auf die andere geschlagen worden, so schlagartig veränderte sich seine Stimmung. Bestürzt sah er auf seine Pfoten.

»Ich freue mich, dass wir noch einmal hier sein können«, gab er leise zu. »Ich hätte nie damit gerechnet, nochmal in mein altes Leben zurückzukommen.«

Mein Lächeln erstarb. Seine Bestürzung sprang auf mich über, wie ein Blitz.

»Ich auch nicht«, gestand ich flüsternd.

Klee lachte traurig auf. »Ich meine, bis vor ein paar Monden hatte ich keine Ahnung, dass das hier mein Geburtsort ist! Dass das hier der Ort ist, an dem ich eigentlich hatte aufwachsen sollen! Wenn ich nicht diesen Traum gehabt hätte, hätte ich es vielleicht nie erfahren!«

Ich nickte nur.

»Aber … es ist schön, dass ich es nun weiß.« Klee sah auf, Tränen schimmerten in seinen Augen. »Dass ich weiß, dass du mich liebst.«

Schnell beugte ich mich vor und schmiegte mich an ihn. »Oh, natürlich liebe ich dich, Klee. Du bist mein Bruder.«

Klee presste sich fest an meine Brust. »Du bist meine beste Freundin, meine Schwester. Für immer und ewig, verstanden? Ich werde dich für immer lieben, vergiss das nicht!«

Wieder bekam ich Angst. Ich lehnte mich zurück, um ihn anzusehen. »Warum sagst du so etwas? Kupfer hat sowas Ähnliches auch schon von sich gegeben! Das klingt wie ein hundedummer Abschied!«

Der Schildpattfarbene zuckte unschuldig mit den Schultern. »Ich will einfach, dass du es nicht vergisst. Das ist alles.«

Ich lächelte traurig, selbst wenn sich der Knoten in meinem Magen nicht löste. »Ich werde es nicht vergessen. Wie könnte ich denn?«

Da erklangen eilige Pfotenschritte. Aluna und Kiro zwängten sich in den Bau. Die beiden trugen flache Steine, gefüllt mit Wasser, mit sich, die sie vor der Mulde ablegten.

Klee schleckte einen der Steine gierig auf. »Danke«, bellte er zu den zwei jungen Freunden.

Aurora kam ebenfalls wieder in den Bau. Sie hatte ein braunes Kaninchen im Maul. Als sie es vor Klee ablegte, erklärte sie: »Korn hat es gefangen. Er wollte nicht auch noch hier rein, weil es sowieso schon so eng ist. Deshalb sollte ich es dir bringen.« Die Hündin lächelte leicht, wieder wirkte sie unsicher.

Zu meiner Freude schmunzelte Klee sie sanft an. »Danke, Aurora.«

Die große Hündin nickte knapp, bevor sie Kiro und Aluna aus dem Bau scheuchte. »Ich glaube, Klee braucht erstmal Ruhe. Na kommt, lasst uns ebenfalls ein wenig ausruhen.«

Ehe sie aus dem Unterschlupf trat, blickte sie noch einmal über die Schulter. »Silber, kommst du auch?«

Ich sah Klee fragend an. Der Knoten in meinem Magen bestand nach wie vor. Aber der Rüde lächelte nur und nickte auffordernd. Also erhob ich mich.

»Ich komme mit, Aurora.« Sie wartete, bis ich hinter ihr stand, dann schlüpfte sie eilig aus dem Bau.

Ich schaute mich derweil ein weiteres Mal zu Klee um, der in der Mulde lag und sein Kaninchen fraß.

»Heute Abend komme ich wieder«, versprach ich leise, ehe ich der Freundin folgte.

Draußen war die Luft wirklich frischer, als in unserem ehemaligen Zuhause.

Aber das ist ja auch normal. In einem Bau ist es immer stickiger, als an der frischen Luft.

Die Gruppe hatte sich unter der großen Tanne niedergelassen. Ich wollte zu ihnen, als sich mir Kupfer in den Weg stellte.

Erschrocken zuckte ich zusammen, da er so plötzlich aufgetaucht war.

Er sah mich streng an, sein Blick brannte sich in meinen. »Komm«, befahl er mit ernster Miene. »Lass uns einen Spaziergang machen. Keine Sorge, wir gehen nicht weit weg.«

Während er sprach, entfernte er sich schon von der Gruppe. Ich zögerte einen Moment, dann jedoch eilte ich ihm nach. Mir war klar, dass er es wusste. Ihm war zumindest bewusst, dass etwas nicht stimmte und darüber wollte er mich nun ausfragen.

Ich konnte ihm aber jetzt noch nicht die Wahrheit sagen.

Nach ein paar Schritten blieb Kupfer stehen und drehte sich zu mir um.

»Also, ich bin nicht hundedumm.« Er kam gerade zur Sache. »Außerdem ist Klee ein miserabler Vortäuscher. Deshalb frage ich dich: warum wollt ihr zwei unbedingt in diesem Bau bleiben? Wir müssen hier weg. Dieses Gebiet gehört irgendjemandem und der Bau - «

»Nebel hat mich besucht«, unterbrach ich ihn schnell, um ihm wenigstens die halbe Wahrheit zu sagen.

Mein Bellen ließ Kupfer verstummen, der mich nun verwundert anblickte.

»Es tut mir leid, aber ich darf dir nicht sagen, warum wir hierbleiben müssen. Meine Mutter hat es mir untersagt, zumindest, bis morgen früh. Dann kann ich euch alles erzählen. Aber bis dahin ... musst du mir vertrauen. Bitte.«

Eigentlich hatte ich erwartet, dass Kupfer die Antwort unbedingt aus mir herausbekommen wollte, doch er sah mich nur zuerst irritiert an, ehe seine Miene verständnisvoll wurde.

»Na schön«, meinte er mit einem kleinen Lächeln. »Ich kann dich nicht zwingen und ich vertraue dir. Also warte ich bis morgen.«

Ich war ehrlich überrascht, bis ich begriff, dass Kupfer auch etwas verheimlichte und ich auch nicht danach fragte.

Diesen Gefallen wollte er mir nun offensichtlich erwidern.

Am Abend berichtete ich meinen Freunden, ich würde gerne bei Klee schlafen, um über ihn zu wachen.

Die Gruppe hatte, dem Ewigen Rudel sei Dank, kein Interesse im Bau zu übernachten. Sie wollten lieber draußen sein.

Im Bau verstand ich auch, warum.

Ich war umzingelt von kalter Erde. Überall nur Dunkelheit, kein Himmel über mir, keine Sterne.

Daran musste ich mich erst wieder gewöhnen.

»Gute Nacht, Silber.« Klee lag neben mir, wir hatten uns zusammen in die Kuhle gedrängt, damit es ein wenig so war, wie früher. »Träum was Schönes in unserem Geburtsbau.«

Ich lächelte, selbst wenn Klee das in der Finsternis nicht sehen konnte. »Du auch«, flüsterte ich liebevoll und schmiegte mich in seine Halsbeuge.

Als ich die Augen schloss, bildete ich mir ein, die Felle meiner Eltern an mir zu spüren.

Ich glaubte, ihre liebevollen Blicke auf mir zu haben und ihren süßen Duft einzuatmen. Ich dachte, sie wären hier. Dass es wieder so war, wie damals. Wie eine Familie.

24. KAPITEL

Als ich erneut die Augen öffnete, sah ich grünes Gras vor mir. Unter mir spürte ich die weichen Halme, die mich kitzelten. Es war Tag, die warme Sonne strahlte auf meinen Pelz und wärmte ihn.

Während ich den Kopf hob, entdeckte ich den Waldrand vor mir. Ich lag auf einer Lichtung.

Als ich mich genauer umsah, erkannte ich, dass es die freie Fläche war, auf der ich ein paar der Wölfe des Ewigen Rudels kennengelernt hatte.

Im ersten Augenblick dachte ich, ich wäre allein, bis ich hinter mich sah.

Erschrocken zog ich die Luft ein und wirbelte herum.

Vor mir stand Nebel. Und gefühlt hundert weitere Wölfe hinter ihr.

Meine Mutter stand ein paar Sprünge entfernt, am Waldrand leuchteten unzählbare Augenpaare aus den Schatten der Bäume auf.

In der ersten Reihe erkannte ich bekannte Gesichter. Wurzel, Eissplitter, Drossel, Löwe, Blütenwind, Farn, Reh, Bach, Rabe und alle Wölfe, die ich bis jetzt kannte.

Hinter ihnen konnte ich nur fremde Gestalten erkennen, die neugierig zu uns herübersahen.

Ein Krächzen ließ mich aufblicken und da sah ich Natura zu uns fliegen. Sie landete mit einem freundlichen Schrei neben mir, legte die silbernen Flügel an und schaute mich interessiert an. Ich hatte gar nicht gewusst, dass Natura auch in dieser Realität wandeln konnte, doch als ich sie sah, neigte ich tief den Kopf vor ihr. Ich hatte nicht vergessen, dass sie es gewesen war, die Kupfer und mich aus dem See gerettet hatte.

Natura erwiderte das Kopfnicken mit einem Ausdruck in den hellblauen Augen, der mir zu verstehen gab, dass sie verstanden hatte, dass ich ihr danken wollte.

Als ich zurück zu meiner Mutter blickte, schaute sie mich mit einem stolzen Lächeln an. Langsam trat sie auf mich zu und schenkte ebenso Natura ein respektvolles Nicken.

»Sei gegrüßt, Silber.« Ihre Stimme war so laut und kraftvoll, dass ich mir vorstellen konnte, dass es alle Wölfe hinter ihr gehört hatten.

»Sei du auch gegrüßt.« Ich versuchte, meine Stimme genauso selbstsicher klingen zu lassen, aber sie zitterte bei der Gewissheit, so viele Augen auf mich gerichtet zu haben.

Meine Mutter lächelte verstehend. »Du brauchst dich nicht zu fürchten. Keiner der Wölfe hinter mir tut dir was. Sie wollen nur dabei sein.«

Ich starrte sie beleidigt an. Ich hatte doch keine Angst! Vielleicht ein wenig … das war jedoch eher Respekt.

Ich räusperte mich und schluckte, um den Knoten in meinem Hals loszuwerden.

»Also, wie läuft das hier ab?«, fragte ich, diesmal ohne Zittern. Nebel schmunzelte belustigt, wandte sich dann aber an die Versammlung hinter ihr.

»Tretet vor!«, befahl sie mit stolzer Stimme. Sogleich traten ein paar Wölfe zu mir auf die Lichtung. Sie blieben hinter Nebel stehen.

Es waren jene, die ich bis jetzt kennengelernt hatte.

Überrascht schnappte ich nach Luft. »Wollen sie mir alle ihre Kraft geben?«

Wenn ja, wäre ich der mächtigste, lebende Wolf auf der Welt. Aber Nebel schüttelte den Kopf. »Nicht alle. Nur ein paar. Die anderen sind da, um dich zu unterstützen.«

Verstehend nickte ich und lugte über ihre Schulter.

Ich entdeckte Flammenschnee und Diamant, die mich stolz anlächelten. Schneesturm war auch unter ihnen, sowie Moosröte und ihr Vater Fuchs.

»Silber.« Nebels Stimme hallte stolz und kraftvoll über mich hinweg. »Heute wird etwas geschehen, was zuvor noch nie getan wurde. In dieser Nacht wird das Ewige Rudel dir seine Kraft verleihen. Es wird dir gestattet sein, unsere Fähigkeiten zu nutzen, um den größten Feind zu besiegen, den unsere Spezies kennt: Den Nachtfürchter. Oder, wie die Hunde ihn nennen, den Menschen.«

Ihr Blick ruhte warm auf mir, als sie lauter fortfuhr: »Das Ewige Rudel steht hinter dir, Silber. Wir alle werden an deiner Seite stehen, wenn die Zeit gekommen ist. Du hast aber nicht nur uns als deine Verbündeten, sondern auch all deine Freunde, die für dich sterben würden. Also kannst du unbesorgt sein. Du hast Freunde, Verbündete, Gefährten. Du bist nicht allein.«

Diesen letzten Satz sagte sie leise und mit so viel Liebe in der Stimme, dass ich mir ein gerührtes Lächeln nicht verkneifen konnte. *Ich bin nicht allein ...*

Das klang so herrlich.

»Nun«, fuhr sie stolz fort. »Lasst uns beginnen!«

Die Anführerin trat an meine Seite und setzte sich neben mich. Zusammen schauten wir auf die vielen Wölfe und warteten, wer zuerst vortreten würde.

Es war Bach. Die blaugraue Wölfin kam mit eleganten Schritten auf mich zu. Sie lächelte freundlich. Bei jedem Pfotenschritt waberte der feine Nebel um ihre Pfoten wild auf.

Ihre hellblauen Augen leuchteten wie zwei kleine Wassertropfen auf, als sie vor mir stehen blieb.

»Sei gegrüßt, Silber«, begrüßte sie mich und neigte kurz den

Kopf. Ich tat es ihr sofort nach. »Sei du auch gegrüßt, Bach. Ich freue mich, dich wiederzusehen.«

Nachts Mutter schmunzelte. »Die Freude ist ganz meinerseits.«

Ich erwartete, Bach würde irgendetwas tun, doch stattdessen sah die Hüterin Natura an.

Verwundert sah ich zu dem silbernen Vogel, der zu uns gehüpft kam und sich zwischen Bach und mich stellte.

»Die Kräfte des Ewigen Rudels waren schon immer ein Geschenk der Natur. Ein Geschenk für unsere Hilfe ihr gegenüber. Wir Wölfe sind der Geist des Waldes. Durch uns wächst und erblüht der Wald. Wir sorgen dafür, dass der Kreis des Lebens sich unter den Baumkronen stets weiter dreht. Hierfür ehrt uns die Natur, sobald wir die Realität der Lebenden verlassen, mit diesen besonderen Geschenken.«

Nebels Stimme hallte über uns alle hinweg, wie ein sanfter Donner.

»Und somit können diese nur durch die Zustimmung und Mitwirkung der Natur verliehen werden.«

Die Mondwächterin nickte Natura respektvoll zu. Diese neigte das Haupt und breitete ihre riesigen Schwingen aus.

Eine Flügelspitze berührte nun Bachs Brust und die andere, die meine. Staunend hielt ich den Atem an, als Natura sich plötzlich vor meinen Augen veränderte.

Grüne Ranken schossen auf einmal aus dem Gras, ihren Vogelkörper hinauf. Bunte Blüten sprossen aus ihrem Gefieder, während ihre Flügel sich in wehende Äste einer Trauerweide verwandelten.

Blütenduft erfüllte meine Nase. Sanft streiften die blassrosa Blüten der dünnen Zweige mein Brustfell. Aber die Blumen waren bisher nicht in ihrer Reife. Jede Einzelne auf Naturas

Körper war noch geschlossen. Ihr gesamter Leib hatte sich in ein Stück Natur verzaubert.

Vor mir stand kein silberner Vogel mehr.

Vor mir stand eine lebende Trauerweide.

So sah sie zumindest auf den ersten Blick aus.

Doch dann öffnete Natura wieder ihre Augen. Sie leuchteten in einem so intensiven hellgrün, dass ich dachte, ich würde direkt in die Seele der Natur schauen.

Augenblick ... genau das tue ich gerade!

Fassungslos starrte ich Natura an, die ihren leuchtenden Blick erst zu mir und dann zu Bach schweifen ließ.

Nach einem Nicken von ... der lebendigen Weide, schaute Bach mich stolz an. Sie rief feierlich: »Ich gebe dir heute die Kraft, Wasser zu kontrollieren. Im Kampf wird dir diese Fähigkeit von Nutzen sein.«

Als sie die Sätze beendet hatte, floss auf einmal Wasser aus ihrer Brust. Als wäre es die ganze Zeit in ihr gewesen und würde nun rausgelassen werden, schwebte es spiralförmig, wie eine Schlange, über die früheren Flügel Naturas hinweg, auf mich zu.

Entgeistert starrte ich die hellblaue Flüssigkeit an, doch Bach bellte weiter: »Wasser spendet Leben. Sie ist die Grundlage allen Lebens. Ohne Wasser würde nichts, was du siehst, existieren.« Während sie sprach, blühten die Blütenblätter auf Naturas Flügel, da wo das Wasser sie berührte, auf.

Die Blüten entfalteten sich zu wunderschönen Blumen.

Jetzt hatte die Flüssigkeit Naturas Oberkörper erreicht. Es umfloss die grünen Ranken und Knospen, die sich alle öffneten und wuchsen, als das Wasser an sie herankam.

»Doch Wasser kann genauso gut Zerstörung bedeuten, wenn es außer Kontrolle gerät«, warnte Bach mit einem warnenden

Unterton in der feierlichen Stimme.

Als sie sprach, strich das Wasser über Naturas anderen Flügel, immer auf mich zu.

Doch nun war es nicht mehr ein sacht dahinfließender Strom. Während es sich den Weg über den Flügel aus Blüten suchte, wurde das Wasser wilder, bis es beinahe Wellen zu schlagen schien. Reißend strömte das Wasser dahin, riss an den Blumen, sodass ein paar tatsächlich kaputt zu Boden fielen.

Erschrocken starrte ich auf das wilde Wasser. War das gewollt?

Da erreichte der stark fließende Strom mich und ich konnte nicht zurückweichen.

Ich wusste nicht wie, doch an meiner Brust tat sich ein helles Licht auf und ich merkte, wie etwas in mich hineinfloss.

Jedoch spürte ich ... nichts.

Eigentlich hatte ich erwartet, irgendetwas zu empfinden. Sei es Schmerz, Freude oder Angst.

Aber ich spürte rein gar nichts. Nur eine innere Ruhe, die durch nichts auf der Welt aus dem Gleichgewicht gebracht werden konnte.

Bachs Blick ruhte sanft auf mir. Aus ihrer Brust floss weiterhin der hellblaue Strom, der erst sacht und friedlich dahinfloss, doch dann zu einem wilden Fluss wuchs.

»Achte gut auf deine neue Fähigkeit, Silber«, riet sie mir ernst. »Nutze sie gerecht und nur, um dich und deine Lieben zu beschützen. Wenn diese Fähigkeit zu falschen Zwecken genutzt wird, kann sie, genau, wie jede andere auch, großen Schaden anrichten.«

Noch immer strömte das gurgelnde Wasser in meine Brust, weiterhin spürte ich nichts, trotzdem nickte ich verstehend.

All die Kräfte würde ich nur einsetzen, um meine Liebsten

zu schützen.

Nach einigen Herzschlägen, in denen ich unbeweglich gewartet hatte, brach der Wasserstrom ab.

Ich holte tief Luft, als hätte ich sie die ganze Zeit angehalten und sah auf meine Brust. Nichts Ungewöhnliches war zu sehen. Dennoch wusste ich, das etwas anders war.

Natura trat zurück, weiterhin in ihrer Natur – Form.

Bach kam auf mich zu und setzte sich an meine Seite.

»Nun besitzt du die Fähigkeit, Wasser unter deinen Willen zu bringen. Probier´ es aus«, forderte sie auf einmal.

Ich sah sie nun unsicher an. Ausprobieren? Wie denn?

Die Wölfin deutete neben mich. Ich folgte ihrem Nicken, erkannte aber nur den Waldrand.

»Spitz die Ohren«, riet mir Nebel, die ein wenig abseits saß und dem Ganzen still lauschte mit einem wissenden Lächeln. Ich gehorchte. Und hörte leise Wasser rauschen.

Irgendwo im Wald gab es einen Bach. In der Nähe.

»Stell dir das Wasser vor«, erklärte Bach. »Wie es fließt. Wie es sich anhört. Wie es schmeckt. Stell dir einen gurgelnden Bach oder einen reißenden Fluss vor. Dann mal dir aus, wie du das Wasser mit Kraft deiner Gedanken aus dem Fluss oder Bach holst. Wie es durch den Wald zu uns fliegt.«

Ich sah sie erstaunt an. Das konnte ich nun?

Zeit, es auszuprobieren! Begeisterung packte mich, mein Fell fing an zu kribbeln. Ich gehorchte aufgeregt. Ich schloss die Augen und tat, was Bach mir gesagt hatte.

»Du müsstest etwas spüren«, bellte Nebel leise neben mir. Ich nickte knapp, ohne die Lider zu öffnen. »Ja, ich stellte mir das Wasser vor, dabei ist mir aber so frisch … als ob ich selber im Wasser wäre.«

»Genauso soll es sein«, bellte Bach erfreut. »Du spürst die

Kühle des Wassers in dir, genauso wie du die Hitze des Feuers spüren wirst, wenn du die Fähigkeit bekommst.«

Fasziniert lauschte ich der Sternenhüterin, während ich gleichzeitig an das Wasser dachte.

»Sehr gut!« Gerade hatte ich mir vorgestellt, wie ein wenig Wasser durch die Luft auf die Lichtung schwebte, da fingen die Wölfe vor mir an zu flüstern.

Ich öffnete die Augen und entdeckte neben mir fliegendes Wasser. Es schwebte über dem Boden, glitt sanft durch die Luft. Die Sonne ließ es hell schimmern. *Unfassbar.*

»Nun denk dir, es würde durch die Luft geschleudert werden, auf einen Feind.« Bach drehte sich um und deutete schließlich auf eine Buche am Waldrand, neben der Versammlung.

»Lass das Wasser auf diesen Baum zu schnellen.«

Diesmal schloss ich nicht die Augen. Ich konzentrierte mich auf den Stamm der Buche …

Und das Wasser schoss auf den Baum zu und klatschte mit voller Wucht gegen das Holz.

»Wäre das ein Gegner gewesen, hättest du ihn ziemlich nass gemacht«, bemerkte Nebel belustigt.

Ich sah sie an, ein Strahlen auf meinem Gesicht.

Das erlosch jedoch mit einem einzigen Gedanken.

»Aber … Feinde nass zu machen, hält sie doch nicht davon ab, uns anzugreifen, oder?« Meine Zweifel räumte Bach mit einem verständlichen Lächeln aus.

»Wenn du einen ganzen Fluss auf deine Feinde loslässt, dann hält sie das auf.«

Meine Augen wurden so groß, wie Monde. Bevor ich allerdings noch etwas sagen konnte, wandte sich die hübsche Wölfin ab. »Vergiss nicht, Silber«, bellte sie über die Schulter, als sie sich entfernte. »Du hast überall Verbündete.«

Ich grinste. »Heißt das, ich kann, egal wo ich bin, Wasser herholen?«, fragte ich meine Mutter aufgeregt.

Diese aber schüttelte zu meiner Enttäuschung den Kopf. »Es muss Wasser in der Nähe sein. An einem Ort, wo es ringsherum kein Wasser gibt, kannst du auch keines rufen.«

Sie lächelte. »Du kannst nun nicht zaubern. Das Wasser ist kein Gegenstand, der herbeigetrickst werden kann. Es ist dein Verbündeter. Du kannst ihn zu Hilfe rufen, wie einen deiner Freunde, doch nur, wenn er in Hörweite ist, verstehst du?«

Ich nickte leicht.

»Du musst dir jedoch bewusst sein, dass du dich auf deine Fähigkeiten konzentrieren musst«, fuhr Nebel ruhig fort.

Ich sah sie verwundert an. Sie erklärte daraufhin: »Das Wasser ist nur solange da, wie du es beachtest, wie du dich auf es konzentrierst. Falls du eine Fähigkeit herbeirufst, darfst du dich nicht ablenken lassen. Egal was kommt. Deine Gedanken müssen allein auf die ausführende Fähigkeit gerichtet sein, sonst bricht deine Verbindung mit deinem Verbündeten ab. Verstehst du?«

Ich nickte fest. Es war weiterhin unvorstellbar, aber ich verstand es.

Der nächste Geisterwolf erhob sich. Wurzel näherte sich. Meine Freundin grinste mich an, ihre bernsteinfarbenen Augen strahlten, wie zwei Bernsteine.

»Hallo, Silber. Schön, dich wiederzusehen.«

Sie blieb ein paar Sprünge entfernt stehen, während ich die Begrüßung erwiderte. Ohne ein weiteres Wort trat Natura wieder vor. Erneut berührte die eine Flügelspitze, die weiterhin aussah, wie ein Vorhang aus Ästen und Blüten, meine Brust. Die andere berührte Wurzels braunes Brustfell.

Die Schattenläuferin grinste, als sie meinen Blick festhielt und mit lauter Stimme verkündete: »Ich gebe dir heute die Möglichkeit, die Wurzeln der Bäume als deine Verbündeten zu nutzen.« Bei ihren Worten schlängelten sich auf einmal echte Wurzeln aus ihren Vorderpfoten, über den Blütenvorhang von Natura, auf mich zu. Erstaunt sog ich die Luft ein, Wurzels leuchtender Blick hielt mich jedoch weiterhin gefangen.

»Die braunen Schlangen sind sehr stark und überlebenswichtig. So, wie das Wasser, dass allem auf der Welt lebensnotwendige Flüssigkeit spendet, geben die Wurzeln uns die Luft zum Atmen. Sie sind mit die Grundlage allen Lebens. Die Grundlage für einen Baum, für die Lunge aller Welten. Für jedes Lebewesen.«

Während sie sprach, schlängelten sich die Wurzeln tatsächlich wie braune Schlangen über Naturas Körper.

Langsam wanderten die Wurzeln auf mich zu, bis sie bei mir angelangt waren. Ehe ich mich fragen konnte, was geschehen würde, tat sich erneut an meiner Brust ein blendendes Licht auf, indem die braunen Schlangen verschwanden.

Wiederholt spürte ich nichts.

Nach wenigen Herzschlägen krochen keine Wurzeln mehr aus den Vorderpfoten der Schattenläuferin. Das grelle Leuchten an meiner Brust ließ nach und auch Natura trat wieder zurück.

Wurzel kam mit einem Schmunzeln auf mich zu. »Teste es«, ermutigte sie mich mit einem amüsierten Strahlen in den Augen. »Es funktioniert genauso, wie das Wasser. Stell dir vor, was die Wurzeln tun sollen, und es wird geschehen.«

Nach kurzem Zögern, tat ich, worum sie mich bat.

Ich suchte mir die Buche aus, die ich bereits mit Wasser vollgespritzt hatte. Ich stellte mir die Wurzeln des Baumes vor und wie sie sich langsam erhoben und aus der Erde schossen.

Das Gras um die Buche herum wurde weggeschleudert, Erde

flog umher, als die dicken Wurzeln ans Freie traten.

Ich ließ sie in Gedanken nach vorn wandern, sie taten es in Wirklichkeit auch. Dabei spritzte Erde zur Seite, als sie sich einen Weg zu mir gruben.

»Wow«, flüsterte ich atemlos, als die Wurzeln anhielten, genauso, wie ich es ihnen im Kopf befohlen hatte.

»Aufregend, nicht?«, fragte meine Freundin amüsiert.

»Ja. Sehr! Besonders, bei der Vorstellung, was man mit Wurzeln alles anfangen kann!«

Die zwei Wölfinnen kicherten und selbst Natura ließ, beim Anblick meiner Begeisterung, ein belustigtes Krächzen hören.

»Das stimmt«, bellte Nebel zufrieden.

»Viel Spaß noch, Silber«, verabschiedete sich Wurzel. Sie zwinkerte mir zu. »Wir werden uns wiedersehen.«

Dann verschwand sie im Schatten der Bäume, bei ihren Gefährten.

»Bei den Wurzeln ist es das Gleiche, wie beim Wasser«, meinte Nebel. »Nur, wenn sie da sind, können sie dir helfen. Und nur, wenn du dich auf sie konzentrierst, werden sie bei dir bleiben.« Ich nickte verstehend.

Das war nun klar.

Gespannt wartete ich, wer der Nächste sein würde.

Adler trat vor. Nebels Vater und somit … mein Großvater. Er schlenderte mit einem aufmunternden Lächeln auf mich zu. Ein paar Sprünge von mir entfernt, blieb er stehen und setzte sich.

»Ich freue mich, dich wiederzutreffen, meine Enkelin.«

Ich neigte respektvoll den Kopf vor dem großen Hüter.

»Ich freue mich auch … Großvater.«

Der Braune lachte kurz auf, bis Natura abermals vortrat und die Flügel ausbreitete.

Adler wurde ernst, als die Zweige sein Brustfell berührten.

Mit lauter Stimme sprach er feierlich: »Heute Nacht gebe ich dir die Fähigkeit, Adler als deine Verbündeten zu rufen. Nutze diese Kraft weise, denn Adler sind genauso Tiere, wie wir.«

Ich hatte keine Ahnung, wie Natura nun Vögel herbeizaubern würde, doch da flog plötzlich ein kleiner Adler aus der Brust des Sternenhüters! Kein Echter, eher ... eine geformte Gestalt aus silbernem Rauch, der aussah, wie ein Adler.

Das kleine Tier leuchtete in einem blauen Licht, ein heller Schweif folgte den großen Flügelschlägen des Rauchadlers.

Erstaunt blickte ich den kleinen Vogel an, der einmal um Natura herumflog, ehe er mit einem Schrei auf mich zu sauste.

Am liebsten hätte ich mich weggeduckt, doch da war es bereits zu spät. Dort wo Naturas Flügel meine Brust berührte, tat sich wiederholt das Leuchten auf und der blaue Rauchadler verschwand darin.

Nochmals spürte ich nichts. Nicht mal ein Zucken oder Stechen. Einfach nichts. *Ich hoffe, das ist normal ... aber es scheint ja zu funktionieren.*

Ehe ich weiter darüber nachdenken konnte, trat Natura zurück und mein Großvater tappte auf mich zu.

Der braune Wolf sah mich mit einem stolzen Glitzern in den dunkelgrünen Tiefen an.

»Teste deine neue Kraft. Ruf die Adler zu dir!«

Ich nickte, konzentrierte mich auf die mächtigen Vögel. Wie sie aussahen, wie sie flogen. Wie ihre breiten Schwingen durch die Luft glitten, ihre lauten Schreie den Wald erfüllten...

Da hörte ich einen Schrei. Ich blickte nach oben und entdeckte einen großen Vogel über mir kreisen. Seine Flügel waren lang, ein braunes Federkleid und ein weißer Kopf mit einem gekrümmten, gelben Schnabel, blitzten in der Sonne auf.

Ein Adler. Er setzte zum Sturzflug an, presste die Schwingen an den schmalen Körper und kam zu uns hinuntergeschossen.

Kurz vor dem tödlichen Aufprall breitete er seine riesigen Schwingen aus und blieb neben mir in der Luft stehen. Mit einem fragenden Krächzen landete er auf dem Gras.

Einfach unglaublich...

Das Alles war immer noch unvorstellbar. Aber wahr.

»So kannst du jeden Adler, der in Hörweite ist, rufen. Du musst sie dir auch nicht vorstellen, du kannst sie wie Freunde im Kopf rufen. Schick diesen Adler weg, jedoch nur, indem du es ihm gedanklich sagst.«

Mein Großvater deutete auf den Vogel neben mir.

Ich nickte eilig, sah den Adler an, der mich mit seinen schwarzen Augen anstarrte und dachte:

Adler, danke für deine Hilfe. Du kannst jetzt gehen.

Der mächtige Vogel stieß einen lauten Schrei aus, schwang sich in die Luft und flog davon.

»Wow«, hauchte ich erneut, als ich dem Tier hinterher sah.

»Unglaublich, nicht wahr?«

Ich blickte Adler an, der mich mit einem verstehenden Lächeln ansah. »Ja, unglaublich.«

Mein Großvater lachte auf. »Du wirst dich daran gewöhnen. Glaub mir.«

Mit diesen Worten drehte er sich um und verschwand in den Schatten der Bäume.

»Das ist so aufregend!«, flüsterte ich zu meiner Mutter. Sie schmunzelte mich an. »Das glaube ich dir. Aber wie Adler sagte: Du wirst dich daran gewöhnen. Außerdem ist es nichts Schlimmes. Diese Gaben werden dir helfen. Genauso wie deine Freunde und das Ewige Rudel.«

Ich fing an, mich über das Ganze zu freuen. Über die Fähigkeiten, die ich nun besaß, über die viele Unterstützung, die ich bekam. »Hallo, Silber.« Eine neue Stimme begrüßte mich und als ich mich zu ihr umwandte, grinste ich erfreut.

Es war Funke. Die flammenfarbene Wölfin lächelte mich sanft an. Ihre strahlend grünen Augen leuchteten stolz.

»Es freut mich, dich wiederzusehen, Funke«, bellte ich froh. Auch wenn ich Fels' Mutter immer nur kurz begegnet war, fand ich sie sehr sympathisch.

Funke grinste. »Die Freude ist ganz meinerseits.«

Sie zwinkerte mir aufmunternd zu, ehe Natura wieder vortrat. Nun hatte ich mich bereits an die kitzeligen Blüten an meinem Brustfell gewöhnt. Natura sah mich kurz mit ihren leuchtenden Augen an und ich erwiderte ihren Blick begeistert.

Nach einem Nicken drehte Natura den Kopf zu Funke, die daraufhin laut verkündete: »Ich habe heute die Möglichkeit, dir die Kraft des Feuers zu geben. Doch gebe gut Acht. Das Feuer ist ein unberechenbares Element. Einmal losgelassen, kann es unvorstellbare Schäden anrichten. Es kann Leben zerstören, töten. Aber mit dem richtigen Umgang kann es genauso gut Leben retten. Für neues Leben sorgen. Also nutze diese Kraft sorgsam und mit großem Bedacht.«

Aus Funkes Brust züngelten sich Flammen. Entsetzt sah ich zu, wie sich das Feuer, wie eine Schlange, um Naturas Flügel wandte und alles verbrannte, was es berührte.

Angst durchschoss mich, doch Natura schienen die leckenden Flammen nicht zu stören. Wie Funke gesagt hatte, zerstörte das Feuer alles, mit dem es in Berührung kam.

Doch ehe ich in Panik ausbrechen konnte, als die roten Zungen in meine Nähe kamen, wuchsen die verkohlten Stellen an Naturas Körper plötzlich nach.

Grüne Sprösslinge schossen aus dem verkohlten Federkleid, Knospen wuchsen in die Höhe.

Feuer bringt neues Leben ...

Abrupt hatte ich keine Angst mehr vor der knisternden Schlange, die langsam zu mir kam.

Sie schlängelte sich um Naturas Flügel, bis sie genau vor mir stehen blieb. Einen Moment wartete ich still ab, doch dann schoss das Feuer vor und bohrte sich in meine Brust.

Erschrocken zuckte ich zusammen, aber zu meiner Überraschung tat es nicht weh. Zum wiederholten Male spürte ich rein gar nichts, obwohl sich gerade Flammen in mich hineinbrannten. Es fühlte sich seltsam an. Nicht richtig, nichts zu fühlen.

Nach ein paar Herzschlägen erlosch die Feuerschlange und Natura trat abermals zurück. Dort, wo sie vor wenigen Augenblicken noch schwarz und verkohlt gewesen war, spross nun neues Leben.

Ich habe nie daran gedacht, dass Feuer auch eine gute Seite haben kann ...

Funke kam zu mir und stupste ermutigend ihre Schnauze kurz an meine. »Nun probiere deine neue Fähigkeit aus. Stell dir das Feuer vor, wie es lodert, knistert. Dann lösche es mit dem Wasser. So verbindest du gleich zwei Fähigkeiten miteinander.«

Ich nickte, ganz aufgeregt. Konzentriert starrte ich auf das Gras unter mir, malte mir in meinem Kopf eine zischende Flamme aus. Ich spürte die Hitze, die sich in mir ausbreitete, sah vor meinem inneren Auge das Feuer aufsteigen.

Da hörte ich es neben mir knistern. Plötzlich fühlte ich wirklich Hitze. Erschrocken sprang ich zur Seite, als eine Flamme aus dem Gras herausschoss und sich in den Himmel bohrte.

Das Feuer knisterte und flackerte gefährlich, nur ein paar Krallenlängen neben mir.

Doch irgendwie hatte ich keine Angst mehr. Nun wusste ich,

dass mir dieses Feuer nichts antat. Es war mein Verbündeter.

Probehalber schickte ich die Flammen weiter von mir weg. Sie gehorchten sofort. Das Feuer grub sich flackernd durch das Gras, was eine schwarze Färbung bekam.

»Jetzt lösch es mit dem Wasser«, ordnete Funke an. Ich neigte den Kopf, stellte mir das fließende Wasser vor und befahl ihm, die Flamme zu löschen.

Fliegendes Wasser schoss aus dem Wald und platschte auf das Feuer, das daraufhin zischend erlosch.

»Sehr gut«, lobte Funke mich anerkennend. Ich strahlte zufrieden. Die Sternenhüterin lächelte mir noch einmal zu, bevor sie in der Menge verschwand.

Ich sah noch einmal zu dem Platz hinüber, wo das Feuer gewesen war. Dort sprossen bereits neue, junge Triebe aus dem verkohlten Boden.

Trotz der ganzen Aufregung und Freude in mir, bekam ich ein ungutes Gefühl. »Ist es normal, dass ich nichts fühle?«, fragte ich Nebel schließlich. Mein Magen zog sich zusammen, als ich auf eine Antwort wartete.

Was, wenn etwas nicht stimmte?

Doch die Anführerin lächelte traurig und stieß bedrückt die Luft aus. »Ich hatte befürchtet, dass du das fragst.«

»Warum? Stimmt etwas mit mir nicht?« Sofort wurde ich hektisch. Angst brachte meine Stimme zum Zittern.

Aber Nebel schüttelte wild den Kopf. »Nein, nein, Silber. Mit dir ist alles in Ordnung. Es ist nur ...« Sie seufzte geschlagen. »Deine Vergangenheit. Du spürst kein heißes Feuer in dir, oder kaltes Wasser, weil deine Vergangenheit es nicht zulässt. Du hast für dein Alter schon eine Menge erlebt. Viel Negatives. Leider. Das übt sich nun auf dein Empfinden aus. Du spürst kein loderndes, wachsendes Feuer, weil du noch nie selbst gelodert hast. Du fühlst nicht das kalte, sprudelnde Wasser, weil du noch nie selbst sprudeln durftest. Natürlich warst du schon einmal wütend oder glücklich, aber hier in deinem Geburtsbau bist du die kleine Welpin von damals. Die, die gerade ihre Familie und ihre Heimat verloren hat. Deshalb fühlst du im Moment nichts. Verstehst du?«

Ich dachte über ihre Worte nach.

Kurz ließ ich mein bisheriges Leben Revue passieren.

Ich war schon oft wütend gewesen und hatte schöne Zeiten auf der Reise gehabt ... aber meine Welpenzeit war gefühlslos gewesen, da hatte Nebel recht.

Der Tod meiner Eltern hatte mich als Welpe zutiefst gebrochen. Die neue, unschöne Situation im Rudel hatte mir nicht gerade geholfen. Erst langsam hatte ich gelernt, wieder Gefühle an mich heranzulassen.

»Vielleicht fühlst du bei den nächsten Gaben etwas.«

Ich nickte leicht. Jedoch verschlechterte sich meine Laune. Es fühlte sich seltsam an, nichts zu spüren. Bei dem Wissen, dass man eigentlich etwas spüren sollte.

Nur, weil ich in meiner Vergangenheit so viel Schlechtes erlebt habe? Na dann, vielen Dank, Leben!

»Hallo, Silber.« Beinahe zuckte ich bei der dunklen Stimme zusammen. Erschrocken hob ich den Blick.

Raven stand mir gegenüber. Der große, schwarze Hund lächelte mich liebevoll an.

Sogleich stiegen Tränen in meine Augen. Es war wundervoll, ihn wiederzusehen. Es tat so gut, zu sehen, dass er glücklich war. Und das war er. Seine blauen Augen strahlten warm.

»Raven ...«, flüsterte ich heiser. Ein Kloß bildete sich in meiner Kehle, der mir das Sprechen verbot. Ich war so gerührt, dass er mir eine Fähigkeit geben durfte.

Der ehemalige Metallhund lachte kurz auf. »Ich freue mich auch, dich wiederzusehen.« Sein liebevolles Lächeln blieb bestehen und das brachte wiederum mich zum Lächeln.

Ich schluckte den Kloß in meinem Hals hinunter, räusperte mich und bellte: »Ich wusste gar nicht, dass du mir ebenfalls eine Kraft geben kannst.« Der Rüde grinste amüsiert, als hätte er mit dieser Frage gerechnet.

»Ich gebe dir nicht wirklich eine. Schon irgendwie, aber nicht so, wie die anderen.«

Verwirrt sah ich ihn an. *Was soll das heißen?*

Als hätte Raven meine Gedanken gelesen, antwortete er ungewiss: »Das heißt, dass ich dir keine objektive Kraft gebe, sondern eine mentale.«

Im ersten Moment hatte ich keinen Schimmer, was das bedeuten sollte. Dann aber dachte ich darüber nach und fragte vorsichtig: »Also … gibst du mir keinen Gegenstand oder Lebewesen, als Verbündeten, sondern…?«

»Innere Ruhe.«

Mein verwirrtes Gesicht wurde noch ratloser. »Innere Ruhe?«, wiederholte ich verwundert. »Wie soll mir das bei einer Schlacht helfen?«

Raven kicherte belustigt, als hätte ich ihm einen guten Witz erzählt. »Das ist ganz einfach«, meinte er schmunzelnd. »Du wirst viele Situationen bewältigen müssen, in der deine innere Ruhe sehr nützlich sein wird.«

Er gab keine laute Ansprache, sondern beugte sich plötzlich einfach vor und lehnte seine Stirn an die meine.

Verwundert trat ich einen Schritt zurück. »Warte … muss Natura nicht da sein?« Verwirrt sah ich zu dem Vogel, der zu meiner Überraschung wieder ein silberner, großer Vogel war. Natura schüttelte den Kopf und Nebel antwortete mir: »Nein,

Silber. Für diese Fähigkeit braucht es allein die Kraft des Vertrauens. Nicht die Macht oder Erlaubnis der Natur.« Natura nickte zustimmend und lächelte mich aufmunternd an.

Ich verstand das zwar nicht so ganz, wandte mich allerdings trotzdem erneut an Raven.

Dieser schmunzelte verstehend. »Keine Sorge, Silber. Das Einzige, was du wissen musst, ist, dass du mir vertraust.«

Dieser Satz verwirrte mich noch mehr, doch beinahe instinktiv nickte ich. *Ich vertraue Raven.*

Ohne ein weiteres Wort legte der große, schwarze Hund seine Stirn nochmals sanft auf meine.

Diesmal spürte ich etwas. Schmerz. Ich zuckte zusammen, wollte zurückweichen, meine Pfoten gehorchten mir jedoch plötzlich nicht mehr. Ich fühlte ein höllisches Stechen, als würde ich brennen.

Aber so schnell, wie er gekommen war, verschwand der Schmerz auch wieder.

Das Brennen erlosch allmählich. Das Gefühl, was Raven mir geben wollte, nahm seinen Platz ein: innere Ruhe.

Auf einmal fühlte ich mich ausgeglichen, beruhigt. Im Reinen mit mir selbst. Ich hatte den Eindruck, nichts könnte mich nun je wieder aus der Ruhe bringen.

Raven trat zurück, aber ich spürte es immer noch. Die Ruhe verbreitete sich in meinem ganzen Körper, von den Ohrenspitzen, bis in die Krallen.

Ganz genüsslich sog ich die frische Luft in meine Lungen, sodass sich mein Brustkorn hob und stieß sie dann ganz langsam wieder aus. *Das Leben ist schön ...*

»Wie fühlst du dich?«, fragte der schwarze Hund mit einem wissenden Grinsen.

Ich lächelte offen. »Zufrieden. Ruhig. Ausgeglichen. Ich

habe Freude am Leben. Jetzt habe ich innere Ruhe.«

Raven nickte. »Ganz genau. Dieses Gefühl wirst du noch oft spüren. Manchmal, um dich in schwierigen Situationen zu beruhigen und klar zu denken, gelegentlich aber auch einfach, um dich gut zu fühlen.«

Ich schaute Raven weiterhin mit dem offenen Strahlen an. »Danke«, flüsterte ich so ehrlich und sanft, wie ich konnte. Ich war ihm wirklich dankbar. Für alles.

Mit diesem einen Wort wollte ich ihm das noch einmal sagen. Dass ich ihm wirklich für *alles* dankbar war.

Der große, wolfsähnliche Hund schmunzelte verstehend und neigte tief den Kopf vor mir. »Und ich danke dir. Für *alles*.«

Ich nickte kurz, auch wenn ich insgeheim dachte: *Na ja, eigentlich habe ich ihn umgebracht ... aber hm ... er scheint nun wirklich glücklich zu sein. Glücklicher, als er es im Leben vielleicht je gewesen wäre.*

Raven grinste mich noch einmal an, ehe er sich wieder zu seinen neuen Gefährten gesellte.

Meine Ausgeglichenheit verschwand nicht. Sie blieb bestehen, wärmte meinen Körper.

Mit der Ruhe kam die Freude. Sie stieg in mir auf, ließ ein glückliches Grinsen auf meinem Gesicht erscheinen.

Ich hatte Freunde, Verbündete, Gefährten. Ich war nicht allein. Genauso, wie es Nebel gesagt hatte.

Ich wartete gespannt, wer als Nächstes kommen würde, aber keiner trat vor. Die Wölfe am Waldrand sahen mich nur aufmunternd und froh an.

»Ist es vorbei?«, fragte ich meine Mutter schließlich. Bei der Vorstellung wurde mir ganz flau im Magen. Ich wollte diese ganze Ansammlung nicht verlassen!

Doch Nebel schüttelte leicht den Kopf. »Nein, noch nicht

ganz.« Sie stieß hörbar die Luft aus, bevor sie laut kläffte: »Nun ist es Zeit, dass *ich* dir meine Kraft verleihe.«

Sie stellte sich vor mich und blickte mir tief in die Augen. In ihnen sah ich so viel Liebe und Sehnsucht, dass sich mein Pelz aufstellte, vor Rührung.

Ich hatte nicht geahnt, dass auch meine Mutter mir eine Fähigkeit geben würde.

Ein letztes Mal trat Natura vor, doch nun war sie erneut in ihrer Vogelform. Ihr silbernes Federkleid berührte sanft meine Brust, während Nebel mir weiterhin fest in die Augen sah.

»Silber, heute gebe ich dir die Kraft des Nebels. Er verhüllt Dinge nicht nur, er kann sie ebenso unsichtbar machen. Durch den Nebel können wir verloren gehen, wie auch geschützt sein. Du entscheidest, wozu du die grauen Schwaden einsetzen wirst.«

Der Nebel an den Pfoten der Wächterin wurde größer, wand sich hinauf zu dem großen Flügel und waberte auf ihm entlang. Kurz umhüllten die Schwaden Naturas Brust, bevor sie weiterwanderten.

Ich blickte jedoch nur in Nebels Augen. Ihre hellblauen Tiefen leuchteten, wie blaue Kristalle, als sie mich stolz ansah.

Da tat sich an meiner Brust erneut ein Licht auf, indem die Nebelschwaden verschwanden.

Diesmal spürte ich endlich etwas. Ich zerbrach beinahe innerlich. Und zwar vor unendlicher Liebe. Es war, als würde mich eine Welle Zuneigung und Mutterliebe mit sich reißen.

Ich kniff überrascht die Augen zusammen, schreckte innerlich vor dem unglaublich starken Gefühl zurück.

Aber ich konnte mich nicht bewegen. Meine Beine rührten sich keine Krallenlänge.

Mit angehaltenem Atem ließ ich diese Flut aus mächtigen

Gefühlen über mich brechen. Plötzlich wurde es grell, obwohl ich die Augen geschlossen hatte. Dann tauchte vor meinem inneren Auge ein Welpe auf. Eine silberne, kleine Welpin, die zusammengekauert an einem silbernen Fell genau vor mir lag. Sofort wusste ich, wer das war.

Ich! Ich sehe gerade durch die Augen meiner Mutter!

Während das Bild vor mir schwebte, überwältigten mich die unbändigen, großen Gefühle. Liebe, Trauer, Sehnsucht und Mutterliebe brachten meinen Magen dazu, sich umzudrehen.

Empfindet Nebel so für mich? Liebt sie mich wirklich so sehr?

Die Fragen kamen so unerwartet, ich hatte keinen blassen Schimmer, wo sie eigentlich herkamen.

Waren das überhaupt ihre Gefühle?

Als das Gefühl jedoch langsam erlosch und ich die Augen aufschlug und sie ansah, wusste ich die Antwort.

Auf alle drei Fragen.

Ja.

25. KAPITEL

Grelles Licht blendete mich. Genervt kniff ich die Augen zusammen. Ich wollte noch nicht aufstehen. Es war so schön warm und gemütlich.

»Silber.« Eine vertraute Stimme drang durch den Schleier der Müdigkeit. »Silber, wach auf.«

Vor Schreck setzte mein Herz aus. Ich lag in einem Bau, Klee neben mir, leise Stimmen drangen von draußen an mein Ohr. *Bin ich im Rudel? Habe ich das alles nur geträumt?!*

Bei diesem Gedanken schlug ich die Augen sogleich auf.

Vor mir erhaschte ich schildpattfarbenes Fell.

Schwungvoll drehte ich mich auf den Rücken und starrte in leuchtend grüne Augen.

Klee hatte sich über mich gebeugt. Nun sah er mich mit neugierigem Blick an. Um ihn herum war nichts, als braune Erde.

Bei seinem Anblick entspannte ich mich. Es war kein Traum gewesen. Alles, was ich erlebt hatte, war wirklich geschehen.

Dem Ewigen Rudel sei Dank!

»Und?«, fragte Klee gespannt. »Was ist passiert?«

Mit einem Wimpernschlag fiel mir wieder ein, was ich geträumt hatte und, dass Klee davon wusste.

Ein Grinsen erschien auf meinem Gesicht. Strahlend richtete ich mich auf. »Sie waren alle da!«, erzählte ich begeistert.

»Das ganze Ewige Rudel! Alle wollten sehen, wie ich die Fähigkeiten bekomme!«

Die grünen Augen meines Bruders wurden groß, er fragte gespannt: »Wie viele Fähigkeiten hast du bekommen? Und was für welche?« Mit leuchtenden Augen berichtete ich ihm von meinem Traum, bis Kupfer den Kopf in den Bau steckte.

»Guten Morgen!«, begrüßte er uns gut gelaunt. Seine hellgrünen Tiefen schimmerten neugierig. Er wollte, dass ich mein Versprechen einhielt.

»Kommt raus! Aluna und Kiro haben uns Beute gefangen!«

»Das ist so aufregend!«, raunte Klee, als mein Gefährte erneut nach draußen trat.

»Kannst du denn jetzt das alles machen?«

Ich nickte, während sich eine Idee in meinem Kopf formte. »Hey, ich könnte euch doch die Fähigkeiten zeigen!«

Irgendwie fühlte ich mich gerade gut. Ausgelassen, super gelaunt und lebensfroh. Es machte mir nichts mehr aus, ob meine Freunde wussten, welcher Bau das hier war.

Sie sind auch meine Familie geworden!

Also konnte ich ihnen nun auch die Wahrheit sagen.

»Weißt du was? Das tue ich einfach!«

Mit diesen Worten huschte ich aus dem Bau. Mein Körper zitterte nur so voller Energie und Tatendrang.

Das Grinsen in meinem Gesicht verschwand nicht, genauso wie das warme, wohlige Gefühl in meiner Brust.

Meine Freunde saßen unter der Tanne, während die warme Sonne goldene Flecken auf den Waldboden zauberte. Die Luft war erfüllt vom Duft der Blumen und Vögel zwitscherten ihr Lied in den Ästen.

Anscheinend hatten wir lange ausgeschlafen, denn der gelbe Feuerball stand bereits hoch am hellblauen Himmel. Vielleicht kam daher meine gute Laune, weil ich ausgeschlafen hatte.

»Mama!« Aluna kam aus den Ästen herausgesprungen. Stürmisch rannte sie auf mich zu. Ich grinste sie an.

»Guten Morgen, meine Kleine! Na, ich habe gehört, du und Kiro habt uns etwas gefangen?«

Freudig drückte sie ihre Nase an meine. »Ja, wir haben ein wildes Huhn gefangen! Und einen Hasen!«

Ich schmunzelte belustigt. »Ich bin wirklich stolz auf dich, Aluna. Du entwickelst dich zu einer fabelhaften Jägerin.«

Die Schneeleopardin wedelte stolz mit dem langen Schwanz. Diese Geste verwunderte mich für einen Herzschlag. Sie war eine Leopardin, eine Katze.

Trotzdem wedelte sie mit dem Schwanz, nicht zum Zeichen, dass sie wütend war, sondern um zu zeigen, dass sie sich über meine Worte freute.

Sie passt sich uns an ... Außer ihr und Kiro gibt es nur Hundeartige in unserer Gruppe. Sie übernimmt unsere Körpersprache.

Ein dunkler Gedanke eroberte für einen schrecklichen Moment mein Gehirn. *Denkt sie, sie ist ein Wolf? Denkt sie wirklich, ich bin ihre Mutter? Oder weiß sie, dass wir verschiedenen Arten angehören?*

»Silber!« Kupfer rief mich von der Tanne aus. Meine düsteren Fragen wurden unterbrochen, ich blinzelte und eilte zu meinem Gefährten.

Das muss ich ihn unbedingt fragen!

Zuerst musste ich jedoch Wichtigeres besprechen. »Guten Morgen!«, begrüßte ich die Freunde, als ich ins Innere der Tanne trat.

»Na, gut geschlafen, in eurem Dachsbau?«, fragte Aurora ironisch, als auch Klee eintrat.

»Es war sehr gemütlich«, antwortete ihr mein Bruder belustigt. »Und es ist kein Dachsbau.«

Die Hündin schnaubte amüsiert. »Er ist aber so groß, dass da ein Dachs drin gewohnt haben muss!«

Ich schluckte schwer. Eine tiefe Ruhe breitete sich in mir aus, wie als würde aufgewühltes Wasser wieder ruhig werden.

»Eine Familie hat in dem Bau gelebt.« Der Satz ließ das

belustigte Kichern in der Runde verstummen. Verwirrte Gesichter warteten auf eine Erklärung.

Klee hatte sich neben mir niedergelassen, Kupfer an meiner anderen Seite. Klee sah mich nun mit einem liebevollen Lächeln an und nickte aufmunternd, während Kupfer genauso erstaunt dreinblickte.

So erzählte ich meinen Freunden meine Geschichte. Ich berichtete ihnen von meiner Welpenzeit, wo wir hier wirklich waren und was diese Nacht geschehen war und warum.

Alle Augen wurden immer größer, je mehr ich sagte. Aluna starrte mich mit offenem Maul an, während Kiro mich völlig entsetzt ansah.

Als ich geendet hatte, fühlte ich mich befreit. Als wäre eine Last von meinen Schultern gefallen.

Tief atmete ich durch, bis sich meine Freunde von dem Schock erholt hatten, und ein Regen aus Fragen auf mich hinab prasselte.

»Ist das wirklich wahr?«

»Kannst du die Fähigkeiten benutzen?«

»Wer hat sie dir gegeben?«

»Wie kannst du sie benutzen?«

»Ist das nicht gefährlich?«

Beruhigend schüttelte ich den Kopf und wartete, bis der Schwall an Fragen verebbte.

»Ich zeige es euch einfach«, bellte ich mit einem freudigen Lächeln. Die Augen meiner Gefährten wurden noch größer, sodass sie fast aus den Augenhöhlen fielen.

»Ja!«, rief Aluna sofort.

»Das will ich sehen!«, staunte Lenny aufgeregt.

»Dann kommt!«, lud ich die Freunde mit einem Nicken ein, mir nach draußen zu folgen.

416

Eilig sprangen sie auf und traten nach mir ins Freie.

Ich setzte mich vor sie, während sie sich in einem Halbkreis um mich scharrten.

Ich grinste belustigt. Meine Freunde starrten mich gespannt an, als würde ich gleich ein Kunststück vollführen. Doch ich tat etwas viel Größeres.

Ich durfte die Magie des Ewigen Rudels benutzen, um die zu schützen, die mir wichtig waren.

Einmal atmete ich tief die frische Luft des Waldes ein. Mit einem wunderschönen Gefühl im Bauch stieß ich sie langsam wieder aus.

Ich schloss nicht die Augen, als ich mir das Wasser vorstellte. Wie es sanft dahinfloss, in der warmen Sonne glitzerte. Meine Augen lagen allein auf Kupfer und Klee.

Nach kurzer Zeit hörte ich ein leises Gurgeln, was immer lauter wurde. Meine Gefährten spitzten neugierig die Ohren, da kam auch schon fliegendes Wasser aus dem Wald geflogen.

Ich war mir nicht mehr sicher gewesen, ob es in der Nähe einen Fluss oder Bach gab, das Erscheinen des Wassers bewies es jedoch.

Meinen Freunden klappten die Kinnladen hinunter.

»Bei den Schneegeistern!«, keuchte Korn ungläubig.

»Fliegendes Wasser!«, fiepte Kiro erstaunt.

»Unfassbar!«, flüsterte Kupfer mit leuchtenden Augen.

Klee lächelte mich nur mit einem stolzen Lächeln an. Er sah mich mit so viel Zuneigung in den Augen an, wie ein Bruder seine Schwester nur anschauen konnte.

Ich grinste, als ich einen Baum in der Nähe fixierte.

Los!

Das schwebende Wasser, das in der Sonne glitzerte, schoss auf den Baum zu und klatschte mit voller Wucht gegen ihn.

Meine Freunde wichen mit erschrockenen Schreien zurück. »Keine Angst«, beruhigte ich sie beschwichtigend. »Das Wasser wird euch nichts tun. Ich kontrolliere es doch.«

Die Gefährten sahen mich unsicher an, setzten sich dann aber wieder hin und schienen sich von dem Schrecken erholt zu haben.

»Mach weiter«, forderte Aurora aufmunternd.

Ich nickte ihr schmunzelnd zu und rief nun die Wurzeln herbei. Um mich herum brach plötzlich die Erde auf.

Wie braune Schlangen erhoben sich die Wurzeln aus dem Boden. »Beim Ewigen Rudel!«, fiepte Kupfer erschrocken aus.

Lesly hatte überrascht die Ohren angelegt, während Kiro und Lenny mit aufgestelltem Fell zurückwichen.

»Die Wurzeln!«, kläffte Korn erstaunt und starrte auf den Boden, als erwartete er, das ganze Gras würde aufbrechen.

Es fühlte sich zugleich seltsam, wie auch wunderschön an, meine neuen Kräfte zu nutzen.

Ich spürte die Kraft in mir, den Stolz und die Gewissheit, dass die Wölfe, die mir die verschiedenen Fähigkeiten gegeben hatten, bei mir waren.

Danke, Wurzeln. Ihr werdet nicht mehr gebraucht.

Die braunen Schlangen betteten sich wieder zur Ruhe.

»Das war unglaublich!«, jubelte Aluna begeistert.

Nach und nach zeigte ich ihnen all meine neuen Kräfte.

Ich rief einen Adler herbei und ließ eine Flamme vor den Augen meiner Freunde aufleuchten.

Während ich diese ganzen Kräfte nutzte, spürte ich in mir das, was Raven mir gegeben hatte: innere Ruhe.

Alles war schön. Leicht. Unkompliziert.

Ein lebensfrohes Lächeln schien die ganze Vorstellung über auf meinem Gesicht.

Als Letztes bat ich den Nebel herbei. Graue Schwaden schlängelten sich von allen Seiten an uns heran.

Sie bedeckten den Boden, ließen unsere Pfoten verschwinden. Bei dieser Vorführung dachte ich an meine Mutter.

An Nebel. Ich war so froh, dass ich nun erkannt hatte, wie viel ich ihr wirklich bedeutete. Und ich war glücklich, dass ich meinen Eltern vergeben hatte.

Es war die richtige Entscheidung.

»Es ist so weit«, murmelte Kupfer mit einem entschuldigenden Blick. »Wir müssen unsere Reise fortsetzen.«

Wir hatten gefressen, standen vor der Tanne, aufbruchbereit.

Es gab keinen Grund, länger zu bleiben.

Für mich und Klee jedoch gab es einen: Das hier war unsere Heimat. Unser Geburtsort. Unsere Welpenzeit.

Unsere Vergangenheit.

Dieser Ort war ein Teil von mir. Und von Klee.

Ich schluckte schwer, zog tief die Luft ein und nickte.

»Ja, Kupfer. Kannst … kannst du mir noch ein paar Herzschläge geben? Geht … geht ruhig schon mal vor, ich hole euch ein, aber …«

»… du willst dich verabschieden«, beendete mein Gefährte meinen Satz verstehend. Ich nickte und war froh, dass der Rüde weiterhin normal zu sein schien.

Der Goldene lächelte liebevoll. »Natürlich.« Er trat vor und stupste mich sanft an. »Nehm dir so viel Zeit, wie du brauchst. Wir gehen vor und warten dann auf dich.«

Mit diesen Worten wandte er sich ab und trottete zu der Gruppe, die bereits auf uns wartete.

»Wir gehen«, rief Kupfer ihnen zu und führte die Freunde ins Unterholz. Aluna schaute sich fragend zu mir um, aber

Aurora stieß sie sanft an und erklärte ihr leise, was los war.

Daraufhin folgte sie den anderen. Nur Klee blieb zurück.

Er wartete, bis die Gefährten im Dickicht verschwunden waren, dann trottete er mit angelegten Ohren zu mir.

»Jetzt ist es wohl so weit«, seufzte er niedergeschlagen.

Ich nickte nur. Gemeinsam sahen wir auf den Bau.

Auf den dunklen Eingang, der von Brombeersträuchern geschützt wurde. *Da drinnen sind wir geboren worden.*

Ich konnte nicht anders, als noch ein letztes Mal hineinzugehen. Meine Pfoten führten mich schnurstracks zum Bau, ohne irgendeinen Widerspruch zu dulden.

Aber ich wollte auch gar nicht widersprechen.

Ich wollte meine Vergangenheit ein letztes Mal sehen, bevor ich sie für immer hinter mir ließ.

Womöglich kämen Kupfer und ich nach dem Kampf noch einmal hier vorbei, aber es würde das letzte Mal mit Klee sein.

Mit meinem Bruder, meinem letzten lebenden Familienmitglied. Mit ihm würde ich diesen Ort nie wieder besuchen.

Ein Schluchzen entfuhr mir, als sich die scharfen Dornen in mein Fell bohrten, als würden sie mich aufhalten wollen.

Mit einem Ruck riss ich mich los, was das ganze Gebüsch erzittern ließ.

Im Bau war es dunkel. Wie immer. Als ich jedoch den Eingang passierte und leise hineintrat, schien ein wenig Sonnenlicht hinein, gerade genug, um bis zur hinteren Wand zu schauen. Wie immer.

Langsam schlich ich zur Mulde. Ich hielt den Atem an. War ganz still, als dächte ich, der Bau würde einstürzen, wenn ich mich zu schnell bewegte oder mich zu laut verhielt.

Die Mulde war noch warm. Der Geruch von Klee und mir hing in der Luft.

Bei dieser Feststellung liefen die Tränen über.

Hier sind wir geboren worden! Das war unser Zuhause! Hier waren unsere Eltern! Hier waren wir eine Familie!

Jetzt war das alles vorbei. Dieser Bau war nicht mehr mein Zuhause. Hier warteten nicht mehr unsere Eltern auf uns.

Wir waren keine Familie mehr.

Ein weiches Fell schmiegte sich tröstend an mich.

»Ich weiß«, murmelte Klee leise, als hätte er wirklich meine Gedanken gelesen. »Ich weiß.«

Ich hörte ihm an, dass ein dicker Kloß in seiner Kehle steckte, der ihm das Sprechen erschwerte.

Mein Körper erzitterte, als mir bewusst wurde, dass ich diesen Ort hier womöglich niemals wiedersehen würde.

Dieser Bau würde nie wieder von *uns* bewohnt sein. Von der Familie, die einst hier gelebt hatte.

Nie wieder von dem Gesang meiner Mutter erfüllt werden, von dem stolzen Bellen meines Vaters, oder von Klee und meinem freudigen Quieken.

Er war nun erneut leer. Keiner, der den Bau in der Zukunft betreten würde, würde seine Geschichte kennen.

Seine Bedeutung.

»Wir müssen weiterziehen«, flüsterte Klee an meinem Ohr. Sofort wusste ich, dass er nicht die Reise meinte.

»Wir müssen nach vorn blicken. In unsere Zukunft.«

Er lehnte den Kopf zurück, sodass ich seine Augen sah, die genauso nass glitzerten, wie meine.

»Wir müssen … Abschied von unserer Vergangenheit nehmen. Sonst werden wir nie die Gegenwart genießen können.«

Ich wusste, dass er recht hatte. Doch es war so unglaublich schwer. Ich wollte diesen Ort nicht loslassen.

Wollte nicht, dass er auf ewig verschwand.

Vielleicht ... könnte ich mir mit Kupfer hier ein neues Leben aufbauen? Trotzdem wäre es dann nicht wie früher ... ich will die Vergangenheit nicht loslassen!

Zitternd zog ich die Luft ein. »Ich weiß, du hast recht, aber ... es ist so schwer! Wir haben gerade erst unseren Geburtsort wiedergefunden und nun müssen wir ihn wieder verlassen. Das ist ... so unfair.«

Plötzlich flossen die verschütteten Worte, wie ein Wasserfall aus mir heraus: »Warum musste das alles so kommen? Wieso mussten unsere Eltern sterben? Weshalb haben sie mir dieses Schicksal gegeben? Wieso konnten wir nicht so leben, wie unsere Eltern es gewollt haben? Das ist alles so unfair!«

Schluchzend drückte ich mich an meinen Bruder, ließ den ganzen Frust, den dieser Bau mit sich gebracht hatte, hinaus. Ein kleines, ironisches Lachen entfuhr Klee.

Mit bebender Stimme antwortete er: »Das ganze *Leben* ist nicht fair. Das war es noch nie. Und das wird es auch niemals sein ...«

Bei diesem letzten Satz entschlüpfte ihm ein Schluchzen, jedoch fing er sich sogleich wieder. »Aber ... wir müssen einfach das Beste daraus machen. Wir leben nicht mehr hier. Doch wir haben eine andere Heimat gefunden. Ich das Rudel und du die Freiheit. Unsere Familie ist nicht mehr da, doch dafür hast du bereits eine eigene und meine ist das Rudel. Außerdem lebst du genauso, wie unsere Eltern es gewollt haben. Du *bist* eine Einzelwölfin. Du *bist* die Freiheit. Ich kenne kein Tier, das diese Freiheit so sehr liebt, wie du. Und genau das wollen Nebel und Löwe. Sie wollen, dass wir glücklich sind. Bist du das nicht?«

Ich sah ihn an. Seine grünen Augen leuchteten vor Nässe,

aber sein Blick war fest. Ich nickte leicht. »Ich bin glücklich.«

Schniefend hob ich den Kopf, blinzelte mir die Tränen aus den Augen.

»Warum?«, fragte Klee weiter. »Warum bist du glücklich?« Ich musste nicht überlegen. »Weil ich Kupfer habe, Aluna, dich.« Ich lächelte ihn kurz an. »Aurora, Lenny, Lesly, Korn, Kiro, eine Familie. Eine Zukunft.«

Klee nickte zustimmend. Eine Träne rann ihm dennoch über die Wange, als er bellte: »Und du wirst auch ohne uns glücklich sein. Ohne Kupfer, ohne ... mich.«

Er räusperte sich schnell, um seine Stimme nicht so krächzend klingen zu lassen.

»Ohne Freunde oder eine Tochter. Weißt du, warum?«

Ich schüttelte ratlos den Kopf. Ich würde sterben, wenn all die weg wären, die ich liebte.

»Weil wir alle trotzdem bei dir sein würden. In deinem Herzen. Für immer.« Er schluckte schwer, blinzelte hektisch seine Tränen weg, als würde er nicht wollen, dass ich sie sah.

»Du müsstest weitermachen ... für uns. Wir würden nicht wollen, dass du ... an dieser Trauer zerbrichst ... verstehst du?« Sogleich stiegen mir erneut Tränen in die Augen.

Die Vorstellung, all jene zu verlieren, die mir etwas bedeuteten, ließ mich erschüttert heulen.

So fest ich konnte, drückte ich mich an Klee, als hätte ich Angst, er würde sterben, wenn ich ihn losließ.

Auch Klee schmiegte sich an mich. Ich spürte seine Tränen, die in mein Fell sickerten.

Mein Körper bebte. Schluchzend versuchte ich, die Tränen aufzuhalten, die meine Augen weiterhin mit einem trüben Schleier bedeckten. Klees Leib zitterte ebenfalls.

Er presste sich so stark an mich, dass er mich beinahe

erdrückte. Aber das war gut. Ich wollte, dass er mir nahe war.

Sacht rieb ich meinen Kopf an seinem Nacken, wischte mir dadurch die Tränen ab und nahm seinen süßen Duft in mir auf.

Diese Zweisamkeit erinnerte mich an die Nacht von Dorns Beerdigung.

Da hatte ich Klee trösten wollen. So viel war seit dem geschehen und nun trösteten wir uns gegenseitig.

Jetzt waren wir Blutsgefährten. Dadurch waren wir uns allerdings nicht näher gekommen ... wir waren schon immer so eng miteinander gewesen, weil wir, auch bevor wir wussten, dass wir wahrlich Geschwister waren, uns so geliebt hatten.

Er war mein Bruder und das wird er jetzt auch für immer sein. Egal, was passiert.

Vorsichtig lehnte ich mich zurück, bis ich dem Wolf in die nassen grünen Augen sehen konnte.

»Klee ... ich liebe dich, das weißt du, oder?«

Ein kleines Schluchzen entfuhr dem Rüden, aber er nickte. »Ja, ja, das weiß ich ... warum?«

Ich schluckte schwer. »Und ich werde dich immer lieben. Du wirst für immer mein Bruder sein, egal ob ich ... das Rudel verlasse oder nicht, verstanden?«

Mir wurde die nahe Trennung von uns bewusst.

Bald, nach der Erfüllung meines Schicksals, würde ich gehen und Klee zurücklassen.

Klee wimmerte kurz. Einen Moment sah er auf seine Pfoten, bevor er seinen Blick wieder hob und mir in die Augen sah.

Trauer und Angst spiegelten sich in ihnen.

»Und ich werde dich immer lieben, Silber. Du wirst auf ewig ... meine Schwester sein, egal was geschieht.«

»Egal, was geschieht«, wiederholte ich mit einem traurigen Lächeln.

Diese drei Wörter wirkten wie ein Versprechen zwischen uns. Egal, was geschah, wir würden immer zusammengehören.

»Und egal, was geschieht, wir werden auch nie unsere Vergangenheit vergessen.« Klee sah zur Mulde hinüber. »Unser Wurzeln. Unsere Herkunft.«

Ich nickte bestürzt. Das würden wir nicht. Niemals.

Der gefleckte Rüde seufzte niedergeschlagen. Seine Tränen waren getrocknet. Nun wirkte er nur müde und betroffen.

»Komm«, meinte er zu mir und trottete langsam zum Ausgang. Ich zögerte. Selbst wenn Klee recht hatte, wollte ich immer noch nicht gehen.

Traurig sah ich zur Mulde. Sie war leer. Und das würde sie nun auch auf ewig bleiben. Zumindest für mich.

Sie würde nie wieder mit all den Wölfen gefüllt sein, die einst hier gelebt hatten.

Wie in Zeitlupe wandte ich mich ab, schleppte mich zum Ausgang, an dem Klee auf mich wartete. Wir beide standen nun da, unsere Körper verdeckten die Sonne, sodass der Bau dunkel und einsam aussah.

Aber als wir einen letzten Blick zurückwarfen, konnten wir die Mulde noch einmal sehen.

Plötzlich war sie beleuchtet, von einer unsichtbaren Sonne.

Sie war nicht mehr leer. Vier Wölfe saßen in ihr und sahen uns liebevoll an.

Erstaunt zog ich die Luft ein und auch Klee keuchte ungläubig. Dort saßen wir. Unsere Familie.

Löwe und Nebel und wir selbst, als Welpen.

Alle vier blickten uns mit einem sanften Lächeln an, ihre Augen leuchteten hell und lebendig. Sie erfüllten den Bau mit Leben, mit Wärme, mit Liebe.

Nebels Stimme hallte zärtlich in meinen Ohren. »*Ihr verlasst diesen Bau, aber ihr verlasst nicht eure Familie.«*

»*Wir werden immer bei euch sein*«, versprach unser Vater behutsam.

»*Egal, was geschieht*«, quiekte der Miniatur-Klee mit so einer Weisheit, dass mein Pelz kribbelte.

»*Egal, was geschieht*«, wiederholte mein Welpen-Ich mit einem belustigten Schmunzeln.

Dann verschwanden sie. Die Familie löste sich in Nebel auf, das Licht verblasste und der Bau wurde wieder finster.

Klee und ich sahen uns einfach nur an. Meine Tränen waren nun verschwunden. Genauso wie die von Klee.

Stattdessen machte sich eine tiefe Ruhe in mir breit.

Freude stieg in mir auf. *Sie sind da. Unsere Familie ist da.*

Klee grinste mich wissend an. Er dachte anscheinend das Gleiche. Ich erwiderte sein Grinsen und zusammen verließen wir den Bau. Draußen gingen wir still weiter, bis wir am Unterholz ankamen. Wie auf Befehl blieben wir beide stehen und sahen uns ein letztes Mal um.

Der Bau schien nun in weiter Ferne zu liegen.

Er würde aber immer bei uns sein. In unseren Herzen.

Auf Wiedersehen. Jetzt weiß ich, dass wir uns irgendwann wiedersehen werden. Wir alle.

Acht Tage später wurde ich nervös. Wir wanderten inzwischen über eine weite Hügellandschaft. Nur ein paar Sträucher kreuzten unseren Weg, sonst gab es nichts als kurzes Gras.

Seit drei Tagen folgten wir einem Bach durch die weite Ebene. Und seit wir meinen Geburtsort verlassen hatten, waren Kupfer und Klee leider wieder in ihren schweigsamen Zustand zurückgefallen. Während dem Aufenthalt in meiner früheren Heimat hatte ich gehofft, sie hätte, was auch immer, endlich hinter sich gelassen, doch dem war nicht so.

Seit wir wieder auf dem Weg zum Nachtrudel waren, verhielten sie sich abermals so zurückhaltend.

Bei einer Rast hatte ich versucht, aus Klee herauszubekommen, ob er mit Aurora gesprochen hatte.

Er jedoch hatte das nur verneint und sich zum Schlafen hingelegt. Enttäuscht war ich zu der wolfsähnlichen Hündin getappt und hatte leise mit ihr über Klee geredet.

Sie war weiterhin davon überzeugt, dass der schildpattfarbene Rüde nichts sagte, da es irgendetwas mit dem Ewigen Rudel zu tun hätte. Dennoch hatte ich den gekränkten Blick in ihren Tiefen nicht übersehen.

Seid diesem Abend hatten wir nicht mehr darüber gesprochen. Doch ich hatte mir versprochen, die Sache selbst in die Pfoten zu nehmen, falls Klee sich nicht bald zusammennahm.

Ich wusste, wenn es einmal ausgesprochen war, würde alles leichter werden. Egal, was Klee insgeheim mit sich rum trug.

Aber müsste das nicht auch für Kupfer gelten?

Der goldene Rüde wusste doch, dass er mir alles anvertrauen konnte, oder? Ganz gleich, ob es um das Ewige Rudel ging?

Anscheinend nicht. Denn er schwieg ebenfalls.

Ich habe es probiert., sagte ich mir schließlich. *Wenn sie nicht reden wollen, kann es auch nichts Lebenswichtiges sein. Das würden sie mir sagen.*

Damit hatte ich dieses Thema für mich abgehakt und ließ die beiden schmollen.

Die warme Sonne schien nun auf uns hinab, das Wasser neben uns glitzerte im schönen Sonnenlicht.

Neben mir stieß Aluna zufrieden die Luft aus. »Es ist so schön hier! Wie konnte ich nur annehmen, auf der Welt gibt es nichts, als Schnee und Eis?«

Meine Adoptivtochter schien mir erneut größer geworden zu sein. Nun war sie fast so groß wie ich.

Genauso schien sie immer erwachsener zu werden. Sie verhielt sich nicht mehr, wie das unbeholfene Junge, sondern eher, wie eine reife Schattenläuferin, kurz vor ihrer Ernennung zur Sternenhüterin.

»Ja, die Welt ist groß«, stimmte Lenny der Leopardin zu. »Größer, als du sie dir vorstellen kannst.«

Aluna wedelte aufgeregt mit ihrem langen Schweif.

»Am liebsten würde ich die ganze Welt sehen!«, rief sie begeistert. Ich lachte kurz auf.

»Keine Sorge, wenn wir im Rudel fertig sind, werden wir die Welt erkunden. Versprochen.«

Die Kätzin grinste mich an, ehe sie sich zu Kiro zurückfallen ließ und ihm von ihrer Zukunft erzählte.

Vielleicht kann er mit uns wandern ... er und Aluna sind Freunde, er könnte ruhig mitkommen!

Bevor ich den Gedanken laut aussprechen konnte, folgten wir dem Bach um einen kleinen Hügel herum.

Vor uns erblickte ich nun, hinten am Horizont, den Waldrand. Es gab keine Hügel mehr, die uns die Sicht versperrten, nur noch eine weite, freie Fläche.

Der Bach führte in den Wald hinein, eine steinige Uferböschung löste das Gras am Waldrand ab.

»Hey, wir sind bald wieder im Wald!«, rief ich meinen Freunden zu, die das nahe Ziel natürlich auch entdeckt hatten.

»Endlich!«, rief Korn erleichtert. »Ich dachte schon, dieser Wind reißt mir irgendwann den Pelz vom Leib! Außerdem hat man hier draußen gar keine Deckung. Ich freue mich, wieder von Bäumen umgeben zu sein.«

Es gab zustimmendes Gemurmel.

Ich war da jedoch anderer Meinung. Mir hatte es gefallen, den Wind zu spüren und weit blicken zu können.

»Machen wir ein Wettrennen!«, schlug Lesly eifrig vor. »Wer zuerst am Waldrand ist!«

Sie wartete nicht auf unsere Zustimmung, sondern stürmte sofort los. Einen Moment sahen wir uns alle ratlos an, dann aber fing ich an zu lachen und sauste ihr hinterher.

»Lesly! Na warte, ich krieg´ dich!«

Mein Körper schüttete Adrenalin aus, ich fühlte mich plötzlich unglaublich gut, frei.

Meine Pfoten flogen über das kurze Gras, lachend empfing ich den Wind, der mir ins Gesicht blies.

Die Hündin, nur ein paar Sprünge vor mir, sah über die Schulter. Ihre blauen Augen funkelten vergnügt. »Dazu musst du mich erst einholen!« Sie wandte sich mit einem ausgelassenen Bellen nach vorn und legte noch einen Zahn zu.

Aber das konnte ich auch. Ich trieb meine Beine an, mich noch schneller voranzutragen.

»Ha!« Neben mir flitzte plötzlich eine weiße Gestalt vorbei, mit schwarzen Flecken.

»Aluna!« Entrüstet rief ich nach meiner Tochter, war verblüfft, wie schnell sie war.

Sie hatte die Beine angewinkelt, sauste wie der Wind dahin, während ihr Schwanz hinter ihr her wehte.

Nach ein paar Herzschlägen hatte sie Lesly überholt, die das mit einem überraschten Quieken zur Kenntnis nahm.

»Wir kriegen dich!«, jaulte hinter mir Aurora der Leopardin zu, während ich ihren Schatten bereits vor mir sehen konnte.

Schnell blickte ich über die Schulter. Die große weiße Hündin hatte mich erreicht und lief nun an meiner Seite dahin.

Ich grinste übermütig. »Dafür musst du erstmal *mich* kriegen!« So schnell ich konnte, jagte ich über die grüne Ebene. Hinter mir hörte ich das laute Trommeln der Pfoten meiner Freunde.

Das vermischte sich aber mit dem Dröhnen und Zischen des Windes, der in meinen Ohren pfiff.

Ich schaffte es nach kurzer Zeit tatsächlich, Aurora abzuschütteln und mich an Lesly zu heften.

Ich bin schneller geworden!, dachte ich zufrieden.

»Deine Tochter ist ganz schön schnell!«, heulte die Hündin über die Schulter. Ich schmunzelte und sah zu Aluna, die bereits fast am Waldrand ankam.

»Ja, sie ist sehr schnell!«, stimmte ich ihr über den heulenden Wind zu. Ich grinste belustigt. »Nun bist du wohl nicht mehr die Schnellste aus unserer Gruppe!«

Bei unserem letzten Rennen hatte Lenny gewonnen, doch eigentlich war bekannt, dass Lesly die flinksten Pfoten von uns hatte.

Die Hündin lachte kurz auf. »Mag sein. Dafür aber die Zweitschnellste!«

Sie wandte sich wieder nach vorn und gab nochmal alles.

Doch das Gleiche tat auch ich. Ein letztes Mal spornte ich meinen Körper an, trieb ihn an seine Grenzen.

Das Glücksgefühl in mir, gab mir die Kraft, noch schneller zu laufen. Der Wind peitschte mir ins Gesicht, Tränen stiegen mir in die Augen.

Mein Herz raste, mein Puls stieg in die Höhe, aber ich war glücklich.

Das Adrenalin strömte in jede Faser meines Körpers. Ich jagte mit einem unbeschwerten Heulen über die freie Fläche, hinter Lesly her.

Ich bin vielleicht nicht die Schnellste... aber im Moment

sicher die Glücklichste der Gruppe!

Vor uns erreichte Aluna tatsächlich als Erste den Waldrand. Sie blieb rutschend stehen, jubelte und drehte sich mit leuchtenden Augen zu uns um.

Lesly kam als Zweites bei ihr an, während ich als dritte neben ihnen anhielt.

»Juhu! Ich habe gewonnen!«, jubelte Aluna begeistert.

»Herzlichen Glückwunsch«, bellte ich ehrlich und stupste sie stolz an. Ich musste mich gar nicht mehr runterbeugen, sie war nun fast so groß wie ich.

Aurora traf als Viertes ein, danach stießen die anderen zu uns. »Na, auch schon angekommen? Ich dachte, wir wären fast gleichschnell«, scherzte Aluna, als Kiro mit schwerem Atem neben ihr stehen blieb.

Der Puma grinste bei diesem Kommentar belustigt. »Ich bin da hinten ausgerutscht«, verteidigte er sich.

Kupfer und Klee saßen mit heraushängender Zunge da und keuchten angestrengt.

Lenny lag ausgestreckt auf dem weichen Gras, während Korn sich leicht an seine Gefährtin lehnte.

»Es war anstrengend«, hechelte er. »Aber auch spaßig. Es war toll, wieder die Muskeln zu strecken.« Zur Bestätigung streckte er sich genüsslich.

Gerade wollte ich ihm zustimmen, da fiel mein Blick auf die steinige Uferböschung.

Entsetzt zog ich die Luft ein und versteinerte.

Erinnerungen brachen wie Blitze über mich herein, während ich eine dunkle Öffnung im Fels anstarrte.

Als Kupfer meinen Blick bemerkte, beugte er sich besorgt vor. »Silber? Was ist? Geht es dir nicht gut?«

Ich schüttelte nur den Kopf.

»Was ist los?«, fragte nun auch Klee.

Ich deutete mit einem gespenstischen Kopfnicken neben uns zur Uferböschung.

»Da … da wurden wir gefangen genommen.«

In der Höhle dort.

Mein Gefährte keuchte erschrocken, als würde er sich jetzt ebenfalls erinnern.

Kurz sah er sich die Umgebung an, dann wandte er sich an mich. »Du hast recht! Silber, weißt du, was das bedeutet?«

Ich starrte ihn an und nickte.

»Wir sind bald im Rudel! Es ist nicht mehr weit!«

26. KAPITEL

Wir wanderten noch ein paar Tage, aber mit meiner Aufregung kam es mir vor, wie nur ein paar Herzschläge.

Nun kam mir alles ein wenig vertraut vor, als wäre ich schon einmal in diesem Wald gewesen.

Das war ich auch. Mit Kupfer. Am Anfang unserer Reise.

»Hey, es könnte sein, dass wir Flammes Territorium wieder durchqueren werden«, freute ich mich, als mir der ältere Rüde in Erinnerung kam.

Neben mir lief Kupfer, der bis jetzt stumm geblieben war, entlang. Er starrte mit ausdruckslosem Gesicht nach vorn, reagierte auch nicht auf meine Worte.

Ich seufzte leise. Eigentlich hatte ich geplant, mich von ihrem Verhalten nicht stören zu lassen, doch die Sorge keimte trotzdem stets wieder auf.

»Hey!« Besorgt stupste ich meinen Gefährten an. Dieser zuckte überrascht zusammen, als hätte er geschlafen.

»Was ist denn los mit dir?«, fragte ich flüsternd aber energisch. »Ich habe gerade mit dir geredet! Warum antwortest du nicht?« Kupfer sah mich beschämt an, seine Ohren waren niedergeschlagen angelegt.

»Tut mir leid …«, murmelte er mit einem erschöpften Seufzen. »Ich war nur … in Gedanken.«

Das nahm ich mit einem entnervten Schnauben zur Kenntnis. »In Gedanken bist du und auch Klee, nun wieder seit Tagen! Hundedreck, ich mache mir Sorgen um euch! Euer Verhalten ist nicht das Übliche. Irgendetwas ist doch passiert! Irgendetwas, dass ihr mir verschweigt!«

Wut fing an, in mir zu brodeln. Es verletzte mich, dass mein Gefährte und mein Bruder mir nicht die Wahrheit anvertrauten.

433

Ich hatte versucht, meine Gefühle zu verstecken. Wieder mal. Doch es funktionierte nicht. Diese beiden Rüden waren mir zu wichtig, um sie zu ignorieren. Irgendetwas bekümmerte sie.

»Es ist nichts passiert …«, verteidigte sich der Goldene halbherzig. »Nichts, was … wichtig wäre.«

Er senkte den Blick, aber ich sah noch die Trauer in seinen Augen aufleuchten. Ein Knurren rollte bedrohlich in meiner Kehle. Ich hatte genug. Ich wollte jetzt wissen, was los war!

»Seit ihr den Berg hinabgestürzt seid, benehmt ihr euch so seltsam! Außerdem ist mir sehr wohl bewusst, dass Klee gerade als Letztes läuft, ganz allein.«

Ich musste mich nicht umsehen, um seine Haltung zu beschreiben. So lief er schon seit Tagen.

»Er trottet uns mit hängenden Schultern hinterher, hat den Kopf gesenkt und die Ohren niedergeschlagen angelegt! Und haargenau die gleiche Haltung hast du! Ihr benehmt euch, als hättet ihr Angst, im Rudel anzukommen! Ich will jetzt, beim Ewigen Rudel, wissen, was los ist!«

Eindringlich sah ich meinen Gefährten an, mein Blick brannte sich in sein Gesicht, bis er endlich den Kopf hob und mir in die Augen sah.

Für einen Moment konnte ich ihm in die Seele blicken.

Sie war keine hellgrüne Blumenwiese mehr. Nun ähnelte sie einem giftgrünen Schlachtfeld. Trauer und Wut kämpften heftig miteinander. Niedergeschlagenheit und Reue, Angst und Liebe rangen bitter gegeneinander.

In Kupfer herrschte der reinste Wirbelsturm aus negativen Gefühlen.

Der Wolf seufzte ein weiteres Mal. »Wir haben keine Angst, im Rudel anzukommen …«

»Was ist es dann?«, wollte ich herausfordernd wissen.

Ich sprach zwar die ganze Zeit leise, sodass die anderen hinter uns es nicht mitbekamen, aber meine Stimme war ein wütendes, gereiztes Knurren.

Der Wolfsrüde öffnete das Maul, um zu antworten, dann jedoch schloss er es wieder und atmete laut aus.

»Du wirst es früh genug sehen«, murmelte er so leise, dass ich ihn kaum verstand.

Verwirrt rümpfte ich die Nase. »Was werde ich früh genug sehen? Was ist los?«

Kupfer sah mich entschuldigend an, antwortete aber nicht. Gerade wollte ich zu einem erneuten Knurren ansetzten, da wehte mir eine warme Brise ins Gesicht.

Ich blieb wie versteinert stehen, sodass Aurora beinahe in mich hineingelaufen wäre, die mit Kiro hinter mir lief.

»Silber, was …?« Die Hündin setzte zu einer Frage an, doch ich schnitt ihr aufgeregt das Wort ab: »Wir sind da! Ich erinnere mich an diesen Geruch! Das hier ist die Grenze zu Flammes Territorium!«

Da hob Kupfer den Kopf und schnupperte ebenfalls.

»Du hast recht!«, staunte er mit großen Augen. »Flamme?« Klee hatte zu uns aufgeschlossen. Das erste Mal seit Tagen erschien ein kleines Grinsen auf seinem Gesicht.

»Ich kenne ihn auch. Er hat mir geholfen, als ich dich gesucht habe!« Begeistert sah er mich an.

»Wir müssen ihn unbedingt finden und ihm alles erzählen!« Ich war froh, dass beide Rüden für einen Moment ihre traurige Laune vergessen hatten, weshalb ich schmunzelnd nickte. »Worauf warten wir?«

Ich wandte mich zu unseren Freunden und erklärte ihnen kurz, wer Flamme war.

Dann drehte ich mich zu meinem Bruder und meinem

435

Gefährten. »Gut, nun suchen wir Flamme!«

So laut ich konnte, heulte ich zum blauen Himmel und rannte ins Unterholz.

»Flamme!«, rief ich glücklich in den stillen Wald.

Vor Schreck flatterten Vögel mit schrillen Warnrufen aus den Baumkronen auf, aber ich beachtete sie nicht.

Ich war unglaublich froh und stolz, den alten Einzelwolf wiederzusehen. Bei unserer Verabschiedung hatte ich wirklich nicht damit gerechnet, ihn jemals wiederzutreffen.

»Flamme!« Auch Kupfer jaulte nach unserem Freund.

Hinter mir hörte ich die eiligen Pfotenschritte meiner Freunde, die uns folgten und mitriefen, obwohl sie den Wolfrüden gar nicht kannten.

»Flamme, wir sind es!«, heulte Klee neben mir.

Wir jagten durch das grüne Unterholz, liefen Slalom um die dicht stehenden Bäume, bis wir durch ein Gebüsch brachen und an einem umgestürzten Baum ankamen.

»Sein Bau!«, rief Kupfer aufgeregt, als er den Ort wiedererkannte.

»Aber … Flamme ist nicht da«, stellte Klee enttäuscht fest, als er die Luft geprüft hatte.

»Ich bin hier!« Vor Schreck machte ich einen kleinen Luftsprung, als der große Einzelwolf direkt neben uns aus einem Gebüsch trat.

Er sah irgendwie kleiner aus, als bei unserer letzten Begegnung. Er war zwar weiterhin größer als ich, doch nicht mehr so viel. Das konnte gut daran liegen, dass ich gewachsen war.

Sonst schien er gut genährt. Sein Pelz strahlte im goldenen Sonnenlicht und seine eisblauen Augen leuchteten überrascht, als er die Schar aus Tieren sah, die nun vor ihm stand.

»Na, sieh mal einer an«, bellte er erstaunt. »So viele Gäste hatte ich ja noch nie!« Er schien uns nicht vergessen zu haben.

Er grinste uns an, sein Blick war sanft und freundlich, keine Spur von Ärger oder Aggressivität.

»Wie ich sehe, hast du Silber und Kupfer gefunden, Klee.« Er schmunzelte den schildpattfarbenen Rüden an, dann wanderte sein Blick über die restlichen Vierbeiner hinter uns. »Und wie ich sehe, noch einige mehr.«

»Hallo, Flamme«, begrüße Kupfer den älteren Wolf herzlich. Der Wolf richtete seine Aufmerksamkeit auf meinen Gefährten.

»Hallo, Kupfer. Wie lange ist es her? Ein wenig mehr, als einen Zeitwechsel? Eure Weltreise ging aber schnell«, bemerkte er schelmisch und setzte sich, um sich mit dem Hinterbein am Ohr zu kratzen.

Ich lachte bei diesem Kommentar belustigt auf. »Ja, es gab ein paar Planänderungen. Aber das können wir dir alles erzählen, erstmal, will ich dir unsere Freunde vorstellen.«

Aufmerksam beobachtete Flamme, wie ich ihm jeden einzelnen Gefährten vorstellte.

»Die Geschichten zu ihnen, erfährst du noch«, beruhigte ihn Klee, als ich geendet hatte.

Der Wolf schmunzelte. »Gut, denn ich will unbedingt wissen, wie ihr alle zusammengekommen seid.«

Mit einem auffordernden Schwanzwedeln stand er auf und trottete zu dem umgefallenen Baum.

»Kommt und setzt euch. Ich habe noch etwas Fleisch übrig. Das müsste für uns alle reichen. Während dem Fressen könnt ihr mir alles haargenau berichten.«

Still und leise schlichen meine Freunde uns nach, als wir dem Einzelwolf überschwänglich folgten.

»Ihr braucht keine Angst vor Flamme zu haben«, beruhigte sie Kupfer, der die Stille und Zurückhaltung wohl auch bemerkt hatte. »Er ist sehr nett.«

»Oh, ich bin nicht nur nett«, warf Flamme warnend ein. Mit einem Grinsen fügte er jedoch hinzu: »Aber zu euch bin ich es. Ihr seid … fast schon so etwas wie Freunde.«

Ich grinste erfreut, während ich mitbekam, dass meine Gefährten sich um mich herum ein wenig entspannten.

»Gut, dann setzt euch! Ich hole das Fleisch!«

Mit einem Satz sprang er über den Baumstamm. Während er weg war, fragte Korn leise: »Können wir diesem Alten wirklich trauen? Auf mich macht er einen seltsamen Eindruck.«

Empört von diesen Worten, wollte ich gerade etwas sagen, Klee jedoch kam mir zuvor.

»Er ist ein sehr netter und freundlicher Wolf. An ihm ist nichts auszusetzen. Ihr könnt ihm wahrlich vertrauen.«

Korn nickte leicht, ein wenig von seiner Sorge schien abgefallen. Auch die anderen wirkten ein wenig entspannter.

Trotzdem spürte ich weiterhin, dass sie sich nicht richtig wohl fühlten.

Da kam Flamme schon wieder mit den Resten eines Hirsches um den Baumstamm herum.

Erstaunt spitzte ich die Ohren. Ich war überrascht, dass Flamme allein einen ausgewachsenen Hirsch erlegt hatte.

Der Wolf legte das große Tier vor uns ab. »Bedient euch«, lud er uns mit einem freundlichen Lächeln ein.

Wir alle traten sogleich an die Beute heran. Es war lange her, seit wir das letzte Mal etwas zwischen die Zähne bekommen hatten. Die letzten Tage waren wir nicht Jagen gewesen, da wir bereits so nahe an unserem Ziel waren.

»Flamme«, bellte ich anerkennend, als ich an den Fang trat. »Ich wusste gar nicht, dass du noch einen ausgewachsenen Hirsch erlegen kannst.« Mein schelmischer Unterton entlockte dem alten Wolf ein amüsiertes Auflachen. »Oh, Silber. Ich bin noch nicht ganz so alt, wie ich aussehe.«

Wir beide fingen kurz an, zu lachen, ehe wir uns alle um die Beute verteilten und anfingen zu fressen.

Beim Essen fing ich an, Flamme zu erzählen, was wir nach unserer Begegnung erlebt hatten. Wie wir ins Gefängnis kamen und die Hunde kennengelernt hatten.

»Silber dachte die ganze Zeit, sie wäre tot«, erinnerte sich Lesly belustigt.

»Hey!«, verteidigte ich mich mit einem kleinen Lachen. »Was soll ich denn denken, wenn ich erschossen werde und dann in einem weißen Raum aufwache, der voller Hunde ist?«

Nun konnten wir über diese Geschehnisse lachen. Aber damals waren sie ganz und gar nicht lustig gewesen.

Aurora erzählte Flamme vom Gefängnis, wie lange die Hunde schon eingesperrt gewesen waren und von Ben.

»Ben war auch noch dabei. Er war ein grauer Schäferhund.« Es war offensichtlich, dass Flamme nichts mit diesem Begriff anfangen konnte, genauso wie wir.

Die weiße Hündin sah uns einen Moment an, bevor sie mit einem kleinen Auflachen dem Einzelwolf erklärte: »Er war ein großer, wolfsähnlicher Hund. Mit grauem Fell und braunen Augen.«

Der Rüde nickte verstehend. »Ich kann ihn mir gut vorstellen. Ist er…?«

»Oh, nein!«, rief Lenny laut aus. »Er ist nicht gestorben.«

»Dafür hätte Black mir beinahe das Auge ausgekratzt!«, beschwerte sich Kupfer und zeigte Flamme seine Narbe auf der Wange. Er berichtete kurz, wie er die bekommen hatte, bevor Lenny von unserer Flucht erzählte.

»Es war so aufregend«, erinnerte sich Lesly.

»Wir hatten die Hoffnung aufgegeben ... aber Silber hat sie uns wiedergegeben.« Sie lächelte mich aus tiefstem Herzen an, ich schmunzelte zurück.

»Das überrascht mich nicht«, erwähnte Flamme mit einem Grinsen. »Ich habe schon bemerkt, dass du etwas Besonderes bist.« Ich kniff die Augen fragend zusammen. Misstrauen regte sich leise in mir, als ich das Glitzern in seinen eisblauen Augen beobachtete, während er diesen Satz aussprach.

Wusste er etwas? Über mich?

»Silber und Raven haben sich einen tollen Plan ausgedacht«, fuhr Kupfer fort und erzählte dem großen Wolfsrüden über unseren Fluchtplan.

»Raven hat sich für uns geopfert«, flüsterte ich mit einem niedergeschlagenen Seufzen.

»Dann hat er wirklich ein wahres Herz gehabt«, meinte Flamme aufmunternd. Ich nickte heftig. »Oh ja! Das hatte er!«

Ich berichtete ihm von dem jungen Metallhund und schließlich, wo wir uns wiedergefunden hatten, als wir entkommen waren.

»Ich dachte, wir würden erfrieren!«, kläffte Aurora mit einem Schaudern, der ihr Fell erzittern ließ.

Klee saß neben der Hündin. Meine Augen wurden groß, als ich sah, dass er kaum merklich ein Stück zu ihr rückte, bis sich ihre Pelze berührten, als wollte er sie tatsächlich wärmen.

Daraufhin fuhr Aurora überrascht zusammen, zuckte jedoch nicht zurück.

»Dabei mussten wir uns erstmal die Metallhunde vom Hals schaffen, bevor wir an Kälte denken konnten«, warf Klee ein und zwinkerte der schneeweißen Hündin zu.

Sie grinste, nachdem sie sich von dem Schreck erholt hatte und verdrehte belustigt die Augen.

Ein erleichtertes Leuchten war in ihren Tiefen zu finden, da Klee sich normal verhielt und vielleicht auch, weil er ihr nahe war.

Ein Grinsen stieg in mir auf. Endlich unternahm Klee etwas anderes, als nur traurig zu sein. Schlussendlich schenkte er Aurora die Aufmerksamkeit, die sie verdient hatte.

Ich konnte nur hoffen, dass das auch so blieb.

»Ja, wir mussten sie erst einmal abschütteln«, bestätigte Lenny mit einem Nicken und erzählte, wie wir durch den weißen Wald gerannt waren.

Ich bemerkte, dass Korn, genauso wie Aluna und Kiro gespannt zuhörten. Sie hörten die volle Geschichte in so vielen Einzelheiten ebenfalls zum ersten Mal.

»Aber Black hat uns zum Schluss doch noch eingeholt«, knurrte Lenny abschließend.

»Er wollte uns zurück zum Gefängnis bringen!«, kläffte Klee entrüstet. Es klang wie eine Beschwerde.

»Aber Silber wollte es nicht zulassen«, wandte Kupfer ein und grinste. »Sie hat ihn provoziert und da ist er auf sie losgegangen.«

»Ich bin natürlich ausgewichen«, fügte ich schnell hinzu, als Flamme erschrocken die Augen aufriss.

»Ja!«, stimmte Aurora mir zu. »Und dann ist Black ins Wasser gefallen und eingeschlafen.«

»Oder gestorben«, warf Lenny nachdenklich ein, zuckte aber mit den Schultern, als der Einzelwolf ihn fragend ansah.

»Wir wissen es bis heute nicht. Auch wenn er ziemlich tot aussah, mit seinen aufgesprungenen Augen.«

Flamme verzog bei dieser Vorstellung angewidert das Gesicht.

»Na ja, dann waren wir frei«, erzählte Klee weiter.

»Zumindest einen Tag lang«, meinte Aurora ironisch. »Am Morgen nach unserem erfolgreichen Ausbruch bekamen wir nämlich Besuch von einem Eisbären!«

»Eigentlich könnte man sagen, ist ein Eisbär ein Braunbär, nur in Weiß und noch größer«, erklärte Lenny, nach dem irritierten Blick von Flamme.

»Genau«, stimmte Kupfer Lennys Beschreibung zu und erläuterte dem Wolfsrüden, wie uns die Wölfe des Eisrudels gerettet und wie wir ihnen geholfen hatten.

»Klee wäre beinahe den Pranken dieses Monsters zum Opfer gefallen!«, erinnerte sich Lesly mit einem Schaudern.

»Ja, wenn Silber mich nicht gerettet hätte.« Klee sah mich mit einem Lächeln an, dass nur mir zeigte, wie dankbar er mir dafür war. Ich grinste, ehe Kupfer fortfuhr.

Er erzählte vom Eisrudel und von dem Verrat, den ich aufgedeckt hatte. »Schatten wurde verbannt, doch es gab trotzdem einen furchtbaren Kampf!«

„Bei dem *du* beinahe gestorben wärst!«, erinnerte ich ihn mit einem Schaudern.

»Ich bin von einer Klippe gestürzt, als ein Plan nicht ganz so gelaufen ist, wie er laufen sollte.«

»Doch schließlich wurde Schatten besiegt und Frieden ist wieder eingekehrt. Flieder wacht nun über ihre Gefährten«, endete Korn mit einem wehmütigen Lächeln, als er sich an seine ehemaligen Rudelgefährten erinnerte.

Keiner hatte bis jetzt etwas über Tropfen gesagt. Ich entschied, dass das so bleiben sollte.

Trotz seines Verrates wollte ich ihn als einen treuen Freund, der einfach nur durch eine Lüge unsagbar verletzt wurde, in Erinnerung behalten.

»Unsere Aufgabe war erfüllt und wir traten den Rückweg

zum Rudel an«, berichtete ich weiter.

»Ben ist beim Eisrudel geblieben. Er hat sein Zuhause dort gefunden«, beendete Aurora Bens Geschichte. Flamme nickte daraufhin verstehend.

»Und ich bin mit ihnen gegangen«, berichtete Korn weiter. Danach erzählte ich dem gespannt lauschenden Einzelwolf, was auf unserer Reise bis hierher dann geschehen war.

Alles, von der gestandenen Liebe zu Kupfer, bis zu Kiro, der sich uns angeschlossen hatte, obwohl Klee ungewollt seinen Vater getötet hatte.

Von Aluna über die freudige Nachricht, dass Lesly und Korn nun zusammen waren, bis zu dem schrecklichen Geschehnis an dem Bergkamm, als ich dachte, mein Leben verloren zu haben.

Ich erläuterte ihm alles, bis auf das Detail, dass Klee mein Bruder war. Auch wenn ich Flamme alles bis ins Kleinste berichtete, würde ich ihm das nicht sagen.

Das blieb Klees und mein Geheimnis. Solange, bis wir beide beschlossen, es laut auszusprechen.

»Das ist ja dann ein Wunder, dass ihr überlebt habt!«, bellte Flamme eindrucksvoll, als ich von dem grauenhaften Unfall erzählte.

Neben mir merkte ich, wie Klee schwer schluckte. »Nun ja … wir hatten eben Glück.«

Kupfer stimmte dem einfach mit einem Nicken zu, ohne etwas zu sagen. Plötzlich entstand eine peinliche Stille, die allein durch das Vogelgezwitscher gestört wurde.

Verwundert sah ich erst Klee und dann Kupfer an.

Beide blickten zu Boden, als hätten sie etwas verbrochen. Innerlich seufzte ich. *Ich weiß, dass etwas ganz und gar nicht in Ordnung ist ...*

»Wir sind immer weiter der Sonne nach, bis wir schließlich

hier ankamen«, endete Aluna, die damit gleichzeitig auch die bedrückende Stille unterbrach und auch zum ersten Mal gesprochen hatte. Flamme atmete tief ein, als hätte er einen langen Lauf hinter sich. Seine blauen Augen leuchteten beeindruckt auf, als er seinen Blick über uns alle schweifen ließ.

»Ich bin wirklich total fassungslos ... sprachlos. Ihr alle habt so viel durchgemacht ... einen so langen Marsch hinter euch ... das ist einfach unglaublich.«

Bei seinen Worten musste ich grinsen.

Ja ... unser Leben ist ganz schön anders, als das von normalen Wölfen ...

Aber mir wurde bewusst, dass ich es mochte. Ich mochte es, anders zu sein. Anders zu denken, zu handeln, als andere. Egal ob Rudel - oder Einzelwolf.

Flamme erhob sich auf die Pfoten und sah zum dunkler werdenden Himmel. Als ich seinem Blick folgte, überraschte der Anblick mich. Die Sterne waren längst am Himmelszelt auszumachen, selbst wenn die Sonne noch lange Schatten auf uns warf.

»Wir haben so lange geredet, da ist es kein Wunder, dass die Nacht bereits anbricht«, murmelte Flamme mit einem Gähnen.

Etwas lauter fügte er hinzu: »Ihr hattet so einen langen Weg vor euch und nun seid ihr fast am Ziel. Bitte, ruht euch heute Nacht in meinem Bau aus. Ohne, dass irgendjemand Wache hält. Hier kann euch nichts passieren. Ihr könnt alle durchschlafen und so lange bleiben, wie ihr wollt.«

Das Angebot nahmen wir alle dankbar an, doch wir alle - Flamme eingeschlossen - wussten, dass wir nur bis zum Morgen bleiben würden.

Meine Freunde schleppten sich mit müden Gesichtern in den großen Bau des Einzelwolfes, wünschten jedem eine gute

Nacht und verschwanden im Dunkeln.

Nach kurzer Zeit saßen nur noch Klee, Kupfer und ich bei Flamme. Der ältere Rüde grinste uns drei so herzlich an, als wären wir seine wiedergefundene Familie.

»Ich bin wirklich froh, euch wiederzusehen«, gab er aufrichtig zu. »Und übrigens«, er grinste noch breiter, als sein leuchtender Blick auf Kupfer und mich fiel.

»Ich habe schon bei unserer ersten Begegnung gewusst, dass ihr beide Gefährten werdet. Auch wenn ihr zwei es vielleicht nicht bemerkt habt; jeder hat sofort gemerkt, dass ihr euch liebt.« Auf Kupfers Gesicht erschien ein belustigtes Lächeln.

»Und bei dir habe ich gewusst, dass du Silber finden wirst«, fügte er an Klee gewandt hinzu.

Mein Bruder sah den Älteren verwundert an. »Woher?«

Flamme lachte leise auf. »Du hättest nicht aufgegeben. Das habe ich in deinen Augen gesehen.«

Der jüngere Wolf sah skeptisch drein, woraufhin Flamme hinzufügte: »Ich bin alt, ja, aber meine Augen sind immer noch so scharf, wie die eines Adlers. Außerdem gewinnt man mit dem Alter auch an Weisheit und Erfahrung, was sich als doch ganz nützlich erweist.«

Wir alle kicherten amüsierte, ehe Flamme wieder ernst wurde und auf uns drei hinabsah.

Seine Augen leuchteten glücklich und sanft.

»Selbst, wenn ich euch erst einmal zuvor gesehen habe, habe ich euch irgendwie vermisst. So eine außergewöhnliche Gesellschaft hatte ich noch nie.«

Ich schmunzelte ebenso aufrichtig. »Wir haben dich auch vermisst, Flamme. Du warst so nett zu uns.«

»Du hast uns sehr geholfen«, fügte Klee dankbar hinzu.

Der Einzelwolf verneigte sich mit einem liebevollen Grinsen

vor uns. »Das habe ich gerne getan.«

Ich lächelte glücklich. Flamme war wie der Großvater, den ich nie hatte. Er sorgte sich um uns, freute sich, wenn wir da waren und hatte immer passende Ratschläge.

Neben mir gähnte Klee ausgiebig. »Ich glaube, wir sollten auch schlafen gehen. Es war ein langer Tag.«

Kupfer stimmte ihm mit einem stummen Nicken zu, während ich Flamme dankte. »Du bist wirklich gut zu uns allen und das ist nicht selbstverständlich.«

Der ältere Einzelwolf lachte amüsiert auf. »Natürlich ist das selbstverständlich! Das sollte es zumindest sein. Wer würde euch denn verjagen wollen?«

Bei dieser Frage schoss mir sofort eine Antwort durch den Kopf. *Das Nachrudel ...*

Schlagartig verkrampfte sich mein Magen und mir wurde klar, dass wir in wenigen Tagen im Rudel ankommen würden.

In wenigen Sonnenaufgängen würde ich Eisblitz und Brise wiedersehen. Und den Rest des Rudels.

Maus, Distel, Stern, Blume, Fluss, Sonne, Licht, Falke ... wie werden sie reagieren?

Seit meinem Verschwinden war inzwischen eine so lange Zeit vergangen.

Suchen sie vielleicht immer noch nach uns?

»Da würden mir schon einige einfallen«, antwortete Klee mit einem enttäuschten Seufzen. Sein grüner Blick begegnete meinem. Er dachte dasselbe, wie ich.

»Dann verdient euch das Rudel nicht.« Erschrocken blickte ich auf, als Flamme diesen Satz aussprach.

Auch Kupfer und mein Bruder schauten verwirrt drein. Der Einzelwolf grinste amüsiert. »Silber, du hast mir doch erzählt, dass ihr euch vom Nachtrudel losgesagt habt und als freie

Wölfe leben wolltet. Nun seid ihr jedoch zurück. Daraus schließe ich, dass ihr zurück zum Rudel wollt, richtig?«

Ich nickte, erstaunt, dass er sich noch an unsere Vergangenheit erinnerte.

»Ja … die Dinge haben sich geändert … wir müssen ihnen helfen.«

Flamme nickte kurz, schaute aber skeptisch.

Ich seufzte laut. So würde er es niemals verstehen. Ich sah an seinem Blick, dass er nicht begreifen konnte, warum wir unsere Freiheit wieder aufgaben … für Wölfe, die uns nicht verdient hatten …

»Eigentlich begann alles mit meiner Geburt…«, fing ich an zu berichten. Überrascht spitzten die Rüden um mich herum die Ohren, als sie begriffen, was ich erzählen wollte.

Mein Verstand hatte diese Entscheidung eigentlich gar nicht getroffen, sondern mein Herz. Ich vertraute Flamme.

Ich fand es richtig, dass er die ganze Wahrheit erfuhr. Wenn auch nur, um mein Leben, unseren Entschluss, zu verstehen.

»Nebel hat mich besucht … sie erzählte mir, ich hätte ein mächtiges Schicksal …«

Während ich sprach, blickte ich auf das weiche Gras zu meinen Pfoten.

»Erst habe ich mich gegen diese Bindung zwischen dem Rudel und mir gewehrt, deshalb bin ich mit Kupfer weggegangen. Um ein freies Leben zu führen und keines, was von anderen vorherbestimmt worden ist. Ich wollte um jeden Preis frei und das sein, was meine Mutter war: eine Einzelwölfin.«

Meine Pfoten kneteten das saftige Gras. Es fühlte sich so schön weich und warm an. Die dicken Grashalme verschwammen jedoch vor meinen Augen und wichen den Szenen meines Lebens, als ich sie aussprach.

»Natürlich hat mein Schicksal mich auf dieser Reise die ganze Zeit über begleitet. Es war immer in meinem Hinterkopf. Irgendwann wurde mir einfach klar, dass ich nicht vor ihm davonlaufen kann.«

Das mit Natura erzählte ich ihm nicht. Ich wusste nicht, ob er mir überhaupt glauben würde, dass die Natur selbst mich dazu gebracht hatte, meine Entscheidung zu fällen.

Ich sah auf und blickte Kupfer an. »Ich war so froh, als du mir deine Liebe gestanden und gesagt hast, dass du mir folgst.«

Kupfer lächelte sanft. »Hey, das ist unser Plan. Nach dem Ganzen sind wir sowieso wieder frei, also gewinne ich doch nur.«

Ich nickte belustigt. »Ja, das sind wir. Und diesen Plan verfolgen wir jetzt.«

Flamme neigte erneut den Kopf. Diesmal leuchtete tiefes Verstehen in seinen eisigen Augen.

»Und du?«, fragte er dann an Klee gewandt. Mein Bruder zuckte verwundert zusammen, anscheinend hatte er nicht damit gerechnet, angesprochen zu werden.

Er schien aus einer Art Starre zu erwachen, als wäre er während meiner Erzählung in einer anderen Welt gewesen.

Der Wolf blinzelte verwirrt, aber ich entdeckte noch den traurigen Schimmer, der über seinen Augen lag, bevor er ihn schnell wegblinzelte.

»Ich? Äh … ich werde beim Rudel bleiben.« Bei seinen nächsten Worten stockte er schwer. »Ich … bin ein … geborener Rudelwolf.« Er sprach den Satz aus, als würde er an dessen Worten ersticken.

Doch zum Glück schien Flamme ihm zu glauben.

Er sog tief die kühler werdende Luft ein. »Ich denke, wir sollten jetzt wirklich auch schlafen. Ich fühle mich geehrt, deine ganze Geschichte hören zu dürfen, Silber.«

Mit einem sanften Lächeln neigte er den Kopf vor mir.

Ich grinste, woraufhin wir in den dunklen Bau trotteten. Drinnen war der Boden noch immer mit Moos bedeckt, sodass wir uns überall hinlegen konnten.

Kupfer, Klee und ich ließen uns aber in der hintersten Ecke, bei unseren Gefährten, die dort zusammengedrängt lagen, nieder. Die Freunde schliefen bereits alle tief und fest.

»Flamme, leg dich doch auch zu uns«, lud ich den Einzelwolf ein, der vor uns stand und auf uns hinabsah.

Auch wenn ich es in der Dunkelheit, die hier im Bau herrschte, nicht sehen konnte, wusste ich, dass er lächelte.

»Wenn das in Ordnung ist.«

»Na klar!«, flüsterte Klee einladend und nickte neben sich auf das freie Moos.

Langsam kam der Einzelwolf näher und legte sich still neben meinen Bruder.

»Gute Nacht«, flüsterte ich in die Runde.

»Schlaft gut«, bellte Kupfer leise.

»Träumt etwas Schönes«, hauchte auch Flamme.

»Bis morgen früh«, verabschiedete sich Klee.

Meine Freunde legten die Köpfe auf die Pfoten und schlossen die Augen, sodass die leuchtenden Glühwürmchen erloschen, die mich zuvor noch angesehen hatten.

Von draußen durchflutete das silberne Mondlicht den Eingang und nächtliche Geräusche ersetzten das tägliche Beuterascheln. Ich lauschte einer kreischenden Eule, während ich zwischen Kupfer und Klee gekuschelt langsam den Kopf auf die Pfoten legte und die Augen schloss.

»Silber?« Eine Pfote schleuderte mich aus der erholsamen

Finsternis. Erschrocken riss ich die Augen auf und hob ruckartig den Kopf. Blinzelnd sah ich mich um, zu einem Warnschrei das Maul bereits geöffnet.

»Silber, ich bin es!« Vor mir erkannte ich die glühenden Augen Flammes. Der Rüde hatte mich so unerwartet aus dem Tiefschlaf gerissen, dass ich ganz entsetzt gewesen war.

Irritiert sah ich den Einzelwolf an. Es war noch dunkel, die Nacht beherrschte weiterhin den Wald.

Warum weckte Flamme mich dann?

»Ich muss mit dir reden.« Seine tiefe Stimme klang drängend, seine Augen leuchteten besorgt. »Draußen.«

Ehe ich antwortete, bewegte sich Flamme bereits auf den Eingang zu.

Immer noch verwundert stand ich leise auf und folgte dem Wolfsrüden ins Mondlicht hinaus.

Eine nächtliche Brise empfing mich, die mich wachrüttelte. »Was ist los?«, wollte ich sofort wissen, als sich Flamme neben den umgefallenen Baum setzte.

Der helle Mond schien auf uns hinab, lange Schatten bewegten sich um uns herum, im Dunkeln der Bäume.

Unzählige Sterne leuchteten am Nachthimmel, während eine Nachtigall über unseren Köpfen ihr Lied sang.

»Du hast mir doch gestern Abend deine Geschichte erzählt«, fing der Ältere ernst an. Ich nickte unsicher.

Angst verknotete meinen Magen zu einem schmerzhaften Knoten. Mein Pelz stellte sich schaudernd auf, als ich in die eisigen Tiefen des Rüden blickte.

Was, beim Ewigen Rudel, ist los?

Flamme seufzte. »Ich hatte eben einen Traum.«

Mir lief es eiskalt den Rücken runter. Hatte das Ewige Rudel ihn besucht? Wenn ja, wieso?

»Mond ... ich meine Nebel - ich weiß nun, wie sie wirklich heißt - hat mich besucht.« Er sprach die Worte aus, als würde er sie selbst nicht glauben. »Sie stand einfach nur vor mir und hat mich angelächelt. Wie damals ...«

Er schluckte schwer, um die aufsteigende Trauer zurückzuhalten, die bei der Erinnerung an seine beste Freundin aufkam.

Sein gequälter Blick richtete sich auf mich. »Sie hat mich gebeten, dir bei der Erfüllung deines Schicksals zu helfen. Sie wollte, dass ich mit euch gehe.«

Ich hielt gespannt den Atem an. Meine Mutter hatte ihren besten Freund - einen Einzelwolf - gefragt, ob er mir half?

»Was hast du gesagt?«, fragte ich flüsternd in der dunklen Stille. Die Nachtigall hatte aufgehört zu singen, der Wind war verschwunden. Um uns herum war es totenstill.

Als würde der ganze Wald die Antwort des Wolfes hören wollen. Tränen stiegen dem älteren Rüden in die Augen.

»Ich habe ihr gesagt, dass sie sich keine Sorgen machen soll. Dass ich ihre Tochter mit meinem Leben beschützen werde.«

Am nächsten Morgen wachten wir alle ziemlich früh auf. Die Sonne lugte gerade erst verschlafen durch die Bäume, da lagen wir schon vor Flammes Bau und aßen die Reste des Hirsches vom Vorabend.

Nach dem kurzen Gespräch mit Flamme war ich schnell wieder eingeschlafen. Diese neue Veränderung hatte mir keine zusätzlichen Sorgen auferlegt.

Ich freute mich, dass Flamme mitkam. Dass Nebel ihn besucht und darum gebeten hatte.

Mir war klar, dass der ältere Einzelwolf seiner ehemaligen besten Freundin helfen wollte. Egal bei was.

Das konnte er ruhig tun. Umso mehr Krallen auf unserer

Seite kämpften, umso größer wurden die Chancen, diesen Kampf zu gewinnen.

Bei unserem frühen Mahl erklärte ich meinen Gefährten, was in der letzten Nacht geschehen war.

Einen Moment hatte ich Bedenken, dass meine Gruppe den älteren Rüden vielleicht nicht mitnehmen wollte, aber sie empfingen Flamme mit herzlichen Worten.

Nach dem Fressen machten wir uns sogleich auf den Weg. Auf dem Gebiet des Einzelwolfes übernahm er die Führung, als wir jedoch die Grenze überschritten, ließ er sich zurückfallen.

Klee, Kupfer und ich gingen nun vorne und führten unsere Gefährten an.

Die Sonne strich nur langsam über den Himmel, der Tag zog sich in die Länge. Das konnte gut daran liegen, dass meine beiden Flankenwächter keinen Mucks von sich gaben.

Sie starrten auf unseren Weg, so konzentriert, als müssten sie ihre ganze Kraft aufwenden, um nicht laut loszuheulen, oder zu fliehen. Aus welchem Grund auch immer. Ich wusste, dass irgendetwas ganz und gar nicht in Ordnung war.

Es ist wegen dem Rudel ... das spüre ich! Sie sind so seltsam, weil wir dem Rudel immer näher kommen. Aber warum?

Klee kam nach Hause und Kupfer wollte mir in diesen Abschnitt meines Lebens folgen. Oder etwa doch nicht?

Hatte er seine Meinung geändert und verhielt sich deshalb so komisch? Bei diesem Gedanken schluckte ich schwer.

Ich musste mich bemühen, meinen Pelz nicht zittern zu lassen. *Nein! Kupfer hat sich entschieden ... und wenn doch, dann würde er es mir sagen. Er kann seine Meinung nicht geändert haben ...*

Und Klee? Benahm er sich so, weil er nun wusste, dass das Rudel nicht sein Geburtsort war?

In naher Zukunft würde ich darauf leider keine Antwort bekommen. Mit einem Seufzen ließ ich diese Überlegungen bleiben und konzentrierte mich auf unseren Weg.

Ein paar Tage später war es soweit. Ich erkannte die Umgebung wieder, die Bäume und Büsche kamen mir merkwürdig bekannt vor.

Die Sonne stand hoch am Himmel, ergoss ihre hellen Strahlen in einem warmen Gold auf uns hinab und sprenkelte den Wald in Licht und Schatten.

Die Vögel zwitscherten ihr unbeschwertes Lied in den Kronen der Bäume, während das Unterholz verräterisch raschelte. Mein Herz schlug immer schneller, umso weiter wir kamen. Ich konnte nicht glauben, dass wir gleich zurück sein würden. Dass ich in kurzer Zeit die weidersehen würde, die ich eigentlich hatte verlassen wollen.

»Ich erkenne alles wieder!«, flüsterte Klee neben mir erstaunt, als hätte er jetzt erst bemerkt, wie nah wir der Grenze des Rudels wirklich waren.

Hinter mir hörte ich Flamme kläffen: »Ich bin echt gespannt, wie das Rudel auf uns reagieren wird.«

Kiro antwortete ihm mit einem besorgten Unterton in der Stimme: »Ich hoffe, freundlich. Nach den Erzählungen her sind sie ja nicht so gut auf Fremde zu sprechen.«

Ein Knurren drohte aus meiner Kehle zu springen. Ich musste mich bemühen, es zurückzuhalten.

Ich war wütend, weil ich wusste, dass Kiro recht hatte.

Die Rudelwölfe mochten Fremde nicht. Sie mochten keine Wölfe, die nicht im Rudel geboren wurden.

Und ich bringe gerade vier unterschiedliche Tierarten mit ...

Natürlich würde das Rudel erst abstoßend reagieren.

Aber ich hoffte auf Eisblitz. Der Mondwächter würde uns

willkommen heißen, weil ich seine Ziehtochter war und weil das Leben seines Rudels von uns abhing. Von mir.

Da fegte mir auf einmal ein starker Wind entgegen, der die Sträucher um uns herum erzittern ließ und uns das Fell zerzauste. Ich blieb so abrupt stehen, dass Aluna in mich hineinstolperte. Vor uns gurgelte ein kleiner Bach durch den Wald.

Das leise Gurgeln erfüllte meine Ohren, es wurde so laut, dass es schmerzte. Mein Herz schlug wild gegen meine Brust, während ich den kleinen Bach anstarrte.

Ich erinnerte mich daran, wie Kupfer und ich dieses Wasser getrunken hatten; wie ich zum ersten Mal den Geschmack der Freiheit genossen hatte.

Mein Pelz stellte sich auf, ein schwerer Knoten bildete sich in meinem Magen.

Klee sprach aus, was ich dachte: »Wir sind da.«

Wir hatten das Rudel erreicht. Wir waren zurückgekehrt.

27. KAPITEL

Einer nach dem anderen sprangen wir über den Bach. Als meine Pfoten das Gras berührten, schluckte ich schwer.

Mir war es, als würde ich unerlaubt fremdes Gebiet betreten. Mein Pelz zuckte unangenehm, als wir langsam und leise in das Territorium des Rudels eindrangen.

Neben mir zog Kupfer tief die Luft ein. »Ich erinnere mich noch genau, wie wir hier langgegangen sind.«

Ich nickte stumm. Diesmal war ich diejenige, die nicht sprach. Mein Magen hatte sich zu einem schmerzhaften, eisigen Klumpen verkrampft. Mir war schlecht vor Angst.

Ich hatte Angst vor dem Rudel. Vor ihrer Reaktion.

Wie würden sie reagieren, wenn sie mich nach so langer Zeit wiedersahen? Was würden sie denken? Was sollte ich ihnen sagen, falls sie fragten, warum ich zurückgekehrt war?

Wieso war ich zu Wölfen zurückgegangen, die froh darüber waren, dass ich weg war?

»Ich fühle mich, wie ein Eindringling«, gab Klee an meiner anderen Seite unsicher zu. »Es ist so seltsam, wieder hier zu sein.«

Bedrückt sah er sich um, als wäre ihm die Umgebung fremd. Anscheinend fühlte er sich genauso fehl am Platz, wie ich.

Plötzlich knackte ein Zweig irgendwo neben uns im Unterholz. Vor Schreck sprang ich in die Höhe.

Zu meinem Pech war es lediglich eine kleine Maus, die nun mit lautem Quieken vor uns flüchtete.

»Ganz ruhig, Silber«, meinte Korn leichthin hinter mir. »Das war nur eine Maus.«

Ich atmete erleichtert aus und setzte meinen Weg zum Lager des Nachtrudels fort. Überall konnte ich Spuren von Wölfen erschnüffeln. Aber sie waren mir alle fremd geworden. Keinen Geruch konnte ich einem bekannten Gesicht zuordnen.

Steif und vollends konzentriert darauf, nicht von einem Rudelwolf überrascht zu werden, schlichen wir durch den Wald, bis wir einen Hang erklommen.

»Die Blumenwiese!«, rief Kupfer verblüfft aus, als wir an seinem Ende auf das bunte Meer aus Blüten blickten.

»Hier sind wir langgegangen«, erinnerte er sich mit einem verträumten Lächeln. »Hier hat unsere Reise angefangen.«

»Und hier endet sie«, fügte ich mit einem Seufzen hinzu. Ich konnte es nicht glauben. Ich konnte nicht glauben, dass wir tatsächlich hier waren.

Am liebsten hätte ich mich sofort wieder umgedreht und wäre geflüchtet in meine Freiheit.

Doch das ging nicht. Ich hatte mein Schicksal angenommen, nun musste ich es auch durchziehen.

Mit steifer Haltung stolzierte ich durch das Blumenmeer, ignorierte die Erinnerungen, die dabei aufkamen.

Meine Freunde folgten mir wortlos. Sie spürten meine Anspannung und hatten selbst Angst. Gleich würden sie einem ganzen Rudel schutzlos ausgeliefert sein.

Mein Herz schlug hart gegen meine Brust, als wir erneut in den Wald eintauchten. Die gesamte Zeit waren meine Ohren konzentriert gespitzt, um ja kein Geräusch zu verpassen.

Irgendwann hörte ich ein schmerzhaft bekanntes Rauschen. »Der Wasserfall!", flüsterte Klee erstaunt, als hätte er ihn vergessen. Sogleich glitt mein Blick zu meinem Gefährten.

Dort sind wir uns zum ersten Mal begegnet ... dort habe ich ihm das Jagen beigebracht ... dort haben wir uns kennen gelernt ...

Anscheinend schien Kupfer das Gleiche zu denken, denn er

sah mich mit einem liebevollen Lächeln an, ohne dass er bemerkt hatte, dass ich ihn auch anschaute.

Ich war erleichtert, dass die beiden Rüden nun wieder ein wenig normaler wirkten. Ich brauchte sie an meiner Seite, nur so hielt ich diese Anspannung in mir aus.

»Das ist ein großer Wasserfall!«, hörte ich Aluna staunend ausrufen, als wir den Fluss erreichten.

Das Wasser stürzte sich von den Felsen hinab in den sprudelnden Flusslauf. Weiße Gischt befeuchtete die Luft, indes bespritzten uns kleine Wassertröpfchen.

Der Wasserfall dröhnte laut in unseren Ohren. Aber mir stockte nur der Atem, als hunderte von verschütteten Erinnerungen in mir hochkamen …

Ich bin in den Wasserfall gestürzt … wenn Kupfer mich nicht gerettet hätte, wäre ich ertrunken.

Mein Blick schoss zu einem ganz bestimmten Busch, an der Uferböschung. *Dort hat sich Kupfer vor dem Rudel versteckt …*

Ich wusste nicht genau, was ich in diesem Moment fühlte.

Wut, über die Rudelwölfe, Angst vor ihnen, aber auch Freude und Trauer mischten sich zu einem unglaublich unangenehmen Gefühl, was meinen gesamten Körper einzunehmen schien. Es breitete sich von meinem krampfenden Magen bis zu meinen Krallen aus.

Neben mir nahm Klee einen langen, bedächtigen Atemzug, nachdem wir die Kulisse ein paar Herzschläge bewundert hatten. »Dann lasst uns gehen. Der Fluss ist nicht tief, wir können hindurchwaten.« Der Rüde trat zum Wasser.

Mir war, als würde ich mich in einem Traum bewegen. Das Ganze hier kam mir auf einmal so unrealistisch vor.

Aber es ist real. Ich bin wirklich hier.

Langsam folgte ich meinem Bruder, der sich eine geeignete

Stelle zur Überquerung suchte und dann die Böschung hinuntersprang. Auf dem kleinen Kiesstreifen hielt er an, um sich zu uns umzublicken.

Nach einander gesellten wir uns zu ihm, bevor wir gemeinsam durch das kühle Wasser wateten.

Es war eine sehr wohlige Erfrischung, das kalte Nass an meinen Beinen und meinem Bauch zu spüren.

Es entspannte mich für den Augenblick.

Am anderen Ufer angekommen, schüttelten wir uns das Wasser aus dem Fell, ehe wir weitergingen.

Nun erkannte ich jeden Baum und jeden Strauch wieder.

Wir kamen dem Lager immer näher.

Bis jetzt hatte uns jedoch noch kein Trupp erwischt.

Freuen konnte ich mich darüber allerdings nicht. Ich war total verkrampft. Mir war so übel, als hätte ich einen Tritt in den Magen bekommen.

Meinen Gefährten schien es ähnlich zu gehen. Klee und Kupfer starrten hartnäckig geradeaus, aber ihre Ohren zuckten bei jedem kleinsten Geräusch.

Hinter mir vernahm ich atemlose Stille. Wir alle waren angespannt, da uns bewusst war, was jeden Moment geschehen könnte.

Da knackte irgendwo vor uns ein Zweig. Wir alle blieben ruckartig stehen, hielten den Atem an, als eine Elster mit einem panischen Schrei weit vor uns aufstob und in den Bäumen verschwand.

»Hundedreck, ich bin auf einen Ast getreten!«, zischte eine weibliche Stimme verärgert.

Mein Herz setzte einen Schlag aus, als ich Sonnes Stimme erkannte. Mein Blut dröhnte nun so laut in meinen Ohren, dass ich mir sicher war, die Rudelwölfe müssten es hören.

»Wir sollten zurück. Heute fangen wir sowieso nichts mehr«, brummte eine weitere Stimme. *Oh nein! Maus!*

Innerlich verfluchte ich das Ewige Rudel. Dieser räudige Rüde sollte nicht das erste Gesicht sein, das ich wiedersah!

»Wir haben doch noch gar nicht viel gefangen«, widersprach eine dritte Stimme. Mir wurde eiskalt, als ich Brise erkannte.

Brise, meine Ziehmutter, die bestimmt krank vor Sorge gewesen war.

Jetzt stand sie nur wenige Sprünge von mir entfernt, ohne es zu wissen.

Da drehte auf einmal der Wind. Als hätte das Ewige Rudel es veranlasst, blies er nun dem kleinen Trupp genau unseren Geruch entgegen. Ehe ich reagieren konnte, vernahm ich ein scharfes, ungläubiges Lufteinziehen von vorn.

»Riecht ihr das?«, fragte Brise erschüttert.

»Ja, ganz viele Gerüche, die hier nicht hingehören«, knurrte Maus alarmiert.

»Nein, nein!«, winkte Brise ab. »Ich … ich rieche Silber!«

Sonne versuchte, es ihr sogleich auszureden. »Nein, Brise, das kann nicht …«

Die Büsche vor uns raschelten schon, ehe die Sternenhüterin ihren Satz zu Ende führen konnte.

»Silber?« Vor uns erklangen laute, hoffnungsvolle Rufe.

»Silber!« Da brach Brise aus dem Unterholz.

Als sie uns sah, versteinerte sie zu Eis. Sie hatte gehofft, *mich* zu treffen, aber nicht eine ganze Gruppe von Tieren, unterschiedlichster Art.

»Hallo«, begrüßte Kupfer die Cremefarbene mit einem schiefen, peinlich berührten Grinsen.

Entsetzt und völlig fassungslos starrte sie uns an.

Ich wusste nicht, was ich sagen oder tun sollte.

Doch da kamen auch Sonne und Maus angelaufen.

»Brise, was ist denn …« Der Satz der goldgelben Hüterin endete in einem schockierten Keuchen.

Maus schien ebenfalls überrascht. Der graue Rüde war älter geworden, größer. Als Erstes fiel mir allerdings an ihm auf, dass sich die Verletzung an der Wange, die ich ihm zugefügt hatte, in eine blasse Narbe verwandelt hatte.

Das hat er verdient., dachte ich bitter.

Starke Muskeln zeichneten sich unter seinem gepflegten Pelz ab. Er hatte breite Schultern bekommen und eine ziemlich aggressive Ausstrahlung. Wie er da stand. Mit hoch erhobenem Haupt starrte er auf uns hinab, als wären wir nervige Zecken, die er am liebsten sofort aus seinem Pelz reißen wollte.

»Silber …« Meine Ziehmutter sah mich ungläubig an. Ihre Augen geweitet, ihr Pelz aufgestellt. Sie, genauso wie Sonne hatten sich nicht verändert.

»Silber! Du bist zurück!« Mit einem überglücklichen Jaulen kam sie angesprungen und schmiegte sich so fest an mich, dass ich einen Schritt nach hinten stolperte.

»Du bist wieder da …«, schluchzte die Wölfin an meinem Nacken. »Ich dachte, ich würde dich nie wiedersehen …«

Ich war erstarrt. Für einen Augenblick wusste ich nicht, wie ich auf diese überschwängliche Begrüßung reagieren sollte. Nach ein paar Herzschlägen stammelte ich unbeholfen: »Jetzt … bin ich ja wieder da ...«

Die Wölfin löste sich von mir. Tränen schimmerten in ihren gelben Augen. Bevor sie aber etwas sagen konnte, sprang Maus vor und fletschte drohend die Zähne.

»Wer sind die?«, fragte er, ohne den Blick von meinen Freunden zu nehmen. »Was haben all diese Tiere hier zu suchen?«

Auch Brise und Sonne schauten nun hinter mich.

Wut brodelte in mir auf, als ich Maus´ zorniges Gesicht sah. Das letzte Mal als ich ihn gesehen hatte, hatte er versucht, mich zu töten.

Das war im Moment jedoch nicht wichtig.

»Das sind meine Freunde«, beantwortete ich ihm die Frage mit einer bestimmten Schärfe in der Stimme.

Maus ließ seine gelben Augen glühend über jeden Einzelnen von ihnen wandern.

Sonne mischte sich ein, um die peinliche Stille zu unterbrechen. Sie bellte aufmunternd: »Stellt euch doch einfach vor. Oh, ich bin so aufgeregt! Ihr seid wieder da! Ihr seid wirklich wieder da!« Ihre Augen leuchteten glücklich.

»Blume wird sich so sehr freuen!«, meinte Brise an Klee gewandt. Ich spürte, wie mein Bruder zusammenzuckte.

Sie alle glaubten, Klee wäre Blumes Welpe. Allein er und ich wussten die Wahrheit.

Klee nickte bloß mit einem kleinen Lächeln.

»Also«, ergriff ich das Wort und fing an, meine Freunde vorzustellen. »Es ist so viel passiert«, endete ich mit einem erschöpften Seufzen.

Sonne und Brise nickten meinen Freunden freundlich zu. »Ich bin euch so dankbar, dass ihr Silber und Klee begleitet habt und ich bin glücklich, euch im Rudel willkommen zu - «

»Was wollt ihr alle hier?« Maus hasserfülltes Knurren schnitt Brise das Wort ab. Er sah mit so viel Abscheu auf uns, dass ich mich zurückhalten musste, ihn nicht anzugreifen.

Mit so einem Hass in den Augen starrte er mir direkt in die Augen und als ich seinen Blick wütend erwiderte, blaffte er: »Was wollen vier Einzelwölfe, drei räudige Hunde, ein Schneeleopard und ein Puma hier? Der Einzige, der zu uns gehört, ist

Klee!« Wieder zuckte Klee zusammen, diesmal so heftig, als hätte Maus ihn geschlagen. Und das hatte er. Er hatte uns alle geschlagen.

Empört fing Kupfer an zu knurren, hinter mir kam Bewegung in die Gruppe.

Klee trat zornig vor und stieß dem Rudelwolf sein Gesicht entgegen. »Wage es nicht, so über uns zu reden, du räudiges Stück Dreck! All die Tiere hinter mir haben es tausendmal mehr verdient, hier zu sein, als du!«

Maus schien dieses Knurren kein bisschen einzuschüchtern. Er baute sich vor Klee auf, sah nun fast aus, wie ein grauer Bär.

Mit lauter, rauer Stimme knurrte er mit gebleckten Zähnen: »Wie kannst du es wagen, so mit dem *Krallenmondwolf* des Nachtrudels zu sprechen?!«

Ein zufriedenes Grinsen erschien auf Maus´ Gesicht, als er sah, wie sich Klees Miene veränderte.

Von zornig zu zutiefst geschockt.

Mir klappte die Kinnlade herunter. Ehe ich jedoch etwas fragen konnte, mischte sich Sonne erneut ein: »Wie wäre es, wenn wir zum Lager gehen? Eisblitz und das ganze Rudel werden so froh sein, euch alle zu sehen!«

Sie versuchte, die angespannte Situation zu entschärfen, doch dafür war es zu spät.

»Du bist kein Krallenmondwolf!« Mit einem zornigen, verzweifelten Jaulen warf Klee sich auf Maus.

Die beiden stürzten zu Boden. Ich kannte Klee. Auf diese Weise wollte er seiner Wut freien Lauf lassen.

Seiner Wut auf Maus, auf Blume, auf das gesamte Rudel.

Diese Wut kam mit dem Wiedersehen dieser Wölfe hoch, und zwar brennendheiß.

Bloß selbst ich, die diesen grauen Übeltäter liebend gerne

gebissen hätte, wusste, dass das falsch war.

Die zwei Rüden rollten auf dem Gras herum, knurrend und kreischend. Sonne und Brise versuchten, die beiden auseinanderzuzerren, doch Klee wirbelte vor Wut.

Er riss sich aus Brises Biss, die ihn aufhalten wollte und mochte Maus schlagen und beißen. Dieser wich jedoch jedem Schlag leicht aus. Klee konzentrierte sich nicht. Er ließ seiner Wut die Kontrolle über seinen Körper. Er dachte nicht nach.

»Klee!« Mein Schrei zerriss die Luft. Ich schreckte vor mir selbst zurück, da ich nicht gewusst hatte, so eine laute Stimme zu besitzen.

Da breitete sich in mir allerdings eine innere Ruhe aus und ich wusste, woher die Stärke wirklich kam.

Sogleich erstarrte Klee.

Schwer atmend drehte er sich zu mir um.

»Ich weiß, Maus mag uns nicht. Genauso, wie wir ihn nicht mögen. Aber wir dürfen nicht gegen unsere Verbündeten kämpfen.« Klee sah mich fassungslos an. »Verbündete? Silber, er hat versucht, dich umzubringen!«

Nach diesen Worten herrschte um uns herum für ein paar Augenblicke peinliches Schweigen.

Ich seufzte. Ja, das wusste ich. Und ja, ich hasste Maus dafür. Trotzdem durften wir nicht den gleichen Fehler begehen, wie er. Uns nicht provozieren lassen.

»Das ist eine Lüge!«, rief Maus etwas zu spät aus. »Wir haben nicht - «

Brise ließ ihn nicht ausreden. Eine für mich unbekannte Bestimmtheit, die keinen Widerspruch duldete, lag in ihrer Stimme: »Wir gehen zum Lager. Alles andere bereden wir später. Nun werden wir erstmal die freudige Nachricht überbringen. Maus, bleib hier und sammel die Beute ein, die wir gefangen haben.« Maus bekam große Augen. »Nein, Brise! Ich bin der - «

»Ich bin die Anführerin dieses Trupps, also tust du, was ich dir sage!« Sie versuchte nun gar nicht mehr, ihren Zorn auf den mächtigen Wolf zu verbergen.

Brummend, wie ein beleidigter Schattenläufer, entfernte sich Maus.

Erleichtert stieß ich die Luft aus.

»Danke«, flüsterte ich. Meine Ziehmutter nickte knapp.

»Kommt. Es gibt viel zu berichten!«

Sonne führte uns durch den Wald. Stille lag über der Gruppe, ich wusste, wie meine Freunde sich fühlten.

Es war seltsam von zwei fremden Wölfinnen in ein Lager gebracht zu werden, in dem möglicherweise noch mehr Wölfe warteten, die sich wie Maus verhielten.

Brise lief neben mir, ihre Augen strahlten glücklich, während sie mit uns in schnellen Schritten durchs Unterholz trabte.

»Oh, wie Eisblitz sich freuen wird!«, bellte sich nach einer Weile. »Wie *ich* mich freue!«

Liebevoll sah sie mich an. »Du warst so lange weg ...«

Ich nickte. »Ich weiß. Es gibt wirklich viel zu erzählen.«

Da drangen Geräusche an mein Ohr. Stimmen.

Das Nachtrudel.

Mit vor Anspannung zitternden Beinen, schreckte ich zusammen, als Brise den Kopf hob und laut heulte.

Dann brachen wir schon durch die Zweige und ich fand mich an der Senke wieder.

Erschrocken wirbelten die Wölfe in ihr zu uns herum.

»Silber!«, jaulte Falke, der am Rand des Lagers stand, völlig entgeistert. Er sah älter aus, genauso wie alle anderen auch.

»Silber?« Ungläubig kamen noch mehr Wölfe aus den Bauen

geeilt, um zu schauen, was los war. Ich entdeckte Nacht, Krähe, Licht und Dämmerung, die voller Verblüffung zu uns hoch starrten.

Stern und Distel blickten mit offenen Mäulern zu uns, während Schnee und Wolke versteinerten.

Sie alle schauten fassungslos zu uns empor.

Brise trat an die Anhöhe und jaulte: »Meine Freunde! Silber und Klee sind mit vielen Freunden endlich zurückgekehrt!«

Langsam kam Bewegung in die erstarrten Rudelwölfe.

»Silber und Klee!«

»Sie sind tatsächlich wieder da!«

Die Wölfe trabten mit lauten Begrüßungen auf uns zu.

»Willkommen zurück!«

»Wo wart ihr die ganze Zeit?«

»Das ist ja wirklich unglaublich!«

»Wir dachten, ihr seid tot!«

Die Menge drängte sich um uns und schloss uns in einem Kreis aus Rudelwölfen ein.

»Oh, Klee!« Neben mir schmiegte sich Blume erleichtert an ihren falschen Sohn, der es mit einem beklommenen Gesichtsausdruck hinnahm. Aus seinem Blick konnte ich lesen, dass er sich später mit Blume unterhalten würde.

»Ihr seid es wirklich!«

»Es ist so schön, euch wiederzusehen!«

Ich hatte nicht erwartet, so freundlich begrüßt zu werden. Die Rudelwölfe schienen ehrlich erleichtert, Klee und mich wiederzusehen. Aber ich vernahm auch verwirrtes Gemurmel.

»Wer sind die anderen?«

»Woher kommen sie?«

»Warum sind sie hier?«

Da jedoch verstummte die Menge schlagartig.

Ich wollte schon fragen, was geschehen war, da öffnete sich eine Lücke und Eisblitz trat vor.

Seine Augen schimmerten wegen den zurückhaltenden Tränen. Seine Miene war ungläubig verzerrt.

»Silber ...« Seine Stimme brach, als er genau vor mir zum Stehen kam. Mir war bewusst, dass nun alle Augenpaare auf mir ruhten.

»Silber ... du bist zurückgekehrt ...« Der Mondwächter konnte nicht weiterreden. Stattdessen drückte er sich fest an mich, den Blicken seiner Gefährten bewusst.

Auch ich presste mich an ihn, atmete seinen vertrauten Duft ein. Selbst wenn ich das Rudel hasste, es war unglaublich schön, wieder bei Eisblitz und Brise zu sein. Mir wurde klar, dass ich sie wirklich vermisst hatte.

Als der stattliche Wolf sich von mir löste, lächelte er so friedlich und liebevoll, wie noch nie zuvor.

»Ich wusste, du kommst zurück«, hauchte er, sodass nur ich es hören konnte. Ich schmunzelte schüchtern zur Antwort.

Ich habe es ehrlichgesagt zuerst nicht gewusst ...

Eisblitz räusperte sich, um seine feste Stimme zu finden.

»Silber und Klee sind zurückgekommen! Und sie haben, wie es scheint, viele treue Freunde mitgebracht!«

Den Rest des Tages verbrachten wir damit, dem Rudel zu erklären, was geschehen war.

Wir saßen in der Senke, einige Wölfe hatten uns Fressen gebracht, und erzählten den gespannt lauschenden Zuhörern, was in dem letzten Zeitwechsel passiert war.

Natürlich nur das Gröbste - über das Gefängnis; wir erwähnten kurz unseren Aufenthalt im Eisrudel; unsere Wanderung bis hier her.

Einzelheiten würde ich allein mit Eisblitz besprechen.

Mich überraschte jedoch, dass mir beinahe alle Rudelmitglieder ehrlich interessiert lauschten.

Als hätten sie wirklich Interesse an mir. *So viel Aufmerksamkeit habe ich vor meiner Reise nie bekommen.*

»Aber … warum bist du überhaupt gegangen?«, fragte Blatt, eine neue Schattenläuferin neugierig, als ich geendet hatte.

Ich starrte die hellbraun – gold getupfte Wölfin an und wusste nicht, was ich antworten sollte.

Warum war ich gegangen?

Weil ich das Rudel hasste. Weil Maus, Stern und Distel mich töten wollten. Weil der Ruf der Freiheit stärker gewesen war. Weil ich eine Einzelwölfin war. Weil Klee mich verlassen hatte. Weil Nebel mich geheilt hatte.

Das konnte ich ihnen jedoch nicht sagen. Ich konnte ihnen nicht die Wahrheit anvertrauen, außerdem wäre das gar nicht die Wahrheit.

Die wäre nämlich, dass ich zum Teil eine Rudelwölfin bin. Dass ich die rechtmäßige Mondwächterin, nach Eisblitz bin.

Und definitiv nicht Maus.

Als ich den mächtigen Wolfsrüden so neben Eisblitz sitzen sah, wünschte ich mir fast, ich würde dieses Amt annehmen.

Dann wäre das Rudel wenigstens vor einer brutalen Herrschaft geschützt. *Wenn es bis dahin überlebt …*

Erstmal mussten wir diesen Kampf überstehen.

Die plötzliche Stille um mich herum, ließ mich aufschrecken. Ich hatte ganz vergessen, dass Blatt mich etwas gefragt hatte.

»Äh … warum ich das Rudel verlassen habe …« Verzweifelt suchte ich nach den richtigen Worten. Vergebens.

Mir fiel nichts ein, außer der Wahrheit.

Und die konnte ich nicht sagen.

»Ihr war es einfach zu viel.« Klee erhob neben mir die Stimme. So traurig und zerbrechlich, als wäre jemand gestorben. Langsam hob mein Bruder den Kopf und ließ seinen Blick über die vielen Wölfe schweifen, die nun alle ihn anschauten.

»Der Tod von Dorn ... die Tatsache, dass sie anders war, als ihr Rudelwölfe ...«

Mir fiel sofort auf, dass er sich nicht zu den Rudelwölfen hinzuzählte.

»Die tägliche Verachtung, die ihr von einigen von euch erbracht wurde ...« Seine Augen richteten sich mit unterdrücktem Zorn auf Stern, Distel und Maus.

Dann richtete sich sein Blick jedoch auf mich. Unglaubliche Trauer las ich aus ihnen.

»Du hast das Rudel verlassen, weil du anders warst. Weil du glaubtest, nicht dazuzugehören. Das ist aber falsch!« Der letzte Satz richtete sich klar und deutlich an alle Umstehenden.

»Silber gehört zu uns. Sowie Kupfer und Flamme, genauso, wie Aurora und Lenny, wie jeder andere auch.«

Verwundertes Gemurmel erhob sich, das allerdings von Klees Worten erstickt wurde.

»Ein Rudel ist keine Gruppe, die Fremde ausschließt. Ein Rudel ist keine Gemeinschaft, die niemand anderen hineinlässt. Ein Rudel, unser Nachtrudel, *jedes Rudel*, einerlei, welchen Namen es trägt, sollte eine Familie sein. Eine Familie, die wachsen kann, ganz gleich mit welchem Blut! Ob es nun Einzelwölfe, Hunde, Pumas oder Schneeleoparden sind ... das ist doch ganz egal! Nicht unser Blut ist es, das uns zu den Tieren macht, die wir sind, sondern unsere Entscheidungen, unsere Persönlichkeiten! Ein Rudel – eine wahre Familie - sollte das wissen und jeden aufnehmen!«

Schweigen.

Alle starrten Klee an. Manche unsicher, andere dagegen so, als hätte mein Bruder ihnen mit dieser ausgesprochen reifen Rede die Augen geöffnet.

Er sollte der Krallenmondwolf sein... nicht Maus!

»Deshalb hat Silber das Rudel verlassen!«, rief Klee wütend. »Weil ihr *keine* Familie seid!«

Stille, die sich in die Länge zog.

Mit aufsteigendem Stolz blickte ich Klee an, der meinen Blick entschlossen erwiderte.

Ich konnte sehen, dass er es satt hatte. Er wollte das Rudel verändern. Es offener für Fremde machen, weil auch er in Wahrheit ein Fremder war.

»Klee hat recht«, stimmte Eisblitz dem jungen Rüden zu und trat an seine Seite. »Wir sollten über unsere Blutlinien hinausblicken können.«

Sein dunkelblauer Blick schweifte zu mir. »Silber, komm bitte in meinen Bau.«

An das immer noch stumme Rudel gerichtet, bellte er: »Legt euch schlafen. Der Tag ist gleich vorüber und ihr alle braucht Kraft. Bald werden wir über Klees Worte sprechen, das verspreche ich euch.« Sein letzter Satz klang beinahe wie eine Drohung.

Langsam verteilten sich die Rudelwölfe. Konzentriert, mit erschütterten Gesichtern, als wären sie durch Klees kleine Rede aus einem Alptraum erwacht.

Blume und Distel eilten zu Klee, der sie mit einem ernsten Blick begrüßte. »Mutter …« Es fiel ihm schwer, dieses eine Wort auszusprechen. »Ich muss mit dir reden.«

Blume schien verwirrt von der Ernsthaftigkeit ihres vorgegaukelten Sohnes, nickte aber rasch und folgte Klee die

Senke hinauf in den Wald.

Distel blickte ihnen verwundert nach.

»Sollen wir mitkommen?«, fragte Kupfer mich leise, als Eisblitz in seinem Bau verschwand. Ich überlegte einen Moment.

»Nein.« Ich schüttelte den Kopf. »Legt euch auch hin. Ich schaffe das schon. Ihr könnt im Schattenläuferbau schlafen. Ich glaube, da müsste genug Platz sein.«

Kupfer nickte ernst, beugte sich aber vor und leckte mir sanft über die Wange. »Ich weiß, es ist schwer, wieder hier zu sein«, flüsterte er mitfühlend. »Aber ...«

Er unterbrach sich, schloss kurz die Augen, ehe er sie wieder öffnete und mit zutiefst ernstem und traurigem Blick bellte: »Egal, was passiert, einerlei ... wo ich bin ... ich werde immer bei dir sein. Das musst du wissen.«

Ich lächelte erleichtert. Ganz bewusst ignorierte ich seinen betrübten Ton und die glitzernden Augen, die Tränen zurückhalten sollten.

»Danke, Kupfer«, hauchte ich genauso leise. »Und das weiß ich. Da brauchst du dir keine Sorgen zu machen.«

Nach einem sanften Schmunzeln wandte ich mich ab und tappte in den Bau meines Ziehvaters.

Drinnen war es dunkel. Die Sonne war bereits fast ganz verschwunden, was die Schatten hier noch finsterer machte.

Eisblitz saß in seiner Mulde. Seine dunkelblauen Augen leuchteten trotz des wenigen Lichtes hell und klar.

»Silber, du weißt gar nicht, welche Angst ich hatte«, fing der Wolf plötzlich an, als wolle er mich ausschimpfen.

»Ich dachte, ich sehe dich nie mehr wieder. Ich dachte ...«
Seine Stimme brach. Die Mauer aus Ernsthaftigkeit und Gelassenheit eines Anführers bröckelte bei meinem bloßen Anblick.

»Ich dachte, wir würden alle sterben«, beendete er seinen Satz mit rauer Stimme.

Ich wurde seltsamerweise nicht wütend, da er zuerst an das Rudel dachte. Es war ... verständlich.

»Natürlich wollte ich dich nicht nur wegen deinem Schicksal zurück!«, rief Eisblitz, als hätte ich ihm das unterstellt.

»Ich wollte, dass du zurückkehrst, weil ich dich liebe. Weil *wir* dich lieben, Silber, Brise und ich. Du bist unsere Tochter. Du gehörst zu uns. Egal, was meine Rudelmitglieder denken. Familie ... ist doch das Wichtigste.«

Ja ... Familie ist das Wichtigste., stimmte ich ihm im Stillen zu. Bevor ich es laut aussprechen konnte, berichtete Eisblitz jedoch schon mit einem dunklen Knurren: »Die Zerstörung hat schon begonnen. Vor ein paar Monden haben wir Geräusche gehört, die weit hinter den Grenzen von Taubes Rudel ihren Ursprung hatten. Aber ich bin hingegangen.«

Seine Augen verdunkelten sich. »Dort sind Nachtfürchter, mit Ungeheuern, die die Bäume töten. Sie kommen immer näher und zerstören den Wald. Bis jetzt sind sie noch keine Bedrohung für uns, aber sie arbeiten sich mit jedem Tag weiter an unsere Reviere heran. Wir müssen einen Plan ausklügeln. Doch erst erkläre mir bitte, warum du doch noch zurückgekommen bist. Denn ehrlichgesagt hätte ich beinahe die Hoffnung aufgegeben.«

Erschrocken, dass der Kampf doch schon so nahe war, sah ich ihn an. *Das war aber zu erwarten. Diese Schlacht kommt, egal zu welchem Zeitpunkt. Früher oder später. Leider ist es nun bereits früher.*

Allerdings verdrängte ich den Gedanken an den Kampf und konzentrierte mich auf meine Geschichte.

»Ich wollte mein Schicksal nicht annehmen«, erklärte ich

ihm ehrlich. »Ich wollte euch nicht retten.«

Eisblitz nickte bedächtig, als hätte er sich das schon gedacht. »Dazu gab es zu viele Wölfe, die dich verletzt haben«, murmelte er verstehend.

Ich nickte leicht, erleichtert, dass er mich endlich verstanden hatte. Eisblitz fügte hinzu: »Ehrlichgesagt hätte ich es akzeptiert und verstanden, hättest du dein freies Leben gewählt. Es wäre in Ordnung gewesen.« Er sah mich fest an.

»Eltern wollen nur, dass ihr Welpe glücklich ist. Und genau das wollen wir für dich.«

Ein Kloß bildete sich bei diesen warmen Worten beinahe in meinem Hals. »Danke, für dein Verständnis«, hauchte ich.

Der Rüde nickte leicht, woraufhin ich mich räusperte und sprach: »Ich bin vor meiner Bestimmung geflohen, so lange, bis ... bis mir jemand die Augen geöffnet hat.«

Der Anführer bekam große Augen, sagte aber nichts. Ich erklärte ihm nun all das, was ich eben nicht gesagt hatte.

Wie Natura mir geholfen hatte, meine Entscheidung zu treffen, wer sie überhaupt war.

Die Einzelheiten unserer langen Reise, die Besuche vom Ewigen Rudel. Zum Schluss meiner Erzählung fragte ich jedoch prompt: »Warum bitte schön ist Maus Beta?! Du weißt doch, wie er ist!«

Eisblitz seufzte nach ein paar Herzschlägen, in denen er offenbar meine Worte verarbeitet hatte.

»Ja, ich weiß. Er mag keine Fremden, keine Veränderungen. Er war gemein zu dir und wollte dich, wie ich gehört habe, anscheinend auch töten, aber ... du warst fort. Fels ist gestorben und Maus ... er war sein Sohn. Er ist ein starker und kluger Wolf. Er würde für dieses Rudel alles tun. Eine gute Wahl für einen Krallenmondwolf.«

»Eine gute Wahl?«, wiederholte ich empört. »Und, nein. Er würde für dein Rudel nicht alles tun! Denn er heißt uns ja noch nicht mal willkommen! Außerdem hat er versucht, mich zu töten! Du hast einen Wolf zu deinem Krallenmondwolf gemacht, der deine eigene Tochter töten wollte! Nur, weil er zu hundedumm ist, um zu begreifen, dass Einzelwölfe nicht so sind, wie er denkt! Sie sind sogar die Erbauer aller Rudel! Ohne Einzelwölfe, die sich zusammengeschlossen haben, würde es euch gar nicht geben! Warum versteht ihr das nicht?!« Wütend atmete ich tief durch, um mich zu beruhigen. Eisblitz hatte mit seiner Wahl, einen großen Fehler begannen.

Der weiße Rüde stieß die Luft aus.

»Du warst nicht da«, bellte er abermals. »Wenn ihr geblieben wärt, wäre alles anders gekommen.«

Erneut stieg Zorn in mir auf.

»Ach, also ist das jetzt unsere Schuld?!«

Sogleich schüttelte Eisblitz wild den Kopf. »Nein, nein! Natürlich nicht! Aber es gab keine Zeugen, wegen dem Angriff. Maus, Distel und Stern haben eine ganz andere Geschichte erzählt, als der Schauplatz des Kampfes uns gezeigt hat. Wir konnten nichts tun, als ihnen zu vertrauen. Damit ist die Sache in Vergessenheit geraten und als Fels dann gestorben ist ...« Er brauchte den Satz nicht zu beenden.

Doch ich ließ dieses Thema nicht fallen. »Ernenne Klee zu deinem Krallenmondwolf«, forderte ich mit fester Stimme.

Überrascht riss Eisblitz die Augen auf. »Klee? Was ... warum?«

»Warum?!«, wiederholte ich entrüstet. »Hast du seine Rede da draußen gerade nicht mitbekommen? Er ist auf dieser Reise von uns allen am meisten gewachsen. Er ist alt genug und ein viel besserer, fairerer Krallenmondwolf, als Maus es jemals sein könnte!«

Der Mondwächter starrte mich eine Weile lang an. Als er jedoch schließlich sprach, stachelten diese Worte meine Wut nur noch mehr an. »Ich kann Maus nicht einfach absetzen. Dafür muss es einen richtigen Grund geben. Mir ist bewusst, wie eure persönliche Lage zueinander ist, doch deswegen kann ich ihn nicht ersetzen. Und was deine versuchte Ermordung angeht: Wir werden nach dem Kampf darüber sprechen und das ein für alle mal klären, versprochen.«

Ich wollte widersprechen, aber Eisblitz kam mir zuvor: »Wir können jetzt nicht über diese Angelegenheit diskutieren, Silber. Das Einzige, was im Moment zählt, ist, dass du wieder da bist.«

Ich seufzte. Anscheinend musste ich mich damit abfinden, dass ich nun nicht mehr entscheiden konnte, was getan wurde.

Ja, ich habe meine Freiheit aufgegeben.

»Na schön«, brummte ich widerwillig.

»Wir müssen uns auf diesen Kampf vorbereiten«, kläffte Eisblitz bestimmt. »Nun bist du hier, das heißt, wir können diese Schlacht gewinnen. Das ist die beste Nachricht, seit über einem Zeitwechsel.«

Ich schnaubte belustigt, sagte aber nichts. Der majestätische Wolf blickte mich fest an. »Ich bin sehr stolz auf dich.«

Dieser Satz hatte nichts mit der Planung eines Gefechtes zu tun, was mich aufhorchen ließ.

Eisblitz beugte sich vor, bis seine Nasenspitze meine beinahe berührte. Seine dunkelblauen Augen bohrten sich in meine.

Verständnis und unglaublicher Stolz konnte ich nun in ihnen ausmachen. »Ich weiß, dass du deine Freiheit aufgeben musst, um uns zu helfen. Mir ist klar, wie schwer das für dich sein muss. Es trotzdem zu tun, ist wahrlich ehrenhaft von dir. Wäre ich an deiner Stelle, ich wäre mir nicht sicher, ob ich tatsächlich zurückgekehrt wäre. Diese Tat zeigt, dass du stark und bereit bist, Opfer zu bringen, für das, was du für richtig hältst. Dass du das Wohl anderer, über dein eigenes stellst, selbst, wenn du weißt, dass sie das eigentlich nicht verdient haben. Wenn Maus irgendetwas zustoßen würde, würde ich *dich* als Krallenmondwolf wählen und nicht Klee.«

Wir hatten den Schlachtplan nach hinten geschoben. Seit unserer Ankunft im Nachtrudel war nun ein halber Mond vergangen. Eisblitz berichtete uns stets, was bei den Menschen vorging, doch seltsamerweise schienen sie mit ihrer Zerstörung nicht fortzufahren. Sie waren zwar noch immer da, wohnten in seltsamen eckigen Unterschlüpfen, jedoch beschädigten sie keine Bäume mehr.

Mein Ziehvater hatte schon die Hoffnung, dass es eventuell gar keinen Kampf geben würde, doch diesen aufkommenden Funken hatte ich sofort gelöscht.

Natürlich würde es eine Schlacht geben. Gegen die Menschen. Für unser aller Überleben. Das war mein Schicksal. Selbstverständlich würde es kommen.

Vielleicht hatten wir Glück und diese Auseinandersetzung würde noch ein bisschen in der Zukunft liegen, allerdings war diese Schlacht unausweichlich.

Nun aber lag ich in meiner Schlafkuhle. Der Mond durchflutete den großen Bau, seine eisigen Strahlen blendeten mich.

Als ich die Augen öffnete, konnte ich beinahe glauben, der letzte Zeitwechsel wäre nur ein Traum gewesen.

Bis ich den Kopf hob und die vertrauten Fellhaufen in den Schatten um mich herum erblickte.

Ein glückliches Lächeln stieg auf meinem Gesicht auf. *Das*

war kein Traum. Alles ist so passiert.

Diesen Gedanken hatte ich jedes Mal, wenn ich hier aufwachte. Immer glaubte ich, unsere gemeinsame Reise wäre nur ein Traum gewesen. Denn stets wachte ich dort auf, wo ich früher, vor unserem Abenteuer, geschlafen hatte.

Jedes Mal war ich überglücklich, festzustellen, dass es nicht so war. Neben mir blinzelte Klee verschlafen, als hätte ich ihn durch mein bloßes Aufwachen geweckt.

»Guten Morgen«, murmelte er leise. Sorge erdrückte die Freude in mir, als ich meinen Bruder musterte.

Wir hatten seit unserer Ankunft nicht mehr viel miteinander geredet, weil Klee sich ziemlich in die Pflichten eines Sternenhüters gesteigert hatte. Kurz nach unserer Ankunft hatte Eisblitz ihn zum Sternenhüter ernannt, wodurch er nun ein vollwertiges Mitglied dieses Rudels war.

Deshalb packte er nun jede Gelegenheit, dem Nachtrudel zu zeigen, was für ein treuer und verlässlicher Rudelgefährte er war. Aber ich wusste, dass er mit Blume geredet hatte.

Er wollte ihr mit seinen Taten aus dem Weg gehen und ihr zugleich zeigen, dass er ein genauso guter Rudelwolf sein konnte, wie jeder Rudelgeborene auch.

Das alles hatte Klee mir nie gesagt. Ich spürte es einfach. Über die Unterhaltung mit Blume hatte ich mich jedoch noch nicht mit ihm austauschen können.

Jetzt lag er eingesunken da, sein Blick trüb und nachdenklich. Plötzlich erinnerte ich mich an die Nächte, in denen wir vor dem Bau gesessen und geredet hatten.

Leise stand ich auf. »Komm«, flüsterte ich und nickte zum Ausgang. Klee legte verwirrt den Kopf schief.

»Warum sollten wir …«

»Komm einfach!«, drängte ich ihn und schlich zum Eingang.

Ich musste mich nicht umdrehen, um zu wissen, dass Klee mir folgte. Er würde mir immer folgen, das wusste ich nun.

Vor dem Bau, in der Senke, die in silbernem Mondschein gebadet wurde, blieb ich stehen und setzte mich. Alles war still, der Wald selber schlief.

»Erinnerst du dich?«, fragte ich leise, als ich spürte, wie sich der Rüde neben mir niederließ. Mein Blick blieb am Himmelszelt, das durch die Baumkronen allerdings beinahe komplett verdeckt wurde. Doch durch ein paar offene Stellen im Geflecht konnte ich die Sterne sehen.

Klee flüsterte verdutzt: »An was soll ich mich erinnern?«

Er klang genervt.

Mit einem Knoten im Bauch schoss mein Blick zu ihm.

»An die Male, wo wir hier draußen gesessen und uns unterhalten haben«, antwortete ich verwundert über seinen Ton.

Klee starrte mich an, dann ließ er den Blick beschämt auf seine Pfoten senken und seufzte.

»Das weiß ich doch ... tut mir leid ... es ist nur ... ich habe mit Blume geredet.«

Ich nickte knapp. »Deshalb habe ich dich hier rausgeführt. Damit wir endlich reden können. Das wird nach diesen Wochen wirklich Zeit.«

Ich beugte mich vor, sodass er mir in die Augen sah, und fügte hinzu: »Von Bruder zu Schwester.«

Fast schon verzweifelt kniff der Wolfsrüde die Augen zusammen und krümmte sich, als hätte ich ihm mit diesen Worten das Herz herausgerissen.

Fest drückte ich mich an ihn, um ihn zu stützen, bei was auch immer gerade in ihm vorging.

»Klee, du kannst mir alles sagen«, flüsterte ich sanft.

Der Schildpattfarbene atmete hektisch, als hätten ihn meine

Worte nur noch mehr verängstigt.

»Dieser Ort weckt einfach so viele Erinnerungen …«, stammelte er traurig. »So viele *falsche* Erinnerungen!«

Ich zog tief die frische Nachtluft ein. »Ja, ich weiß«, seufzte ich verstehend. Klee versteinerte bei meinen Worten zu Eis.

Verwirrt sah ich ihn an. Er starrte vor sich, hatte den Atem angehalten.

Gerade wollte ich schon fragen, was los war, als er die Augen schloss und tief und gemächlich weiter atmete.

Langsam wurde ich wütend. Die ganze Zeit benahmen Klee und auch Kupfer sich seltsam. Eine richtige Antwort bekam ich nie, wenn ich fragte.

Und dieses seltsame Verhalten zog sich jetzt schon zu lange hin, als dass es einfach etwas Vergängliches wäre oder ich es noch weiter schönreden konnte.

»Klee, ich frage dich jetzt ein weiteres Mal und ich will, dass du mir die Wahrheit sagst: Was. Ist. Mit. Euch. Los? Seit eurem Sturz seid ihr nicht mehr dieselben! Zurückgezogen, nachdenklich, traurig, manchmal, ja, sogar verzweifelt. Irgendetwas ist bei diesem Sturz passiert und ich will jetzt endlich wissen, was!«

Ich ließ meine Stimme leise zischen, jedoch klang eine bestimmende Schärfe mit.

Mein Bruder atmete weiterhin ruhig durch, seine Lider aber waren geschlossen, als zwang er sich, sich zu beruhigen.

Er antwortete eine lange Zeit nicht. Als ich schon glaubte, er habe meine Forderung überhört, öffnete er schlagartig die Augen.

Ich blinzelte ein einziges Mal und plötzlich saß Kupfer da, wo Klee gerade noch gewesen war.

Völlig irritiert starrte ich ihn an, als mein Gefährte mich mit leuchtenden Augen ansah und mir endlich die Wahrheit sagte: »Ich werde sterben.«

28. KAPITEL

Mit einem entsetzten Schrei sprang ich auf die Pfoten. Vollkommen verstört wirbelte ich um meine eigene Achse, um zu verstehen, wo ich war.

Grelles Licht blendete mich. Während ich mich um mich selbst drehte, wurde mir schwindelig.

Mit hektischem Atem ließ ich mich in meine Mulde fallen.

Ganz ruhig versuchte ich durchzuatmen und klar zu sehen. Ich lag im Bau, Morgenlicht flutete den Innenraum.

Die Kuhlen um mich herum waren alle leer.

Ich war die Einzige in der Erdhöhle.

Erleichtert seufzte ich. Mein Fell legte sich langsam wieder an meinen Körper, während ich dankbar in mich zusammenfiel.

Es war ein Traum. Es war nur ein Traum!

Ich dankte dem Ewigen Rudel dafür.

Keiner der beiden wird sterben ... warum sollten sie? Die Schlacht werden wir alle überleben! Das Ewige Rudel hat versprochen, dass wir den Kampf, mit mir, gewinnen werden.

Ein Zweifel stach mir wie ein Dorn ins Herz. *Gewinnen heißt nicht, dass alle überleben ...*

Sofort schüttelte ich mich, um diesen Gedanken abzuschütteln. *Es werden alle leben! Das weiß ich einfach!*

Tief sog ich die staubige Luft in meine Lungen, konzentrierte mich voll und ganz auf meine Umgebung.

Die Sonne strahlte bis in die hinterste Ecke des Baus, also musste sie gerade erst aufgegangen sein.

Trotzdem war keiner mehr bei mir. Alle Tiere befanden sich bereits irgendwo draußen.

Ich stand auf, putze mir kurz die Nervosität aus dem Fell und trat aus dem Bau. Den Traum vergaß ich, vermutete, er sei nur eine Verkörperung meiner Angst vor der großen Schlacht.

Der frische, duftende Wind außerhalb des stickigen Baues brachte mich sogleich auf schönere Gedanken.

Es ist Blütezeit! Ich bin zurück im Rudel ... okay, das ist eine nicht so schöne Sache, aber ... besser als der seltsame Traum!

Neugierig sah ich mich in der Senke um.

All die bekannten Gesichter, die älter und reifer geworden waren, sprangen mir ins Auge.

Da kamen Nacht, Krähe und Ast aus dem Wald mit Beute im Maul. Dämmerung und Licht, die ihren Welpen, den neuen Schattenläufern, zusahen, die sich in der Senke rauften.

Falke, Sonne, Stern und Distel kehrten von dem Sonnenaufgangstrupp zurück und verschwanden im Bau der Sternenhüter, um noch ein wenig zu schlafen.

Unter die bekannten Gesichter mischten sich aber auch neue. Die Welpen dieses Zeitwechsels kannte ich noch gar nicht.

Ich hatte keine Zeit gefunden, sie mir anzusehen. Sie tollten vor dem Mutterbau herum, streng bewacht von ihrer Mutter Schnee. Da ich niemanden von meiner Gruppe entdeckte, entschied ich, zu ihnen zu gehen.

»Guten Morgen, Schnee«, begrüßte ich die Wölfin, als ich mich neben ihr niederlegte.

Einen Augenblick hatte ich Sorge, sie könnte mich mit dem gleichen Hass in den Augen anblicken, mit dem Maus, Distel und Stern mich bedachten. Doch die Mutter hob überrascht den Blick von ihren Nachkommen.

»Oh, hallo, Silber. Wie geht es dir?« Ihre Stimme klang freundlich. Ehrlich interessiert.

Ich zuckte mit den Schultern und log: »Ganz gut. Und dir? Es muss anstrengend sein, zum ersten Mal Mutter zu sein.«

Schnee war noch jung. Nur einen Zeitwechsel älter als ich.

Deshalb hatte es mich wirklich überrascht, als ich erfuhr, dass sie bereits Welpen geboren hatte.

»Es ist nicht anstrengend«, winkte sie ab und schüttelte den schmalen Kopf mit einem verträumten Lächeln.

»Es ist wunderschön.« Mit einem liebevollen Blick sah sie auf die drei Fellbälle. »Schlamm, Ruß und Asche sind die besten Welpen, die man sich wünschen kann.«

Ich lächelte leicht. Natürlich. Jede Wölfin liebte ihre Welpen mehr als alles andere. Anstrengend fand sie sie auf keinen Fall.

»Welpen zu haben, ist das schönste Gefühl auf der Welt. Ich finde, jede Wölfin sollte einmal dieses Gefühl spüren können.«

Schnee schien wirklich wunschlos glücklich zu sein.

Sie hatte einen Gefährten, Nachwuchs, eine Heimat, Freunde, eine feste, gesicherte Zukunft im Kreis dieser Gruppe.

Für sie ist das alles, was sie fürs Glücklichsein braucht. Ich brauche mehr. Ich brauche meine Freiheit.

»Du scheinst sehr glücklich zu sein«, bemerkte ich, um meine Gedanken laut auszusprechen.

Ihr Blick schweifte erneut zu mir und sie sah mir in die Augen. »Das bin ich. Glücklicher könnte ich gar nicht sein. Aber …« Sie sah mich prüfend an, was mich dazu verleitete, mich ihrem stechenden, grünen Blick zu entziehen und ihre süßen Welpen zu beobachten.

»Seit ihr wiedergekommen seid, frage ich mich, wo *du* glücklich bist. Erst hast du im Rudel gelebt, dann hast du uns verlassen, doch nun bist du wieder zurück.«

Es klang nicht wie eine Anklage, eher wie eine Tatsache, die sie zu verstehen versuchte.

»Ich weiß, du bist eine Einzelwölfin und so, aber bist du hier wirklich nicht glücklich?«

Bei dieser Frage musste ich belustigt grinsen. Schnee war

eine Rudelwölfin. Sie würde es nie begreifen.

»Nein, Schnee. Hier bin ich nicht glücklich. Du bist es. Du bist an dieses Leben gewöhnt, du gehörst hier her, mit Leib und Seele. Ich gehöre in die Freiheit. Nur dort bin ich wahrhaftig wunschlos glücklich.«

Ich erwiderte ihren langsam verstehenden Blick und schüttelte leicht den Kopf. »Jemand, der die Freiheit noch nie gespürt hat, wird das niemals verstehen.«

Bei diesem Satz lächelte nun Schnee. Sie nickte wissend.

»Ich denke, ich verstehe trotzdem. Unsere Herzen schlagen nicht für das Gleiche, trotzdem haben wir doch das gleiche Blut, Silber. Wir sind beide Wölfe. Wir wurden einfach unterschiedlich aufgezogen. Das heißt aber nicht, dass wir uns nicht verstehen können.«

Sie schmunzelte belustigt, bei meinem erstaunten Blick. »Ich habe aus Klees Worten am Tag eurer Ankunft gelernt und über sie nachgedacht. Ich bin stolz, dass er uns die Augen geöffnet hat.«

Ich nickte schmunzelnd. Ein wohliges Gefühl breitete sich in mir aus. Stolz. Stolz darauf, dass Schnee verstanden hatte, was Klee ihnen bei unserer Ankunft gesagt hatte.

»Es bedeutet mir viel, dass du das so siehst, Schnee. Ich wünschte all deine Gefährten hätten es verstanden ... na ja, eigentlich bin ich nur hier, um deine Welpen kennenzulernen. Ich habe sie ja noch gar nicht gesehen.«

Sofort wedelte die Hüterin begeistert mit der Rute und kicherte. »Sie haben mich am Tag eurer Rückkehr gefragt, wer ihr denn alle seid. Ich habe es ihnen erklärt.«

Sie rief die drei balgenden Fellknäule sanft zu sich.

»Asche, Schlamm, Ruß! Hier möchte euch jemand kennenlernen!«

Die drei Blutsgefährten beendeten ihren Kampf und kamen eilig angelaufen. »Du bist doch Silber, oder?«, fragte Ruß sofort neugierig. Die kleine dunkelgraue Wölfin legte ihren schmalen Kopf schief und sah mich mit ihren blauen Augen erfreut an.

Neben ihr stemmte sich ihr Bruder Schlamm auf die Hinterpfoten. »Du bist eine Einzelwölfin!« Sein brauner Pelz war aufgeplustert und seine großen hellblauen Augen glitzerten verspielt. Ich fand ihn wirklich einen wunderschönen Welpen. »Wir kennen gar keine Einzelwölfe!«, beschwerte sich Asche, die hellgraue Schwester, enttäuscht. Ich blickte sie lächelnd an.

»Nun, jetzt kennt ihr mich. Ich kann euch einiges erzählen, wenn ihr möchtet.«

»Ja!«, riefen alle drei im Chor. Schnee kicherte amüsiert und auch ich verdrückte mir ein Grinsen.

Ich war stolz, dass die Jüngsten im Rudel sich nun nicht mehr über mich lustig machten, sondern sich wirklich für mein Blut interessierten, auch wenn Klee ihnen nun gezeigt hatte, dass Blut nicht das Wichtigste war.

»Na schön. Also …« Gerade wollte ich mit einer abgekürzten Erzählung über das wilde Leben beginnen, als hinter mir ein Knurren ausbrach.

»Aber genau das ist es doch, was uns Rudelwölfe ausmacht! Unser Blut!«

Verwundert blickte ich über die Schulter, genauso, wie Schnee. An der Anhöhe der Senke standen sich Distel und Klee gegenüber. Offenbar waren sie gerade aus dem Wald gekommen.

Die zwei unechten Blutsgefährten schauten sich wütend an. Anscheinend waren sie in einer Diskussion vertieft, die nun so laut wurde, dass wir anderen sie ebenfalls mitbekamen.

»Unser Blut macht uns nicht aus!«, blaffte Klee empört. »Unsere Taten und Entscheidungen sind ausschlaggebend dafür, wer wir sind. Nicht der Ort, an dem wir geboren wurden! Versteh das doch bitte endlich!«

Die schwarze Hüterin zeigte allerdings abwehrend die Zähne. »Nein! Unser Blut ist reines Rudelblut! Wir sind noble und stolze Hüter! Wir sind nach den Sternen benannt! Wir helfen uns gegenseitig und beschützen einander. Genau diese Eigenschaften sind in unserem Blut verankert. Wie könnte unsere Art zu leben jemals ein Außenstehender begreifen, der dieses Blut nicht teilt? Jemand, der immer nur auf sich selbst achten muss und sich gar nicht darum kümmert, was mit anderen geschieht?«

In Klees Kehle donnerte ein unheilvolles Knurren. »Willst du damit sagen, dass Einzelwölfe selbstsüchtig sind und auf niemand anderen, als auf sich selbst aufpassen?«

Distel nickte entschieden. »Genau das will ich damit sagen. Sie sind hinterlistig, bösartig und räudige Hunde! Warum also sollten wir diese gemeinen Köter aufnehmen, die nichts von unserer Lebensart verstehen und das auch niemals tun werden, weil sie einfach nicht unser Blut teilen?!«

Klee fletschte die Lefzen. »Einzelwölfe sind genauso nobel und selbstlos, wie Rudelwölfe! Sie sind gastfreundlich, hilfsbereit und offen, für Fremde! Ganz anders, als ihr!«

»Du meinst wohl, als *wir*!«, korrigierte die Sternenhüterin ihren unechten Bruder. Klee starrte sie daraufhin kurz sprachlos an, doch Distel stieß schon ein ungläubiges Zischen aus und fügte hinzu: »Na, von denen musst du geträumt haben!«

»Distel, was fällt dir ein?« Neben mir erhob Schnee die Stimme. Zu meiner Überraschung verteidigte sie Klee und seinen Standpunkt.

Die beiden Streitenden sahen zu der jungen Mutter hinüber, die aufstand und zu den Zweien trottete.

Nachdem ich den Welpen versichert hatte, dass wir unser Gespräch gleich fortsetzen würden, folgte ich ihr eilig, um ja nichts zu verpassen.

Distel sah Schnee irritiert an, als hätte sie vergessen, dass sie sich mitten im Lager zankte.

Um uns herum hatten sich nun weitere Wölfe versammelt, um mit an zuhören, was vor sich ging.

Schnee stellte sich an Klees Seite, um den Rüden zu unterstützen, und blickte die schwarze Sternenhüterin sacht an.

»Distel, Klee hat recht«, bellte die weiße Wölfin beruhigend. »So viele Zeitwechsel lang haben wir Nichtrudelgeborene ausgeschlossen und ihnen keine Chance gegeben, zu beweisen, wer sie wirklich sind. Ich – wir alle – dachten, dass wir unterschiedlich wären. Und dass das etwas Schlechtes, Gefährliches wäre. Seid Klee uns jedoch gesagt hat, wie falsch wir damit lagen, weiß ich, dass anders sein nichts Schlimmes ist. Mir ist klar geworden, dass wir alle *gleich* sind. Wir sind immer noch dieselbe Art, egal, ob Rudel – oder Einzelwolf. Wir teilen *alle* dasselbe Blut.«

Einen Moment schwieg Distel. Ich war beeindruckt von Schnees Worten, genauso, wie es Klee und die umstehenden Wölfe zu sein schienen.

Da jedoch erklang eine weitere Stimme: »Ich bin da anderer Meinung, Schnee.«

Entsetzt starrte ich die Wölfin an, die aus der lauschenden Menge trat und sich Schnee entgegenstellte. An Distels Seite.

Es war Blume.

Mit kaltem Blick kläffte sie: »Ich muss meiner Tochter zustimmen. So leid es mir tut, Klee.«

Auch mein Bruder blickte seine falsche Mutter an, als hätte sie sich vor seinen Augen in ein Monster verwandelt.

»Ich finde, Distel hat recht«, bellte sie an Schnee gewandt. »Unser Blut ist rein. Wenn es sich mit Einzelwölfen vermischen würde, wer wären wir dann noch? Ganz bestimmt kein Nachtrudel mehr! Wir haben diesen Namen erhalten, weil wir mit der Nacht, den Sternen und dem Mond verbunden sind. Jeder von uns hat dort oben einen Platz, weil wir genauso eine Gemeinschaft sind, wie die Sterne am Himmelszelt. Dort oben sehe ich jedoch keinen Platz für Einzelwölfe oder irgendeine andere Tierart.«

»Aber sind wir denn nicht alle eins?«, fragte Fluss besänftigend in die Runde. »Wir sind doch alle *Wölfe*. Oder seht ihr einen Unterschied?«, fragte sie und nickte mir zu.

Die grau – weiße Wölfin blickte mit einem weisen Blick in die Runde, als unschlüssiges Gemurmel aufkam.

Ehe sie allerdings noch etwas sagen konnte, entgegnete Krähe: »Ich glaube nicht, dass wir uns wirklich mit diesen räudigen Einzelwölfen gleich setzen können.«

»Seit ihr denn alle blind?!«, stöhnte Klee frustriert. »Ein Einzelwolf ist keine eigene Art! Es ist eine *Lebensweise*, beim Ewigen Rudel! Wir gehören trotzdem zur gleichen Spezies!«

Um mich herum brach eine laute Diskussion aus.

Ein paar der Rudelwölfe waren tatsächlich auf Klees Seite und verteidigten seine Ansicht, die nun auch ihre geworden war, verbittert.

Die meisten allerdings sprachen sich immer noch gegen die Einzelwölfe aus, wollten nicht verstehen, was Klee sagte.

Die Wölfe kamen näher, bis ich inmitten eines diskutierenden Haufens standen, in dem alle durcheinander bellten.

»Wir sollten unser Verhalten gegenüber Einzelwölfen

ändern«, stimmte Licht Schnee laut zu. Die weiß – goldene Sternenhüterin wurde durch Falke unterstützt. »Ich finde, unser Benehmen war selbstsüchtig. Wir haben diesen einsamen Wölfen noch nicht mal Fressen oder einen Unterschlupf angeboten, falls wir mal einen zu Gesicht bekamen.«

Der braune Wolfsrüde drückte sich unterstützend an die Seite seiner Gefährtin Schnee, während um ihn herum jedoch Protest ausbrach. »Du willst diesen Kötern unser Fressen geben?!«, rief Ast fassungslos aus.

»Das kann doch nicht euer Ernst sein!«, knurrte Krähe ungläubig.

Da erhob die junge Lilie, die neben ihrer Mutter Licht saß, selbstbewusst die Stimme: »Ja, das ist unser Ernst! Ich stimme meiner Mutter und Klee, Schnee und Fluss und allen anderen, denen die Augen geöffnet wurden, zu! Wie würdet ihr euch denn fühlen, wenn ihr ganz allein umherstreift und von irgend-welchen hochnäsigen Rudelwölfen vertrieben werdet?!«

»Dich hat niemand gefragt!«, blaffte Glut, der in Hörweite saß und nun zu der Läuferin trat. »Wir sollten reines Blut behalten, Lilie. Wir haben unseren Platz in den Schatten. Bald werden wir ein Stern werden, hier unten leuchten und unseren Gefährten dienen. Was sollten diese schmutzigen Hunde hier tun? Sie haben einfach keinen Platz hier.«

Lilie knurrte ihren Baugefährten wütend an. »Dich hat auch niemand gefragt!«

Ich entdeckte ebenso Blatt zu der weiß – beige - goldenen Wölfin treten, die ihre Freundin unterstützte.

Doch Glut bekam ebenfalls Unterstützung. Sturm trat zu ihm. Lilie sah ihren Blutsgefährten entsetzt an. »Du bist auf seiner Seite?!«, fragte sie ihren Bruder ungläubig.

Der grau gefleckte Rüde nickte ernst. »Ja. Ich glaube ebenso

wenig, dass wir Einzelwölfe zu uns lassen sollten. Wir sind ...
wir sind etwas Besonderes. Wir haben eine Verbindung zur
Natur – zu unseren Ahnen. Was haben diese Einzelwölfe?«

Tau gesellte sich ebenso zu den Vieren. Sie stellte sich zu
ihren zwei Freundinnen und stöhnte genervt:»Hast du Klee
nicht zugehört? Wir sind alle Wölfe! Wir alle haben diese Verbindung! Wir leben nur verschieden!«

Nun brach sogar eine Disskusion zwischen den Schattenläufern aus!

Eilig suchte ich mir einen Weg durch die aufgebrachte
Menge und sah mich schließlich zu ihr um.

*Es freut mich wirklich, dass Klee es geschafft hat, wenigstens
ein paar dieser Wölfe zum Verstehen zu bringen. Leider nicht
alle ...*

Ich stieß einen langgezogenen Seufzer aus. *Diese Rudelwölfe
werden mich niemals ganz respektieren ...*

Da entdeckte ich Klee, der sich ebenfalls aus der Menge
gekämpft hatte. Mit einem ungläubigen Blick starrte er zurück
und ich wusste, auf welcher Wölfin seine Augen hafteten.

Auf Blume.

Ehe ich zu ihm gehen, und ihn trösten konnte, machte er
kehrt und floh eilig in den Wald hinein.

Ich wollte ihm nacheilen, doch da hörte ich hinter mir
jemanden meinen Namen rufen.

Sofort erkannte ich Kupfer und wirbelte herum.

Der Rüde saß am oberen Rand der Senke und schaute auf
das Geschehen hinab.

Ich trabte zu ihm. »Was ist denn hier los?«, fragte er mich
verwundert und deutete auf die diskutierende Menge.

Ich schüttelte nur betrübt das Haupt. »Sie streiten sich darüber, ob sie nun Einzelwölfe als Artgenossen ansehen sollen,

oder nicht. Weißt du, wo Eisblitz ist? Ich glaube, er sollte hier für Ordnung sorgen. Und wo sind überhaupt unsere Freunde?«

Kupfer blickte mich verstehend an, ehe er antwortete:

»Eisblitz und Brise zeigen uns das Territorium. Ich bin zurück, um nach dir zu sehen und dich zu holen.«

Auf meiner Miene stieg Erleichterung auf. »Das ist gut. Es ist toll, dass Eisblitz euch das Gebiet zeigt. Das hätte er aber ruhig schon früher machen können.«

Kupfer nickte, als wir uns auf den Weg in den Wald machten. »Ja, ich weiß. Er hat sich dafür auch bei uns entschuldigt. Aber er dachte, nun, da wir ja etwas länger bleiben, dass es sinnvoll und an der Zeit wäre.«

»Das ist es«, bestätigte ich mit einem Anflug von guter Laune. Selbst wenn im Lager eine unschöne Diskussion vorging, war ich froh, darüber, dass ich diesem Zank entflohen war. Er würde sowieso enden, sobald wir Eisblitz gefunden hatten. Und dann konnten wir in Ruhe über dieses sensible Thema sprechen.

Deshalb ließ ich meiner wachsenden guten Laune freien Lauf. Das gute Gefühl verstärkte sich, als Kupfer und ich alleine durch den blühenden Wald schlenderten.

Fast konnte ich mir einbilden, dass wir wieder auf Wanderung waren. *Bald sind wir das. Bald sind wir zu dritt auf Wanderung.*

Aluna würde selbstverständlich mit uns kommen und vielleicht auch Kiro.

Wenn ich genauer darüber nachdachte, kam mir die Idee, dass ebenso die Hunde, mitkommen könnten, gar nicht so schlimm vor. Vorausgesetzt, sie hatten keine anderen Pläne.

Das besprechen wir nach dem Kampf.

»Ich muss zugeben, es ist schön hier«, räumte der Rüde

neben mir ein. Ich sah ihn zweifelnd von der Seite her an und musste lachen. »Das sagst du nur, damit ich mich besser fühle. Aber keine Angst. Ich bin gut gelaunt. Ich weiß ja, was meine Zukunft ist.«

Mit einem verschmitzten Lächeln zwinkerte ich ihm zu. Bei diesem Anblick musste Kupfer auflachen.

»Das stimmt. Ich bin auch froh, hier zu sein. Wenn ich recht überlege, bin ich überall froh, solange du bei mir bist.«

Er lächelte sein liebevolles Lächeln. Mein Herz hüpfte in meiner Brust, als er mich mit dem Leuchten in den Augen ansah, was ich bereits so vermisst hatte. *Dem Ewigen Rudel sei Dank ist er wieder er selbst! Diesen Moment zerstöre ich jetzt auf keinen Fall! Ich will ihn nur genießen!*

Wieder hatte ich das Bedürfnis, ihm zu sagen, wie sehr ich ihn liebte. Er war der beste Gefährte, den eine Wölfin sich wünschen konnte.

Doch als ich gerade schon das Maul öffnen wollte, schnitt Kupfer mir entsetzt das Wort ab.

»Still!« Er blieb versteinert stehen. Verwirrt sah ich ihn an. »Was ist …«

»Schhhhh!«, flüsterte er warnend und sah sich mit gespitzten Ohren angespannt um.

Sein Gesicht war verängstigt verzerrt. Mein Magen zog sich zusammen, aber als ich selber die Luft prüfte, konnte ich nichts Ungewöhnliches wittern.

Verwundert blickte ich mich um, spitzte die Ohren …

Und wurde von den Pfoten gerissen.

Ein belustigtes Lachen begleitete meinen überraschten Aufschrei, als wir ins Unterholz fielen.

»Beim Ewigen Rudel!«, jaulte ich, als wir beide im Gras lagen und Kupfer über mir schnaufte vor Lachen.

»Du hast mich erschreckt!«, kicherte ich empört. Meine eigene Belustigung konnte ich leider keinesfalls verbergen.

Der Goldene grinste schelmisch. »Genau das war meine Absicht.«

Ich lächelte ihn glücklich an. Es war schön, hier zu liegen. Bei Kupfer, meinem Gefährten, der niemals von meiner Seite weichen würde.

Auch der Wolfsrüde schmunzelte sanft.

»Ich könnte für immer so verharren«, gestand er mit einem entspannten Seufzen. Ich lachte kurz auf. »Hast du gerade meine Gedanken gelesen?«

Kichernd stupste er mit seiner Nase an meine Wange.

»Nein«, flüsterte er amüsiert. »Ich habe nur in deine Augen gesehen. Wie die Wölfe sagen: Durch sie sehen wir die Seele des anderen.« Er sah mir tief in die Augen. Unsere Nasenspitzen nur eine Krallenlänge voneinander entfernt.

»Ich kann deine Seele wirklich sehen, Silber. Genauso, wie ich weiß, dass du meine sehen kannst. Wir sind verbunden«

Ich nickte fest. »Wir sind verbunden«, wiederholte ich liebevoll. Mir war gar nicht klar, wie unglaublich froh ich war, diesen Satz aussprechen zu dürfen.

Außerdem fühlte ich mich noch besser, weil Kupfer wirklich wieder normal zu sein schien. Zumindest für den Moment.

Moment mal ... wenn ich in seine Seele sehen kann ... müsste ich dann nicht auch in der Lage sein, zu erkennen, warum die beiden ...?

»Hey! Was tut ihr da?!« Ein lautes Kläffen unterbrach meine Gedanken. Vor Schreck sprang Kupfer auf die Pfoten und wirbelte herum.

Ich kannte diese dunkle, aggressive Stimme genug, um genervt die Augen zu verdrehen.

Langsam stand ich auf und stellte mich neben meinen Gefährten. Maus stand uns gegenüber. Er war allein, hatte keine Wölfe mit sich im Schlepptau.

Seine Haltung war nur so von Hochnäsigkeit und Hass ertränkt. Mit erhobenem Kopf starrte er auf uns hinab. Seine gelben Augen glänzten vor Abscheu, als wären wir zwei lästige Ameisen, die er gerne zerquetschen würde.

»Wir sind auf dem Weg zu Eisblitz«, antwortete Kupfer ruhig, selbst wenn ich das hauchfeine, wütende Zittern, beim Anblick des Rüden, nicht überhören konnte.

Er war sich bewusst, dass vor ihm der Wolf stand, der seine Gefährtin töten wollte. Das hatte auch ich nicht vergessen.

Dieses Thema war im Augenblick jedoch wieder nicht wichtig. Maus würde sich nach dem Kampf dafür verantworten müssen.

Maus schnaubte, seine Augen zu Schlitzen verengt.

»Und das soll ich euch glauben? Ihr seid zwei Einzelwölfe, die hier eingedrungen sind, um Beute und Macht zu stehlen!«

Diese eindeutige Provokation ließ mein Fell zu Berge stehen, doch wir durften uns nicht auf sein Niveau herunterlassen.

Er wollte allein einen Kampf anzetteln. Zu meiner Erleichterung begriff das auch Kupfer und blieb still.

»Hat euch das jetzt die Sprache verschlagen?«, fragte er mit einem höhnischen Lachen. »Ihr solltet euch mal sehen: Zwei räudige, dreckige Hunde, deren Eltern sie verlassen haben, weil sie sie nicht mehr geliebt haben!«

Dieser Kommentar traf uns beide mitten ins Herz.

Meine Krallen rupften das Gras unter meinen Pfoten aus und ich musste mich beherrschen, mich nicht auf Maus zu stürzen.

Das war nicht wahr. Meine Eltern liebten mich, selbst wenn ich das erst spät erkannt hatte.

»Wage es nicht, auch nur ein Wort über unsere Eltern zu verlieren!«, knurrte Kupfer aus tiefster Kehle.

Warnend trat er einen Schritt vor und starrte Maus voller Zorn an. Dieser grinste, weil er wusste, dass uns diese Worte verletzt hatten. Nun kannte er unseren Schwachpunkt und war damit seinem Ziel, einen Kampf loszubrechen, näher gekommen.

»Ach, und warum nicht?«, säuselte er mit einer ahnungslosen Unschuldsmiene, die mich innerlich rasen ließ.

»Vielleicht, weil du nicht willst, dass irgendjemand erfährt, wie ungeliebt und einsam ihr seid? Wie eure Eltern euch verstoßen haben, um euch loszuwerden?«

Alles in mir schrie danach, Maus die Kehle auszureißen. Jeder einzelne Muskel, jeder Blutstropfen.

Aber ich beherrschte mich. Leider hatte Kupfer sein Limit erreicht. Mit einem wütenden Heulen wollte er sich auf den Krallenmondwolf stürzen, doch ich ging eilig dazwischen.

»Kupfer, nicht!« Seine Augen waren von einem blutroten Schleier der Wut überzogen. Sein Atem ging flach und schnell.

»Du räudiger Fellhaufen!«, jaulte er voller Hass. »Du weißt nichts über uns! Absolut *gar nichts*!«

Mein Gefährte versuchte, sich an mir vorbei zu drängen, ohne mich dabei überhaupt anzusehen.

Seine glühenden Augen waren allein auf Maus gerichtet. Mit einem festen Stoß ließ ich Kupfer nach hinten stolpern, sodass er blinzelte und mich irritiert anstarrte. Der Schleier war fort.

Zum Glück. Wer weiß, was er Maus in seiner Raserei angetan hätte. Auch wenn er es verdient hätte.

Ich war selber wütend. Ich wollte Maus für seine Taten bezahlen lassen, aber nicht jetzt.

Ravens Geschenk gab mir die Kraft, ruhig und gelassen zu

bleiben. Durch die innere Ruhe behielt ich einen klaren Kopf und konnte einen Kampf verhindern.

»Kupfer, das will er doch nur! Er will, dass du ihn angreifst. Lass dich nicht darauf ein!«, bat ich drängend.

Der Rüde blinzelte, legte dich Ohren an und knurrte: »Ich erfülle ihm diesen Wunsch gerne! Er wollte dich umbringen!«

Mit einem unglaublich lodernden Zorn in den Augen schnellte sein Blick abermals zu Maus hinüber.

Eilig stellte ich mich vor ihn und machte mich groß, um seinen Blick auf mich zu ziehen.

»Ich weiß, aber das ist jetzt nicht wichtig. Das weißt du.« Energisch sah ich ihn an und versuchte, ihm die stillen Worte über einen warnenden Gesichtsausdruck zu vermitteln. Er wusste, was nun wichtig war.

Mein Gefährte schaute mich einen Moment unschlüssig an, als würde er überlegen, sich doch noch auf Maus zu stürzen.

Schließlich seufzte er geschlagen. »Du hast recht«, gab er leise zu. Ich nickte zufrieden, wandte mich aber dann zu Maus um. Er stand gelassen da, weiterhin mit diesem unschuldigen Grinsen auf dem Gesicht, was mich eben noch aggressiv gemacht hatte. Nun allerdings floss Ravens Gabe durch meine Glieder und lockerte meine hasserfüllten Gedanken.

Ich schaute ihn ruhig und mit stolzer Haltung an und kläffte schlicht: »Du solltest dich schämen, Maus. So verhält sich kein Krallenmondwolf!«

Ohne eine Antwort abzuwarten, drehte ich mich um, rief Kupfer zu mir und verschwand mit ihm im Unterholz.

»Nicht so schnell!«, hörte ich Maus uns hinterherrufen.

Die innere Ruhe in mir verstärkte sich, um die wieder aufsteigende, heiße Wut zu lindern.

Gelassen atmete ich durch, blieb stehen und drehte mich um.

Maus kam uns hinterhergelaufen, mit lodernden Augen, als würde er gleich explodieren.

Sein zorniger Blick bohrte sich in meinen, als ich ihm ruhig gegenüberstand. »Woher willst du wissen, wie sich ein Krallenmondwolf verhält, du erbärmlicher Hund?!«

Ganz ruhig. Ganz ruhig.

Ich schaffte es, keine Emotionen in mein Gesicht zu lassen. Gleichgültig blickte ich Maus an.

»Du kannst es nicht lassen, oder?«, fragte ich gelassen. »Du tust alles, damit wir uns auf dein Niveau herablassen. Du willst, dass wir dich angreifen, damit du bei Eisblitz behaupten kannst, wir wären die Bösen. Die Verrückten.«

Auf dem Gesicht des Grauen erschien ein grausiges Grinsen, er baute sich bedrohlich vor mir auf.

»Da hast du vollkommen recht«, stimmte er mir mit einer dunklen, unheimlich irren Stimme zu.

Seine Augen brannten gefährlich. »Eisblitz wird auf mich hören und du kannst nichts dagegen machen. Und weißt du auch, wieso?« Er legte fragend den Kopf schief. Ich zeigte keine Reaktion, starrte ihn nur weiter kalt an.

Maus näherte sich mir, trat nah an mein Gesicht, sodass ich seinen Atem spüren konnte, als er grollte: »Weil *ich* nun auf einem höheren Rang stehe!«

Meine Miene zeigte noch immer keine Regung. Trocken, obwohl alles in mir brodelte vor Zorn, entgegnete ich: »Die Wahrheit hat nichts mit der Rangordnung zu tun.«

Maus bleckte die Zähne, nur eine Krallenlänge vor meiner Schnauze. Ich sah Speichel aus seinem Maul tropfen.

»Er wird mir trotzdem glauben, weil ich nämlich ...«

»Silber?« Eisblitz´ Stimme hallte durch den Wald.

Sogleich trat Maus zurück. Ein erschrockener Ausdruck auf

seiner eben noch so rasenden Miene.

Ich wollte gerade antworten, da trat der Wächter auch schon aus dem Unterholz.

»Hier seid ihr«, begrüßte er uns erleichtert. »Brise führt die anderen noch rum …«

Als er seinen jungen Stellvertreter sah, verstummte er und blickte uns fragend an.

Ohne den Blick von dem hasserfüllten Rüden zu richten, berichtete ich: »Es gab einen kleinen Zwischenfall. Maus wollte uns provozieren, damit wir ihn angreifen und er es als Angriff aussehen lassen kann.«

Abschätzig fügte ich hinzu: »Keine guten Eigenschaften für einen Krallenmondwolf.«

Bei diesem Satz knurrte Maus laut und fletschte die Lefzen. Bevor er etwas erwidern konnte, verabschiedete ich mich bei Eisblitz. »Ich gehe einen Spaziergang machen.« Ehe ich mich jedoch ganz abwandte, ergänzte ich noch: »Ach ja. Du solltest zum Lager gehen. Dort findet gerade eine heftige Diskussion über Einzelwölfe statt, die du schnell schlichten solltest, ehe deine Rudelgefährten sich noch das Fell abziehen. Klee hat es geschafft, ein paar deiner Gefährten die Augen zu öffnen. Darüber solltest du nachdenken und das nächste Mal besser überlegen, wem du den Posten als Krallenmondwolf übergibst.«

Damit wandte ich mich ganz ab und stolzierte ins Gebüsch. Ich spürte Eisblitz verdatterten Blick auf mir, doch ich trottete weiter, ohne mich umzublicken.

Kupfer folgte mir auf Schritt und Tritt.

Hinter mir hörte ich noch immer das zornige Knurren von Maus, was aber von einem wütenden Kläffen unterbrochen wurde. Maus wurde getadelt, wie ein Schattenläufer.

Ein schadenfreudiges Grinsen strahlte auf meinem Gesicht, während ich durch den hellen Wald schlenderte.

»Das hast du gut gemacht«, bemerkte Kupfer, als wir eine Weile gelaufen waren. »Wie konntest du so ruhig bleiben? Ich hätte diesem irren Hund am liebsten das Fell abgezogen.«

Nach einem kurzen Zögern fügte er hinzu: »Das hätte ich auch fast, wenn du mich nicht aufgehalten hättest.«

»Du kannst mir glauben«, bellte ich mit einem belustigten Ton. »Wenn ich Ravens Gabe nicht hätte, hätte ich dir dabei geholfen.«

»Dann scheint diese innere Ruhe ja tatsächlich etwas zu bringen.«

Ich nickte heftig. »Oh ja. Nun verstehe ich auch, warum Raven sie mir gegeben hat. Er wusste anscheinend, dass Maus nicht sehr erfreut über unsere Rückkehr sein würde.«

Kupfer lachte auf. »Nicht sehr erfreut? Er würde uns am liebsten in Fetzen reißen.«

Ich bellte zustimmend.

»Wo gehen wir eigentlich hin?«, fragte Kupfer neugierig.

Ich zuckte mit den Schultern. »Keine Ahnung. Ich wollte eben nur weg, sonst hätte ich Maus wahrscheinlich trotz der inneren Ruhe doch noch die Schnauze zerkratzt.«

Schmunzelnd sah der Wolf mich an. »Wir können uns den anderen anschließen, oder wir gehen zum Wasserfall.«

Ich grinste. »Unsere Freunde können warten. Wir gehen zum Wasserfall.«

Das vertraute Rauschen dröhnte in meinen Ohren, als wir uns am Wasserfall niederließen. Wir setzten uns an die Böschung und blickten auf das stürzende Wasser.

Die feuchte Luft fühlte sich gut auf meinem heißen Fell an.

Ich spürte die Kühle, die an meine Haut drang, was mir ein entspanntes Seufzen entlockte.

»Hier ist es schön«, entschied ich geradeheraus.

Kupfer grinste. »Ja, es ist schön frisch. Eine angenehme Abkühlung.«

Ich musste plötzlich lachen. »Würdest du mir eigentlich in allem zustimmen, was ich sage?«

Auch der Rüde fing an zu kichern. »Nein, würde ich nicht. Ich habe immer noch eine eigene Meinung.«

»Bist du dir sicher?«, hakte ich amüsiert nach. Kupfer nickte. Ich lachte laut. »Würdest du mir zustimmen, dich ins Wasser zu schupsen?«

Der Wolf bekam große Augen. »Wage es nicht!«, rief er erschrocken aus. Ein Lachen konnte er sich dabei aber nicht verkneifen.

Ich grinste schelmisch. Ich war froh. Gut gelaunt. Selbst wenn der Kampf sehr nahe, das Rudel plötzlich gespalten schien und Maus uns weiterhin hasste, hatte ich bei Kupfer immer das Gefühl, glücklich zu sein.

Zumindest solange er es auch war. Sobald er sich wieder so seltsam verhielt, fühlte ich mich ebenfalls komisch.

»Ist das ein nein?«, fragte ich mit einem belustigten Kichern.

»Das ist ein gigantisches Nein!«, bellte er mit glänzenden Augen. Davon ließ ich mich nicht abhalten.

Mit einem Stoß meinerseits kullerte Kupfer die Böschung hinunter ins bauchhohe Wasser des Flusses.

Mit einem Jaulen sprang er auf die Pfoten. »Das kriegst du zurück!«, versprach er kichernd und schüttelte sich die Nässe aus dem Pelz. Ich lachte nur, nahm einen kleinen Anlauf und platschte neben ihm ins kühle Nass.

Das Wasser umspülte meinen ganzen Körper, bis ich aufstand. Ich war durchnässt von oben bis unten.

Wir beide fingen an zu lachen und uns nass zu spritzen. Es machte so viel Spaß, einfach herumzutollen.

Es fühlte sich zwar immer noch seltsam an, wieder im Rudel zu sein, aber es war in Ordnung.

Es war nur ungewohnt so offen mit Kupfer herumzulaufen. Früher hatte er sich noch verstecken müssen, jetzt ging er ganz selbstverständlich durch das Territorium.

Lachend sprangen wir durch das Wasser, bis mein Bauch vor Hunger schmerzte und ich realisierte, dass ich heute noch gar nichts gefressen hatte.

»Kupfer, warte«, bat ich ihn und trat an den schmalen Kiesstreifen. »Was ist?«, fragte mein Gefährte sogleich besorgt.

Ich schüttelte lächelnd den Kopf. »Keine Sorge, ich habe nur Hunger.«

Kupfer nickte verstehend. »Wir können doch jag …«

Mein Gefährte brach ab, als ein erfreutes Bellen vom anderen Ufer zu uns hinüber hallte: »Silber! Kupfer!«

Ich erkannte die Stimme sofort. *Das ist aber unmöglich …*
Ich schaute an Kupfer vorbei, der sich bereits umgedreht hatte, und konnte meinen Augen nicht trauen. Ben stand da, mit einigen weiteren Eisrudel - Wölfen.

29. KAPITEL

Völlig fassungslos starrte ich über den Fluss zu den Wölfen hinüber, die eigentlich gar nicht da sein sollten.

Doch ich erkannte jeden Einzelnen von ihnen.

Da standen Himmel und Knospe. Hinter ihnen entdeckte ich Wespe und Eisvogel. Auch bei ihnen waren Schneehase und Sternenglanz, die mit leuchtenden Augen zu uns sahen. Blaubeere, Holunder und sogar Flieder traten an Bens Seite.

»Was macht ihr denn alle hier?«, fragte Kupfer über den Flusslauf überrascht, aber höchst erfreut.

Mit lautem Bellen sprang er ins Wasser und hüpfte unter starkem Platschen zu den Freunden.

Ich folgte ihm, nachdem ich meinen Schock ein wenig verdaut hatte. Unbehagen schnürte mir den Magen zu.

Warum sind sie hier? Gibt es beim Eisrudel Probleme? Wie haben sie uns überhaupt gefunden?

»Was tut ihr hier?«, fragte ich Ben sogleich besorgt. »Gibt es Probleme beim Eisrudel?«

Sofort schüttelte er den Kopf. Er strahlte mich glücklich an. »Nein! Im Gegenteil: Wir sind hier, weil *ihr* Hilfe braucht.«

Verwirrt sah ich ihn an, dann trat Flieder vor. Die Mondwächterin des Eisrudels neigte mit einem sanften Lächeln den Kopf vor uns. »Es ist schön, euch wiederzusehen.«

Wir verneigten uns ebenfalls.

»Wir hätten nie damit gerechnet, euch wiederzusehen.«, gab Kupfer zu. Flieder nickte. »Wir ehrlichgesagt auch nicht. Bis die Schneegeister mir eine Nachricht geschickt haben.«

Mit großen Augen starrte ich sie an. Waren sie deshalb hier? Wegen der Schlacht? Hatte das Ewige Rudel uns noch mehr Verbündete geschenkt?

»Aber das will ich allein mit Eisblitz besprechen.«

Sie sah mich mit einem Leuchten in den Augen an, das die Frage erübrigte, woher sie den Namen kannte.

»Könnt ihr uns zu eurem Lager führen?«

Sofort nickte ich wild. »Natürlich!«, rief ich aus, aufgeregt und glücklich, dass ich die Wölfe aus dem Frostwald wiedersehen konnte.

»Aber erst müssen wir euch doch begrüßen!«, kläffte Kupfer und eilte zu Ben, der an Flieders Seite gestanden hatte.

»Ben, mein Freund! Es ist so schön, dich wiederzusehen!«, bellte er überschwänglich und drückte sich freundschaftlich an den Hund.

Dieser lachte mit dunkler Stimme. »Das finde ich auch, Kupfer. Es kommt mir vor, als hätte ich euch seit Zeitwechseln nicht gesehen.« Ich schmunzelte den Hunderüden an. »Na ja, ein paar Monde ist es schon her.«

Glücklich presste nun auch ich mich an den grauen Hund.

Ich konnte gar nicht beschreiben, wie erleichtert ich war, ihn wiederzusehen.

Ich hatte nicht mal im Traum daran gedacht ihn oder Flieder oder sonst jemanden aus dem Eisrudel noch einmal in meinem Leben zu sehen. Nun waren sie jedoch da.

Die Augen des Rüden leuchteten, als wir uns voneinander lösten. »Es ist in diesen Monden einiges geschehen«, berichtete ich ihm. »Das könnt ihr uns in Ruhe im Lager erzählen«, schlug er vor. Ich nickte, ehe ich ebenso die anderen begrüßte.

Als ich bei den beiden Schattenläufern ankam, begrüßte ich sie freudig bellend. »Sternenglanz, Schneehase! Was macht ihr denn hier?«

Der weiße Rüde mit den grauen Ohren lachte kurz auf. »Wir helfen ebenfalls! Flieder hat uns kurz nach eurem Verschwinden zu Sternenhütern erklärt!« Seine gelben Augen leuchteten glücklich.

»Wir sind so stolz, ein Teil dieser Mission sein zu dürfen und euch helfen zu können«, bellte Sternenglanz mit einem breiten Lächeln. Ich nickte schmunzelnd. »Ich bin genauso froh, dass ihr hier seid. Und herzlichen Glückwunsch! Ihr seid jetzt Hüter der Sterne.«

Die beiden strahlten sich an und wedelten fröhlich mit den Ruten. Ich grinste die zwei noch einmal an, dann gesellte ich mich wieder zu Flieder, die an der Böschung auf uns wartete.

Ungläubig, jedoch ebenso glücklich sah ich sie an. »Ich kann das nicht glauben«, gab ich zu. »Ich kann einfach nicht glauben, dass ihr hier seid. Aber … die anderen sind doch noch im Frostwald! Wenn du hier bist …«

»Schneeblatt kümmert sich um sie«, beruhigte mich die graue Wölfin mit dem lila Schimmer im Fell.

»Sie ist eine sehr gute Krallenmondwölfin. Sie wird das Rudel führen, bis wir zurückkommen.«

Ich nickte verstehend, trotzdem noch völlig überfordert mit dem Gedanken, dass sie wirklich hier standen.

»Dann kommt!«, rief ich und deutete auf die andere Seite des Flusses. »Wir führen euch zum Lager!«

Kupfer und ich geleiteten die Gruppe über den Fluss in den Wald. Mir war klar, dass die Rudelwölfe diese zehn Fremden nicht einfach akzeptieren würden.

Es würde Diskussionen geben, vor allem mit Maus.

Aber zum Schluss fällte Eisblitz immer noch die Entscheidungen.

Und ich wusste, dass er die Gruppe willkommen heißen würde. Ich müsste mir keine Sorgen machen, hätte ich nicht so eine Angst vor der Auseinandersetzung mit dem hasserfüllten

Krallenmondwolf. Doch je näher wir dem Lager kamen, desto mehr überwog die Zuversicht.

Eisblitz würde unsere Freunde aufnehmen. Sie würden unsere Verbündeten in der Schlacht werden.

Danke, Nebel ... Mutter. Danke Vater, Raven, ihr alle, dass ihr uns unsere Freunde geschickt habt.

»Wie geht es dem Eisrudel?«, fragte Kupfer Flieder, die neben uns daher lief.

Die Wächterin lächelte. »Sehr gut. Wir haben uns von Schatten und dem Kampf erholt. Das Rudel könnte im Moment nicht besser dran sein. Man könnte sagen, wir sind eine große, glückliche Familie.«

Innerlich zuckte ich bei diesen Worten zusammen.

Eine große, glückliche Familie? Wir sind das Gegenteil. Leider.

»Silber!« Wir waren noch nicht nahe beim Lager, da ertönte neben uns eine tiefe Stimme.

Wir wirbelten zur Seite und sahen Eisblitz aus dem Unterholz treten. Hinter ihm kamen Lesly, Korn, Aurora, Lenny, Klee, Aluna, Flamme und Kiro.

Der Mondwächter starrte erschrocken auf die Gruppe von fremden Wölfen, während hinter ihm überraschtes Geheul ausbrach. »Ben!«, jaulte Aurora und rannte auf den Hund zu, der hinter uns gelaufen war.

Die Hunde und auch Klee und Korn folgten ihr aufgeregt. Kiro, Aluna und Flamme sahen die Fremden nur verwundert an. Sie kannten diese Wölfe nicht.

Später würde ich sie ihnen vorstellen.

Meine Freunde hüpften wie Welpen wild herum, wedelten mit ihren Ruten und bellten glücklich.

»Was macht ihr denn hier?«, fragte Klee begeistert und

begrüßte die Gruppe aufgeregt.

»Wie geht es euch?«, fragte Lenny Ben und sprang um ihn herum. »Warum seid ihr hier?«, wollte Lesly überglücklich wissen. Auch die Rudelwölfe freuten sich, die alten Freunde wiederzusehen. Besonders Korn wurde herzlich begrüßt.

»Wie geht es dir?«, hörte ich Himmel fragen.

»Was ist alles passiert?«, wollte Eisvogel wissen.

Da das freudige Bellen, Kläffen und Rumhüpfen so laut war, bat Eisblitz mich mit einer Kopfbewegung ein wenig von der Wiedervereinigung fort.

Ich nickte Flieder zu, die mit mir kam.

Ein paar Schritte entfernt von den Freunden, ließen wir uns nieder. »Silber, ich habe nur deine Freunde geholt und wollte mit ihnen zurück zum Lager, und nun …«

Eisblitz stoppte, als er hinter mich sah und die fremde Wölfin erblickte. Flieder stellte sich aufrecht und mit Stolz erhobenem Kopf hin und schaute Eisblitz in die Augen.

»Sei gegrüßt, Eisblitz«, begrüßte sie ihn mit freundlicher Stimme und neigte tief das Haupt.

»Mein Name ist Flieder. Ich bin die Mondwächterin des Eisrudels. Bestimmt hast du von uns gehört?«

Eisblitz nickte zögerlich, als wäre er sich nicht ganz sicher, ob er dieser Fremden trauen sollte.

»Also wirst du wissen, dass wir keine Feinde für euch sind. Wir wollen Verbündete sein. Verbündete in der Schlacht gegen die Nachtfürchter.« Der Anführer des Nachtrudels bekam große Augen. »Woher weißt du …«

»Ich hatte einen Traum«, berichtete sie ihm mit offenem Blick. »Nebel hat uns gebeten, euch zu helfen.«

Eisblitz´ Miene schmolz zu einem sanften Lächeln.

»Warum habe ich mir das nicht gedacht?«, hauchte er mit

einem Blick zum blauen Himmel.

Zu Flieder bellte er: »Natürlich könnt ihr bleiben. Wir schätzen eure Hilfe sehr. Ihr müsst einen langen Weg zurückgelegt haben. Kommt mit ins Lager, da können wir euch versorgen.«

Die Wölfin nickte erfreut, aber bevor wir wieder zu der Gruppe stießen, warnte Eisblitz noch: »Ach ja. Wundere dich bitte nicht, wenn ein paar meiner Gefährten … euch nicht besonders freundlich begrüßen. Leider mögen einige in meinem Rudel keine Veränderungen oder Fremde.«

Die graue Wächterin nickte mit einem Schmunzeln. »Das hat mir Silber schon bei ihrem Besuch bei uns berichtet.«

Eisblitz bellte verstehend und wir stießen wieder zu der Gruppe, die sich immer noch überschwänglich unterhielt.

»Ihr könnt euch im Lager genug austauchen«, erhob Eisblitz die Stimme über das laute Bellen.

Die Freunde verstummten und sahen den Mondwächter überrascht an. Alle wirkten ein wenig besorgt, weil sie noch nicht wussten, was Eisblitz von ihnen hielt.

Dieser lächelte herzlich. »Eisrudelwölfe. Willkommen in unserem Rudel. Ich fühle mich geehrt, dass ihr euch die Mühe gemacht habt, zu uns zu gelangen. Es ist eine Selbstverständlichkeit, dass wir euch bei uns aufnehmen.«

Allen schien die Anspannung, bei diesen Worten, von den Schultern gefallen zu sein. Die alten Freunde atmeten erleichtert aus und meine Freunde kläfften glücklich.

»Das ist wunderbar!«, freute sich Aurora mit einem Strahlen. Lenny sprang immer noch um Ben herum, viel zu fröhlich, um stehen zu bleiben und das wild bellende Maul zu schließen.

»Dann lasst uns zum Lager aufbrechen. Ich will euch aber noch vorwarnen: Nicht alle meine Gefährten werden euch gleich freundlich empfangen. Einige werden misstrauisch oder auch gemein sein. Außerdem sind sie wahrscheinlich gerade in einer unschönen Diskussion, über genau euch: Fremde.«

»Wir haben es schon mit Schlimmerem aufgenommen«, bemerkte Holunder mit einem Lächeln, als wir unseren Weg zum Lager fortsetzten.

Hinter uns wurde ununterbrochen glücklich getuschelt.

Natürlich. Wir hatten uns gegenseitig viel zu erzählen.

Ich selber aber ging mit Eisblitz und Flieder voran.

Selbstverständlich freute ich mich auch, die Eisrudelwölfe wiederzusehen, doch ich wollte in Ruhe mit ihnen reden.

Nach einer kurzen Weile erreichten wir die Senke.

Das laute Zanken im Lager konnte man schon von einigen Sprüngen Entfernung hören. Eisblitz blieb stehen.

»Es wäre nicht so gut, wenn ihr sofort mitkommt«, bemerkte er, als er sich zu der Gruppe umdrehte.

»Ich sorge erst einmal für Ruhe und kläre diese Angelegenheit mit meinen Gefährten.« Er seufzte, ein belustigtes Lächeln auf seiner Miene. »Das kann eine Weile dauern. Also habt bitte Geduld. Danach werde ich meine Wölfe auf euch vorbereiten und wenn ich euch rufe, kommt ihr. Verstanden?«

Flieder nickte und auch ihre Wölfe blickten einverstanden. »Gut.« Eisblitz neigte den Kopf, teilte meinen Freunden und mir mit einer Kopfbewegung mit, mit ihm zu kommen und trat durchs Unterholz zur Senke. Wir folgten ihm zum Rand des Lagers. Die Eisrudelwölfe blieben im Wald.

Die Rudelwölfe zankten sich weiterhin. Der diskutierende Haufen war sogar noch gewachsen.

Maus und Stern waren hinzugekommen und gaben ebenfalls ihre Meinungen kund.

Brise versuchte zwar, Ordnung in die Menge zu bringen, aber sie wurde nur immer wieder in den Streit miteinbezogen.

Eisblitz kniff neben mir wütend die Augen zusammen.

»Gefährten!« Sein zorniges Jaulen hallte wie Donner über das Lager. Augenblicklich verstummten die Rudelwölfe und blickten sich erschrocken zu ihrem Mondwächter um.

Seine erboste Miene wurde ein wenig weicher, als Stille in der Senke herrschte und er die Aufmerksamkeit seiner Freunde gewonnen hatte.

»Freunde, ich weiß, diese Diskussion war mehr als notwendig.« Er seufzte schwer. »Mir ist bewusst, dass ihr unterschiedlicher Meinungen seid, und darüber bin ich froh. Denn vor Silbers und Klees Wiederkehr hättet ihr alle noch Fremde verabscheut und sie nicht gewollt. Klee jedoch hat einigen von euch endlich die Augen geöffnet. Und das macht mich mehr als stolz. Denn es zeigt mir, dass ein paar von euch ein gutes, mitfühlendes Herz haben und mein Vertrauen verdienen.«

Knurren stieg in der Senke auf. »Wie kannst du es wagen, zu sagen, wir hätten kein gutes Herz, weil wir dein Rudel beschützen wollen?!«, jaulte Maus zornig.

Zu meinem Bedauern folgte auf seine Worte zustimmendes Gemurmel.

Jedoch brach ebenfalls dagegenhaltendes Knurren aus. »Ihr wollt das Rudel nicht beschützen!«, rief Licht.

Schnee fügte fest hinzu: »Ihr wollt niemandem helfen, der nicht rudelgeboren ist, allein weil ihr zu stolz seid, um über eure ach so heilige Blutlinie zu schauen! Die im Übrigen sowieso hundedumm ist, da alle Wölfe das gleiche Blut haben! Nur eben andere Lebensweißen. Warum versteht ihr das nicht?!«

»Diese Wölfe wurden aber nicht im Mondlicht geboren, so wie *wir*!«, fauchte Blume.

Falke baute sich gefährlich vor seiner Rudelgefährtin auf, die einen Schritt auf seine Gefährtin zu getreten war.

»Schnee ist aber nicht so egoistisch, wie ihr!«, knurrte er drohend.

»Genug!« Erneut hallte Eisblitz' wütender Ruf über die aufgebrachte Menge.

Abermals wandten die Rudelwölfe ihre Aufmerksamkeit zu Eisblitz. Dieser schaute zornig auf seine Gefährten hinab.

»Mir ist bewusst, dass wir dieses Thema besprechen müssen. Aber deshalb müsst ihr euch doch nicht beinahe den Pelz zerfetzen. Wir sind doch weiterhin ein Rudel!«

»Mehr als das!«, rief Brise aus der Menge. »Ich will, dass wir eine Familie werden!«

Laute Rufe der Zustimmung wurden von den Befürwortern der Einzelwölfe laut, während ihre Gegner sie böse betrachteten. Nacht knurrte: »Wir *sind* eine Familie! Einzelwölfe würden uns nur auseinanderreißen!«

»Bitte! Hört auf euch zu zanken und hört mir nun zu!« Mein Ziehvater hatte Mühe, sich unter Kontrolle zu halten. Sein Pelz zuckte voller Zorn und seine Augen loderten.

Die Menge verstummte ein drittes Mal und ich hoffte inständig, dass sie nicht gleich wieder in einen Streit ausbrechen würden.

Eisblitz stieß konzentriert die Luft aus, um sich zu beruhigen. Danach richtete er seinen Blick auf die Menge und bellte: »Einzelwölfe sind uns fremd. Sie kennen unsere Lebensweise nicht und verhalten sich nicht so wie wir. Da gebe ich euch recht.«

Die Gegner der Einzelwölfe nickten zustimmend, während ihre Befürworter wütend die Ohren anlegten, jedoch das Maul hielten.

»Aber nur, weil sie uns nicht verstehen, weil sie nicht

wissen, wie wir leben, sind sie keine räudigen Hunde. Sie sind die gleichen edlen Wölfe, wie wir. Sie beschützen nur kein großes Rudel, sondern ihre eigene kleine Familie oder sich selbst. Weil sie das Alleinsein mögen. Das macht sie jedoch nicht egoistisch oder selbstsüchtig. Diese Eigenschaften ruhen in jedem von uns und nicht in einer Lebensweise. Es war falsch von uns, sie auszuschließen. Falsch, Fremde nicht willkommen heißen zu wollen. Wir müssen aufhören, alles mit unserem Blut erklären zu wollen. In jedem Tier steckt mehr, als nur sein Blut. In uns allen ruht eine Seele, ein Charakter, der durch alle möglichen Erfahrungen geformt wird. Erst, wenn ihr das versteht, seid ihr wahre Sternenhüter.«

»Genau!«, rief Licht aus der Menge hinaus.

Eisblitz nickte ihr kurz zu.

»Aber es ist doch ...« Eisblitz schnitt Nacht, der protestieren wollte, das Wort ab. »Und ja, ihr, die dagegen seid, Einzelwölfe willkommen zu heißen, habt recht. Wir sind Sterne. Teil des Himmels. Wir haben einen Platz dort oben. Jeder Einzelne von uns repräsentiert einen Stern, sowie ich den Vollmond und Maus den Krallenmond vertreten. Und ihr liegt ebenso damit richtig, dass es für die Einzelwölfe keinen Platz am Nachthimmel gibt. Wir Rudelwölfe wurden im Mondlicht geboren und werden von unserem ersten Tag in dieser Welt gelehrt, ein treuer und mutiger Stern zu werden. Kein Einzelwolf könnte diese Zeitwechsel des Trainings nachholen oder nachvollziehen, weil sie anders aufgewachsen sind. Also, ja. Kein Einzelwolf wird je mit uns am Himmelszelt leuchten.«

Bei seinen Worten wurde mir ganz flau im Magen.

Werden Klee und ich dann nur zur Hälfte mit diesen Wölfen am Himmel leuchten?

Ich schüttelte mich leicht. *Nein! Ich werde das gar nicht tun,*

da ich mich für mein Einzelwolf – Ich entschieden habe. Klee
wird mit ihnen leuchten. Er ist ein wahrer Stern ...

Gemurmel brach in der Senke aus, aber Eisblitz sprach schnell weiter, sodass der aufkommende Lärm erlosch.

»Doch eine entscheidende Sache überseht ihr. Die, die keine Einzelwölfe haben wollen. Ihr vergesst, dass der Nachthimmel über allem strahlt. Die Sterne und der Mond sind stets die Gleichen, egal, ob in unserem Revier oder am anderen Ende der Welt. Die Sterne und der Mond leuchten auf *alle* Lebewesen hinab. Beschützen *jedes* Tier, das in ihrem Schein wandelt. Wenn wir tatsächlich der Mond und die Sterne wären, würden wir alle Tiere beschützen, die unsere Hilfe benötigen. Wir würden jedes Lebewesen offen empfangen, sowie unsere Namensgeber es tun!«

Schweigen.

Zu meiner Erleichterung sah ich langsames Verstehen in den Augen der Rudelwölfe aufflammen.

Eisblitz blickte seinen Wölfen tief in die Augen. »Ich will, dass wir Sterne sind! Ehrenvolle, noble Sterne, die genau das tun, was ihre Namensgeber jede Nacht vollbringen: Andere, Fremde, Einzelwölfe, die nicht das Privileg erlangt haben, ein Teil der Nacht zu werden, mit ihrem hellen Licht beschützen und ihnen den Weg weisen!«

»Ja!«, jaulte Schnee mit begeistertem Grinsen. Falke fiel in ihr Heulen mit ein und auch Lilie, Blatt, Licht und Fluss heulten zustimmend zum Himmel empor.

»Wir *sind* Sterne!«, jubelte Blatt leidenschaftlich.

Die Gefährten, die bis jetzt gegen die Einzelwölfe gewesen waren, schauten die heulenden Wölfe einen Moment erstaunt an, bevor Nacht und Krähe in ihr Geheul mit ein fielen.

»Eisblitz hat recht!«, rief Sturm erkennend. »Wir wollen

Sterne sein!« Glut jaulte mit seinem Freund, während zu meiner Überraschung selbst Stern verstehend zu uns hinauf sah.

Ihr goldener Blick begegnete für einen Herzschlag dem meinen. Sogleich senkte sie beschämt die Lider und sah stumm auf ihre Pfoten.

Inzwischen heulte das gesamte Rudel.

Bis auf Maus, Distel und Blume. Zu meinem Entsetzen sah die Sternenhüterin mit eisigem Blick zu uns empor.

Ihr kalter Blick ruhte auf einem Wolf an meiner Seite.

Klee.

Ich musste ein zorniges Knurren unterdrücken, als ich Blume voller Wut anstarrte.

Du hast Klee die ganze Zeit belogen! Du hast sein wahres Ich nicht akzeptiert! Du hast dich für ihn geschämt, dafür, dass er anders ist! Sein ganzes Leben war eine Lüge und das nur, wegen dir!

Ohne, dass ich es wollte, zeigte ich meine Zähne. Die innere Ruhe, die in mir aufloderte, konnte das heiße Brennen in mir nur lindern, nicht ganz auslöschen.

Keiner behandelt meinen kleinen Bruder so! Niemals!

Da jedoch stieß mich jemand leicht an.

Ich drehte überrascht den Kopf. Klee sah mich niedergeschlagen an. »Lass gut sein«, flüsterte er betrübt.

Verschwörerisch starrte er mich an, anscheinend hatte er meine Gedanken erraten.

Ich seufzte schwer. Er hatte recht. Ich konnte nichts tun. Es machte mich nur so wütend, Blumes wahres Ich kennenzulernen.

»Endlich sind wir eine Familie!«, verkündete Eisblitz an meiner anderen Seite stolz.

Erneut fingen die Rudelwölfe an, zustimmend zu heulen.

Als ihr Gesang abgeklungen war, löste sich Schnee aus der Menge und eilte auf mich zu.

Überrascht fragte ich mich, was sie vorhatte, da stand sie schon vor mir und lächelte mich herzlich an.

»Silber. Es tut mir so leid, dass ich dich, als du ins Rudel kamst, nicht beachtet habe. Dass ich dich ignoriert und ausgeschlossen habe. Damals wusste ich noch nicht, dass das falsch war. Doch durch Klee«, sie lächelte den schildpattfarbenen Rüden an, »weiß ich es nun besser und kann mich entschuldigen.«

Die schneeweiße Wölfin sprang zurück in die Senke, doch dort drehte sie sich wieder zu mir um und verneigte sich auf einmal.

Ungläubig sah ich die Hüterin an. Um mich herum schauten die Wölfe ebenfalls ein wenig verwirrt zu der Mutter.

Diese richtete sich wieder auf und sah mich fest an. Ein herzliches Lächeln auf ihrem Gesicht. Ihre Augen leuchteten entschlossen. Sie blickte mich fest an, als sie laut verkündete:

»Silber, es wird Zeit, dass wir dich endlich als eine von uns anerkennen! Viel zu lange haben wir das nicht getan. Doch du bist ein Teil von uns, von dieser Familie. Bei uns bist du aufgewachsen und hast unsere Lebensweise von Anfang an kennengelernt. Du bist eine Kreatur der Nacht und leuchtest mit uns am Nachthimmel als heller Stern. Willkommen im Nachtrudel, Silber, Sternenhüterin!«

Ein weiteres Mal neigte sie respektvoll den Kopf vor mir.

Ich starrte sie an, während um mich herum ein paar Herzschläge überraschtes Schweigen herrschte.

Aber da rief Nacht laut: »Sie hat recht! Willkommen im Nachtrudel, Silber!« Nun nickte er mir ebenso zu.

Weitere Wölfe verneigten sich plötzlich und heulten zustimmend. Sprachlos sah ich zu, wie ein Rudelwolf nach dem anderen vor mir den Kopf neigte und dann Willkommensrufe ausstieß.

Nur drei taten das nicht. Maus, Blume und Distel.

Selbst Stern nickte mir kurz schüchtern zu, doch diese drei blieben bewegungslos.

Ich jedoch beachtete sie nicht. Ein unbeschreibliches Gefühl schien mich zu überschwemmen.

Freude und Unglauben mischten sich in mir, sodass mir das Fell zu Berge stand.

Ich konnte nicht glauben, was ich vor mir sah.

Die Rudelwölfe zeigten mir Respekt und hießen mich in ihrem Rudel willkommen!

Ich konnte es kaum glauben.

Neben mir stieß mich jemand sanft an, während das Jaulen in der Senke nicht erstarb.

Klee sah mich gerührt an. Stolz glitzerte in seinen hellen Augen, doch ich erkannte ebenso Schmerz.

Er wird auch so begrüßt werden, sobald sie die Wahrheit kennen. Da bin ich mir nun sicher.

Das wollte ich ihm durch meinen Blick mitteilen. Er schien zu verstehen. Ein kleines Lächeln erschien auf seiner Miene.

Diese konnte jedoch den Schmerz in seinen Augen nicht lindern.

»Du hast es geschafft«, flüsterte er stolz, ehe er den Blick abwandte und auf die Menge hinuntersah.

Ich machte es ihm gleich. Als ich die vereinte Gruppe betrachtete, stiegen Freudentränen in mir auf.

Seit ich in dieses Rudel gekommen war, hatte ich mir gewünscht, sie würden mich endlich so annehmen und respektieren, wie ich war. Und nun, dank Klee, der sie wachgestoßen hatte, taten sie das.

»Ich bin stolz auf euch.« Eisblitz' Ruf ließ das Heulen verstummen. Der mächtige Rüde schaute seine Freunde froh an.

»Endlich habt ihr Silber angenommen. Endlich habt ihr verstanden, was es *wirklich* heißt, ein Sternenhüter zu sein!«

Glückliches Bellen erhob sich von neuem. Nach einer Weile jedoch, bat Eisblitz für Ruhe.

Mit einem Blick zu uns gab er uns zu verstehen, dass wir zu den Rudelwölfen treten sollten.

Wir trotteten die Senke hinab und setzten uns zusammen. »Ich freue mich so für dich«, flüsterte Kupfer mir ins Ohr, als wir zu dem Mondwächter hoch blickten.

»Endlich hast du den Respekt bekommen, den du schon immer verdient hast.«

Dankbar blickte ich meinen Gefährten an und lehnte mich entspannt gegen ihn. *Es ist wirklich so erleichternd ... so schön zu wissen, dass diese Wölfe mich nun doch noch respektieren. Trotzdem ändert sich natürlich nichts an unserem Plan. Nun allerdings freue ich mich, diesen Wölfen zu helfen ... zumindest den meisten von ihnen.*

»Das ist doch unglaublich!«, bellte Korn strahlend. »Erst sehen wir das Eisrudel, dann verändert sich dieses Rudel hier zum Guten und nun haben sie dich endlich wirklich bei sich aufgenommen, Silber!«

Ich nickte ihm schmunzelnd zu.

Auch Aluna, Kiro und Flamme schienen erfreut. »Das hast du verdient, Silber«, flüsterte der flammenfarbene Einzelwolf stolz. Ich blickte ihn an. »Das haben wir alle verdient. Endlich ist dieses Rudel die Familie geworden, die es schon immer hätte sein sollen.«

»Ich freue mich auch für dich, Mama. Aber ... mich interessiert eher, wer diese fremden Wölfe sind, die jetzt, dem Ewigen Rudel sei Dank, hier ebenfalls willkommen sind. Sind das die Wölfe, von denen ihr uns erzählt habt?«, fragte Aluna mit großen Augen.

Ich nickte meiner Ziehtochter zu. »Ja, Aluna. Das sind unsere Freunde aus dem Eisrudel.« Überrascht und zugleich erfreut, sah die Schneeleopardin zu Eisblitz empor.

»Und nun wollen sie uns bei der Schlacht helfen?«, hakte Flamme nach. Kupfer bestätigte das mit einem Nicken.

»Genau. Flieder hatte einen Traum, indem sie von dem Kampf erfahren hat.«

»Ich habe euch noch etwas zu sagen.« Eisblitz schaute auf sein Rudel hinab, das gespannt lauschte und verkündete: »Ihr könnt sofort unter Beweis stellen, dass ihr nun *wahre* Sternenhüter seid! Denn wir haben Gäste. Es sind Wölfe des Eisrudels. Sie sind gekommen, um uns beim Kampf gegen die Menschen zur Seite zu stehen.«

Sogleich brach Gemurmel unter den Rudelwölfen aus.

Doch es klang allein neugierig. Nicht feindselig.

Sie tuschelten aufgeregt miteinander. »Das Eisrudel?«, hörte ich Nacht fragen. »Die, von denen Silber uns erzählt hat?«

»Hier ist die Gruppe, die das Eisrudel geschickt hat, um uns zu unterstützen!« Als sich das Gemurmel ein wenig gelegt hatte, trat Eisblitz einen Schritt zurück, sodass wir sehen konnten, wie die Zweige der Büsche raschelten.

Flieder trat als erstes hervor und setzte sich neben Eisblitz. »Das ist Flieder, die Mondwächterin des Eisrudels«, stellte der weiße Rüde die Wächterin vor.

Langsam kamen auch die anderen herbei und Eisblitz stellte jeden vor. Jeder einzelne von ihnen hatte es verdient, dass das

Nachtrudel dessen Namen erfuhr. Sie alle hatten Großartiges geleistet. In der Schlacht gegen Schatten, sowie auf ihrem beschwerlichen Weg zu uns.

»Sie werden so lange bei uns bleiben, bis der Kampf vorüber ist«, teilte Eisblitz seinen Gefährten mit.

Neben mir vernahm ich ein leises Knurren und drehte schnell den Kopf. Maus saß etwas am Rande der Versammlung am Hang und starrte mit zornigem Blick auf die neuen Tiere.

»Eisblitz?«

Der zu Unrecht erwählte Krallenmondwolf erhob sich.

Der Blick des Anführers richtete sich auf den Grauen.

Eine leise Warnung lag in seinen Augen, nun nichts Falsches zu sagen. Maus ignorierte diese.

»Ich finde nicht, dass wir diese Fremden aufnehmen sollten. Wir kennen sie gar nicht! Woher sollen wir wissen, dass wir ihnen vertrauen können? Nur weil ihr sagt, ihr seid von irgendeinem Rudel, muss das noch lange nicht die Wahrheit sein!« Mit glühenden Augen starrte er die Gruppe an, die seinen Blick mit ruhigen Mienen erwiderte.

Zum Glück hat Eisblitz sie vorgewarnt.

»Ihr könntet uns kaltblütig ermorden, wenn euch in der Nacht danach ist! Wir sind ein Rudel, ihr seid irgendwelche Räuber, die sich bei uns einschleichen wollen!«

Wut brodelte in mir. Heiß flammte es auf, als Maus die Wölfe beschimpfte. Sofort fühlte ich mich verpflichtet, sie zu verteidigen. Besonders, nach unserer Diskussion gerade.

»Maus!« Ich trat einen Schritt vor, meine Augen loderten. »Diese Wölfe sind vertrauenswürdiger als einige hier im Rudel! Ich weiß es, weil ich bei ihnen war. Ich habe mondelang bei ihnen gelebt, *mit* ihnen gelebt! Sie sind ein besseres Rudel, als unseres es jemals sein wird! Jetzt hör endlich auf, Fremde so zu verabscheuen! Diese Tiere haben dir rein gar nichts getan und trotzdem bist du so gemein zu ihnen!«

Maus' Blick bohrte sich wie scharfe Reißzähne in meinen. Wenn Blicke töten könnten, wäre ich jetzt nicht mehr unter den Lebenden. Ich wusste, er glaubte, dass diese Tiere ihm etwas getan hatten. Er dachte, sie wären Schuld am Tod seiner Schwester.

In seiner Kehle rumorte ein tiefes Knurren, das jedoch von Eisblitz' Worten erstickt wurde.

»Silber hat recht.« Der große Graue wirbelte zu seinem Mondwächter, der ihn gleichgültig musterte.

»Gerade erst haben wir dieses Thema besprochen. Mir ist wohl bewusst, dass du mit einer der wenigen warst, die weder zugestimmt haben, andere willkommen zu heißen, noch, Silber richtig bei uns aufzunehmen. Ich glaube, du brauchst eine Pause, Maus. Geh in den Wald und mache einen Spaziergang. Und wenn du zurückkommst, entschuldigst du dich bei unseren Gästen und bei Silber. Für *alles*. Genauso, wie alle anderen es getan haben.«

In der Senke herrschte absolute Stille. Jeder wartete Maus' Reaktion ab.

Der starke Wolfsrüde wollte widersprechen, besann sich dann jedoch eines Besseren und fuhr herum.

Er stapfte mit großen, mürrischen Schritten an uns vorbei. Seine gelben Augen streiften meine.

Eine klare, wütende Botschaft brannte in ihnen: *Du hast mich bloßgestellt! Dafür räche ich mich!*

Mit einem letzten Knurren sprang er aus der Senke, in den Wald. Die Blicke seiner Gefährten folgten ihm.

Ich sah zu Eisblitz hinüber. Ich hatte keine Angst. Diese große Fellkugel konnte mir nichts tun, solange ich hier war.

Besonders nun nicht mehr, wo beinahe alle Rudelwölfe auf meiner Seite standen.

»Da das nun geklärt ist«, Eisblitz räusperte sich, um die Aufmerksamkeit der Tiere wieder auf sich zu lenken, »heiße ich die Wölfe des Eisrudels herzlich bei uns willkommen!«

Am Abend redeten wir noch viel. Wir alle. Das Nachtrudel mit dem Eisrudel, wie auch meine kleine Gruppe mit Ben.

Der Mond stand hoch am Himmel, als wir schließlich alle zusammen in den Bau der Schattenläufer traten.

Eisblitz hatte den Läufern erlaubt, im Sternenhüterbau zu übernachten, solange so viel Besuch da war.

Mit einem glücklichen Lächeln im Gesicht legte ich mich in meine Kuhle.

Die meisten Mitglieder des Nachtrudels hatten sich allerdings schon früh in ihre Baue zurückgezogen. Bis schließlich nur noch meine Gruppe mit den Eisrudel – Wölfen gesprochen hatte. Wir sprachen über ihre Reise und über Maus. Der kam erst spät abends wieder. Entschuldigt hatte er sich nicht, was für mich auch keine Überraschung gewesen war.

Er war einfach schnurstracks in den Hüterbau gegangen, ohne irgendjemanden von uns anzusehen.

Wir, also die Eisrudelwölfe und meine Gruppe, hatten uns über die letzten Monde unterhalten.

Was auf der Rückreise alles geschehen und wie es dem Eisrudel ergangen war.

Ben hatte mir einiges über das witzige Geschehen im Rudel berichtet. Außerdem hatte er uns sogar verkündet, dass Nachtschein trächtig gewesen war und ihre Welpen obendrein schon geboren hatte.

Mir war die Brust vor stolz angeschwollen, als der Hund die

Namen der zwei Wolfshunden preisgegeben hatte:

Silberhauch und Kupferherz.

»Als Erinnerung an unsere Retter«, hatte er gesagt und mich angelächelt. »Hätten wir noch ein drittes gekriegt, hätten wir es nach dir benannt, Klee.«

Auch meinem Bruder machte dieser Kommentar stolz. Er hatte übers ganze Gesicht gegrinst.

Nun lag er neben mir, seine Augen geschlossen. Ich hörte seinen Atem im stillen Bau.

Müdigkeit ließ meine Augen schwer werden. Der Tag war anstrengend gewesen. Außerdem hatte ich nur am Abend etwas zu Fressen zwischen die Zähne bekommen.

Flieder hatte sich erst später zu uns gesellt, da sie vorher mit Eisblitz gesprochen hatte. Ich vermutete stark, sie hatten über den Kampf geredet, das wichtige Thema im Augenblick für den Mondwächter.

Ich schob den Gedanken an den Kampf in die hinterste Ecke meines Gehirns.

Ich hatte den Tag genossen und mich unglaublich über das Wiedersehen, sowie über den Wandel des Nachtrudels gefreut. Auch jetzt, als ich im dunklen Bau lag, konnte nichts mein Glücksgefühl erschüttern.

Der Mond ließ sein silbernes Licht den Bau durchfluten.

Draußen hörte ich eine Nachtigall singen.

Eine ruhige, schöne Nacht ...

Gerade, als ich dabei war, einzuschlafen, ließ mich ein Geräusch aufschrecken.

Verwirrt blinzelte ich und drehte den Kopf. Klee war aufgestanden. Er sah mich erschrocken an, als hätte ich ihn gerade erwischt, als er sich aus dem Bau stehlen wollte.

»Was ist los?«, fragte ich ihn verschlafen. Mein Bruder

zuckte mit den Schultern. »Nichts«, flüsterte er leise. »Ich wollte nur nach draußen.« Er lächelte sanft. »Weißt du noch, wie wir uns nachts immer vor dem Bau unterhalten haben?«

Ein Grinsen stieg auf meinem Gesicht auf. »Natürlich.« Einen Moment kam es mir vor, als hätte ich eine Art Déjà-vu.

Der Traum von letzter Nacht kam mir in Erinnerung, indem ich auch mit Klee nach draußen gegangen war.

Diesmal jedoch schien der Rüde gut gelaunt zu sein. Leise erhob ich mich ebenfalls.

Klee nickte zum Eingang und schlich nach draußen.

Lautlos folgte ich ihm in die kühle Nachtluft hinaus.

Es war zwar Blütenzeit, frisch war es nachts allerdings immer noch. Es war dennoch eine angenehme Kühle, nach der Wärme des Tages.

Die Senke lag still im Licht des Mondes, dunkle Schatten waberten um uns herum.

Über uns leuchteten die silbernen Sterne am Nachthimmel, angeführt vom großen Vollmond.

»Es ist, als wären wir nie weggewesen«, hauchte Klee mit dem Blick zum Himmel. Ich nickte leicht. Mein Gefühl von einem Déjà-vu blieb bestehen.

Mein Bruder setzte sich so nah neben mich, dass unsere Pelze sich berührten. Er lächelte mich sanft an. Ich erwiderte dieses Lächeln, mit einer wohlfühlenden Ruhe im Körper.

Nun wollte ich aber die Gelegenheit nutzen. »Klee, wir haben seit unserer Ankunft nicht mehr so alleine zusammengesessen. Und am Tag unserer Rückkehr hast du mit Blume geredet …« Sein erschöpftes Seufzen ließ mich verstummen.

Er wusste, was ich fragen wollte. »Ich habe ihr gesagt, dass ich die Wahrheit kenne«, flüsterte er mit Blick auf den Boden.

»Sie war so geschockt … sie hätte niemals damit gerechnet,

dass ich es herausfinde. Woher auch?«

Er stieß die kühle Luft aus seinen Lungen. »Ich habe gesagt, dass ich wütend bin. Und umso weiter unser Gespräch ging, umso wütender wurde ich. Ich habe sie gefragt, wann sie vorhatte, mir die Wahrheit zu sagen.«

Er schaute auf. Seine grünen Augen leuchteten im Mondlicht. »Sie hat nichts erwidert. Natürlich wollte sie es mir nie sagen. Sie wollte, dass es für immer ein Geheimnis bleibt. Dass mein Leben ... für immer eine Lüge bleibt.«

Ich drückte mich an ihn, mein Magen vor Mitgefühl verkrampft. »Dein Leben ist keine Lüge«, widersprach ich leise.

»Blume hat eine Lüge erzählt, aber in deinen Adern fließt trotzdem das wahre Blut.«

Klee nickte, schien obgleich nicht sonderlich überzeugt. »Auf jeden Fall konnte sie mir keine Erklärung für ihr Verhalten liefern. Sie hat sich entschuldigt, aber ich habe keine Reue in ihren Augen gesehen. Ich habe das Gefühl ...«

Er schluckte schwer, seine Stimme zittert. »Bei diesem Gespräch hatte ich das Gefühl, Blume hat mich nie richtig geliebt. Als hätte sie das Alles nur gespielt, damit die Wahrheit auf keinen Fall ans Licht kommt. Als wäre ihr, ihr Ruf im Rudel wichtiger, als ich! Das hat sich heute ja auch bewiesen ... du hast ihren Blick ja gesehen.«

Seine Worte endeten in einem Schluchzen. Ich presste mich an ihn, um ihn zu trösten. Darauf fand ich keine Worte, um ihn zu beruhigen. Eigentlich hatte es immer so ausgesehen, als wäre zwischen Blume und Klee alles in Ordnung.

Eine ganz normale Mutter-Sohn-Beziehung.

»Sie war zwar schon bestürzt und niedergeschlagen bei dem Gesrpräch, aber nicht so richtig um meine Vergebung bemüht! Sie hat mir ja noch nicht mal erklärt, was damals geschehen ist!

Ich habe ihr nur gesagt, dass ich es weiß und sie hat sich entschuldigt. Als ich nachgefragt habe, hat sie nur gebellt, damals hätte es keine andere Möglichkeit gegeben, mich aufzunehmen.«

Er seufzte erneut. Lang und frustriert. »Das war wieder eine Lüge. Selbst bei diesem Gespräch hat sie mir nicht die Wahrheit gesagt! Und heute habe ich ihr wahres Gesicht gesehen! Ich weiß jetzt, dass sie mich nie wirklich geliebt hat!«

Ein leises Knurren rollte in seiner Kehle. Er schluckte es jedoch runter, starrte in die Ferne des dunklen Waldes, als würde er dort etwas sehen.

Dann aber richtete er seine Augen auf mich. In seinen grünen Tiefen sah ich Unsicherheit. Traurig hauchte er: »Ich glaube, ich gehöre nicht mehr hier her.«

30. KAPITEL

Die grelle Sonne blendete mich für einen Moment. Mit zusammengekniffenen Augen sah ich weg und entdeckte die blühenden Büsche und Bäume des Ewigen Rudels.

Nach unserer Unterhaltung waren wir in unsere Schlafplätze zurückgekehrt und hatten versucht, einzuschlafen.

Die Betonung liegt auf versucht.

Denn ich hatte erstmal kein Auge zubekommen.

Klees Satz hatte mich total aus der Fassung gebracht. Worte konnte ich für dieses Eingeständnis nicht finden.

Doch mein Bruder verlangte auch keine Worte. Er wollte es einfach gesagt haben. Nach diesem Geständnis hatten wir noch eine Weile schweigend draußen gesessen, getröstet von unser beider Anwesenheit.

Jetzt stand ich im Wald. *Wie es scheint, bin ich doch noch eingeschlafen.*

Neben mir raschelte es im Unterholz und Raven trat heraus. Der große Hund lächelte mich an, als er auf mich zutrat.

»Sei gegrüßt, Silber«, bellte er herzlich und drückte seine Nase kurz an meine.

»Hallo, Raven«, begrüßte ich ihn mit leuchtenden Augen. Immer wenn ich ihn sah, stiegen sogleich Tränen in mir auf.

Er war für mich einfach ein Held. Ein ganz besonderer Held, mit dem ich mich verbunden fühlte. Er hatte uns das Leben gerettet und mit seinem bezahlt.

Für immer würde ich ihm dafür dankbar sein.

»Bist du allein gekommen?«, fragte ich, da mir auffiel, dass keiner sonst aus dem Unterholz trat.

Raven nickte. »Ja. Ich bin allein. Ich muss dich warnen.« Ein Schauer durchfuhr meinen Körper, als die dunkle Stimme des schwarzen Hundes einen ernsten Ton anschlug. »Die Schlacht ist nun nicht mehr weit entfernt. In ein paar Tagen wird es soweit sein. Aber es sind nicht nur die Menschen, die ihr besiegen müsst.«

Er machte eine Pause, in der sich mir das Fell aufstellte. »Was? Nicht nur die Menschen? Gegen wen sollen wir denn noch kämpfen?«

Raven seufzte. »Die Metallhunde werden auch da sein.«

Entsetzt zog ich die Luft ein. »Die Metallhunde?! Was machen sie hier? Wie kommen sie überhaupt zu uns? Und … *warum* sind sie überhaupt da?«

Ich war so verzweifelt, dass ich nicht aufhören konnte, ihm unnütze Fragen an den Kopf zu werfen, deren Antwort ich eigentlich schon wusste.

»Warum haben die Menschen sie erschaffen? Warum sollen sie mit uns reden? Was hat das für einen Sinn? Und warum kommen sie hier hin, wenn sie doch im Gefängnis sind?!«

Vor lauter Verzweiflung atmete ich hektisch und flach. Mir wurde schwindelig. Ich hatte plötzlich das Gefühl, gleich umzukippen. Wie sollten wir diese metallischen Monster auch noch besiegen? Mit Krallen und Zähnen kam man bei ihnen nicht weiter. Und mit meinen Kräften …

»Du wirst sie mit deinen Kräften besiegen können«, beruhigte Raven mich. »Du bist stark genug, dich ihnen ein weiteres Mal entgegenzustellen. An deiner Seite all deine Freunde.«

Durch seine ruhige Erklärung etwas besänftigt, fragte ich: »Und warum sind sie hier? Wenn sie doch im Gefängnis sein sollten?«

Raven stieß die Luft aus. »Wahrscheinlich sollen sie weitere Tiere gefangen nehmen. Ein paar Menschen vom Gefängnis haben sie hergebracht. Sie haben sich anscheinend mit den

Menschen hier verbündet. Offenbar sind die Zweibeiner auf diesem Planeten irgendwie alle miteinander in Kontakt.«

In mir stieg ein Knurren auf. Wir hatten es aus dem Gefängnis geschafft, Raven war dafür gestorben.

Und jetzt waren sie wieder da? Wollten wieder Tiere entführen? Das war so unfair!

»Wie können wir sie aufhalten?«, fragte ich wütend.

Der Hund lächelte leicht. »Ihr müsst kämpfen. Euren Kopf benutzen. Du weißt, wie du sie besiegen kannst.«

Gerade wollte ich widersprechen, aber da wurde es mit einem Schlag finster.

Erschrocken riss ich den Kopf hoch, nachdem mich ein merkwürdiges Geräusch aus dem Schlaf gerissen hatte.

Durch den Eingang drang schwaches Sonnenlicht.

Der Sonnenaufgang musste gerade erst in vollem Gange sein. Da aber erklang ein lautes Dröhnen irgendwo aus dem Wald. Ich schreckte auf.

Ein Donnerschlag folgte auf das unnatürliche Dröhnen und für einen Moment war der Wald wieder still.

Bis das Dröhnen von neuem erklang.

Die Menschen! Sie haben ihre schreckliche Arbeit wieder aufgenommen!

Also hatte Raven recht. Der Kampf würde kommen.

Wir mussten uns vorbereiten. Sofort.

Kurz schaute ich mich im Bau um. Alle schliefen tief und fest. Selbst Klee.

Ich wollte keinen von ihnen wecken. Das wollte ich alleine tun. Schnell schlich ich durch den Eingang ins Freie.

Draußen wehte mir eine sanfte Brise entgegen, doch sie hatte einen merkwürdigen Beigeschmack.

Angeekelt verzog ich das Gesicht. Die Sonne strahlte durch die Bäume. Der Himmel war ein Spektakel aus Blau, Lila, Rosa und Orange. Die Schönheit der Natur bei Sonnenaufgang konnte ich leider nicht genießen.

Ich musste herausfinden, wie weit die Schlacht noch entfernt war. Eilig lief ich zu Eisblitz' Bau. Mein Ziehvater sollte mir zeigen, was er mir schon berichtet hatte.

Im Bau war es dunkler, als in unserem, da die Sonne ihn nicht anstrahlte. »Eisblitz?«, flüsterte ich drängend ins Dunkle.

»Eisblitz, wach auf!« In den Schatten bewegte sich etwas. Der große Wolfsrüde blinzelte und ich erkannte seine strahlend dunkelblauen Augen. »Silber, was ist…«

Der Donnerschlag ließ ihn verstummen. Seine Pupillen wurden so groß wie Monde und er war auf einmal hell wach.

»Die Menschen!«, zischte er, während der Wächter aus dem Bau rannte. Ich nickte. »Ja. Du musst mich zu ihnen führen. Ich hatte einen Traum. In ein paar Tagen ist der Kampf. Und die Metallhunde werden auch da sein.«

Eisblitz starrte mich an, als wäre mir ein drittes Ohr gewachsen. »Beim Ewigen Rudel!«, hauchte er schließlich schockiert.

Ich nickte und kläffte dunkel: »Das kannst du laut sagen. Aber jetzt komm! Wir müssen sehen, was da vor sich geht!«

Der Rüde nickte ernst und wir eilten dem furchtbaren Geräusch entgegen.

Ein Knoten bildete sich in meinem Magen, als wir durch den Wald rasten. Der Wind der Blütezeit peitschte mir ins Gesicht, meine Pfoten donnerten über den Boden.

Mein Herz schlug hart gegen meine Rippen, das Blut rauschte in meinen Ohren.

Die grüne Umgebung um uns herum verschwamm, als wir durch den Wald jagten. Wir hielten auch nicht an, als wir die

Grenze überqueren. *Wir müssen Taube um Hilfe bitten! Das hier ist genauso ihr Zuhause!*

»Eisblitz!«, heulte ich über den reißenden Wind.

»Wir müssen auf dem Rückweg Taube bitten, sich uns anzuschließen! Ihre Heimat wird ebenfalls zerstört!«

Neben mir sah mich mein Ziehvater kurz an und nickte fest. Wir rannten, so schnell uns der Wind trug, durch den Birkenwald, ohne auf die Gerüche des anderen Rudels zu achten.

Das Dröhnen wurde lauter. Der Donnerschlag zerrieß die Luft, wie ein Krallenhieb.

»Langsamer!«, rief Eisblitz nach einer Weile und verlangsamte seinen Schritt. Ich tat es ihm nach.

Das Dröhnen erklang erneut. Es klang nun wie ein dunkles Kreischen. Wütend legte ich die Ohren an.

Warum taten die Menschen das?

Warum zerstört ihr unser Zuhause?!

Der Donnerschlag ließ den Boden erbeben und mich zurückschrecken. Da ertönten weitere Geräusche. Noch ein Dröhnen. Brüllen.

Fragend sah ich Eisblitz an, der mir mit einem Nicken vermittelte, weiterzugehen. Ich folgte ihm, ohne etwas zu sagen.

Das hier war schrecklich. Ich wollte nicht hier sein. Ich wollte nicht wissen, was die Menschen anrichteten.

Jedes Haar in meinem Pelz schrie mich an, mich umzudrehen und zu flüchten.

Aber das konnte ich nicht. Ich hatte mein Schicksal angenommen und nun musste ich es auch durchziehen.

»Wir sind da«, knurrte Eisblitz grimmig, als das dunkle Dröhnen so laut war, dass ich dachte, ich würde taub werden.

Vor uns versperrte ein dichtes Geäst den Blick auf die Menschen. Ich atmete tief ein, stieß die Luft konzentriert wieder aus. Ich merkte, wie sich die innere Ruhe erneut in mir ausbreitete. *Danke, Raven.*

Ich nickte Eisblitz zu, der mich abwartend ansah. Gemeinsam traten wir in das Gebüsch. Die Äste verhakten sich mit unseren Pelzen, es war schwierig hindurchzukommen.

Als würde uns die Natur selbst davon abhalten wollen zu sehen, was die Menschen mit ihr anrichteten.

Doch nach ein paar anstrengenden Herzschlägen konnte ich durch die Zeige spähen.

Entsetzt zog ich die Luft ein.

Mein Herz setzte für einen Moment aus.

Vor uns zog sich eine große, freie Fläche in die Ferne.

Sie war wie eine Lichtung, jedoch herrschte auf ihr Tod und Verderben, anstatt blühendes Leben.

Die Wiese war zu trockener Erde gestampft worden, Baumstümpfe ragten leblos aus dem Boden.

Auf dieser gerodeten Fläche sammelten sich Horden von Menschen, Hunden, Monstern und seltsamen Geräten, die ich noch nie gesehen hatte.

Gelbe Bestien, die sich auf vier runden Pfoten fortbewegten, rollten langsam über den ausgetrockneten Boden und hinterließen seltsame Spuren. Ein paar von den Monstern hatten einen langen Arm an ihrer Brust.

Mit dem sammelten sie tote Bäume auf, die am Waldrand verteilt lagen. Die Bäume waren alle geradewegs von ihrem Stumpf getrennt worden, als hätten die Menschen sie kaltherzig geköpft.

Da erhaschte ich einen Menschen, der etwas Seltsames in den Pfoten trug. Ein längliches Ding, was auf Befehl des Zweibeiners anfing, sich in seinen Pfoten zu drehen. Es kreischte auf, als der Mensch es an die Rinde eines Baumes hielt.

Die schützende Haut des Baumes platze auf, splitterte in alle Richtungen, während das kreisende, längliche Ding protestierend schrie.

Voller Schrecken musste ich mitansehen, wie der Baum ächzte und stöhnte, sich langsam zum Erdboden senkte und schließlich mit einem lauten, ohrenbetäubenden Donnerschlag tot aufkam. Staub wirbelte auf. Der Mensch, der ihn umgebracht hatte, trat zurück.

Ein Ungeheuer mit einem seltsamen langen Arm rollte herbei, griff mit einer klauenartigen Pfote nach dem toten Baum und packte ihn sich auf den langen Rücken. Unter lautem Dröhnen schleppte das Vieh die toten Bäume fort.

Ich konnte - wollte - einfach nicht glauben, was ich gerade mit eigenen Augen sah. Der Wald starb.

Er wurde kaltblütig ermordet. Von Kreaturen, die ohne ihre Erfindungen nichts wären. Ohne ihre ganzen Ungeheuer und metallischen Dingen, wären die Menschen ganz unten auf der Nahrungskette. Sie hatten keine Krallen oder Zähne, sie versteckten sich hinter ihren tödlichen Stöcken oder rollenden Gehilfen.

Überall auf der kahlen Lichtung, inmitten der toten Bäume, den kümmerlichen Stümpfen und des dicken Staubes, den die rollenden Ungeheuer aufwirbelten, liefen Menschen und Hunde hin und her.

Die Zweibeiner brüllten sich irgendetwas zu, wuselten umher, wie ein Bienenschwarm.

Die Hunde schlichen am Waldrand entlang, als würden sie nach Leben im Wald Ausschau halten.

Mitten unter ihnen, genau auf der leblosen Fläche, erblickte ich plötzlich ein bekanntes Aufblitzen. Die Sonne schien auf die Lichtung, reflektierte etwas inmitten dieses Durcheinanders, was aufleuchtete. In mir stieg ein Knurren auf, als ich Fox erblickte, die mit zornigen Blicken über die Lichtung stapfte.

Sie sind bereits hier! Wir haben keine Zeit mehr!

Als ich meine Augen genauer über die staubige Fläche schweifen ließ, erblickte ich noch mehr metallische Hunde: Gray, Claw, Eye, Shadow, Rat. Alle waren da. Außer Black.

Vielleicht hat ihn das Wasser wirklich getötet ...

Ich verzog das Gesicht und zog mich etwas ins Gebüsch zurück. Auf keinen Fall durften die Metallhunde uns entdecken. Doch umso länger ich mir dieses Szenario anschaute, umso länger dieses Dröhnen und Kreischen meine Ohren schmerzen ließ, umso länger ich hier war, desto wütender wurde ich. Zorn brodelte in meinen Adern, ließ mein Fell zu Berge stehen.

Wie konnte das alles nur geschehen? Warum taten die Menschen das? Wussten sie nicht, dass Tiere hier lebten? Oder war das ihnen vollkommen egal?

Natürlich ist es ihnen egal! Sie sind herzlose Monster!

Am liebsten hätte ich mich sofort auf den nächsten Menschen geworfen und ihm die Kehle durchgebissen, aber das wäre reiner Selbstmord.

Stattdessen probierte ich etwas anderes.

Ich atmete tief durch, schloss die Augen, und versuchte, im Einklang mit mir selbst zu sein.

Das funktionierte nun, nach allem, was geschehen war, sehr viel leichter, als noch vor meiner gefällten Entscheidung.

Da hörte ich das Rauschen der Bäume. Neugierig öffnete ich wieder die Lider.

Der Wald, und die freie Fläche hatte sich verändert.

Der Wald, sowie Eisblitz neben mir, strahlten in einem lebendigen hellblau.

531

Doch die Lichtung war schwarz. Pechschwarz, als wäre sie verkohlt. *Dort ist kein Leben mehr ...*

Alle Bäume waren ermordet worden. Überall auf dieser Fläche herrschte nur noch Tod und Leid.

Einzelne, blaue Punkte ließen mich auf Menschen schließen, die auf ihr herumrannten, doch sonst war alles dunkel.

Ihre Monster waren schwarz, sowie die Metallhunde.

Das sind keine Lebewesen ...

Trauer erfasste mich bei diesem schrecklichen Anblick. *Wie kann es sein, dass die Menschen die Natur überhaupt zerstören können?! Die Natur ist doch das Mächtigste, was es gibt!*

Irgendwie hatten sie es doch geschafft. Und nun waren bereits so viele Bäume tot. So viel Natur hatte wegen diesen Zweibeinern leiden müssen.

»Wir müssen die anderen warnen!«, flüsterte ich mit starrem Blick auf das Geschehen vor uns.

Meine Worte unterbrachen meine Verbindung mit der Natur und ich sah wieder, wie jeder andere auch.

»Sie kommen immer näher! Wir müssen uns einen Plan ausdenken und angreifen!«

Hier hatte das Sprichwort wirklich recht. *Angriff ist die beste Verteidigung!* Wenn wir nicht angriffen, würden die Menschen alles zerstören.

Eine plötzliche Ruhe ließ die heiße Wut, die in meinen Adern brannte, erlöschen. *Wir müssen angreifen.*, dachte ich mit einer kristallklaren Entschlossenheit.

Es ist Zeit! Wir müssen kämpfen!

Wir eilten durch den Wald, auf das Lager von Taube zu.

Eisblitz hatte mir zugestimmt und wir waren von diesem schrecklichen Ort geflohen.

Nun rannten wir mit wirbelnden Pfoten durchs Unterholz, achteten nicht darauf, wie laut unsere Geräusche waren.

Das war jetzt unwichtig. Es zählte allein, dass wir uns verbündeten und schnell einen Plan ausarbeiten konnten.

Das Dröhnen der Ungeheuer hinter uns, begleitete uns den ganzen Weg. Es verstummte auch nicht, als wir am Lager ankamen. Auf der Lichtung war es zwar nur noch ein störendes Hintergrundgeräusch, doch trotzdem präsent.

Dennoch in der Nähe.

»Eisblitz!« Bär stand auf der Lichtung und entdeckte uns als erstes. Der Wolf kam eilig angelaufen. Seine Augen weit aufgerissen. »Was ist passiert?«, fragte er besorgt, als er unsere verzerrten Gesichter sah.

»Die Menschen sind passiert«, knurrte mein Ziehvater unheilvoll. Bär starrte ihn verständnislos an, aber Eisblitz schob sich an dem Rüden vorbei. »Wo ist Taube? Wir müssen *sofort* mit ihr reden.«

Inzwischen hatten auch andere unsere Anwesenheit bemerkt. Langsam kamen sie näher, murmelten leise und warfen uns irritierte Blicke zu. *Als wüssten sie nichts von den Menschen! Sie hören sie doch klar und deutlich!*

»Taube ist in ihrem Bau …«, fing Bär stotternd an. Eisblitz nickte knapp und trottete zum Bau der Wächterin. Bär wollte uns aufhalten, indem er uns eilig hinterherrannte.

»Aber ich weiß nicht, ob sie Besuch empfängt!«

Der schneeweiße Wolf drehte den Kopf und sah Bär mit einem tödlichen Blick an. »Diesen Besuch empfängt sie, Bär. Das kannst du mir glauben.« Er sprach die Worte mit so einem Ernst und so einer tödlichen Sicherheit aus, dass mein Fell unbehaglich prickelte.

Bär blieb still, erschrocken von Eisblitz' eisigen Worten.

Ich folgte meinem Ziehvater zum Schlafplatz der Mondwächterin. Der Wolfsrüde trat ein, ohne sich vorher anzumelden. Auch wenn diese Unhöflichkeit mir nicht gefiel, eilte ich ihm in die Dunkelheit nach.

»Eisblitz.« Taube saß in ihrem Nest und blickte den Wächter erstaunt an. »Was sucht ihr hier? Gibt es Probleme in eurem Rudel?« Ich sah sie verständnislos an.

Verdrängte sie die dröhnenden Geräusche? Ignorierte sie sie, oder waren diese Wölfe tatsächlich taub?

»Taube, wir haben *alle* wirklich große Probleme«, kläffte Eisblitz mit einem harten Unterton. Ich sah meinen Wächter an. Er saß aufrecht da, mit erhobenem Kopf und glühenden Augen. Wie ein Anführer es zu sein hatte. Aber jetzt sollte er kein Anführer, sondern ein Freund sein.

»Unsere Heimat wird zerstört, wenn wir nicht bald etwas unternehmen«, erklärte er weiter. Die Augen der grauen Mondwächterin weiteten erschrocken, als hörte sie das zum ersten Mal. Ich konnte nicht anders, als zu fragen: »Die Menschen, wisst ihr nicht von ihnen? Die dröhnenden Geräusche? Hört ihr sie nicht?« Natürlich sollte man so etwas eine Anführerin nicht fragen, aber ich konnte mich nicht zurückhalten.

Taube sah mich überrascht an. »Doch, selbstverständlich!«, bellte sie empör. »Allerdings dachte ich, sie würden nach einer Zeit wieder verschwinden ...«

»Das werden sie nicht«, unterbrach Eisblitz sie dunkel. Er sah die Wölfin mit ernstem Gesichtsausdruck an.

»Sie werden weiter töten. Weiter zerstören. Bis nichts mehr von unserer Heimat übrig ist. Wir müssen sie angreifen, bevor sie uns erreichen. Wenn wir das nicht tun, sind wir alle tot.«

Entsetzt starrte Taube Eisblitz an. Dieser seufzte müde.

»Das ist Silbers Schicksal.« Er fing an, Taube zu erklären,

was ich mit diesem Kampf zu tun hatte. Dass das Ewige Rudel schon vor Zeitwechseln wusste, dass dieses Unheil kommen würde. Außerdem berichtete er kurz von meiner Reise und den Verbündeten, die ich mitgebracht hatte, genauso, wie von meinen neuen Kräften, als auch von den Metallhunden.

»Ich verstehe …«, hauchte Taube, als Eisblitz geendet hatte. Immer noch wirkte sie verstört von dieser Nachricht, jedoch wurde ihre Miene entschlossener.

»Wenn das so ist, müssen wir unsere Heimat beschützen«, entschied sie und stand auf. »Wir werden zusammen als ein Rudel kämpfen, um unser gemeinsames Zuhause zu schützen.«

Eisblitz nickte. »Das ist die richtige Entscheidung, Taube.« Er zögerte kurz, dann aber bat er: »Es wäre besser, wenn du mit uns zu meinem Lager kämst. Dort könnten wir in Ruhe mit den anderen Anführern unseren Plan besprechen.«

Die Wächterin zog tief die staubige Luft ein. »Ich komme mit«, verkündete sie entschlossen.

Zusammen verließen wir den Bau. Auf der Lichtung drängten sich die Rudelwölfe, um zu sehen, was los war.

Das dröhnende und donnernde Hintergrundgeräusch war stets zu hören.

»Was ist los, Taube?«, fragte Honig, die Krallenmondwölfin besorgt. Taube nickte ihrer Stellvertreterin sacht zu, wandte sich aber an ihr ganzes Rudel, was vor uns stand.

»Wir alle wissen von den Menschen, jenseits unserer Grenzen. Leider werden sie nicht dortbleiben. Sie werden unsere Grenzen überschreiten und den Wald zerstören. Sie werden unser Zuhause und uns töten, wenn wir nicht mit Eisblitz' Rudel und anderen Verbündeten in die Schlacht gegen die Menschen ziehen.«

Entsetztes Raunen ging über die Lichtung. »Das kann nicht

sein!«, jaulte Nuss voller Angst.

»Wie sollen wir gegen Menschen und ihre Monster bestehen?«, fragte Flügel und legte ihre Rute schützend um zwei junge Welpen.

»Wir haben keine Chance!«, heulte Staub. »Die Menschen werden uns mit ihren Donnerstöcken umbringen!«

Taube beruhigte die aufgebrachte Gruppe mit den Worten: »Wir werden diesen Kampf gewinnen, das wurde vom Ewigen Rudel vorherbestimmt! Dieser Krieg ist Silbers Schicksal. Sie ist gekommen, um uns zu retten! Mit ihr gewinnen wir diese Schlacht!«

Im Lager angekommen, wartete Maus bereits am Rand der Senke auf uns. Der ungerecht ausgewählte Krallenmondwolf hatte sich gestern nicht bei den Wölfen des Eisrudels entschuldigt. Ich wusste nicht, ob er es nun getan hatte, das bezweifelte ich aber. Seine Augen wurden groß, als er Taube erblickte.

»Wo wart ihr? Was macht sie hier?«, wollte er barsch wissen. Eisblitz antwortete nicht, trottete an Maus vorbei in die Senke. Taube und ich folgten ihm.

Auch wenn Maus der Stellvertreter des Rudels war, verhielt sich Eisblitz nicht so, als würde er mit dem grauen Rüden etwas zu tun haben wollen.

Eben gerade hatte er ihn einfach ignoriert. Gestern hatte er ihn weggeschickt und schon oft, in der Zeit, in der wir wieder da waren, hatte er ihn zurechtgewiesen.

Warum hat er ihn zum Krallenmondwolf ernannt, wenn Eisblitz Maus jetzt so ignoriert?

Ich fand das natürlich gut. Maus hatte so eine Aufmerksamkeit nicht verdient. Er hatte es nicht verdient, auf diesem Rang zustehen und ich hoffte, Eisblitz hatte das nun auch eingesehen.

Das Rudel war während unser Abwesenheit zum Leben erwacht. Die meisten Wölfe waren auf den Pfoten und tummelten sich in der Senke, wie ein Bienenschwarm.

Inzwischen hatten die Rudelwölfe bemerkt, dass Taube bei uns war. Sie blieben in der Senke sitzen, tuschelten leise miteinander. Ich erblickte Flamme und Kupfer, die sich einen Hasen teilten. Bei unserer Ankunft blickten sie auf und beendeten rasch ihr Mahl.

Blaubeere, Himmel, Wespe und Eisvogel saßen zusammen am Hang und schauten erstaunt zu uns hinüber.

Schneehase und Sternenglanz standen bei den Schattenläufern, doch nun starrten sie besorgt zu uns hoch.

Ich entdeckte Flieder, die bei Klee und Aurora kauerte.

Lenny erkannte ich bei Ben, Aluna und Kiro.

»Silber, hol Flieder. Bring sie und alle Tiere, die du bei unserer Planung an deiner Seite haben willst, in meinen Bau. Ich gehe mit Taube vor.« Eisblitz' Worte rissen mich aus meinen Beobachtungen der Umgebung.

Ich nickte dem Wächter zu und trottete zielstrebig auf Flieder zu. *Alle Tiere, die ich bei der Planung an meiner Seite haben will? Das wären sehr viele ...*

»Flieder.« Ich begrüßte die Anführerin mit einem Nicken. Auch Klee und Aurora begrüßte ich kurz.

»Es ist so weit«, bellte ich leise. »Eisblitz versammelt die Anführer in seinem Bau, um mit ihnen einen Plan zu schmieden.«

»Es ist für was soweit?«, fragte Aurora besorgt. Sie machte ein sorgenvolles Gesicht und obwohl ich wusste, dass sie die Antwort kannte, kläffte ich: »Für den Kampf. Ihr hört es doch auch: Die Menschen zerstören den Wald. Und es ist noch viel schlimmer.« Mir viel ein, dass sie noch gar nichts von den

Metallhunden wussten. »Die Metallhunde sind auch da.« Erschrocken zogen alle drei die Luft ein.

Bevor sie aber etwas fragen konnten, fuhr ich schnell fort: »Das können wir alles nachher bereden, jetzt müssen wir in den Wächterbau.« Ich nickte Flieder und ebenso Klee zu.

»Ich soll auch mitkommen?«, fragte mein Bruder überrascht. Ich neigte den Kopf. »Eisblitz hat mir aufgetragen, jeden mitzubringen, den ich an meiner Seite haben will.«

Sogleich grinste Aurora und stupste Klee sanft an. »Dann los, Klee!« Ein wenig widerwillig folgte der Rüde mir und Flieder. Wir sammelten noch Kupfer, Ben und Flamme ein. Am liebsten hätte ich all meine Freunde mitgenommen, aber …

Hey, warum eigentlich nicht? Sie waren alle mit mir auf der Reise, wissen alle, wie schrecklich die Menschen und die Metallhunde sind!

»Wisst ihr was?«, fragte ich, als wir schon auf dem Weg zum Wächterbau waren. Ich blieb stehen und sah meine Gefährten an. »Ich hole noch die anderen. Wir waren alle auf dieser Reise. Also können wir auch alle einen Plan schmieden!«

Rasch versammelte ich all meine Freunde um mich und trat mit ihnen zu Eisblitz′ Bau.

Der Wächter sah aus seiner kleinen Höhle heraus, als wir auf ihn zutraten. »Silber, wo wart ihr denn?«, fragte er ungeduldig. »Du warst ja eine ganze Weile weg, was …«

Als er die vielen Wölfe sah, die ich mitgebracht hatte, verstummte er. Irritiert sah er mich an, ich aber nickte.

»Du wolltest, dass ich die Wölfe mitbringe, die ich an meiner Seite will. Nun, das sind sie.«

Einen Moment schien der Anführer noch verärgert, als wären es ihm zu viele Tiere, da jedoch seufzte er.

»Na schön. Wir gehen in den Wald. Alle passen nicht in den

Bau.« Er drehte sich um und holte Taube, zusammen trotteten wir dann in den blühenden Wald.

»Werden wir wirklich kämpfen müssen?«, hörte ich Aluna hinter mir fragen. Gerade wollte ich mich umdrehen, um meiner Ziehtochter zu antworten, da aber kam mir Kiro zuvor.

»Das werden wir. Silber hat uns doch erzählt, was passieren wird. Aber keine Angst«, fügte er nach kurzem Zögern hinzu. »Mit deiner Mutter an deiner Seite kann dir nichts geschehen. Und mit mir natürlich.«

Die Schneeleopardin kicherte leise, da Kiro den letzten Satz so merkwürdig übertrieben betont hatte.

Ich musste grinsen. *Aluna ist beinahe ausgewachsen ... Ich kann es nicht fassen. Wir haben sie vor ein paar Monden gefunden und nun ist sie schon so groß und reif ...*

Außerdem glücklich. Sie hatte eine Familie, auch wenn Kupfer und ich nicht ihre leiblichen Eltern waren. Und sie hatte einen Freund. Kiro, der nette Puma, war, seit er sich unserer Gruppe angeschlossen hatte, ihr ein guter, treuer Freund geworden. Die beiden erinnerten mich an Klee und mich selbst.

Ob aus dieser Freundschaft vielleicht sogar mehr werden könnte, konnte ich nur hoffen.

»Wir bleiben hier«, entschied Eisblitz vor mir knapp.

Er hielt an und wir setzten uns in einen kleinen Kreis zusammen. Nun saßen Tiere, von verschiedenen Spezies, verschiedenen Lebensarten und verschiedenen Leben zusammen.

Wir waren alle verschieden, jedoch wollten wir alle das Gleiche: Die Menschen aufhalten.

Eisblitz stellte Taube kurz die Tiere vor. Die Anführerin war ganz überwältigt von den unterschiedlichen Arten, die hier zusammengekommen waren.

»Ich muss gestehen, ich habe noch nie einen Schneeleoparden oder Puma gesehen«, bellte sie freundlich zu Kiro und Aluna. »Auch habe ich bis jetzt noch nie mit Hunden gesprochen«, verriet sie den vier Vierbeinern.

»Nun, es gibt für alles ein erstes Mal«, meinte Ben höflich. Taube nickte ihm zustimmend zu.

»Also, wie ihr sicher schon alle wisst, werden wir gegen die Menschen in den Kampf ziehen müssen, um unsere Heimat und uns selbst zu schützen«, hob Eisblitz an und erklärte uns noch einmal die momentane Lage.

»Wir werden so schnell wie möglich angreifen müssen, um zu verhindern, dass die Menschen noch mehr töten«, endete Eisblitz mit ernster Stimme. »Die Frage, die ich an euch stelle: Wie sollen wir angreifen? Wie sieht der Plan aus?«

Einen Moment blieb es still.

Flamme erhob als Erster die Stimme: »Vielleicht können wir sie einfach frontal angreifen? Wenn wir alle auf sie zustürmen, haben wir das Überraschungsmoment auf unserer Seite.«

»Sie würden uns aber sofort abschießen«, erwiderte Lesly neben dem Einzelwolf. Die gefleckte Hündin knurrte leise.

»Wegen ihrer verdammten Donnerstöcken können wir nicht einfach auf sie zulaufen. Wir wären tot, bevor wir überhaupt irgendjemanden anrühren könnten.«

Die Gruppe nickte leicht.

»Und wenn wir uns anschleichen?«, schlug Lenny vor. Er saß bei seinen drei Freunden. Der kleine Hund sah uns fest an.

»Wenn wir die Menschen einzeln und leise töten?«

Korn schüttelte den Kopf. Er kauerte an Leslys anderer Seite. »Wie sollen wir sie denn *leise* töten? Das schaffen vielleicht die Menschen, aber wir nicht.«

»Auch wieder wahr«, stimmte Lenny ein wenig enttäuscht zu. »Die Menschen dürfen uns nicht sehen«, überlegte Kiro, der bei Aluna saß, konzentriert. »Bei Nacht könnten wir vielleicht …« Bevor einer von uns etwas darauf sagen konnten, schüttelte er über seinen eigenen Gedanken den Kopf.

»Nein, vergesst es. In der Nacht sind die Menschen weg. Außerdem ist das unmöglich. Sie werden uns immer sehen können.«

»Vielleicht nicht!«, rief Kupfer begeistert neben mir aus.

Die Gruppe sah ihn verwundert an. Kupfer strahlte, als hätte er die Lösung.

»Silber, du hast doch die Fähigkeiten!«

Die habe ich ganz vergessen! Wie kann man die vergessen?!

»Ja! Mit dem Nebel könnte ich sie einhüllen. Dann würden sie uns nicht sehen!«

Auf den Gesichtern der Umstehenden erschien ein hoffnungsvolles Lächeln. »Dann müssen wir die Menschen mit den Donnerstöcken zuerst ausschalten! Und ganz leise töten!«, rief Lenny.

»So werden wir es anfangen!«, entschied Flieder begeistert. Klee, der an Kupfers anderer Seite hockte, fügte hinzu: »Während sie in Nebel gehüllt sind, kannst du doch die Adler rufen. Sie können diesen verdammten Menschen die Augen ausstechen!«

»Und dann können die Wurzeln die Menschen und Monster zerquetschen!«, fügte Aurora mit leuchtenden Augen hinzu.

Die Ausdrucksweisen der beiden hörten sich für ihre Persönlichkeiten ziemlich brutal an, doch angesichts der Situation waren solche Wörter durchaus angebracht. Sie verdeutlichten die Wichtigkeit dieses Kampfes.

Die Menschen mussten sterben. Sonst würden sie niemals aufhören, den Wald zu zerstören.

»Aber was ist mit den Metallhunden?«, fragte Ben warnend.

Flieder nickte. »Ja, ihr sagtet, sie wären nicht zu besiegen.«

»Doch, das sind sie!«, rief Lesly zuversichtlich. »Black starb durch das Wasser, wisst ihr noch?«

»Wir wissen bis heute nicht, ob ihn das Wasser wirklich getötet hat«, warf Lenny ruhig ein. »Es könnte ihn auch nur gelähmt haben.«

Aluna zuckte mit den Schultern. »Lähmen ist doch besser als nichts.«

»Und einen Versuch ist es wert«, stimmte Klee ihr zu.

»Aber … wenn wir den Kampf allein mit Silbers Kräften gewinnen können … was machen *wir* dann?«, wollte Flamme zweifelnd wissen.

Ich stimmte ihm mit einem Nicken zu. »Ich glaube nicht, dass das Ewige Rudel mir diese Fähigkeiten gab, um die Menschen alleine mit ihnen zu vernichten. Sie sollen nur eine Hilfe sein. Keine Lösung.«

»Also könntest du sie verbrennen lassen, aber der Kampf wäre noch nicht vorbei, weil wir anderen noch nichts getan haben?«, fragte Korn zweifelnd.

Ich zuckte unwissend mit den Schultern. »So einfach wird es nicht sein. Ich weiß ja noch nicht mal, wie viel Kraft ich habe. Vielleicht reicht sie nur, um einen Menschen zu verbrennen oder so.«

Eisblitz blickte mich ernst an. »Zeit, um das auszuprobieren, haben wir nicht. Wir müssen uns jetzt einen Plan ausdenken und dann angreifen.«

»Wir greifen heute noch an?«, fragte Lenny entsetzt.

Der Anführer schüttelte den großen Kopf. »Nein, aber morgen. So schnell es eben geht.«

Wir nickten einverstanden. *So nahe ist der Kampf …*

Sorgen plagten mich. Meine Freunde verließen sich auf

meine Kräfte und ich wusste noch nicht mal, ob ich ihren oder meinen Erwartungen überhaupt gerecht werden konnte.

»Wir müssen aber in Erwägung ziehen, dass meine Fähigkeiten nicht die ganze Schlacht über beständig bleiben. Oder dass ich sie nur begrenzt und nicht alle auf einmal einsetzen kann. Es kann alles passieren. Vielleicht habe ich im Laufe des Kampfes auch gar keine Fähigkeiten mehr, weil mir die Kraft ausgeht, oder so etwas. Wir müssen auf alles gefasst sein. Also müssen wir auch ohne meine Kräfte kämpfen können.«

Die Gruppe nickte wieder bedächtig. »Ja«, stimmte Kiro mir zu. Er sah mir fest in die Augen. »Wir müssen einen Plan zum Ausweichen haben.«

»Also, damit ich das jetzt richtig verstehe«, Flamme schaltete sich kurz ein. »Unser erster Plan ist, Silbers Kräfte vorschicken, damit sie für uns die Arbeit machen und dann am Ende die restlichen Gegner erledigen?«

So hört sich das echt feige an.

»Wenn du es so sagst, hört es sich furchtbar an«, bellte Aurora bedrückt.

»Ja, aber wir haben nun mal jetzt die Fähigkeiten. Das Ewige Rudel hat sie Silber gegeben. Warum sollten wir sie dann nicht benutzen?«, fragte Korn den Einzelwolf.

»Weil es unfair wäre«, beantwortete Taube die Frage.

Zum ersten Mal meldete sich die Anführerin zu Wort.

Nun waren alle Augen auf die graue Wölfin gerichtet.

Mit erhobenem Kopf nahm sie die Blicke entgegen.

»Ja, ihr habt vielleicht recht: Silber könnte ganz alleine die Menschen besiegen. Sie könnte sie verbrennen, ertrinken lassen im schwebenden Wasser, von Wurzeln erdrücken, oder von Vögeln zerhacken lassen. Aber das wollte das Ewige Rudel nicht damit bezwecken, als sie Silber diese Talente gab.«

Sie sah mich durchdringend an. »Ich glaube, sie haben dir die Kräfte gegeben, damit du den Rudelwölfen, *als Einzelwölfin*, helfen kannst. Ich denke, diese Fähigkeiten sollen symbolisch sein, dafür, dass ein Einzelwolf manchmal besonderer und einzigartiger ist, als ein normaler Rudelwolf. Sie wollten uns allen zeigen, dass wir Fremde nicht ausschließen sollten, nur weil sie anders sind. Deine gewonnenen Fähigkeiten sind Lösung und Problem zugleich. In manchen Augen bist du mit deinen Kräften eine Bedrohung. Eine Gefahr für die Rudelwölfe. In anderen aber die Lösung für unsere Probleme, die Retterin unseres Landes. Aber nicht, weil du bist, wer du bist, sondern weil du diese Fähigkeiten hast, die dich in den Augen anderer zu etwas Besonderem machen. Das Ewige Rudel hat dir die Kräfte gegeben, damit wir begreifen, dass Einzelwölfe besonders sind und kein Abschaum, der nur Beute stiehlt.«

Stumm starrten wir Taube an. Sie schmunzelte, als sie unsere erstaunten Gesichter sah. Selbst Eisblitz konnte seine überraschte Mine nicht verbergen.

»Nicht nur ihr habt euch in diesem Zeitwechsel verändert«, murmelte die Wächterin nur und zuckte mit den Schultern.

Ich war von dieser neuen Sichtweise vollkommen überrumpelt. *Aber es kann sein! Vielleicht haben sie mir die Kräfte wirklich aus diesem Grund gegeben! Damit ich allen zeigen kann, dass die Rudelwölfe nicht die einzigen* besonderen *Wölfe sind!*

Nach einer Weile des fassungslosen Schweigens räusperte sich Eisblitz. »Nun ... es ist gut, eine andere Perspektive auf diese Fähigkeiten zu bekommen. Ich stimme dir da wirklich zu Taube. So könnte es tatsächlich sein und darauf wäre ich sehr stolz. Aber nun müssen wir weiter planen. Uns läuft die Zeit davon.«

Wir nickten und entwickelten einen Plan B.

Der bestand eigentlich nur darin, so erbittert und heftig zu kämpfen, wie wir konnten.

Die Sonne schickte bereits ihre letzten Strahlen durch den Wald, als wir endlich fertig waren.

Lange Schatten und ein brennender Himmel begleiteten uns zum Lager zurück.

Der Himmel sah aus, als würde die Welt untergehen.

Hoffentlich geht unsere Welt morgen nicht unter., dachte ich grimmig. Aber ich schüttelte mich, atmete tief durch und hob stolz den Kopf.

Wir werden alle überleben! Wir werden siegen! Morgen erfülle ich endlich mein Schicksal!

31. KAPITEL

Die Nacht war still. Kein Lüftchen regte sich, kein Blatt bewegte sich im Unterholz. Selbst die Schatten um uns herum blieben bewegungslos.

Ich war mir unsicher, ob das nun ein schlechtes Zeichen war.

Doch die Sterne schienen heute Nacht noch heller und intensiver zu leuchten, als normalerweise. Das vernahm ich als gutes Omen.

Die weit entfernten, silbern glitzernden Tropfen, die am Nachthimmel schwebten, schienen den Mond zu ersetzen, der sonst immer so hell auf die Senke hinabgeschienen hatte.

Heute war jedoch Neumond.

Nun ließen die funkelnden Sterne das Lager in Silber baden. Ihr Leuchten drang sogar durch die Baumkronen hindurch.

Beim Sonnenuntergang hatte Eisblitz seinem Rudel erklärt, was am nächsten Tag geschehen würde.

Er hatte mit ihnen den Plan besprochen und geklärt, wer von den Wölfen zurückbleiben würde, um die Welpen zu beschützen. Wir hatten ausgemacht, dass unsere Wölfe bei Sonnenaufgang zum Lager von Taubes Rudel kamen und wir dann zusammen angriffen.

Nervös war ich noch nicht. *Das kommt noch.*, dachte ich bitter.

Die Nacht war angenehm warm. Die Sonnenzeit war im Anmarsch, das konnte jeder sehen.

Wer von uns wird die Sonnenzeit erleben?

Wir kauerten in einem dichten Kreis in der Mitte der Senke.

Eigentlich hätten wir schlafen sollen, genauso, wie die Rudelwölfe, aber die letzte Nacht wollten wir alle gemeinsam verbringen. Alle, die mit auf der Reise gewesen waren.

Kupfer, Klee, Aurora, Lesly, Lenny, Ben, Aluna, Kiro, Korn und Flamme. Mit ihnen kauerte ich unterm Sternenlicht.

Es waren meine Freunde. Meine Gefährten. Meine Familie. Jeder von ihnen hatte einen Platz in meinem Herzen.

Sie waren diejenigen, die ich in der Nacht vor der Schlacht bei mir haben wollte.

Kupfer, mein Gefährte. Unsere Leben waren nach dem Glauben der Hunde nun auf ewig miteinander verbunden.

Er liebte mich mehr als sein eigenes Leben und ich liebte ihn mehr als meins. Wir beide würden für den anderen auf der Stelle sterben. Doch selbst, wenn einer von uns irgendwann starb, hatten wir etwas, das uns auch nicht der Tod nehmen konnte: unsere reine, große Liebe.

Die würde auf ewig bestehen. Selbst im Ewigen Rudel würden wir zusammen sein.

Klee war mein Bruder. Das wusste zwar niemand, trotzdem liebten wir uns und das konnte jeder sehen.

Wir hatten das gleiche Blut, jedoch unterschiedliche Leben. Doch das war egal. Wir würden beide unserer Wege gehen, uns allerdings niemals vergessen.

Die Hunde, Lenny, Lesly, Ben, Aurora, die wir im Gefängnis kennengelernt hatten. Die auf der Reise zu so treuen Freunden herangereift waren, kauerten zusammen bei uns. Sie hatten so viel Leid erfahren müssen. Nun waren sie endlich glücklich.

Korn, der für Lesly sein Rudel verlassen hatte, drückte sich fest an die Hündin.

Aluna, meine Ziehtochter, die auf der Reise so schnell herangewachsen war, dass nun schon fast eine ausgewachsene Schneeleopardin vor mir stand, schnurrte leise vor sich hin.

Ich liebte sie so, als wäre sie meine wahre Tochter. Und sie liebte mich, das wusste ich.

Kiro, der erst gegen Ende unserer Reise zu uns gestoßen war, kauerte an der Seite meiner Ziehtochter.

Klee hatte seinen Vater umgebracht, als dieser versucht hatte, Aluna zu töten. Der junge Puma hatte meinem Bruder allerdings vergeben. Das zeigte, dass Kiro ein reines Herz hatte, frei von Rache oder Hass.

Und letztendlich Flamme, den ich streng genommen erst zwei Tage kannte, als ich ihn in unsere Gruppe aufgenommen hatte. Doch der ältere Einzelwolf war mir wie der Großvater, den ich nie gehabt hatte.

Er hatte uns herzlich willkommen geheißen, obwohl er Kupfer und mich bei unserem ersten Treffen gar nicht gekannt hatte. Und er hatte meine Mutter gekannt.

Das verband ihn noch einmal auf eine andere Art mit mir. »Ich möchte etwas sagen.« Klee erhob sich neben mir. Seine Stimme riss mich aus meinen Gedanken.

Seit einer ganzen Weile hatte Schweigen die stille Senke beherrscht. Wir verstanden uns auch ohne Worte.

Aber nun stand Klee und schaute auf die kauernden Gestalten hinab. Ich sah ihn irritiert an. Was hatte er vor?

Mein Bruder seufzte, als alle Blicke auf ihn gerichtet waren. »Das hier ist vielleicht unser letzter Abend zusammen«, fing er traurig an. Bei seinen Worten drückten sich die Gefährten enger aneinander. Ich spürte Kupfers Pelz an meinem.

Klee legte bekümmert die Ohren an. Ein wehmütiger Ausdruck trat auf sein Gesicht. »Und deshalb möchte ich euch allen sagen, dass ich jeden Einzelnen von euch ins Herz geschlossen habe. Ich weiß, das klingt komisch, aber es ist wirklich so. Ich liebe euch alle auf bestimmte Weise.«

Er sah jedem nach einander in die Augen, um seine Worte zu verdeutlichen. »Und, egal was morgen geschieht, ich werde keinen von euch je vergessen. Ihr seid mir, und natürlich auch Silber und Kupfer, so gute Freunde … die besten, die ein Tier sich wünschen könnte …«

Mein Bruder lächelte uns so herzzerreißend an, dass mir beinahe ein Wimmern entschlüpfte.

Kupfer stand neben mir auf. Ich fragte mich ironisch, warum sich plötzlich alle erhoben, wenn sie sprechen wollten.

»Klee, du bist mir auch ein guter Freund geworden.« Er trat zu meinem Blutsgefährten. Die beiden sahen sich an, als wüssten sie über den morgigen Tag mehr, als wir.

»Du bist uns gefolgt, hast nicht aufgegeben, bis du Silber und mich gefunden hast. Du hattest ein Ziel vor Augen und das hast du verfolgt. Und du hast es geschafft.«

Mein Gefährte blickte zu mir. »Du hast Silber zum Rudel zurückgebracht, damit sie ihr Schicksal erfüllen kann.«

Klee nickte leicht. Seine Augen glänzten.

»Ich danke dir, Kupfer. Du warst an Silbers Seite, die ganze Zeit über. Und du hast dein Ziel auch erreicht: Du hast nun eine Familie.«

Mein Bruder lächelte traurig, während über Kupfers Gesichtszüge Schmerz aufflackerte, als hätte Klee ihn gebissen.

Ich wusste nicht, was zwischen den beiden vorgefallen war, aber sie schienen nun wirklich Frieden miteinander geschlossen zu haben.

Sie schienen wirklich wahre Freunde geworden zu sein.

Die beiden starrten sich so intensiv an, als führten sie ein stilles Gespräch und hätten uns andere ganz vergessen.

Als Lenny sich schließlich räusperte, zuckten die zwei Rüden zusammen.

»Ihr seid uns auch wahre Freunde«, bellte Aurora mit einem liebevollen Lächeln zu den zwei Wolfsrüden und mir.

»Ohne euch wären wir noch immer im Gefängnis«, fügte Ben leise hinzu.

»Ihr habt uns allen die Freiheit geschenkt«, murmelte Lesly mit einem herzlichen Schmunzeln.

Mein Herz wurde warm, als ich in all die sanften Gesichter blickte. »Egal, was morgen passiert, uns alle hat das Schicksal zusammengeführt. Wir sind alle aus einem bestimmten Grund hier: weil wir uns lieben. Weil wir im Laufe unserer Reise eine Familie geworden sind.«

Meine Worte hallten im Schweigen der dunklen Nacht wieder. Zustimmendes Gemurmel beendete die Stille des schlafenden Waldes. »Ja, wir sind eine Familie«, stimmte Ben mir zu. Er lächelte aus tiefstem Herzen.

»Und egal, was morgen geschieht, das werden wir immer bleiben«, fügte Kupfer mit einem Blick hinzu, den ich nicht deuten konnte. Halb traurig aber auch halb friedlich.

»Egal, was geschieht«, wiederholte ich laut und fest.

»Egal, was geschieht«, echoten unsere Freunde liebevoll und mit so einer Kraft und tiefen Bedeutung, dass mein Fell kribbelte. Nun war es nicht mehr das Versprechen von Klee und mir, sondern unser aller.

Die Nacht zog sich in die Länge. Wir verteilten uns ein wenig, um leise mit unseren Liebsten zu reden.

Korn und Lesly zogen sich zurück, genauso wie Aluna und Kiro. Mich wunderte es, dass meine Ziehtochter nicht zu mir kam, sondern mit ihrem Freund im Unterholz verschwand.

Sie wird wirklich erwachsen ... wie schnell so ein Schneeleopardenleben vergeht ...

Lenny, Ben, und Flamme saßen zusammen dort, wo wir eben noch alle gemeinsam gehockt hatten. Sie unterhielten sich leise. Klee und Aurora waren seltsamerweise beide ebenfalls verschwunden. Ich hoffte so sehr für die zwei, dass sie sich in dieser Nacht ihre Gefühle gestanden.

»Ich liebe dich, Silber.« Kupfers leise Worte ließen mich zu meinem Gefährten aufblicken. Er saß vor mir, seine Schnauze nur Krallenlängen von meiner entfernt.

Wir hatten uns an den Rand der Senke zurückgezogen, um ungestört sprechen zu können. Ich lächelte traurig.

Ein ungutes Gefühl begleitete mich, seit Kupfer und Klee sich vorhin so merkwürdig angestarrt hatten.

Inzwischen war ich mir sicher, dass die beiden irgendetwas über den Tag morgen wussten, was uns unbekannt war.

»Ich liebe dich auch, Kupfer.« Sanft stupste ich meine Schnauze an seine. Seine hellgrünen Augen leuchteten liebevoll und er hatte dieses süße, verschmitzte Lächeln aufgesetzt, als wäre alles in Ordnung.

Mir war nicht zum Lächeln zumute.

Morgen war ein schrecklicher Tag und Kupfer wusste etwas darüber. »Du kannst nicht leugnen, dass ihr etwas wisst«, flüsterte ich traurig. Ich war enttäuscht, dass keiner der beiden mir anvertraute, was so schwer auf ihren Herzen lag.

Kupfers Miene veränderte sich. Sein Lächeln erstarb. Sein Leuchten in den Augen erlosch und Falten bildeten sich auf seiner Stirn. Ich hauchte enttäuscht: »Ihr wisst etwas über morgen und wollt es mir nicht sagen.«

Kupfer schwieg. Er sah mich an, als wäre mir eine zweite Schnauze gewachsen. Meine Emotionen schwappten bei dieser Reaktion über. »Jetzt sieh mich nicht so an!«, knurrte ich mit angelegten Ohren. »Ihr könnt doch nicht ernsthaft glauben, dass euer Verhalten keinem auffällt! Jeder hier weiß, dass etwas mit euch nicht stimmt! Und nun weiß ich auch, was: Ihr wisst etwas über morgen!« Mein Gefährte regierte immer noch nicht. Nun blickte er mit traurig angelegten Ohren auf seine Pfoten. Meine Wut wurde stärker. »Jetzt kannst du mich ja noch nicht mal ansehen!« Ich wusste, dass ich nicht mit ihm streiten sollte. Das war die letzte Nacht vor der Erfüllung meines Schicksals. Keiner wusste, wer von uns die nächste Nacht erlebte. Doch das Geheimnis, dass Kupfer und Klee hüteten, erschuf eine Kluft zwischen mir und den beiden.

Eine Schlucht, die mich wütend machte.

Zornig stieß ich den Rüden an, damit er sich endlich regte. »Beim Ewigen Rudel, Kupfer!« Vor Wut stiegen mir Tränen in die Augen. Ich wollte nicht wütend sein! Ich wollte die vielleicht letzte Nacht mit ihm genießen!

Aber das konnte ich nicht, da ich genau wusste, dass er ein Geheimnis vor mir hatte.

»Ich will mich nicht mit dir streiten! Aber ich bin verletzt! Weil ihr mir nicht vertraut! Klee und du nicht! Ist es wirklich so ein großes Geheimnis, dass du es nicht mal mit deiner Gefährtin teilen kannst? Mit der Wölfin, mit der du verbunden bist?« Gekränkt starrte ich ihn an. Kupfer sah zurück und nickte. »Ich kann es dir nicht sagen …«, hauchte er so leise, dass ich ihn fast nicht verstand. Gequält, als würde ihn die Zurückhaltung wirklich so schmerzen, kniff er die Augen zusammen und verkrampfte sich.

»Wieso nicht?«, hakte ich entmutigt nach.

Langsam öffnete Kupfer die Augen. Seine Anspannung blieb jedoch. Lange sah er mir in die Augen.

Verzweifelt starrte ich zurück, verwirrt über den Schmerz, den ich in seinen hellgrünen Tiefen erblickte.

»Weil es dir das Herz brechen würde…«, flüsterte er gequält.

32. KAPITEL

Die Sterne verschwanden ganz langsam vom Himmel. Sie wurden von den aufgehenden Strahlen der Sonne verdrängt.

Das Himmelszelt erstrahlte in prächtigen Farben. Rosa, Orange, Hellblau und Gelb zogen sich über das Land, sodass man glauben könnte, der Himmel wäre magisch. So schön und friedlich wirkte dieser Sonnenaufgang.

Doch das war ein Trugbild.

Dieser Tag würde der Schlimmste meines Lebens werden.

Heute war der Tag der Schlacht. Heute würde ich mein Schicksal erfüllen.

Am Morgen hatte Eisblitz mit uns noch einmal den Schlachtplan durchgesprochen.

Ich würde als aller erstes den Nebel herbeirufen und damit die Menschen erblinden lassen. Danach würde ich die Vögel rufen, damit sie die Menschen ablenkten.

Wir würden uns dann an die Zweibeiner anschleichen und so viele Menschen wie möglich unbemerkt töten.

Um die Monster würde ich mich kümmern. Die Wurzeln würden sie zerquetschen. Kupfer und Klee hatten sich dazu bereiterklärt, bei mir zu bleiben, um mich zu beschützen, falls mir Gegner in die Quere kommen sollten. Auch die Metallhunde würde ich ausschalten. Mit der Hilfe des Wassers.

Hoffentlich wird das funktionieren! Ich weiß nicht, ob ich diese Kräfte alle so aufrechterhalten kann! Was machen wir, wenn ich allein den Nebel beschwören, aber nicht die Vögel rufen kann? Oder falls das Wasser mir nicht gehorcht, weil schon so viele andere Fähigkeiten in Benutzung sind?

Mein Magen war ein einziger schmerzhafter Knoten. Die Sorge um die vielen ungeklärten Fragen schnürte mir die Kehle zu. *Wenn meine Kräfte versagen, müssen wir einfach kämpfen! So verbittert wie wir nur können!*

Tief atmete ich durch. *Die Talente sind nur Hilfen. Auch ohne sie würden wir gewinnen!*

Das redete ich mir ein.

Stumm ging ich an der Seite des Rudels durch den immer noch schlafenden Wald.

Still trottete die große Gruppe daher.

Außer Fluss und Ast, die Schnee und ihre Welpen beschützten, waren alle da. Das gesamte Rudel, über die Schattenläufer bis hin zu den Eisrudelwölfen.

Ein seltsam schönes Gefühl, was ganz im Gegensatz zu meiner Angst stand, flackert in mir auf. Noch nie war das Rudel geschlossen zusammengegangen. Das hier war das erste Mal, dass alle für eine Sache zusammenstanden.

Ich trottete an Eisblitz' Seite. Mein Ziehvater trat mit großen Schritten voran, sein Blick konzentriert auf unseren Weg gerichtet.

Ich war in Gedanken vertieft. Die Nacht mit meinen Gefährten war friedlich zu Ende gegangen.

Nachdem Kupfer mir gesagt hatte, dass die Antwort mir das Herz brechen würde, hatte ich nicht mehr weiter gefragt.

Ich wollte es nicht mehr wissen. Bald genug würde ich es sowieso herausfinden.

Nach einer Weile waren wir wieder zu einer Gruppe zusammengekommen und hatten uns voneinander verabschiedet. Keiner wusste, wer nach dem Kampf noch immer an seiner Seite sein würde.

Natürlich hatten wir geheult. Wir hatten gewimmert und geschluchzt. Jeder war jedem wichtig. Und der Gedanke, einen von ihnen zu verlieren, war unerträglich.

Ich wüsste nicht, was ich ohne Kupfer oder Klee tun würde. *Aufgeben* ...

Diese zwei Rüden waren mein Leben. Wenn einer von ihnen heute sterben würde, würde mein Leben keinen weiteren Sinn mehr ergeben ...

»Silber!« Aluna schloss zu mir auf. Die Schneeleopardin sah mich nervös an. Leise flüsterte sie: »Ehrlichgesagt ... ich habe furchtbare Angst! Mir ist so übel, ich könnte mich sofort übergeben!« Gequält blickte sie mich an.

Ich lächelte leicht. »Ich weiß, wie du dich fühlst. Das weiß jeder hier«, hauchte ich zurück. »Uns allen ist übel. Wir alle haben Angst.« Ich versuchte, wie eine zuversichtliche Mutter zu klingen, die ihren Welpen tröstete.

»Aber Angst gehört zu so einer Situation dazu. Wer keine Angst vor einem Kampf hat, ist verrückt. Außerdem hast du doch auch Hoffnung, dass wir diesen Kampf gewinnen, oder?« Die Kätzin schmunzelte leicht. »Ja, natürlich.«

Ich erwiderte ihr Lächeln. »Siehst du? Und weißt du was? Hoffnung ist so viel stärker als Angst. Hoffnung ist stärker, als alles. Also lass dir von deiner Hoffnung Kraft geben. Du musst nur den Mut haben, sie rauszulassen.«

Ich lächelte liebevoll. »Und ich weiß, dass du diesen Mut besitzt.« Ein schüchternes Schmunzeln erschien auf dem Gesicht der Leopardin. »Danke«, miaute sie und drückte sich fest an mich. »Ich hab dich lieb, Silber.«

Ich grinste, während mir Tränen in die Augen stiegen. »Ich dich auch, Aluna.« Wir drückten uns aneinander, was beim Laufen jedoch etwas hinderlich war. Das war aber egal.

Ich wusste nicht, ob Aluna nach der Schlacht noch bei mir sein würde. *Sie muss einfach! Sie muss und sie wird! Etwas anderes kann nicht geschehen!*

Deshalb presste ich mich, so fest ich konnte, an sie. Nach einer Weile trennten wir uns voneinander.

Die Kätzin sah mir fest in die Augen. »Egal, was heute geschieht, du bleibst immer meine Mutter.«

Überrascht schaute ich sie an, sie lächelte allerdings nur mit einem wissenden Ausdruck in den hellen Augen.

Natürlich wusste sie es.

Ich erwiderte mit einem ruhigen, ausgeglichenen Gefühl dieses Schmunzeln. »Egal, was geschieht, du bleibst meine Tochter.«

Aluna grinste erfreut. »Egal, was geschieht.«

Schweigend trotteten wir über die Grenze.

Die Nervosität in mir stieg. Selbst die innere Ruhe schien dieses Gefühl nicht lindern zu können.

Meine Pfoten zitterten immer heftiger, je näher wir dem Lager Taubes kamen.

Im Wald war es noch still. Die Menschen hatten mit ihrer Arbeit noch nicht begonnen.

Das war ein gutes Zeichen. Denn das bedeutete, dass wir noch Zeit hatten.

Aluna blieb neben mir. Unsere Schritte wurden gleichmäßig, sodass wir bald im Gleichschritt nebeneinander herliefen.

»Silber.« An meiner anderen Seite schluckte Eisblitz schwer. Der große Wolfsrüde sah mich an.

Seit wir aufgebrochen waren, hatte er stur nach vorn gestarrt und uns stumm den Weg gewiesen. Nun spitzte ich die Ohren.

»Ja, Eisblitz?« Mein Ziehvater schaute mich lange an, ehe er erwiderte: »Auch wenn ich es dir schon oft gesagt habe, Silber: Du bist meine Tochter. Egal ob leiblich, oder nicht. Und ich bin so stolz, dass du zu uns zurückgekommen bist.«

Bei diesen Worten sah er mir so eindringlich in die Augen,

als wollte er mir etwas anderes sagen. Etwas, das in diesen zwei Sätzen versteckt war. Ich lächelte ein wenig irritiert, da ich nicht recht verstand, was er mir damit sagen wollte. Ich war mir noch nicht mal sicher, ob das überhaupt irgendeine Andeutung sein sollte. Deshalb bellte ich einfach ehrlich: »Du bist mein Vater, Eisblitz. Du und Brise, ihr seid auch meine Eltern. Ich danke euch, dass ihr euch so gut um mich gekümmert habt.«

Der Mondwächter lächelte leicht, aber da rief jemand seinen Namen. Die Gruppe blieb stehen, als aus einem Gebüsch vor uns Taube heraustrat.

»Seid gegrüßt«, begrüßte sie uns mit einem knappen Nicken. Jetzt erst bemerkte ich, dass wir bereits beim Lager angekommen waren. Hinter diesen Sträuchern lag die kleine Lichtung.

Nur war sie totenstill.

»Sei du auch gegrüßt, Taube.« Eisblitz neigte den Kopf.

»Wir sind bereit«, kläffte sie mit fester Stimme. Mein Ziehvater nickte nur und führte uns ins Lager.

Zuerst wunderte es mich, dass ich keine Geräusche hörte. Eine Lichtung voller Wölfe würde doch einen allgemeinen Lärm veranstalten, oder nicht?

Doch als ich ins Lager trat, erkannte ich, warum es so still war. Taubes Wölfe saßen in einer Reihe aufgestellt da und starrten mit festen Mienen zu uns. Keiner sagte etwas.

Alle konzentrierten sich auf die bevorstehende Schlacht.

Bei den Rudelwölfen entdeckte ich auch Stachel. Der schildpattfarbene Wolf blickte aber auf seine Pfoten, ohne aufzusehen, als wir zu ihnen gingen.

»Habicht und Rose werden Flügel und ihre Welpen beschützen, solange wir weg sind«, erklärte Taube Eisblitz.

»Alle anderen schließen sich der Schlacht an.«

Der große Rüde nickte. »Gut. Die Sonne ist nun fast aufgegangen«, bemerkte er mit einem Blick zum heller werdenden Himmel. Taube tat es ihm nach. »Ja, aber ich höre noch keine Menschen.«

Um die beiden Anführer herum blieb es still. Außer ihnen redete niemand. Es war seltsam, mit so vielen Tieren zusammen zu sein, wo keiner auch nur einen Mucks von sich gab.

»Glaubst du, wir sollten warten, bis sie ihre Arbeit beginnen, oder bist du dafür, dass wir gleich aufbrechen?«, fragte Eisblitz die Wölfin.

»Ich denke, wir sollten gleich aufbrechen. Sobald sie ihre Monster geweckt haben, wird es noch schwieriger sein, gegen sie zu kämpfen.« Der stattliche Wächter neigte den Kopf.

»Dann brechen wir gleich auf. Taube, ich will nur noch einmal mit dir unter vier Augen reden.«

Die Anführerin sah zuerst etwas verwirrt aus, da aber nickte sie und ging zu ihrem Bau. »Ruht euch aus, solange wir noch hier sind«, rief Eisblitz uns zu, bevor er im Bau der Mondwächterin verschwand.

Ich hatte keine Ahnung, was Eisblitz mit Taube noch zu besprechen hatte.

War nicht schon alles gesagt?

»Hallo, Silber.« Ich zuckte erschrocken zusammen, als Stachel plötzlich vor mir stand. Der Rüde war groß geworden.

Groß und stark. Muskeln zeichneten sich unter seinem gepflegten Pelz ab, wenn er sich bewegte. Er überragte mich um einen Kopf.

»Hallo, Stachel.« Ich war froh, ihn zu sehen. Er hatte mir im Kampf gegen die übernatürlichen Füchse zur Seite gestanden. Wir waren ein gutes Team gewesen.

Ich hoffte, das würden wir auch diesmal sein.

»Ich habe gehört, du seist einen ganzen Zeitwechsel weg gewesen?« Ich nickte, ein Schmunzeln erschien auf meinem Gesicht. »Oh, ja. Das stimmt. Nach der Schlacht kann ich dir davon erzählen, wenn du willst.«

Der große Rüde lächelte traurig und legte die Ohren an. »Wenn wir zwei da noch leben«, entgegnete er leise.

Ich nickte zuversichtlich. »Natürlich! Sieh dich um, Stachel! So viele Wölfe habe ich noch nie an einem Fleck gesehen! Wenn wir alle zusammenhalten, werden die Menschen keine Chance haben!« Damit versuchte ich, mir auch selbst Mut zu machen. Selbstverständlich hatte ich schreckliche Angst.

Angst, dass es mein Schicksal war, für das Rudel zu sterben, um es zu retten. Aber daran durfte ich gar nicht denken!

Es würde alles gut werden.

Stachel sah mich zweifelnd an. »Glaubst du wirklich, die da halten mit dir zusammen?« Der Rüde nickte Maus, Distel und Stern zu, die beieinander saßen und tuschelten, so, wie sie es schon immer getan hatten.

Ich lachte leise auf. »Du hast es nicht vergessen«, stellte ich belustigt fest. Bei dieser Feststellung entschlüpfte sogar ihm ein Lachen. »Wie könnte ich? Maus war so unfair zu dir. Ich denke nicht, dass sich das nun geändert hat?«

Ich schüttelte den Kopf. »Nein, natürlich nicht. Aber ... ich glaube, auch wenn er mich abgrundtief hasst und ich ihn nicht gerne als Mondwächter sehen würde ... er will sein Rudel nur beschützen. Er hat einfach Angst vor Veränderungen und Fremden.«

Ich merkte, dass ich Maus verteidigte. Anscheinend hatten sich Eisblitz′ Wort in mein Hirn gebrannt.

Stachel schnaubte nur. »Ich vertraue ihm nicht. Irgendwie

habe ich ein schlechtes Gefühl, immer, wenn ich ihn ansehe.«

Auch das verleitete mich zu einem Kichern. Denn ich hatte genau das gleiche Gefühl.

In der Zwischenzeit hatten sich ein paar Gruppen gebildet, die leise miteinander sprachen. Die Rudel blieben aber getrennt. *Das muss sich gleich ändern. Gleich werden sie zusammen kämpfen müssen.*

»Kämpfst du wieder an meiner Seite?«, fragte Stachel plötzlich, als hätte er meine Gedanken gelesen. Ich sah zu ihm auf.

Er schaute mich mit einem freundschaftlichen Schmunzeln an, dass mir sagte, dass er sich an den Kampf mit den Füchsen erinnerte.

Ich lächelte. »Selbstverständlich. Wir sind doch ein gutes Team.« Der Rüde grinste erfreut. Bevor er jedoch noch etwas sagen konnte, kam Brise auf uns zu.

Sie nickte Stachel höflich zu. »Sei gegrüßt, Stachel.« Auch der Wolf neigte den Kopf. »Hallo, Brise.«

Sie sah ihn einen Augenblick an, als der Rüde aber nicht reagierte, bellte sie: »Stachel, könntest du mich einen Moment mit Silber allein lassen?«

Eilig nickte der Wolfsrüde und verzog sich.

Mir schenkte er noch ein kleines Lächeln, was ich gerne erwiderte. »Silber …« Brise wollte etwas sagen, doch ihre Stimme brach. Sie schaute mich so gequält an, als würde sie gleich in sich zusammenbrechen.

Aber ich wusste, was sie mir sagen wollte. Also schmiegte ich mich fest an sie. »Ich liebe dich auch … Mutter.«

Ein Schluchzen entfuhr der Wölfin und sie drückte sich noch fester an mich. »Ich … ich will dich einfach nicht noch einmal verlieren …«, wimmerte sie leise.

Mir wurde schlecht. Hatte sie vergessen, dass ich nach dieser

Schlacht das Rudel verlassen würde?

Das ist jetzt nicht wichtig!

Langsam löste ich mich von meiner Ziehmutter.

Sie lächelte mich traurig an, doch auch stolz las ich in ihren Augen. »Du wirst uns alle retten, das weiß ich.«

Ehe ich etwas dazu erwidern konnte, kamen Eisblitz und Taube auf die Lichtung. Die leisen Gespräche verstummten und alle wandten sich zu den beiden Anführern.

Taube erhob sogleich die Stimme: »Freunde! Gefährten! Wölfe und Hunde, Schneeleoparden und Pumas!«

Sie nickte kurz Aluna und Kiro zu, die bei Ben und Lenny saßen. Diese lächelten schüchtern.

»Wir alle haben uns hier versammelt, um unsere Heimat zu retten! Und das werden wir! Egal, wie mächtig die Menschen sein mögen, wir werden siegen! Weil wir zusammenhalten und uns gegenseitig stärken. Wir alle lieben unser Zuhause und werden es uns nicht von diesen hundedummen Nachtfürchtern nehmen lassen!«

Die Wölfe heulten zustimmend. Bewegung kam in die Menge. Mir war klar, dass diese Ansprache uns ermutigen sollte. Und das schien zu funktionieren. Eben noch war es still gewesen, doch jetzt leuchtete Kampfeslust und Zuversicht in den Augen der Wölfe.

Eisblitz sprach mit lauter Stimme weiter: »Jeder von euch hat die Kraft und den Mut zu handeln! In *jedem* von euch brennt ein wahrer Sternenhüter, der darauf wartet, losgelassen zu werden!«

Er zieht all meine Freunde in diese Worte mit ein., wurde mir gerührt bewusst. *Wir* alle *sind heute Sterne.*

»Lasst ihn frei, tut, was die Sterne jede Nacht tun: Leuchtet und steht zusammen! Beschützt einander und unsere Heimat!

Weist diesen hundedummen Welpen den Weg dorthin, wo sie hergekommen sind! Nutzt euren Verstand, eure außergewöhnliche Kampferfahrung und euer Herz! Wir sind tief in unserem Innern alle gleich und so werden wir diese Schlacht gewinnen! Als Einheit! Als Familie!«

Ich ließ mich vom Kampfgejaul anstecken. Zuversicht durchflutete mein Inneres und ein Gefühl der Einigkeit breitete sich in mir aus, als ich mit den anderen heulte.

Neben mir spürte ich Fell. Klee war zu mir getreten. Genauso wie Kupfer und Aluna. Aurora, Lesly und Korn kamen hinzu, gefolgt von Kiro. Flamme lächelte mich an und Lenny grinste breit.

Auf meinem Gesicht erschien ein großes Grinsen. Wir würden zusammenhalten. Wir würden gemeinsam kämpfen, als eine Gruppe.

Als eine vereinte Familie.

Der Weg zu den Menschen verging schweigend. Noch nie hatte ich so viele Wölfe gemeinsam laufen sehen.

Diesmal ging ich nicht neben Eisblitz, sondern ein wenig weiter hinten, sodass ich die Wölfe beobachten konnte.

Ich entdeckte Maus neben Eisblitz trotten.

Auch wenn ich ihn vor Stachel verteidigt hatte, mochte ich mich noch immer nicht damit abfinden, dass er wirklich das Rudel führen würde, wenn meinem Ziehvater etwas geschah.

Er hasst uns... er hasst alle Veränderungen...

»Meine Beine zittern wie Espenlaub!«, flüsterte neben mir eine vertraute Stimme. Ich ging mit meiner Gruppe.

Inmitten meiner Familie trottete ich durch den Wald, der noch immer still war. Ben hatte an meiner Seite die leise Stimme erhoben. Er schaute genervt auf seine Pfoten und schüttelte sie eine nach der anderen.

»Du bist aufgeregt«, stellte ich etwas belustigt fest. Der Hunderüde sah mich mit einem ironischen Grinsen an.

»Nein, wirklich? Das hätte ich ja jetzt nicht gedacht!« Ich musste lachen und Ben fiel mit ein.

»Ich bin froh, dass du da bist«, bellte ich leise, als unser Lachen verstummt war. »Ich bin froh, dass Flieder euch zu uns geführt hat.«

Ben lächelte herzlich. »Ich freue mich auch, hier zu sein. Auch wenn mein Körper gerade so zittert, als wäre ich im kältesten Wasser, das es auf der Welt gibt.«

Wieder brachte er mich zum Schmunzeln. »Glaub mir, da war ich bereits«, kläffte ich flüsternd und erinnerte mich an das Becken im Gefängnis.

Wut flackerte in mir auf, als ich daran dachte, gleich die Metallhunde wiederzusehen.

Ich hoffte aus tiefstem Herzen, dass das Wasser sie aufhalten würde.

»Ich bin froh, *dich* wiederzusehen«, hauchte Ben mit einem sanften Lächeln. »Ich meine, wie lange ist es her, dass ich beim Eisrudel geblieben bin?«

Ich zuckte schmunzelnd mit den Schultern. »Ich weiß es nicht, aber ich bin stolz auf dich, Ben. Stolz, weil du endlich dort bist, wo du glücklich bist.«

Der graue Hund grinste. »Ja, das bin ich auch. Aber das haben wir ja ebenfalls dir zu verdank-«

Ein lautes Kreischen erklang vor uns. Die große Gruppe blieb stehen. Erschrocken jaulten ein paar Wölfe auf. Andere zuckten überrascht zusammen, während ich zusammenfuhr.

»Die Menschen haben angefangen«, murmelte ich mit dem Blick nach vorn.

Neben mir hörte ich Ben knurren. Er hatte die Ohren angelegt und starrte wütend in den Wald.

Das Kreischen und Dröhnen schmerzte in meinen Ohren, sodass ich sie auch anlegte.

»Die Menschen haben mit ihrer Arbeit begonnen!«, rief Eisblitz über das laute Dröhnen hinweg.

Mein Herz schlug schneller. Mein Atem beschleunigte sich schlagartig. Nun waren wir wirklich kurz davor. In wenigen Augenblicken würde der Kampf tatsächlich beginnen.

Bis jetzt war er mir irgendwie immer wie ein Traum vorgekommen, doch nun war es wahrhaftig soweit.

Ein Fell drückte sich an mich. Ben war verschwunden, er hatte sich zu Lesly und Lenny gesellt.

An seiner Stelle stand Klee. An meiner anderen Seite spürte ich nun auch einen Pelz und als ich den Kopf drehte, erblickte ich Kupfer.

»Wir werden dich beschützen«, versprach Kupfer mit einem Blick, den ich nicht einordnen konnte.

»Immer«, fügte Klee hinzu.

So viel Liebe strahlte in ihren Augen. Sogleich wurde ich ruhiger. *Wir werden es alle schaffen!*

Wir standen vor dem Gestrüpp, das uns von den Menschen trennte. Das Unterholz zog sich um die gesamte freie Fläche.

Eisblitz gab den Wölfen ein Zeichen mit der Rute. Die Tiere verteilten sich still im Unterholz.

Mir wurde übel. Nun ging es wirklich los.

Mit rasendem Herzen trat ich an Eisblitz' Seite. Der Anführer kauerte im Geflecht. Die Blätter raschelten leise, als ich zu ihm trat. Durch die Zweige konnte ich die kahle, braune Lichtung sehen. Menschen tummelten sich auf ihr, Baumstämme lagen verstreut und die gelben Monster fuhren mit lautem Dröhnen durch die Gegend. Staub stob überall auf der kahlen Fläche auf. Ich erblickte ein paar Nachtfürchter, die am Rand herumgingen, mit Donnerstöcken in den Pfoten.

Als ich mich im Unterholz umsah, entdeckte ich in der Nähe Lesly und Flieder. Habicht und Licht konnte ich unter den Zweigen auch ausmachen.

Das ganze Unterholz um die kahle Fläche schien nun von vertrauten Fellen umgeben zu sein.

Klee und Kupfer blieben an meiner Seite. So, wie sie es versprochen hatten.

Eisblitz zog tief die Luft ein und blies sie konzentriert wieder aus. »Ruf den Nebel«, forderte er mich auf, mit starrem Blick auf die Menschen, die keine Ahnung hatte, was gleich geschehen würde.

Ich blickte meine zwei Gefährten an. Sie nickten mit aufmunternden Gesichtern.

Ich stieß langsam die Luft aus meinen Lungen.

Konzentriert sah ich durch die Blätter auf die kahle, erdige Lichtung. Ich malte mir aus, wie der dichte Nebel sacht aus dem Wald drang, die Menschen einhüllte und ihnen die Sicht nahm. Nur wenige Herzschläge später schlängelte sich gemächlich ein silbriger Nebel überall um uns herum aus dem Wald. Ich merkte, wie Eisblitz sich neben mir anspannte. Er hatte meine Kräfte noch nie gesehen.

Langsam waberte der Nebel auf die freie Fläche. Erst hüllte er nur den Boden ein, aber als er auf die Menschen zu glitt, erhob er sich, wurde größer.

Die Menschen nahmen den aufkommenden Nebel fast gar nicht zur Kenntnis. Sie sahen zwar ein wenig überrascht auf die Schwaden, aber sie gingen weiter ihrer Arbeit nach.

Bis der Nebel sie schließlich ganz umhüllte. Da wurden Rufe

laut. Die zerstörte Landschaft wurde dunkel.

Selbst ich konnte nichts mehr auf der Fläche sehen. Keine Menschen, keine Monster und auch keine Metallhunde.

»Gut«, hauchte Eisblitz neben mir. »Jetzt ruf die Vögel.«

Ich nickte mit angespannter Haltung. Ich konnte nicht spüren, dass ich schwächer wurde. Ich fühlte mich normal. Hatte ebenso wenig den Eindruck, als müsste ich den Nebel mit meinen Gedanken aufrechterhalten. Er war nun einfach da, wie ein Verbündeter und würde bleiben, bis ich ihn nicht mehr brauchte.

Adler in der Nähe! Alle, die mich hören können: Kommt her und helft uns!

Ich wartete. Aber nichts geschah. Nach einigen Augenblicken immer noch nichts. Ich schaute zum Himmel.

Dort entdeckte ich kein einziges Federkleid.

Mein Magen verknotete sich. Nervös knetete ich den Boden. *Vögel?*

Warum geschah nichts?

Konnte ich nur eine Macht auf einmal benutzen?

Nein, ich hatte doch das Feuer mit dem Wasser gelöscht … Da traf es mich wie einen Blitz. Natürlich! Die Menschen hatten die Tiere vertrieben! Die Beutetiere sowie die Räuber hatten sich vor den Menschen in Sicherheit gebracht.

Deshalb habe ich auch dem Weg hierher, auch kein einziges Beutetier bemerkt!

»Was ist los?«, fragte Eisblitz angespannt. Er konnte sein Knurren nur schwer unterdrücken. Ich sah ihn an.

»Es kommen keine Vögel! Die Menschen haben sie vertrieben!«

In der Zwischenzeit herrschte bei den Menschen große Aufruhr. Es wurde gebrüllt und gerufen. Die Monster waren still geworden. Anscheinend konnten auch sie bei diesem dichten Nebel nichts sehen.

»Was?«, fragte Eisblitz ungläubig. Mir entfuhr ein leises Wimmern. *Dieser Kampf fängt ja gut an! Er hat ja eigentlich noch nicht mal angefangen!*

Auch die Wölfe um uns herum im Unterholz wurden unruhig. Das dauerte zu lange. Sie wussten, dass etwas nicht stimmte. »Dann benutze die Wurzeln«, schlug Klee leise vor. Ich sah ihn an. Kupfer fügte hinzu: »Sie werden die Monster zurückhalten!«

Ich schaute meinen Ziehvater an. Dieser nickte, ohne mich anzusehen. Sein Blick ruhte beständig auf dem dunklen Nebel.

Ich stieß wieder die Luft aus. Stellte mir vor, wie die Wurzeln sich am Rande der Zerstörung hoben und die Monster im Nebel zerquetschten.

Das funktionierte. Ein Baum zu meiner Linken ließ seine Wurzeln aus dem Boden schießen. Die trockene Erde platzte auf, die Wurzeln erhoben sich wie braune Schlangen.

Ich lenkte meine Gehilfen in den Nebel.

Entsetzte Schreie ertönten von den Menschen, die die Wurzeln anscheinend bemerkt hatten.

Ein Knall erschütterte den Wald. Wir alle zuckten zusammen, als der Donner den Boden erschüttern ließ.

Ein Mensch musste einen Donnerstock gegen die braunen Schlangen eingesetzt haben.

Ich spürte, dass die Wurzeln noch immer da waren. Ich sah sie jedoch nicht, daher konnte ich sie nicht lenken.

Beim Ewigen Rudel! Ich muss meine Ziele sehen! Mit einem zornigen Knurren wandte ich mich an Eisblitz: »Es funktioniert nicht! Ich muss meine Ziele sehen!«

Auch Eisblitz knurrte. Nichts klappte so, wie wir es geplant hatten. »Na schön! Dann gebe ich jetzt das Zeichen zum Angriff! Eigentlich hatte ich mit Taube ausgemacht, dass du hierbleiben und den Kampf von außen steuern solltest, aber nun wird das nicht funktionieren.«

Er sah Kupfer und Klee fest an. »Werdet ihr sie beschützen?« Die beiden Rüden zögerten mit ihrer Antwort keinen Herzschlag: »Mit unserem Leben!«, bellten sie im Chor. In einer anderen Situation wäre es witzig gewesen, da die zwei exakt das Gleiche von sich gegeben hatten, aber hier war es unwichtig.

Eisblitz nickte ernst. Er sah aus wie ein Vater, der seinen Nachwuchs nun schweren Herzens ziehen ließ.

Der Anführer schaute mich plötzlich wieder an. Sein Blick schien mich zu durchbohren, so intensiv war er.

»Ich bin so froh, dass du zu uns zurückgekehrt bist«, wiederholte er seine Worte von dem Weg hierher.

Ich wusste nicht, warum er diese Worte ein zweites Mal an mich richtete, aber meine Sorge um den bevorstehenden Kampf, drängten diese Frage in den Hintergrund meines Gehirns. Kurz drückte der mächtige Wolfsrüde sich an mich.

Ehe ich jedoch reagieren konnte, löste er sich auch schon wieder von mir.

»Wir lieben dich«, hörte ich Kupfer hinter mir flüstern.

Eisblitz blickte zurück zur Lichtung. Ich wusste, dass er jeden Moment das Zeichen zum Angriff geben würde.

So schnell ich konnte, drehte ich mich um und schmiegte mich an die beiden Rüden hinter mir.

Die zwei drückten sich ebenfalls an mich.

»Ich liebe euch auch!«, hauchte ich mit erstickter Stimme.

Eilig löste ich mich von ihnen. Gerade als ich mich zu Eisblitz umdrehte, jaulte er aus tiefster Kehle: »Angriff!«

Sofort stürmten wir los. Aber ohne Kampfgejaul oder lautes Heulen. Wir schlichen uns an die Nebelwolke an, leise, ohne einen Mucks von uns zu geben.

Überall um mich herum trabten Wölfe aus dem Wald.

Selbst wenn es still blieb und nur die verwirrten Rufe der Menschen zu hören waren, durchflutete Adrenalin meinen Körper. *Wir werden es schaffen!*

Fest entschlossen tauchte ich in die riesige Nebelwolke ein, die sowohl Menschen, als auch Monster, Hunde und Metallhunde einschloss. Im Nebel konnte ich nicht mal mehr meine Pfoten sehen.

Eine graue scheinbar undurchdringbare Wand baute sich vor mir auf. Neben mir spürte ich die Felle meiner zwei Gefährten.

Ich atmete tief die kühle Luft ein. Die beiden Rüden würden immer an meiner Seite sein. Ich konnte mich auf sie verlassen.

Da bewegte sich ein Schatten im Nebel.

Eine dunkle Gestalt stolperte durch die Schwaden.

Ein Mensch.

Leise schlich ich auf den verwunderten Nachtfürchter zu.

Erst, als ich nur einen Sprung von ihm entfernt war, erkannte ich, dass der Mensch einen Donnerstock in den Pfoten hielt. Ein Knurren stieg in meiner Kehle auf.

Gerade wollte ich den Zweibeiner von hinten anspringen, da zerschnitt ein entsetzter Schrei die Luft, der abrupt abbrach.

Der Mensch vor mir schrie erschrocken auf. Auch die anderen Nachtfürchter brüllten verängstigt. Die Gestalt vor mir drehte sich hektisch in alle Richtungen um.

Ohne ein Geräusch von mir zu geben, sprang ich den Menschen an, bevor er mich entdecken konnte.

Ein Schuss löste sich aus dem Stock, der durch die gruselige Stille fuhr, wie eine Kralle durch Fleisch. Auch ich bekam

Angst, ließ aber keinen Mucks aus mir hinaus. Der Nachtfürchter stürzte unter meinem Gewicht auf die braune Erde.

Der Entsetzensschrei endete mit dem Genickbruch. Als hätte ich einen Hasen erlegt, so schlaff hing der Mensch nun zwischen meinen Reißzähnen.

Schreie und Rufe wurden laut. Natürlich hatten alle Menschen den Schuss gehört.

Doch ich achtete nicht auf das angstvolle Brüllen.

Ich erhob mich und sah den Toten an. Es war so leicht.

Wieso war es so leicht?

Ich hatte das Gefühl, gerade eine Maus, anstatt eines Menschen getötet zu haben.

Menschen sind schwach., flüsterte mir mein Unterbewusstsein zu. *Hätten sie nicht ihre Magie mit den Monstern und anderen gefährlichen, unnatürlichen Dingen, wären sie ganz unten in der Nahrungskette!*

Wut flammte in mir auf. *Wir sind mächtiger!*

Die Menschen hatten nichts an sich, dass gefährlich war. Hätten sie ihre Donnerstöcke und Monster nicht, hätten sie gar nichts. *Wir sind mächtiger als diese Menschen! Uns gehört dieser Wald! Wie können sie es wagen, ihn zu zerstören?*

Mit dieser brennenden Wut, zusammen mit dem heißen Adrenalin, eilte ich durch den Nebel.

Wir würden es schaffen. Es war unser Recht, diesen Kampf zu gewinnen. Das war fair.

Ein neuer Schatten ragte plötzlich vor mir auf.

Ein Zweibeiner stolperte nach hinten, mir direkt in die Pfoten. Mit leisem, ängstlichen Wimmern schaute er sich panisch um. *Ihr hättet euch diese Angst ersparen können!*, dachte ich, als ich den Nachtfürchter ansprang.

Ehe er einen Laut ausstoßen konnte, hatte ich ihm bereits die

Kehle durchgebissen. Um mich herum schrien die Menschen auf, Schüsse fielen. Die Zweibeiner schienen blind in den Nebel zu schießen, vor Panik.

Natürlich hatten sie schon längst bemerkt, dass ihnen jemand nach dem Leben trachtete.

Aber mit uns werden sie nicht rechnen.

Mit einem schadenfreudigen Grinsen suchte ich mir meinen Weg durch den Nebel. Wie meine Schatten folgten mir Kupfer und Klee. Stumm blieben sie voll konzentriert stets an meiner Seite. Vor Schreck setzte mein Herz kurz aus, als eine dunkle Gestalt von der Seite auf mich zugelaufen kam.

Aber nach einem fürchterlichen Augenblick des Schrecks erkannte ich Flieder. Die Wölfin nickte mir mit einem entschlossenen Blick zu, dann wurde sie wieder eins mit dem Nebel. Kurz darauf erklang aus ihrer Richtung ein weiterer Schreckensschrei, der sogleich abbrach.

Erneut fielen Schüsse.

Doch ich hörte kein schmerzvolles Heulen, also hatten die Menschen die Wölfe verfehlt.

Still schlichen wir durch den Nebel. Nach kurzer Zeit tauchte vor mir auf einmal ein riesiger grauer Berg auf.

Erschüttert blieb ich stehen. Auch Klee und Kupfer hielten an. »Ein Monster!«, hauchte Klee entsetzt neben mir.

Dunkel erhob es sich in den Himmel. Die Tatsache, dass ich nun einen finsteren, kantigen Riesen sah, der unbeweglich vor uns kauerte, ließ mein Fell zu Berge stehen.

»Du kannst ihn zerquetschen!«, flüsterte Kupfer mir ins Ohr. Ich nickte. Nun, da ich das Monster sah, konnte ich die Wurzeln rufen. Ich konzentrierte mich auf den riesigen Berg vor mir. *Wurzeln! Ich brauche euch!*

Diesmal rief ich die braunen Schlangen in meinen

Gedanken, anstatt sie mir vorzustellen.

Da spürte ich, wie der Boden anfing zu beben. Durch die dichten Schleier konnte ich plötzlich Schlangen sehen, die sich durch die Erde gruben, direkt auf mich zu.

Menschen schrien im Nebel auf. Ich entdeckte dunkle Gestalten in der Nähe, die von Wölfen gepackt und zu Boden gerissen wurden, damit ihre Schreie abbrachen.

Ich atmete tief durch. *Es wird alles gut. Durch den Nebel haben die Menschen keine Chance, uns zu sehen! Mit ihm werden wir gewinnen!*

Gerade als ich das dachte, lösten sich die Schwaden plötzlich auf. Die Welt bekam wieder Farbe.

Vor mir ragte nun ein riesiges Monster mit großen, runden Pfoten auf. Ganz in der Nähe erblickte ich die Wurzeln, die auf ihrem Weg erstarrt waren.

Auch ich erfror zu Eis.

Der Nebel verschwand!

33. KAPITEL

Die ganze abgeholzte Fläche schien für einen Moment versteinert. Wölfe waren mit erhobenen Pfoten stehen geblieben, mitten unter Menschen, die völlig schockiert dreinblickten.

Für einen Herzschlag legte sich totenstille über den Wald, als allen klar wurde, dass der Plan fehlgeschlagen war.

Der Nebel war fort. Die Menschen und auch Metallhunde und Monster konnten uns sehen.

Dann brach mit einem Schlag das absolute Chaos aus. Die Wölfe stürzten sich Kriegsgeheul ausstoßend auf die Menschen. Schüsse zerrissen die Luft und Schreie verwundeter Nachtfürchter und Wölfe gellten über die Lichtung.

Mein Herz schlug rasend gegen meine Brust. Also waren meine Befürchtungen wahr geworden. Ich war nicht stark genug, um mehrere Kräfte gleichzeitig zu benutzen.

Aber ich habe doch eben schon die Wurzeln benutzt ...

Vielleicht konnte ich den Nebel auch einfach nicht so lange bestehen lassen, das er sich irgendwann von selbst auflöste, weil seine eigene Kraft am Ende war.

Ich wusste es nicht. Trotzdem versuchte ich, mich zu konzentrieren. Überall auf dieser riesigen freien Fläche vernahm ich Geschrei. Donnerschläge knallten durch die Luft und irgendwo erwachte ebenfalls ein Monster mit lautem Dröhnen zum Leben.

Neben mir knurrten meine zwei Gefährten. Im Augenwinkel sah ich, wie Kupfer sich auf einen Menschen warf, der zu nahe an uns herangetreten war. Er hatte einen Todesstock in den Pfoten, doch mit ihm schoss er nicht, sondern schlug damit nach dem Wolf. Entsetzt sah ich zu, wie Kupfer von dem Zweibeiner heruntergeschleudert wurde. Mit einem erschrockenen

Wimmern, da er nicht erwartete hatte, von dem Menschen eine Gegenwehr zu erwarten, schlug er auf der braunen Erde auf. Der Nachtfürchter hatte seinen Stock zum tödlichen Schlag erhoben ...

Ich wollte schon los hetzen, um meinen Gefährten zu retten, da wurde der Mensch nach hinten gerissen.

Bevor er auf dem Boden aufschlug, sprang Klee zur Seite. Dann grub er seine Zähne in die Kehle des Nachtfürchters, als dieser überrascht nach Atem rang.

Sofort richtete Kupfer sich wieder auf. Ich eilte zu den beiden. »Kupfer, alles in Ordnung?«

Besorgt beschnupperte ich ihn. Er schüttelte sich Staub aus dem Fell. »Keine Sorge, Silber. Mir geht es gut.«

Er wandte sich an Klee, schaute ihn mit so einem intensiven Blick an, dass mein Fell anfing zu kribbeln. »Danke, Klee.«

Mein Bruder nickte knapp, mit dem gleichen geheimnissvollen Ausdruck in den Augen.

»Oh, vielen Dank, Klee!« Voller Erleichterung und Dankbarkeit schmiegte ich mich kurz an den schildpattfarbenen Rüden.

Dieser zuckte zusammen, löste sich schnell aus meiner Berührung.

»Keine Ursache.« Er lächelte nur.

»Achtung!« Bens Stimme drang hinter mir an mein Ohr. Ich wirbelte herum und sah, wie hinter Kupfer ein Zweibeiner mit diesem todbringenden Stock auf uns zielte.

Mein Herz setzte aus, ich kniff vor Schreck die Augen zusammen, als der Schuss ertönte. Aber es erklang kein Schmerzensschrei.

Verwundert erkannte ich, dass Ben den Menschen angesprungen und ihm das Gewehr aus den Pfoten geschleudert hatte. Der Schuss hatte uns somit verfehlt.

Nun stand Ben auf der Brust des Zweibeiners. Blut sickerte dem Nachtfürchter aus dem Hals.

»Du hast uns das Leben gerettet!«, rief ich erleichtert und eilte zu unserem alten Freund. Dieser grinste nur mit entschlossenem Gesichtsausdruck. »Das hier ist eine Schlacht. Es ist unsere Aufgabe unseren Freunden das Leben zu retten. Schließlich kämpfen wir gemeinsam.«

»Weniger kläffen, mehr kämpfen!«, rief Klee und stürzte sich auf einen Menschen, der auf uns zu gerannt kam.

Der Hund nickte uns noch einmal knapp zu, warf sich dann aber wieder mit einem kämpferischen Knurren ins Kampfgetümmel.

Zitternd vor Erleichterung und Angst schaute ich mich kurz um. Klee hatte den Feind bereits angefallen und riss ihm gerade an der Kehle.

Wir standen ganz am Rand der Schlacht, nahe am Waldrand.

Der Kampf fand nun in einem einzigen riesigen Klumpen vor uns statt. Die Wölfe hatten sich zusammengetan und traten nun in Gruppen gegen die Menschen, die sich auch zusammengeschlossen hatten, an. Die Menge wölbte sich wie Wasser auf einem aufgewühlten See. In dem Gedränge konnte ich nicht mal mehr den Boden ausmachen, so dicht kämpften sie.

Doch als ich mich umschaute, begriff ich, dass es gar keine andere Wahl gab, als so eng zu kämpfen.

Denn die ganze freie Fläche war nun ein einziges Meer aus Leibern. Nachtfürchter waren hinzugekommen.

Irgendwie mussten die Zweibeiner Verstärkung geholt haben. Nun war die große Lichtung überflutet von kämpfenden Kreaturen. Seien es Menschen, Wölfe, Hunde, Monster oder Metallhunde. Ich erblickte in dem Gewimmel Claw, den schwarzroten Metallhund, der Wölfe durch die Luft schleuderte, als wären sie nichts als lästige Käfer. *Wasser!*

Sofort konzentrierte ich all meine Sinne auf den großen Metallhund, der ganz in der Nähe wütete.

Er hatte uns drei noch nicht bemerkt, schlug und biss wild um sich herum, im engen Getümmel.

Wasser, bitte ...

Ein lautes Dröhnen hinter mir ließ mich herumfahren und die Beschwörung unterbrechen.

Klee und Kupfer jaulten auf, während ich entsetzt keuchte. Direkt vor uns erwachte das Monster zum Leben, das ich eben noch mit den Wurzeln fesseln wollte.

Jetzt erhob es seinen langen Arm und wollte uns damit fangen. »Lauft!«, jaulte ich meinen beiden Gefährten zu und rannte in den schützenden Wald hinein.

Nun konnte ich die Wurzeln nicht rufen. Ich musste mich auf sie konzentrieren und das war unmöglich, wenn ich gerade um mein Leben rannte.

Gegen diese Monster konnten wir nicht kämpfen. Wir konnten nur überleben, indem wir die Flucht ergriffen.

Das Ungetüm folgte uns bis zum Waldrand. Dort blieb es stehen, rollte zurück und drehte sich zum Kampf um.

»Es will die anderen angreifen!«, rief Klee neben mir. Wir waren nahe dem Waldrand stehen geblieben.

Jetzt blickten wir fassungslos auf das Biest, das sich der Schlacht näherte. »Jetzt kannst du es einfangen!«, drängte Kupfer an meiner anderen Seite.

Mit schreckensgeweiteten Augen starrten die zwei Rüden zu dem Ungeheuer, was die Menge beinahe erreicht hatte. Zu unserem Glück war das Monster ziemlich langsam.

Alles klar! Ich versuchte, meine Panik zu unterdrücken und die innere Ruhe meinen Körper einnehmen zu lassen.

Das funktionierte nicht wirklich, aber die Panik ging so weit zurück, dass ich mich konzentrieren konnte.

Ich fixierte das gelbe Monster. *Wurzeln! Helft mir!*

Sogleich schossen Wurzeln überall am Waldrand empor.

Die braunen Schlangen schossen aus dem Boden und bäumten sich auf. Am Rande der Menge wurden erschrockene Schreie laut und sowohl Menschen als auch Wölfe wichen vor den Wurzeln zurück.

»Es ist Silber!«, hörte ich jemanden aus der Menge rufen. Ich nahm an, dass es Aluna war.

Auf dieses Jaulen hin kämpften die Wölfe weiter, warfen sich auf die überraschten Menschen, die zu spät reagierten und das mit dem Leben bezahlten.

Ich legte meinen Blick wieder auf das Monster, das in seiner Bewegung innegehalten hatte.

Die Wurzeln schlängelten sich durch den Boden, an der wogenden, schreienden Menge vorbei, auf das Ungeheuer zu.

Das große Ungetüm dröhnte laut auf, als es sah, dass es die Schlangen auf es abgesehen hatten.

Mit lautem, panischen Geschreie sprang ein Mensch aus dem Magen des Riesen und lief schreiend in den Wald hinein.

Wespe und Himmel lösten sich aus dem Meer aus Kämpfenden und verfolgten den Menschen mit wütendem Bellen.

Währenddessen hatten die braunen Schlangen das gelbe Monstrum erreicht. Es dröhnte immer noch gefährlich.

Ich befahl ihnen, dass Monster zu umschlingen. Die Wurzeln schlangen sich um den Riesen, packten ihn mit ihre pulsierenden Leibern. Leben. Die Wurzeln lebten. Genauso wie die Bäume und Wölfe, die hier gerade um ihr Überleben kämpften.

Mit einer festen Entschlossenheit, die Menschen zu vernichten, gab ich den Befehl, das Monster zu töten.

Sogleich verkrampften sich die Schlangen um den stählernen Körper. Es knirschte ohrenbetäubend, als das Ungetüm zusammengedrückt wurde.

Dröhnend protestierte der Riese.

Die Kämpfenden hinter dem großen sterbenden Monster schienen gar nicht mehr wahrzunehmen, was mit dem Riesen geschah. Sie waren ganz auf die Schlacht konzentriert.

Die Schlangen drückten immer weiter in den metallischen Leib, es knirschte und dröhnte gefährlich.

Der Körper des Ungeheuers verbog sich, ließ sich zusammenquetschen. Die runden Pfoten krümmten sich, der lange Arm wurde schlaff und schließlich verstummte der dröhnende Atem. Die Wurzeln gaben das Monster frei, dass laut krachend in sich zusammenfiel.

Die braunen Schlangen hatten ihre Arbeit getan.

»Du hast es geschafft!«, jubelte Kupfer neben mir.

»Du hast es getötet!«, fügte Klee begeistert hinzu.

Ich sah in zwei strahlende Gesichter. Dieser Tod hatte die beiden Rüden motiviert.

»Lasst uns weitermachen«, bellte ich bestimmt. »Dieses Monster war nicht das Einzigste. Wir müssen dafür sorgen, dass die anderen Ungeheuer ebenso sterben!«

Damit trat ich aus dem Wald hinaus, auf die schwappende Menge zu.

»Silber!« Kupfer hielt mich auf, indem er sich mir in den Weg stellte. »Was machst du? Geh nicht mehr in die Schlacht! Nun kannst du deine Macht von hier außen benutzen. So hilfst du uns eher und bist in Sicherheit!«

Ungläubig starrte ich meinen Gefährten an.

Natürlich, mir war klar, dass er mich nur beschützen wollte. Aber ich konnte doch nicht in sicherem Abstand zur Schlacht kämpfen, während meine Freunde in der Menge um ihr Leben rangen.

»Du verlangst von mir, unsere Gefährten im Stich zu lassen?«, fragte ich empört und legte die Ohren an.

Ich musste schreien, um über die allgemeinen Schüsse, Schreie und das Heulen hinweg gehört zu werden.

»Ich soll hier außen bleiben, während unsere *Tochter* dort drinnen um ihr Leben kämpft?!«

Das brachte Kupfer zum Verstummen, der schon zu einer Erwiderung angesetzt hatte.

Ich schüttelte entschieden den Kopf. »Nein, ich werde nicht unsere Tochter oder unsere Freunde, nicht unsere Gefährten und auch nicht die Rudelwölfe allein kämpfen lassen.«

Nun breitete sich die innere Ruhe warm in mir aus, als ich begriff, weshalb ich diese Worte mit so einer Entschlossenheit und Härte aussprach.

»Das hier ist mein Schicksal, Kupfer. Ich muss mit diesen Tieren kämpfen. Dort drinnen. Nur so erfülle ich meine Bestimmung!«

Ohne auf den goldenen Wolf zu achten, heulte ich einen Schlachtruf und stürzte mich ins Getümmel.

Hinter mir hörte ich Klee zu meinem Erstaunen jubeln. »Los, Silber! Zeig ihnen, wer du wirklich bist!«

Er unterstützte mich bei dieser Entscheidung. Diese Einsicht trieb mir kleine Freudentränen in die Augen.

Mein kleiner Bruder glaubt an mich ...

Voller Zuversicht und Entschlossenheit, voller Wärme und Erkenntnis, suchte ich mir schließlich einen blutigen Weg durch die Menge. Plötzlich wusste ich, was ich zu tun hatte.

Ich musste diese Tiere nicht retten. Ich musste ihnen beistehen und sie beschützen, *mit* den Rudelwölfen kämpfen, statt gegen sie. Ohne die Kräfte des Ewigen Rudels.

Auf einmal verschwand etwas in mir. Die lodernde Wut auf das Rudel. Der Zorn auf alle, die mich schlecht behandelt oder ignoriert hatten.

Die Rudelwölfe hatten sich zwar bereits bei mir entschuldigt, doch ganz verziehen hatte ich ihnen bis jetzt nicht.

Abrupt verlangsamte sich die Welt um mich herum. Ich sah alles in Zeitlupe.

Ich stand inmitten der Kämpfenden, aber nun bewegte sich jeder ganz langsam.

Ich sah Menschen auf Wölfe schießen.

Feindliche Hunde, die mit Wölfen über den Erdboden rollten. Gruppen aus Rudelwölfen, die zusammen gegen die Metallhunde kämpften.

Wölfe, die ich kannte.

Bär ging nach einem ohrenbetäubenden Schuss zu Boden. Aber bevor ich mich rühren konnte, war Licht da. Die weiß – goldene Wölfin stürzte sich von hinten auf den Nachtfürchter und versetzte ihm einen tödlichen Biss in den Nacken.

Ganz in der Nähe warf sich Sternenglanz auf einen dicken Menschen, der mit seinem Todesstock auf Lenny einschlug, der dem Zweibeiner ins Bein gebissen hatte.

Schneehase kam dazu und bis dem Menschen in die Pfote, sodass er den Donnerstock fallen ließ.

Sternenglanz tötete den Menschen mit einem schnellen Biss in die Kehle und die drei Verbündeten stürmten mit lodernden Flammen in den Augen weiter.

Anderswo erkannte ich Brise. Meine Ziehmutter hatte die Zähne gefletscht und die Ohren angelegt.

In ihren Augen brannte zorniges Feuer, als sie sich auf einen schlanken Hund warf. So wütend hatte ich die cremefarbene

Wölfin noch nie gesehen.

Im Getümmel erhaschte ich einen Blick auf Korn, der Seite an Seite mit Kiro kämpfte.

Maus und Stachel rannten einem fliehenden Menschen hinterher, der in den Wald flüchten wollte.

Nacht und Staub sprangen gemeinsam auf einen großen Menschen, während ein lauter Schuss vom anderen Ende der Lichtung die Luft zerriss. Ein schmerzerfülltes Heulen drang über den Kampf.

Das alles geschah in Zeitlupe. Ich konnte jedes gesträubte Haar meiner Gefährten erkennen, jede Schweißperle auf den kahlen Gesichtern der Nachtfürchter.

All diese Tiere, so unterschiedlich sie auch sein mochten, kämpften gemeinsam, als eine Einheit, für dieselbe Sache: für Leben, die Freiheit und eine Heimat.

Heute war das unterschiedliche Blut vergessen, die Grenzen zwischen den zwei Nachtrudeln verschwunden.

An diesem Tag kämpften sie wie eine vereinte Familie.

»*Silber!*« Eine vertraute Stimme rief nach mir.

Ich wirbelte herum, doch da war niemand.

Immer noch war die Welt langsam.

Allein ich konnte mich schnell bewegen.

Das bekannte Bellen ertönte in meinem Kopf.

»*Du weißt, was deine Bestimmung ist!*«, rief sie mir zu.

»*Du weißt, was dein Schicksal ist!*«

Zu der Stimme mischten sich weitere hinzu.

»Das hier *ist dein Schicksal!*«

Ich erkannte die Stimmen von Nebel, Löwe, Raven, Moosröte, sogar Eissplitter und Flammenschnee, und Schneesturm und Blütenwind. Im Chor riefen sie:

»*Das ist deine Bestimmung, Silber!* Erfülle sie!«

Tief in mir wusste ich nun wirklich, was mein Schicksal war. Es war von Anfang an vorherbestimmt gewesen.

Die Zeit nahm wieder ihren normalen Lauf.

Die Geräusche der Schlacht schossen so laut an mein Ohr, dass ich erschrocken zusammenzuckte.

Ich wusste, was ich zu tun hatte. Und ich würde es tun.

Mit einem lauten Schlachtruf warf ich mich auf den nächst besten Menschen, der mit seinem Donnerstock auf Dämmerung zielte. Mit meiner Wucht schleuderte ich ihn zu Boden, ehe er abdrücken konnte.

Hart kam der Zweibeiner auf einem Baumstumpf auf, was ihm ein schmerzerfülltes Kreischen entlockte.

Ich landete auf ihm, sogleich bereit, ihn zu töten. Ich schnappte nach seiner Kehle, aber der Nachtfürchter hob seinen Todesstock, sodass sich meine Zähne in das Metall des Stockes gruben. Der Mensch hielt das Ding quer, stemmte es schützend vor seinen Hals.

Ich fletschte boshaft die Lefzen, kratze ihm mit meinen Krallen den Bauch auf, was ihn schreien ließ.

Verzweifelt schlug der Mensch mit dem Gewehr auf mich ein. Erst hielt ich die Schläge aus. Da aber holte der Mensch aus und schlug mir so hart gegen den Kopf, dass ich von ihm heruntergeschleudert wurde.

Nach Luft ringend landete ich auf der zertretenen Erde, mein Kopf pochte schmerzhaft.

Ich kniff die Augen zusammen, um den Schwindel zu unterdrücken, der aufkam, als ich aufstehen mochte.

Langsam blinzelte ich, atmete tief durch, um die Schmerzen in meinem Kopf zu lindern. Gerade wollte ich einen weiteren Versuch starten, mich zu erheben, da erstarrte ich zu Eis. Der Zweibeiner hatte sich vor mir aufgerappelt.

Er setzte mit dem Todesstock auf mich an. Ich war noch so benebelt von dem Schlag, dass ich nicht weglaufen konnte.

Ich ... darf jetzt nicht sterben!

Aber ich wäre nicht schnell genug, das wusste ich. Egal, ob ich versuchte zu flüchten oder nicht, der Schuss würde mich treffen. Um mich herum jaulten Wölfe, schrien Menschen. Keiner schien auf mich und den Zweibeiner zu achten, der mir den Lauf der Waffe fast schon vor die Schnauze hielt.

Ich schloss kurz die Augen, um mich zu sammeln, und beging danach einen kläglichen Versuch, zu entkommen.

Der Schuss ertönte, ich lag weiterhin auf dem Erdboden. Panisch zuckte ich zusammen, spürte aber keinen Schmerz. Verwundert öffnete ich die Augen.

Der Mensch lag auf der Erde, seine Kehle aufgeschlitzt. Flamme stand auf ihm und sah mit einem entschlossenen Blick auf den Toten.

»Flamme!« Voller Erleichterung wurde mir schwindelig. Ich war noch am Leben!

Der Einzelwolf sah mich an. »Geht es dir gut?« Er kam zu mir, packte mich am Nackenfell und zog mich auf die Pfoten. Meine Beine zitterten vor Erleichterung.

»Ja ... danke.« Dankbar sah ich zu ihm auf. Der Rüde grinste bösartig. »Keine Ursache. Ich muss doch auf die Tochter meiner besten Freundin aufpassen!«

Ein liebevolles Lächeln erschien auf meinem Gesicht.

In diesem Moment fühlte ich mich Flamme näher denn je.

Er war wirklich mein Großvater. Oder mein Onkel, wie man es nahm. Fest drückte ich mich an ihn.

»Nebel wäre stolz auf dich!«, flüsterte ich an seinem Nacken. Ich spürte, wie er grinste. »Sie *ist* stolz auf mich.«

Er löste sich von mir und schaute mich an. Ein stolzes

Schmunzeln auf seiner Mine. »Das weiß ich.«

Ich lächelte. Bevor ich aber etwas darauf erwidern konnte, krachte hinter mir wieder ein Schuss.

Wir beide fuhren zusammen. Ich wirbelte herum. Noch ein Mensch hatte den Stock auf uns gerichtet.

Wie viele Zweibeiner haben einen Donnerstock?!

Ich wollte mich schon auf den Feind werfen, da krachte Stachel von der Seite in ihn hinein und die zwei stürzten zu Boden. Es gab ein kurzes Gefecht zwischen Krallen und Metall, dann jedoch zuckte der Mensch und erschlaffte.

»Danke, Stachel!«, rief ich dem Rüden zu. Dieser nickte mir zu, aber seine Miene erstarrte auf einmal und er blickte geschockt hinter mich.

Verwirrt über sein entsetztes Gesicht folgte ich seinem Blick. »Nein!« Der Schrei entschlüpfte meiner Kehle, bevor mein Gehirn realisierte, was ich vor mir sah.

Flamme lag auf dem Boden. Blut rann aus einem Einschussloch in der Schulter. Der Einzelwolf zuckte heftig. Er hatte die Augen geschlossen.

»Nein, Flamme!« Er durfte nicht sterben. Er hatte mir das Leben gerettet, er hatte uns geholfen …

Er war mein Freund.

Mit klopfendem Herzen starrte ich auf den älteren Wolfsrüden. Mein Blutdruck beruhigte sich ein wenig, als ich sah, wie sich seine Flanken leicht hoben und senkten.

»Er lebt!«, rief ich Stachel zu und schaute mich zu meinem Verbündeten um. Dieser war an meine Seite getreten und blickte mich traurig an. »Silber …«

Er wollte etwas sagen, aber ich ließ ihn nicht. »Wir müssen ihn hier sofort wegbringen!«, drängte ich und sprang über Flamme. Sogleich packte ich sein Nackenfell und zog ihn zum

Waldrand. Der Wolf war schwer. Sehr schwer.

Und die kämpfenden Tiere um mich herum erleichterten den Weg nicht wirklich.

»Stachel, ich brauche deine Hilfe!«, knurrte ich den Rüden an, der immer noch dastand und mir hinterher starrte.

Sein Fell war zerzaust, er hatte Fell eingebüßt und ich entdeckte einen Kratzer an seiner Flanke.

Sonst schien er aber unverletzt. Als ich ihn anknurrte, zuckte er zusammen, kam jedoch angesprungen und packte Flammes Rückenfell mit den Zähnen.

Gemeinsam zogen wir den verletzten Rüden über das Schlachtfeld. Das war schwerer als angenommen.

Die Kämpfenden versperrten uns den Weg, Menschen versuchten uns mit ihren Gewehren anzugreifen, weshalb wir Flamme stets ablegen mussten, um die Angreifer abzuwehren.

In dem ganzen Durcheinander hatte ich Kupfer und Klee natürlich aus den Augen verloren. Ich wusste, sie waren mir in das Getümmel gefolgt, doch ich entdeckte sie nirgends.

Statt der vertrauten Felle erkannte ich im Kampfgewühl immer wieder die metallischen Körper der Metallhunde.

Ganz in meiner Nähe erblickte ich Gray, den brutalen Beta des Metallhundrudels. Ich konnte ihn nicht richtig sehen, zu viele ringende Leiber versperrten mir die Sicht.

Aber ich konnte erkennen, dass er mit jemandem kämpfte, der sich gut gegen ihn schlug.

Jedoch würde keine Kralle auf der Welt das Metall durchdringen können. Kein Zahn würde den Panzer dieser Monster durchbrechen, ganz egal, wie stark oder klug der Träger war.

Wenn wir Flamme in Sicherheit gebracht haben, muss ich die Metallhunde ausschalten! Sie werden noch der Grund sein, warum wir verlieren!

Diesen Gedanken verbannte ich sofort aus meinem Kopf.

Nein, wir gewinnen! Das hat das Ewige Rudel vorherbestimmt! Nach den Metallhunden sind dann die Monster dran ... aber ich glaube, die Metallhunde sind im Moment die größere Bedrohung ... die Monster sind so langsam ...

»Silber, pass auf!« Ich hatte mich so von Gray ablenken lassen, dass ich nicht aufpasste, wo ich hinlief.

Völlig überrascht stolperte ich in Stern hinein.

Die graue Wölfin wirbelte herum. Sie hatte ein zerfetztes Ohr und eine blutende Schulter.

Als sie mich sah, zuckte sie zusammen. Ihre Augen verengten sich zu Schlitzen.

Seit wir zurückgekehrt waren, hatte ich weder mit ihr, noch mit Distel gesprochen. Doch ich hatte gemerkt, dass sie die Einzige aus dem Trio gewesen war, die zustimmend geheult hatte, als die Wölfe mich im Nachtrudel willkommengeheißen hatten. Trotzdem war ich misstrauisch, ob das nicht irgendein Plan von den Dreien war.

Auf jeden Fall wollte ich mit ihnen nichts zu tun haben. Aber nun konnte sie uns vielleicht helfen.

»Stern!« Die Wölfin bleckte bei meinem Ruf erschrocken die Lefzen. Ich achtete nicht darauf. Fest sah ich sie an.

»Du musst uns helfen, Flamme hier wegzubringen! Wir müssen zum Waldrand. Kannst du Angreifer abwehren?«

Ich musste über das laute Kampfgeheul jaulen, jedoch verstand die junge Sternenhüterin, denn sie zuckte mit den Ohren.

Kurz sah sie zu dem verletzten Einzelwolf, dann wieder zu mir. Es hätte mich nicht gewundert, wenn sie die Bitte ausgeschlagen hätte.

Allerdings tat sie das nicht. In ihrem Blick erkannte ich zwar Ärger, dennoch nickte sie bloß und sprang an meine Seite.

Stachel und ich zerrten Flamme weiter über den staubigen Boden, während Stern um uns herumtappte und jeden Menschen anfiel, der sich in unsere Nähe wagte. Nach einer Weile musste ich zugeben, dass Stern eine gute Kämpferin war.

Sie bestand gegen Menschen genauso gut wie gegen die bösartigen, schwarzen Hunde mit ihren schlanken Gestalten.

Mein Herz schlug schmerzhaft hart an meine Brust, während wir Flamme durch das Getümmel zerrten.

Eine kleine Blutspur verfolgte uns und das Schulterfell des Rüden war durchweicht von dunklem Blut.

Irgendwann, es kam mir vor wie Monde, hatten wir den Waldrand erreicht.

»Nur noch ein kleines Stück!«, murmelte ich durch das Fell hindurch Stachel zu. Der Rüde neben mir zerrte am Rückenfell meines Freundes, nickte entschlossen, als er mein Murmeln hörte. Zusammen schleppten wir ihn durch die Gebüsche, während Stern davor anhielt und sich zum Kampf umdrehte.

»Ich sorge dafür, dass euch niemand folgt!«, rief sie mir zu. Ihr Blick beschrieb keinen Ärger mehr, sondern tiefe Entschlossenheit. Ich nickte fest, konnte jedoch nicht glauben, dass ausgerechnet Stern mir einmal freiwillig den Rücken freihalten würde. *Im Kampf halten wir alle zusammen ...*

Wir zerrten Flamme noch ein Stück in den Wald hinein, ehe wir ihn in weichem Gras an einer Eiche hinlegten.

Nun, etwas weiter weg vom Kampf, bekam ich sogleich wieder Panik. Flamme durfte nicht sterben.

Aber die Wunde sah schlimm aus. Fleischfetzen hingen noch am Rande des Einschussloches, die Schulter war nach wie vor durchtränkt von flüssigem Blut, das weiterhin aus der Verletzung quoll. Der alte Wolf zitterte, als wäre ihm kalt.

»Flamme?« Mit einem Kloß im Hals trat ich an ihn heran.

»Flamme!« Ich rief laut seinen Namen, als würde ich ihn suchen. Der Wolfsrüde zuckte mit der Schnauze, als würde er etwas wittern. Blinzelnd schlug er da die Augen auf. Ein Stein fiel mir vom Herzen. Er hatte die Augen geöffnet! »Flamme, ich bin es.« Der Einzelwolf sah mich aus Augen an, denen der Schmerz anzusehen war. »Meine Schulter …«, krächzte er verwirrt. »Du wurdest angeschossen«, erklärte ich ihm so ruhig, wie ich nur konnte. »Aber es wird alles gut. Du bist jetzt in Sicherheit.« *Das hoffe ich zumindest.*

Flamme schaute mich mit schmerzverzerrtem Gesicht an. »Meine Schulter … tut so weh …«

Da trat Stachel neben mich. Als ich den Blick von Flamme abwandte, sah ich, dass er ein Bündel Moos im Maul trug.

Er legte es auf die verletzte Schulter und drückte die Pfote fest auf das Moos. »Wenn ich das Moos fest auf die Wunde drücke, hört die Blutung auf«, erklärte er mir rasch.

Ich merkte, wie nach diesen Worten, Hoffnung in mir wuchs. *Flamme wird wieder gesund!*

Doch nun stöhnte der Alte plötzlich auf. »Das tut weh!«, knurrte er und zog scharf die Luft ein.

»Das musst du aushalten«, bellte Stachel sanft. »Das Moos wird die Blutung stoppen.«

Der Rüde knurrte widerwillig, erwiderte aber nichts. Er lag still, biss fest die Zähne zusammen und starrte konzentriert auf einen Grashalm vor sich.

»Wir müssen weiterkämpfen!«, ächzte er, als er das Kampfgejaul wahrnahm. Ich schüttelte den Kopf. »Nein, Flamme. Du bist verletzt. Wir bleiben hier und beschützen dich.«

»Du nicht.« Die Stimme ließ mich zusammenzucken und ich fuhr herum. Stern stand da, sah mich mit leuchtenden Augen an. Zuerst dachte ich, sie wollte mich angreifen. Ihre Haltung war angespannt, ihr Blick tot ernst.

Wut entdeckte ich zu meiner Überraschung jedoch keine.

»Du kämpfst weiter«, kläffte sie bestimmt und kam näher. Dabei sah sie mich fest an.

»Ich bleibe bei Stachel und beschütze Flamme.«

Mir klappte die Kinnlade runter. Sie wollte bei einem Einzelwolf bleiben und ihn beschützen? Sie hasste mich! Und Flamme! Und alle Fremden!

»Ich hasse dich nicht«, meinte sie da, als hätte sie meine Gedanken gelesen. Ihr Blick wurde weicher, als sie vor mir stehen blieb. »Ich habe geglaubt, was Maus über dich gesagt hat. Jetzt habe ich aber endlich begriffen, dass das ein Fehler war. Du bist nicht so, wie Maus die ganze Zeit behauptet.«

Vollkommen überrascht starrte ich sie an. Nie und nimmer hätte ich erwartet, dass Stern sich bei mir für ihr Verhalten entschuldigte. Dann aber durchbrach ein Blitz meine Verwunderung und ich erinnerte mich an Nebels Worte.

Sie hat mir gesagt, dass ich Geduld haben muss. Sie hat mir gesagt, dass sie irgendwann verstehen, dass ich nicht anders bin ... dass sie meine Freunde sein wollen.

War diese Zeit nun gekommen?

»Klee und Schnee haben recht: Du bist nicht anders, als wir. Keiner der Einzelwölfe ist das.« Sterns gelben Augen leuchteten vor Reue. Sie legte beschämt die Ohren an.

»Ich muss mich bei dir entschuldigen, dass ich Maus geglaubt habe. Er ist mein Bruder, deshalb dachte ich, er würde nicht lügen ... oder sich so etwas ausdenken ...«

Sie seufzte schwer. »Er ist besessen von dem Hass auf Fremde. Leider habe ich das erst jetzt verstanden ...«

Ich musste das Grinsen in mir schmerzhaft zurückhalten. *Ja, diese Zeit ist jetzt gekommen!*

»Ich nehme deine Entschuldigung an, Stern. Ich bin froh, dass du nun die Wahrheit erkannt hast.«

Ein Lächeln stieg auf ihrem Gesicht auf, als sie mein Schmunzeln bemerkte. Dann aber verschwand es sogleich wieder und sie sah schuldbewusst zu Boden.

»Wirklich? Du vergibst mir, obwohl ich bei dem Versuch geholfen habe, dich umzubringen?«

Bei dieser Erinnerung verschwand auch mein Schmunzeln.

Einen Moment zögerte ich. Da jedoch breitete sich die innere Ruhe in mir aus und plötzlich wusste ich, was ich zu tun hatte.

Ich stupste die Wölfin sacht an der Schulter an. Als sie aufschaute, bellte ich: »Du hast es getan, weil du glaubtest, das Richtige zu tun. Du dachtest, ich wäre gefährlich, stimmt´s?«

Stern nickte kläglich. »Maus sagte, alle Einzelwölfe wären gefährliche Mörder. Dass wir nicht zulassen dürften, dass du weiter in unserem Rudel bleibst. Er meinte, die einzige Möglichkeit, das hinzubekommen sei, dich zu töten. Ich habe ihm geglaubt, weil auch ich wusste, dass ein Einzelwolf in unserer Welpenzeit unsere Blutsgefährtin getötet hat ... das ist eine lange Geschichte. Aber deswegen hasst Maus Fremde so. Weil er durch einen wilden Wolf einen Teil unserer Familie verloren hat. Ich kann sie dir gern an einem anderen Tag erzählen. Jedenfalls dachte ich wirklich, du seiest eine Bedrohung und gehörst nicht in das Rudel.«

Ich war erstaunt, dass Stern mir anvertraute, was damals geschehen war.

Aus welchem Grund Maus Einzelwölfe so hasste.

Sterns Blick bohrte sich in meinen. Sie hob den Kopf.

»Jetzt aber weiß ich ebenso, dass du zu uns gehörst. Du bist eine Rudelwölfin.«

Im ersten Augenblick schoss Angst durch meine Glieder, da

ich fürchtete, Stern wüsste, dass Nebel meine Mutter war.

Da jedoch begriff ich, dass sie das nur symbolisch gemeint hatte. Nun stieg ein Grinsen auf meinem Gesicht auf.

Ich war so froh, dass Stern endlich verstanden hatte, wer ich war und nicht mehr auf Maus hörte.

»Ich vergebe dir, auch wenn du bei dem Versuch mich zu töten mitgeholfen hast. Du wolltest deine Lieben beschützen und hieltest es für das Richtige, das verstehe ich.«

Die Wölfin strahlte, ihre Ohren stellten sich erfreut auf.

»Ich danke dir, Silber.« Sie neigte den Kopf. »Das hier ist dein Schicksal und ich will dir helfen, es zu erfüllen. Lass mich bei Flamme bleiben und ihn beschützen. Ich weiß, dass er dein Freund ist.«

Sie zögerte kurz, dann fügte sie hinzu: »Und nach der Erfüllung deiner Bestimmung möchte ich dir ebenfalls zur Seite stehen. Ich möchte das wiedergutmachen, was ich angerichtet habe. Mir ist bewusst, dass du auch wegen mir das Rudel verlassen hast.«

Gerade wollte ich darauf etwas erwidern, da brach jemand aus den Gebüschen vor mir.

»Silber! Hier bist du!« Es war Kupfer. Neben ihm stand Klee. Beide waren außer Atem, sie hatten Kratzer am ganzen Körper und ihre Pelze waren zerzaust.

Als Klee Stern erblickte, fletschte er die Zähne.

»Lass sie in Ruhe, Stern!« Drohend trat er einen Schritt vor, ich aber sprang zu den beiden.

»Keine Sorge, ihr zwei! Stern hilft uns.« Ich deutete auf den verletzten Flamme.

»Sie beschützt ihn zusammen mit Stachel.« Mein Bruder sah mich ungläubig an, ich nickte allerdings mit einem vielsagenden Ausdruck in den Augen.

Er schaute zu Stern hinüber, die mit aufrechter Haltung seinen Blick erwiderte. Er hatte nicht vergessen, dass sie zu Maus´ kleiner Gruppe zählte.

»Ich werde ihn mit meinem Leben beschützen«, schwor die Wölfin feierlich. »Das bin ich Silber schuldig. Anders als Maus und Distel habe ich nun ebenfalls verstanden, dass sie nicht anders ist, als wir.«

Klee zögerte einen Moment, dann trat er aber noch einen Schritt vor. »Ich hoffe für dich, du sagst die Wahrheit«, knurrte er unheilvoll. Stern nickte ernst. »Das tue ich.«

»Dafür haben wir jetzt keine Zeit!«, mischte sich Kupfer ein. »Wir haben ein gewaltiges Problem!«

Ich sah meinen Gefährten besorgt an. »Was für ein Problem? Schlimmer, als das, was wir eh schon haben?«

Der Goldene nickte. »Mehr Menschen sind auf dem Weg hierher! Du musst sie aufhalten!«

34. KAPITEL

»Wir müssen leise sein!«, warnte Kupfer neben mir.

»Was glaubst du, was ich hier tue?«, knurrte ich gereizt zurück. Eigentlich wollte ich nicht so wütend auf meinen Gefährten sein, aber der Anblick, der sich mir bot, machte mich einfach zornig.

Wir kauerten unter einem Brombeergestrüpp, Dornen stachen mir in den zerzausten Pelz.

Wir befanden uns auf der anderen Seite des Schlachtfeldes, im Wald. Das Kampfgekreische war jedoch noch deutlich zu hören.

Nachdem ich mich von Flamme verabschiedet und ihn mit Stachel und Stern zurückgelassen hatte, waren Kupfer, Klee und ich um das Schlachtfeld herumgeschlichen, auf dem Weg zur anderen Seite.

Denn dort seien, nach Kupfers Angaben, die er von Knospe erhalten hatte, mehr Menschen auf dem Weg zur Schlacht.

Und genauso war es.

An uns liefen viele Menschen vorbei. Dröhnen und Brüllen erfüllte den Wald. Noch mehr Monster würden kommen.

Auch die schlanken Gestalten der bösen Hunde konnte ich im Unterholz erkennen. Sie rannten ihren Gefährten zur Hilfe. Das durften wir nicht zulassen.

»Seid beide still!«, zischte Klee auf meiner anderen Seite. Er starrte angespannt auf die Zweibeiner, die, ohne uns zu sehen, an uns vorbeiliefen.

Fast alle von ihnen hatten Todesstöcke in ihren Pfoten. »Silber, wir müssen sie von dem Kampf trennen, sonst werden wir verlieren!«

Klee sah mich fest an. Mein Fell prickelte angstvoll.

»Wie soll ich sie aufhalten? Wasser wird sie nicht abhalten ihren Gefährten zu helfen! Und Vögel gibt es auch nicht ...«

»Feuer«, meinte Klee knapp. Meine Augen wurden groß, als ich verstand. Natürlich! Wie hundedumm konnte ich nur sein?

»Brenne eine Schneise zwischen die Verstärkung und das Schlachtfeld, bevor die Menschen den Kampf erreichen!«

Wir wussten, dass diese Verstärkung, die an uns vorbeieilte, die Schlacht noch nicht erreicht hatte.

Lange würde das aber nicht mehr dauern.

Ich nickte und schluckte schwer. Ich hatte keine Ahnung, ob ich das schaffen würde. Trotzdem folgte ich Klee, der bereits durchs Unterholz auf das Schlachtfeld zu schlich.

»Wir müssen vor den Menschen dort sein, damit du sie von dem Kampf trennen kannst!«, knurrte Klee vor mir.

Er eilte durch den Wald, ohne darauf zu achten, ob wir ihm folgten. Er schien einen genauen Plan davon zu haben, was zu tun war. Und er schien wild entschlossen zu sein.

Das sollte ich auch sein! Aber die Vorstellung, eine Schneise brennen zu müssen, ließ Furcht meinen Verstand erobern.

Ich weiß nicht, ob ich das hinkriege!

Mit einem Knoten im Magen folgte ich Klee durch den Wald, Kupfer rannte hinter mir her.

Wir schlugen einen weiten Bogen um die Menschen und Hunde. Sie durften uns nicht entdecken.

Hinter mir hörte ich, wie das Brüllen der Monster immer lauter wurde. Die Ungeheuer mussten sich irgendeinen Weg durch den Wald suchen.

Ich kannte diese Gegend nicht, weshalb ich keine Ahnung hatte, wo so ein riesiges Monster durch dieses Dickicht brechen könnte.

Meine Pfoten polterten durch das Unterholz, während wir

dem Kampfgeschrei immer näher kamen.

Klee beschleunigte das Tempo, jagte wie ein Blitz durch den Wald. Kupfer und ich folgten ihm, so schnell wir konnten.

»Stopp!« Fast raste ich in meinen Bruder hinein, der abrupt stehen geblieben war.

»Was …?« Klee schnitt mir das Wort ab. »Wir sind da!«

Vor uns erkannte ich durch die Bäume die Schlacht wüten, hinter uns hörte ich die Verstärkung der Menschen durchs Unterholz stolpern.

Leise schlichen wir nun durch das Gestrüpp und stoppten am Waldrand.

Kupfer blieb neben mir stehen. Sein grüner Blick fest auf den Kampf gerichtet.

»Hier musst du das Feuer entzünden!«, knurrte Klee, der mich eindringlich ansah. Er wirkte hektisch.

»Mach schon!«, kläffte er laut, als ich ihn verwirrt ansah. Warum hatte er es *so* eilig?

»Ich weiß nicht, ob ich es kann!«, wimmerte ich mit einem Knoten im Magen. »Ich weiß nicht, ob meine Kraft ausreicht, um eine so große Schneise zu ziehen!«

Klees Blick wurde weicher. Er drückte seine Nase an meine. Die Berührung war so sanft, dass ich sie fast nicht realisiert hätte. Mit leuchtend grünen Augen sah er mich an. Große Zuneigung glitzerte in ihren Tiefen.

»Ich weiß, dass du es kannst«, flüsterte er ehrlich. »Du musst nur Vertrauen haben. Zu dir und uns. Zu allen Tieren, die dir etwas bedeuten.«

Verwundert starrte ich ihn an, hatte keine Ahnung, was er mir damit sagen wollte. Natürlich vertraute ich den Tieren, die ich liebte. Und auch mir selbst. Oder ... nicht?

»Versuch es einfach«, bellte Kupfer neben mir aufmunternd.

Als ich zu ihm blickte, schaute er mich bestärkend an.

Ich nickte. Tief atmete ich durch, schloss die Augen.

Ich konzentrierte mich auf das Feuer. Auf die zischenden Flammen, die goldenen Funken und die strahlende Hitze.

Feuer, ich brauche dich!

Sofort spürte ich die Hitze in mir aufsteigen.

Neben mir knisterte es plötzlich. Erschrocken sprang ich zurück, als dort eine große Flamme aus der Erde züngelte.

Sie verkohlte das Gras und Rauch stieg in die Luft.

»Lenk es um das Schlachtfeld herum! Sodass die Kämpfenden in einem Kreis aus Feuer kämpfen«, befahl Kupfer. »So kommen die Menschen nicht rein!«

Entrüstet starrte ich ihn an. »Und wir nicht raus! Ich kann uns doch nicht einsperren!«

Klee aber nickte meinem Gefährten zu. »Doch. Du kannst das Feuer ja wieder löschen. Versuch es einfach! Schnell!«

Das Getrampel im Wald wurde immer lauter und auch das Brüllen der Monster kam mit jedem Herzschlag näher.

»Na schön!«, knurrte ich widerwillig.

Feuer, ich brauche eine Schneise! Halte die Verstärkung von ihren Gefährten fern! Entzünde eine Schneise rund um das Schlachtfeld!

Zischend loderte die Flamme hoch, vergrößerte sich rasend schnell. Hitze schlug mir entgegen. Wir wichen ein paar Schritte zurück, als sich das Feuer nach beiden Seiten am Waldrand ausbreitete.

Geh nicht auf die Umgebung über!, warnte ich die Hitze in mir. *Versenke nur das Gras unter dir!*

Ich durfte auf keinen Fall einen Waldbrand heraufbeschwören. *Das würde gerade noch fehlen!*

Die Flammen züngelten sich in die Höhe, verwandelten sich

in eine lebendige und tödliche Wand.

Wir standen dahinter, am Rand der Schlacht.

»Wir haben es geschafft!«, jubelte Klee erfreut, als er sah, wie sich die Wand ausbreitete.

Durch die hohen Flammen konnte ich die Menschen erblicken, die gerade durchs Unterholz brachen.

Erschrocken brüllten sie auf, wichen vor der Wand zurück. Das Brüllen der Monster verstummte auf der anderen Seite des Feuers.

Die Verstärkung wich vor den Flammen zurück, die Menschen riefen sich etwas zu, wedelten mit den Pfoten.

Als ich sah, dass die Nachtfürchter es nicht wagten dem Feuer nahezukommen, stieg auch in mir Freude auf.

Die Hitze in mir verstärkte sich, das Feuer loderte noch höher auf und stich kurz zu den Menschen hinüber.

Die sprangen voller Angst zurück, was mich auflachen ließ.

Begeistert beobachtete ich die Zweibeiner, die auf der anderen Seite des Feuers aufgeregt auf und abgingen und einen Weg durch die Wand suchten. Aber vergeblich.

»Wir haben es wirklich geschafft!«, jubelte ich voller Hoffnung. Die Flammen würden die Verstärkung aufhalten, während wir hier die restlichen Menschen besiegen konnten.

Ich musste mich nur weiter auf das Feuer konzentrieren, ansonsten lief ich Gefahr, dass es erlosch, genauso, wie es der Nebel getan hatte. Dann würde alles gut werden.

»Kupfer! Klee!« Ohne das Feuer aus den Augen zu lassen, rief ich meine Gefährten. Im Augenwinkel sah ich, wie sie mich erwartungsvoll anblickten.

»Ich glaube, ich muss hierbleiben und mich auf das Feuer konzentrieren! Sobald ich eine andere Kraft herbeirufen will, wird das Feuer erlöschen! Das habe ich im Gefühl. Ihr müsst den anderen helfen!« Aber die zwei bewegten sich nicht. *Habe ich etwas anderes erwartet?*

»Wir bleiben an deiner Seite«, versprach Klee ernst.

»Das werden wir immer«, fügte Kupfer mit einem Blick hinzu, den ich wieder nicht deuten konnte.

Zu widersprechen wäre zwecklos gewesen. Das wusste ich. »Na schön«, bellte ich widerwillig. Ein Lächeln konnte ich aber nicht verbergen.

Wir zogen uns an den Rand der Flammen zurück, so weit heran, wie es die Hitze zuließ.

Ich starrte auf die Flammen und behielt die Menschen auf der anderen Seite im Auge, während Kupfer und Klee mir den Rücken freihielten.

Durch die Wand konnte ich die Zweibeiner sehen. Sie hatten sich noch nicht zurückgezogen. Sie wanderten an den Flammen entlang, oder standen da und starrten auf das Feuer.

Durch das Unterholz und die Bäume konnte ich hinten im Wald etwas grell Gelbes entdecken.

Die Monster! Ich war so erleichtert, dass sie nicht durchkommen konnten.

Mit den Restlichen hier drinnen, hatten wir schon genug zu tun.

Als ich daran dachte, verfluchte ich vor Frustration das Ewige Rudel. Ein Monster hatte ich töten können, aber meine Gefährten mussten sich mit vielen anderen hier drinnen herumschlagen. Ich hörte ihr Brüllen und Dröhnen hinter mir deutlich. *Und noch die Metallhunde!*

Wenn ich die Kräfte alle gleichzeitig einsetzen könnte, wäre die Schlacht schon längst gewonnen!

Aber nein! Ich kann nur eine Kraft kontrollieren!

Plötzlich durchschnitt ein Knurren neben mir die Luft.

Ich zuckte erschrocken zusammen und fuhr vor Schreck herum. Die Hitze in mir bäumte sich auf, genauso wie die Flammenwand neben mir.

Genau vor mir rang Kupfer gerade mit einem großen schwarzen Hund. Gemeinsam rollten sie über den Boden, bellten und kläfften wütend.

Sofort ließ Sorge um meinen Gefährten meine Konzentration wanken. Die Hitze in mir verblasste, ehe ich mich ermahnte und sie wieder heraufbeschwor.

Sofort stachen die Flammen neben mir erneut in die Höhe und zischten gefährlich auf. Funken flogen durch die Luft wie kleine Glühwürmchen.

»Er schafft das schon«, beruhigte mich Klee neben mir, als Kupfer mit dem schlanken Hund im Getümmel verschwand. »Er ist ein starker Wolf.«

Ich nickte fest. Ja. Kupfer war ein starker Wolf und er würde es schaffen. Immerhin war das nur ein dummer Hund.

Um mich zu beruhigen, atmete ich tief durch, wandte mich dann wieder dem Feuer zu.

All meine Gedanken richtete ich auf die Hitze, auf die leuchtenden Funken und die lodernden Flammen.

Das Feuer durfte um keinen Preis erlöschen. Wir durften nicht zulassen, dass noch mehr Menschen der Schlacht beitraten.

Aber gerade, als ich das dachte, hörte ich ein schmerzerfülltes Kreischen.

Mein Herz setzte aus. *Aluna!*

Der Schock überschwemmte mich wie eine erbarmungslose Welle. *Sie ist verletzt! Oder vielleicht sogar ...*

Ich schluckte schwer. *Sie braucht meine Hilfe! Ich bin ihre Mutter!*

Ich zögerte keinen Herzschlag.

Mit einem lauten Heulen wandte ich mich vom Feuer ab und jagte durch die kämpfende Masse.

»Silber!« Hinter mir hörte ich Klee nach mir rufen. Ich beachtete ihn nicht, sondern raste durch die kämpfende Masse.

Mir war bewusst, dass die Hitze in mir erlosch, genauso, wie das Feuer, das uns von der Verstärkung geschützt hatte.

Aber das war nun egal. Ich musste Aluna helfen. Sie war meine Tochter.

Um mich herum blitzten Zähne auf, lautes Donnern hallte noch immer über die freie Fläche und die Monster brüllten lauthals in meiner Nähe.

Mit rasendem Herzen rannte ich zu der Stelle, an der ich die Schneeleopardin vermutete.

Auf dem Weg traten mir viele Kämpfende in den Weg. Immer wieder musste ich so scharf ausweichen, dass Erde hinter mir aufstob.

Eine Weile hüpfte ich von Baumstumpf zu Baumstumpf, um den Kämpfen zu entgehen.

Die Lichtung war riesig. Ich befürchtete meine Ziehtochter am anderen Ende. Noch immer hörte ich ihr schmerzerfülltes Kreischen.

Ich hatte beinahe die Hälfte der Fläche überquert, als ein Brüllen genau neben mir so schnell lauter wurde, dass ich erschrocken zusammenzuckte.

Ich drehte den Kopf, aber es war bereits zu spät. Der metallische Arm eines Monsters sauste auf mich herab und erwischte mich mit voller Wucht.

Mit einem entsetzten Jaulen wurde ich durch die Luft geschleudert. Im Flug überschlug ich mich, in mir drehte sich alles und ich konnte nicht denken.

Allein das Entsetzen ließ meine Glieder erstarren.

Mit einem dumpfen Knall schlug ich auf die Kante eines Baumstumpfs auf.

Die Luft wurde aus meinen Lungen gedrückt. Ich konnte für einen Moment nichts sehen.

Meine Ohren dröhnten schmerzhaft, meine Blick drehte sich, ich hatte komplett die Orientierung verloren und sah nur noch verschwommene Umrisse, die sich hektisch bewegten.

Bunte Pelze rasten vor meinen Augen vorbei, schlanke, hohe Gestalten huschten dahin.

Mein ganzer Körper schrie vor Schmerz, als ich nur blinzelte. Für einen Atemzug hatte ich vergessen, wo ich war.

Der Schmerz hatte meine Erinnerung gelöscht. Mein Herz pochte qualvoll gegen meine Rippen und mein Schädel brummte.

Mit Stöhnen und Ächzen versuchte ich, mich vorsichtig aufzurichten. Dabei rutschte ich am Baumstumpf hinab auf die aufgewühlte Erde.

Blinzelnd probierte ich, klarer zu sehen. Mit zusammengebissenen Zähnen versuchte ich, mich daran zu erinnern, was los war. Warum war es so laut? Weshalb waren hier so viele Tiere?

Als ein schmerzvolles Maunzen das Dröhnen in meinen Ohren durchbrach, kamen wie durch einen Blitz die Erinnerungen zurück. Überwältigt riss ich die Augen auf.

Die Feuerwand um das Schlachtfeld war verschwunden, das viel mir seltsamerweise zuerst auf.

Die Verstärkung ist da! Hundedreck! Das ist meine schuld!

Doch das war jetzt nicht so wichtig. Am wichtigsten war es nun, Aluna zu helfen!

Schwerfällig rappelte ich mich auf. Mein ganzer Körper

protestierte lauthals. Aber ich zwang mich, meine Pfoten zu bewegen. *Ich kann nur hoffen, dass nichts gebrochen ist! Verfluchtes Monster!*

Ich konnte wohl froh sein, dass es mich nicht umgebracht hatte. Mit einem Knurren in der Kehle stand ich auf wackeligen Pfoten. Meine Seite schmerzte fürchterlich.

Da hatte das Biest mich getroffen.

Langsam setzte ich eine Pfote vor die andere. Bei der kleinsten Haarbewegung zog ich scharf die Luft ein vor Schmerz.

Also blieb ich stehen, atmete tief durch, unterdrückte konzentriert den Schmerz. *Ich muss Aluna finden! Ich muss ihr helfen! Um meine Schmerzen und den restlichen Kampf kann ich mich danach kümmern!*

Steifbeinig ging ich los. Das Monster hatte mich zum Rand des Kampfes geworfen.

Hier war das Gras verkohlt, Rauch schwebte noch an einigen Stellen in den Himmel.

Hier bin ich näher an Aluna! Ihre Schmerzensschreie klangen viel näher. *Dann hat sich dieser Höllenflug doch gelohnt!*

So schnell mich mein geschundener Körper ließ, lief ich am Rand des Kampfes entlang. Nur ein paar Sprünge neben mir erhoben sich die Bäume, auf meiner anderen Seite kämpften Tiere um ihr Leben.

»Aluna!« Als ich glaubte, nahe genug an meiner Tochter dran zu sein, rief ich ihren Namen.

Sogar meine Stimme zu erheben, brachte mir Schmerzen. *Dieses Viech muss mich schwer erwischt haben!*, dachte ich bitter. Aber ich bekam keine Antwort auf meine Rufe.

Da jedoch ertönte ein erneuter Schmerzensschrei.

Ich keuchte erschrocken auf. Ein kleines Stück weiter vorn, am Rand des Schlachtfeldes, erblickte ich Aluna, unter den

Krallen Fox´. Die Metallhündin drückte die Schneeleopardin zu Boden, grub ihre metallischen Klauen in ihren Bauch.

Meine Tochter sah voller Entsetzen zu dem Ungetüm hinauf und stieß immer wieder Schmerzensschreie aus, wenn Fox ihre Krallen tiefer in ihr Fleisch bohrte.

Überwältigende Angst schnürte mir die Kehle zu. Mein Bauch verknotete sich schmerzhaft. Mein Gehirn war nicht mehr, als ein Klumpen Matsch, als ich meine Ziehtochter so da liegen sah.

Ein Häuflein Elend unter den Klauen eines Ungeheuers. Doch der Adrenalinkick, den dieser Anblick mir auch brachte, schenkte mir neue Energie.

Ich würde Aluna nicht unter den Pranken dieses Monsters sterben lassen!

Keiner der beiden hatte mich bemerkt, weshalb ich mich langsam anschlich. Ich fürchtete zwar, dass das Blut, was in meinen Ohren rauschte, so laut war, dass Fox es bald hörte, aber das Monster starrte nur auf Aluna hinab, ohne sich zu rühren. Verwirrt blieb ich stehen.

War sie eingeschlafen?

Da jedoch breitete sich auf ihrem Gesicht ein Grinsen aus. »Oh, ich werde dich langsam töten!«, grollte sie mit ihrer unnatürlichen Stimme. Sie beugte sich vor, bis sie Alunas Schnauze fast berührte. Die Kätzin drückte ihren Kopf in die Erde, verzog angewidert und entsetzt die Miene.

»Oder ich lasse dich am Leben und du kommst mit uns ins Gefängnis! So jemanden wie dich haben wir noch nicht!«

Sie fing an, wahnsinnig zu lachen. Diese Laute ließen mir Schauer über Schauer über den Rücken laufen.

Nein! Fox würde Aluna nicht mitnehmen! Keiner hier würde ein weiteres Opfer dieses Gefängnisses werden.

Nicht, wenn ich es verhindern konnte!

Vorsichtig schlich ich mich an die Metallhündin an. Um sicher zu gehen, dass sie mich nicht sah, tauchte ich in die Schlacht ein.

Eilig suchte ich mir einen Weg durch die Kämpfenden, dabei sah ich ein paar bekannte Gesichter, die sich wacker schlugen.

Ich entdeckte Honig, die mit einem schwarzen Hund über den Boden rollte und Elster, der mit Tau einen Menschen attackierte.

Zu meiner Überraschung sah ich, wie Himmel, Eisvogel und Knospe, zusammen mit Glut, Sturm und Lilie ein Monster angriffen. Das gelbe Ungetüm brüllte und bewegte sich schwerfällig, um die Wölfe abzuschütteln, die immer wieder den Mut fanden und sich auf die Bestie warfen.

Eisvogel gelangte auf einmal ins Innere des Ungeheuers. Erschrocken beobachtete ich, wie die weiße Wölfin einen Menschen aus dem Bauch des Monsters herauszerrte.

Das gelbe Ungetüm mit dem langen Arm bewegte sich nun nicht mehr.

»Auuuhh!« Ein weiterer Schmerzensschrei von Aluna ließ mich zusammenfahren. Durch die Kämpfenden konnte ich meine Ziehtochter entdecken. Die Leopardin strampelte panisch unter den großen Pfoten der Metallhündin.

Nun war ich nahegenug an meiner Ziehtochter dran, um sie zu retten.

Wasser! Wasser, ich brauche dich! Sofort!

Diesmal würde ich mich nicht ablenken lassen. Konzentriert stellte ich mir den Fluss vor, das frische, klare Wasser.

Aber zu meinem Entsetzen erfüllte kein frisches, kühles Gefühl meine Adern. Verwirrt sah ich mich um.

Kein Wasser kam herangeflogen, um mir zu helfen.

Das darf doch nicht wahr sein! Gibt es hier etwa kein Wasser in der Nähe?!

Langsam stieg Panik in mir auf. Ich konnte nicht die Vögel rufen, hatte nicht den Nebel halten können und hatte das Feuer nicht aufrechterhalten können!

Was bringen mir diese Fähigkeiten, wenn ich keine Zeit oder Möglichkeit habe, sie zu benutzen? Ich brauche sie jetzt!

Wut stieg in mir auf. *Ich brauche Wasser!*

Noch einmal versuchte ich, das Wasser herbeizurufen, aber nichts geschah. Es gab keinen Bauch oder Fluss, ja noch nicht mal eine Pfütze in der Nähe!

Mit einem Knurren bohrte ich die Krallen in die harte Erde. *Dann rufe ich die Wurzeln! Sie können ein Monster töten, also werden sie auch die Metallhunde bezwingen können!*

Konzentriert stieß ich die Luft aus und versuchte, meine Wut zu bändigen. *Wurzeln, ich brauche euch!*

Sofort brachen drei braune Schlangen vor Fox und Aluna aus dem Boden. Ich sah, wie die Metallhündin zusammenfuhr und den Kopf zu den Wurzeln erhob.

Greift sie an! Tötet sie!

Die Schlangen gehorchten. Sie schlängelten sich über die karge Erde zu Fox hinüber. Diese knurrte drohend, hob eine metallische Pfote und schlug nach ihnen. Die Wurzeln wichen mit Leichtigkeit aus.

Ich konzentrierte mich auf die Schlangen, beobachtete sie genau, um den Kontakt mit ihnen nicht zu verlieren.

Eine Wurzel schlängelte sich schon um Fox' Oberkörper. Bevor die Metallhündin reagieren konnte, schleuderte die Schlange sie von Aluna, sodass sie hart auf dem Boden aufkam. Meine Ziehtochter rappelte sich auf die Pfoten und floh vor der Metallhündin.

Ich verlor sie aus den Augen, war aber froh, dass sie laufen konnte. Die Wurzeln konzentrierten sich nun ganz auf Fox.

Das Ungeheuer hatte sich bereits aufgerappelt und stand nun breitbeinig und mit gefletschten Lefzen da.

»Kommt doch her!«, knurrte sie herausfordernd.

Das ließen sich die braunen, gekrümmten Schlangen nicht zweimal sagen. Zusammen schossen sie auf die Metallhündin zu. Diese schlug wild um sich, verfehlte die Schlangen aber immer knapp. Die Wurzeln schlängelten sich um sie.

Als Fox merkte, was sie vorhatten, sprang sie vor. »Ihr kriegt mich nicht!«, brüllte sie und warf sich auf die drei Schlangen.

Tatsächlich begrub sie sie unter ihrem Körper und schlug und biss auf die sich windenden Wurzeln ein.

Für ein paar schreckliche Herzschläge dachte ich, die Schlangen würden den Kampf wirklich verlieren, da wurden die Wurzeln schlaff.

Entsetzt starrte ich auf die drei bewegungslosen Schlangen. Zufrieden schnaubte Fox, richtete sich auf.

Da schossen die Wurzeln blitzschnell vor. Erleichtert sah ich, wie sie sich um Fox wanden, und zudrückten.

Die Metallhündin zappelte wild, schrie schrill auf und warf sich auf den Boden, um die Wurzeln abzuschütteln.

Aber ihre Versuche, sich zu befreien, verloren immer mehr an Kraft, bis sie schließlich nur noch röchelte und schwer nach Atem rang.

Sie zuckte kurz, dann lag sie still.

Die Wurzeln lösten sich von ihr und bäumten sich hinter ihr auf. Es war, als würden sie mich fragend anschauen.

Ihr könnt gehen., flüsterte ich in Gedanken. Die Schlangen wandten sich ab und verschwanden in der aufgewirbelten Erde. Voller Erleichterung darüber, einen weiteren Weg gefunden zu haben, die Metallhunde zu besiegen, zitterten meine Beine.

Ehe ich mich aber von der Welle der Erleichterung und Aufregung beruhigen konnte, krachte etwas in meine Seite.

Mit einem erschrockenen Jaulen wurde ich von den Pfoten geworfen und knallte hart auf den Erdboden.

Mein ganzer Körper schmerzte beim Aufprall, vor Schmerz zog ich scharf die Luft ein und wimmerte.

Ich bin so hundedumm! Ich stand mitten in der Schlacht! Natürlich werde ich da angegriffen!

Mich drückte jemand auf den Bauch. Als ich den Kopf drehte, sah ich im Augenwinkel glänzend schwarzes Fell.

Über mir knurrte jemand. *Na toll! Ein Hund!*

Knurrend versuchte ich, mich aufzustemmen. Aber der Hund war zu stark. Er drückte mich in die braune Erde, ohne viel Kraft aufwenden zu müssen.

Ich kniff die Augen zusammen, als ich spürte, wie sich seine Krallen in meine Schultern bohrten.

»Ihr werdet damit nicht durchkommen!«, hörte ich ihn nahe an meinem Ohr knurren. »Die Menschen sind überall! Sie werden sich niemals besiegen lassen! Ich warne dich: Selbst wenn ihr diese Schlacht gewinnen solltet, habt ihr nicht gesiegt. Die Zweibeiner werden wiederkommen! Immer!«

Ich spürte seinen heißen Atem meinen Nacken streifen.

Knurrend versuchte ich, mich abermals aufzuhieven, aber der Rüde drückte mich erneut in den Staub.

»Das ist unser Wald!«, knurrte ich durch die raue Erde, die mir langsam ins Maul rieselte.

»Unser Zuhause!«

Der Hund schnaubte. »Das interessiert die Menschen nicht. Und mich auch nicht!«

Ich spürte, wie er das Maul aufriss. Ich wusste, er wollte mir seine Zähne in den Nacken schlagen, um mich wie ein Beutetier zu töten. *Ich bin kein Beutetier! Ich bin ein freier Wolf!*

Ich nahm meine ganze Kraft zusammen und rammte ihm meine Schulter gegen die Schnauze.

Winselnd zog der Hund seinen Kopf nach hinten. Ich spürte, wie sich sein Griff lockerte.

Sofort nutzte ich die Gelegenheit.

Ich zog die Beine an und sprang auf. Dabei schleuderte ich meinen Angreifer von mir. Eilig wirbelte ich herum.

Der Hunderüde lag noch auf dem Boden, blinzelte hektisch. Anscheinend hatte er sich den Kopf an dem Baumstumpf neben sich gestoßen.

Langsam trottete ich auf ihn zu. Steifbeinig blieb ich vor ihm stehen. »Hau ab!«, knurrte ich ihn mit gefletschten Zähnen an. »Lauf weg und komm nie wieder zurück!«

Wütend schnappte ich nach ihm, was den Hund aufschrecken ließ. Er rappelte sich mit verwirrtem Gesichtsausdruck auf, stolperte zurück. Dabei stolperte er über eine tote Birke, die quer auf dem Boden lag.

»Lauf!«, jaulte ich und sprang auf ihn zu. Der Hund ergriff wimmernd die Flucht.

Zufrieden, dass der Rüde abgezogen war, schnaubte ich. Ich wusste, dass ich Glück gehabt hatte. Hätte sich der Hund nicht den Kopf gestoßen, hätte er sicher weitergekämpft.

Jetzt aber spürte ich meine eigenen Verletzungen.

Schwindel erfasste mich und mir wurde übel.

Mit hektischem Atem stolperte ich durch die Kämpfenden, bis zum Waldrand.

Meine Beine zitterten unkontrolliert, mein ganzer Körper schmerzte und pochte. Mit aufsteigender Panik, dass ich in Ohnmacht fallen könnte, eilte ich zum Wald. Gerade rechtzeitig, denn als ich an einem Farngestrüpp Halt machte, gaben meine Pfoten nach und ich stürzte in die weichen Farnwedel.

Ich brauchte eine Pause. Meine Beine trugen mich nicht mehr. *Ich darf keine Pause machen! Die anderen haben auch keine! Sie brauchen mich! Ohne mich verlieren sie!*

Ich schluckte schwer. Konzentriert vertrieb ich den Nebel in meinem Gehirn, der mich zum Schlafen zwingen wollte.

Ich brauche dich noch einmal, Körper! Danach hast du dir deine Pause verdient!

Schwerfällig drehte ich mich zum Schlachtfeld.

Durch die grünen Wedel sah ich die Menschen, die Wölfe, die Hunde und die Monster.

Blinzelnd versuchte ich, mir einen kleinen Überblick über das Geschehen zu verschaffen.

Vielleicht hatten wir ja Glück und die Schlacht wäre bald gewonnen?

Aber als ich mich konzentriert umsah, fiel mir auf, dass viel mehr Menschen und viel weniger Wölfe kämpften.

Überall sah ich plötzlich bewegungslose Fellhaufen liegen, während Nachtfürchter weiterhin aufrecht standen und auf Wölfe einprügelten.

In der Nähe entdeckte ich Wespe. Er kämpfte gegen einen Menschen. Dieser hatte noch immer einen Donnerstock in den Pfoten und sah nicht so erschöpft und verletzt aus, wie die anderen Zweibeiner.

Einer der Verstärkung!

Dieser Mensch stolperte über einen Baumstumpf und landete mit einem dumpfen Schlag auf dem Boden.

Wespe wollte sich auf ihn werfen, aber der Zweibeiner hob den Todesstock und schoss. Ein Donnerschlag zerriss meine Ohren, ich kniff die Augen erschrocken zusammen. Als ich sie wieder öffnete, lag Wespe auf der harten Erde.

Zusammengesunken und mit Augen, die starr in den Himmel schauten. Blut lief ihm aus der Brust.

Ich keuchte entsetzt. Der Schuss hatte genau sein Herz getroffen.

Ein Winseln entschlüpfte meiner Kehle, als ich noch mehr bekannte Körper am Boden liegen sah.

Mein Magen verknotete sich, die Verzweiflung war dabei, sich in mir auszubreiten.

Es schienen immer mehr Menschen zu werden und immer weniger Wölfe.

Ich riss die Augen auf, als mir klar wurde, was das für eine Folge hatte: *Wir verlieren!*

35. KAPITEL

Streng dich an!, befahl ich meinem geschundenen Gehirn. *Es muss noch etwas geben, was ich tun kann!*

Noch immer lag ich im Farngebüsch. Irgendwie hatte ich nun das Gefühl, hier mehr tun zu können, als im Kampf selbst.

Das laute Kampfgeschrei, das Donnern der todbringenden Stöcke und das Brüllen der Monster erschwerten das Denken jedoch. Mein Körper und mein Gehirn waren schon so zugerichtet, dass jeder Muskel schmerzte, außerdem hatte ich pochende Kopfschmerzen.

Doch ich riss mich zusammen.

Ich muss nachdenken! Ich muss ihnen helfen!

Angestrengt erinnerte ich mich an die Versammlung. Daran, wie das Ewige Rudel mir meine Kräfte verliehen hatte.

Bach ... sie hat mir das Wasser gegeben ... das kann ich nicht verwenden, da es hier keines gibt! Verdammt!

Funke ... sie gab mir das Feuer ... ich kann es nicht so auf die Schlacht loslassen, sonst verletzt es nur meine eigenen Gefährten! Adler ... mein Großvater ... er zeigte mir, wie ich die Adler rufen kann ... hier gibt es aber keine, weil sie vor den Menschen geflohen sind! Das gibt es doch nicht!

Verärgert knurrte ich. Meine Krallen schlugen sich in den weichen Waldboden vor Ärger.

Raven gab mir innere Ruhe. Die habe ich bis jetzt immer gebraucht. Aber nun im Kampf bringt sie mir nicht viel ... außer vielleicht, dass ich mich jetzt beruhige, doch ich muss nachdenken! Meine Augen verengten sich zu Schlitzen.

Einen Moment suchte ich das Schlachtfeld ab. Sieben riesige, gelbe Monster konnte ich zählen. Sie rollten ganz verstreut über die große, offene Fläche.

Überall stob Staub auf, die gesamte Lichtung wimmelte weiterhin von kämpfenden Menschen und Tieren.

Der Staub hing schwer, wie ein gelber Nebelschleier über dem Kampf. *Nebel ... meine Mutter ... soll ich den Nebel noch einmal benutzen? Dann sehen die Menschen uns nicht so gut ... Oder soll ich einfach die Wurzeln rufen und sie auf die Menschen hetzen? Aber ist das nicht zu einfach?*

Ich wusste keine Antwort. Ich hatte keine Ahnung, was ich tun sollte.

Verzweifelt ließ ich meinen Kopf auf die weichen Wedel sinken. Plötzlich war jegliche Kraft, die ich vorher vielleicht noch gehabt hatte, endgültig verschwunden.

Ich war so müde ... mir tat alles weh ... ich wollte nur noch die Augen schließen und schlafen ...

»Silber!« Erschrocken zuckte ich zusammen, als ich eine bekannte Stimme in meiner Nähe hörte.

Ich hob mit gespitzten Ohren den Kopf und sah Eisblitz auf mich zulaufen. Mein Ziehvater sah schrecklich aus.

Sein weißer Pelz war zerzaust und blutverschmiert. Seine Ohren beide zerkratzt, von seiner Schnauze tropfte Blut.

Er hinkte ein wenig, zusätzlich fehlte an vielen Stellen seines Körpers das Fell.

Aber das schien ihn nicht aufzuhalten. Seine dunkelblauen Augen leuchteten heller, als ich sie je gesehen hatte.

Und sie leuchteten vor Zuversicht. »Silber, steh auf!« Eisblitz stupste mich an der Schulter an.

»Ich kann nicht ...«, wimmerte ich frustriert. »Ich bin zu müde ... außerdem ... verlieren wir!«

Der Mondwächter schaute mich böse an. »Wir verlieren? Wir verlieren nicht! Das können wir gar nicht, denn du bist da! Du bist an unserer Seite, also können wir nicht verlieren!«

Erneut stieß er mich an, dieses Mal heftiger.

»Also los! Wir brauchen dich, Silber! Das Rudel braucht dich! Du musst ihnen zeigen, zu was Rudelwölfe im Stande sind!« Irritiert starrte ich ihn an. Rudelwölfe?

Er ging aber nicht auf meinen verwunderten Blick ein, sondern stupste mir wieder in die Seite.

Diesmal so fest, dass es wehtat. »Aua, Eisblitz! Das tut weh!«

Der Weiße hob den Kopf. »Dann steh auf! Ich mache das solange, bis du auf den Pfoten bist!«

Unter zitternden Beinen hievte ich mich knurrend auf die Pfoten. Schwindel packte mich und ich wankte gefährlich.

Sofort war Eisblitz an meiner Seite und stützte mich.

Ich sah ihn mürrisch an. »Bist du jetzt zufrieden?«

Der stattliche Wolf nickte. »Ja, das bin ich.«

Ich knurrte. »Schön für dich! Mir bringt es aber nichts! Ich weiß nämlich nicht, was ich tun soll! Ich bin verletzt und habe das Gefühl, gleich … in Ohnmacht zu fallen! Ich habe einfach keine Kraft mehr! Zudem ist es hoffnungslos! In meinem Zustand bin ich niemandem mehr eine Hilfe und jetzt sind wir kurz davor, zu verlieren …«

Erneut wankte ich zur Seite. Wieder stützte mich mein Ziehvater. Er sah mich ernst an. Seine dunkelblauen Augen glitzerten noch immer zuversichtlich.

»Weißt du noch, was du Aluna gesagt hast?«, fragte er leise. Seine Stimme war voller Zuneigung und Wärme.

Ich schüttelte verwirrt den Kopf.

Eisblitz lächelte liebevoll. »Du hast ihr gesagt, dass Hoffnung stärker ist, als Angst. Dass Hoffnung stärker ist, als alles.« Ich verdrehte die Augen. »Dieser Satz ist schön und gut, aber was hat das damit zu tun, dass ich verletzt bin und mich kaum auf den Beinen halten kann? Ich weiß ja noch nicht mal, welche Fähigkeit ich benutzen soll, so geschunden ist mein Gehirn! Außerdem ist das gar nicht wahr«, fügte ich leise hinzu. Ich wusste nicht, warum ich auf diese Idee kam, aber plötzlich schienen diese Worte mir wichtig.

»Nicht Hoffnung ist stärker als alles. Sondern Liebe. Es gibt nichts Stärkeres als Liebe.«

Eisblitz grinste zufrieden. »Genau das wollte ich hören.«

Verwundert legte ich den Kopf schief, was mir den Boden näherbrachte. Mit einem Knurren kippte ich vorn über und landete dumpf im Farn.

Mürrisch, wie ein Welpe maulte ich mit geschlossenen Augen: »Ich sagte doch, dass mir schwindelig ist!«

Mein Ziehvater legte sich neben mich, sodass sein Fell meines berührte. Er leckte mir sanft über die Wange, was mich aufschauen ließ. Der Anführer sah mich mit einem liebevollen Lächeln an. »Ich liebe dich, Silber. Weil du meine Tochter bist, egal, ob leiblich, oder nicht. Und Brise liebt dich auch. Mehr als alles andere. Sie kämpft da vorne gerade gegen irgendjemanden.« Er nickte zur Schlacht. »Aber nicht, um das Rudel zu schützen, sondern um *dir* beizustehen.«

Verblüfft riss ich die Augen auf. Der Rüde nickte.

»Sie hat mir selbst gesagt, dass sie das Rudel für dich aufgeben würde. Wenn du, als du wiederkamst, gesagt hättest, dass du das Rudel nicht rettest und deinen eigenen Weg gehen willst, wäre Brise mitgekommen. Sie hätte das Rudel für dich verlassen. Weil du ihr wichtiger bist. Und genau deswegen kämpft sie in dieser Schlacht: weil sie dich liebt. Weil sie dich unterstützen will.«

Sein Lächeln wurde breiter. »Genau aus diesem Grund bin auch ich hier. Und Klee und Kupfer. Ich weiß, dass Kupfer seine Freiheit für dich aufgegeben hat. Er kämpft gerade nicht für das Überleben des Rudels. Er kämpft für *dich*. Es mag sein, dass die Rudelwölfe um ihr Überleben kämpfen, aber das ist kein Wunder.« Er richtete seinen Blick auf das Schlachtfeld.

Flieder schoss aus dem Getümmel hinter einem jaulenden Hund her. Dieser wirbelte jedoch herum, sobald sie aus der dichten Menge raus waren und warf sich auf die Anführerin des Eisrudels.

Die zwei kämpften ein paar Herzschläge in einem engen Knäul, ehe der Hund schlaff zu Boden ging. Er war tot.

Flieder rannte sofort erneut in die wogende Menge.

»Die Wölfe des Eisrudels sind auch nicht wegen uns hier«, flüsterte Eisblitz weiter und blickte wieder zu mir.

»Sondern allein wegen *dir*. Weil sie dir helfen wollen.«

Ich stieß langsam die Luft aus. Noch immer verstand ich nicht, was Eisblitz mir damit sagen wollte.

Als hätte er meine Gedanken gelesen, antwortete er: »Ich sage dir das, weil ich will, dass du verstehst, wofür diese Tiere hier eigentlich kämpfen. Die Tiere, die mit dir auf deiner Reise waren. Die Eisrudelwölfe. Aluna. Flamme. Klee. Kupfer. Sie alle kämpfen nicht um ihr oder das Überleben des Rudels, sondern allein für dich. Weil sie dich lieben.«

Eindringlich sah er mir in die Augen. »Willst du dann nicht ebenfalls für *sie* kämpfen? Kämpfe nicht für das Rudel, für Maus oder Distel, wenn du sie hasst. Kämpfe für die, die du liebst.«

»Aber ...« Mir war klar, dass ich nun aussprechen musste, was mir im Kampf klar geworden war.

»Ich ... ich liebe das Rudel auch. Ich hasse es nicht mehr.«

Ein zufriedenes Lächeln erhellte Eisblitz´ ernste Miene.

»Dann kämpfe für uns alle! Sei die Wölfin, die deine Mutter

wirklich in dir gesehen hat!« In seinen Augen sah ich das Wissen leuchten. Das Wissen darüber, was für eine Bedeutung dieser Satz tatsächlich hatte.

Hatte er einen Traum? Von Nebel? Hat sie ihm gesagt, was geschehen würde? Wie ich mich entscheiden würde?

Als ich ihm genauer in die dunkelblauen Tiefen sah, wusste ich die Antwort. Ja.

Diese letzten Worte brachten mir seltsamerweise neue Kraft.

Der Schwindel verschwand. Ich rappelte mich langsam auf die Pfoten. Die Schmerzen wurden durch die aufsteigende Kraft verdrängt, meine Pfoten zuckten nun nur noch vor Ungeduld, endlich weiterzukämpfen.

Ich spürte die Energie, die mir wie heiße Glut durch die Adern strömte.

Die Frustration und Mutlosigkeit wich Hoffnung, Zuversicht und dem warmen Gefühl der Einigkeit.

Eisblitz hatte recht. Die Tiere, die bei meiner Reise dabei gewesen waren, kämpften allein für mich. Weil sie mich liebten. Und ich liebte sie. Ich würde für sie kämpfen.

Aber die Rudelwölfe kämpften um ihr Leben und hofften, dass sie den Kampf mit mir gewannen. *Das werden sie!*

Sie würden Überleben und ihre Heimat wieder sicher sein. Ich wusste nun noch deutlicher, was ich zu tun hatte.

Eisblitz wusste es auch, deshalb trieb er mich an, weiterzumachen. *Ich werde weitermachen!*

Tief atmete ich die staubige Luft in meine Lungen.

Ich hatte mich endlich wirklich entschieden.

Ich werde mein Schicksal annehmen!

»Ich werde die Wölfin sein, die Nebel wirklich in mir gesehen hat!«, versprach ich entschlossen.

Eisblitz nickte fest. Ihn schien es nicht zu überraschen, dass ich seine frühere Anführerin erwähnt hatte.

Er weiß es tatsächlich!

Das las ich aus seinem sanften Lächeln, aus seinen vor Stolz leuchtenden Augen.

»Ich wusste schon immer, dass du deinen Platz im Nacht-rudel eines Tages finden wirst«, flüsterte er mit bebender Stimme. So gerührt war er. »Ich bin so stolz auf dich, Silber.«

Seine Stimme brach und er schmiegte sich fest an mich.

Ich erwiderte diese Geste mit der gleichen Stärke. Mit zusammengekniffenen Augen presste ich mich an sein blutver-schmiertes Fell, zog tief seinen vertrauten Duft ein.

»Na dann.« Eisblitz löste sich von mir. Er sah mich voller Liebe und Stolz an, dass mir ganz warm wurde.

»Lass uns diesen Zweibeinern zeigen, zu was Mondwächter im Stande sind!«

Ich nickte fest, Adrenalin strömte mir durch den Körper und ich heulte laut zum Himmel.

Ich hatte endlich meine Wahl getroffen, hatte mein wahres Schicksal angenommen. Die Bestimmung, die immer schon unausgesprochen an mir gehaftet hatte.

Jetzt hatte ich sie erkannt und angenommen.

Und das fühlte sich gut an. Jetzt musste ich nur noch einen Weg finden, sie zu erfüllen.

Eisblitz stimmte in mein Heulen mit ein und zusammen sprangen wir zurück zum Schlachtfeld.

Es war unglaublich, wie leicht ich mich plötzlich fühlte. Mein Körper schmerzte nicht mehr. Ich war voller Tatendrang und erfüllt von dem wundervollen Gefühl der Einigkeit.

Ich rannte neben Eisblitz, der mit entschlossenem Gesicht auf den Kampf zuraste.

Mit einem Kampfschrei stürzten wir uns gemeinsam auf

einen Menschen, der schreiend zu Boden krachte.

Er schlug sich den Kopf an der Kante eines Baumstumpfes und sofort erlosch sein Schrei. Blut quoll aus seinem Hinterkopf. »Das ging schnell!«, rief Eisblitz belustigt über den Tumult. Ich nickte grinsend. Ich hatte neue Hoffnung und neuen Mut geschöpft. »Wir gewinnen diesen Kampf!«, jaulte ich Eisblitz zu. »Das werden wir!«, heulte er entschlossen zurück.

Ich sprang von dem Menschen hinunter, auf den staubigen Boden. Gerade wollte ich mich auf den nächst besten Zweibeiner werfen, da versteinerte ich.

Im Getümmel vor uns hatte einer von der Verstärkung den Donnerstock erhoben. Er zielte damit genau auf mich.

Erschrocken wollte ich ausweichen, da ertönte aber schon der ohrenbetäubende Schuss.

Ein Wimmern erklang, doch es kam nicht von mir.

Es ging so schnell, dass ich gar nicht realisiert hatte, dass Eisblitz vor mich gesprungen war.

Er hatte die Kugel abgekriegt.

»Nein!« Voller Entsetzten starrte ich auf den Wolfsrüden, der nun zusammengekauert auf dem staubigen Boden lag. Blut rann ihm aus einem Loch in seiner Flanke.

Er atmete hektisch, kniff krampfhaft die Augen zusammen. *Er ist bei Bewusstsein! Er atmet! Er lebt! Ich muss ihn nur von hier wegbringen, dann wird alles gut! So wie bei Flamme!*

In mir breitete sich trotzdem die Verzweiflung aus.

Die Angst konnte ich nicht unterdrücken und so starrte ich mit schmerzendem Magen zu dem Menschen, der geschossen hatte. Er war nicht mehr da. Anscheinend war er weitergelaufen, nachdem er geschossen hatte. *Feigling!*

Ich schluckte schwer, meine Pfoten zitterten unkontrolliert.

»Eisblitz?« Ich stupste ihn kurz an. Er öffnete blinzelnd die Augen. »Oh, dem Ewigen Rudel sei Dank!«

Als ich seine geöffneten Augen sah, die mich klar und deutlich erkannten, fiel mir ein Stein vom Herzen.

»Ich bringe dich in Sicherheit!«, versprach ich fest.

»Silber …« Eisblitz wollte etwas sagen, ich erkannte Schmerz in seinem Blick.

Ich ließ ihn jedoch nicht ausreden. »Du wirst wieder gesund! Keine Angst!«

Eilig packte ich ihn am Nacken und zerrte ihn zum Waldrand. Es war kein langer Weg, wir waren ja nicht weit gekommen.

Während ich ihn über den staubigen Boden zog, verkrampfte sich mein Magen. Voller Angst starrte ich auf die Blutspur, die uns zu verfolgen schien.

Es ist doch nur ein kleines Loch! Verzweifelt versuchte ich zu verstehen, wie eine kleine Kugel so großen Schaden anrichten konnte.

Aus der Wunde an der Flanke des Wolfsrüden rann unerlässlich das Blut, wie ein winziges Rinnsal.

Mir war so übel, dass ich meine Zähne noch fester in Eisblitz´ Nackenfell grub.

So schnell ich mit dem schweren Rüden laufen konnte, schleppte ich ihn ins Unterholz des Waldes.

Der Kampf verschwand hinter einer Reihe aus Gestrüpp. Aber die lauten Kampfschreie der Wölfe, das Donnern der Todesstöcke und das Brüllen der Monster waren noch lauthals zu hören. Die Geräusche dröhnten gefährlich laut in meinen Ohren. Sanft legte ich Eisblitz im weichem Gras ab. Um uns herum nichts als Wald und den Lauten des Kampfes.

»Eisblitz, warte kurz! Ich hole Moos!« Besorgt beugte ich

mich über meinen Ziehvater. Er sah mich fest an, sein Atem ging nun aber so flach und leicht, dass ich ihn nur ungern allein ließ.

Aus der Verletzung trat noch immer Blut.

»Ich bin sofort wieder da!« Ich wollte mich aufrappeln und an den Stämmen der Bäume nach Moos suchen, da jedoch zischte Eisblitz: »Warte!«

Ich zuckte zusammen und blieb wie versteinert stehen.

Mein ganzer Körper trieb mich verzweifelt an, mich zu bewegen, Eisblitz das Moos zu holen.

Aber mein Herz sagte mir, ich sollte tun, was mein Ziehvater verlangte. Auch wenn ich wusste, dass es riskant war. Die Wunde musste so schnell wie möglich behandelt werden, ansonsten …

Daran konnte ich nicht denken.

»Silber …« Eisblitz krächzte heiser meinen Namen. Ich stand immer noch versteinert da.

Ich stieß die Luft aus und drehte mich zu ihm um.

Er sah mich mit matten Augen an.

Ich schluckte schwer, um das Winseln zu unterdrücken, dass in mir aufzusteigen drohte.

Widerwillig kauerte ich mich neben ihn.

»Ja, Eisblitz? Ich bin da.« Meine Stimme zitterte, auch wenn ich versuchte, sie fest klingen zu lassen.

Der Wolf hustete, dabei spuckte er Blut.

Mein Fell stellte sich auf, ich zog erschrocken die Luft ein. »Du brauchst sofort Hilfe!« Ich wollte aufspringen und endlich Moos suchen, irgendetwas, was Eisblitz half.

Doch der Anführer streckte schwach eine Pfote nach mir aus. »Nein … bleib … bitte.« Sein Blick war flehend.

Ich sah ihn an, innerlich rang ich mit mir. Ich musste Moos

suchen! Ich musste etwas suchen, was Eisblitz half!

Aber tief in mir wusste ich, dass es nichts gab, was ihm jetzt noch helfen konnte.

Bei diesem Gedanken stiegen mir Tränen in die Augen. Eilig kauerte ich mich an ihn, sah ihn ängstlich an.

»Du wirst wieder gesund …«, schluchzte ich verzweifelt. »Es muss alles wieder gut werden…«

Wimmernd rieb ich meinen Kopf an seinem.

Eisblitz erwiderte die Geste. Ihm bereitete sie allerdings sehr viel mehr Anstrengung.

»Es wird … auch alles wieder gut …«, flüsterte er krächzend. Er hustete erneut, Ich zuckte zurück, als abermalig Blut aus seinem Maul tropfte.

Sein Blick war voller Trauer, aber ebenso friedlich, als er mich ansah. »Auch ohne mich.«

»Nein!« Abermals stieg Panik in mir auf. Ich musste ihm helfen! Ich konnte doch nicht zulassen, dass er …

»Du darfst nicht sterben, Eisblitz!« Hektisch blickte ich mich um. Irgendetwas musste es doch geben!

»Meine Zeit ist gekommen.« Seine Stimme war nicht mehr als ein krächzender Hauch. »Ich wusste es. Ich wusste, dass ich heute sterbe.«

Erschrocken riss ich die Augen auf. Er wusste es? Er wusste es und hatte trotzdem gekämpft?

»Ich bin froh, dass ich gehen kann, in dem Wissen, dass ich gestorben bin, weil ich dir das Leben gerettet habe.«

Voller Liebe sah er zu mir auf. Auf seinen Augen lag jedoch schon ein matter Schleier.

Mein Atem wurde hastig. »Ja! Du hast mir das Leben gerettet! Jetzt muss ich deines retten! Du bist mein Mondwächter! Was soll das Rudel ohne dich tun? Was soll *ich* ohne dich tun?!« Wieder schaute ich mich um, als erwartete ich, dass sich in diesen Herzschlägen irgendetwas geändert hatte.

Das hatte es aber nicht. Nichts als der Wald war um mich herum zu sehen.

Eisblitz lachte leise auf. Dabei kam erneut Blut aus seinem Maul. »Das Rudel … ist in guten Pfoten. Du hast deinen Platz gefunden, du brauchst mich … nicht mehr.«

Ich schüttelte wie wild den Kopf, war wie erstarrt.

»Nein! Nein, ich brauche dich! Du bist mein Vater!«

Ein schmerzliches Lächeln erschien auf seinem blutverschmierten Gesicht. »Das werde … ich auch immer bleiben. Aber mein Leben hier … ist zu Ende. Ich ziehe weiter. Nun ist es Zeit, dass jemand neues meinen Platz einnimmt.«

Das Reden bereitete ihm sichtlich Schmerzen. Vielsagend sah er mich trotzdem an.

Ich konnte nicht aufhören, mit dem Kopf zu schütteln. »Nein, Eisblitz! Ich kann das nicht! Ich kann das nicht ohne dich!«

Wieder lachte Eisblitz. Es klang jedoch krächzend und schmerzhaft. »Ich glaube … das sagt jeder, der eine große Aufgabe auferlegt bekommt … und sie dann allein bestehen muss.« Er lächelte verträumt. »Das Gleiche … habe ich gesagt, als … deine Mutter nicht mehr da war …«

Er hustete. Dabei verzog er vor Schmerz das Gesicht. »Aber weißt du, was sie darauf erwidert hat?«

Ich schüttelte kummervoll das Haupt. Stille Tränen tropften auf Eisblitz´ Schnauze.

»An dem Tag, als sie verschwunden ist … haben wir soagr noch darüber gesprochen, falls in dem Kampf irgendetwas geschehen sollte … sie sagte mir: Genau, weil du das bellst, weiß ich, dass du es kannst.« Sein Lächeln wurde breiter. »Und das Gleiche, sage ich nun dir, Silber ...«

Seine Stimme klang verzerrt vor Anstrengung. Sein Blick brannte sich in meinen. Die Trauer war verschwunden. Frieden erhellte seine Augen noch einmal. Er hob leicht den Kopf, was mich überraschte. Ich hatte nicht gewusst, dass er diese Kraft noch besaß.

Er presste seine Nasenspitze fest an meine. Seine Augen leuchteten friedlich, als er mit rauer Stimme flüsterte: »Jetzt musst du ... die Wölfin sein ... die Nebel ... wahrhaftig in dir gesehen hat. Ich bin so stolz ... dass du zurückgekehrt bist ...«

Er holte tief Luft, dabei rasselte sein Atem gefährlich.

»Ich liebe dich ...«, hauchte er in diesem Atemzug.

Dann fiel sein Kopf schlaff nach hinten.

Entsetzt starrte ich ihn an. Er war nicht tot ...

Seine Augen sahen mich doch immer noch an!

»Eisblitz?« Der majestätische Wolf gab keine Antwort.

»Eisblitz!« Ich stupste ihn mit der Schnauze an.

Er rührte sich nicht.

Sein Blick ruhte aber doch immer noch auf mir!

Aber das Leuchten war verschwunden. In seinen Augen spiegelte sich keine Seele mehr, sondern nur noch die Baumkronen über uns. Das Leben war aus ihnen gewichen.

Aber er sieht mich doch immer noch an! Er kann nicht tot sein! Ich konnte es nicht wahrhaben.

»Eisblitz! Steh auf!« Ich rüttelte mit den Pfoten an ihm. Keine Regung. Seine Brust bewegte sich nicht mehr, sein Blick war leer. »Nein ...« Ich starrte ihn fassungslos an.

»Eisblitz!« Ich flehte ihn an, sich zu bewegen.

Ich konnte es einfach nicht glauben.

»Bitte ...«, bettelte ich hoffnungslos. »Bitte, Eisblitz ...«

Voller Trauer vergrub ich die Schnauze in seiner Halsbeuge.

Schluchzend drückte ich die Augenlider aufeinander, bis es wehtat.

Schmerzlich zog ich seinen so vertrauten Duft in mir auf, mit der Gewissheit, dass ich ihn niemals wieder riechen würde.

Tränen liefen mir trotz der fest geschlossenen Augen die Wange hinunter.

Ich würde ihn nie wieder sehen. Seine Stimme nie wieder hören. Verzweifelt drückte ich mich enger an ihn.

Nein ... nein ... nein! Du darfst nicht tot sein! Nein!

Voller Verzweiflung hob ich schließlich das Haupt zum blauen Himmel und heulte herzzerreißend.

Dann ließ ich wimmernd den Kopf hängen. Tränen ließen meinen Blick verschwimmen und Eisblitz war nur noch als weißer Haufen zu erkennen.

Ich blinzelte rasch.

Er lag leider noch genauso da, wie eben.

»Eisblitz ...« Erneut bellte ich seinen Namen. Als würde er durch die Nennung seines Namens aufwachen.

Aber das tat er nicht.

Ich fühlte mich, als hätte mir jemand die Kehle zugeschnürt und mir einen kräftigen Tritt in die Magengrube gegeben.

Mir war schlecht. Ich fühlte mich leer, traurig, verzweifelt. Was sollte ich nur ohne Eisblitz tun?

Wiederholt hob ich die Schnauze zum Himmel und heulte. Es war ein langgezogener, schmerzerfüllter Gesang.

Als ich den Kopf jedoch abermals senkte, erschrak ich. Vor mir stand Eisblitz.

Aber nein, vor ihm lag sein Körper.

Der Wolf, der hinter dem Leichnam stand hatte Nebel um die Pfoten und keine Verletzungen. Sein Pelz war glatt und ein liebevolles Lächeln erstrahlte auf seinem Gesicht.

Ich starrte ihn fassungslos an.

»Eisblitz …?« Ich wagte fast gar nicht, seinen Namen auszusprechen. Doch der weiße Wolfsrüde nickte.

»Ja, Silber. Ich bin es. Das Ewige Rudel wird mich gleich empfangen, aber vorher habe ich noch Zeit, mich dir zu zeigen.« Seine Stimme klang kraftvoll. Voller Leben.

»Ich weiß, es ist schwer«, murmelte er tröstend. Bekümmert sah die Seele von Eisblitz auf den Leichnam zu seinen Pfoten.

»Aber du weißt doch, dass ich immer bei dir bin.«

Sein dunkelblauer Blick, der voller Frieden und Liebe war, begegnete meinem. »Ich werde dich stets leiten und lieben.«

Ich hatte vergessen, wie man sprach.

Ich konnte die helle Gestalt vor mir, nur wirr anstarren, obwohl ich sehr wohl verstand, was sie sagte.

Eisblitz lächelte verstehend. »Du musst nichts sagen. Ich muss es. Ich muss dir sagen, dass du weitermachen musst. Erst recht jetzt.« Sein Blick brannte sich in meinen.

»Du bist Silber, Einzel - und Rudelwölfin. Du bist die Nachfahrin von Blütenwind und Schneesturm. Du bist die Wölfin, die uns alle rettet. Du bist die rechtmäßige Mondwächterin dieses Nachtrudels. Du bist du selbst!«

Seine Stimme wurde immer lauter, bis er schließlich feierlich rief: »Also sei, wer du wirklich bist und erfülle dein *wahres* Schicksal!«

Tiefer Stolz ließ seine Augen hell und lebendig leuchten.

Ein spielerisches Funkeln schlich sich in seinen Blick und er deutete mit einem tödlichen Grinsen auf seinen Körper.

»Räche mich und all jene, die gefallen sind! Mach, das unsere Tode nicht umsonst waren!«

Damit fing er an, zu verschwinden. Der Nebel um seine Pfoten wurde dichter, kletterte seine Brust hinauf und hüllte ihn schließlich ganz ein.

Dann löste sich der Nebel auf.

Immer noch völlig fassungslos und nicht in der Lage, zu sprechen, starrte ich auf den Fleck, wo die Seele von Eisblitz gerade noch gestanden hatte.

Sei, wer du wirklich bist ...

Seine Stimme hallte in meinem Kopf wieder.

Mach, dass mein Tod nicht umsonst war ...

Auf einmal breitete sich ein angenehmes Gefühl in mir aus. Erst war es die innere Ruhe, die meine Verzweiflung und Trauer zähmte, sodass meine Tränen trockneten.

Ich wusste, dass Eisblitz da war. Sein Körper war zwar tot, aber seine Seele war bei mir. Sie würde immer bei mir sein.

Zittrig zog ich die Luft in meine brennende Kehle und ließ das Gefühl sich weiter in mir ausbreiten. Es floss in jede Faser meines Körpers, bis es schließlich meine zitternden Pfoten zum Stillstand brachte.

Dann spürte ich ein Brennen in mir aufsteigen.

Heiße Flammen loderten plötzlich in mir auf.

Flammen der Wut schossen durch mich hindurch, ließen mein Fell zu Berge stehen, wie, als wäre ich von einem Blitz getroffen.

Nun brannte ein loderndes Feuer der Entschlossenheit in mir. *Ich werde dich rächen!*, schwor ich eisern.

Ich werde euch alle rächen!

Mit steifen Beinen erhob ich mich.

Langsam drehte ich mich zum Schlachtfeld um, was hinter den Bäumen auszumachen war.

Zu meiner Entschlossenheit mischte sich Liebe.

Liebe zu Eisblitz, zu Brise, zu Kupfer und Klee. Liebe zu den Hunden, zu Flamme und Flieder. Liebe zu Schnee und Stachel. Liebe zu allen Tieren auf dem Schlachtfeld.

»Ich bin, wer ich wirklich bin!«, jaulte ich laut zum Himmel empor. »Ich bin die Mondwächterin des Nachtrudels!«

Mit einem kämpferischen Heulen stürzte ich durch die Bäume auf diesen Krieg zu.

Ich würde nicht mehr vor meinem wahren Ich davonlaufen. Unterbewusst hatte ich das schon von dem Tag getan, an dem ich erfahren hatte, dass Nebel meine Mutter war.

Jetzt hört das auf! Ich laufe nicht mehr vor mir selbst weg! Ich wusste, dass ich, als ich auf das Schlachtfeld zulief, auch meiner Zukunft entgegenrannte.

Und die würde nun anders ablaufen, als geplant.

Durch Eisblitz´ Tod war mir wirklich klar geworden, was ich tun musste. Was ich in Wahrheit wollte.

Auf einmal spürte ich neben mir Fell und ein vertrauter Duft kitzelte mir in der Nase. Als ich mich umsah, erkannte ich neben mir Nebel, und auf meiner anderen Seite Löwe laufen.

Neben Löwe rannte Eisblitz und als ich den Kopf wieder zu meiner Mutter wandte, konnte ich neben ihr Raven erkennen.

Hinter mir hörte ich noch mehr wilde Pfotenschritte, als ich durch den Wald den Weg zurückrannte.

Kurz sah ich über die Schulter. Im Unterholz wimmelte es voller Wölfe! Und alle hatten sie Nebel an den Pfoten, der wild waberte.

Genau hinter mir erkannte ich Wurzel, Drossel und Weide. Auch meine anderen Freunde konnte ich erkennen und da waren ebenso Eissplitter, Tropfen und Flammenschnee und sogar Blütenwind und Schneesturm.

Ein Grinsen stieg in mir auf. Das Gefühl der Entschlossenheit verstärkte sich, als ich in die Gesichter der Ahnen sah.

Alle lächelten mir aufmunternd und liebevoll zu.

Nebel sah mich neben mir von der Seite her an, ein entschlossenes Grinsen auf der Miene.

»*Wir stehen an deiner Seite!*«, rief meine Mutter stolz.

Mein Schmunzeln wurde so breit, dass es wehtat. Das Gefühl der Einigkeit strömte stärker denn je durch meine Adern. Ich hob die Schnauze erneut zum Himmel.

Ein lautes, entschlossenes Heulen drang aus meiner Kehle. Es blieb bestehen, auch noch, als ich den Kopf bereits wieder gesenkt hatte. Die Geister heulten mit. Sie jaulten kraftvoll und voller Zuversicht.

Ich konnte dieses unglaubliche Gefühl in mir nicht beschreiben. Ich war glücklich, ängstlich und aufgeregt zugleich.

Wut brannte unter meiner Haut, Liebe ließ mein Herz rasen, aber die Angst schnürte mir dennoch die Kehle zu.

Voller Stolz und Freude sah ich Nebel, Raven, Löwe und Eisblitz an. Sie waren da. Meine Mutter hatte ihr Versprechen gehalten, als sie mir vor Beginn der Verleihung meiner Kräfte gesagt hatte, dass das Ewige Rudel, wenn die Zeit gekommen sei, an meiner Seite stand. Und nun waren sie hier. Bei mir.

An meiner Seite.

Die Trauer um Eisblitz erlosch gänzlich, als er mir neben Löwe zuzwinkerte.

Nach der Schlacht würde ich natürlich trauern. Um alle, die gefallen waren. Aber im Moment war ich unglaublich glücklich, aufgeregt und stolz.

Ich wusste, dass ich das Richtige tat.

Meine Entscheidung war die Richtige.

Mein Leben war nun endlich *richtig*.

Die ganze Zeit über hatte ich mich gefragt, wo ich hingehörte. Jetzt kannte ich die wahre Antwort.

Mit den Wölfen des Ewigen Rudels brach ich durch die

Sträucher auf die freie Fläche.

Staub aufwirbelnd blieb ich kurz stehen, und versuchte mir einen Überblick zu verschaffen. Der Kampf war noch immer in vollem Gange, selbst wenn ich nur noch wenige Wölfe sehen konnte. Viel zu viele Pelze lagen bewegungslos auf dem nun blutverschmierten Boden.

Die Menschen hatten aber ebenso an Zahl verloren.

Zweibeiner lagen schlaff überall auf der freien Fläche verstreut. Genausoviele Hunde, die an der Seite der Menschen gekämpft hatten, waren tot.

Aber trotzdem waren weiterhin genug Menschen, Hunde und Wölfe da, um die ganze Lichtung auszufüllen.

Zwischen ihnen entdeckte ich stets das Metall, der Metallhunde aufblitzen.

Gerade wollte ich mich auf einen Hund stürzen, der am Rande der Schlacht umherschlich, da bemerkte ich, dass auch die Wölfe des Ewigen Rudels stehen geblieben waren.

Sie standen vor den Bäumen am Waldrand. Nebel, Raven, Eisblitz, Bach, Funke, Adler, Wurzel und sogar Reh standen in einer Reihe da und blickten mich an.

Ich stutzte, da ich nicht wusste, was sie vorhatten.

Wollten sie mir helfen? Aber warum standen sie dann einfach nur da?

Gerade wollte ich das Maul öffnen und fragen, da sah ich, wie Nebelschwaden aus dem Wald drangen.

Sie schlängelten sich unter dem Unterholz heraus, schwebten auf die Lichtung. Erstaunt beobachtete ich, wie der Nebel eine Decke bildete. Eine graue Decke, die immer größer wurde, den ganzen Boden bedeckte.

Der Nebel strich kühl um meine Beine, sodass ich sie nicht mehr sehen konnte. Die Schwaden schwebten weiter, auf die

Schlacht zu. Dort erhob sich der Nebel, hüllte die Kämpfenden ein. Erschrockene Schreie wurden überall laut, jeder schrak vor dem Nebel zurück.

Dann aber hörte ich jemanden jaulen: »Es ist Silber! Kämpft weiter!«

Ich bin das aber gar nicht!

Sofort sah ich mich nach Nebel um.

Sie stand breitbeinig da, ihre Augen leuchteten wirklich so hell wie ein Stern. Ich konnte ihre Pupille gar nicht mehr sehen. Ein Lächeln strahlte auf ihrem Gesicht, als sie konzentriert auf den Kampf starrte.

Sie hat den Nebel gerufen!

Neben ihr grinste Funke mich an, bevor sie an mir vorbei sah und ihre Augen genauso aufleuchteten.

Ich drehte mich um, als ich die Hitze hinter mir spürte.

Feuer! Funke hatte ihr Element gerufen, das nun eine Schneise um die ganze Schlacht brannte.

Mit einem wachsenden Grinsen beobachtete ich sprachlos, wie sich das Feuer um den Kampf ausbreitete.

Sowohl die Menschen, als auch die Hunde und Wölfe wichen vor dem Feuer zurück, kämpften aber weiter.

Erneut blickte ich zu den Hütern des Ewigen Rudels.

Adler schaute mich an, sein Blick warm.

Dann hob er den Kopf zum Himmel.

Ein spitzer Schrei lenkte meine Aufmerksamkeit nach oben. Dort sah ich Vögel am Himmel kreisen.

Bei genauerem Hinsehen erkannte ich fünf große Adler.

Die Hoffnung in mir blühte auf, wie eine Blume.

Unsere Ahnen halfen uns, diesen Kampf zu gewinnen!

Mit lauten Schreien stürzten die Adler im Sturzflug in den Nebel ein, der nun die ganze freie Fläche eingehüllt hatte.

Ich befand mich außerhalb der grauen Wand, jedoch noch im Ring des Feuers. Im Nebel konnte ich nur dunkle Gestalten erkennen, die hektische Bewegungen machten.

Und natürlich die Schreie der Menschen und das Gejaule der Tiere hören. Die Zweibeiner kreischten panisch, als die Adler sie überraschten.

Wieder sah ich zu meinen Vorfahren. Auch sie standen im Ring des Feuers, aber so nah an den Flammen, dass sie eigentlich Feuer hätten fangen müssen.

Eine Sache verstand ich nun allerdings nicht.

Weshalb brauchten sie *mich*?

Sie schienen diesen Kampf ganz alleine zu gewinnen.

Wie zur Antwort sah Raven mich an. Seine blauen Augen leuchteten genauso hell, wie die der anderen.

»Durch dich sind wir alle miteinander verbunden«, bellte er ruhig in meinem Kopf.

»Durch dich können wir unsere Fähigkeiten in dieser Welt nutzen und dir helfen. Aber zu Ende führen werden wir diesen Kampf nicht. Das kannst nur du.«

Ich starrte ihn erstaunt an, nickte jedoch.

Ich hatte verstanden. Ich würde das hier zu Ende bringen. Allein.

Jeden Einzelnen von ihnen blickte ich fest an.

Nebel, meine Mutter, lächelte mich mit ihren hellen Augen warm an. Eisblitz grinste voller Zuversicht und Raven nickte feierlich.

Funke schmunzelte beinahe belustigt, Wurzel und Bach schenkten mir anerkennende Blicke und Reh schmunzelte so liebevoll, als stünde vor ihr Kupfer und nicht ich.

Als ich ihnen allen einen letzten Blick zugeworfen hatte, stürzte ich mich in den Nebel.

Das war wie das Eintauchen in eine andere Welt.

Die Farben waren verschwunden.

Alles war grau. Überall bewegten sich finstere Gestalten, Kampfgeschrei erfüllte die feuchte Luft.

Sogleich stolperte ich erst einmal über einen toten Baum.

Überrascht rappelte ich mich schnell wieder auf die Pfoten und versuchte dann, die dunklen Gestalten zu erkennen.

Die hohen, dünnen Wesen waren die Menschen. Sie strauchelten umher, bewegten sich viel zu hastig.

Neben mir ging eine hohe, schlanke Gestalt mit einem Aufschrei zu Boden, als sie ein vierbeiniges Wesen von den Pfoten gerissen hatte.

Erschrocken sprang ich zurück, bis ich verstand, dass es ein Wolf war. *Ich muss auf die Hunde aufpassen! Sie werde ich nicht rechtzeitig von meinen Gefährten unterscheiden können!*

Die Schreie von den Adlern zerrissen die Luft. Der Nebel über dem Kampf wirbelte auf und ich sah für einen Moment einen fallenden Leib. Im letzten Moment riss er die Flügel auseinander und landete, mit ausgestreckten Krallen, auf einer hohen Gestalt, die brüllend zu Boden ging.

Die Adler tauchten in den Nebel ein, wie in Wasser.

Da krachte etwas in meine Seite. Mit einem Aufschrei wurde ich von den Pfoten geworfen. Ehe ich realisieren konnte, was geschah, lag ich auch schon mit dem Rücken auf dem kühlen Erdboden, eine Pfote auf meine Wange gedrückt, damit ich nicht aufstand.

Ein Knurren ganz nah an meinem Gesicht, ließ mich aufblicken. Ein wütendes Augenpaar starrte mich an, gefletschte Zähne waren nur wenige Krallenlängen über meinem Gesicht.

»Wolf!«, knurrte der schwarze Hund zornig.

Ich knurrte zurück und wand mich heftig unter ihm.

Ich spürte, wie sich seine Krallen tiefer in meine Seite gruben, um mich festzuhalten.

»Ihr habt uns angegriffen!«, zischte der Hund aggressiv. Ich hörte auf, mich zu wehren, und starrte ihn böse an.

»Die Menschen zerstören unsere Heimat!«, jaulte ich. Ich versuchte, den Kopf zu heben, aber der Hund drückte mich in die Erde.

»Das tun Menschen!«, fauchte er wütend. »Das tun sie immer! Ihr könnt sie nicht aufhalten!«

»Warum hilfst du ihnen dabei?«, fragte ich laut.

Ich starrte ihn immer noch an, auch wenn ich ihn nur im Augenwinkel sehen konnte.

Seine Pfote lag schmerzhaft auf meiner Wange. Ich spürte, wie seine Krallen sich tiefer in mein Fleisch bohrten. Knurrend versuchte ich, den Schmerz zu überspielen.

Er beugte sich noch tiefer zu mir. Seine Augen brannten vor Zorn. »Das muss ich dir nicht sagen! Du bist sowieso gleich tot!« Damit riss er das Maul auf und wollte mir in die Kehle beißen. Ich aber riss meine Hinterpfoten an den Bauch und stieß sie ihm dann mit voller Wucht in den Magen.

Mit einem Fiepen wurde er von mir geschleudert und landete hart auf dem Boden.

Sofort rappelte ich mich auf und sprang den großen Hund an. Ich stieß meine Zähen in seinen Nacken, danach warf ich mich außer Reichweite seines Mauls.

Der Rüde heulte schmerzerfüllt. Diese Wunde würde ihn nicht töten, aber zum Flüchten zwingen müssen.

Und das tat er auch. Der schwarze Hund schenkte mir noch einen wütenden Blick, ehe er sich aufrappelte und schnell davon humpelte.

Schwer atmend stand ich da und blickte ihm nach. Er war im

Nebel verschwunden. Ich konnte nur hoffen, dass er wirklich weg war.

Eine Verschnaufpause bekam ich jedoch nicht, denn sogleich stolperte ein Mensch in mein Sichtfeld. Er hatte etwas Langes in der Pfote. *Ein Donnerstock!*

Ohne zu überlegen, kauerte ich mich auf die staubige Erde. Ganz langsam, wie als würde ich mich an ein Beutetier anschleichen, kroch ich zu dem Menschen, der sich hektisch um sich selbst drehte und leise verängstigte Laute ausstieß.

Er schrie erschrocken auf, als ich ihm auf den Rücken sprang und ihn so von den Pfoten holte.

Auf dem Boden strampelte er wild und ein Schuss ertönte unter mir. Aber ich spürte keinen Schmerz.

Vor Erleichterung, dass sein Stock mich verfehlt hatte, zitterte mein Pelz. Bevor der Nachtfürchter noch einmal schießen konnte, biss ich ihm ins Genick. Sein Hals war so schmal, dass mein ganzes Gebiss um es herumging. Die Befreiungsversuche erloschen, als ich zubiss.

Schlaff hing der Mensch in meinem Maul.

Ich ließ von ihm ab, trat zurück und sah mich nach meinem nächsten Gegner um.

Die Zweibeiner um mich herum schrien und stolperten orientierungslos umher.

Tödliche Schatten sprangen sie an, Adler schossen vom Himmel herab und brachten den sicheren Tod.

Hoffnung durchströmte mich. Mit der Hilfe des Ewigen Rudels konnten wir diesen Kampf gewinnen.

Da erhob sich vor mir eine riesige Gestalt.

Lautes Dröhnen erfüllte die Luft, als ein Monster näherkam. Ich legte die Ohren an und sprang zur Seite, als die Bestie sich näherte. Ihr dunkles Brüllen dröhnte um mich herum.

Ich muss es aufhalten!

Konzentriert starrte ich auf das große Monstrum, das langsam angerollt kam. Die Kämpfenden stoben schreiend auseinander, um nicht von den runden Pfoten erdrückt zu werden.

Ich starrte das Ungeheuer zornig an. *Wurzeln, ich brauche euch! Tötet dieses Monster!*

Durch den Nebel konnte ich erst keine schlangenähnlichen Gestalten erkennen. Aber dann hörte ich panische Schreie von den Menschen, und da schlängelten sich die Wurzeln mit einer beeindruckenden Schnelligkeit auf das Monster zu.

Als es die braunen Schlangen entdeckte, blieb es stehen. Brüllend sprang ein Mensch aus dem Bauch des Ungeheuers und verschwand im dichten Nebel.

Die Wurzeln erfüllten meinen Wunsch. Sie schlangen ihre Leiber um das brummende Monster, drückten mit einer Kraft zu, die kein Wolf je haben konnte, und töteten so das Biest.

Das Brummen und Dröhnen erstarb. Als die Wurzeln von dem Monster abließen, blieb nur noch ein verbeultes, eingedrücktes Ding zurück.

Die Wurzeln kamen zu mir, da ich sie noch nicht weggeschickt hatte.

Das würde ich auch noch nicht tun.

Tötet jedes Monster!, befahl ich ihnen finster. Mit der Hilfe von meiner Freundin Wurzel würden sie das schaffen.

Die braunen Schlangen gehorchten und verschwanden im Nebel. Ich sah mich prompt nach einem weiteren Gegner um.

Neben mir entdeckte ich plötzlich einen dunklen Schatten, der sich langsam an mich anschlich.

Es war eine geduckte Gestalt. Mit zusammengekniffenen Augen schlich ich rückwärts, von dem Feind weg.

Die Gestalt war zu klein, um ein geduckter Mensch zu sein.

Aber auch zu groß, als dass es sich um einen Wolf oder normalen Hund handeln könnte.

Mir gefror das Blut in den Adern.

Ein Metallhund!

Sogleich fletschte ich die Zähne. »Du kannst mir nichts tun!«, knurrte ich selbstsicher.

Trotzdem wich ich weiter zurück, um Abstand zwischen mich und dieses Monster zu bekommen. Doch der Metallhund folgte mir auf Schritt und Tritt.

Ein dunkles Lachen ertönte aus dem Nebel vor mir.

»*Du* kannst *mir* nichts tun!«, jaulte eine bekannte, metallische Stimme.

Ich sog erschrocken die Luft ein und stolperte sogleich über einen dünnen Stamm. Gerade noch konnte ich mich auffangen, ehe ich im staubigen Boden landete.

Es ist Gray!

Sofort blitzten verschüttete Bilder vor meinem inneren Auge auf, während ich weiter zurück stolperte.

Das Gefängnis, die Metallhunde in einer Reihe aufgestellt. Black, Gray, Eye, Shadow …

Black. Black war tot. Nun musste Gray der Anführer der Metallhunde sein.

Plötzlich verflog der Nebel. Ich blinzelte die Erinnerungen fort und erkannte, dass ich den Nebel verlassen hatte.

Ich befand mich außerhalb der grauen Kugel.

Ehe ich jedoch realisieren konnte, wo Gray sich befand, sprang er brüllend aus dem Nebel.

Ich jaulte erschrocken auf und wollte zurückweichen, aber der Metallhund hatte mich bereits am Nackenfell gepackt und schleuderte mich von sich.

Für einen Bruchteil eines Herzschlages dachte ich an das

Feuer, doch da prallte ich auch schon mit dem Rücken hart gegen einen Baumstamm. Der Aufschlag raubte mir den Atem, weshalb ich kraftlos auf dem Boden zusammensank.

Ich war mir der Gefahr bewusst, versuchte verzweifelt, zu atmen, aber ich konnte nicht. Der Aufprall auf den Rücken hatte mir die Luft aus den Lungen gedrückt. Japsend ließ ich mich auf die Seite fallen. Vor mir drehte sich alles.

Ich hatte panische Angst, da ich nicht atmen konnte und nun sah ich auch noch, dass Gray auf mich zukam.

Das Feuer war verschwunden. Anscheinend hatte Funke es gelöscht, ehe ich hatte verbrennen können.

Ein verkohlter Streifen Gras vor mir ließ mich erkennen, wo die Flammen sich erhoben hatten.

Doch der Metallhund trottete über diese dunkle Grenze, ohne auf den restlichen Qualm zu achten, der in den Himmel stieg.

Ein triumphierendes Grinsen prangte auf seinem verhassten Gesicht. Seine giftgrünen Augen leuchteten böse.

»Du hast Black getötet!«, knurrte er dunkel, während er ganz langsam auf mich zukam. Er wusste, er konnte sich Zeit lassen.

Ich konnte nicht fliehen. Der Baum versperrte mir den Fluchtweg und ich war sowieso zu schwach, um zu flüchten.

Mein gesamter Körper schmerzte nach diesem harten Aufprall. Ich konnte froh sein, dass ich überhaupt noch bei Bewusstsein war.

Leider wäre ich jetzt lieber bewusstlos, als wach!

Denn so musste ich zusehen, wie Gray immer näher kam. »Du wirst ganz langsam sterben!«, grollte er rachsüchtig.

Blinzelnd versuchte ich, meinen Schwindel unter Kontrolle zu bekommen, als ich es schließlich schaffte den Kopf zu heben. Der Atem war inzwischen in meine Lungen zurückgekehrt, was mich etwas klarer denken ließ.

Aber es war zu spät. Gray bemerkte, dass ich kurz davor war, zu flüchten. »Du gehörst mir!« Mit diesem Brüllen warf er sich auf mich.

Ich zuckte zurück, doch im Sprung krachte plötzlich ein Blitz in die Flanke des Metallhundes.

Die Gestalt hatte so viel Wucht, dass es das schwere Monster zur Seite schleuderte. Dort knallten beide auf das Gras.

Bevor meine Augen dem Geschehen überhaupt folgen konnten, zerriss ein Schmerzensschrei die Luft.

Ich versteinerte, als ich endlich begriff, was passiert war. Ein Wolf lag schlaff auf dem Gras, Blut strömte aus seinem Bauch.

Gray stand mit blutbeschmiertem Maul über ihm und sah mich mit einem schadenfrohen Grinsen an.

Er wusste genau, was er getan hatte.

Und das war schlimmer als mein eigener Tod.

Mit einem boshaften Lachen drehte Gray sich um und tauchte erneut in den dichten Nebel ein.

Ich wunderte mich nicht, warum er ging und mich am Leben ließ. Er hatte sich an mir gerächt.

Auf die schrecklichste Art.

Indem er nicht mich getötet hatte, sondern einen Wolf, der mir unbeschreiblich viel bedeutete.

Sofort rappelte ich mich auf und stürzte zu dem Rüden.

Meine Schmerzen und der Schwindel waren vergessen.

»Nein … Klee!«

36. KAPITEL - KLEE

»Um der Natur nicht zu schaden, muss einer von euch sterben. Der andere kann leben.«

Die warme Sonne schien Klee aufs gesprenkelte Fell. Die Lichtung war erfüllt von frischem Blütenduft und der Himmel war so klar wie Kristalle.

Es war die schönste Blütezeit, die er je gesehen hatte. Doch hier erfuhr er das Grausamste, was er jemals gehört hatte.

Entsetzt starrte Klee Nebel an.

»Das kann nicht sein!«, jaulte Kupfer verzweifelt neben ihm.

»Keiner von uns kann Silber allein lassen!«

Die Mondwächterin sah den goldenen Rüden voller Schmerz an. »Glaubst du, das wüsste ich nicht? Ich würde alles geben, um euch beide am Leben zu lassen. Aber die Natur verbietet es.«

Kupfers Eltern schauten ihren Sohn traurig an, trauten sich aber nicht, etwas zu sagen.

Genauso, wie Löwe. Er stand neben Nebel, sah Klee abwartend an. Dorn tat das Gleiche.

Klee versuchte zu verstehen, was dieser Satz bedeutete. *Einer von uns muss Silber für immer verlassen ... einer von uns muss sie allein lassen ...*

»Das ist unmöglich!« Kupfer sah hysterisch zwischen ihm und Nebel hin und her. Sein Blick war so verzweifelt, dass Klee dachte, er würde jeden Moment in Ohnmacht fallen.

Da heftete sich Kupfers Blick auf Natura, den großen, silbernen Vogel. Flehend sprang er zu ihr.

»Natura ... bitte! Es muss eine Möglichkeit geben, wie du uns beide für immer wiedererwecken kannst!«

Leider schüttelte der Vogel mit betrübten Blick den Kopf.

Ein kühler Wind kam auf, der Klee kalt durchs Fell strich.

»Sie kann nichts tun«, erklärte Nebel entschuldigend. »Keiner von uns kann das. Es ist unmöglich, euch beide am Leben zu lassen. Einer muss zu uns zurückkehren, ansonsten kommt die Natur aus dem Gleichgewicht und in allen Realitäten bricht das reinste Chaos aus. Die Natur würde sterben. Und mit ihr langsam alle Lebewesen.«

Erschrocken starrte Klee seine Mutter an. Das würde geschehen, falls sie beide an Silbers Seite bleiben würden?

»Erst, wenn die Natur gestorben ist, könntet ihr beide zurückkehren.«

Kupfer schaute Natura weiterhin flehend an. Der Vogel erwiderte diesen Blick mitfühlend und krächzte leise, wie, als würde sie sich entschuldigen wollen.

Da wirbelte Kupfer zu dem schildpattfarbenen Rüden herum. »Klee, sag doch auch etwas!«

Der Goldene zitterte am ganzen Körper. Seine Stimme überschlug sich vor Panik. »Sag ihnen, dass es nicht geht! Wir können Silber nicht allein lassen!«

Er schaute den getupften Wolfsrüden so eindringlich an, dass Klee sich fast in seinen hellgrünen Tiefen verlor.

Das war nicht schwer, denn seine Augen waren vor Furcht weit aufgerissen.

Klee konnte nichts sagen. Er war von seinem eigenen Entsetzen wie gelähmt.

Er hatte geglaubt, Silber niemals wiederzusehen.

Nun gab es jedoch eine Chance, zurückzukehren. Seine Schwester wiederzusehen. Doch für wie lange? Für immer? Oder nur für ein paar Monde?

Wir kehren zurück ... aber einer von uns wird ihr wieder entrissen werden ... das hält sie nicht aus ...

»Das könnt ihr Silber nicht antun!« Tränen schimmerten jetzt in seinen Augen. Nicht um seinetwillen, sondern wegen seiner Schwester. Sie würde an dem Verlust zerbrechen, egal, wer von ihnen beiden ginge. Verstört starrte er seine Eltern an. »Silber wird sterben! Wir sind ihr Leben! Wir sind - «

Klee brach abrupt ab.

Mit offenem Maul blickte er ins Leere.

Wir sind ihr Leben ... ich bin ihre Vergangenheit ... ich bin das Rudel ... ich bin ihr Bruder ...

Klee schluckte schwer. Er schaute zu Kupfer. Der sah ihn immer noch verzweifelt an.

Kupfer ist ihre Zukunft ... Kupfer ist der Rüde, dem ihr Herz gehört ... Kupfer ist ihr Leben ...

»Ich bin es.«

Mit erhobenem Kopf trat er einen Schritt auf die Wölfe des Ewigen Rudels und Natura zu.

Mit fester Stimme verkündete er seine Entscheidung: »Ich werde gehen. So kann Kupfer leben.«

Nebel blickte ihn voller Kummer, aber auch Stolz, an, doch Kupfer jaulte neben Klee auf.

»Klee! Nein, was tust du?! Das kannst du nicht tun, Silber braucht -«

»Dich«, beendete Klee seinen Satz.

Er sah den goldenen Rüden fest an. »Silber braucht dich. Du hast dich mit ihr verbunden. Du bist ihr zukünftiges Leben.«

Er seufzte niedergeschlagen. »Ich bin ihre Vergangenheit. Silber muss ihre Vergangenheit loslassen, um eine richtige Zukunft haben zu können. Du bist diese Zukunft. Du wirst sie trösten, wenn ich weg bin. Du wirst sie in ein freies Leben führen.« Leise, traurig, fügte er hinzu: »In ein Leben, ohne das Rudel, ohne ... mich. Ihr fangt ganz von vorne an.«

Kupfer starrte ihn verstört an. »Klee ... das kann doch nicht dein Ernst sein ...« Jetzt konnte Klee seine Emotionen nicht mehr zurückhalten. »Natürlich ist es mein Ernst!«, jaulte er auf.

Wut, Schmerz und Trauer ließen seine Stimme verzweifelt klingen. »Oder willst *du* Silber verlassen?! Nein! Dass ich gehe, ist die einzige Möglichkeit! Jeder hier weiß ganz genau, dass Silber dich liebt! Dass sie dich *mehr* liebt, als mich! Sie würde es mir nie verzeihen, wenn ich dich an meiner Stelle gehen ließe!«

Tränen der Verzweiflung rannen dem jungen Wolf über die Wangen, brannten wie Feuer in seinen Augen.

»Ich weiß, dass Silber dich nicht verlieren darf! Und deshalb werde ich sterben, damit du weiterleben kannst. Für *sie*!«

Nach diesem wütenden Ausbruch ließ Klee erschöpft den Kopf hängen. Sein Pelz war aufgestellt. Durch die Tränen konnte er alles nur noch verschwommen erkennen.

Er spürte, wie sein Körper anfing zu zittern. Wie sich seine Entscheidung in sein Gehirn vorarbeitete, um dort wirklich verstanden zu werden.

Ich weiß, wann ich sterbe ...

Ich lebe nicht mehr lange ...

Ich werde Silber für immer verlassen...

Da stand Klee auf einmal wieder am Rande des Waldes.

Seine Ohren fingen bei dem plötzlichen Lärm der Schlacht an zu schmerzen. Er zuckte erschrocken zusammen, als hätte er vergessen, wo er war.

Ich bin mitten in der Schlacht ... heute ist mein Todestag ... heute werde ich sterben ...

Klee hatte sich schon den ganzen Tag gefragt, wann er denn seinen letzten Atemzug in dieser Welt tun würde. Aber bis jetzt war es noch nicht so weit gekommen.

Trotzdem war er angespannt. Völlig verängstigt eigentlich. Doch er verdrängte seine Angst.

Ich muss keine Angst haben. Ich komme ins Ewige Rudel. Dort bin ich immer noch irgendwie bei Silber ... ich verlasse sie nicht ganz!

Er wusste selbst, dass das nicht das Gleiche war, wie wirklich bei ihr zu sein. Aber er musste es sich einbilden, um nicht doch noch einen Rückzieher zu machen.

Rückzieher? Auf keinen Fall! Ich muss das tun! Für Silber. Ich weiß, mein Tod bereitet ihr weniger Schmerz, als Kupfers. Kupfer wird auf sie aufpassen. Er wird sie glücklich machen ...

Da musste Klee an Aurora denken. *Sie werde ich nie glücklich machen können ...*

Er erinnerte sich an die letzte Nacht.

Nachdem Silber Klee verraten hatte, was die schneeweiße Hündin vielleicht fühlte, hatte Klee es wissen wollen.

Er konnte nämlich einfach nicht glauben, dass diese selbstbewusste, starke Hündin sich in *ihn* verlieben könnte.

Doch das hatte sie tatsächlich.

Wie auf Befehl stand er plötzlich nicht mehr in der Schlacht, sondern sah vor sich, wie er selbst mit Aurora sprach.

Um die beiden herum erhob sich ein dunkler Wald. Kalte Sterne funkelten durch die Baumkronen.

Klee wusste noch ganz genau, wie er sich in diesem Moment gefühlt hatte.

Aufgeregt, nervös, beinahe ängstlich.

»Also ... stimmt es, was Silber sagt?«, fragte der schildpattfarbene Wolf vor ihm zögerlich.

Fast hoffte er, dass Aurora das bejahen würde. Denn auch er mochte die schneeweiße Hündin sehr.

Sie hatten auf dieser Reise viel Zeit miteinander verbracht und waren sich dadurch näher gekommen.

Klee hatte Silber als seine Blutsgefährtin akzeptiert und ohne, dass er es selbst bemerkt hatte, hatte er eine gewisse Zuneigung für die Hündin entwickelt.

Als Silber ihm in seinem Geburtsort über Aurora aufgeklärt hatte, war ihm klargeworden, dass er ebenfalls so für die Husky – Dame empfand.

Ich fühle mich wohl bei ihr ... fast ... zuhause.

»Vielleicht.« Die Hündin vor ihm schenkte ihm ein verschmitztes Lächeln. »Du hast mich verändert, Klee. Aber du musst mich fangen, ehe ich dir die Antwort auf diese Frage gebe!«

Mit diesen Worten wirbelte sie herum und sprang in den Wald hinein. Der gefleckte Rüde rannte ihr lachend hinterher.

Der echte Klee flog ihnen in seinen Gedanken nach, und sah, wie die zwei kichernd durch den dunklen Wald stürmten.

Das war ein sehr schöner Lauf gewesen ... so ... frei ...

Nach einer Weile brachen die beiden durch ein Gebüsch und fanden sich am Wasserfall wieder.

Klee schmunzelte verträumt, als er sich erinnerte, was er dort gesehen hatte.

Das Wasser war wie flüssiges Silber den Berg hinuntergestürzt. Die Gischt an seinem Ende hatte geglitzert, wie hellblaue Kristalle, angestrahlt vom vollen Mond, der nun doch noch am Himmel erstrahlt war.

Aber nicht nur das Wasser war atemberaubend gewesen. Überall um die beiden herum flogen leuchtende Glühwürmchen umher.

Egal, ob am Fluss, am Wasserfall, am Ufer, am Waldrand. Die Luft war erfüllt von goldenen Punkten, die langsam umherflogen. Staunend sahen sich die zwei Freunde an der Uferbö-schung um. Alles hatte so magisch und friedlich gewirkt.

Klee hatte aus reinstem Spaß am Leben die Gelegenheit schließlich genutzt und sich auf Aurora geworfen, die sich noch ganz sprachlos umgeschaut hatte.

Mit einem erschrockenen Quieken landete sie auf dem Rücken, Klee lachend über ihr. »Hab´ dich! Jetzt musst du mir eine Antwort geben!«

Unsere Schnauzen waren da bereits nur wenige Krallen-längen voneinander entfernt ...

Klee hatte also jede Regung auf ihrer Miene sehen können. Die Hündin unter ihm lächelte. Doch es war nicht das selbst-bewusste Grinsen, was er von ihr kannte, sondern ein schüch-ternes, zaghaftes Lächeln. Diese Art von Gesichtsausdruck hatte er erst ein paar Mal bei ihr bemerkt. Und er erschien nur, wenn sie mit Klee sprach.

Ihre blauen Augen leuchteten im Mondlicht verlegen, jedoch wunderschön. Ihr Fell schien im Licht des Mondes silbrig.

Einen Augenblick, nur einen winzigen Herzschlag lang, hatte Klee Silber vor sich gesehen.

Nein ... Silber habe ich in diesem Atemzug wirklich losgelas-sen. Aurora lag dort. Allein sie.

Als die Hündin ihn lange angesehen hatte, hatte Klee erst bemerkt, dass er immer noch auf ihr lag.

Ihm wurde klar, dass er nicht hatte aufstehen wollen.

»Na ja ... es könnte schon wahr sein ...« Unsicherheit ließ ihre leise Stimme zittern.

Sie wirkte so schüchtern, wie eine Welpin, die zum ersten Mal mit einem Sternenhüter sprach.

Auf Klees Miene hatte sich ein liebevolles Schmunzeln aus-gebreitet. Er hatte Aurora die Angst nehmen wollen.

Wütend mochte der echte Klee die Augen vor dieser Erinnerung zusammenkneifen, doch er konnte nicht.

Er musste seinen Fehler sehen.

»Ich zumindest weiß, was ich fühle, Aurora.«

Die Hündin hatte überrascht die Augen aufgerissen. »Was ... was willst du damit sagen?«, hauchte sie ungläubig.

Klee beugte sich vor und schmiegte seinen Kopf sanft an ihren. »Ich habe Gefühle für *dich*«, flüsterte er an ihrem Ohr.

Als er das Haupt hob, starrte die Hündin ihn mit angehaltenem Atem an.

Tief sah er der schneeweißen Freundin in die Augen.

Um sie herum flogen weiterhin die Glühwürmchen herum. Nun schimmerten die goldenen Punkte ebenso in den blauen Tiefen der nun schüchternen Hündin.

»Ich habe mich in dich verliebt, Aurora.«

Wie konnte ich nur so selbstsüchtig sein?! Ich habe ihr meine Liebe gestanden, obwohl ich wusste, dass sie keine Zukunft haben würde! Jetzt breche ich auch noch ihr Herz! Ich bin so ein dummer Hund! Es tut mir so leid!

Mit einem Knurren schüttelte Klee sich, sodass sich die Erinnerung in Nebel auflöste.

Diese Nacht war ein Fehler gewesen. Er konnte seine Gefühle nicht leugnen, *wollte* das gar nicht. Doch Aurora wegen, hätte er sie nie zugeben dürfen.

Diese Nacht war so wunderschön ... aber ich hätte das Maul halten sollen! Ich hätte mich von ihr distanzieren sollen! Dann wäre ihr Schmerz jetzt nicht so groß ...

Ein erschrockenes Jaulen, das abrupt abbrach, unterbrach seine Gedanken. Klee spitzte die Ohren, fand sich erneut bei der Schlacht wieder.

Er wusste genau, von wem dieser Schrei gekommen war.

Silber! Sie ist in Schwierigkeiten!

Er raste los. Um die dichte Nebelwolke herum, immer am Waldrand entlang.

Beim Laufen wurde ihm bewusst, dass nun das letzte Mal sein konnte, dass er seine Beine in dieser Welt streckte. *Ist es nun soweit? Werde ich gleich sterben?*

Trotz seiner Entscheidung, die er getroffen und nicht bereuen würde, egal, was letzte Nacht geschehen war, stiegen Tränen in ihm auf. Durch sie sah er nur noch verschwommen.

Zum letzten Mal laufe ich hier ... zum letzten Mal spüre ich die warme Luft, die mir mein Fell zerzaust ...

Ihm entschlüpfte ein Winseln. *Zum letzten Mal werde ich Silber sehen, spüren, hören! Meine große Schwester ...*

Da entdeckte Klee Silber. Sie lag zusammengesunken vor einer Eiche, Gray trat auf sie zu.

Ihm wurde schlagartig schlecht. Plötzlich wusste er es.

Er wusste, dass er jetzt sterben würde.

Dieser Gedanke raubte ihm die Luft aus den Lungen. Er begann hektisch zu atmen. Sein Pelz zitterte, seine Beine gehorchten ihm nicht mehr und er blieb stehen.

Jede Körperzelle schrie ihn an, umzukehren.

Alles in ihm jaulte ihn an, nicht zu sterben.

Entsetzt starrte er auf den Metallhund, der seiner geliebten Blutsgefährtin immer näherkam.

Für einen Moment konnte er sich nicht rühren.

Tu das nicht! Du stirbst! Du darfst nicht sterben!

Seine Angst ließ ihn erstarren. Kein Muskel horchte mehr auf seinen Willen. *Ich sterbe! Ich sterbe, wenn ich das tue!*

Die Panik schnürte ihm die Kehle zu. Er konnte nur dastehen und zusehen, wie Gray sich immer weiter anschlich.

Ich will nicht sterben! Endlich habe ich etwas, wofür es sich zu Leben lohnt! Aurora ... Silber ...

Die Angst gewann für einen Moment die Kontrolle über ihn. Ganz genau zu wissen, wann man sterben würde und nun zu wissen, wie es geschehen würde, war grausam.

Klee wusste jetzt, dass er nur noch wenige Herzschläge in dieser Welt wandelte.

Ich kann das nicht! Er war kurz davor, sich umzudrehen und vor seinem Schicksal zu flüchten.

Dann aber stockte er.

Mein Schicksal ...

Er hatte ein Schicksal. Zu sterben, war seine Bestimmung.

Tränen rannen ihm über die Wangen.

Silber wollte ihr Schicksal nicht erfüllen ... aber jetzt hat sie es getan ... für mich.

Klee schluckte erneut schwer. Ein Kloß bildete sich in seinem Hals. *Nun muss ich* mein *Schicksal erfüllen. Für sie.*

Er blinzelte sich die Tränen aus den Augen, um klar sehen zu können. Tief holte er Luft. Tief sog er die Luft dieser Welt in sich ein, zum letzten Mal. Dann stieß er sie langsam wieder aus, um sich zu sammeln.

Das ist mein Schicksal! Ich erfülle es, wie meine Schwester es getan hat!

Mit einem entschlossenen Jaulen jagte er auf den Metallhund zu, der sich bereits auf Silber werfen wollte.

Klee sprang, prallte im Flug mit dem Monster zusammen und stürzte gemeinsam mit ihm zu Boden.

Es ging so schnell, dass Klee gar keine Zeit hatte, sich zu Silber umzudrehen. Gray war auf den Pfoten, ehe Klee sich bewegen konnte.

Er sah nur einen grauen Schatten, dann spürte er einen entsetzlichen Schmerz.

Klee hatte sich den ganzen Weg zurück zum Rudel gefragt, wie es sich anfühlen würde, zu sterben. Wie sehr es wehtun, ob es schnell oder langsam gehen würde …

Nun, in diesem Moment, wo der grausame Schmerz einsetzte, bereute Klee, seine restliche Zeit so verschwendet zu haben. Er hatte sich die ganze Zeit düstere Gedanken gemacht, anstatt seine verbliebenen Atemzüge zu genießen.

Statt seine letzten Herzschläge mit Silber und seinen Freunden zu verbringen. Mit ihnen zu lachen und das Leben zu genießen, hatte er ein trauriges Gesicht gemacht und die meiste Zeit ihrer Reise Trübsal geblasen.

Bis auf gestern Nacht …

Ein Schmerzensschrei begleitete seine Gedanken.

Der Schmerz machte es ihm schlagartig unmöglich, einen weiteren, klaren Gedanken zu fassen.

Sein ganzer Körper fing an zu brennen. Klee versuchte, zu atmen, aber er konnte nur japsen. Blinzelnd verdrängte er die Dunkelheit, die ihn jetzt schon einlullen wollte.

Er blickte in den blauen Himmel. In den so wunderschönen blauen Himmel …

Da schob sich ein silbernes Gesicht in sein Blickfeld.

»Nein … Klee!«

Silber stand mit geschockter Miene über ihm.

Er schluckte schwer, als er sich zu ihr auf die Seite fallen ließ. Sein Bauch brannte wie Feuer.

Er wollte aber nicht hinsehen. Er hatte die scharfen Zähne Grays ganz genau gespürt.

Er wusste, dass es schlimm aussehen musste. Und genau als er das dachte, stieg ihm der Blutgeruch in die Nase. Es war ein überwältigender Duft. *So dick und schwer … so* viel …

»Silber …« Klee spürte, wie er schwächer wurde. Der

Schmerz raubte ihm jede Kraft.

»Schhhh …« Silber versuchte, ihre Panik zu verbergen, aber trotz ihrer Mühe zitterte ihre Stimme stark.

Sie kauerte sich neben ihn. Ihre Tränen liefen bereits über. »Klee … nicht sprechen. Es … es wird alles wieder gut … ich werde dich retten …«

Sie leckte ihm sanft über die Wange. Klee spürte ihre Tränen in sein Fell tropfen.

Doch er übersah nicht ihren sorgenvollen Blick, der zu seinem Bauch schielte. *Ja, es muss schlimm sein … ich will es nicht sehen.*

»Nein …« Der Rüde wollte schlucken, allerdings bemerkte er etwas Flüssiges in seiner Kehle.

Blut … Blut ist in meinem Hals! Trotz der aufsteigenden Angst, versuchte er erneut zu bellen: »Ich wusste … dass ich sterbe …«, krächzte er ehrlich. Er wollte Silber sagen, was geschehen war, bevor …

Sie starrte ihn mit weit aufgerissenen Augen an.

»Nein … rede nicht so etwas!« Ihre Stimme überschlug sich vor Angst. »Du stirbst nicht!«, jaulte sie ihn an.

Klee hustete. Er spürte, wie Blut aus seinem Maul rann. »Silber … ich *wusste*, dass ich sterbe!«

Verschwörerisch starrte er sie an.

Er wollte ihr durch seinen Blick verständlich machen, was er meinte. Der schildpattfarbene Wolf wusste, dass Silber ahnte, dass irgendetwas nicht richtig gewesen war. Dass etwas falsch war, seit Kupfer und er die Klippe hinuntergestürzt waren.

Als hätte Silber seine Gedanken gelesen, keuchte sie entsetzt. »Nein …«

Die Wölfin schluchzte. Sie hatte verstanden.

»Klee! Du darfst nicht gehen … ich brauche dich! Du bist

doch Teil meines Lebens!«

Da musste der Rüde auflachen. Er verzog schmerzhaft das Gesicht, als ihm diese Regung wehtat.

Er sog tief die Luft ein, seine Kehle ließ aber fast keine Luft mehr durch. Er musste sich beeilen.

»Ich bin deine Vergangenheit ... du musst sie loslassen ...«

Silber wimmerte bei diesen Worten. »Nein! Klee ... du bist mein Blutsgefährte! Du darfst nicht gehen! Ich ...«

Sie blickte ihn voller Trauer an. »Ich kann nicht noch jemanden aus meiner Familie verlieren! Nicht dich! Meinen kleinen Bruder, den ich gerade erst gefunden habe!«

Klee lächelte. Er sah Silber trotz seiner brennenden Schmerzen klar und deutlich.

»Du hast ... eine Familie«, röchelte er leise.

Die silberne, wunderschöne Wölfin schüttelte den Kopf. »Nein ... *du* bist meine Familie!«

Klee merkte, dass er nicht mehr viel Zeit hatte. Seine Schmerzen raubten ihm den Atem. Er konnte vor lauter Blut in der Kehle sowieso kaum atmen, geschweige denn sprechen.

Aber er musste Silber noch etwas sagen, bevor er ging.

»Ich ...« Sein Blick trübte sich. Er musste schwer blinzeln, um noch klar sehen zu können. Der Wolf spürte, wie sein Körper vor Hitze und Schmerz zitterte.

Voller Anstrengung holte er Luft, ignorierte konzentriert das Blut in seinem Hals. »Silber, ich ... ich habe dich immer ... geliebt ... und das werde ... ich auch immer ...«

Ein weiteres Röcheln unterbrach seine Worte. Er musste, trotz seiner Konzentration, wieder husten.

Silber zuckte nicht zurück, als Blut aus seinem Maul tropfte. Der süße Geschmack auf seiner Zunge ließ sein Fell zu Berge stehen.

Doch Silber schloss nur kurz die Augen, als Klee hustete. Er wusste, dass sie es nicht ertragen konnte, ihn so zu sehen.

Sie wollte es nicht wahrhaben. Aber er konnte es nun auch nicht mehr ändern.

Mit seinem letzten Atemzug, den er sich mit seiner letzten Kraft geraubt hatte, keuchte er: »Ich werde immer bei dir sein, egal was geschieht!«

Ein erschüttertes Winseln entfuhr seiner Schwester. Sie drückte ihre Schnauze mit bebendem Körper an seine Halsbeuge. »Egal, was geschieht …«, echote sie heiser.

Das war das Letzte, was Klee hörte. Silbers Versprechen.

Das Letzte, was Klee spürte, war ihr Fell an seines gepresst. Das Letzte, was er sah, war ihr Gesicht.

Ihr Gesicht, deren Züge sich von zutiefst schockiert und traurig, in seiner Vorstellung, zu einem frohen und liebevollen Ausdruck verwandelten.

Sie lächelte ihn voller Liebe an. Ihre hellen Tiefen leuchteten glücklich.

Mit diesem wunderschönen Bild vor Augen schlief Klee für immer ein.

37. KAPITEL

»Nein! Nein! Nein!« Ich konnte es nicht glauben. Ich wollte es nicht. Aber ich musste.

Klee war tot. Er lag vor mir, seine Augen geschlossen. Seine Flanken bewegten sich nicht mehr.

Zu seinem offenen Bauch, aus dem in Strömen das Blut lief und den Boden tränkte, wollte ich gar nicht schauen.

Voller Verzweiflung drückte ich mich an meinen Bruder.

Wie konnte mir das Ewige Rudel das antun?

Wie konnten sie mir meinen Blutsgefährten nehmen? Mein letztes lebendes Familienmitglied?

Niemals hätte ich gedacht, dass Kupfer und Klee dieses Geheimnis gehütet hatten.

Dass sie beide wussten, dass Klee sterben würde …

»Warum?«, schluchzte ich verzweifelt an seinem Hals.

Ich wollte sein Fell und seine Wärme spüren.

Zum letzten Mal.

»Warum?!«, wiederholte ich voller Trauer.

Ich vergrub mein Gesicht in seinem weichen Pelz, drückte es an seine Halsbeuge.

»Weil nur einer von uns leben konnte.« Die Antwort ertönte hinter mir. Ich zuckte zusammen, hob abrupt den Kopf und wirbelte herum. Dort stand Kupfer.

Er schaute mich voller Kummer an. Sein glasiger Blick glitt zu Klees Leichnam.

»Er hat darauf bestanden, zu gehen.« Seine Stimme zitterte. Sein Blick suchte wieder meinen.

»Er wollte dich beschützen, indem er mich leben ließ. Weil er glaubte, dass du so weniger leiden würdest. Weil er dachte, dass du mich mehr lieben würdest, dabei …«

Er brach ab, ein Wimmern entfuhr ihm. Auch ihm rannen nun Tränen über die Wangen. »Dabei hast du ihn *genauso* geliebt, nur auf eine andere Weise ... nicht mehr oder weniger, sondern anders. Aber genauso stark.«

Ich erwiderte nichts, sondern trat zu Kupfer und schmiegte mich so fest an ihn, wie ich konnte.

Schluchzend und wimmernd standen wir beide so eine Weile lang da.

Ich wusste, dass der richtige Schmerz erst später kommen würde. Jetzt hatte ich Klees und auch Eisblitz' Tod noch nicht ganz realisiert.

Erst wenn der Kampf vorbei war, würde der Schmerz einsetzen.

Trotzdem presste ich mich fest an Kupfer. Ich konnte mir nicht vorstellen, wie grausam das Ewige Rudel sein konnte.

Wie konnte es, die zwei wichtigsten Rüden in meinem Leben dazu zwingen, sich zu entscheiden, wer leben sollte und wer starb?

»Erzähl es mir«, bat ich Kupfer nach vielen Herzschlägen, die nur durch unser Wimmern erfüllt worden waren.

Den Kampf, der nur ein paar Sprünge weiter tobte, ignorierte ich ganz bewusst.

Kupfer löste sich von mir, aber nur so weit, bis er mich ansehen konnte. Seine Augen schimmerten, tiefe Trauer glitzerte in ihnen. Klee war nun doch auch für ihn ein wahrer Freund gewesen.

»Erzähl mir, was wirklich passiert ist, als ihr ins Tal gestürzt seid.«

Kupfer nickte leicht. Er schwieg einen Moment, schluckte schwer. Dann fing er jedoch an zu berichten.

Über ihr Erwachen, dass sie erst geglaubt hatten, sie wären

tot und über das Erscheinen ihrer Ahnen und Natura.

»Nebel hat uns gesagt, dass wir zurückkehren können. Weil du uns brauchst und so sehr liebst …«

Auch wenn er es unterdrücken wollte, musste Kupfer immer wieder abbrechen, um seine Trauer unter Kontrolle zu halten.

Ich hörte einfach stumm zu. Die Tränen rannen mir wie Bäche über die Wangen, doch ich versuchte nicht, sie zu verbergen.

»Aber … sie sagte, dass einer von uns ins Ewige Rudel zurückkommen muss, damit die Natur im Gleichgewicht bleibt.« Kupfer schluckte abermals.

Er kniff die Augen zusammen, atmete tief durch, trotzdem sickerten die Tränen unter seinen geschlossenen Liedern hervor. Blinzelnd öffnete er sie wieder und sah mich voller Schuldgefühle an.

»Sie meinte, dass der Tod bei der Schlacht einsetzen würde. Und das ist nun geschehen.«

Er schluchzte. »Ich war vollkommen panisch. Ich wollte nicht akzeptieren, dass einer von uns dich verlassen sollte. Aber … aber Klee war ganz ruhig. Und dann … hat er entschieden.«

Erneut holte Kupfer tief Luft. »Er meinte, du würdest mich mehr lieben. Dass du ihm nie verzeihen würdest, wenn er mich an seine Stelle hätte treten lassen. Dass es die einzige Möglichkeit wäre …«

Er fing wieder an zu schluchzen. Sein Körper bebte. Er schüttelte wild den Kopf.

»Ich hätte es nicht zulassen dürfen …«, winselte er verzweifelt. »Ich hätte es verhindern müssen …«

Ich konnte ihn nur anstarren. Kupfer gab sich die Schuld an Klees Tod, obwohl die einzige Chance, es zu verhindern, sein eigener Tod gewesen wäre. »Nein …«, schluchzte ich mit heiserer Stimme und schmiegte mich erneut an ihn. »Du hättest nichts tun können«, flüsterte ich mit brechender Stimme.

Kupfer antwortete nicht, sondern presste sich so fest an mich, dass ich mich anstrengen musste, nicht nach hinten zu stolpern.

Da ertönte ein langgezogenes Heulen aus dem Nebel.

Wir zuckten beide zusammen und drehten uns zu der Schlacht.

Der Nebel löste sich auf.

Erstaunt beobachteten wir, wie der Kampf wieder sichtbar wurde.

Was tut Nebel?!

Panik stieg in mir auf. Warum rief sie den Nebel zurück?

Da sah ich, wie die Adler sich erhoben. Sie flogen zum Himmel, stürzten aber nicht wieder herab. Sie flogen davon!

Zu meinem Entsetzten zogen sich die Wurzeln ebenfalls zurück.

Verwirrt hielten die Wölfe, wie auch die Menschen, Hunde und die restlichen Monster, inne.

Die Schlacht war doch immer noch am Laufen!

Noch immer kämpften die Wölfe erbittert um ihre Heimat. Das Gejaule und Geheule war nicht zu überhören. Warum also hörten die Wölfe des Ewigen Rudels auf?

Überall lagen bewegungslose Körper. Auf der ganzen Lichtung verstreut lagen Wölfe, Menschen, Hunde, ein paar Metallhunde und Monster.

Die Überlebenden mussten beinahe auf den Körpern der Toten kämpfen, denn sie lagen überall.

Voller Panik starrte ich zu dem Fleck, an dem die Ahnen gestanden hatten.

Dort war niemand mehr.

Erschrocken blickte ich mich um, suchte im Getümmel der verbliebenen Kämpfenden nach meinen Vorfahren.

»Der Kampf neigt sich seinem Ende zu.«

Ich erstarrte. Neben mir keuchte Kupfer entsetzt. Er konnte ihn anscheinend auch sehen.

Ganz langsam drehte ich den Kopf zur Seite.

Dort stand Klee. Seine Seele.

Er sah vollkommen gesund aus, keinerlei Spuren von einem Kampf, nicht ein gekrümmtes Haar.

Heller Nebel waberte sanft um seine Pfoten.

Seine grünen Augen leuchteten, als er zu mir trat und sich so dicht neben mich stellte, dass sein Fell meines berührte.

Ich konnte ihn nur anstarren, während mir stumme Tränen über die Wangen liefen.

Sein Blick schien mich zu durchbohren.

»Die Ahnen sind nicht stark genug, um so lange in dieser Realität zu verweilen.«

Seine Stimme klang so liebevoll, so friedlich …

»Jetzt ist deine Zeit gekommen, Silber. Jetzt *erfülle dein Schicksal!«*

An meiner anderen Seite spürte ich nun auch Fell. Ich wusste, dass es Kupfer war.

Doch ich war in Klees Augen gefangen. Sie leuchteten so lebendig …

Da wandte er seinen Blick auf das Schlachtfeld vor uns. Ich konnte nicht anders, als seinen Augen zu folgen.

Nun standen wir alle drei da, wiedervereint, und schauten gemeinsam auf einen blutigen Kampf.

Ich spürte, wie angespannt Kupfer auf meiner Linken war.

Klee aber war ganz entspannt. Ich spürte sein weiches Fell

an meinem, konnte seinen Duft riechen …

»Du musst diesen Kampf ein für alle Mal beenden, Silber.« Mein Bruder starrte weiterhin auf das Schlachtfeld und ich hatte einfach das Gefühl, ich müsse auch hinsehen.

Mir war übel. Ich wusste nicht, was ich tun sollte. Wie sollte ich diese Schlacht beenden?

»Erinnere dich daran, wie sehr du geliebt wirst«, flüsterte Klee neben mir. Bei seinen Worten flackerten sogleich Bilder vor meinem inneren Auge auf.

Nebel, meine Mutter, wie sie mich voller Liebe anlächelt. Löwe, mein Vater, wie er mich anlacht.

Eisblitz und Brise, meine Zieheltern, wie sie mich anstrahlen.

Kupfer, mein Gefährte, wie mir sein liebevolles Lächeln den Atem raubt.

Klee, der lebendige Klee, mein Bruder, wie er mich frech angrinst.

Plötzlich spürte ich förmlich, wie die Seele meines Bruders neben mir lächelte.

»Gut«, flüsterte sie in meinem Kopf, während ich ihn immer noch an meiner Seite spüre.

Anscheinend sah auch er diese Bilder.

Die Bilder, die in mir etwas veränderten. Sie lösten den Nebel der Verzweiflung und Unwissenheit auf, ließen einen klaren, hellen Weg sichtbar werden.

Es war der Weg meines Schicksals.

Feierlich jaulte Klee nun: *»Jetzt erinnere dich daran, wer du bist!«*

Mit einem Schlag erinnerte ich mich. Wirklich.

Mit dieser Erinnerung, dieser Akzeptanz, ging ich den hellen Weg entlang.

Es war, als hätten sich die Worte seit Monden in mir aufgestaut. Nun ließ ich sie endlich frei: *Ich bin Silber, Einzel-und Rudelwölfin, Tochter von Nebel und Löwe, Gefährtin von Kupfer, Schwester von Klee und rechtmäßige Mondwächterin dieses Rudels! Und das hier ist mein Schicksal!*

Ich fühlte mich, als würde ich zerspringen.

Ein heller Blitz schien aus mir selbst herauszuschießen, blendete mich, sodass ich die Augen zusammenkneifen musste.

Ich spürte, wie etwas in mir zerbrach. Verschwand. Es war die Last des letzten Zeitwechsels.

Der Knoten, der pausenlos in meinem Magen gehaust hatte, schmolz dahin. Die Sorgen und Ängste wurden davon gespült von einer inneren Ruhe, die nicht einmal Raven mir hätte geben können. Ich war befreit.

Zufrieden. In diesem Herzschlag sogar glücklich.

Das weiße Licht wurde langsam schwächer, sodass ich blinzelnd die Augen öffnete.

Im ersten Moment spürte ich, dass Klee nicht mehr da war. Die Trauer über seinen Verlust überkam mich, bis ich realisierte, was geschehen war.

Überrascht zog ich die Luft ein. Mein Gehirn wollte nicht glauben, was meine Augen sahen.

Vor mir standen die Wölfe verstreut auf der großen Lichtung. Mit zitternden Beinen schauten sie sich verwundert um. Die Menschen und Metallhunde waren tot.

Kein Zweibeiner stand mehr aufrecht. Die Monster lagen unbeweglich da, manche zerdrückt und verbeult, andere zur Seite gekippt, wie als hätte sie etwas von den Pfoten geschleudert. Überall lagen Körper.

Ich entdeckte Eye, den cremefarbenen Metallhund, ganz in meiner Nähe. Moos und Nacht standen mit tiefen Wunden verwirrt vor ihm, anscheinend hatten sie mit ihm gekämpft.

Doch nun war der Metallhund versteinert. Seine Augen leer und aufgesprungen.

Die Lichtung war ein einziges Chaos aus toten Körpern und verwunderten Überlebenden, die nur langsam verstanden, was geschehen war.

»Es ist vorbei!«, rief Kupfer neben mir. Er sah mit großen Augen auf die freie Fläche hinaus.

Ich starrte mit offenem Maul erst Kupfer und dann die Lichtung an.

Was habe ich getan? Wie kann der Kampf zu Ende sein?

Da spürte ich einen Windhauch, der mir das Fell zerzauste. Sanft und kühl strich er mir über das Gesicht.

»*Du hast endlich angenommen, wer du bist.*« Klees Stimme hallte leise in meinen Ohren.

»*Du hast dein Schicksal, dein wahres Ich, tatsächlich akzeptiert. Dadurch hast du deine Bestimmung erfüllt.*«

Also war mein Schicksal ... mein Schicksal zu akzeptieren?, fragte sich mein geschundenes Gehirn.

»*Deine Bestimmung war es, deinen Platz in deiner Welt zu finden. Dich selbst so zu akzeptieren und respektieren, wie du eben bist. Egal, was andere sagen. Du bist du. Seit du von deinem Schicksal erfahren hast, hast du dich gegen es gesträubt und wolltest unbedingt etwas anderes sein. Schon davor hast du dich in deiner Haut nicht wohl gefühlt, weil du anders warst. Jetzt aber bist du die Wölfin, die* wir alle *in dir sehen und die nun auch endlich du siehst. Dadurch hast du deine Welt gerettet.*«, antwortete Klee liebevoll.

Vollkommen perplex starrte ich vor mich. Ich konnte Klee nicht sehen, spürte aber, dass er bei mir war.

»Du hast es geschafft!«, hörte ich Kupfer neben mir flüstern.

Immer noch verwirrt blinzelte ich ihn an.

»Ich habe es geschafft …«, wiederholte ich ungläubig.

Mir wurde klar, was ich geschafft hatte. Ich hatte das Rudel gerettet. Ich hatte mein Schicksal erfüllt. Ich hatte mich selbst akzeptiert und gefunden.

»Silber, wir haben es geschafft! Es ist vorbei!« Neben mir freute sich Kupfer. Er war erleichtert.

Er freute sich auf unsere Zukunft.

Aber die würde nun anders ablaufen, als geplant und sie würde Kupfer gar nicht gefallen.

»Kupfer, ich muss dir …« Ich drehte mich zu meinem Gefährten, als ein lauter Ruf die Luft zerriss.

»Silber!« Ich zuckte erschrocken zusammen. Die plötzliche Stille hatte mich einen Moment empfindlich für laute Geräusche gemacht.

Ich wandte den Kopf und sah Brise auf mich zulaufen.

Sie blutete aus zahlreichen Wunden, doch ihre Augen leuchteten. »Du hast es geschafft!«, bellte sie erleichtert.

»Es ist vorbei!« Mit einem frohen Bellen drückte sie sich an mich. Ich erwiderte diese Geste nicht.

Ich war zu verwirrt. Ich konnte nicht glauben, dass es vorbei sein sollte, konnte nicht glauben, dass ich Eisblitz und Klee nie wiedersehen sollte.

»Silber? Was ist los?« Natürlich merkte Brise sofort, dass etwas nicht stimmte. Sie löste sich von mir und sah mich verwundert an. Ich erwiderte ihren Blick.

»Was los ist?«, wiederholte ich perplex. »Eisblitz und Klee sind tot, das ist los!«

Wimmernd ließ ich den Kopf hängen, als mir bewusst wurde, was diese Worte bedeuteten.

Die Trauer überschwemmte mich und mir wurde schlagartig

wieder schlecht. Mir wurde auch klar, dass es ein Fehler gewesen war, Brise das so zu sagen. Ihr Gefährte war tot. Ihr Mondwächter. *Ich muss mich zusammenreißen! Ich darf noch nicht trauern!*

Tief sog ich die Luft ein. Der Geruch nach Blut ließ mich beinahe würgen. Ich schloss konzentriert die Augen, hielt die Tränen zurück. Dann hob ich den Kopf.

Brise starrte mich entsetzt an.

»Wa … was?«, hauchte sie ungläubig. Ich sah, wie sich in ihren Augen die Tränen sammelten.

Doch bevor sie überlaufen konnten, blinzelte sie sie fort und räusperte sich. »Nein, wir … wir dürfen noch nicht trauern … viele sind in dieser … Schlacht gefallen. Wir müssen … zurück zum Lager … wir müssen … die Verletzten behandeln und …«

Hinter ihr ertönte Pfotengetrampel. Brise brach ab und drehte sich zu den Wölfen um, die herangeeilt kamen.

»Silber! Du hast es geschafft!« Es waren Flieder und Taube, gefolgt von allen Hunden, Korn, Aluna und Kiro.

Erleichterung durchströmte mich bei ihrem Anblick. »Ihr seid am Leben!«

»Natürlich!«, bellte Aurora zuversichtlich. Doch dann schwand ihr Blick zu dem bewegungslosen Körper, ein paar Sprünge entfernt.

Entsetzt keuchte sie auf. »Nein! Klee!«

Die anderen Freunde verstummten und folgten verwirrt ihrem Blick. Aurora sah mich flehend an, als wollte sie nicht, dass ich ihr sagte, was sie schon wusste.

Aber ich musste nicken. Die weiße Hündin winselte auf, dann eilte sie zu dem Leichnam.

Ben, Lenny, Lesly und Korn liefen ihr hinter her.

Aluna und Kiro schauten mich entsetzt an. Danach trat die

Schneeleopardin vor und schmiegte sich an mich.

»Es tut mir so leid«, flüsterte sie mit bebender Stimme.

Ich sog wieder die Luft ein, um mich zusammenzureißen. Einerseits war ich so erleichtert, dass Aluna und all meine Freunde es geschafft hatten, andererseits war ich zutiefst traurig. Diese Trauer konnte ich jetzt aber nicht zeigen.

Eilig löste ich mich von meiner Ziehtochter.

»Wir müssen nach weiteren Überlebenden suchen«, bellte ich bestimmt. Kurz sah ich mich um.

Langsam versammelten sich die Wölfe ein wenig weiter entfernt. Brise folgte meinem Blick und rief die Verbündeten zu uns. Ich erkannte unter ihnen Maus und Distel, Blume und Stern. Flamme kam ebenso angehumpelt. Ich war erleichtert, den älteren Wolf zu sehen.

Auch Wölfe des anderen Rudels entdeckte ich.

Dämmerung und Licht führten die Schattenläufer zu uns.

Mir fiel auf, dass ein paar Wölfe fehlten. Von allen drei Rudeln.

Als die Wölfe versammelt waren und alle vor uns standen, erhob Brise erneut die Stimme: »Es ist vorbei. Wir haben den Kampf gewonnen, so, wie es das Ewige Rudel versprochen hat.« Sie machte eine kurze Pause. Ein leises, erleichtertes Raunen ging durch die Menge. Doch Brise hatte nicht deswegen aufgehört, zu sprechen. Sondern wegen der Trauer um Eisblitz. Sie schloss kurz die Augen, öffnete sie dann aber wieder und fuhr fort: »Nun müssen wir nach Überlebenden suchen. Und die Toten zurück in unsere Lager bringen.«

Sie schluckte schwer. »Ich muss euch … ich muss euch jetzt schon eine traurige Nachricht überbringen. Eisblitz … ist tot.«

Ein entsetztes Raunen ging durch die Menge.

»Eisblitz ist tot?«, wiederholte Maus ungläubig. Er stand

ganz nah bei uns, neben Distel und Blume.

Er sah wirklich betroffen aus. Mit offenem Maul starrte er Brise an, die nur nickte.

»Jetzt können wir aber noch nicht trauern!«, rief sie den Wölfen zu, als Wimmern in der Gruppe ausbrach. »Wir müssen uns erst um die Überlebenden kümmern und zurück in unsere Lager kommen. Heute Abend werden wir die Toten auf ihrer letzten Reise begleiten.«

Die Menge stimmte mit Schweigen zu.

Langsam verstreuten sich die Wölfe und suchten die Lichtung nach Überlebenden ab.

Ich half ihnen, ohne allzu viel über die Zukunft nachzudenken.

Ich trottete am Rand der freien Fläche entlang, suchte zwischen den Baumstämmen nach Lebenden.

Es war schrecklich. Ich lief zwischen toten Menschen, Hunden und Wölfen. Der Boden war getränkt mit Blut.

Ich schaute mir jeden Wolf an, dem ich begegnete.

Aber so viele waren tot. Ich entdeckte die Leichname von Wespe, Bär und Honig. Sie lagen mit starren Augen da.

Bedrückt wandte ich den Blick von ihren geschundenen Körpern ab. *Das ist doch lächerlich! Ich laufe auf einem Schlachtfeld herum und suche nach Überlebenden! Es gibt keine Überlebenden! Sie sind alle tot!*

Mit gespitzten Ohren trat ich über die Leichen hinweg, allerdings rührte sich nichts.

Etwas weiter sah ich, wie Blaubeere über einem leblosen Körper kauerte. Sie hatte ihre Schnauze in dem blutgetränkten Fell vergraben.

Auf der anderen Seite der freien Fläche suchten die anderen vorsichtig die Lichtung ab.

Sie schnupperten an manchen Fellhaufen, zogen einige Körper aus der Mitte des Blutbades hinaus.

Ich wusste, dass es keine Überlebenden gab.

Die Menschen hatten keine Gnade walten lassen.

Die Stille zog sich in die Länge. Ich trottete zwischen den Leichen hindurch, stoppte ab und zu, um an einigen Wölfen zu schnuppern, aber es war vergebens.

Nachdem ich die Leichname von Wolke und Krähe untersucht hatte, machte ich mich mit einem schweren Seufzen auf den Rückweg.

Es hatte keinen Zweck.

So viele waren tot, doch ich musste mich auf die Lebenden konzentrieren.

Aurora kauerte weiterhin bei Klees Leichnam, während Brise Eisblitz' Körper aus dem Wald zog.

Die Hunde saßen schweigend zusammen, die Köpfe gesenkt. »Was tun wir denn jetzt?«, hörte ich Lenny niedergeschlagen fragen, als ich zu ihnen trottete.

»Wir werden ins Lager zurückkehren und heute Abend die Toten ehren.« Ich hatte gar nicht sprechen wollen, aber die Worte purzelten einfach so aus mir heraus.

Alle Augenpaare richteten sich überrascht auf mich. Ben trat vor. In seinen Augen schimmerten Tränen.

»Es tut mir so unendlich leid«, flüsterte er mit einem schnellen Blick hinter mich. Ich wusste, wer dort lag. Klee.

»Er war der beste Freund, den wir alle uns hätten wünschen können.«

Lesly wimmerte auf und drückte sich fest an Ben.

»Er hat uns alle gerettet«, flüsterte Lenny traurig.

»Er hat so einen Tod nicht verdient«, hauchte Lesly.

Auch wenn ich selber am liebsten angefangen hätte zu

heulen, riss ich mich zusammen. Ich sog tief die Luft ein, um mich zu sammeln. Feierlich erklärte ich den Hunden: »Klee ist als Sternenhüter gestorben. Nur ein wahrer Hüter der Sterne stellt das Leben eines anderen über sein eigenes. Klee hatte den Mut sich zu opfern, für mich … für uns alle.«

Nun entschlüpfte mir doch ein Wimmern.

Klee war als Sternenhüter gestorben. Er hatte sich geopfert, für mich. Damit ich leben konnte. Damit Kupfer nicht sterben musste. Er hatte Kupfers und mein Leben über sein eigenes gestellt.

»Wir werden ihn niemals vergessen«, schwor Lenny mit bebender Stimme. »Und solange wir uns an ihn erinnern, wird er immer bei uns sein.«

Die Hunde nickten schweigend und auch ich gab mit einem Kopfneigen meine Zustimmung.

Dann aber wandte ich mich still ab und überließ den Hunden sich selbst und ihren Verletzungen.

Als ich mich umschaute, merkte ich, dass jeder Wolf verletzt war. Alle Tiere bluteten aus unzähligen Wunden.

Ich trottete zu Brise, die Eisblitz' Körper neben den von Klee gelegt hatte. Vollkommen ausdruckslos starrte sie auf den Leichnam ihres Gefährten.

Als ich mich näherte, blinzelte sie nicht einmal.

Still setzte ich mich neben sie.

»Er hat dich geliebt«, flüsterte Brise da mit tonloser Stimme. Sie wandte den Blick nicht von dem toten Rüden ab.

»Er hat dich so sehr geliebt«, hauchte sie ein zweites Mal. Da brach ihr Bellen.

Sie fing an zu zittern. Schnell presste ich mich an sie.

»Ich weiß«, flüsterte ich an ihrem Nacken. »Ich weiß.«

»Er hat dich so geliebt!«, heulte sie nun laut.

Sie hatte für einen Augenblick die Kontrolle verloren.

Für einen Moment hatte ich plötzlich das Gefühl, zurück in der Nacht von Dorns Beerdigung zu sein. Für einen Herzschlag hörte ich Klee heulen, spürte sein Fell an meinem, roch seinen intensiven Duft.

Diese Erinnerung ließ meine Kontrolle zerbrechen.

Ich winselte los und schmiegte mich verzweifelt an meine Ziehmutter, wie ein Welpe.

Eine Welpin, die ihren Vater und ihren Bruder am gleichen Tag verloren hatte.

38. KAPITEL

Der Sonnenuntergang färbte den Himmel blutrot.

Lange Schatten verfolgten die schweigende Schar von Tieren, die langsam durch den dunklen Wald trottete.

Endlich hatten wir alle Toten geborgen. Endlich hatten wir uns auf den Rückweg begeben.

Taube und Brise hatten ausgemacht, die Nacht gemeinsam in unserem Lager zu verbringen.

Die graue Mondwächterin hatte darauf bestanden, um Eisblitz in seinem Zuhause die letzte Ehre erweisen zu können.

So waren wir nun alle auf dem Weg zu unserer Senke.

Ich trottete an der Spitze der Gruppe, mit Flieder, Taube, Kupfer und Maus. Der graue Rüde hatte noch nichts über seinen Antritt als Mondwächter gesagt, doch ich wusste, dass es nicht leicht werden würde, meinen rechtmäßigen Platz einzunehmen.

Meine Pfoten zitterten vor Anstrengung. Ich trug Klee auf meinem Rücken. Ich hatte darauf bestanden, ihn zu tragen.

Wir hatten eine lange Reise zusammen angetreten und nun würden wir sie auch gemeinsam beenden.

Hinter mir hörte ich Brises schwere Pfotenschritte. Sie trug Eisblitz. Sie hatte ebenfalls darauf beharrt, ihren Gefährten zurückzutragen.

Schweigend schleppte sich unsere Gruppe dahin. Keiner sagte etwas, die Blicke waren auf den Waldboden gerichtet.

Alle hingen ihrer eigenen Trauer nach. Jeder hatte jemanden verloren, den er liebte.

Ich konnte es immer noch nicht glauben. Es war so seltsam, Eisblitz nicht neben mir zu haben.

Die ganze Zeit fragte ich mich, wo er den steckte, warum er

diese Gruppe nicht anführte.

»Silber … lass mich dir helfen.« Neben mir ertönte flüsternd Kupfers Stimme, die wie ein Jaulen in der Totenstille klang.

Langsam drehte ich den Kopf und sah, wie er mich sorgenvoll musterte. Er blutete an der Schulter und hinkte stark.

Doch sein Blick zeigte keine Anzeichen von körperlichem Leiden. Allein der Schmerz über den Verlust Klees stand in seinen Augen. Und die Sorge um mich.

Ich schüttelte den Kopf. »Ich werde ihn alleine nach Hause tragen«, hauchte ich bestimmt. Bei diesen Worten musste ich mich zwingen, meine Stimme nicht zittern zu lassen.

Das Rudel ist nicht sein Zuhause!

Kupfer seufzte neben mir geschlagen, trottete schweigend weiter. Ich richtete meinen Blick wieder auf den Waldboden und sah zu, wie meine Pfoten einen Schritt nach dem anderen machten.

»Ich muss dir etwas sagen.« Die Worte fielen aus meinem Maul, bevor ich darüber nachgedacht hatte.

Ich wollte Kupfer noch nicht beichten, was geschehen würde. Aber ich musste.

Also hob ich den Blick und sah Kupfer in die Augen. Er erwiderte diesen mit einem Ausdruck, den ich noch nie zuvor bei ihm gesehen hatte.

Es war eine Mischung aus Trauer und Liebe.

Schweigend wartete er darauf, dass ich etwas sagte, während wir weiter dahin trotteten.

Ich ging extra ein wenig näher bei Kupfer, damit die anderen meine Worte nicht hören konnten.

»Ich … mir ist in diesem Kampf etwas klar geworden …«

Es war unglaublich schwer, diese Worte auszusprechen. Es waren die Worte, die unsere Zukunft auslöschten.

»Mir ist klargeworden, dass … dass das Nachtrudel mich braucht. Ich … Nebel ist meine Mutter … ihr Erbe ist das Rudel. Die Wut auf das Rudel ist während der Schlacht erloschen … jetzt, wo Eisblitz tot ist …«

Ich wusste nicht, wie ich es sagen sollte.

Doch da öffnete Kupfer das Maul. Seine nächsten Worte machten mich sprachlos.

»Du bist die Mondwächterin dieses Rudels, ich weiß. Du bist Nebels Tochter, Eisblitz' Ziehtochter. Du bist ein Teil dieser Gemeinschaft. Du gehörst zu diesen Tieren hier und du bist die rechtmäßige Anführerin von ihnen. Mir ist klar, dass du deinen Platz bei ihnen einnehmen möchtest, nachdem du so lange nach deinem wahren Ich und deiner Heimat gesucht hast.«

Vollkommen verständnislos starrte ich ihn an. Er sprach diese Worte so verständnisvoll und liebevoll aus.

Dabei waren das die Worte, die unsere Zukunft vernichteten. Und woher wusste er es überhaupt?

Ein trauriges Lachen entfuhr dem Goldenen, als er mein Gesicht sah. »Wir sind verbunden, Silber. Ich habe es gespürt. Außerdem hatte ich eine kleine Begegnung mit Nebel während dem Kampf. Sie hat mir gesagt, dass meine Zukunft anders aussehen wird, als ich gedacht habe.«

Nebel hatte es ihm gesagt?

»Aber … aber … unsere Zukunft …« Mir wurde klar, dass ich nicht wusste, was nun geschah.

Ich hatte meinen Platz im Rudel gefunden, aber Kupfer? Er wollte doch nicht sein restliches Leben mit diesen Rudelwölfen verbringen! Er war ein Einzelwolf!

Unglaubliche Trauer überkam mich, als mir bewusst wurde, dass ich mich womöglich von Kupfer trennen musste.

Ich konnte nicht von ihm erwarten, dass er hier, beim Rudel, blieb. Hier lebte und seine Freiheit für immer aufgab.

Kupfer stieß leise die Luft aus. Sein Fell streifte meines und seine warme Zunge strich sanft über meine Wange.

»Ich bleibe bei dir«, war alles, was er sagte.

Nun war ich vollkommen sprachlos. *Was?! Das kann er doch nicht ernst meinen!*

»Aber … Kupfer, du … du bist ein Einzelwolf …«

Er lächelte leicht. »Das stimmt. Doch jetzt bin ich dein Gefährte. Wir haben uns verbunden, weißt du noch? Das heißt, ich werde niemals wieder von deiner Seite weichen.«

Das war ein Scherz. Er konnte doch nicht ernsthaft seine Freiheit aufgeben!

»Kupfer, deine Freiheit … ich kann nicht zulassen, dass du sie für immer aufgibst!«

Der Rüde lachte wieder kurz auf, als hätte ich einen Witz gemacht.

»Silber, verstehst du denn nicht?« Er sah mich eindringlich an. »*Du* bist meine Freiheit! *Du* bist meine Liebe! Es ist mir ganz egal, wo ich lebe, solange du bei mir bist. Ich liebe dich, und diese Liebe ist meine Freiheit. Begreifst du jetzt?«

Mein Kopf bewegte sich von oben nach unten, auch wenn ich es selber nicht glauben konnte.

Mein Gefährte grinste. »Gut. Dann geh und nehm deinen rechtmäßigen Platz ein. Ich habe meinen bereits gefunden. Er ist an deiner Seite.«

Ganz langsam lockerte die Freude meine verspannten Glieder. Langsam verstand ich wirklich, was Kupfer mir sagte.

Er blieb bei mir! Er gab seine Freiheit nicht auf, weil ich seine Freiheit war!

Mir wurde bewusst, dass dies auch auf Gegenseitigkeit beruhte.

Ein Stein fiel mir vom Herzen. Meine Zukunft war nun gar nicht so anders, als ich geglaubt hatte.

Ich würde mit Kupfer leben. Und mit dem Nachtrudel.

»Oh, danke!« Mit einem erleichterten Seufzen schmiegte ich mich leicht an ihn, sehr darauf bedacht, dass Klees Leichnam nicht von meinen Schultern fiel.

Kupfer schmunzelte. »Wir bleiben zusammen. Für immer. Egal, was geschieht.«

Sein Blick wandte zu dem Körper auf meinem Rücken.

»Auch Klee wird für immer bei uns sein. Er ist ein Teil von dir, und nun auch von mir.«

Er sah mich erneut an. »Egal, was geschieht.«

Ich schenkte ihm ein qualvolles, aber ebenso zufriedenes Lächeln. Es war schmerzhaft schön.

»Egal, was geschieht.«

Wir sahen uns lange in die Augen. Ich achtete gar nicht auf den Weg vor uns. Das Einzige, was ich sah, waren Kupfers hellgrüne Augen …

»Wir sind da!« Brises Ruf ließ uns beide zusammenzucken.

Verwirrt blinzelte ich und sah mich um. Wir hatten tatsächlich die Senke erreicht.

Es war so seltsam, das stille Lager zu betreten. Mir war so, als wäre nichts geschehen. In der Senke hatte sich nichts verändert.

Mein Blick glitt zu dem Bau des Mondwächters. Abermals dachte ich für einen Herzschlag, dass Eisblitz doch gleich bestimmt heraustreten und uns begrüßen würde.

Das wird er nie wieder tun …

»Ihr seid zurück!« Fluss' Ruf ertönte vom Bau der Mütter. Sie kam mit Ast und Schnee angelaufen, blieb aber abrupt stehen, als sie die vielen Leichen sah.

»Beim Ewigen Rudel!«, keuchte sie entsetzt. Auch Schnee und Ast versteinerten und starrten uns an.

»Legt die Leichen bitte ab!«, rief Brise der Gruppe zu. »Legt sie hier hin, in die Mitte der Senke!«

Sie selbst trottete mit schweren Pfoten in die Mitte der Senke und schob Eisblitz sanft von ihrem Rücken.

Ast, Fluss und Schnee schauten schockiert zu ihrem toten Anführer. Brise trat zu den Dreien und beantwortete leise ihre Fragen, während wir anderen die Leichen neben Eisblitz Körper ablegten.

Ganz sacht ließ ich Klee von meinem Rücken gleiten.

Nun lag er neben seinem Mondwächter auf der Seite, die Augen geschlossen, als würde er schlafen.

Er schläft nicht ... er ist tot!

Bei seinem Anblick bildete sich ein Kloß in meiner Kehle.

Mein Bruder war fort. Auch wenn ich daran glaubte, was Kupfer eben gesagt hatte, würde es nie wieder das Gleiche sein. Leise zog ich mich an den Rand der Senke zurück und beobachtete die Gruppe.

Still versammelten sich die Wölfe um ihre toten Gefährten, vergruben ihre Schnauzen in den kalten Fellen.

Nun erst erkannte ich alle Leichen. Sie lagen in einer Reihe zusammen, Fell an Fell.

Unser Rudel hatte Eisblitz, Klee, Wolke und Krähe verloren. Taube hatte beschlossen, mit uns in unser Lager zu kommen, um Eisblitz zu ehren. Ihre toten Gefährten waren Bär, Honig, Nuss, Adler und Ampfer. Ich entdeckte Stachel, der beim Leichnam seiner Mutter kauerte und leise schluchzte. Mir wurde klar, dass er heute beide Elternteile verloren hatte. Diese Erkenntnis ließ mein Herz beinahe zerbrechen.

Flieder, Sternschnuppe und Schneehase hockten bei zwei

bewegungslosen Fellhaufen. Es waren Wespe und Himmel.

Das blutrote Himmelszelt verwandelte sich in ein Farbenspiel aus hellblau, orange, rosa und rot. Die Sonne schickte nun ihre letzten Strahlen über das Land. *Viele von uns haben diesen Sonnenuntergang nicht erlebt ... so viele sind gestorben ...*

Wortlos ließ sich Kupfer neben mir nieder. Er setzte sich so dicht neben mich, dass unsere Felle sich berührten.

Auch meine anderen Freunde kamen heran. Lesly, Korn, Lenny und Ben kauerten sich zu uns, während Aurora noch bei Klee stand.

Einen Augenblick beobachtete ich die schneeweiße Hündin, die nun am Boden zerstört zu sein schien.

Sie hat Klee geliebt. Ob sie es ihm wenigstens sagen konnte?

Da drehte Aurora dem toten Wolf jedoch den Rücken zu, trottete mit hängendem Kopf zu uns und setzte sich neben Lesly. Stumm starrte sie auf das Gras, schien in einer Erinnerung versunken zu sein.

Aluna und Kiro suchten sich schnell einen Weg durch die Menge und kauerten sich auch zu unserer kleinen Gruppe.

Ich seufzte, als ich uns alle zusammen sah.

Wir waren wieder vereint. Die gleiche Gruppe, die den langen Weg vom Gefängnis, bis hierher gemeistert hatte.

Doch einer fehlte. Und er würde für immer fehlen.

Die ganze Senke war erfüllt von traurigem, bedrückendem Schweigen. Keiner sagte etwas. Alle trauerten um die verlorenen Gefährten. Ab und zu war nur das Wimmern eines Wolfes zu vernehmen.

Neben mir spürte ich Kupfers Fell fest an meinem. Als wollte er mir durch diese Berührung Kraft geben.

Das schaffte er.

Ein letztes Mal schaute ich zu Klees Leichnam hinüber.

Klee, wenn du mich hören kannst... ich weiß, das kannst du. Also hör mir bitte zu. Du bist mein Bruder. Mein Fleisch und Blut. Die Vorstellung, dich niemals wiederzusehen, ist unerträglich! Ich liebe dich ... und es tut mir so leid, dass du sterben musstest. Ich wünschte, ich hätte irgendetwas tun können ...

»Wölfe aller Rudel!« Ein Ruf vom oberen Rand der Senke ließ mich zusammenzucken. Blinzelnd wandte ich den Blick von dem toten Körper ab und sah zum Waldrand empor. Dort stand Maus. Er sah mit leuchtenden Augen zu der Gruppe von Wölfen hinab.

Ich schluckte schwer. Was sollte ich nun tun?

Ich muss die Wahrheit sagen. Ich muss allen zeigen, wer ich wirklich bin!

Die Sonne war nun verschwunden. Der dunkle Nachthimmel hatte den Wald erobert. Der Mond suchte sich einen Weg auf das Sternenzelt. Die silbernen Sterne leuchteten hell, keine Wolke war zu sehen.

Die Wölfe in der Senke hoben bei Maus´ Ruf alle die Köpfe. Ihre Augen glänzten voller Kummer. In fast jedem Augenpaar sah ich Tränen schimmern.

Maus räusperte sich an der Anhöhe und setzte sich. »Bevor wir die Gefallenen heute Nacht auf ihrem letzten Weg begleiten, werde ich schweren Herzens die Nachfolge von Eisblitz - «

»Halt!« Mein Ruf war lauter, als ich geplant hatte. Er hallte durch die stille Senke, wie ein Donnergrollen.

Nun waren alle Augenpaare verwundert auf mich gerichtet.

Allein Kupfer nickte mir zu, als ich seinen Blick bemerkte. Ich stand auf und sah zu Maus empor, der mich anstarrte, als wäre ich verrückt geworden. »Silber!«, knurrte er wütend.

»Wie kannst du es wagen, mich - « Ich ließ ihn nicht ausreden.

»Ich habe etwas zu sagen!«

Maus schaute mich so zornig an, als würde er sich gleich auf mich werfen.

Ich erwiderte diesen Ausdruck stolz und mit erhobenem Hauptes. Langsam stieg ich die Senke hinauf.

»Nein!« Maus stellte sich mir voller Wut in den Weg. Er wollte mich daran hindern, die Anhöhe zu erreichen.

»Ich erlaube es dir nicht! Du musst warten, bis - «

»Maus!« Brise erhob hinter mir verärgert die Stimme. Als ich über die Schulter lugte, sah ich, dass sie neben Eisblitz´ Leichnam aufgestanden war und zu uns hinaufsah.

Auch ihr war die Verwirrung anzusehen, aber sie setzte sich für mich ein. »Lass Silber sprechen! Heute ist schon genug passiert!«

Widerwillig trat Maus zurück. Selbst wenn er jetzt Anführer war, hatte er so viel Respekt vor der älteren Hüterin, dass er ihrer Anweisung folgte.

Ein leises Knurren rollte dennoch in seiner Kehle. Ich nickte meiner Ziehmutter dankend zu, ehe ich an den Rand trat und mich zu der Gruppe wandte.

Maus stellte sich neben mich. Er beobachtete mich mit Adleraugen, die nur darauf warteten, sich auf mich zu stürzen.

Hier oben zu stehen, war seltsam. Alle Augen waren auf mich gerichtet, jeder wartete auf meine Worte.

Kurz blickte ich zu Kupfer. Er lächelte mich aufmunternd an. In seinen Augen erkannte ich Stolz und Liebe. Er freute sich für mich. Er wollte, dass ich das hier tat.

Tief atmete ich durch. »Ich muss euch etwas Wichtiges sagen.« Meine Stimme zitterte. Ich schluckte schwer, um sie fester klingen zu lassen.

Kurz schloss ich die Augen, um mich zu sammeln. Entschlossen öffnete ich sie und rief feierlich: »Ich bin Nebels Tochter! Ich bin die rechtmäßige Mondwächterin dieses Nachtrudels!« Ein erschrockenes Raunen ging durch die Menge. Die Versammlung bellte ungläubig durcheinander.

»Was?!«

»Nebels Tochter?!«

»Das ist unmöglich!«

Neben mir erklang ein dunkles Knurren.

»Wie kannst du es wagen, so eine Lüge zu erzählen?«, fragte Maus aufgebracht. Sein Pelz stellte sich auf. Er bleckte die Lefzen und zeigte drohend die Zähne, während in der Senke Unruhe ausbrach.

»Nebel hatte keine Tochter!«, rief Fluss verwirrt.

»Du bist doch eine geborene Einzelwölfin!«, heulte Habicht aus der Menge.

Ich stellte mich den entgeisterten und ungläubigen Rufen. »Es ist die Wahrheit! Nebel ist nicht gestorben, als sie die Klippe in den Fluss gestürzt ist!«

Die Menge verstummte schlagartig.

»Woher weiß sie, wie Nebel gestorben ist?«, fragte sich Nacht laut.

»Eisblitz hat es ihr erzählt!«, jaulte Maus empört. Plötzlich drehte er seinen Kopf zu mir und schnappte nach mir. Ich sprang erschrocken zurück.

»Lügnerin!«, heulte er wütend. »Du bist *nichts*, als eine räudige Einzelwölfin!«

Drohend trat er einen Schritt auf mich zu.

Ich wusste, ich musste mich ihm stellen, wenn ich meinen Platz im Rudel einnehmen wollte. Also hob ich das Haupt und bellte laut und deutlich: »Ich bin keine Lügnerin! Es ist wahr.

Ich bin die Tochter Nebels! Sie hat den Sturz überlebt und mit einem Einzelwolf zusammengelebt. Sie haben mich bekommen, doch nur ein paar Monde später wurde Nebel von Menschen getötet. Eisblitz hat mich gefunden und zu euch gebracht.«

»Warum willst du dieses Rudel plötzlich?«, fragte Maus herausfordernd. »Du bist gegangen und warst einen ganzen Zeitwechsel weg, schon vergessen? Du bist schuld, dass Dorn tot ist! Du hast rein gar nichts mit uns zu tun! Also, weshalb sollte auch nur einer hier dir glauben?«

Jetzt war es soweit. Ich musste meine gesamte Hoffnung in die Rudelwölfe legen. Sie mussten nun beweisen, dass sie mich wirklich als Mitglied ihrer Gemeinschaft ansahen.

»Weil sie mir vertrauen.« Mein Blick glitt über die Menge unter mir. »Ihr sagtet, ich wäre nun ein Teil von euch. Habt ihr das ernst gemeint? Ich weiß, diese Geschichte ist kaum zu glauben, aber sie ist wahr! Ich kann es euch nicht beweisen, solange Nebel nicht selbst zu uns kommt und es euch sagt. Außer ...«

Mir viel etwas ein. Ich räusperte mich, bevor ich begann, zu singen:

»In der Vollmondnacht,
wo die Sterne glühen,
bei Tag und Nacht,
die Schatten sind wie Krallen.

Der silberne Wolf, unterm vollen Mond,
der jault zu seinen Geistern.
Sie wachen über uns,
beschützen ihre Gleichen,
sind immer für uns da.«

Die Wölfe zogen erschrocken die Luft ein. »Das Lied hat Nebel mir vorgesungen, als ich noch ein Welpe war!«, erinnerte sich Falke überrascht. »Sie hat es allein den Welpen vorgetragen, wenn niemand im Bau war! Keiner hat es Silber je erzählt, das weiß ich! Also muss es wahr sein!«

Maus schnaubte. »Pah! Sie kann es vom Ewigen Rudel wissen, da sie ja *so* eine starke Verbindung zu ihnen hat!«

Hoffnung schöpfend ignorierte ich Maus und fuhr mit meiner Rede fort: »Seht ihr? Ich kenne dieses Schlaflied aus meiner Welpenzeit. Ich weiß, ihr müsst mir nicht glauben. Und dagegen kann ich nichts tun. Aber ich kann auf euch vertrauen. Um ehrlich zu sein, habe ich euch nie vertraut. Ich habe euch gehasst für euer Verhalten mir gegenüber. Aber ... seit Klee und auch du, Schnee, über eine Veränderung gesprochen habt ... seit Schnee sich entschuldigt und ihr alle es ihr gleichgetan habt ... seit ich in dieser Schlacht an eurer Seite gekämpft habe ... weiß ich, wo mein Platz ist. Bei euch. Mir ist klargeworden, dass es nicht nur mein Schicksal ist, euch zu retten, sondern ebenfalls, Nebels Erbe anzutreten. Eure Mondwächterin zu werden.«

Die Menge blieb einige Herzschläge still.

Doch dann erhoben sich wie auf ein Stichwort Brise, Schnee, all diejenigen, die mit mir auf der Reise waren, Sonne und Falke. Sie heulten vereint zum Himmel und Schnee rief: »Wir glauben dir, Silber! Du bist ein Teil von uns!«

Weitere Wölfe rappelten sich auf die Pfoten und fielen in das Geheul mit ein. Flieder, Taube, Stachel, Staub, Sternenglanz und Schneehase jaulten kraftvoll mit.

Nach einiger Zeit erhoben sich ebenso die restlichen Tiere, bis die ganze Versammlung zustimmend jaulte und heulte.

Bloß drei nicht. Maus, Distel und Blume.

Blume und Distel saßen stumm am Rand der Versammlung, nicht mal in der Nähe von Klee.

Maus starrte mich aus Augen an, die jegliches Gefühl von Beherrschung verloren hatten.

»Das werde ich nicht zulassen!«, brüllte er über das Heulen hinweg. Die Menge verstummte und sah gebannt zu uns zweien hoch. Nun standen wir uns gegenüber. Maus hatte rasend vor Zorn das Maul weit geöffnet.

»*Ich* bin der Mondwächter!«, jaulte er außer sich. »Eisblitz hat *mich* zu seinem Nachfolger ernannt! Ich sollte in die Pfotenstapfen meines Vaters treten! Das werde ich mir nicht von einem Stück Dreck nehmen lassen!«

Mit diesen Worten stürzte er sich auf mich. Überrumpelt von der Attacke krallte ich mich an Maus fest, der mich wutentbrannt attackierte und kullerte die Senke hinab.

Die Versammlung wich mit erschrockenen Rufen zurück, als wir zwei uns voneinander lösten und uns schließlich langsam umkreisten. Mir war von Anfang an klar gewesen, dass ich um meinen Platz kämpfen musste. Nun würde ich das tun.

Maus starrte mich hasserfüllt an. »Wer diesen Kampf gewinnt, wird der neue Mondwächter!«, zischte er so laut, dass alle es hören konnten. »Wer verliert, verlässt das Nachtrudel! *Für immer!*«

Ich hatte nicht erwartet, dass der Graue noch so viel Ehre hatte, mich am Leben zu lassen.

Aber ich würde nicht verlieren. Ich konnte zwar keine Hilfe erwarten, da die Umstehenden nur geschockt zuschauten, doch die brauchte ich auch gar nicht.

Das ist mein Schicksal. Ich erfülle es allein.

Trotzdem wollte ich es schnell hinter mich bringen. Deshalb stieß ich einen wütenden Schrei aus und stürzte mich mit ausgestreckten Krallen auf Maus.

»Liebend gern!«, rief ich, als ich auf dem mächtigen Rüden landete. Ich wusste, dass er viel stärker war, als ich. Doch das machte ihn langsamer. Das konnte ich mir zu Nutze machen.

Maus bewegte sich unter mir allerdings bereits. Er wollte sich auf die Seite fallen lassen, damit er mich unter sich begraben konnte. Falls ihm das gelang, hätte er gewonnen. Aus diesem Griff könnte ich mich niemals befreien.

So schnell ich konnte, sprang ich in die Luft und landete auf Maus′ Flanke, als der gerade auf dem Boden aufgekommen war. In mir spürte ich auf einmal so eine Kraft und Energie, dass ich dachte, ich wäre eine leichte Feder.

Das ist, weil ich mein Schicksal erfülle. Es gibt mir Kraft.

Ich wollte ihm in den Nacken beißen, doch er zog die kräftigen Hinterbeine an und stieß mich von sich.

Sein Schlag hatte so viel Wucht, dass ich durch die Luft geschleudert wurde und hart auf das Gras prallte. Ich rollte ein paar Sprünge über den Boden, bis ich endlich zum Stehen kam.

Ein wenig benebelt richtete ich mich auf und sah Maus auf mich zu springen. Eilig schüttelte ich mich und wartete.

Ich wartete, bis er fast bei mir war, dann sprang ich scharf zur Seite.

Ehe er sich zu mir umdrehen konnte, jagte ich schon wieder auf ihn zu. Ich knallte dumpf mit ihm zusammen und der Schwung warf uns zu Boden.

Nun lag Maus erneut unter meinen Pfoten. Ich verschwendete jedoch keinen Herzschlag.

Mit einem Knurren stieß ich ihm meine Zähne in den Nacken. Nicht so fest, dass er starb, allerdings so tief, dass allen klar war, dass ich gewonnen hatte.

Als Maus frustriert aufjaulte, ließ ich von ihm ab.

Schweigend sah ich zu, wie er sich mühsam aufrappelte. Sein Pelz war zerzaust. Aus seinem Nacken tropfte Blut.

Kalt blickte ich ihm in die glühenden Augen.

»Deine Worte, Maus: Wer gewinnt, wird Mondwächter. Wer verliert, verlässt das Rudel für immer.«

Einen Augenblick zögerte ich. Die Erinnerung an den Grund für Maus´ Abscheu gegen die Einzelwölfe kam mir in den Sinn. Ich seufzte laut. »Das muss aber nicht so enden.«

Die Menge um mich herum blieb weiterhin totenstill, als Maus anfing zu knurren. Ehe er etwas kläffen konnte, fügte ich hinzu: »Ich bin nicht so, wie der Einzelwolf, der deine Schwester entführt hat.«

Nun konnte ich aussprechen, was ich wusste.

Die Rudelwölfe um mich herum zogen schockiert die Luft ein, dennoch bellte niemand irgendetwas.

Ich schaute Maus weiter in die hasserfüllten Augen. »Weder Kupfer, noch Flamme, noch irgendein anderer wilder Wolf wird jemals so sein. Ich möchte, dass du das verstehst und loslässt. Kein Rudelwolf, kein Einzelwolf oder sonst jemand bringt deine Blutsgefährtin zurück. Du kannst nur nach vorne sehen und einsehen, dass nicht alle Einzelwölfe gleich sind. Wir sind keine gefährlichen Mörder. Also, bitte ... ich will dir eine letzte Chance geben. Lass die Vergangenheit ruhen und sehe mit mir und allen anderen in eine friedliche Zukunft. Lass deine Wut und deinen Schmerz hinter dir.«

Maus starrte mich ein paar Herzschläge fassungslos an. In mir keimte bereits die Hoffnung auf, er würde wahrhaftig zustimmen, doch da fletschte er die Lefzen.

»Niemals!«, jaulte er zornig. »Ich verlasse diesen Haufen von hundedummen Kötern lieber, als dich als meine Anführerin zu akzeptieren! Aber nicht, ohne noch etwas zu tun!«

Mit blinder Wut stürzte er sich plötzlich erneut auf mich. Mit einem erschrockenen Schrei fiel ich zu Boden.

Ich hörte Kupfer nach mir brüllen und auch die anderen Wölfe stießen entsetzte Rufe aus.

Maus′ lautes Knurren und Fauchen dröhnte in meinen Ohren. Ich war so überrascht von seinem Angriff, dass ich mich gar nicht wehrte.

Doch bevor Maus mich ernsthaft verletzen konnte, schleuderte ihn jemand von mir.

Die Menge stieß ungläubiges Jaulen aus. Verwirrt von dem Tumult rappelte ich mich auf und sah meinen Retter an.

»Nebel!«

Um mich herum erklangen weiterhin erschrockene Rufe. Sie wurden lauter, als noch mehr Wölfe mit Nebelschwaden an den Pfoten am Rand der Senke erschienen.

Es waren all die, die heute gestorben waren. Sie bildeten einen Kreis um die Senke. Sie hatten die Lebenden eingekreist.

Alle schwiegen und sahen einfach nur ihre Gefährten an.

»Klee!« Auroras Ruf war voller Hoffnung, als wäre der Rüde von den Toten auferstanden. Klee stand zwischen Eisblitz und Ampfer.

Er schaute die Hündin kurz an und lächelte traurig.

»Eisblitz!« Brises Flüstern war leise, aber doch so laut, dass jeder ihr überraschtes Aufkeuchen hören konnte.

Der mächtige weiße Wolf blickte seine Gefährtin aus liebevollen Tiefen an, sagte jedoch nichts.

Neben mir keuchte Maus entsetzt, als auch er die Verstorbenen erblickte.

Aber nicht nur die Ermordeten der Schlacht waren aufgetaucht. Ebenso entdeckte ich über uns, zwischen den Baumkronen einen riesigen silbernen Vogel kauern, der uns mit neugierigen, blauen Augen beobachtete.

Als unsere Blicke sich kreuzten, lächelte sie aufmunternd und zwinkerte mir zu.

Ich schmunzelte zurück. *Danke, Natura. Für alles.*

Meine Mutter wandte sich an den grauen Rüden. Ihre Worte ließen meine Aufmerksamkeit zu dem Geschehen vor mir schwanken.

»Du hast diesen Kampf um den Posten des Mondwächters verloren, Maus. Du musst zurücktreten.«

Der große Wolfsrüde starrte sie völlig perplex an, doch seine Miene wurde zornig, als er realisierte, dass alles, was ich gesagt hatte, der Wahrheit entsprach.

Sonst wären die Ahnen nicht hier.

»Ich bin der Wächter dieses Rudels!«, jaulte er wutentbrannt. »Ich war Krallenmondwolf und nun bin ich der Mondwächter! Ich bin ein Rudelwolf. Ich habe mein ganzes Leben lang für das Nachtrudel gelebt! Es ist mein Recht, diesen Platz einzunehmen!« Jetzt klang der breitschultrige Wolf verzweifelt.

»Nein, Maus. Es ist Silbers Recht.« Das war Eisblitz. Er hatte seinen Sitzplatz am Rand der Senke verlassen und war zu Nebel getreten. Nun stand er da und sah Maus fest an.

Der Graue erwiderte seinen Blick fassungslos. »Aber … du hast mich zum Krallenmondwolf ernannt!«

In seinen Augen brannten plötzlich Tränen. Seine Stimme zitterte beim Anblick seines früheren Anführers.

»Nach dem Tod meines Vaters … hast du gesagt, dass ich seinen Platz einnehmen soll! Du wolltest, dass ich in seine Pfotenstapfen trete!«

In Eisblitz' Blick schlich sich Mitleid. Auch in mir regte sich dieses Gefühl, als ich Maus betrachtete.

Dieser Wolf war nicht böse. Er hasste nur Veränderungen

und fühlte sich von seinem eigenen Rudel verraten, weil sie einer Fremden seinen Platz geben wollten.

Den Platz, den er für seinen Vater einnehmen wollte.

Eisblitz seufzte. »Es tut mir leid, Maus. Silber ist die rechtmäßige Anführerin. Nicht du.«

Da verhärtete sich sein Gesichtsausdruck wieder und Maus knurrte zornig: »Gut! Wenn das Nachtrudel wirklich von einer Mörderin angeführt werden soll, dann bitte! Aber ich mache da nicht mit! Ja, ich habe diesen Kampf verloren, also verschwinde ich!« Mit diesem Satz wirbelte er herum und floh die Senke hinauf in den dunklen Wald hinein.

»Maus!« Eisblitz rief ihm nach, doch der Wolf kam nicht zurück. »Lass ihn«, riet Nebel mit einer enttäuschten Miene.

Sie sah zu der Stelle, an der der Rüde verschwunden war. »Er hat seine Entscheidung getroffen.«

Mit diesen Worten drehte sie sich zu den versammelten Wölfen um. Ich fragte mich, wo Maus hingelaufen war.

Und ob er jemals zurückkommen würde.

»Das Ewige Rudel ist zu euch gekommen, um Silber zu helfen, ihren rechtmäßigen Platz einzunehmen!«

Sie machte eine Pause, in der sie mich mit einem aufmunternden Lächeln ansah. Ich stand neben ihr und nickte leicht. Mir war übel. Maus tat mir leid und Eisblitz und Klee waren tot, obwohl sie doch gerade bei mir waren.

Ich atmete tief durch. *Das hier ist mein Schicksal.*

»Nun haben wir euch gezeigt, dass es die Wahrheit ist. Silber ist meine Tochter, daher ist der Posten als Anführerin ihr Platz im Rudel. Von Anfang an wussten wir, dass Silber diesen Platz irgendwann annehmen würde. Und heute ist es soweit.«

Sie machte eine erneute Pause. Die Tiere in der Senke schwiegen. Ich sah ihnen ihre Überwältigung an.

Sie konnten nicht glauben, was gerade geschah.

Nebel erhob ein letztes Mal feierlich die Stimme: »Ab heute Nacht ist Silber die neue Mondwächterin eures Nachtrudels!«

Im ersten Moment herrschte Totenstille. Die Wölfe starrten zu mir hoch, alle völlig fassungslos.

Doch dann rief Kupfer meinen Namen: »Silber! Silber!« Brise fiel augenblicklich mit ein: »Silber! Silber! Unsere Wächterin!« Als sich unsere Blicke kreuzten, schmunzelte sie stolz und Tränen der Freude und Trauer liefen ihr über die Wangen.

»Silber! Silber!« Klee, der mir gegenüber, auf der anderen Seite der Senke stand, stieg auch ein, genauso, wie Schnee.

Die Hunde, Aluna, Kiro, Korn und Flieder stimmten ebenfalls mit ein. »Silber! Silber!«

Und dann heulte das ganze Rudel meinen Namen. Taubes Wölfe, sowie die Gefährten von Flieder. Alle riefen meinen Namen. Damit zeigten sie, dass sie tatsächlich mit der neuen Mondwächterin einverstanden waren. Sie zeigten, dass sie mit *mir* einverstanden waren.

Dass sie mich, als ihre Anführerin, wahrhaftig akzeptierten, respektierten!

Ein unglaublich stolzes und schönes Gefühl überschwemmte mich. Ich war glücklich, endlich von diesen Wölfen angenommen worden zu sein, als die, die ich wirklich war. Ich verspürte wieder das Gefühl der Einigkeit in mir.

Tief atmete ich die kühle Luft ein.

Neben mir spürte ich den stolzen Blick meiner Mutter auf mir. Sie wusste, wie ich mich fühlte.

Auch Eisblitz stand neben mir. Sein Blick ruhte genauso stolz auf mir. Und als ich die Augen von den Wölfen hob, die in der Senke meinen Namen riefen, schaute ich in Klees leuchtende Augen. Er schmunzelte mich stolz an. Ich lächelte stolz zurück.

Endlich hatte ich meine Suche nach mir selbst und meinem Zuhause beendet. Endlich wusste ich, wohin ich gehörte.

Ich hatte Kupfer, meinen Gefährten. Die besten Freunde, die man sich wünschen konnte. Eine wunderbare Ziehtochter und nun auch ein ganzes Rudel, was mich respektierte.

Außerdem hatte ich eine echte Familie. Nebel und Löwe waren meine Eltern. Ich hatte mich mit ihnen versöhnt.

Eisblitz und Brise hatten mich aufgezogen und würden immer meine Eltern bleiben.

Klee war mein Bruder. Mein kleiner Bruder. Selbst wenn sie fast alle tot waren, würden sie immer bei mir sein.

Das wusste ich.

Endlich wusste ich, wer ich wirklich war.

Ich bin Silber. Ich bin die Mondwächterin dieses Nachtrudels und ich bin endlich dort, wo ich mein ganzes Leben sein wollte: In der Freiheit!

ENDE
VON BAND 3.

EPILOG

Ich saß allein im Wald. Im dunklen, sternendurchfluteten Wald.

Gerade eben erst hatte ich meinen Platz eingenommen. Vor wenigen Herzschlägen hatte ein neues Zeitalter für mein Rudel begonnen.

Mein Rudel ... das hört sich noch so fremd an. Aber du wusstest das wahrscheinlich schon lange. Nicht wahr, Klee?

Ich saß mit hängendem Kopf vor einem kleinen Loch, was ich gegraben hatte.

Diese Sache muss ich noch erledigen, Klee. Für dich.

Langsam wollte ich mich am Ohr kratzen, doch bevor meine Hinterpfote es überhaupt erreichen konnte, fiel etwas von mir ab, direkt vor meine Pfoten.

Das Kleeblatt ... das Kleeblatt vom Anfang.

So wie Klee, war es bei mir geblieben. Nun war mein Bruder jedoch fort, weshalb es auch für das kleine Pflänzchen Zeit war, zu gehen.

Stets hatte die kleine grüne Pflanze mich an Klee erinnert. Jetzt würde sie ein Symbol des Abschiedes sein.

Erst wenn dieses Kleeblatt begraben ist, ist meine Reise wirklich beendet. Dann ist Klee wirklich tot. Dann ist das alles tatsächlich passiert.

Ehe ich einen Rückzieher machen konnte, beugte ich mich vor und packte das Pflänzchen mit den Zähnen.

Sacht, beinahe so, als trüge ich einen Leichnam, legte ich das Kleeblatt in das kleine Loch.

Ich hatte einen besonderen Ort für diese Bestattung ausgewählt. Genau hier hatte meine Reise vor dieser langen Zeit begonnen. Hier hatte ich mit Klee an der Nacht von Dorns Beerdigung gesprochen.

Und hier endet sie nun wirklich. Auf Wiedersehen, Klee.

Mit Tränen, die mir die Sicht vernebelten, schüttete ich das Loch zu. Langsam verschwand das Kleeblatt unter einer Schicht Erde.

Tränen der Trauer liefen mir nun über die Wangen, als das Erdloch zu und nur noch ein kleiner, plattgedrückter Haufen zu sehen war.

Nun sind alle tatsächlich fort ...

Diesmal ließ ich meine Trauer und meinen Schmerz zu. Ich ließ den Kopf erschüttert hängen, winselte und weinte lange Zeit. Diesen Verlust musste ich verarbeiten.

Doch tief in mir wusste ich, dass ich es überstehen würde. Ich würde an diesem Schmerz wachsen und nach vorne schauen, ohne jemals meine Vergangenheit, meine Wurzeln, zu vergessen. Aber um das zu schaffen, musste ich der Trauer freien Lauf lassen.

Also heulte ich. Und jaulte. Und ließ all meinen Schmerz vor dem kleinen Grab hinaus.

Es dämmerte bereits, als ich mich beruhigte. Die erste Welle der Trauer war vorüber.

Noch immer blickte ich voller Kummer auf den Erdhügel. Doch umso länger ich ihn mir ansah, desto ruhiger wurde ich.

Ich dachte an die Hunde und in diesem Augenblick wurde mir etwas klar.

Nach ihrem Glauben lebst du in mir weiter ... Du bist nicht ganz weg ...

Da durchbrach der erste Sonnenstrahl das Blätterdach und landete direkt auf dem Grabhügel.

Mit aufsteigender Hoffnung und Zuversicht entdeckte ich auf der, von meinen Tränen angefeuchteten, Erde plötzlich eine kleine Pflanze.

Als ich genauer hinsah, erkannte ich, dass dort ein Kleeblatt wuchs!

Und gerade als ich das realisierte, sprossen überall um mich herum noch mehr Kleeblätter aus dem Boden.

Erstaunt, doch mit einem wachsenden Lächeln, schaute ich mich um. Nun stand ich in einem Kleemeer. In einem Meer aus Kleeblättern.

Erneut schossen mir Tränen in die Augen. Diesmal jedoch Freudentränen. Ich hob meinen Blick zum feurigen Himmel.

Ich weiß, du bist immer an meiner Seite, mein Bruder. Du lebst in mir weiter. Das Nachtrudel wird deinen Namen niemals vergessen, dafür sorge ich. Du wirst als mutiger Sternenhüter in Erinnerung bleiben, ganz gleich, welches Blut durch deine Adern fließt. Du bist ein Hüter der Sterne ... und nun sogar bereits ein echter Teil von ihnen. Aber ich weiß jetzt, dass ich nie allein bin und es auch niemals sein werde. Und wenn die Zeit gekommen ist ... werden wir uns wiedersehen.

RANGORDNUNG DER WOLFSRUDEL

DAS NACHTRUDEL

Mondwächter

Eisblitz - majestätischer, schneeweißer Wolf mit dunkelblauen Augen (Ziehvater von Silber)

Krallenmondwolf

Maus - großer, muskulöser, grauer Wolf mit gelben Augen

Sternenhüter

Fluss - grau - weiße Wölfin mit blauen Augen

Blume - hellbraun - weiß gefleckte Wölfin mit gelben Augen (Mutter von Klee und Distel)

Brise - schlanke, cremefarbene Wölfin mit gelben Augen (Ziehmutter von Silber)

Ast - brauner Wolf mit dunkelbraunen Augen (Vater von Tau, Lilie und Sturm)

Wolke - weiße Wölfin mit blauen Augen

Nacht - schwarzer männlicher Wolf mit dunkelblauen Augen (Vater von Blatt und Glut)

Licht - weiße Wölfin mit goldener Brust und Pfoten und gelben Augen (Mutter von Tau, Lilie und Sturm)

Dämmerung - kleine, rötliche Wölfin mit gelben Augen (Mutter von Glut und Blatt)

Krähe - dunkelgrauer Wolf mit dunkelblauen Augen

Falke - brauner Wolf mit hellbrauner Schnauze und Brust, und braunen Augen (Vater von Ruß, Schlamm und Asche)

Distel - schwarze Wölfin mit dunkelgrünen Augen

Stern - hellgraue Wölfin mit bernsteinfarbenen Augen

Nachtseherin

Sonne - goldgelbe Wölfin mit grünen Augen (Mutter von Maus und Stern)

Schattenläufer

Blatt - hellbraun - golden gefleckte Wölfin, mit flauschigem Fell und grünen Augen

Sturm - grau getupfter Wolf mit gelben Augen

Tau - graublau gesprenkelte Wölfin mit blauen Augen

Glut - rötlicher Wolf mit grünen Augen

Lilie - beige Wölfin mit goldenen und weißen Flecken und hellgrünen Augen

Mütter

Schnee - schlanke, weiße Wölfin mit grünen Augen, Mutter von Ruß, Schlamm und Asche

Welpen

Ruß - dunkelgraue, schlanke Wölfin mit hellgrauem Bauch, Brust, Pfoten und Schwanzspitze und eisblauen Augen

Asche - schwarze Wölfin mit dunkelgrauem Bauch, Brust und Schnauze und hellgrünen Augen

Schlamm - brauner Rüde mit hellbrauner Brust und Schnauze und hellblauen Augen

BENACHBARTES RUDEL

Mondwächterin

Taube - hellgraue Wölfin mit stahlblauen Augen

Krallenmondwölfin

Honig- kleine, schlanke Wölfin mit cremefarbenem Fell und gelben Augen

Sternenhüter

Stachel - schildpattfarbener Wolf mit gelben Augen

Moos- schildpattfarbene Wölfin mit weißem Brustfleck und blauen Augen

Bär - dunkelbrauner Wolf mit gelben Augen

Staub - grauer männlicher Wolf mit grünen Augen

Habicht - weißer Rüde mit langen Beinen und gelben Augen

Ampfer - schildpattfarbene Wölfin mit grünen Augen

Adler - dunkelbrauner Rüde mit gelben Augen

Vogel - braune Wölfin mit gelben Augen

Nuss - hellbrauner Rüde mit bernsteinfarbenen Augen

Elster - weiß-schwarzer Wolf mit grünen Augen

Rose - rötliche Wölfin mit gelben Augen

Mütter

Flügel- graue Wölfin mit grünen Augen, Mutter von Welle und Efeu

Welpen

Welle - bläulicher Rüde mit blauen Augen

Efeu - graue Wölfin mit weißen Pfoten und grünen Augen

DAS EWIGE RUDEL

Nebel – silbergraue Wölfin mit blauen Augen (Mondwächterin des Ewigen Rudels)

Löwe – goldener Rüde mit grünen Augen (Vater von Silber)

Rabe – schwarzer Wolf mit gelben Augen (Vorgänger von Nebel)

Schneeflocke – weiße Wölfin mit dunkelblauen Augen (Mutter von Eisblitz)

Farn – schildpattfarbener Wolfsrüde mit grünen Augen (Krallenmondwolf vor Nebel)

Adler – dunkelbrauner Rüde mit dunkelgrünen Augen (Vater von Nebel)

Funke – flammenfarbene Sternenhüterin mit strahlend grünen Augen (Mutter von Fels)

Bach – blaugraue Hüterin mit hellblauen Augen (Mutter von Nacht)

Sonnenschein – weiß – orange Mutter mit gelben Augen (Mutter von Moosröte)

Fuchs – fuchsfarbener Wolf mit dunkelgrünen Augen (Vater von Moosröte)

Moosröte – roter Welpe mit moosgrünen Augen

Wurzel – dunkelbraune Schattenläuferin mit bernsteinfarbenen Augen

Weide – cremefarbene Wölfin mit blauen Augen

Drossel – hellgrauer Rüde mit hellgrünen Augen

Zweig – hellbrauner Wolf mit bernsteinfarbenen Augen

Diamant – silberne Wölfin mit rosa Schimmer und blauen Augen

Abendlicht – schwarze Wölfin mit fast orangenen Augen

Eis – weißer Wolfsrüde mit blauen Augen

Einzelwölfe

Flamme- flammenfarbener Rüde mit hellblauen Augen

Kupfer- goldener Rüde mit hellgrünen Augen

Silber- silberne, schlanke Wölfin mit eisblauen Augen

Korn- hellbrauner Rüde mit goldener Brust, Pfoten und Schwanzspitze, mit gelben Augen

Hunde

Lesly - große, weiß-grau-braun gefleckte Hündin mit blauen Augen (Collie)

Aurora - schlanke, große, weiße Hündin mit blauen Augen (Husky)

Lenny - kleiner, brauner Hund mit grünen Augen (Cavalier King Charles Spaniel)

Ben - grauer Rüde mit braunen Augen (Schäferhund)

ANDERE ARTEN

Aluna - weiß - graue Schneeleopardin mit hellblauen Augen

Kiro - goldener Puma mit grünen Augen

ÜBER DIE AUTORIN

EMILIA ROMANA wurde 1999 in Wiesbaden geboren.
Es ist ihr größter Traum, ihre Leidenschaft - das Schreiben
von Geschichten - zum Beruf zu machen.
Mit *Wolfheart - Freiheit* hat sie nun ihre erste Trilogie ver-
öffentlicht.
Immer schon konnte sie gut schreiben und hatte viel (ZU
VIEL) Fantasie.
Emilia ist eine verträumte junge Frau, kreativ und fest davon
überzeugt, dass man alles Mögliche schaffen kann, wenn man
nur an sich glaubt und nicht aufgibt.
Sie liebt es, in andere Welten einzutauchen und dem gewöhn-
lichen Alltag zu entfliehen.
In ihrem dritten Roman verkörpert sie ihre Liebe zur Natur
und wilden Tieren.

DANKSAGUNG

So, mein dritter Band der *Wolfheart* – Reihe ist veröffentlicht. Bis hier hin hatte ich jedoch mal wieder einiges zu tun.

Deshalb will ich mich jetzt abermals bei all den Leuten bedanken, die mir bei diesem Prozess zur Seite gestanden haben.

Zuerst danke ich zum wiederholten Male Christian Raabe. Du hast mich als Erster auf diesen Pfad geführt. Ohne dich hätte ich meinen Traum nie erfüllen können.

Danke Christian!

Ich bin sehr froh, dass er mir auch das Programm *Papyrus Autor* empfohlen hat, womit ich dieses Buch erstmals korrigieren konnte.

Ebenso bedanke ich mich bei Isabell Schmitt-Egner, die erneut ein traumhaftes Cover gestaltet hat! Vielen Dank!

Genauso danke ich meiner Familie.

Besonders meiner Halbschwester, die ebenfalls diesen Teil Korrektur gelesen hat, gilt mein Dank.

Ich bedanke mich bei meiner Mutter.

Außerdem danke ich meiner Tante, meinem Onkel, und all meinen Freunden.

Zum Schluss danke ich meinen Lesern. Ich danke dir, dem Leser, der dieses Buch gerade in den Händen hält und bis hier hin durchgehalten hat. Ohne dich - ohne euch alle - wäre diese Geschichte nicht zu der geworden, die sie heute ist.

Ohne euch hätte ich meinen Lebenstraum nicht erfüllen können! Danke! Vielen, vielen Dank!

Wer nun wirklich bis zu dieser letzten Seite gelesen hat, dem verrate ich ein kleines Geheimnis:

Ihr habt Silber nicht zum letzten Mal gesehen.

Vielleicht begegnen wir der silbernen Wölfin nicht Morgen schon wieder, doch in der Zukunft werden sich unsere Wege bestimmt erneut kreuzen.

Bis dahin: Möge das ewige Rudel mit euch allen sein!

Bibliografische Information der Deutschen Nationalbibliothek:
Die Deutsche Nationalbibliothek verzeichnet diese Publikation in der Deutschen Nationalbibliografie, detaillierte bibliografische Daten sind im Internet
über dnb.dnb.de abrufbar.

TWENTYSIX - Der Self-Publishing-Verlag
Eine Kooperation zwischen der Verlagsgruppe Random House und BoD -
Books on Demand

Erstellt und überarbeitet mit Papyrus Autor www.papyrus.de

Herstellung und Verlag:
BoD - Books on Demand, Norderstedt

ISBN: 978-3-7407-4512-7